藍與黑

增訂新版

THE BLUE & THE BLACK

王藍 著

第一章

一

一個人，一生只戀愛一次，是幸福的。

不幸，我剛剛比一次多了一次。

第二章

二

開始聽家人提起唐琪的名字，那年，我十五歲。

我所指的家人，是我的姑母、姑父、表哥、表姊一家人。我沒有自己的家。

我的母親生我的第二天，患產褥熱逝去。對於母親的面龐、舉止和聲音，我自是絲毫記憶都沒有。我的父親是一位軍人，民國十一年，他參加　國父領導的第一次國民革命軍北伐，贛州一役戰死疆場，那時我剛剛兩歲。我降生南方，呱呱墜地不多日，就被送到天津姑母家裏撫養，父親殉國後，我的命運更被決定了：必須長期留在北方，留在姑母身邊。

在我的幼兒、童年的心靈上，姑母就是我的偉大的母親。

姑母生了一男一女，我從未感覺她對待我和我的表哥表姊有過一點不同。直到我進入小學一年級時，我才發現自己和表哥表姊不是姓同一個姓。他們倆都姓季，而我卻姓張。我開始奇怪怎麼我們一家人會姓兩個姓？我問姑母，她告訴我：她和我確是一家人，因爲她也姓張。可是，她經不住我打破沙鍋問到底地追問，這才把我和她的關係比較詳細地告訴了我。我倒沒有怎麼難受，不過也哭了——我看到姑母講述我的身世時哭得很傷心，而我忍不住地，要陪她流一點淚。

自那天起，我才開始管姑母叫姑媽；以前是一直叫她媽媽。

由於習慣，我仍舊常會脫口喊出「媽媽」來。我更天真糊塗地請求姑母：要她答應我也跟著表哥表姊姓同一個「季」，表哥震亞是老大，表姊慧亞是老二，我醒亞是老三，從小就是這麼排行的。姑母不肯。她說：

『我曾經也這樣想過；可是那麼做，會對不起你的爸、媽，你終歸是張家的後代。』

我雖然繼續在姑母家裏享有舒適的生活；基於微妙的，無法解釋的人性，自從知道我還有親生的然而俱已逝世的爸爸媽媽後，漸漸地，隨著年齡的增長，蘊藏在心裏的感傷也就越形加重起來。

十二歲那年，我考上中學，姑母開始分配給我一個單獨房間住。姑母保存有我的爸媽的大照像，我要過來，掛在我的小房間裏。我有時會望著那照像發呆，或竟喃喃不知所云地向它說上幾句話。我覺得自己的爸爸特別英俊、勇敢，覺得自己的媽媽特別美麗、慈藹；甚至，我竟把他倆和姑父姑母來做一個比較，我偷偷地在心裏講：『爸媽一定比姑父姑母更好！』雖然，我馬上發覺這是很不公平的斷語，我並沒有受過爸媽的撫養；卻又無法禁止自己以後不再做此想。

彷彿姑母已窺探到我內心的秘密，她比以前對我更加愛憐，更加體貼。表哥表姊得到的任何東西，不但照例有我一份，且會比他倆得到的還好。我十五歲那年，表哥和高家小姐將要訂婚時，姑母特別把我叫到跟前，撫著我的頭說：

『孩子，你不能說姑媽偏心，姑媽疼你跟疼你大表哥是一模一樣的，可是他今年十九歲啦，你才十五，所以我先做主給他訂了這門親，等再過兩年，我照樣會給你找一房好媳婦的。』

『姑媽，您說的是甚麼話呀？』我回答，『這怎麼算您偏心呢？我從來還沒有想到過要個媳婦的事呀！』

『不是啊，孩子，』姑母接著說，『你們表兄弟倆，穿新衣服，買新東西，向來都是我給一齊辦；現在先給他訂婚，不給你訂婚，我心裏委實有點不舒坦。我曾經和你姑父商量過，頂好給你們倆一塊訂婚，一塊結婚；你姑父罵我神經病，說這年頭不比以前了，十五歲的娃娃就訂婚會被人笑掉牙的！我這才打消了那個主意。不過，好孩子，你放心，我相信將來我能給你找到一個比高小姐還好的閨女做你的妻子。』

我不知道說什麼好，因爲我實在還不懂得「妻子」的價值。如果給表哥買一雙新皮鞋而沒有我的份兒，我或許會難過。如今，姑母給了他一個妻子而沒有給我，我覺不出有什麼遺憾。

姑母看我不答腔，便笑嘻嘻地，瞅著我：

『怎麼，男孩子還害什麼臊呀？告訴我，你喜歡什麼樣的小姐？』

『不知道。』我傻頭傻腦地。

『怎麼能不知道？』姑母像多年以前哄我玩耍那樣地說下去，『我猜猜看啊，一定是喜歡大眼睛，雙眼皮，柳葉眉，櫻桃嘴，通天鼻，白淨皮膚……對不對？對不對？』

我被姑媽逗得笑起來，瞅見姑母的一雙裹了多年，放也放不開的小脚時，便伏在她耳朵上說：

『都對，都對，只是不能是小脚呀！』

姑母罵了我一聲頑皮，然後，拉住我，在我臉上那麼慈祥地親了一下，才放我跑開去。

姑母是位舊女性，對於子女的婚姻贊成聽憑「媒妁之言，父母之命」。姑父雖在帶有洋味的海關供職，但也是個半舊半新人物，對於「自由戀愛」不全然贊同。因而，他們老倆口決定擇用的是一種較折衷的，除了媒人家長以外，還准許男女當事人也可以見見面表示一下意見的方式。那就是所謂的「當面相」。

大表哥，別看他平日不多言多語，眼光可很高，心裏更滿有主意。我們大夥兒陪他「相」了好幾位小姐，姑媽、表姊，連我都認爲人家很不錯，他却老是撥郎鼓似地搖頭不止。

這次，兩位大媒陳二爺、劉三爺拿來了一位俊秀的高小姐的像片；於是，全家出動，再「相」一回。「相」的地點：當時全天津市最高的巨厦中原公司六樓大劇場。

姑父母全家都是戲迷。從五歲開始，我便被帶到戲院看戲。天津法租界的北洋大戲院、藍牌電車道的春和大戲院、綠牌電車道勸業商場樓上的天華景大戲院，我們都常去，尤其去天華景的次數特別多，因爲票價比較便宜，還可以一面觀劇一面喝茶、嗑瓜子，甚是大衆化，看到精彩處，可以盡量放開大嗓門喊好（天津觀衆習慣如此），並且還有一種享受——熱騰騰的「手巾把」滿場飛，由戲院的茶房自樓上往樓下，或自最後排往最前排角落投擲，一捆捆雪白毛巾，在空中不停地打著旋轉，擲者、接者，姿態優美，又極爲準確地完成這一項「絕活兒」（丟落在觀衆頭上可就慘啦），然後分送每位觀劇者享用，人人都大呼過癮……長期駐唱者青衣花旦趙美英、老生梁一鳴，很能叫座，我則最被老伶工尙和玉的徒弟朱小義與張德發演出的武生戲所吸引，特別喜歡他倆的拿手戲「鐵公雞」（後來漸漸長大，才迷上譚派余派老生戲）。

有多次週六中午放學後，我跟隨表哥姊，三人在天祥市場旁邊的文利餐廳，吃頓簡單午飯：烤通心粉，或炒麵，便帶著書包直奔天華景，一時開鑼直到六時演完大軸，才盡興返家。那是得到姑父母准許的。二老常談：『看戲可以讓孩子們懂得甚麼是忠孝節義。』

姑母喜愛天華景上演的全本楊家將、全本紅鬃烈馬、西遊記與每年七夕推出的天河配。姑父則批評西遊記的機關佈景，天河配眞牛上台，都是海派噱頭，他欣賞眞正唱得好的，像雷喜福、譚富英、奚嘯伯、馬連良……（姑父還曾帶全家專門去北平聽過一次余叔岩的戰太平），這幾位名角從未來天華景演出，他們偶爾在春和戲院登台，我們也曾往觀；而我那時最佩服北平富連成科班與北平戲曲學校在春和的演出，多少年來，我都難忘那些少年名伶：武生傅德威、武旦宋德珠、老生王和霖、李和曾，與青衣「四塊玉」白玉薇、候玉蘭、李玉茹、李玉芝當年的美好形象。

我們很少去中原公司劇場（記得以前只去過一次觀賞王又宸的連營寨），由於它座落在我們討厭的日租界，票價也比較貴，不過設備考究，座位寬適，在日後的中國大戲院開幕以前，它算是一流的戲院。

表哥這次「相親」，選定這家全天津當時最豪華的戲院，季、高兩府又是分別坐在最前排兩個極舒適的「包廂」裏，甚是顯出隆重，夠派頭。

那天，表哥西裝畢挺，姑媽也梳洗打扮了一上午，表姊更打扮得紅紅綠綠的活像個新娘子。我則被化裝成一個小老頭：袍子、馬褂、瓜皮帽上一個大紅絨球，心想就差在嘴巴上面畫兩撇八字鬍鬚了。姑母本來要把表哥也打扮成這般模樣，表哥不肯；我一向是比較馴服的。

我們一家坐在一個包廂裏，高家一家坐在旁邊一個包廂裏。媒人給兩家介紹一番，我認識了高老太太、高大少爺、大少奶奶、高二少爺、二少奶奶，和高小姐。

台上正是當時紅遍津沽的王少樓、胡碧蘭合演著拿手好戲四郎探母帶回令。我一會兒看看台上的戲，一會兒看看台下的戲，倒滿有趣。姑母和高老太太、高家大少奶奶、二少奶奶、偶爾寒暄一兩句，表哥和高小姐始終沒說一句話。高小姐的視線一直盯在舞台上的楊四郎、鐵鏡公主、蕭太后、佘太君、楊六郎、楊宗保，和大國舅、二國舅一些人的頭上。表哥倒是不斷地把眼光斜瞟過去，名符其實地「相」一「相」。我碰他一下手：

『哥，怎麼樣？』

『好。』

『哈哈，恭喜！』我馬上扮個鬼臉喊。

『甚麼呀？』他一扭頭叫起來，『我是說楊宗保小生唱得好！』

姑母、表姊、我，和鄰廂的人，除了高小姐，都笑了起來。

回到家，姑母表姊都說那位高小姐很好，表哥也吞吞吐吐地說高小姐比以前「相」過的那幾位高明甚多，再加上兩位媒人一吹噓，什麼門當戶對，什麼郎才女貌，什麼天賜良緣，恨不得馬上就應該「下聘」成親。可是人家高老太太和高小姐是否認爲表哥合格？還不知道哩！兩位大媒當時誇下海口，保證憑他們三寸不爛之舌，一定可以馬到成功。

這樁親事果然成功了。最後一道關口也通過了——男女雙方的生辰八字交給命相家合婚的結果，是大吉大利。

於是，查皇曆，辦聘禮，定了好日子，「換帖」！

「換帖」那天，姑母全家喜氣洋洋，我當然也不例外。南市聚合成飯莊的名廚師一清早就到家來生爐燒菜，中午姑父姑母要大宴親友。一上午，都在忙著送聘禮，接聘禮。我看見裝著表哥三代姓氏與他本人生辰八字的龍鳳喜帖，和八大條匣——裏面分裝著：筆錠、如意、衣料、四大金（金耳環、金項鍊、金鐲子、金戒指）、龍鳳餅、喜字粿、古玩玉器，由一夥頭頂荷葉帽，身穿紫袍，腰束紅帶，足登朝靴的人們，四平八穩地端向女家去。姑母對我說：『將來你訂婚時，照樣給你也準備這全套。』

不久，就看到一批同樣裝束的人，由女家端著聘禮，邁著方步到來。我趕忙到門口燃放起「萬頭鞭」來迎接。那些聘禮和方才送到女家的大致一樣，不過多了一些男人用的大禮帽、禮鞋、文房四寶，和用大絨花編綴成的福、祿、壽、喜等等巨字……姑母指揮著收下聘禮，一面對表姊說：

『高家的聘禮，還夠講究。等你訂親，媽會準備比這些更好的東西。』

『媽，幹甚麼說我？不跟您玩啦！』表姊臉一紅，然後，羞怯地跑開去。

來賀喜的客人眞不少，姑父的大客廳和飯廳裏擺不下那麼多餐桌，女客人便都被請到姑媽和表姊的臥室裏去吃，那裏也分別各擺了一桌酒席。表哥接受了姑母的命令挨桌挨人敬酒，並且穿著袍子馬褂出場。姑母說「相」親時不穿中國大禮服還情有可原，訂婚大典的日子，可不能稍有含糊。

大家熱鬧了一天，卻始終沒見高家一個人，高小姐當然更沒露面。後來，我才知道，舊規矩男女訂婚，是不許兩造會面的。

從此，高小姐成了我的未婚表嫂。

高小姐是一位恬靜、端莊、沉默寡言的少女。『女孩子家，應該這樣。』姑母常如此嘉許她這位未婚媳婦。表哥自從訂了婚，精神百倍，顯然對他這位未婚夫人甚爲「拜倒石榴裙下」。表姊和高小姐恰巧是同校同學，不過不同班次，因爲有了這種新親的關係，她倆便格外顯得親密起來。

高小姐的家庭也屬於半新半舊型。高老太太治家管教子女很嚴，處處講究老規矩，但是還不算過於老古板，譬如，她絕對不准許高小姐在結婚以前到表哥家來玩，然而，她准許每隔一兩週表哥可以到她們家去一次。表哥又告訴過我和表姊，他已被允許和高小姐通信，但來往信件都必須經過高老太太的檢查，高老太太念過四書五經，粗通文墨，如果他們的信寫得太親密或是有點肉麻時，馬上就會受到申斥或被扣留。後來，我知道了，表姊因爲和高小姐同學的關係，便替表哥和高小姐傳遞了不少封「漏檢」的情書。

表哥每次到未婚妻家，總是帶著表姊，或帶著我同去。有時候，我和表姊提出，我們不應該去做「電燈泡兒」或是去給他們「夾蘿蔔乾兒」，可是姑母說表哥單人去不太好，而高老太太也一再表示應該有我和表姊陪著那一對未婚夫妻在一塊比較妥當「得體」，尤其他倆想出去看場電影或是到北寧花園、青龍潭划划小船時，如果沒有我或表姊參加，那是絕不會獲得高老太太「批准」的。

我和表姊也很願意去高家。第一、高老太太疼姑爺，表哥每到，一定馬上擺出乾菓、鮮貨、精美細點，和應時的上等飲料，而飯桌上更會擺滿特別加添的色香味俱備的好菜。我和表姊少不得就大大地幫吃幫喝一回。第二、高老太太很喜歡我和表姊，尤其常當著人面誇獎我聰明、有禮貌。第三、那時候高大少爺已有了好幾位男女公子，最大的八、九歲，最小的五、六歲，這些天眞的小把戲們很歡迎我，因爲我有資格做一個「孩子頭兒」，帶著他們做種種新鮮的遊戲。

那一個時期，我對田徑賽發生了興趣，學校裏要開運動會，我和我的同班同學賀蒙一起發誓非奪得幾項錦標不可，於是兩個人一天到晚苦練不息。因此，再沒有時間到高家去玩。

就在這時候，表姊開始第一次告訴我：她在高家碰見了一位被她視爲天仙一般美麗的少女，她把那少女一再詳細地加以描述；可是，我完全當耳邊風似地毫未在意，我的腦子裏實在再裝不進一點別的東西，因爲已完全被百米、四百接力、低欄、三級跳遠……塞得滿滿的了。

不久，表哥也告訴了我，他在高家碰見了深爲表姊羨豔的那位少女。後來，姑母和表姊一道上街，碰見了那位少女，姑母回來也開始對那位少女品頭論足地批評不已。

那少女，就是唐琪。

唐琪和高家的關係，是：唐琪的母親和高老太太是胞姊妹。因此，唐琪是我的表哥的未婚妻的表妹，和我攀起來，也能算是「八桿子打得著」的親戚。

三

表姊對唐琪的印象十分良好，她曾屢次告訴我：

『我長那麼大，還從來沒有碰見過這麼漂亮的女孩子！』

『比高小姐還漂亮嗎？』我問。

『嗯，可以那麼說。』表姊稱讚地，『不過，你不能告訴哥哥這些話呀，他會不高興的。但是事實上，唐琪出色得多了。唐琪的眼睛、眉毛、鼻子、嘴，無一不美，讓人看了那麼舒服。』

『難道比你還漂亮？』我逗表姊說。

『討厭，誰要你拿我來比？』表姊一嘟嘴，可是，她馬上又鄭重其事地，『唐琪比我漂亮。單就皮膚一項，我就無法和人家「相提並論」了。告訴你，唐琪最美的就是皮膚，那麼白，那麼淨，那麼細，我只有在美國或日本的電影畫報裏的女明星五彩照像上，見到過那種可愛的皮膚顏色……我和她比，簡直成了黑鴨梨了。』

表姊並不黑，不少親友曾誇她的皮膚很白淨哩。可是，她却說唐琪比她還更白。我眞想像不出，唐琪的皮膚會白到甚麼程度了？

從表哥嘴裏透露出來的對於唐琪的批評，該是如何？他沒有像表姊一樣地把唐琪指爲天仙，可是他不住地向我點著頭說：『唐琪這個人，相當漂亮！』。注意，「相當」這一個形容詞，出自那時候的表哥口中，應該是可以解釋為「非常」「萬分」的——因為，那時候的表哥心目中，必然地，只有高小姐是唯一的天仙女神，正在熱戀中的表哥，怎麼會發覺自己的未婚妻以外，還另有值得一瞥的女人呢？難為他，居然他還慷慨地對唐琪肯付出「相當」兩個字。

姑媽對唐琪的觀感，就比較複雜了。她說：

『唐小姐確是長得好。尤其皮膚白嫩白嫩的，討人愛。渾圓的蘋果臉，眼睛水汪汪的，鼻子端端正正的，菱角嘴，兩個酒窩……就是稍嫌有點胖，不過女孩子胖一點顯得有福，黑乾巴瘦會顯得「薄氣」……』稍一停頓，她又接著說，『不過，唐小姐那份打扮，我可不敢恭維。第一、我看不慣她那燙得亂雞窩般的什麼「飛機頭」。第二、我看不慣她那旗袍的荷葉袖兒——那袖子可眞是太短了，猛一看，活像穿的大坎肩嘛！整個膀子都露了出來，太不文明。第三、我看不慣她那身旗袍短得剛剛到腿膝蓋，大腿都叫人家由開叉那兒看得見，多不好意思！旗袍旗袍，就得像旗人穿的袍子才對，像四郎探母的鐵鏡公主穿的那麼肥大並且拖長到脚跟才像話。唐小姐的旗袍不但短，並且又太瘦了點，緊緊裹住身子，活像個曲曲彎彎的鼓肚兒花瓶，不應該不應該！第四、我看不慣她那一雙高跟鞋，哪有年輕的閨女就穿高跟鞋的！穿上那玩意兒一扭一扭地多難看，雜耍場裏唱大鼓的才一人一雙大高跟哩！所以我覺得唐小姐人長得確實很俊，只恐怕太「時髦」，太「活動」，太「新派」了一點。無論如何，沒有高小姐那麼老成，文靜。』

上面這些來自不同人嘴裏的對於唐琪的描述，都沒有引起我太大的注意；可是，當一次高小姐向表哥、表姊、和我講起唐琪的身世時，我却一下子就被深深地吸引住了——原來唐琪竟和我一樣：她也是一個孤兒。

從高小姐口中，我得以知道：唐琪自幼喪父，只有和她母親二人相依爲命，不幸，十五歲時母親又死去，自此，唐琪開始了一個更悲慘的命運。不過，唐琪很要強，獨立求生的意志很高，她給自己選擇了一條道路——她考入北平一家德國人辦的護士學校，希望將來能進醫院擔任護理工作。

『她做了護士學校的學生，我是很贊同的，事先，她曾和我商議過這件事。』高小姐說，『因爲她知道自己將來無力讀大學，她又絕不肯向任何親友借錢，同時她又知道在大學裏唸上四年政治、經濟、社會、或是家政，並不見得一定會找到職業；學護理倒比較有把握謀到一個工作。雖然看起來當一名護士不見得是大人物們從事的大事業，但却能保障她自己的生活，而且護士工作本身的意義也很崇高。』

自此，我對這位未謀一面的唐琪小姐，突然產生了一種親切感與欽佩——親切來自「俱是人間孤伶兒」的同病相憐；欽佩來自對於一個孤女艱苦奮鬥自立自強的精神的讚許與重視。爲此，我主觀地爲唐琪受到姑母的批評，想出來一大套辯護的理由——姑母嫌她太「時髦」、太「活動」、太「新派」；她既是一家德國學校的學生，當然要比中國學堂的學生開通多了，她既是受的外國教育，當然一切打扮，甚至神氣動作，都難免要洋化一點了。

我把這種想法，告訴高小姐，她認爲我說得很有道理；不過，她加註了一句：

『我這個表妹很漂亮，也很聰明，愛打扮是女人的天性，還不要緊；問題倒在於她確嫌太活潑了一點。』

『活潑不是很好嗎？』我問。

『活潑的年頭應該已經過去嘍，她今年已經十七歲啦，』高小姐說：『她高興的時候，手舞足蹈，大笑大跳，並且抱住我，或者我的母親、我的嫂嫂們，表演電影上的熱烈鏡頭，明知她是好心，但是我們都有吃不消的感覺，尤其我們老太太很不以她這一手兒爲然。她難過的時候——譬如她想起了自己的父母，便放聲痛哭，誰勸也勸不好，活像有「定量」的淚水非要流完才能停止。我們老太太常責罵她：哭，沒有個女孩子家的哭相；笑，沒有個女孩子家的笑相。』

我在心中暗想：這種率眞爽朗的性格，倒很爲我欣賞，因爲，我缺少這種性格。我在姑母家長大，一切都學得太拘謹，太呆板；哭時不敢嚎啕，對著父母的遺像硬是把眼淚往肚內流；笑時不敢縱聲，明明是個男子漢，却要像個大姑娘似地笑得那麼斯文。只有練習唱平劇時，才可以放胆高唱到「一字調」。

我起了如此一個奇異的念頭：以後我應該向唐琪學，高興或悲哀時，應該盡量盡情地發洩！

我很願意能有機會和唐琪見一面。可是，我沒有勇氣告訴高小姐，連告訴表哥、表姊的勇氣也沒有。我想，我確也沒有很充分的理由告訴她們。

後來，又一次我從高小姐那兒聽來有關唐琪的家世：唐琪的父親在世時，位居要津，顯赫一時，曾經擔任過北洋軍閥的高級幕僚。

這一件消息，很刺傷我心。我深爲惋惜，爲甚麼一個美好的女孩子的父親竟會是一個軍閥政府的官吏呢？我對北洋軍閥的憎恨是無法消除的，因爲我的父親就是爲了去打倒這批傢伙而犧牲的。爲此，我對唐琪的印象突然打了折扣。一種莫名的厭惡感冲淡了我對她的親切感。天呀，她竟是軍閥政客的後代！

不久，高小姐又告訴大家：

『我的姨丈（指唐琪的父親）在世時，作威作福，抽鴉片，討了三個小老婆，每天和姨母吵嘴。姨父死後第二天，三個小太太都携捲細軟逃走；姨母一個人省吃儉用地把唐琪養大，眞不容易……姨母也是享慣淸福的人，艱辛的日子使她的身體漸漸不支，終於在唐琪初中畢業那年病死……』高小姐這一番話，重新使我恢復了一部分對於唐琪的同情。我冷靜地想了一下：唐琪是無辜的，儘管她父親是北洋政客，並且造了許多孽。只是，無論如何，我對唐琪的美好印象，再也不能如以前那麼完整了。這是沒有辦法的事，我的身體裏存留著父親遺留給我的仇視軍閥政客的血液，使我不知不覺地產生了這種心理。

又過了一年，另外有關唐琪的消息，經高家老太太傳到我耳中，使我當初欲和唐琪一晤的意念，大爲冲淡。從此，我幾乎不再有想和唐琪一晤的心思了。

四

民國廿六年，表哥訂婚後的第二年。那年表哥二十一歲，我十七歲，高小姐二十歲，表姊十八歲，唐琪十九歲。

表哥高中畢業了，準備到北平去投考燕京大學，和高老太太談起來，她很贊成。大概是因爲提到了北平，使這位老太太聯想到正在北平的外甥女唐琪。

『唐琪這孩子可越來越不像話了，』高老太太一本正經地，向環繞在她膝前與週圍的兒孫與晚輩——其中包括高小姐、高家兩位少奶奶、高大少爺的幾位小把戲、表哥、表姊、還有我，這麼地說，『她當初要學護士，我壓根兒就反對，一個女孩子家怎麼可以天天和男醫生混在一起？尤其和一些素不相識的男病人打交道，更沒有道理！又給人家按脈，又給人家撫頭，又給人家打針，又給人家收床叠被，男女授受不親呀，簡直不成體統！唐琪不聽我話，我叫她念高中將來念大學，她偏不肯，我說我負責她的學費，她反倒說我不了解她的內心。我怎麼不了解？她要學時髦，學洋派，在外面玩野了，收不起心！果然前兩個月出了笑話，她被派到醫院去做什麼實習，竟有一個住院的男病人跪在她面前向她求婚，碰巧被查房間的醫生跟護士長推門進來看了個清清楚楚，馬上便把她申斥一頓送回學校管戒。好事不出門，醜事揚千里，不幾天全北平大概都知道了這件新聞，聽說有兩家小報還大登她的照片，因爲她爸爸當年在北平做官時很遭報館記者們的怨恨。虧她不知害羞，還跑到天津來向我訴冤，我著實地教訓了她一頓，她不但不認錯，還跟我頂嘴！』

高老太太越說越氣，狠狠地抽了兩口水烟袋，向我們大夥來了一圈掃視，應是表示要我們規規矩矩地用心聽。她接著講下去：

『唐琪說，她因爲心眼好、心腸熱，對那個病人看護得特別週到、特別細心，想不到那個病人竟一下子跪在她面前求起婚來，並且是抱住她的大腿求婚的——虧她說得出口，竟還是一面哈哈地笑個不停，一面向我說的。可把我氣壞啦！這不都是鬼話嗎！女人要是規矩，男人死也不敢上前哪！怎麼沒有人向你們跪下求婚呢！』高老太太睜大眼睛瞪著高小姐、表姊、和她兩位兒媳婦。於是，她們都按著嘴笑起來，這笑似乎表示了她們認爲高老太太的話，有道理。

『我勸她唯一的補救辦法，是和那個男人結婚。』高老太太用紙捻兒再點燃了水烟袋，接著講：『你們猜，唐琪這個小丫頭說甚麼？她竟說：「姨媽，你怎麼說起糊塗話來啦！我根本不知道那個人是幹甚麼的？根本和他沒有一星點兒愛情！」眞荒唐！眞可恨！越是不知道人家是幹啥的，才越丟人哩，乾脆嫁給了他，不是把醜都遮了嗎？小報罵也好，人嘴巴講也好；反正一男一女成了夫妻，誰也不能再批評了。我認爲這是最開通、最十全十美的一種解決方法；她竟不知好歹，一點也不肯聽，並且把嘴噘起三丈高，雙手叉著腰，一扭一扭地就走了。』

高老太太說得有聲有色，我也聽得入了神。我想，從高老太太這一場說白，唐琪在高家老少三輩中間，注定了再也抬不起頭的命運；對於季家——我的姑媽一家人，當然也間接發生了影響，認爲有唐琪小姐這位遠門親戚，並不光彩。至於我呢，我直覺地感到高老太太的話有偏見；但是，我也有些相信唐琪可能屬於那一種天性浪漫難免遭人非議的女性。不過，無論如何，她是一個孤兒，這一點同情心無法自我心裏抹煞乾淨。那時候我正拚命準備初中畢業考試和全市會考，而國家局勢則正是中國與日本大戰一觸即發的前夕。我的全部注意力，都集中在應付兩道考試與每天的報紙頭版新聞上；對於唐琪，無暇無心關注。然而，我知道，我和高老太太她們的觀點有一顯然不同：她們認爲唐琪可厭，我認爲唐琪可憫。

表姊不再提唐琪的美麗如何使她傾心了。她心裏究竟怎麼想法？我無從知道。姑媽當然也聽到了有關唐琪的「新聞」，她對我和表哥、表姊說：

『怎麼樣？不能不信老人家的話吧，頭兩年我就看出了唐家表小姐太「活動」，早晚得出「差錯」，果然我的話應了驗。』

我想到以前，自己曾對這位從未謀面的唐小姐，付出過微妙的好感與期待，甚至企望能和她會晤，傾訴一下孤兒的心愫，不禁責備起自己的幼稚與無知，似乎感受到一種無以名之的委屈，與若有所失的惆悵……

五

在我日夜不休地埋頭苦讀下，初中畢業考試和全市的會考兩大關口，能夠一一度過。我得到了兩張證書。

姑母、姑父對我大加誇獎，並且給我特製了一套西裝，做爲犒賞。那套淺米色派立司西裝給我的記憶迄今仍是那麼新鮮、難忘，因爲那是我生平享有的第一套「處女」西裝——在以前，我一直是穿中式衣服，或是海軍服、童軍服、學生制服、皮夾克等等服裝的；這次，我才跟姑父學會了打領帶，吊褲子背帶，跟表哥學會了放一條小手帕在西服上裝左上角的小口袋裏，並且露出一個小三角來……我穿著那套新裝，大有手足失措，不知如何邁步的感覺。表姊笑我走起路來活像四郎探母的大國舅、二國舅的台步。幸好，我還不太笨，不多時，我便不再小「土包子相」畢露，而能夠輕鬆自如了。當我自天津最有名的同生照像館拍攝了一張全身八寸大的照片出來，走到街上時，感覺自己的脚步已經完全「勝任愉快」，且近乎「瀟灑」了。

就在我每天穿著那套新西服，在外面和幾位要好的同學，快樂地流連忘返於露天影院、露天劇場、露天乒乓球社，與露天飲冰室的時候，三百多里外的蘆溝橋畔突然響了震人心魄的第一槍！

隨著這一槍，全面抗戰的序幕就此拉開。

自從九一八以後，山海關內儘管過了幾年表面上一片太平景象的歲月；可是，在我們國家暗中發憤圖強下，敵人似乎已經不甘坐視我們這一頭東亞睡獅的醒來，因此敵人逐步地向華北施展壓力；冀東僞自治政府的成立，冀察特殊化的形成，日本貨公開武裝走私的猖獗，每天上百的被害的中國勞工的浮屍（他們被抓或被騙去爲日人修造秘密軍事工程後全遭殺害）在天津海河上飄流個不停……在在都迫使善良的中國人民從心中燃燒起憤怒的火焰。我們能和日本開火，是那時候，全國人民，尤其是年輕的孩子們，所最狂熱渴望的一樁事。

本來，在我痛快地玩了幾天之後，應該安心在家開始做投考高中的準備了；可是，這一來，我沉不下心去了，我每天忙著到各處打探戰爭消息，並且和同學們組織了一個勞軍團，向市民募捐，然後打著小旗，抬著肥豬，跑到天津市郊韓柳墅一帶去慰勞駐在那兒的第二十九軍。我們那個勞軍團團長便是我的同班同學賀蒙，他是一個非常愛國，非常熱情的少年。

賀蒙有一個哥哥——賀力，比我和賀蒙大了四、五歲，身體特別健壯，當初也是學校裏出色的田徑選手，他創造的紀錄，是我和賀蒙望塵莫及的。他一向關心國事，曾向我和賀蒙作過不少次國事的分析與講解。我和賀蒙很欽佩他。不過，賀力對於這次由於蘆溝橋事件引起來的中日戰爭，卻大出我們意外地，表示出不可過於樂觀的看法。

『你們不可以盲目地樂觀。』賀大哥賀力居然這麼說，『我們馬上就能一鼓作氣把日本人趕出山海關，甚或趕出東三省，是絕對不可能的事！』

我和賀蒙立刻把嘴一撇，表示不敢苟同他的論調。

『我希望我們的抗戰最好再晚爆發三年或五年，那麼，我們一定會有更大的力量來對付敵人，我們的人民一定也會減少很多的犧牲。』賀大哥如此接著說，『可是敵人等不及了，他怕我們準備好，所以他要提早挑釁開啓戰端！我們這次非死拚到底不可；不過，我相信我們得吃上不少年的苦頭，才能打倒比我們強大百倍千倍的敵人。』

老實講，我們當時無法接受、贊同、瞭解賀大哥的話，並且認爲他是成心在潑我們冷水。心想：你不過大我們四、五歲，比我們知道得多不了多少，竟對我們大倡異說，實在令人不快。

爲此，我和賀蒙寧願「另請高明」，再去尋覓一位明瞭國家大事，而能給予我們正確指點的人。我們發現了一個理想人物——那就是我的未婚表嫂高小姐的大哥高大少爺。

高大少爺，那時已經三十歲出了頭兒，因而一般人都稱呼他高大爺。高大爺平日待人接物可比賀大哥老練多了，同時口才也比賀大哥強，尤其他有一股吸引人的力量——說話時，面目表情豐富，聲調抑揚頓挫，手式姿態動人，這一切都深爲年輕人所傾倒。

『老弟們，放心！』高大爺每次都對我和賀蒙這麼說，『沒問題！日本小鬼外強中乾，鬼子兵看到咱們二十九軍的亮閃閃的大刀片兒，渾身就嚇得打抖啦，還怎能跟咱們打仗呢？』他一面說，一面做著嚇得打抖的表情，然後又用手掌當大刀片，用力一斫一斫地，『殺，殺，殺，就這麼給猴崽子們都殺光！』

我們眞聽得入神，幾乎要鼓掌喝彩！

『告訴你們，老弟！』高大爺十分威嚴地說，『當今華北要人宋哲元宋明軒先生，秦德純秦紹文先生，張自忠張藎忱先生，馮治安馮仰之先生，劉汝明劉子亮先生，蕭振瀛蕭仙閣先生(註)，都是我的好友。沒問題！我的消息靈通，告訴你們，日本人想打我們，簡直等於雞蛋碰鐵球！』

『高大哥偉大！』我和賀蒙幾乎同時喊叫出來。雞蛋碰鐵球！好哇！多生動的比喻！多痛快的比喻！多正確的比喻！多有力的比喻！我們對高大爺佩服得五體投地。

我們無法不崇拜高大爺，他竟能把華北要人們的「台甫」記得那麼清楚，而我們就從來不知道宋哲元號明軒，秦德純號紹文，張自忠號藎忱……中國人的習慣是應該稱呼人家的「號」，不能直呼人家的「名」的。我們和高大爺一比，知識可太貧乏了。難怪人家高大爺令人欽佩，他和那些大人物都是朋友哇！

二十九軍眞勇敢，官兵們奮勇殺敵的事蹟，獲得全國人民的敬仰！二十九軍副軍長佟麟閣和一位師長趙登禹，在身先士卒的衝殺中，相繼陣亡了。然而，大刀片兒究竟抵不住東京兵工廠出品的飛機、大砲、坦克車；於是，我們的忠勇國軍，在慷慨地，大量地流血以後，只好做撤退的部署。

平津失守的前夕，我和賀蒙專誠往謁高大爺。

註：宋哲元係當時冀察政委會委員長，秦德純係當時北平市長，張自忠係當時天津市長，馮治安係當時河北省主席，劉汝明係當時察哈爾省主席，蕭振瀛曾任天津市長。以上諸氏均為二十九軍高級將領，亦均為抗日初期的名將。

『老弟，沒問題！蓋忱有電話給我，紹文有電報給我，沒問題！中央方面也有信給我，中央軍馬上就到，是龐更陳的隊伍跟孫仿魯的隊伍。知道嗎？龐更陳就是龐炳勛！孫仿魯就是孫連仲（註）！中央飛機馬上也就來參戰！放心好了，日本人今天打咱們，簡直是雞蛋碰鐵球！』高大爺這一席話，說得我們心花怒放。當然，賀大哥賀力在我們心中的地位更爲一落千丈。

可是，眞糟，當天晚上情勢大變：高大爺的話完全沒兌現。飛機確是來了，在天津市猛烈轟炸，那是日本飛機！援軍也來了，是日本的增援部隊，他們和天津市的保安隊在東局子激戰了一夜，因爲兵力衆寡懸殊，我們的保安隊犧牲殆盡。自此，天津淪陷，太陽旗開始出現在這個大都市的每個角落。

註：龐炳勛、孫連仲，二氏均爲抗日名將。

六

我和賀蒙陷入焦急、迷茫、失望、悲哀、痛苦中。

我們已清楚地曉得：中央軍沒有來；二十九軍正沿著津浦線節節退向山東。這時候，唯一安慰我們的，是賀大哥賀力。他勸告我們不可悲觀，他指出我們過去希望「坐享勝利成果」的錯誤，他希望我們能找機會參加救國工作，或是設法到南方升學。

高大爺呢？我們突然不容易見到他了。高小姐和高老太太也都搞不清他天天在外面做些什麼事。

幸而，我們住的是英租界，日本軍隊雖然佔領了天津，但還不能進入租界。這時候，青年人們紛紛搭船南下，我便也向姑父母正式提出請求：准許我也到南方去參加救亡工作，或是去升學讀書。

姑母連半分鐘也沒有考慮，便一口拒絕。她的理由很簡單：我還太小，她不放心。姑父也不表贊助。他已經給我報了名，要我投考天津耀華高中。

賀蒙表示願以我的去留決定他的行止。在初中的三年時光，我倆一直被同學們視為「孟良焦贊，孟不離焦，焦不離孟。」我覺得萬分對他不起，我竟不能立刻作走還是不走的決定，使他苦惱不已。最後，他向我攤牌：要我跟他偷跑！而我，確是無論如何不能硬下心腸用偷跑的方式離開姑母一家人的。我曾偷偷寫好一封給姑母全家的謝恩信，決心不辭而別；可是，姑母的眼淚軟化了我的鐵般的意志。姑母老淚縱橫地，緊拉住我的雙手說：

『我求求你，乖孩子，我求你再過兩年，稍大一點再離開家。你們張家就留下你這條命根，我死也不肯現在就放你走，我不能對不起你父母的託付。尤其你父親是打仗打死的，我絕不能再讓你重走這條路，告訴你，我已經一連做了好幾天惡夢，夢見你和日本兵在前線對打，被打得遍身是血……』姑母猛地抱住我嗚咽起來。我消失了抗辯的勇氣，雖然心裏不甘心接受姑母的阻止。

我本希望表哥和我一路南去；想來想去，我不能那麼做。我自己吵著要走，已經使姑母大為傷心，怎麼還能再拉上她的愛子呢？但是，我絕不肯留在淪陷區當順民。

我在耀華高中的考試場內，故意幾乎交了白卷，為的令姑父對我的「名落孫山」失望，而答應我去南方。然而，我這一計，並未得售，姑父毫無怨言地要我在家休學一年，然後再去投考高中。

我試著發動親友向姑父母遊說，希望借重他們說服姑父母，達到放我離家的目的。果然有兩位父執輩親友十分懇切地幫助我，在姑父母面前力主叫我南去，給我莫大的同情與鼓勵。可是，何其不幸，唯有當初對抗日最具信心的高大爺，卻堅持反對意見。

高大爺已經重新露面，事後我得以知道，他自天津淪陷後，為了保全他那個電信局的科長位置，大為奔走——電信局長已換成了日本人，大部分高級職員也都換了新人，高大爺竟能由於他的「能幹」、「手腕」，仍舊官居原職。

『老弟，』他叫得我倒一如往日地親切，『我看，咱們的抗戰絕沒有前途。天津撤退得如此快，眞不像話。日本的武力太強大了，我們跟他打，簡直是雞蛋碰鐵球呀！我敢保證：濟南、上海、南京，馬上也得完蛋大吉！你要跑到南方抗戰，我無法舉手贊你的成！』

我有一肚子話要質問，甚至要唾罵高大爺。可是，我想，我必須忍耐下來，在高老太太家裏我總還得保持一個懂禮的小客人身分。我咧了一下嘴，做苦笑狀，決心以溫和的態度諷刺高大爺一下：

『您一向有判斷力，因爲您一向消息靈通。最近，明軒、藎忱、仙閣有信或電報給您嗎？』

『唉喲喲！老弟——』他立刻由沙發上跳起來，連忙用手堵住我的嘴，『別開玩笑，誰認識那些傢伙呀？千萬不能再提那一批人，我根本連見過他們一面都沒有呀！』

我心裏暗暗發笑，他那種畏懼的窘相，活像我們身邊有日本特務在場一樣。

當天晚上，高大爺特別跑到我家，對我姑母講：

『令侄有點瞎胡鬧，我站在老大哥立場，爲了愛護他，不得不勸阻他南去。他才是個十七歲的小孩子，就算到了南方又能幹什麼呢？我們絕不能看著他到南方受罪或送掉小命！』

高大爺的這番話，表姊在旁聽得清楚，一五一十地轉告我。表姊還加了一句評語：

『高大爺的措詞太刻薄了一點，神氣也太討厭了一點，我對此人的印象已經大不如前。』

從此，我和表姊很少到高家去，並且我們還一再向表哥口直心快地說出來：

『對於閣下的大舅爺，委實不敢領教！』

約摸一個月後，高老太太做五十五歲大壽，表哥當然要去拜壽一番，而我和表姊也接到了正式請帖，我們儘管對高大爺不感興趣，但對於高家其他的老老小小仍具有好感，因此，我和表姊準時前往。

意外地，這一次在高家，我見到了唐琪。這是我和唐琪平生第一次會晤。

第三章

七

壽堂設在高府大客廳內。

平日，那間古色古香的，擺滿鑲著七彩蛤蜊片與大理石的花梨或紫檀木家具的巨室，在這一天，越發顯得富麗堂皇了。正中條案上擺放著江西瓷製成的高達三尺多的福祿壽三星，兩邊是一尺高的八個小瓷人——八仙上壽，每邊放四個。條案後面掛著百花綴成的大壽字。四壁上懸有親友贈送的壽幛、壽聯，還有一個很考究的用一百個金色壽字繡成的大紅百壽圖。客廳一角，還擺放著雕有一百個仙鶴的「鶴算無疆」八扇屏。

碗口一樣粗的兩支「大碗龍鳳」蠟燭上，分別塑有「福如東海」，「壽比南山」的金字，那一閃一閃的燭火，照耀在兩邊的祝壽銀盾上，異常燦爛奪目。壽案前面的八仙桌上，擺滿鮮貨、乾果、壽字喜粿、蛋糕、壽桃、壽麵，與八仙糖人兒。八仙桌兩邊擺著兩隻太師椅，上面都舖著紅氈。後來當我看到高小姐一大幫人給高老太太磕頭拜壽時，才明白那兩張太師椅：右邊的是老壽星坐，左邊的則空起來表示尊敬已經去世的高老太爺——仍給他留有座位。

親友來拜壽的真不少。從未來過高家的姑母也第一次來「拜訪親家」，兩位親家母見了面非常親熱，客氣話似乎沒完沒了地叨叨個不停。姑母說高老太太有福氣；高老太太說姑媽有福氣。姑母誇獎高小姐好、高家少奶奶好、高家少爺孫少爺一大堆都好；高老太太誇獎表哥好、表姊好、還加上一句誇獎我好。姑母直說壽禮送得太少；高老太太則說，姑母送了厚禮又親自駕臨眞不敢當，又說招待難以週到，千萬不要見笑，因爲年頭不對啦，既不能請親友們吃太好的酒席，也沒有準備一臺「堂會戲」在院子裏搭棚演唱，只有一點「什樣雜耍」在飯後表演一下，以娛親友。

我和表姊一面聽著這兩位老太太的對話，一邊偷偷地不斷地吐一下舌頭。

『姑媽原來是禮貌專科學校畢業的呀！』我輕輕地跟表姊說。

『對啦，高老太太是外交系畢業的！』表姊回答我一句。

親友越來越多，高老太太暫時停止了與姑母的個別談話，開始週旋於衆人之間。她的精神眞飽滿，兩隻小脚，穿著紅緞繡花鞋，跑來跑去，活像京戲裏踩著「寸子」的刀馬旦，那麼俐落。她的頭髮梳得很亮，活像貓兒剛舐過似地，後面挺起的小髻上插了一朵大紅花，上身她穿的是黑緞繡花的大襖，下身是百葉花裙；高家大少奶奶——高大爺的太太，也是一身這種裝束。這大概是當年女人的大禮服。高老太太的嘴，一分鐘也閉不上，不是向人笑，就是與人寒暄，連抽水煙袋的時間也沒有了。女賓們個個打扮得花枝招展、珠光寶氣，必是把自己最欣賞的「看家」的手飾，與行頭，都搬出來了。難怪，這種場合，在女人們心目中，無疑地就是一場賽美大會。

我這才發覺女人們聚在一塊時，吵嘈的聲音一點都不比男人小。光聽那一套大嗓門兒的招呼詞，就夠聽老半天的了：

『啊，這是二大妹子！』

『啊，這是三大姑！』

『啊，這是四大嬸！』

『啊，這是五大姨！』

『啊，這是六大妗子！』

『啊，這是七大媽！』

『啊，這是八大、九大、十大……』

在那熙熙攘攘的女人群中，猛然間，我發現了一位少女，一位一望即知與那些太太小姐們儼然不同氣質、不同風度、不同神采的少女。她也有說有笑，十分活潑跳脫；可是，她全然沒有那幾位二大妹子、三大姑、四大嬸們的俗氣！像一道強烈的光芒掠過我的腦際——啊，她的面龐怎麼對於我那麼熟悉呢？可是我實在從未在任何地方見過她一次。喔，喔，她是唐琪！是吧？應該是的！應該是的！她一定是唐琪。我直覺地，斷定她必是唐琪無疑。

我本想馬上問一下表哥、表姊，或是高小姐，究竟那位少女是否就是唐琪？可是，我竟被那位少女的奇異美麗攝住了目光，半天，半天，不能轉動一下眼球。這時候，我的五官似乎只剩下了視覺，其他一律暫時消失了功能：我的嘴呆呆地半閉著講不出一句話，我的耳朵突然不再聽見周圍的「恭喜」、「拜壽」、問好、大人笑、孩子跳與留聲機等等嚣雜的聲音，我的鼻子也聞不到由壽檯紅燭上與檀香爐裏飛出的煙火，與滿房繚繞的煙捲兒、水煙袋、雪茄，再加滿桌子的乾果、鮮貨、各種冷熱飲料，以及來自大門口那兒「天一坊」飯莊派遣來的四口大灶的油、菜、肉，所造成的混合香味……

這時，她似乎發現有一個我，在癡癡地瞅著她了。她不像一般女孩子似地，擺過頭去，或是把頭垂下；而是把一雙大眼睛睜得更大一點，直向我看來。我立刻發覺自己「燒盤兒」了，我想我的臉一定變成了戲臺上的關公，或是法門寺的劉瑾那麼紅。我羞怯地把頭轉到另一個角落；然而，任憑我轉到何處，她的臉依舊一步未動，因爲，那張美好的臉已經烙印在我的心裏。

如果她是唐琪的話，我以前所聽表姊、表哥、姑母、高小姐等人對於唐琪的稱讚一方面的描述，不但正確，恐怕還嫌不夠呢。她的皮膚的確白得出奇，白得可愛，一望即知那不是靠絲毫撲粉呈現出來的顏色。坐在她左右的那些「二大妹」、「三大姨」、「四大姑」們的臉上的鉛粉，有的塗得很厚，當然也很白，白得幾乎像舞臺上的曹操了，然而卻沒有一點光澤；有幾位還塗了很厚的正流行的杏黃色的胭脂，和杏黃色的唇膏（好特別呀，是杏黃色不是緋紅色，不曉得爲什麼那兩年會流行這種奇怪的顏色）；有幾位描了細長細長幾乎到達鬢邊的眉……看上去活像剛自舞臺上卸了行頭的花旦。也有幾位——大概是高小姐的同學，她們不塗一點脂粉，完全一幅整潔樸素的女學生氣派；不過她們的皮膚，有的卻又顯得蒼白、萎黃，或是枯黑了一點。只有她，那個可能是唐琪的人，她的皮膚是白得那麼美，白得那麼柔，白得那麼勻，白得那麼自然，白得那麼舒坦。淡淡的玫瑰色，呈現在她的雙頰，像朝霞染在潔白晶亮的象牙塑像上，越發使她的皮膚顯得格外可愛、動人，那簡直像奇異光澤的透明體，似乎一點點顫動或微風就會把它震碎或是吹破。她的一雙水汪汪的大眼睛更是令人擔心它馬上會傾溢似地，那麼靈活而清澈。

我再度轉過頭來，重把視線落在她的身上。感謝天，她已經不再用那過於明亮的一雙眼睛看我了。她正微側著頭，拉著高家二少奶奶的手。我看到了她的秀美挺直的鼻子，與不靠一點口紅而輪廓極爲清楚的菱形嘴唇，當她兩個嘴角一起微向上翹，變成一個元寶型的時候，我更清楚地看到了凹在她腮邊的深深笑渦。我又特別留心地觀察一下她的頭髮與服裝：她的頭髮，並不是如姑母當年所說的「亂得如雞窩般」的飛機頭，而是大波浪似地，舒適地睡在頸上；她穿著一件長袖淡綠色的毛衣，沒有露出臂膀，一件絲棉質的花旗袍，過了膝蓋一大塊，腿也並未赤裸，而是穿著長長的淡咖啡色的絲襪子。在那個女人堆裏，她的打扮裝飾，一點不顯得豔麗或妖冶，反而顯得十分雅致。我想跑到姑母身邊去問一下：如果，這位少女果眞是唐琪的話，我應該指出姑母當年對唐琪的描述失實。可是，我馬上想起來姑母講述的是她在夏天街頭上看到的唐琪呀，而現在是冬天，服裝怎麼會相同呢？我幾乎噗嗤一下笑出來，笑我自己如果眞呆頭呆腦地跑到姑母面前爲唐琪來這麼一下「辯護」，準會被姑母罵爲「小神經」的。啊，姑母並沒有說錯，我看到了緊裹住那位少女雙足的一對高跟鞋。

『是太高了一點，』我自言自語著，『可是高得不討厭，尤其顏色好。』是的，高得不討厭，夾雜在那些女人的大繡花鞋或大紅大綠的半高跟鞋的中間，特別顯出她那雙黑鞋的脫俗與高貴。

『喂！看甚麼看直了眼啦？』表姊突然打了我一下肩。

『我在數那百壽圖上的壽字是不是整整一百個呢！』我回答。

『見你的鬼呀！』表姊把嘴一撇，『百壽圖掛在左邊牆上，你明明是衝著右邊發怔！』

我苦笑一下，表示默認。

『喔——我猜到了，你大概是看一個人吧？』表姊湊到我的耳邊說，『是不是看唐琪？』

表姊的話立刻帶給我一串心跳。我想賴：

『姊，我從來沒有和唐琪見過一面，怎麼會知道誰是唐琪呢？』

『你猜也可以猜得出來呀，』表姊說，『今天來的女人中間，哪個最漂亮哪個就是唐琪！』

『我猜猜看，』我故意地瞎指幾個不好看的女人，『那就是唐琪吧？』

表姊一面搖手，一面連做了好幾次「嘔吐狀」，表示我猜的全不對，並且頑皮地表示那幾位難看的女人令她噁心欲吐。最後，她終於忍不住地指給我：

『這才是唐琪！』

天哪，一點也沒有錯，我癡癡地看了半天的那位少女，正是唐琪。

八

『拜壽呀！』

『拜壽呀！』

大夥兒吵嘈著。

『不忙，不忙，』高老太太笑嘻嘻地，『讓我先帶著孩子們給老太爺磕頭。』

於是，高府全家在老太太率領下，走到客廳隔壁書房裏，向牆上懸著的高老太爺遺像叩了四個頭。然後，高老太太回到壽堂，坐在八仙桌的右側太師椅上，接受兒子、兒媳、女兒、孫子、孫女兒們的磕頭拜壽。

高小姐磕頭時，一些親友都鬨說叫表哥跟著一起磕，弄得表哥很尷尬。高老太太解圍說：

『不必忙，不必忙，將來等他們結了婚再給我一起磕也不晚！』

結果，表哥和我，還有表姊三人，一起向高老太太行了個三鞠躬禮。

『小琪呢？』高老太太問。

『在這兒呀，來啦，來啦！』唐琪連跑帶跳地由樓上走下來，『姨媽，我是去換衣服啦，好給您磕頭！我剛才那個旗袍太瘦了，跪不下，跪下去會撕裂的，所以得去換一件稍爲肥大的。』

說著，說著，唐琪已經跪在地下了。高老太太一面高興地說著：『別磕了，別磕了！』卻又一面不住地點頭表示磕得對，磕得好。唐琪站起來時，高老太太一把拉住她：

『好孩子，誰說姨媽不喜歡我們小琪啊？姨媽頂疼小琪呢！』

『眞的嗎？姨媽！』唐琪那麼興高彩烈地尖叫了一聲，冷不防，她一個箭步跳到太師椅旁邊，用兩隻臂把高老太太的肩一摟，然後狠狠地在高老太太的臉蛋兒上親了一個吻！

立刻，親友間起了一陣鬨笑。有人拍掌表示贊許；也有人嗤鼻，或是來一個聳肩縮頸的姿勢表示看不慣。

『瘋丫頭！』高老太太連忙推開了唐琪。唐琪不肯放鬆地，又提起高老太太的手來，在那手背上吻了兩吻。

『出洋相！』高老太太瞪了唐琪一眼；但是，並沒有眞生氣，大概因爲是喜慶日子，不便發脾氣。

親友們陸續給高老太太鞠躬拜壽，小輩的娃娃們便一面在地下磕頭，一面快活地順便在地氈上打滾，翻筋斗……太太們到一個房間去鬥「十胡」（一種北方紙牌），高大爺招拂著男賓們組成了兩桌痳將。一陣熱鬧過去，壽堂逐漸安靜下來，各人都找到了各人消遣的地盤。我和表哥、表姊、高小姐、高小姐的幾位女同學，必然地被留剩在靜謐的一角。唐琪提議要唱戲，她說她一定要先唱一段「痳姑獻壽」來慶賀一番。表哥、表姊的戲癮都很大，我也夠資格被列爲小戲迷，因此，提起唱戲，我們一小夥兒都不反對。

表姊首先響應，並且猛古丁地把我「端」了出來：

『喂，唐表姐，我的弟弟會拉胡琴呢！』馬上，她又接著說，『唉呀，我還忘了給你們介紹一下哩，這是唐琪表姊，這是我弟弟！』

我向唐琪鞠了一個深深的躬。她把右手伸到我的面前，準備向我握手。我竟手足無措地不知如何是好了，我從未遇見過一個女人先向我伸過手來的場面。我眞該死，我眞是笨伯，我竟半天伸不出手去，等我下了決心把手伸出時，唐琪似乎是已經等不耐煩地把手退回了。當時，一陣辛酸與悔恨流過我的心臟，我竟丟失了這麼一個幸福的機會——和一隻那麼潔白的，纖細的，柔美的手，握一握的機會。

『你們不認識嗎？』高小姐向我和唐琪說，『嗯，我忘記啦，你們從來沒有碰過面啊。』

唐琪跑到樓上拿下來一把破胡琴，上面灰塵很厚，二弦已經沒有了，松香更薄得露出來底下的竹筒皮。

『這是我二哥的胡琴，自從去年他到英國留學，便一直沒有人動它，虧得唐表妹還能夠找得到！』高小姐解釋了這把胡琴的來歷。

『這，不能拉吧？』表姊瞟了我一眼。

我心想，就是這把胡琴的裝備完整，我也是不能拉呀！我會拉甚麼呢？我只是因爲有興趣，根據幾本用西洋音樂的1234567的簡譜編成的戲考，自己瞎拉過幾個月。姑父工作的海關有國劇社（票房），姑父每月會去兩三次，也曾請海關國劇社的老師到家裏教唱，表哥表姊跟我也都聲稱拜他爲師，倒也認眞地學了不少，他還誇獎我們三人有「本錢」（嗓子好），有天賦，悟性強，若下功夫練，可以登台成爲名「童票」。他拉得一手好胡琴，他「警告」過我，靠音樂簡譜永遠難把胡琴學好；可是不用簡譜，硬跟他學，可就更難了，且要花太多年功夫啊！

『可以拉，可以拉！』唐琪對表姊說，『我出錢，叫老媽子上街買二絃和松香去。』看樣子，我是非當場出醜不可了。二弦與松香俱已買來，表姊替我吹牛，說我拉得僅次於梅蘭芳的琴師徐蘭沅，高小姐也馬上說她久仰我的琴藝。表姊在家裏聽到我練習胡琴，是經常把一句評語——『活像踩住了雞脖子』奉贈給我的；眞氣人，今天她竟如此過火地起鬨。

我比較會拉的是二黃原板「561，23216，565……」因爲那是根據簡譜戲考上余叔岩的「烏盆記」與「八大錘」練來的。於是，我便提議，要唱就唱這兩齣。

『傻瓜！』唐琪居然叫起我傻瓜來了，『今天姨媽做壽，怎麼能唱那兩齣呢？「烏盆計」裏有鬼，「八大錘」裏王佐又砍掉了自己一隻膀臂！要唱，只能唱「麻姑獻壽」呀、「大登殿」呀、「天女散花」呀、「龍鳳呈祥」呀、「金榜樂大團圓」呀……』

好呀，她說的我一段也不會拉。

『我眞不會拉，請饒了我吧！』我哀求著全體在座人員。

『不要緊，我先乾唱一段「麻姑獻壽」，』唐琪說，『我唱完了你們大夥也得乾唱兩段。』

唐琪跑到內屋硬把高老太太拖出來了，高老太太手上還拿著一付紙牌哩，她一面走著一面抱怨：

『眞是胡鬧嘛，我已經聽二五八萬了！』

高老太太落坐太師椅上。唐琪開始唱：

『瑤池領了聖母訓，
回身取過酒一樽……
飲一杯能增福命，
飲一杯能延壽齡……
霎時瓊漿都傾盡，
願年年如此日不老長生……』

唐琪唱得很不錯，字正腔圓，嗓音甜潤而清脆，她越唱越高興，最後幾句乾脆加上臺步、手式，表演起來了。「麻姑獻壽」的身段極美，唐琪表演得相當動人。起碼，我個人無條件表示「擁護」。

接著，表姊唱了一段「鳳還巢」。表哥唱了一段「黃金臺」（他最愛唱的馬派戲「甘露寺」、「四進士」，我都不會拉），因爲「黃金臺」和「八大錘」的腔調相仿，我便鼓起勇氣給表哥操琴。

『你拉得還不錯呀，』唐琪一本正經地對我說，『爲甚麼我唱，你不拉呢？』

『唐表姊，青衣花旦戲我一竅也不通。』這是我向唐琪說的第一句話。我知道我的神氣一定很呆板，毫無風趣可言；總算萬幸，我還叫了她一聲唐表姊。

『你可以練，我多唱幾遍，你就會啦。練會了，晚上可以當衆表演一下。』唐琪這麼對我講。沒等我答腔，她說：

『來來來，咱們到一邊來練。』

我跟她走到客廳的一端。她開始低聲唱。我連忙掏出小日記簿和自動鉛筆，她唱一句，我便捉摸著應該是那幾個音階，用1234567記錄下來。好在那是一段「二六」板，很少胡琴「過門」，唱腔有了簡譜，練了十幾遍，也大致可以合得來了。

高家大少奶奶來宣佈開飯。我們這個不打麻將、不鬥紙牌，單單唱戲的集團，便佔了一個大圓桌。好幾個桌上大聲猜拳鬧酒，我們這個桌上仍是談戲。表哥喜歡馬連良，我喜歡譚富英，爲此我倆大發議論。唐琪也和高小姐、表姊幾個人侃侃高談，對四大名旦梅蘭芳、程硯秋、尚小雲、荀慧生，四小名旦李世芳、毛世來、宋德珠、張君秋，以及四大坤旦雪艷琴、徐碧雲、章遏雲、新豔秋，一一加以論評。

『等一下我表演一段「霸王別姬」的舞劍給你們看！』唐琪突然高興地說，接著她一瞅我，『你會拉舞劍時的曲牌「夜深沉」嗎？』

『截至現在爲止，』我回答，『除了二黃原板，我只會湊合著拉一段二六「麻姑獻壽」哇！』

全座的人聽見都笑了出來。

晚飯後，表演什樣雜耍的藝人們到齊了。在大客廳裏，小蘑菇、二蘑菇、常連安父子三人的對口相聲，張君、沈君的口技，馬增芬、馬增芳兩姊妹的西河大鼓，高五姑的天津時調，花四寶的梅花調，王佩臣的「醋溜大鼓」（即樂亭鐵片大鼓，因其味道甚「酸」，故名「醋溜」）相繼演畢。這些角色在當時的天津都大有名氣，從這些男女藝人的幾句開場白裏，我得以知道他們對於高大爺十分敬畏。顯然地，那時候的高大爺已是一位很「吃得開」的人物了。

這越發增加了我對他的厭惡感。他這一天穿著長袍、馬褂，馬褂上佩著「日滿華親善」小證章，另外他又把馬褂與袍袖都挽了起來，似乎除了表示他是當今親日社會中的華人紳士外，還表示了他在江湖黑社會上的「勢力」。表姊輕輕地對我說：

『看到高大爺的這份盛氣淩人的「尊容」，方才吃的獅子頭和清蒸雞都要從嘴裏倒出來啦。』

最後一個餘興節目是表哥的「黃金台」和唐琪的「痲姑獻壽」。我小心翼翼地拉著。拉得還眞不算太壞。唯一遺憾的，當我拉到「痲姑獻壽」最末一句時，可能過於緊張，使用弓子的力量太大了一點，又因爲唐琪的嗓子太好，絃原本就定得很高，意外地，拍地一響——二絃斷了。

『糟糕！』我叫了出來。

『噓——』唐琪用手一堵我的嘴，『別聲張，姨媽曉得了會認爲不吉利，我就得挨罵了。』

正巧已經唱到末一句，掌聲四起，發現弦斷了的人並不多。

時間已經不早，客人們紛紛起身告辭。

我把那斷了絃的胡琴還給唐琪時，心裏有說不出的憋氣。我歉然地對她說：

『對不起您啊，唐表姊，希望您不會在意。』

『我從不迷信的。』她接著說：

『有空來玩吧，季弟弟！』她向我伸出手來。

這次，我沒有縮手不前。我和她握住了，一面說著：

『再見，唐表姊，可是我告訴您，我並不姓季。』

『怎麼？』她驚訝地，顫動了一下鑲在她那大眼睛週邊的羽樣長睫毛，『你的哥哥、姊姊不都是姓季嗎？』

『我是他們的表弟，我姓張。』

『啊，原來如此，好，再會啊，張弟弟！』她向我擺擺手，走上樓去。

我清楚地聽見她叫張弟弟時的聲音是那麼親切，我清楚地看到了她向我擺手微笑時，深深凹在她腮邊的酒渦，是那麼甜美。

九

高老太太做壽的第二天，表哥搭火車回北平了。那時他正在燕京大學經濟系攻讀，他是特別請了假，趕到天津來給他的「準岳母」拜壽的。

表哥當初曾向姑父「申請」每逢星期六返津省親一次。我們都曉得，在表哥的心目中，比「省親」更迫切的還有和未婚妻晤面的一樁重要事項。姑父說表哥每月回來四趟，次數太多，既浪費時間又浪費金錢，更影響功課，只「批准」了「每月返家一次」。這一來，表哥大傷腦筋，只好哭喪著臉子，向姑母搬取救兵，姑母疼子心切，表姊和我也動了「惻隱之心」，便一齊向姑父講情，結果姑父答應採取折衷辦法——表哥可以兩週回來一次。

表哥的記性可眞好，他從來沒有忘記過每隔兩週必定回來。回來以後，更從來不會忘記以最快的速度，換一換衣服或草草地吃一點東西，便開路高府「報到」。不管颳風落雨，甚或下大雹子，他絕不變更行程。因此，我和表姊給他起了一個綽號——「風雨無阻」。

這次，高老太太做壽是在禮拜三，表哥回北平是在禮拜四。臨行，姑父鄭重其事地告訴表哥：『這個禮拜六本是輪到了你回家的日子；可是，你已經在禮拜三回來過，就不必再在禮拜六回來。也該安下心來用功讀書，準備大考了。』表哥還未吭聲，姑父又嚴肅地說了一句：『少小不努力，老大徒傷悲呀！』

表哥心裏一定很彆扭，但他不敢不尊從姑父的訓示，只好噘著嘴，無精打采地，提著小皮箱走了。

『嘻，這一下，密司脫「風雨無阻」慘啦！』表姊在表哥走後，對我說。

『是啊，』我答說，『我也很慘……』

『爲甚麼？』表姊頗爲驚訝地。

『因爲──』我突然把話噤住了。我想，我不能把眞話全盤告訴表姊。

『因爲──』我裝得一本正經地，『因爲不忍看到大哥和高小姐不能相會的凄苦呀！』

『閣下未免太「替古人擔憂」了。』表姊說完這句話，便回到她臥房裏去。

我想喊住她，因爲我還有話要對她講。可是，我張了幾下嘴，始終沒有吐出聲音。等她的背影消失了，我才在心中叫著：

『有點對不起表姊呀，自己心裏的話竟沒有誠實地告訴她。』

我悵然地回到自己的小臥房。

我看到了牆壁上向我微笑的母親的大照片。

『媽，』我幾乎無聲地喃喃著，『告訴表姊怪不好意思的，雖然表姊從小就很愛我。那麼，我只有告訴您了：媽，您可別笑我哇！我曾因爲討厭高大爺而立志不再到高家。可是，現在我願意，那怕是再去一次。昨天我已經親自看到她了，我覺得她很討人喜歡，她確實長得太美，她活潑、熱情，對人又親切……她在北平念書，偏巧這個禮拜六表哥不回天津，我無獨自去高家的理由啊。也許，她已經和表哥同在今天搭車回北平了。也許沒有。她不像表哥經常往返平津，好容易來一次姨母家，很可能多住上幾天。不過，到下禮拜一，她一定會走掉了……媽，您說我該怎麼辦呢？我到高家附近幾條街上徘徊好嗎？她也許會上街買東西……』

媽不理我。媽不動聲色地對我微笑如故，似乎在問我：

『傻孩子，縱然你能碰到那個女孩子，又如何呢？』

我無法回答。如果我和她當眞再度面對面時，我眞不知道我將如何做才好。我想了又想，我的企求極爲有限，我不想對她說什麼話，也不想對她表演什麼，我只希望看到她就滿足了，即使她並未看到我也沒有關係。

我想起來，當初我曾和我的同班好友賀蒙一塊去過高家，而表哥並沒有同去——那是去向高大爺請教國家大事的。可是，現在高大爺的親日行爲已經全部明朗化了，聽說他已升任了什麼「副處長」，我絕不肯讓自己耳朶再受一次傷痛——聽他那些侮蔑祖國抗戰的謬論。如果爲了和一位女孩子晤面，而必須先違背良心地敷衍一下那種狂發謬論的人，我是不甘心去做的。

我又想起以前在學校時，幾個同班同學曾經向我講述過他們如何「追蜜斯」的方法，那些方法包括：直接給女孩子寫信，儘管不知道她的姓名，因爲可以用「敬愛的小姐」代替；向女孩子吹口哨，或是低唱英文情歌；天天在街口、或橋頭「站崗」攔駕；騎自行車把女孩子的自行車撞倒，然後向她道歉並且殷勤萬狀地替她修理車，送她回家……我曾十分蔑視用這些方法去獵取女友的男孩子們，雖然他們也偶爾會獲有成果。現在想來，當初我深爲不齒他們的舉止，似乎過於苛刻。但是，今天要我從那些方法中選擇一種，我仍不屑一試。也許，我太膽怯。然而，那種「勇敢」的方式，無法令我欣賞。事實上，我和唐琪已經相識，並且還有轉彎拐角的親戚關係，上面那些方式實在也不宜應用。

我究竟該怎麼做呢？一種從未有過的，陌生的情緒，在我心中滋長。那是一種古怪的奇妙的情緒——它混雜起伏著淡淡的喜悅、興奮，空虛、憂鬱、迷茫、與煩悶。

…………

日子過得很慢，十多天似乎比以前的十個月還長。表哥又風雨無阻地自北平返家了。我想自動提出來陪他到高家去玩；當我又想到唐琪該早已離開高家半個月了，我頗爲沮喪地拉著表姊去勸業商場「天華景」戲院看平劇，一面狠狠地衝著表哥說：

『你自己去看高小姐吧，誰高興給你們夾蘿蔔乾兒？』

十

十七歲的我，應該還是一個天眞未鑿的孩子。可是，我竟開始學會了傷感。

我開始喜歡閱讀文學作品中傷感的新詩與散文。我開始喜歡看翻譯的世界名著中的悲情小說與悲劇劇本。我開始喜歡獨自個兒溜進咖啡館內，躲在幽暗的一角，一邊聽著白俄流浪漢們組成的樂隊奏出的苦澀的樂曲，一邊飲下苦澀的咖啡，發出苦澀的嘆息……

我有一種很像長期漂泊者的心情。然而，十七年來我從未離家一步，儘管這是姑母的家，實際上也正是我溫暖的家。

我又有一種很像失戀者的心情。然而，誰曾是我的戀人呢？我根本從不曾和任何一人談情說愛。

賀蒙發現到我的神情變化，幾次提醒我：

『喂，小伙子，怎麼老沒精打采的？「頹廢派」可不能抗日呀！』

是的，我這麼年輕就頹廢，如何對得起多難的祖國？如何對得起逝去的爸媽？如何對得起深深愛我的姑母一家人？如何對得起自己的南下參加救亡工作的宏大志願？如何對得起每天在槍林彈雨中浴血抗敵的軍民？我把期望擺在抗日戰事上，我想一連串捷報，一定可以使我恢復愉快、樂觀。

可是，接踵傳來的竟是一連串相反的消息——十一月中旬，上海陷落，太原失守，津浦線國軍全部撤退黃河以南……

顯然地，這些不幸的消息，不僅帶給我一個人太多的悲憤：我看到每一位善良的市民臉上，都罩上了一層灰黯的陰影。我知道，他們心中的悲憤比我不會少一點點。姑母家的氣氛也爲之變得相當沉重。平日沉默寡言的姑父變得更爲嚴肅；姑母從早到晚咬牙切齒，從嘴縫裏往外不住地迸發著低微的詛咒：『小日本兒，天打雷劈的！老天爺早晚得收拾你啊……』；每天有說有笑一向樂天派的表姊，也有了一副愁眉苦臉，同時我更發現她的食量也在大減。虧她在憤懣中還不忘幽默，她對我說：

『小弟，我一直怕變胖，如果老聽到咱們打敗仗的消息，再不用吃甚麼「消瘦茶」、「消瘦藥」，我也可以越變越「苗條」了哇！』

本已染上輕微傷感症的我，到此，「病況」越發變得嚴重。我突然羨慕戰死沙場上的父親來了；一個人能夠自由地盡性地和敵人搏鬥一場之後，痛快地死去……啊，那種痛快的死，眞比活在這種陰闇抑鬱的低氣壓下面，舒服得多了。我恨不得自身四週馬上一變而爲砲火連天的前線，我恨不得自己馬上握住了一柄上了晶亮刺刀的槍，像瘋狂的獅子般地怒吼一陣，然後，衝向敵人的陣地，也許一顆子彈射進我的胸膛，我倒下來，我看到噴泉般的鮮血從自己身上湧出，可是，從此一切憂鬱痛苦再不挨近我的身邊，我相信，我會勇敢地微笑著迎接那一壯烈之死……也許我不會碰上子彈，我會變成一個捍衛國家有功的軍人，在不久的將來，我會隨著凱旋的國軍回到天津，那時，我穿著整潔漂亮的軍裝，邁著英勇瀟灑的步伐，家人親友都擠在國旗飛揚鞭砲齊鳴的歡迎行列裏向我招手，而唐琪也許會在裏面向我狂歡地投擲出五色繽紛的花朵……

幻想的畫面，在眼前破碎時，我吮吸到陣陣難挨的辛酸。

十一

姑母家中沉重的氣氛，已在逐漸減輕——我們大夥兒似乎已學會了忍受祖國戰爭繼續失利的打擊。表哥的學校放寒假了，他的歸來長住，更給家裏增添了不少生氣。看到表哥每天那種愉快的神色——他可以每天到高小姐家「報到」了——我和表姊也被傳染上絲絲喜悅。我倆時常對他舉手歡呼：

『密斯脫風雨無阻萬歲！』

表哥在他的學校燕園未名湖畔學會了溜冰，他向我和表姊吹牛說他溜得如何如何熟練超群，並且叫我和表姊拜他爲師——必須當眞磕個頭，同時必須在公開場合叫他師傅。表姊首先反對，第一她說表哥教高小姐溜冰唯恐時間不夠，哪會有功夫教別人！第二她說她非常不喜歡溜冰這玩意兒，由於和她最要好的一位女同學，因爲溜冰幾乎送命，迄今仍是個殘廢。

『我才不學溜冰哩，』表姊這麼說，『我那位同學在冰上正溜得很得意時，突然不小心摔倒下來，左腿滑伸到前面，右腿滑跪在冰上，慘劇就這麼發生了——右腿上的冰刀尖，立刻狠狠地扎破了她的屁股，扎得很深，血不但染紅了她的短毛褲，還染紅了一大片冰場的跑道，當時她就幾乎昏迷不醒，被抬往醫院……好怕人！』

我對於溜冰倒沒有惡感。但是，我一直沒有嘗過溜在冰上的味道，也說不上有什麼特別嚮往。我曾經迷戀田徑賽與游泳，如果永遠不學會溜冰，未免也是一件憾事。於是，我答應認表哥為師，但磕頭必須改為鞠躬。

一個下午，我把新買來的一雙冰鞋和冰刀，背在身上，完全模仿著表哥一樣的神氣，跟他一路到高家去，走在半途，表哥說：

『對不起，我得誠實地告訴你，我的溜冰術並不高明。』

『何必客氣呢，師傅！』我說，『無論如何，您總比我高明呀！因為我穿上冰刀能不能平穩地站在冰上都成問題呀！』

『當然我比你多少要溜得好一點；但是，我必須告訴你，等一會兒我一下場你就知道我不行了——不怕你不識貨，就怕你貨比貨，你知道嗎，唐琪的溜冰術可比我「棒」得太多了，她溜得才眞配稱是熟練超群並且美妙動人哩！』

『你說誰？唐琪？』我睜大了眼睛問。

『是呀，唐家表妹唐琪！』

『她又來天津啦？』

『她根本沒有走。』

『甚麼？她根本沒有走？』我驚愕地，『她不是在北平護士學校讀書嗎？』

『已經退學啦，』表哥平淡地說，『從那次給老太太來拜壽，她一直就住在高家。』

『咦?您爲甚麼從來沒講過呢?』

『我講她幹甚麼?』表哥反問了一句。

表哥這下倒眞把我問住了。我從沒有向他打聽過唐琪的消息,他怎麼能以知道我願意他老早就把唐琪的消息告訴我呢?

我不再講話。可是,我不能再平靜下去。想到馬上就要和唐琪見面,千萬種不同的情緒湧上心頭。我很驚喜竟有一個如此出乎意外的和她重逢的機緣,我很抱怨自己竟如此愚笨,一直認爲她早已離開天津,而從不向任何人探詢一下有關她的行止,如果我早知道她正長期居留在高家,也許我們已經變得很熟……當然,我也頗爲抱怨表哥,但是我說不出口來。

我又接著抱怨表姊,爲甚麼她也不把唐琪一直住在高家的事告訴我呢?也許高小姐從來沒有和表姊提起,那麼應該抱怨的是高小姐。眞氣死人。我覺得自己受了委屈。我有些惶恐,我不知道這次和唐琪見面時,應該向她說些甚麼話?我又有些膽怯與自卑,因爲我不會溜冰,而她——據表哥說,她溜得那麼美妙出衆,一個男人怎麼能在一個女人面前露出低能、笨伯的眞相呢?早知有今天,我爲甚麼不偷下苦功先溜兩週的冰再來呢?我幾乎想打退堂鼓——編個謊話,向表哥告別,轉回家去,因爲我實在不願意在唐琪面前現醜。當我又看了一下自己的服裝,摸了一下蓬亂的短髮時,我越發堅定了「半路而退」的意念。如果,要再來,我應該找出我那一套比較漂亮的冬季服裝穿上,我應該把臉洗得乾淨一點,我應該戴一頂帽子,免得讓冬天的風沙盡情地在頭頂上舞蹈打滾,而把頭髮弄成狼狽不堪的模樣……獨自回去吧!可是怎麼對表哥說呢?我很焦急。

焦急得連一句謊話都編不出。遠遠看到高家的大門時，我再也憋不住地叫出來：

『師傅，我得趕快回家去，明天再跟您學溜冰。』

『爲什麼？』

『唉呀，我肚子壞了，很疼，馬上就得瀉！』一面用兩隻手撫住了自己的腹部。

『見鬼呀！剛才還好好的！』顯然表哥不以爲然，『高家也不是沒有廁所呀，就到他家來瀉吧，免得趕不回家瀉在褲子裏！快走兩步！』

糟糕，不但沒走脫；反而被表哥一拖，來了個「小快步」，提前到達高府。

門開了，我硬著頭皮進去。首先是高大爺的小公子們向我迎來，他們高叫著：

『小張叔叔來啦！』

『小張叔叔爲甚麼又這麼久不來跟我們玩哪？』

『歡迎，小張叔叔！』

當我被這些小把戲們包圍，同時被他們發現我正背著新冰鞋時，他們幾乎同時喊出來：

『啊，小張叔叔也來溜冰了！我們非要求奶奶答應給我們買冰鞋學溜冰不可呀！』然後，一窩蜂似地，往樓上高老太太的臥室奔去。

小把戲們的吼叫，把大人們都吵出來了。高老太太、高大奶奶、高二奶奶、高小姐，相繼露面。奇怪，唯獨不見唐琪。

剎那間，我對表哥方才說的話發生了疑問：根本唐琪早就回北平了，表哥故意來哄我吧？可是，他哄我的理由是甚麼呢？難道他能猜到我一直懷念著唐琪的心思，而來一手惡作劇嗎？

我又想到：唐琪可能仍住在這兒，不過恰巧今天出去買東西，看朋友，或是聽戲去了？那麼今天我不能看到她了？怎麼這樣不如人意呢？怎麼這樣彆拗人心呢？

我若有所失地，呆坐在一角，活像一尊石膏塑像。

大人孩子們又說又笑、又吃又唱地吵成一團，我似乎全未聽到。朦朧中，彷彿聽到表哥請妥了高小姐同去溜冰，高小姐的一句話猛古丁地把我驚醒過來：

『好，咱們去吧，唐琪表妹已經去冰場好久啦！』

感謝天，我聽得清清楚楚：唐琪正在冰場裏。

十二

冰場裏洋溢著歡樂，氣溫儼然如春，北國冬天的酷寒單單沒有侵入這一角落。

我從沒有想到冰場裏有這麼濃厚的情趣。看啊：跑在冰上，跳在冰上的每一個人，無論是小孩子、大人、男人、女人、老頭子、中國人、外國人，統統都那麼無憂無慮地，那麼興高彩烈地，那麼自由地，活躍個不停。他們的眼睛一律那麼笑瞇瞇地，他們的嘴巴一律那麼笑嘻嘻地，他們的胳臂一律那麼優哉遊哉地揮舞，他們的頭一律那麼逍遙自在地擺晃……他們的服裝都是些新樣式，尤其女人們的衣飾，一件比一件豔麗奪目。冰場中心處的播音大喇叭裏，各種流行的、俏皮的、輕快的、抒情的樂曲，不停地傾瀉出來，大夥兒或是跟著一起哼哼，或是跟著一起低唱，或是跟著吹奏口哨……

我有些看得眼花撩亂了。冰上一秒鐘也不休止地旋轉著，閃劃著冰球刀、花樣刀、長跑刀。各式各樣瑩亮的冰刀泛射出來一道光，一道光，一道光……可是，我竟還沒有看到唐琪。

表哥有點受罪——師傅可不是那麼容易當的。他又要教高小姐，又要教我。我摔一跤還不打緊；高小姐要摔一下，表哥可就慌了神，一面連忙把高小姐攙起，一面不停地道歉，一面趕快掏出手帕掃去黏在高小姐手套上，衣、褲上的冰屑。表姊說得對，表哥沒有功夫教別人；我還是長點「眼力勁兒」，放他一條生路，叫他專心地單教他的高小姐去吧！

『我自己來練吧！』我對表哥說。

『也好，』表哥如釋重負，『男孩子不怕摔，自己扶著欄干練，進步得反倒會更快！』

我在冰場外圈，扶著欄干，像頭笨牛般地，一步一步地往前挪動。手一離欄干，便立刻一個「大馬扒」。幸而我已拿定了主意：要摔可得往前摔，表姊那位同學發生的「臀部慘劇」時刻在給我警惕。我每跌一跤起來，便順手摸一下自己的臀部：『嗯——還很完整！』這才放下寬心，繼續做向前滑進的冒險。

一陣歡呼與掌聲使我停下來脚步。我想大概是裏圈內有人在表演精彩的溜冰花樣。我困難地連走帶爬地到達裏圈的欄干邊。我沒有猜錯，原來正有一位少女在那兒表演。

她一會兒倒滑、一會兒正滑，一會兒兩個脚一齊「扭麻花兒」，一會兒用單脚向左右雙方劃圓圈，一會又模仿好萊塢溜冰皇后宋亞海妮在影片上演出的種種絕技。她的身子那麼靈活，她的姿勢那麼優美，刀光冰影一直閃鑠不停地圍著她的身子轉，簡直像一條可愛的，斑鱗璀璨銀輝四射的小飛龍……

『眞棒！』中國人都叫起來。

『Wonderful !』外國人也叫著。

『眞是不錯！』我甚爲欣賞地讚美了一聲。

『怎麼樣？』表哥正好拉著高小姐滑到我身邊來，『我不是已經告訴過你了嗎？唐琪的溜冰術確是驚人的！』

『什麼？』我驚奇地，『您說，那裏圈的表演者是唐琪表姊？』

『是呀，』高小姐揷話進來，『我的表妹倒也眞有幾手哩！』

那就是唐琪！那就是唐琪！

是的，一點不含糊地，我已經看清楚了，那可不正是唐琪嗎？

『師傅，』我扭頭對表哥說，『您也進去表演兩手！』

『嘿嘿，』表哥咧一下嘴，『我要趕上唐琪起碼還得苦練三年！』

說著，說著，唐琪滑出來了。老遠地，她已經看到了我們。她向我們招手，她帶著的綠色手套多美麗呀。啊，她在喊我們了。哦，眞遺憾，她只是在喊高小姐：

『表姊，表姊，怎麼你們現在才來？』

她並沒有喊我。也許她根本沒有看到我。可是我覺得她是向我們三個人在招手。也可能她只是向高小姐和表哥招手，因爲對於僅只見過一面的我，她很可能早已忘記乾淨了。果如此，可眞是一件不幸的事呀！

她滑到了我們的跟前。

『張弟弟，你好！』天哪，她還淸楚地記得我姓張。她向我握手，一面說：

『對不起，恕我不脫手套！但是你得脫手套呀，因爲你是男人！』

我傻頭傻腦地脫下手套跟她握手，全不懂她的話是什麼意思。

『唐小姐眞客氣，』表哥插嘴說，『我這位表弟是小土包子，他不像妳似地那麼講究西洋禮俗。』

我這才恍然大悟。表哥沒有說錯，和唐琪比，我可眞未免太「土」了。

『表姊，您會溜了嗎？』唐琪熱情地拉住了高小姐。

『不行，比前兩次好像稍微有點進步。』高小姐答說。

『你溜得一定很好吧？』唐琪把頭一斜，微笑著問我。

『我比高姊姊還不如，今天是生平第一次下冰場。』

『我來教你。』唐琪直截了當地講。

『對啦，醒亞，』表哥可找到了「臺階」下，『你改拜唐表姊爲師吧，同時教兩個人我實在無能爲力了。』

『來呀。』唐琪招呼我。

『不要怕嘛，來呀！』唐琪催促我。

我是怕在冰上摔跤嗎？不，我已經摔了夠多的跤了。我是怕她笑我一點也不會溜嗎？不，我已經向她坦白地說出這是我生平第一遭下冰場了。

那麼，我爲什麼畏縮不前呢？我究竟怕甚麼呢？千眞萬確，我是有一點怕。當一個人喜出望外地被心裏暗暗喜歡了好久的女孩子，那麼親切地招呼他向她靠近時，他怎麼會不產生一種喜悅的畏懼，輕微的顫慄呢？

她緊緊地拉住我的手。她告訴我腰要微彎到一個如何的角度，脚要如何地抬起、落下，手要如何自然地擺放，才是正確的學習方法。她那麼不憚其煩地、細心地教導我，糾正我的姿式與步法。她拉著我慢慢地前進。每次，我要摔跌下來時，她都能那麼靈活地由我旁邊一閃，便滑轉到了我的面前，用兩隻手把我那馬上就要撲倒在冰上的雙臂，拉起來。

我有出乎意外的進步。她帶著我在外圈跑道慢滑了一整圈，竟沒有摔一次跤。我的脚腕已經有些酸痛，汗也沿著前額直往下流。我想歇息一下；可是，不好意思告訴唐琪。我會丟了一個男兒的面子。我必須裝扮一點都不累的神態。

『讓我們再改一種方法滑，』唐琪說，『我倒滑，你正滑，我可以雙手拉著你走。』

於是，我們又用這種新方法滑了老半天。

『你不要老垂著頭看自己的脚，那樣永遠學不好的，』唐琪指點我，『看我，看我的臉！』

我抬起頭來。我看到了一張那麼美麗，那麼美麗，那麼美麗的臉。

她那潔白的面龐，由於運動的原因，已經變得十分紅潤，我常常聽人談起，也常在小說中看到，說女人的臉蛋像蘋果，現在，我才知道，竟然是如此。看啊，她的兩頰可不眞像兩個圓圓的熟透了的紅蘋果嗎？也許是比蘋果更可愛些。蘋果的顏色實在不及她的膚色那麼光澤，那麼令人陶醉。

她的大眼睛那麼一閃一閃地瞅著我。我像安適地坐在一個小船裏，順風飄行，一點也不再覺得自己的脚踝酸痛，也不再覺得其所以能夠前進是由於自己的腿在邁步……

『很好，很乖！』唐琪非常滿意地向我點頭。

天哪！她怎麼竟用「乖」字來誇獎起我來了？她把我當成小娃娃了呢！可是，我不想抗辯。

『你好聰明，進步得好快，』唐琪又接著說，『現在再換一下方法，讓我偶爾鬆開你的手，看你能不能自己滑幾步？然後我再拉住你，然後，我又鬆開你……』

我居然沒有使她失望。她拉著我倒滑的速度，逐漸在增快，她偶爾鬆開我的手時，我也能「獨立」地滑行了。她故意地半天半天不使我捉到她的手，我只好不停地滑著追她，竟一直沒有跌倒。

『好，休息一下吧，「小學」居然這麼快就已經畢業了。』唐琪要我停下來，然後，她近近地滑站在我的身邊，『明天，再跟我來上「中學」。』

十三

我懷疑我是做了一個夢。一個溫馨的夢，一個幸福的夢，一個出我夢想之外的夢。沉湎於昨日與唐琪意外重逢的回憶，恍如置身夢中，迄未醒來，也不願醒來……

『小弟，背上冰鞋開路吧！』表哥在身後一拍我的肩膀，把我從沉思中驚醒。我迅速地梳洗乾淨，打扮整齊，直怕被表哥看出有何異樣。

街上風很大。

『好冷呀！』表哥叫著，『咱們喊兩部「膠皮」（天津人管黃包車叫膠皮，那時候還沒有三輪車）吧！』

喊了半天不見車影，偶爾有兩部車子過來，都是棉布厚簾子拉得緊緊地，車裏早已坐有乘客了。

『我倒覺不出冷來。』我向表哥說。

『見鬼呀！』表哥把眼一瞪，然後又把大衣領子翻上來保護著耳朵，『耳朵都快凍掉了，還說不冷？今天比昨天起碼低十度。』

『我覺得今天比昨天暖和！』我想這麼說，可是，沒有說出來。我知道，暖和的是我的心。

這是唐琪給我的。

表哥抱怨了一路天氣冷，我眞怕他中途會跟我昨天一樣地想「打退堂鼓」，轉回家去烤火。還好，大概高小姐的力量，足夠使他維持跟嚴寒抵抗一陣子的勇氣。我呢，我暗中決定了：如果表哥眞會提出「折回家去」的動議時，我一定要像他昨天拖住我來兩個「小快步」，把他拖到高家，並且還要對他說：

『到高家去烤火吧，高家又不是沒有爐子！』

我們到了高家。首先接迎我們的，仍是一片孩子們的歡呼：

『啊，季叔叔（高大爺的小孩子一向如此稱呼表哥），快來看呀，我們都有了新冰鞋了！』

『啊，小張叔叔，奶奶昨天給我們買了新冰刀啦！』

唐琪親暱地挽著高小姐的臂，下樓來。這一次，我再沒有看錯——她首先對我打招呼，她舉起一隻手，那麼輕飄飄地，衝著我搖擺，完全是外國影片裏一位漂亮女明星的灑脫姿態；而隨著她那一擺一擺的手，她那一雙晶亮的大眼睛也在一眨一眨地閃鑠著，閃鑠出光，閃鑠出熱，閃鑠出一個溫煦的春天，在這個樓廳裏。

我想仿效她的姿勢，還給她一個搖手禮。可是，我怕我的動作會很不自然，因爲我沒有這種用手式代替點頭、鞠躬的習慣。結果，我只能傻里傻氣地叫一聲：『高姊姊，唐表姊！』我不敢先叫唐琪，唯恐有人發現到我心裏的秘密。唐琪走下樓梯，仍舊先來和我握手，我慌張地脫下手套。表哥和高小姐一齊笑起來，笑得我好窘。

『哼，小土包子有進步哇！』我自己解嘲地這麼說，然後也跟著笑一下。我們四個大人——容我把自己列入大人行列中吧，又加上了三個孩子，陣容浩蕩，一齊到達冰場。

唐琪活像個褓姆，她那麼親切、體貼、細心地給每一個孩子脫鞋、換鞋、繫好他們每一隻冰鞋上的長鞋帶，然後分別把他們領到冰上，不厭其煩地，教給他們如何開始滑走。孩子們的勇氣倒很可嘉，一連跌了幾跤都面無懼色。可是唐琪大為著急，她低聲對我說：

『摔壞了一個，回去向姨媽可交不了差，姨媽罵起人來很兇啊！』

『是嗎？』我說，『我看高老太太很和氣呢！』

『你不知道，因為你沒有看見過她老人家發脾氣。其實，她罵我幾句也無所謂，誰要我是她的親外甥女兒呢？高大奶奶罵我，我可不願意情受，她罵起人來太刻薄，太尖酸哩！』

『她為什麼罵您？』我關心地問。

『為甚麼？我也不知道為甚麼？反正她幾乎每天都得罵我一兩回。』她瞟了一下旁邊的孩子們，然後，湊近我耳邊，『噓——等一下我再告訴你。現在得把這幾位小爺教會了滑冰，還得保險別跌太多的跤，才能回去平安無事。』

我多麼渴望仍像昨天一樣地，要唐琪帶著我一起在冰上滑啊。可是，唐琪沒有空。孩子們不肯放開唐琪一步。我有點抱怨這些孩子，又有點抱怨表哥——他毫不分擔一下教導三個孩子的工作；只顧專心一志，無微不至地，護佑著他的高小姐。而高小姐也應該被抱怨一番——她進步得太慢了，離開表哥，她還是一步也邁不得。

我只好自己溜。我倒希望在自己的努力下，創造出比昨天更好的成績，俾使唐琪覺得我尚是個可造之材。

孩子們大概溜得實在太累了，便都坐在外圈欄干旁，開始對裏面做「壁上觀」，一面吃著唐琪給他們買來的巧克力糖。

『對不起啊，』唐琪滑到我的身邊，『沒有來教你。不過，剛才我看到你自己已經滑得很不錯啦！』

『別笑話我好嗎？』

『不，是眞的，我平生不說一句虛假話。』她說，『來吧，我們一起滑。』

我們的手終於又拉在一起了。我確有進步，昨天我幾乎完全是被她拉著走的，今天已能自動地和她同時邁步，滑行了。

我們滑得相當快。當我們從表哥與高小姐的身邊一掠而過時，我得意地回一下頭對表哥說：

『師傅，看我怎樣？』

『唉呀，張弟弟學得好快呀！』高小姐聲音好大地叫出來。

跑了三、四圈以後，我的脚踝酸起來。可是，我不肯停下來休息片刻。唐琪也疲乏了：

『慢點滑吧，我有點累了。不是因爲你，是剛才教三個孩子太費勁的緣故。』

『您要不要休息一下？』我問。

『不用，』她搖下頭，『慢一點就行了！』

我們的速度慢了下來。突然間，她鬆開了我的手，接著，卻立即挽住了我的臂：

『這樣，我可以省些力氣！』說著，她的頭和身子都向我傾斜過來。她的蓬鬆的頭髮，時即時離地挨著我的面頰。

天哪，我從來沒有被一個女孩子這麼地挽過臂。一串劇烈的心臟跳動，幾乎使我有些微微地顫抖。驚喜、羞澀、膽怯、驕傲、滿足，混合成一種微妙的情緒，在我週身流動……

我看到許多對兒男女──有中國人，也有外國人，他們都那麼得意洋洋地挽著臂滑在冰上，頭俱靠在一起，嘴邊哼出來纏綿的情歌，眼睛瞇瞇著像半醉的神態……那簡直是向每一位單身漢或單身的少女，表演著一場「炫耀」或「示威」。哼，現在我再不會羨慕他們，也不會嫉妒他們了。現在，我是一個勝利者，我是一個和他們一樣幸福，甚而比他們更爲幸福的人了。

播音器裏流出來的音樂，越來越溫柔。一首十分動聽的歌曲開始播送：

"Moonlight and shadow,
You are in my arms,
I belong to you, you belong to me,
My sweet……"

唐琪閉著嘴，用鼻音哼哼了幾句這個調子，然後，啓開嘴，輕輕地，隨和著，唱出字來：

"Close to my heart,

You always will be，

Never, never, never——

To part from me……”

我非常喜歡這歌，一開始我幾乎還沒能完全聽清楚它的詞句，然而那一連幾個「Never, never, never……」，聽起來卻眞是又有趣，又有情感。

這歌反覆播唱了三遍，我倒也能把字句弄明白了，因爲裏面並沒有太生的英文字。

『你喜歡這歌嗎？』唐琪突然問我。

『很喜歡，』我點點頭，『剛剛聽懂了歌詞。』

『這是桃樂絲拉瑪在「獸國女皇」裏唱的插曲。』

『啊，對啦，怪不得我聽得耳熟，我曾經看過這部片子。』

『你是影迷嗎？』

『不太喜歡看電影。』

『喔，我忘了，你是戲迷。』

『倒是眞喜歡平劇，』我想起了唐琪表演「麻姑獻壽」的一幕，『唐表姊，您不是也很喜歡平劇嗎？』

『是的，電影、戲、滑冰、騎馬、游泳、跳舞……我什麼都喜歡。喂，你會跳舞嗎？』

『不會，一次舞廳都沒去過。』

『不一定去舞廳啊，家庭舞會更好玩些。我在北平唸書時，我們的德國老師家裏經常都有舞會。將來，我可以教你。』

『…………』我一下子竟答不出話來。那時候，在我心目中，跳舞和滑冰可不能同日而語，我認爲滑冰是高尙運動，而跳舞則是低級娛樂。

『聽說倫敦道頂端佟樓有一個露天冰場，我們找一個好月亮天，一起去那兒溜冰好嗎？在月光下，唱這個「Moon light and shadow」一定更夠味兒……』唐琪向我閃動一下羽樣的長睫毛。

『好。』這一次，我答得很痛快。我怎不嚮往那麼一個月下溜冰的美景？

我們又從表哥與高小姐身邊掠過，我再沒有回頭去看一下，我有點怯怕當表哥和高小姐發現我正和唐琪近近地挽臂而行時，會對我們投出驚奇的一瞥。

外圈的三個小把戲終於發現了我們。他們竟一齊拍手大叫。最年長的那位大公子更擠眉弄眼地扮著鬼臉，和他旁邊的弟弟們挽起臂來，一面叫著：

『哈哈哈，跨跨跨，跨胳膊……』

『羞羞羞，唐表姑，小張叔……』另外兩個孩子把手指擺在他們的臉蛋兒上，莫名其妙地，一個勁地劃。

『氣死人，』唐琪把嘴一凸，『這有甚麼了不起？偏要跨胳膊，怎麼樣！』

說著，說著，唐琪不但把我的臂挽得更緊一些，又把另一隻手也放在我的臂上。這樣，她整個身體的力量，幾乎都要靠我來承當了。

『理他們小孩子幹甚麼？』看她怒氣不消，我便勸慰她一句。

『我對這些孩子的好心，統統變成驢肝肺啦！你看，這三個孩子的新毛衣褲都是我給織的，每天我還要給他們買零食，補功課，講故事，做遊戲……孩子們原本都對我很好，可是在他們爸媽的乖僻性格的影響下，久啦就變了樣……』

我漸漸發現，唐琪和高大爺伉儷之間，有著相當嚴重的不愉快。

『高大爺是我早已不敢領教的了，』我說，『高大奶奶給我的印象倒還一直不壞呢！』

『日久見人心，將來你或許會瞭解她。』

『高二奶奶好嗎？』

『好。』唐琪肯定地說，『我和高二奶奶是一派，高大爺、高大奶奶和他們的孩子是一派，高老太太比較接近祖護高大爺那一派，高小姐是個大好人，是中立派。』

『我家裏簡單多了，』我說，『姑父、姑母、表哥、表姊、我，五個人都是一派！』

『你比我幸福得多，我知道。高小姐時常提到你。』

『以前我也時常聽高小姐、表哥、表姊大夥提到您。』

『那麼，咱們是相知已久的老友啦！』她笑得很甜，『我剛才一大堆話講得太露骨了，不過我應該很坦白，很誠實地，告訴你我的處境，如果你眞能拿我當一個老朋友看待，你就不會怪我唐突了。』

『不會的，唐表姊，我喜歡人講眞話。』

『喂，你別再叫我唐表姊唐表姊的好嗎？親戚的關係並不珍貴，眞摯的友情才值得重視。』

『那麼，我叫您甚麼呢？』

『就叫我唐琪好啦！』

『那怎麼行？您比我大呀，我應該叫您姊姊。』

『你今年多大？』

『十七。』

『我比你大兩歲，你叫我琪姊好啦，比唐表姊好聽一點。』

『那麼您也別再叫我張弟弟啦，我的名字是張醒亞。』

『我以後就叫你醒亞好了，』她又接著說，『啊，還有你以後不用再對我「您呀您呀」的啦，活像我比你大了二三十歲的樣子。』

『好，好，只要您願意——』

『瞧，說著說著，「您」又來了。』

『好，「琪姊」，「你」，對嗎？』

兩人一齊笑起來，笑得天眞，笑得輕鬆，笑得開心，笑得親熱。

十四

一週過去，我已能溜得和表哥差不多了。高大爺的三位公子也溜得相當熟練了。只有高小姐仍然不能「獨立行動」。姑母說得對：『高小姐太斯文。』太斯文的女人大概不適宜學溜冰。

唐琪歸咎於我的表哥教導無方，她願意代爲助教一番。

唐琪單獨敎了高小姐半天，又鼓勵高小姐和我們大夥拉在一起跑，或是叫我們大小七口擺成一條長龍，表哥打頭開路，唐琪在尾端用力地推進，高小姐夾在中間，這樣，大家就把高小姐自然而然地帶著溜起來。

三個孩子不再拖著唐琪教他們，他們喜歡自由自在地，像一個個小豹子似地，在冰上亂竄，玩著「偵探拿賊」的遊戲。有時候，他們堅要我和唐琪做「賊」，他們做「偵探」，偶爾我會被他們捉到一兩次，但他們實在沒有辦法捉到唐琪。唐琪故意地在孩子們的身邊閃躲，眼見就被孩子們抓住了，卻馬上施展出一項特技——飛快的一旋轉，然後見影不見人，跑脫掉。孩子們又規定了：只許唐琪倒滑不許正滑，結果還是照樣無法把她抓到。

孩子們口服心服了。他們對唐琪的尊敬心，爲此，似乎大增。當他們再看到唐琪和我挽著臂滑過時，也就不再惡作劇地對我們訕笑。也許，他們已經看慣了。

唐琪爲她自己製了一套溜冰新裝——一頂帽子，一件毛衣，一副手套。三件全是天藍色牴羊牌毛線織成的。帽子頂端有一個大絨球，也是天藍色的。她穿戴起來，出現在冰場裏紅紅綠綠的女人群中，顯得那麼醒目，脫俗，直像豔麗的芍藥牡丹叢中，突出來一株幽雅的水仙，或芝蘭。

『你看我這套新裝怎麼樣？』我們並肩滑行時，唐琪問我，『我最喜歡這種藍顏色。』

『很漂亮，』我說，『你以前那一種淺綠色的毛衣與手套也很好看。』

『我並不太喜歡綠顏色，那是姨媽做壽那天，她送給我的。你知道：藍色最能代表自由、光明、坦白、誠實，也最能代表愛情。』

『嗯，嗯，』我不住地點頭，表示同意：可是，我倒從未對藍色發生過如此繁多的聯想，我更未體會到爲甚麼藍色最能代表愛情？我沒有和任何人發生過愛情，我無法了解愛情的顏色。不過，以前我倒曾聽到一般俗人嘴裏講到愛情應該是粉紅色的。奇怪，唐琪卻說愛情是藍色的。我不能不順從地贊成她的說法，我不能表示出自己是個完全不懂愛情的小傻瓜。因爲，愛情正是我願意獲有的。

『我給你打一個新帽子和一雙新手套好嗎？』唐琪把頭一斜，問我。

『好，怎麼不好？只要你有空。』

『毛線可得你自己買，』她說，『我沒有錢送給你毛線。等不久我找到工作時，也許可以再送你更好的東西。』

『先謝謝你，』我接著說，『你準備去做甚麼事？』

『還不是護士！我是學護理的。』

『哦，琪姊，我忘記了問你，你在北平護士學校已經畢業了嗎？』

『沒有，只還差半年。姨媽他們一定不要我再讀了，我實在拗不過她們。』

『爲甚麼？』

『哼，說起來，氣死人！都是高大爺搗鬼！七七抗戰一開始，我和幾位女同學自動組織了一個看護隊，到廿九軍前線擔任救護傷兵工作，官兵非常歡迎我們。不知後來怎麼給高老太太曉得了，她認爲我簡直犯了滔天大罪，指責我說：女孩子家竟不顧羞恥地跑到大兵窩裏去跟他們摸手摸臉的，太不成話！她又說：我果眞能嫁給一個軍官也就算啦，想不到廿九軍撤退了，我竟還在北平留下來……眞見鬼，我當然要留下來啦，我還得繼續唸書哇！可是，高老太太非常不諒解，再加上那位親日的高大先生在一旁煽火，哼，我更罪該萬死啦——我居然敢幫助過國軍打日本，這還得了？再在北平蹲下去，日本人非把我抓去不可！高大先生又說：抓了我不要緊，要連累了他們一家老小三輩，我可就太缺德了……』一口氣，唐琪滔滔不斷地，對我敍述了這一大段。

『後來呢？』我問。

『後來呀，我死也不肯回天津，姨媽停止了我的一切學雜費零用金，還是高小姐偷偷寄給了一點錢，使我沒有半途失學。頭兩個月，我好心來給老太太拜壽，想不到她們便下了決心不許我再走。她們又找到了一個新的不許我回北平的重大理由——他們發現到好幾封不相干的男人們給我寄來的信與照片。我和那幾個男人根本不認識，他們硬死皮賴臉地，寫上一大堆肉麻的話，還規規矩矩地打著小領花拍了照片寄來，以為自己很漂亮呢，哼，一個個好德行喲！』她說得很滑稽，我忍不住要笑出聲。我又有一點氣，氣那些給她寫信的男人們，儘管她一再表示她很討厭那些傢伙。可是，我有甚麼資格憎恨他們呢？我應該不應該厭惡他們呢？我不知道。

『我從不曾給他們回過一封信，』她繼續說，『可是，我做錯了一件事，這怪我自己——我不該把那些信保存起來。告訴你眞話，女孩子都有虛榮心，都會認為能收到許多陌生男人的追求信是值得驕傲的一樁事，因此，我儘管討厭那幾個死傢伙，卻又沒有把那些信燒掉。另外，我又想得太天眞了，我竟把它們帶到天津來給高小姐和高二奶奶看，我的用意原是叫她們看了覺得好玩，好笑而已；不料高大奶奶也看到了，當然，高大爺和高老太太也馬上知道了。不容我分辯一字，老太太叫我從此和她脫離姨母外甥女兒的關係，並且吆喝著叫我立刻滾出她家。我當時提箱子就走，她們卻又說不能叫我再在外面丟人現世，非把我關在家裏著實地管訓管訓……』

『這眞是沒有道理！』我不平地插了一句。

『沒有道理的還在後面哩，』唐琪把臉一沉，『老太太又哭又鬧，我倒明白她老人家確還是出於一片疼愛我的心，只不過是她的頑固思想和我們這一代距離得太可怕而已。對於高大奶奶，我則無法原諒，她開始在人前背後罵我，你猜她罵我甚麼？』

『罵你甚麼？』

『哼，她罵我是小挨刀的，缺八輩兒的，半吊子，小狐狸精，小妖精，爛桃兒，騷貨……』

她越說越氣，突然停止了滑進，一把抓住我，伏在我的肩上哭泣起來。

『你說可氣不可氣？我究竟做了甚麼，值得被這樣罵呀？』她一面抽咽著，一面向我傾吐著無限的委曲。

我簡直不知所措了。我不知道應該怎樣勸慰她。我又怕表哥和高小姐滑過來時看到這一幕。我講不出話。我心裏對於唐琪有太多的同情與愛憐。我覺得自己的眼睛溼潤起來。

『琪姊，不要哭好嗎，你再哭我也要哭啦……』我說的是眞話。

她抬起頭來，擦乾了她自己臉上的淚痕。猛古丁地，她又用手帕來給我拭一下眼睛——這我才發覺，兩顆淚珠已經滾出我的眼眶了。

『你也不要哭啦，』她反倒衝著我微笑一下，『你的心眼很好，很軟，我很高興。』

我們又攜手滑了半圈，她說心情不太好，希望早點回家。

我告訴了表哥和小把戲們，假說唐琪生病了，要先回家。他們還沒有溜過癮，仍留在冰場裏盡情地玩。

我送唐琪回高家，這還是我第一次獨自和唐琪在街上走路，也是第一次單獨和一個女孩子在街上走路。

唐琪像在冰上一樣地，挽著我的臂。她近近地偎依著我，那麼疲倦地，嬌慵地，輕俏地，萎謝在我的身邊。

這時，我才淸楚地注意到我的身長比她還高了半個頭，雖然我比她小兩歲。

『我已經是個大人了，』我自忖著。一種成人的男子優越感，使我異常興奮與欣慰。

『聽說，你的爸媽都早已去世了。』唐琪懶洋洋地，低聲地說。

『是的。』我答著，一陣傷感襲上心頭。我不知道她爲甚麼在此時此刻，突然提起這種不幸的事。

『我跟你一樣。』她凄然地。

『我知道，好幾年以前就聽說了。』

『想起爸媽時，你會哭嗎？』

『會的。』

『以後讓我們在一塊哭個痛快吧！』

『對，別人不會了解孤兒的悲哀的。』

『我母親就埋在天津佟樓墓地，你願意找一天陪我去給她的墓前送一點花嗎？』

『願意。』心裏泛起劇烈的辛酸，我想到了自己比唐琪更爲不幸，『琪姊，我長這麼大還不知道自己爸媽葬在那裏。爸是戰死沙場的，媽的墓聽說是在湖南。也許將來我會到湖南去專誠拜祭一次。』

『要我陪你去嗎？』

『希望你能去。』

『媽要活著，一定會喜歡你。』

『我想，我的媽媽一定也會喜歡你的。』

『媽死得太早了……』

『是啊，媽死得太早了……』

『媽媽啊……』

『媽媽啊……』

兩聲凄冷的嘆息。兩張凄冷的臉。兩顆凄冷的心。深冬的風在路邊枯乾的洋槐枝椏間，吹出凄冷的呼哨。

『別盡想難過的事了。』沉默了一會，唐琪開口說，『給你吃這糖吧，早晨特別買來留給你的，剛才我忘了拿出來。』

輕嚼著從她手中接過來的幾小塊巧克力。口腔裏甜甜的。心，更是甜甜的。凄冷已從唐琪臉上消失，我重新看到了她那甜甜的笑靨。

十五

我在戀愛了！我在戀愛了！好興奮，好快活。人生是這麼美好，自己的生命是這麼充實，有唐琪這麼一位戀人是這麼值得自豪。

似乎一分鐘也不能安靜下來。太多的喜悅，像洶濤巨浪般激蕩在我的心房，那小小的地方實在容納不下；於是，它便向我週身，向我每一個細胞，每一個毛孔裏流溢、氾濫……

想把我的喜悅告訴姑母，告訴表姊，要她們也分享一點快樂。可是，我有些羞怯。我原以為表哥會把他所見到的我和唐琪的親近情形告訴她們；然而，他並沒有。這眞難怪他，他也正在戀愛呀！人在戀愛的時候是會變成睜眼瞎子的——除了自己的愛人，再看不見其他一切的存在。因此，我猜想，當表哥整個心思完全集中在他的高小姐身上時，我和唐琪中間的事，對於他，實在毫無注意的價值。幾次，我鼓鼓勇氣，對姑母和表姊說：

『讓我告訴您一件事啊！』

可是，當她們馬上追問是什麼事時，我每次都又把話吞下去，而改說一句：

『根本沒有事！』

『發神經！』表姊罵我。

我暗想：神經病患者能有如此的輕鬆愉快，我倒希望犯一輩子神經。

回到自己房中，把一切秘密都告訴了媽。眞像犯神經似地，面對著媽的大照片，叨叨個不休。我彷彿看見媽的端莊的嘴角微微掀動，她是在微笑著祝福她的兒子有一個幸福的初戀。

『我必須告訴唐琪，我是那麼深深地，熱烈地愛著她。我必須告訴她，當好幾個月以前我在高老太太家和她第一次見面時，就愛上了她。不，是遠在兩年以前，還沒有和她見面時，由於別人的提及，我便已愛上了她……』我倒在床上，睜著眼睛，對著天花板喃喃自語。又想到：我必須對她說得有感情，必須做得很勇敢，很有男子漢大丈夫氣概……當我把眼睛閉起來時，那幻想便越絢爛，在黑暗中，人的膽量會變得更大，夢的氣氛會變得更濃。

我要像個大人似地，握住她的雙手，或是依偎在一起，用手臂放在她的肩膀上，或是目不轉睛地瞅著她那一張美麗的臉，近近地，盯上老半天、老半天，或是請她把眼睛閤起來，然後出其不意地，在她那鑲著羽樣的長睫毛的眼睛上輕輕地親吻……

我重新睜開眼睛，看到了牆上英姿勃勃的爸爸的相片：

『爸啊，賜給你兒子一些力量吧！你這麼勇敢的英雄怎會有一個這麼膽怯的孩子呢？他實在缺乏足夠的膽量，把他所幻想的，一一做將出來哩！』

果然，當我第二天遇到唐琪時，我竟沒有把我預備了一夜的話語，向她說半句。

我們和往日一樣地在一塊滑冰，講了半天平劇與好萊塢電影明星的事，她談得十分興高采烈，我想告訴她：『我希望換個題目，談談我們自己的事。』

可是，我找不到機會。其實，並非沒有機會；而是機會之門，永遠不會爲膽怯的孩子而常開的。如果，我有足夠的勇氣，任何一分鐘，我都可以告訴她：

『琪姊，你知道嗎？我那麼地愛你。』

『你喜歡那些女明星？』滑行在冰上，她把頭一側，像老師出題目考試似地，鄭重地問我。

『珍妮葛娜、薛愛梨、珍妮麥唐娜、嘉寶、菊痕克蘿馥、瑪琳黛瑞西、碧蒂黛維絲……』我實在再想不起更多的名字，虧得我偶爾看幾次電影或是翻翻電影畫報。

『這些老牌明星都不壞，除掉她們，我更喜歡柯爾柏、桃樂絲拉瑪、希地拉瑪、西蒙西蒙、狄安娜杜萍、金潔蘿潔絲……而我最喜歡的則是琶琶娜史丹薇與剛剛出名的妲耶黛爾尤。』

是的，妲耶黛爾尤，這個美麗的法國新星，正在許多中、英、日文畫報上做著封面，給我的印象倒是頗深的。猛然間，我發現到唐琪的面龐很有幾分和她相像，雖然她倆一個是東方人，一個是歐洲人；可是她們的一對大眼睛，一條直鼻子，一個花朵樣的嬌小嘴唇，確給人一種相像的感覺。我想：天下醜的女人，有各種不同的難看相；而漂亮的女人，卻會有著共同的動人的地方。

只是，唐琪比妲耶黛爾尤稍稍胖一點點。於是，我馬上想起，難怪她喜歡琶琶娜史丹薇了，看來琶琶娜史丹薇比較豐滿一些，而她在影片上的表情與神采，有些地方很像唐琪。

我想，我並不太笨，我很快地想到了一句話，應該告訴唐琪——告訴她：她長得很像她最喜愛的那兩位女明星，並且她比那兩位女明星更漂亮！

眞遺憾，我心跳了半天，始終講不出口。我再三思慮這一句話並無輕浮下流的成分，而是出於眞誠的讚美；然而，我早已說過，對於談情說愛，我的膽怯，使我木訥，使我毫無風趣。

『你喜歡那些男明星？』唐琪繼續問我。

『柯爾門、萊昂巴里穆、賈里古柏、華萊斯比雷、馬爾芝、羅勃泰勒……』

『我最喜歡李斯廉郝華、和泰倫鮑華。』唐琪說，『李斯廉郝華的溫文、典雅，泰倫鮑華的瀟灑、英勇，眞令人傾倒。我尤其喜歡泰倫鮑華，他有一股青年人特有的活潑健康的生命力，男孩子應該那樣。』

『你不喜歡查里鮑育和嘉伯爾嗎？』

『你正說對了！查里鮑育的表演，太柔膩了些，有點使人心煩。嘉伯爾的演技當然很棒，可是他那個小鬍子眞討人厭，還有他那兩隻眼一睞，壞相畢露，不敢領教……』

『琪姊，你眞有資格做一位影評家。』

『不，』她一搖頭，『我不想做影評家；可是要永遠做一個影迷，我好喜歡電影喔。有時候我還想做一個影星呢！不過我知道這是絕不可能的事。』

『我覺得做一位護士比做一個女明星偉大。』我馬上說。這是我的眞心話，這種觀念的由來可能是受了我那姑母半古老家庭的影響。對於唱戲演電影的女人，在那個年代，確實尚未在我的心目中建立起崇高的地位。當然，十七歲的我，對於這個社會、這個世界，瞭解得還委實太少。

『不，任何正當職業都對人類有貢獻。』唐琪反駁說，『一個不盡責的護士，不比一個認眞工作的伶人或影星更可愛。當然，一個仁慈熱心的護士又比一個演技不佳而生活墮落的演員強得太多。』

我不住地點頭，認為她說得很有理，很深刻，難怪她比我長了兩歲。

『反正，最壞的「職業」就是寄人籬下，給人家打雜兒，看人家臉色……』突然，她把話題轉到她自己身上。

我實在怕看她那想起無限委屈的面容。一方面，我不知道該如何加以勸慰，一方面由於她的眉梢、眼角，充滿憂鬱凄冷神情時，她乃有著另一種特殊美麗令人愛憐的魅力，使我心深處的火焰，燒得更為灼熱……

『告訴你，我昨天算了一卦，很不好。』唐琪接著說，『是用「牙牌神數」算的，結果是上上、上上、下下。卦詞說：百戰百勝無往不利，忽聞楚歌一敗塗地。』

『你是問能找到護士工作嗎？』

『不是。』她幾乎笑出來，『是問一下我們滑冰的事！』

『滑冰還用算卦問個甚麼勁兒，我們不是滑得很好嗎？』我也忍不住地笑出來。

『我也曉得我這一卦問得很滑稽：可是，我有預感：不久我的姨媽和高大奶奶就會干涉我滑冰了，尤其常跟你在一起滑冰。』

『怎麼？我怎麼啦？』我詫異地。

『你沒有怎麼，不過你是個男人呀！』

『男人犯甚麼罪呢？表哥不是男人嗎？高老太太很喜歡他呀！我不相信她們會對我不好，尤其高老太太一向對我很客氣。』

『等著瞧吧，但願我猜得不對。』

我實在不懂她的話，我不相信高家一家人會有任何一位將要阻撓我和唐琪的往來。因爲我和唐琪不但有著「拐彎抹角」的親戚關係，又是在極自然的環境下認識的，這總不能和那些冒失鬼或小流氓們硬給唐琪寫信求愛，相提並論。何況，我並沒有向任何人宣佈：「我愛唐琪」。就連唐琪本人也尚未聽到我說出這句話，這有什麼值得別人非議或干涉的呢？

然而，唐琪的多慮竟不幸言中。

隔了不到一週，我和表哥照例在下午準時到達高府時，高老太太正在客廳的裏間大發脾氣，我立刻聽明白了她是在罵唐琪。高小姐、高大奶奶、高二奶奶都侍立一旁勸請老太太熄熄火。由話裏頭，可以分出高小姐與高二奶奶對唐琪存有同情與憐憫，而高大奶奶那張會說話的嘴，卻用最富技巧的措詞對唐琪加以傷害，她一句一個『娘呀，娘呀，』親熱地叫著高老太太，顯然高老太太對她這位大兒媳婦頗爲欣賞，而對高小姐與高二奶奶的態度，則認爲有所偏袒了唐琪。

『娘呀，娘呀，』高大奶奶一面叫著，一面又給高老太太不住地倒茶，又不住地給高老太太捲著水煙袋用的紙捻，『您姥可犯不上跟唐表妹生眞氣，又不是自己的親閨女，氣個好歹的，要我們做小輩兒的可怎麼辦？唐表妹不孝順您姥，我們可還得孝順您姥呀！娘呀，娘呀，消消氣兒吧！再說唐表妹正是十八九好辰光，過了這個村兒就沒這個店兒啦，趁著年輕撈撈本兒狠狠地玩個痛快，也是這年頭時興……』

高老太太已經看到表哥和我在客廳外間老半天裏足不前，便召喚高大奶奶：

『好了，別提這一段了，快請他們兩位客人裏屋坐吧！』

高大奶奶連忙出來向我們「禮貌」一番：

『天冷吧，烤烤火吧，快吃點熱茶吧……』

我尾隨表哥進入裏間，表哥躡手躡足地，似對高老太太的威嚴相當畏懼，儘管平日她對他這位「東床嬌客」極爲寵愛。

『無論如何，今天不能叫小琪再去溜冰啦！越玩心越野，將來怎麼做事？怎麼嫁人？聽見沒有？一個禮拜她頂多去一次！』高老太太吩咐著高小姐。

『嗯，』高小姐點一下頭，『可是，我們可以隨便天天去，卻讓琪妹七天去一回，多不好意思！』

『這有什麼不好意思？』高老太太理直氣壯地，『你和震亞去溜冰，我當然沒話說，早晚你是季家的人，別人也不會見笑。醒亞是個男孩子，當然也可以天天在外面玩。小琪能和你們那個比呢？少爹沒娘的娃娃，自己還不知好歹，將來可怎麼辦？這幾個月好容易被我關在家裏，總算靜下了心；從一滑冰，可又要回原樣。把我惹急啦，連你也永遠不許再去冰場！』

高小姐一向柔順，聽了這番教訓，再不敢稍有異議。表哥偷偷向我聳聳肩膀，吐一下舌頭，這是他在家裏偶爾被姑母責罵時，慣作的表情。

我很窘。我不知道，我在這個家庭中，該是一個站在什麼地位的角色。

高大奶奶攙著高老太太上樓去午睡了。表哥和高小姐開始做去冰場的準備。

我想上樓去看唐琪；可是我從未到她的房間去過一次，我又沒有勇氣請求高小姐帶路。我不想陪表哥他倆去溜冰；然而，面對他倆我沒有可說的理由。我木偶般地，跟著他倆走到街上。

『媽何必生這麼大氣呢？』一路上，高小姐對表哥和我說，『我看琪妹近來滿好，媽恨不得立刻把琪妹變成一個靜如止水的烹飪專家、縫紉專家、兼家庭教師、家庭褓姆，這哪是一天半天辦得到的事呢？昨天三個孩子的學校成績單來啦，都是丙等，我大哥大嫂把三個孩子打了一頓，媽疼孫兒，認爲孩子沒有錯，應該歸咎於唐表妹給三個孩子補習功課太不負責。又因爲近來她常滑冰，許多媽叫她做的毛線活兒和剪裁、織補一些零碎事，都沒有按時交卷；更巧昨天一大早她幫老媽子洗茶具不小心打碎了一隻茶杯，媽最忌諱在陰曆臘月打碎東西，爲此大發脾氣，認爲這個年準過不順心。多虧我大嫂在一邊勸，大嫂可眞有一套，兩隻眼一閉，兩個手掌一合攏，嘴裏緊著唸叨：「不要緊，不要緊，碎碎平安！碎碎平安（爲取與「歲歲平安」諧音）！阿彌陀佛！阿彌陀佛！」』

心中一個石頭落在地，原來，高老太太的一場發作，其中並沒有我惹的禍。我想，她老人家大概還不知道我和唐琪中間的事。然而，唐琪是多麼無辜，多麼可憐呢？無論如何，我不能心安地在冰場裏逗留下去。

每一個溜冰的人都那麼狂歡；而我孑然一身，無精打采地，垂著頭倒背著手，用最緩慢的步子在冰上滑進。我強烈地感到孤寂。由大喇叭裏流瀉出的，往日聽來那麼優美悅耳的音樂，今天變得那麼憂鬱、闇啞，令人煩躁。如果，這時候唐琪馬上出現在我的眼前，我想，我會有足夠的膽量，緊緊地抱住她痛哭一場。

回到高家，因為外面開始落起大雪，高老太太便留表哥和我吃過晚飯再走。我想，表哥和我應有同樣的高興，也許我的高興更要大一些——我在飯桌前必將與唐琪見面。

可是，我想錯了。唐琪竟沒有下樓來和大夥兒一同進餐。

『唐表妹病啦，她要我稟告您一聲，她不下來吃飯了。』高二奶奶報告高老太太。

高老太太用鼻子嗯了一下。高大奶奶馬上接過來說：

『我的天老爺，好任性的表姑奶奶，嘔氣也犯不上把自己的肚子餓起來呀！』然後，她一扭身，吩咐老媽子：

『撥一點菜給表小姐送上樓去，住在咱們家，可不能難為了人家！』

『大嫂，不用啦，』高二奶奶攔阻說，『唐表妹確是不舒服，剛才我給她吃了點麥片，現在恐怕睡著了。』

『好啦，』高大奶奶嘴巴一翹，『又算我背後作揖，瞎盡情嘍！』

這餐飯，我吃得好痛苦。那冒著騰騰熱氣的十錦菊花大火鍋，原應該是極美味可口的。我卻活像吃泥巴似地難以下嚥。尤其高大爺一面自斟自飲，呷酒吃菜，一面喋喋不休地述說著「新民會」已經成立，「東亞新秩序」即將實現，日本人如何如何有辦法的長篇大論，更使我如受酷刑。

飯後，高二奶奶對我說：

『到我房裏坐坐吧，張小弟，我新買了幾張好平劇唱盤，歡迎你來聽聽。』

高老太太陪孫子們到客廳去玩耍，高大爺夫婦回到他們的房間去喝茶，表哥到高小姐房間去談天。他們已經「各就各位」。我正不想到客廳去和孩子們起鬨，能到樓上高二奶奶房間聽聽唱片倒也很好。

一踏進高二奶奶的室門，出我意外地，發現唐琪竟正躺在床上。

『琪姊，』我馬上走近床邊，『聽說你病啦！』

『知道我病，爲什麼不早點上來探望我呢？』

『………』我支吾不出話來。

『張弟弟不好意思，是不是？』高二奶奶和藹地看著我。

她這一說，我眞不好意思起來。由床頭上一幅鏡子裏，我注意到我的面孔活像塗了一層紅油彩。

『你怕她們，是不是？』唐琪問我。

『誰？』

『老太太、高大爺、高大奶奶那一派！』

『不，沒有做錯事的人，老天爺也不怕。』

『我看靠不住，』她有點狡黠地笑一下，『誠實地告訴我，是你自己要來看我的？還是二嫂叫你來的？』

『是，是——』我還沒說出來，高二奶奶馬上打斷了我的話：

『是張弟弟請求我帶他來的。』

『啊，還算乖！』

天呀！她又在說我「乖」了。可是，我已沒有第一次聽她用「乖」來誇獎我時那麼感到尷尬；相反地，我感到親切與舒服。

高二奶奶下樓去給我煮咖啡。我坐在床前一個小沙發上，和唐琪談天。她病得並不嚴重，是因爲哭得太厲害太久的緣故，而發作了胃痛。我們談平劇，談電影，談自己的爸媽，談個人的抱負，也談到了抗日戰爭。她是個愛國者，她相信我們這次抗戰必會獲得最後勝利。並且，她又告訴我：她父親生前幫著軍閥做了不少對不起國家民族的事，使她甚覺遺憾；儘管在父女感情上，她仍然對他懷念。她的坦白與眞誠，使我極爲感動。

當我告訴她，我如何一心一意要到南方參加抗戰，如何故意考不取耀華高中時，把她笑得幾乎從床上跳起來。

『那次考試，』我說，『我姑父事前直接間接託了好幾位耀華的教員，他們都說絕無問題，因爲我在初中的歷年成績單都是八十多分。只因我決心不願留在北方讀書，便在口試時居心和老師搗鬼，當他問我信奉什麼宗教時，你猜我說什麼？』

『說什麼？』唐琪問。

『我說我信奉白蓮教！』

『哈哈！哈哈！』唐琪拍手大笑，『佩服！佩服！』

『當時就把那個老師氣癟啦，他大聲吆喝著叫我馬上走開。結果，我名落孫山，如願以償！』

我倆正有說有笑的時候，門外突然響起了一片怪叫與怪笑，原來是高大爺的三個小把戲在門縫外偷聽偷看。接著，最大的那個小把戲，一推門，探進頭來，扮個鬼臉：

『嘿嘿，女生愛男生！我知道！我知道！』

『小鬼！』唐琪猛地一掀毛氈，在床上坐了起來，『你知道什麼？』

三個孩子一鬨而跑掉。

『告訴你，是他們媽媽派來做情報的。』唐琪氣忿忿地對我講，『其實這有什麼可調查呢？醒亞，我就愛你怎麼樣？她們越說，我越愛！』

還不快告訴她嗎？你也愛她！快呀，快呀！我在心裏催促著自己；可是我眞是無用哇，她的爽快、豪邁，越發使我膽怯、氣餒。

當我下了決心要說出來時，巧巧高二奶奶端著咖啡進來了。唐琪繼續倒下休息。我默默地喝咖啡。高二奶奶一面放唱片，一面說：

『你們不聽，我也得放兩張，因爲我剛才在樓下告訴了老太太說張弟弟在我房內聽留聲機哩！』

九點過了。表哥來喊我回家。我多麼留戀這個溫暖的房間呢！我實在不願意走開。

『怎麼不多玩一會兒？』我問表哥，『我還要多聽幾張唱片哩！』

『我才不想走哩！』表哥說，『可是，高伯母非催我們走，她怕外面下大雪，太晚僱不到「膠皮」，走回去怕凍壞我們。老媽子已經把兩部車子叫來了，咱們只好開步走！』

唐琪瞅著我，半天，吐出三個字：

『明——天——來——』

我走到房門口，她又叫住我：

『你沒有穿大衣呀？』

『在樓下放著哩！』

『有沒有帶圍巾？』

『沒有。』

『把我這條帶去，天太冷，凍著脖子最容易感冒。懂不懂？小「白蓮教」！』

我剛接過圍巾，她卻又搶過去，親自給我圍上。

表哥這回站在一邊，應該看了個清楚。

在嚴密掛著棉布厚簾子的洋車上，我和外界完全隔離了。在這個小小的空間，只有我，和唐琪的圍巾。我把那圍巾放在嘴邊，吻了又吻。每吻一次，都輕輕地叫一聲：

『親愛的琪姊！』

十六

翌日，我和表哥到高家。

我曾不願前往，因爲我知道唐琪不會被允許和我們同去冰場——根據高老太太的規定：六天以後，唐琪始能獲有一次外出的自由。可是，我又希望和唐琪會晤一面，那怕是一分鐘或兩分鐘也好。

唐琪已經痊癒，她正在客廳的內間，聚精會神地給三個孩子補習功課。她連跟我說話的時間都沒有，只是把手一揚，擺了兩下，然後馬上又埋頭給那最大的一個孩子解講「鷄兔同籠」、「父子年齡」、「和尚分饅頭」等等令人頭痛的「四則」算術題。

高老太太安適地依靠著太師椅，一面抽水煙袋，一面似乎是在親自監督著這位「家庭教師」的工作進度。

『到樓上去玩吧，』高老太太的眼光掃一下我和表哥，低聲地，『叫孩子們安心補習！』

我和表哥輕輕穿過客廳，輕輕地登上樓梯。

見到高小姐，我說：『今天，我不想去滑冰啦。』

『爲什麼？』高小姐問。

『嗯，』表哥眼一瞇，頭一歪，衝著我，『嗯——我猜得到喲！』

表哥本來相當聰明，他果眞留意，自會發現我的心思。這一回，我想，他猜得不會錯。

但是，我故意地：

『您猜不對。』

『怎麼猜不對？』表哥立刻捏住高小姐的手，把嘴湊到她的耳邊，『是爲了你的表妹……』

表哥把聲音擺得很低，很沙啞，但是說得很慢，很淸楚，那是故意叫我聽見的。

『不對！』我反駁，『我身體不舒服，要生病，恐怕滑不動……』

當然，這是個謊。我過去很少甚至從未對任何人撒過謊，現在我竟然也開始說謊了。戀愛中的人常會說謊的道理，此刻，我似有所悟。

『我們也別去冰場啦，』高小姐說，『天天滑冰也沒有甚麼意思。去看場電影怎麼樣？』

『當然好。』表哥馬上贊成。

『唐表姊能去嗎？』我脫口而出。

『嘿嘿嘿，』表哥一指我鼻尖，『不打自招，馬脚畢露！』

『我跟媽說去，也許媽會給唐表妹放一會兒假。』高小姐大發慈悲地，跑下樓去。

她重新走上來時，鼓著一張不高興的嘴：

『碰了個又大又硬的釘子！媽說她不要唐表妹去滑冰，當然更不會要唐表妹去看電影！媽接著又說：「看電影比滑冰更容易教人學壞，電影上男女外國毛子們，摟摟抱抱，你啃她，她咬你的那些鏡頭，更是要不得！」』

『那，我們也不能去啦？這個「掛落兒」吃得眞傷心。』表哥嘆了口氣。

『不，媽說我們還可以去，』高小姐回答，『不過媽關照啦，叫我們挑個規矩的好片子看，再不能看「蘿蔔太辣」跟「假寶貝」主演的片子！』

『甚麼？』表哥問，『「蘿蔔太辣」、「假寶貝」是誰呀？』

高小姐噗嗤一聲笑出來：

『上次媽跟我們看了一場「羅伯泰勒」和「嘉寶」主演的「茶花女」，媽把他們的名字一直記成了「蘿蔔太辣」跟「假寶貝」！』

我幾乎也想笑出來；卻沒有，因爲我心情惡劣。我瞅瞅表哥和高小姐：

『看電影，恕我不奉陪了……』

『那，閣下對我們未免太殘酷了……』表哥向我擺出一副可憐的面孔。

是的，我實無權利和理由要表哥、高小姐一對兒也不去。如果，我在高家公開表示不陪他倆去影院，那麼他倆也將去不成──因爲沒有第三者，高老太太是絕不答應她的女兒和她的未婚夫婿去電影院的。

我只好奉陪。但是，看到半場，我實在不能支持下去，銀幕上出現的全是唐琪的面影……

我告訴表哥我眞地生病了，我必須回家倒下，吃藥。

一連三天，我沒有到高家。

我去幹甚麼呢？我一點都不能幫助唐琪獲有稍多的自由。

第四天早晨，我在信箱裏意外地拿到一封信。奇怪，誰會寄信給我呢？除了同學賀蒙以外，我不曾和任何人通過信。可是賀蒙那粗筆尖寫得又大又草的字跡，我一看就認識；而這信封上的筆跡是那麼秀麗工整，顯然不會是出自賀蒙的手筆。我幾乎懷疑郵差把信送錯；然而，上面收件人的位置明明白白寫著我的姓名，發信人的地方，卻只是寫了個「內詳」。

我把信打開。天哪！那竟是唐琪寄來的。

「你是不是生氣了？因爲我不能陪你去溜冰。」她這樣開始寫著，「你應該知道，我也早已對你說過：寄人籬下的我，一切必須忍耐，明天是臘月十六，月亮正好，晚上我們去佟樓露天冰場滑冰好嗎？我已得到姨媽的允許，當然我是謊說到另外一位女同學家去玩的。你一定要來啊，別告訴任何人，準八點，在倫敦道頂頭等我，早點兒動身，男孩子應該先到才夠味兒。」

她信上所說的「明天」正是今天哪！眞高興，晚上我就可以看見她了。幾天來鬱積在心頭的煩惱，一下子全部烟消雲散了。

這是我生平第一次接到異性的信。我多珍視它呢！我把它鎖在一個小皮箱裏。又馬上把它取出來再讀一遍，再親吻一次。然後再鎖進箱內，然後又取出來，又鎖進去……

姑母家的掛鐘似乎有了毛病，我的手錶也同樣使我發生懷疑，它們一律變得與往日不同，走得異常地緩慢。

好容易挨到了六點，恨不得馬上就吃晚飯，立刻跑向倫敦道去。平常家裏大都是在七點鐘開飯，巧巧這天姑父打電話回來，說因爲有事得晚回來半點鐘，姑母便命令老媽子等姑父回來再開飯。我眞想空著肚子跑出去；可是，我知道深深疼愛我的姑母是不會答應的。她一定要挖根掘底地問淸楚我急於外出的原因；而我實在不知道應不應該據實以告。我怕她老人家對於我私自和一個女孩子在晚上約會一事，可能不以爲然。我焦急得不得了。一會兒看一下錶，突然我又希望錶走慢點，好讓姑父回到家來，時間尙早；同時，我又希望錶走快點，好能提早見到唐琪。

感謝天，姑父終於在七點三刻回來了。我只吃了一碗飯（平常我總是吃四碗飯的，我一向飯量相當大，而姑母仍一直嫌我吃得少），便告訴姑母同學賀蒙約我八時到他家有事，便匆匆離開了飯廳。我跑到大門口時，表姊從後面追來：

『小弟，你忘了穿大衣，媽叫我拿給你。』

『謝謝你啊。』我接過來，表姊驚奇地叫出來：

『怎麼？去賀蒙家還帶冰鞋幹甚麼呀？』

糟糕，表姊的眼好尖喲。我靈機一動，然後說：

『冰刀沒有刃了，路過磨冰刀的舖子，順便放在那兒磨一下，明後天好用。』

『早點回來！』表姊關切地在門口喊。

我已經走出很遠，回頭來向她擺手，擺得很得意，彷彿是學會了唐琪的擺手姿勢。

趕到倫敦道，正好剛八點。在路燈的閃爍下，老遠地我就看見了一個女孩子的影子，很像唐琪；可是，離她不遠的地方還有兩個男人的影子，因而我又想到那必不會是唐琪了。我急走了兩步，那個女孩子突然向我跑來，一面叫著：

『醒亞，醒亞，快來呀！』

當眞竟是唐琪，她跑得氣喘喘地，一頭扎到我的懷裏，兩隻手用力地抓住我的大衣，我發現兩行眼淚簌簌地沿著她的雙頰流了下來：

『要你早來，你不聽話！』

『剛八點，你看錶！』

『我本來想晚來一會兒，可是，希望早一點看見你，所以便早來了十分鐘。』

『對不起呀，琪姊，你生氣了嗎？』

『告訴你，有兩個流氓看我孤伶伶地一個人在街上，他們竟欺侮我！』

『怎麼？他們敢怎麼樣？』

『他們問我一個人在這兒等誰呀？又看我背著冰刀，便說請我到佟樓冰場去溜冰，或是去看電影，坐咖啡館……』

說著，說著，那兩個人走近來了。我向他倆打量一下：兩個人長得都很高大，頭髮都蓄得活像女人，是那時節最爲流氓青年喜愛模仿的美國影片「泰山」型大背頭，上衣的肩膀寬得出奇，活像個倒置的大三角型，這也是那些年頭最爲這一類青年喜愛的男裝。他們的膚色很黑，兩臉橫肉上，長著一些刺眼的「青春疙瘩」。幾乎是同時地，兩人衝著我把眼一瞪，把嘴一撇：

『喔——等「拉腕兒」等來啦！原來是這麼一個小山藥蛋！』

『哼，小子豔福不淺呀！別美得冒泡兒啦！讓給二大爺我兩天怎麼樣？』

唐琪把身一轉，衝著他倆狠狠地罵出來：

『混東西！』然後拉著我說，『咱們走吧，別理他們！』

我已經氣得快炸了肺。我實在不甘心就這樣走開，我應該有所表示，他們不但唾罵我，更辱侮了唐琪。而後者惹起我的憤怒似乎更大。

『有尿別走哇，相好的！二大爺伸出胳膊來，讓你小山藥豆子攀槓子！』一個傢伙猖狂地吼著。

『有種的來比劃比劃，敢泡妞兒就別鬆蛋包！』另一個緊跟著叫。

天下竟有這種不可理喻的事，我們和他倆素昧平生，無仇無寃，難道他們用這種方法表示「勇敢」，也能獲到一個陌生女人的「青睞」？我在學校裏從不和同學毆鬥，我知道我的身長、體力，和打架的技術，可能不是對方這兩個彪形大漢的對手：可是，我實在不能忍受下去，我停下來，把腰一叉：

『你們究竟要怎麼樣？欺侮人沒有這麼欺侮的！』

『欺侮你是好的，賞你兩個「鍋貼」嚐嚐，你還不是吃不了兜著走？』

接著，另一個當眞把袖子一捲，就衝我臉上打來耳光，唐琪似乎比我更機警，她猛地把我往後一拖，我倆幾乎倒跌一跤，那個流氓用力打來的手掌，落了空。

我知道一場惡鬥難以避免，「先下手爲強」的觀念，促使我立刻把冰刀一丟，大衣一脫，集中了全身力量在右拳上，猛向那個流氓的頭部擊去！我的拳頭碰到了一塊硬東西，因爲我覺出了疼痛！這我才發現我正擊中了那人的鼻子，他慘叫了一聲，頓時雙手一撫鼻端倒了下去。

『呀，出血了！』另一個傢伙發現到他的伙伴受了傷，不甘示弱地，對我挑戰：

『讓二大爺我收拾你！』

這傢伙確實比他的伙伴厲害，活像個拳擊家似地，他把雨點般的拳頭，打落在我身上；幸而，他尙未擊中我的要害，因爲我還有閃躲與招架的能力。我警告自己：沉著，持久，找機會猛烈反擊。我雖然居於退守的劣勢，但是我對從未下過場打過架的自己，能有今天這一場演出，還認爲相當滿意。尤其當我偶爾也打在對方的身上兩三拳時，更覺得自豪。

這傢伙似乎發覺用快速戰法並不能立即取勝，便改換戰略——他把我緊緊揪住，然後用「下拌子」「摔跤」的那套功夫，企圖把我制倒。我一連倒下幾次，可是我狠狠地抓住他不放，他每次都給我拖倒在一塊。漸漸地，我發現我的腕力竟在增加，而他那越來越喘得厲害的呼吸似乎表示出他的體力已逐漸消弱。可是，他仍一面用充滿髒字的最下流的話罵街，一面拚命向我扭打。我一句話不講，只是緊咬著牙根，忍著疼痛，給以還擊。當我被他壓倒在地，因爲我猛力翻身，他一連兩拳都打在硬硬的路面上，乘此，我終於反騎在他的身上。我正要連打出幾拳時，唐琪突然叫起來：

『醒亞，醒亞，後面人撲來啦。』

我一扭頭：原來那個受傷倒下的傢伙，竟拾起我的冰刀向我砍來，我立刻往一邊一閃，冰刀刷地從我耳邊擦過，落在街心的草坪裏。這時，我迅速地重新壓住方才被我按倒在地下的那人身上，因爲我怕他會跳起來，轉佔優勢。我倆重新扭成一團時，唐琪又在喊我：

『小心，後面又來了！』

我鬆開地下的敵人，猛地站起，用右腿往後狠命地一踼，該是正踼到背後敵人的肚子，他大聲地『唉喲』了一聲，再度倒臥下去！倒下去以後，還不住撫著肚皮『唉喲』個不止。

『好！打得好！』唐琪居然破啼爲笑，喝起彩來！

一經鼓舞，我似乎更變得孔武有力。如今，我的敵人只剩下一個，後顧之憂旣除，勇氣乃格外增加。雖然，我又著實挨了兩拳；結果，他終於被我一擊不起——我一連左右兩拳都打中他的下顎，他晃了兩晃，再也支持不住地，正巧倒在他的伙伴身邊，活像醫院裏兩個重傷患，或是戰場上兩具屍體！

『怎麼樣？還打不打？』我憤怒地問。

他倆狼狽地對我翻翻眼，不開腔。

像流自淋浴龍頭裏的水一般，大汗由我頭部往下冲洗著週身，我感到熱得難耐。我把上衣脫了下來，往唐琪手裏一擲，然後把拳頭一握，再轉向那兩個傢伙：

『說話呀！認輸了嗎？伸出胳膊來叫我攀攀槓子呀！』

兩個傢伙的嘴皮仍舊一動不動。

『醒亞，』唐琪把上衣給我穿上，又給我披上大衣，『他們旣不哼氣，也就算啦，快把大衣也穿起來吧，風很大呢，小心會感冒喲！』

拾起來我的冰鞋，唐琪挽我走去。我盡量依靠近她，企圖要她支持一下我疲憊的身體。可是沒走出幾步，我便覺出週身不適，兩拳、兩臂、手腕、脚腕、臂肘、耳根、後頸、前肋、後腰、膝蓋……都在一陣比一陣劇烈地作疼，這些都是剛才我用以打人或挨打，以及摔跌的部位……

『唉呀，醒亞，你耳根和嘴角都在出血啦！』唐琪叫出來，接著，她立刻掏出她的手帕給我擦拭。

『琪姊，咱們喊兩部膠皮好嗎？』

『好，咱們別再去露天冰場了，你應該回家休息。』唐琪摸了下我的前額，『呀，你在發高燒呢！快，快讓我送你回去。』

當我坐在洋車上時，先是搖搖欲墜，後來變成一灘爛泥，灘在車上，一動不動了。可是，我的神智仍很清楚，我一直在盤算著應不應該叫唐琪送我回家？而回家後又怎樣應付姑母一家人的詢問？

十七

我彷彿已經睡了一覺，因爲我夢到自己和那兩個流氓再度交手，打得頭破血出；可是，我又似乎根本未曾入夢，只是在半昏迷狀態中回憶著方才的一場惡鬥……我用力地睜了睜眼，清醒地發覺我正靜躺在自己臥室內那張安適的小鋼絲床上。

月光從窗帘的開啓處灑進來，在對面牆壁上與床前地板上，鍍了兩條晶亮的銀色線。床頭櫃上的小鐘滴答滴答地響，我翻身去看，原來已經下半夜兩點鐘。

我又逐漸感到混身酸痛，尤其口渴得要命。正好床頭櫃上放有一隻茶杯，我急忙取它到手；立刻發覺那杯子已空空如也。我想起方才唐琪給我服藥粉時，已經那把杯水喝光。

我想喊人來。可是，傭人都睡在樓下，姑父母與表姊的兩個臥房雖然在樓上，卻又和我的臥室隔著一條甬道，小聲音喊叫，她們不會聽到，而我又不敢把姑父吵醒。表哥的臥室在我隔壁，我只有敲幾下牆向他「求援」。敲了幾下，沒有反應，想必他已睡熟。我不好意思再打牆，深更半夜裏把任何人吵起來，都是太惹人厭的事。

我極端口渴。姑母經常把暖水瓶和茶具，擺在外間甬道的一條長几上。我只好披衣下床親自去取。

我一翻身坐起，立即週身一陣劇痛，迫使我再度倒下。我咬了咬牙，忍耐地闔上眼。睡不著，便睜著眼睛，回憶剛才姑母大夥圍繞著我的床邊，在唐琪的指導下，給我醫療的一幕：

皮膚被抓破的地方姑母給我塗上紅汞水，幾處紫腫的地方塗上碘酒，最後由表哥用力地把酒精、松節油混合液在我週身骨節上塗抹，表姊忙著幫助唐琪煮針，和做其他消毒工作，唐琪給我注射了退熱劑和鎮靜劑，又給我服了感冒藥粉……這些工作都在高度靜肅中進行，因爲我們必須瞞著姑父，不但我不敢把這場毆鬥的始末稟告姑父，連姑母、表哥、表姊也無轉告姑父的膽量。

當我到達家門口時，我曾要求唐琪不必送我進來；可是，她執意不肯，她怕我負傷很重，會鬧一場大病，堅要給我檢查一下，再回高家。正好，姑父在客廳內會客，唐琪扶我悄悄地走上樓梯，可是剛走到樓上甬道便迎面碰上了姑母和表姊。我無處退躲，狼狽地，委屈地，衝著姑母：『媽，我摔傷了……』我已經好多年不管姑母叫媽，這一回卻又不知不覺地，像個受了欺侮的小娃兒似地，叫了出來。

這可把姑母嚇壞，她連忙問我是否被汽車撞倒？是否跌出了血？是否摔傷了筋？是否折斷了骨？表姊連忙把表哥喊出來，兩人架住我，把我擡到床上。

『到底怎麼回事呀？你不是到賀蒙那兒去啦？』姑母三人一齊問我。

還是唐琪比我有勇氣，她一五一十地都說了出來，最後她還說都怨她不好，否則我不會出這種意外，她請求姑母大夥原諒她。

姑母本來要馬上找海關醫務室的醫生來給我醫治；可是，那必須請姑父打電話到那醫生家才辦得到。唐琪自告奮勇地說她絕對可以代替醫生，她立刻開列出好幾種藥品，和注射用的器具，由表哥親自去採買，免得傭人去，會走露消息，被姑父知道。

唐琪熟練地，用熱水浸過的棉花，敷住我臂上的出血傷口，並用力地按壓，她又揭開我的眼瞼，視察我的眼球，又詳看我的耳孔、牙齒、和每一個重要骨節……她一面肯定地說著：

『不要緊，瞳孔正常，證明大腦沒有受傷，只是耳垂外面皮膚出血，耳孔裏沒有血跡，證明顱骨一點也沒有破裂，臂上的傷口很快地停止了出血，證明動脈未受損害……』

『唐表姊是學護士的，』表姊告訴姑母，『她說的都是內行話。』

『好，不要緊就好。』姑母欣慰地說。

『季伯母，您放心吧，骨頭一根也沒有折！』唐琪又向姑母補說了一句。

表哥這次可累得夠受，買藥回來以後，便秉承姑母之命，依據唐琪的指示，給我週身塗擦松節油。過去我拚命練田徑賽時，自己也曾用這種方法治療過那疲乏過度的身體。我漸漸恢復了一些體力，注射、服藥以後，彷彿感覺體溫也在立見功效地下降——當然，我想這也許都是「精神作用」。總之，我輕鬆了許多，並且開始有說有笑了。

表哥和表姊不放鬆地質問我，為何早不誠實地說出和唐琪的約會？又追問我和流氓毆鬥的過程能否詳細描述一番？他們表示未能在旁助戰深以為憾。

『我是去找賀蒙，半途碰到唐表姊的。』我仍舊不好意思招供。

『騙鬼！』表姊一瞪我，然後莞爾一笑，『早看出你的神色有點不對啦！說也奇怪，我很久以前好像就有一個預感，也許是偶爾的猜想，或者是希望——覺得你會和唐表姊要好……』

『醒亞，你怎麼不敢說實話呢！明明是我寫信約你去溜冰的。』唐琪勇敢地說。

『唐琪姊偉大！誠實！坦白！爽快！活潑！熱情！漂亮！』表姊把一連串讚美贈予唐琪。

『謝謝你的誇獎啊，』唐琪雙手親暱地拉住了表姊，『我要有你這麼一個好姊妹該多幸福呢！』

表哥對唐琪扮一個鬼臉：

『你有醒亞這麼個好「弟弟」，還不幸福嗎？』

唐琪臉紅了，可是並沒有像一般羞澀的女孩子似地垂頭不語，反而附合著表哥說：

『對，醒亞確是好。他好純。他富有同情心和正義感，只是有一點膽怯，活像個小姑娘；不過剛才他和兩個流氓對打的鏡頭，卻眞出我意外地兇猛呢！』

『琪姊，我那兩下「西洋拳」還很夠味吧？』我得意地問。

『相當棒！』唐琪回答，『完全是華萊斯比雷的粗線條作風！』

『我確是模仿電影裏打架的姿勢哩！看電影倒也有好處，否則我還眞不知道把拳頭在敵人的下巴那兒，由下往上猛打這一手哩！另外我想我能取勝的原因，應該歸功於我過去在田徑賽和雙槓上用過的苦功。那兩個傢伙外表唬人，實際是「大個兒麵包發麵兒」的，體力持久比不上我，所以我就和他們做長期消耗戰……』我說得有聲有色，她們聽得津津有味。

姑母怕我太累，阻止我再多說下去。她下命令要我開始睡覺，叫別人一律離去。

唐琪被邀到表姊房間去聊天了。隔著甬道，我無法聽到她們談話的聲音。我也無法知道唐琪何時離開表姊房間，轉回了高家？我一直在半睡眠狀態中。

整個小樓寂靜萬分，窗外街上也寂靜萬分。

突然，門一開，一個人影閃進我的臥室。我幾乎被嚇得叫出聲，我很快地認出來，那竟是唐琪。

『醒亞，』一點兒沒有錯，唐琪的聲音。

『琪姊，你怎麼還沒有回家？』我驚奇地。

她走近我的床邊。更令人驚奇地，是她手裏正拿出一個暖水瓶：

『我不放心，我請求睡在你表姊的房間裏，明天再離開。剛才我已經來看過你一次，你睡得很熟，我沒有叫醒你。回去又睡了一小覺，醒來想到你可能會在半夜裏要水吃，所以我便寫了一個小紙條，把暖水瓶給你送來。』

『我正渴得要命。』

她給我倒了一滿杯，正好不冷不熱，如獲瓊漿，我一飲而盡！

扭亮床頭小燈，我看到她倒水前擺在我枕邊的一張紙條：「醒亞：熱水瓶在這兒，發燒以後一定口乾，多吃點水，對你有益！爲你祈禱的琪。」

我眞不知道如何答謝她的細心與體貼！喜悅的淚立刻湧上了我的眼睛。

『你哭啦？』唐琪坐在床邊，近近地瞧著我，『是不是身上發疼？』

『不，琪姊，我是高興得哭啦！你不知道，我多麼感激你！』

『不，我不要你感激，我要你——』

『怎麼？要我怎麼？』

『要你——愛，』她用雙手捧住了我的臉頰，『聽見沒有？要你愛！』

我點點頭，淚珠紛紛滾跌出來，碎在她的掌心，碎在我的耳根，碎在我的枕頭上。

唐琪用手輕輕拭一下我的臉，然後猛地伏在我枕邊，在我臉上深深地親吻。

『叫我呀，跟我講話。』唐琪緊貼住我的耳根說。

『琪姊，琪姊……』我有些顫抖地。

『不要光叫我呀！告訴我，你愛我！』

『琪姊，你不知道，我有多麼愛你，可是我不會表達。』

『傻孩子，這也要人教嗎？抱住我，吻我，吻一次，說一遍愛我！』

我那麼做了。

我從未享受過如此蜜樣甜、火樣熱的愛情。我直懷疑是在夢中。

『琪姊，我們是不是在做夢？』

『不是，是比夢更美的月夜。』唐琪把床頭小燈熄掉，掀一下窗帘，月光如銀色大瀑布，立刻潑了我們一身，也潑滿了全室。

她把窗帘勾掛好，重新坐回我的床邊：

『就這樣好嗎？不要燈，要月亮？』

『好，琪姊。』

『知道嗎？這是上帝憐憫我們沒有在月下滑成冰，所以特別給我們安排一個這麼快樂的相聚時間！』

『……………』我點著頭，我不會用語言表達內心的喜悅。

『怎麼又不講話啦？又忘了嗎？』她閃動著大眼睛，那一對浸浴在銀色光輝裏的圓潤黑亮水晶體，是那麼出奇神秘地動人。

『沒有忘，琪姊，我愛你，我永遠這麼愛你。』我平臥著，伸出雙臂緊緊擁抱住她，在她的大眼睛上、前額上、頭髮上、兩頰上，最後在嘴唇上，熱烈地親吻。

『琪姊，』我頑皮地問，『我做得對不對？我沒有經驗，我不知道怎麼做才好？』

『傻孩子，我還不是跟你一樣？我何嘗跟任何人談過情說過愛！不過，我曾幻想過會有這麼一天，會碰上一個我愛的，愛我的男孩子。我又曾幻想過應該怎樣和他熱情地說話，怎樣和他熱情地親吻……我在許多電影與小說中看到過愛人們那樣做，我常想自己也有一天會跟他們一樣地做，今天，我終於做了。我做得好高興，因爲是跟你……』

『琪姊，我永遠不會忘記你的愛情……』

『是啊，你應該珍貴我這份愛情，一個女孩子奉獻出的最初的愛情，也是最後的愛情……』

我撫摩著她的髮，她的臉，她的手，她那麼寧靜地，馴順地，完全像隻小綿羊似地蜷伏在我的床頭。

『琪姊，我叫你琪妹好不好？突然間，我覺得自己變大了許多，我應該護衛你，你是我的小公主，小妹妹……』

『我也有這種感覺。這眞是不可思議的一種感覺。你知道，我一向很倔強，從來沒有想到需要別人來護衛，相反地，我時常想去護衛別人；可是，今天，我確實感覺自己需要你的護衛了。醒亞，你會永遠忠實地護衛我嗎？我願意叫你一聲我的小王子，我的小——哥——哥——』

一種男人的勝利與驕傲，充滿了我週身每支血管與每粒細胞，我儼然覺得自己已變成了一位英勇威武的中古騎士，我奇異地覺得自己的雙臂如鐵如銅地凸出了雄壯的筋肉，我再沒有一絲病痛，我竟矯健地翻身坐了起來，我擁抱住唐琪，用一種驚人巨大的似乎足以毀滅宇宙的力量。

夢囈般地，我們又說了一些只有我們自己能懂的話。在那短短的一刻，舊的宇宙一度毀滅之後，新的宇宙已經出現，萬物不復存在，舊的我與舊的她也都不復存在，在新的太陽系中唯有我和唐琪由於心靈的契合，而凝成的一個最美好、最完整、最永恆的星體，運行不息……

『你該休息啦，』唐琪掙脫開我的臂環，『我得走啦，免得你表姊醒了找不到我。』

『不要，不要，』我重又把她抱住，『不要離開我，一分鐘也不要！』

『乖孩子，聽話，』她恢復了一張大姊姊的臉孔，『快躺好，好好地睡，天一亮，我就再來看你！』

她把我推放下來，吻一下我的面頰，又要我吻一下她的雙手，然後，輕悄悄地走回表姊的臥室。

小房間內，又只剩下了我孤伶伶的一個人。我竟然不感到空虛，因爲唐琪給我的愛，仍在我的心房裏冲盪不已……

我一直未能入睡，思維全被陸續降臨在我和唐琪之間的幸福與幻想，密密纏繞著，纏繞著……天，漸漸朦朧亮了。對面牆上的爸媽照片，越來越看得清晰，他們的嘴角都在笑迷迷地微微掀動，似在爲他們的兒子祝福。

十八

清晨七點，表姊和唐琪一齊到我房裏來。還沒兩分鐘，唐琪馬上要走，並且要拖著表姊陪她一路走。

我立刻明白了：她準是怕高老太太一家人罵她在外住宿不歸。我也跟著害怕起來，因爲她是爲了我才沒有回去，高老太太要罵人的話，我當然也有份兒的。昨天，我們似乎全未想及此事。也許唐琪早已想到；但是，爲了放心不下我，她終於甘冒一次大不韙。

表姊陪著唐琪去高家了。臨走，唐琪告訴我：下午或明天早晨，她一定會來看我。

下午，她沒有來。第二天，也沒有來。

難道，她永遠不會再到這座小樓來了？

難道這座小樓埋葬了她的初戀，也埋葬了我的初戀？

當天中午，表姊自高家回來，氣得半天講不出話。我一再追問究竟發生了甚麼不幸事故，她只是一個勁地叨叨著：

『我從來沒有見過這麼不講理的一家人！還留我吃午飯，我才不吃哩！氣都把我氣飽啦！』

唐琪挨罵已是我意料中的事。然而，我絕未想到事態會演變得如此嚴重。表姊一五一十地和我講述她在高家看到的一切，我眞悲痛得不忍卒聽……

『我曾決定不把眞實經過告訴你，因爲你剛負傷，還在病痛中，』表姊這樣開始說，『可是，早晚你會知道的，你也應該早點知道。今天上午我陪唐表姊一進高家的門，便狠狠挨了兩炮——高大爺和高大奶奶活像要把唐表姊吞嚼下去似地大肆咒罵！我馬上告訴他們，是昨天我留唐表姊睡在我家，他們不但不信，還說我不該幫別人撒謊！唐表姊哭著跑上樓去，我被高大奶奶一把拉住，她變得和顏悅色地盤問我：

『「季大妹，咱們可是親戚，誰也不好哄誰呀！你得告訴我實話，唐表妹到底昨天到哪兒去野啦？一定是在別處玩了一夜，天亮啦，才跑到你府上拖著你來當救兵的吧？」

『「哼，哼，」高大爺神氣活現地用食指緊揉著鼻孔，「還不是跟野男人去舞場跳通宵，或是更……」

『當時，我很不客氣地把臉一綳，打斷了他的話：「請高大哥不要亂講，唐表姊是跟我的弟弟去溜冰……」

『「喔——我這倒明白了！」活像是平劇裏的道白，高大爺搖頭擺尾地叫出來。

『高大奶奶跟著一陣冷笑：「怪不得張弟弟時常來和唐表妹泡蘑菇呢？原來人小心不小啊！可是，張弟弟怕不是唐琪的對手吧！唐小姐交遊遍天下，見過大世面……」

『我不要聽他們兩口子這一套，我氣沖沖地跑上樓去找高小姐，高大奶奶卻不放鬆地追我到樓梯腰間，表示「好感」，嘴一撇一撇地：「季大妹，你可別在意呀！咱們是自己人，我得講老實話。我全是爲了張弟弟好，那孩子老實巴腳的，鬥不過唐表妹，交女朋友我不反對；可是，也得有個挑選……」

『「謝謝你的好意！」我冷冷地丟給她一句話，逕自奔向樓去。

『那知，樓上的情勢更爲嚴重。高老太太已經起牀，高小姐、高二奶奶正好說歹說地勸解她那因唐琪而發作的盛怒。唐表姊好可憐呀！頭垂在胸前，眼淚像斷了線的珠子，簌簌地往下滾落……高老太太頑固迂腐地講了一大堆十八世紀的大姑娘做人的道理，又講了一大片風馬牛不相及的仁義呀！道德呀！貞節呀！廉恥呀！令人啼笑皆非的長篇訓話。平日我對高老太太印象還滿好，她對我似乎也不錯；她今天這一手兒，我可實在不敢恭維，因爲唐表姊是無辜的。

『我當然又把事實經過詳細對高老太太報告一遍，並且我坦白地告訴她：「我很喜歡唐表姊和我的弟弟做好朋友！」

『我的話，似乎給了唐琪無限勇氣，她立刻猛地跪伏在高老太太身前，緊拉著高老太太的兩隻手：「姨媽，姨媽，原諒我，饒恕我，可是答應我，讓我去愛醒亞，那是個很好的男孩子！」

『這是多感人的一幕！我的眼淚立刻奪眶而出。高二奶奶和高小姐也都把無限同情愛憐的目光投向唐表姊。

『「娘，我看張弟弟和唐表妹倒是滿合適的一對兒！」高二奶奶低聲下氣地說，「將來妹妹嫁給震亞，表妹嫁給醒亞，也算是親上加親！」

『我想，高老太太一定會在這一刹那挽扶起唐表姊，並且開明地點頭表示同意；可是，我全想錯啦。高老太太把眼一瞪：「簡直是胡鬧！這怎能和我的閨女與季震亞相提並論？他們正式由媒妁之言，父母之命而訂終身，唐琪和張醒亞的大媒是誰？他們的父母之命又在那裏？都是沒有父母的娃娃，可是我和季老太太是名正言順的家長呀！他們倆想在一塊兒，也得先有我們兩家老人的許可呀！簡直是胡鬧透頂啦，竟敢不聲不響地背著老人家談「亂愛」，眼睛裏可眞沒有長輩啦！還竟膽敢偷在男朋友家一夜不回來，我的閨女縱然訂了婚也不敢如此荒唐呀，她如果也敢的話，我馬上會逼她上吊……眞是家門不幸，傳了出去，高家的表小姐夜不歸宿，我還有何顏面見人？」

『唐琪再也忍耐不住地站了起來：「姨媽，我對不起您，連累了您，我馬上就走，馬上回北平去念書，我本來是不要長住在這兒的，是您，剝奪了我的求學自由，現在又要剝奪我的戀愛自由！」

『「甚麼？小琪子你敢跟姨媽頂嘴啦！小心天打雷劈呀！我不准你走，我要把你鎖在家裏，偏不給你這個自由，那個自由！我得好好地管教你，我不能對不起你死去的爸媽！我是爲你好！沒心沒肝的鬼丫頭！」高老太太聲嘶力竭地喊起來！

『唐琪扭身要走，高二奶奶和高小姐同時拉住了她。她抽噎地說：「我不走，我沒有地方好去。我回自己房間去睡覺！」說罷，她低頭猛衝出去，正巧這時高大奶奶從樓梯上來，剛好在房門外和唐琪碰了個滿懷。高大奶奶可眞會表演，她一連唉喲了幾聲，又搖搖欲墜地晃了幾晃：「可受不了！這麼大氣性！活要把人家撞到大馬路上去呀！」

『高大奶奶一來，高老太太似乎氣順了些。高大奶奶攙扶著高老太太坐在梳粧臺前，開始給高老太太畢恭畢敬地梳頭。高老太太仍一勁地嘮叨著唐琪的不是，高大奶奶則一口一個「娘」，一口一個「是」地應對著，並且又拿著一隻手鏡，前後左右地圍著高老太太的頭照個不停。高老太太滿意地點著頭，似乎火氣方始逐漸消失。

『我和高二奶奶同到唐表姊房間中去加以勸慰。高小姐也來小坐了片刻；可是，很快地就被高老太太的命令喚走開。

『高老太太和高大奶奶堅留我吃午飯，我絕對不吃。高老太太異常客氣地送我到院子裏，一面說：「眞對不起你們，我馬上還要派人到府上向令尊令堂道歉，唐琪太不懂禮貌，在府上打攪了一夜……」

『我不懂她這話是甚麼意思？也許是一番好意；可是我認爲全無必要。我只希望她們對唐琪好一點就行了。』

表姊一連串講完上面的話。

唐琪哭泣的臉，高老太太盛怒的臉，高大奶奶諂媚的臉，高二奶奶同情弱者的臉，高小姐愛莫能助無可奈何的臉……翻來覆去地在我眼前旋轉，我覺著一陣劇烈的頭暈目眩，那幾張臉一下子便成了無數濤沫般的碎金星……

『小弟！小弟！』表姊驚叫著。

我淸醒過來。緊咬著牙根，說不出一句話。

表姊溫存地勸慰我，叫我睡去，叫我靜心休養幾天，我和唐琪的事，她說她可以稟告姑母，她相信姑母會同情我們。

十九

我把希望擺在姑母一家人的同情上。

何其不幸！表姊衷心同情我，也唯有表姊一人如此。表哥是「騎牆派」，當著我面，他同情我；背地裏，他又附和別人的反對意見。最嚴重的還是姑母與姑父，他們兩位堅決反對我和唐琪來往，倒是我始料所不及。

姑父從未和唐琪有一面之晤，可是由他的言談中，我可以聽出：他對於我為一個女人和流氓打架受傷，以及那個女人未曾得到他允許竟偷在他女兒房中住了一夜這兩樁事，都深惡痛絕。還有更大的造成他對唐琪印象不佳的因素，乃是高老太太當眞派了代表——高大爺，前來拜訪時所說的一番話。

高大爺究竟在樓下客廳裏和姑父密談了些什麼？我無法知曉。表姊也不敢下去偷聽，怕被姑父發覺會惹他大發雷霆。不過高大爺絕非奉母命單純前來道歉，是可斷言的——因為他們實無向姑父道歉的必要，除非在道歉中還夾雜著一點警告，警告我不可再和唐琪來往。當然，他更會在姑父面前把唐琪形容得一無是處。

這些，我都沒有猜錯，此後每逢姑父表示對唐琪不滿時，都清楚地說出那是依據高大爺所講過的「事實」。表哥常是附合著姑父的話，無表情地點頭不已，當我用力瞅他一眼時，他便尷尬地報我以苦笑……

最令我心碎的，則是姑母的態度。對於這回事，她一點不發脾氣，但是有一定的主意——她絕不允許我和唐琪再要好下去。姑母一向深愛我，我相信她如此決定全是來自愛我如初的眞情；可是，她不了解我，更不了解唐琪。主觀的誤解，與外來的流言，造成她對唐琪難以挽回的錯覺。

『孩子，姑媽早已說過將來要給你娶房好媳婦，即使你要自由戀愛，我也並不反對；不過總得細心謹愼，更得在老人們和親友們的教導下，按部就班地進行。像你震亞大哥和高小姐似地，絕不會被人說長道短。千萬不可以自做主張，何況唐家表小姐和你並不相當，她那麼新派，那麼時髦，果眞嫁給你，你會受罪的……』姑母慢條斯理地對我講。

『不，姑媽，她絕不像您想像的那樣，更不像一般人傳說的那樣。她眞是一個心地非常善良的姑娘。』

表姊插嘴進來，幫我講話：

『媽，小弟說得對，人家唐表姊眞是一個心地善良的好姑娘。』

姑母把眼一瞪：

『這種事要你女孩子家多插甚麼嘴？又不是給你說婆婆家！』

表姊立刻噘高了嘴，一面不服氣地：

『我說人家心眼好，犯甚麼罪過？本來唐表姊的心眼就不壞！』

姑母不講話了。表姊似乎看到事有轉機，便續作努力：

『媽，唐表姊今年十九，小弟十七，一個屬羊，一個屬鷄，不犯相，正好！』

姑母仍舊不動聲色。

『媽，您不是常這麼唸叨嗎？』表姊接著說，『猪猴不到頭，羊鼠一旦休，金鷄怕玉犬，白馬犯青牛，蛇虎如刀鑣，龍兔淚交流……唐表姊和表弟既不是猪猴，又不是羊鼠，既不是鷄狗，又不是馬牛……有甚麼理由不讓人家兩人在一起呀？』

『瞧你這份囉嗦勁兒，』姑母忍不住地罵出來，『不管屬相是甚麼——』

『怎麼能不管？』表姊搶著說，『當初別人給大哥提親的時候，您一個勁兒叨叨著「猪猴不到頭，羊鼠一旦休……」，要不是您整天那麼叨叨，我怎麼會背得這麼熟？』

『你說唐琪屬羊？我告訴你——』姑母突然理直氣壯地有了新理由，『屬羊的女孩子我一概不要娶過來！』

『怎麼？屬羊的全不好！媽，那麼普天下屬羊的女人都沒人要啦！怎麼世界各國還不下命令凡是羊年一律不准生女孩子呢？』

『老人家說過的，女孩子屬羊，命不濟。』

『我是猴年正月生的，早幾天就趕上了屬羊，眞險！』表姊伸一下舌頭，『媽，距離「羊」太近，我大概命也太好不了吧？』

『別胡說！』

『唉，大夥都聯合起來欺侮人家一個女孩子，當然她的命不會「濟」到那裏去了！媽，這是小弟的終身大事，本不與我相干，我只請求您老人家，秉公辦理！少聽別人不負責任的胡言亂語！』

我已呆在一邊很久不出聲，乘機對姑母說：

『姑媽，只要您允許我和唐琪做朋友，我並沒有說非要和她結婚不可……』

『噢，那倒還好，』姑母撫著我的頭，『可是，那你們就更不能再這樣下去啦！因爲一對男女常在一塊兒，而結果並不結婚的話，更會遭人家恥笑，對你自己，對人家小姐，不都是光有害處，毫無好處嗎？』

『…………』我不再答辯，我知道無法說服姑母。

『醒亞，怎麼不講話啦，是不是明白啦？好孩子，聽姑媽話沒虧吃，不久我一定就託人給你介紹個好小姐，也好和你震亞大哥，同時舉行婚禮！』

『不要，我不要呀！』我伏在姑母膝前放聲痛哭起來。

我哭得很傷心。我彷彿感到唐琪當眞從此再也不屬於我，我也再不能看到她了。

姑母一面給我拭淚，一面不住地唉聲嘆氣。我想，我的固執己見，一定也使姑母十分傷心。

最後，姑母似乎和我攤牌：

『孩子，十幾年，姑媽總算對你不壞。現在你也長大成人啦，姑媽的話你也不用再聽啦，姑媽你也不用再愛啦。』

『不，不，』我緊緊地抱住姑母，『我是愛您的，姑媽，我永遠愛您的呀！』

『乖孩子，答應我，愛我就別再愛唐琪。』

『不，不，』我聲嘶力竭地叫起來，『姑媽，我愛您，和愛唐琪是毫不衝突的呀！姑媽，您不能這麼逼我，這麼欺侮我！』

『什麼？』姑母一推我，我生平第一次看到慈祥的姑母竟也擺出了一張那麼惱怒的臉，『我逼你？我欺侮你？好，好孩子，有良心……』

我知道自己脫口而出的話，說得太重了。我很懊悔。於是，我哭得更厲害。

『媽，媽，』我大聲地，衝著姑母嗚咽。

每當我感情激動的時候，我便會不自覺地管著姑母叫媽；可是，這次姑母誤會了我的意思，以爲我受了她的委屈，而想起自己的母親，因此，她也傷心地哭泣起來：

『當然啦，誰也沒有親媽好，姑媽怎麼能比親媽呢！』

姑母的怨言，卻當眞掀起了我對故去雙親的思念，我瘋狂地奔回自己的小房間去。表姊在身後連連喊我，我顧不得回頭理睬，猛地把房門一關，然後跪在自己的床邊，雙手按著劇痛的心窩，仰望著牆上的爸媽遺像，哭個痛快！

一面抽噎，一面喃喃：

『爸啊……』

『媽啊……』

『你們如果在世，我知道您們絕不會阻止我和唐琪相愛……』

二十

瞞著姑母，表姊已經爲我又到高家去了一次。她見到了唐琪，並且帶回來唐琪給我的信。可是，表姊堅決表示從此她再也不到高家去了，因爲她受了侮辱。她忿忿地說：

『一進門，正好碰見高大奶奶在樓下指手劃脚地對她幾位牌友——甚麼李大姑、劉大姨、陳大妗子的，數道唐表姐的壞話，看見我闖進來，不但不暫停一下，反而把嗓門提高，手那麼一叉腰地說：「嘿，瞧人家唐表姑奶奶那一對烏溜溜的大眼睛，不但亮，還更「帶鈎」呢？要不，那能把野男人勾得沒有魂啦！」我氣得手脚同時顫抖，我不想和她當面理論；不過，當我步上樓梯時，一股氣憤迫使我說出：「哼，有的人，生來一對小眼睛，肉眼泡，想「帶鈎」都「帶」不成！」我說的聲音並不高，不想高大奶奶的耳朵可眞尖，竟全聽進去了，這句話可擊中了她的要害，她開始向我哭鬧撒潑，並且一再咒詛我罵人不帶髒字，更警告我沒事少到她高府門頭兒上晃！直到我走進唐琪的小房間裏，還能隱約聽到樓下的嘶喊：「眼睛小又怎麼樣？咱們道路走得正，三條大道走中間，一步一脚印！不像你們這些摩登女學生，專在斜道歪路上混……」』

唐琪的信很短：「醒亞，我目前只有三條路：一是自殺，二是立即出走，三是暫時忍耐。爲了愛你，我絕不肯死，立即離開高家又無棲身之地，所以決心忍耐等待機會。相信我總會獲得自由，並且獲得和你永遠在一起的幸福歲月……」

我請求表姊繼續爲我和唐琪傳遞書信，她大概在高家受了太多的精神迫害，無論如何不肯再去；可是，她又萬分同情我和唐琪的遭遇，最後，她建議我寫信給高二奶奶，拜託高二奶奶幫助轉信。

一連寫了好幾封信，竟都石沉大海。結果，那些信件一封不缺地卻經由姑父之手重又退回到我的面前——後來我得以知道：原來除掉遠在英國讀書的高二少爺之外，若干年來從無一人給高二奶奶寫信，我寄給她的信，立刻引起高大爺和高老太太的疑竇，於是，他們擅自將那些信件一一檢查，高二奶奶根本沒有見到那些信的影子，便由高大爺全部送請姑父處理。

姑父當著高大爺的面，將我痛斥，我不敢稍有反抗，多年來姑父已在我心中樹立起至高無上的威嚴。姑父的性格十分耿介正直，是我深深了解並欽敬的。這次，他也當著我面把高大爺教訓了一頓，他說：

『我這個內侄（指我）年幼無知是事實，但是他自小跟著我長大，氣質確是很好的。至於令表妹，孤女無依，寄居府上，嚴加管教，當然應該；但也用不到對她惡意攻訐，無所不用其極。要知物極必反，這樣下去，把她迫上毀滅或墮落的道路，是很可能的！再有，我願鄭重奉告：我根本不贊成內侄和令表妹在一起談戀愛，我可以負責保證內侄從今以後不和令表妹來往；但是，這與閣下今天的警告毫無關係——你說你的好友新民會王處長看上了令表妹，而你也極願促成這樁好事，這是你們的自由，不干我姓季的事；不過，請放明白，我絕非因爲懼怕那個什麼王處長的勢力，而阻止內侄。別說他幹什麼新民會，他就是興亞院、日本領事館、日本駐屯軍、日本憲兵隊，又能怎麼樣？咱們季高兩家姻親至好，大家應該相待以誠，內侄如果再不聽規勸，因而破壞了季高兩家的感情，他將是愧對大家的一名罪人；同時，閣下這種作風，動不動拿「親日派」來示威，對於季高兩家的情誼，也是極爲有損無益的！』

一向當著人面靈活如猴的高大爺，這回在姑父面前竟變成了呆呆的木鷄。他諾諾而退，向姑父九十度鞠躬，並向我握手道別，表示「親善」——或也是表示接受了姑父的訓導，開始和我「敦睦邦交」。

高大爺走後，姑父對我說：

『連高老大都肯聽我的話，你要再不聽我的話，豈不連高老大都不如？』稍歇，姑父又說：『孩子，我愛你如己子，我的肺腑眞言，希望你再三再四考量。你是一個有爲的青年，再過幾年學問事業都有了成就，堂堂大丈夫男子漢，還怕找不到好媳婦？難道非要那高家的表小姐不成？趁早離他們高家遠一點，他們再來跟我胡鬧，我要把震亞的親事也退掉，乾脆不跟他們高家發生絲毫關係！』

事態演變至此，情形越爲嚴重而複雜。許多我從未想到過的問題，現在一起擺在面前，給我折磨，給我困惑，給我痛苦，也給我威脅！果眞因我損壞了姑母一家和高家的感情，甚或傷害到表哥與高小姐，那是我絕對不能做的；然而果眞就從此要我和唐琪斷絕來往，甚或坐視她被一個新民會的漢奸脅迫娶去，也更是我絕對不能忍受的。我沒有勇氣反抗姑父姑母；我又沒有勇氣完全接受他倆的命令。我沒有勇氣再衝到高家和唐琪一晤，並且告訴她任何排山倒海的阻力，都攔不住我繼續愛她；我又沒有勇氣寫封信告訴她，姑父的話已動搖了我的信心，害怕我會無聲無臭地屈服下去……

我是這麼沒有勇氣！我是這麼膽怯！

姑父怕我難過，竟一反往日嚴肅的習慣，經常帶我到外面吃吃飯館，買買衣物，或是聽聽平劇。他這種力量比正面的斥責大得千倍萬倍，我擔心我會在這種力量下，被他「打倒」。

更大的一個力量打在我的身上，那是同學賀蒙的一席話。

久未露面的賀蒙突然前來找我，他告訴我賀力大哥前幾天動身到南方去參加抗戰了。

『臨行匆促，他來不及通知你，』賀蒙說，『但是他說了，他不久還要回來，希望下次走時，能把我和你都帶到南方……』

對於我，這確是一件值得興奮的好消息，因爲南方是我夢想的樂土，投身於抗戰行列是我多時的志向，果眞一旦實現，我在愛情上受到的創傷，應能獲得醫治。

賀蒙的眼力頗令人嘆服，我們交談不久，他突然抓住我的肩頭：

『喂，小伙子，你談戀愛了，是不是？』

『怎麼，誰跟你說的？』

『你的一臉神氣都已招了供！當初咱們在學校裏，談戀愛的同學們失戀之後，都有這麼一付怪臉！』

『騙鬼！還不是我表姊或姑媽告訴了你？』

『我根本還沒有跟她們談話哩！』他不放鬆，『我猜得對不對？別跟老同學扯謊！』

我點點頭。

『不過，我並不是失戀，』我補充一句，『是橫遭外力阻撓！』

『有情敵搗蛋？那我幫你和他拚！』

『不是，是我的姑母家和她的姨母家反對。她和我一樣無父、無母，姨母就是她的家長。』

『這，可得要考慮，雙方家長都反對的事，其中必有道理，老人家究竟閱歷多。』

『內情相當複雜，你不了解。』

『太複雜的戀愛，我不贊成談。』他像滿有經驗地說，『談愛是爲了尋找快樂幸福，如果給自己和別人都談來許多麻煩，這種愛還是趁早不談的好！』

我低頭不語，臉上表情大概非常痛苦。

『醒亞，當初咱們倆想一塊投筆從戎的勇氣，現在你還有沒有？』

『當然有，我恨不得馬上到南方參加中央軍！』

『你的戀愛再談下去，中央軍派專機來接你，你也不肯去啦！』

『絕對不會，』我反駁，『我要和我的愛人一塊去投軍！』

『是吧？不打自招，你已經和她分不開了！危險，危險！你才十七歲就有了拖後腿的人，人人如此，再也沒有冒險犯難出生入死的愛國青年啦！』

『…………』

『不管你那位愛人如何美好，現在決不是你談戀愛的時候！』

『…………』

『現在是我們每個青年積極求學或將身體生命全部獻給國家的時候，你竟想把這一切單單獻給一個女人，難道你想就從此娶妻生子養老送終不成？』

『你別再說下去了！』我咆哮起來。

賀蒙用比我更大的聲音咆哮：

『咱們是生死弟兄，不是酒肉朋友，你不要我講，我也要講。賀力大哥臨走的時候，我媽媽也想給他娶個太太拖住他；可是他說：「倭奴未滅，何以家爲？」他又說：「如果我們人人現在都集中精力談情說愛，沉醉於溫柔鄉，那簡直就等於無形中組織一支隊伍，在日本「皇軍」的旁邊助戰，對中央軍開火……」賀力大哥是你素所敬仰的，他這兩句名言，希望你冷靜想想！』

賀蒙走了。他方才那席話沒有帶走，那一字一句在我心中激起了空前的衝擊。

但是，我無法獲致結論。我愛國家，我愛姑母一家人，我愛賀蒙兄弟，我愛唐琪，這些原本全無衝突矛盾。然而事實卻如此殘酷：我竟必須在這些被愛的目標中加以選擇，如想獲致某一部分，則必須擯棄另一部分，我想全部都愛而不可能。這是一種甚麼罪過呀？

表哥仍不斷到高家去，他不敢給我帶信，也不敢把唐琪的信給我帶回，他可憐兮兮地對我講：

『小弟，我眞對不起你。你知道，爸爸正式告訴過我：假如他發現我給你和唐琪傳信，立刻就給我退婚……』

不過，表哥終於狠了一次心偷偷給我帶來一封信，他說唐琪哭著求他帶回這封信，高小姐也「命令」他應該將這封信帶給我。

醒亞：他們近來用全付精力威迫利誘，要我答應嫁給新民會一個姓王的漢奸！見他們的鬼！我自有辦法應付。放心，我絕不會做出使你心碎的事，因爲那也是使我心碎的。我正在尋覓一個脫離樊籠的機會，希望我獲得自由的時候，你即開始負起護衛我的責任，伴我一起天空飛翔！

永遠是你的琪

這封信，我一讀再讀，一再激動，也一再想到：若我不去護衛唐琪，該是多麼可恥，可悲！即連有過這種退縮的念頭也不應該！連一個女人都護衛不了，還想護衛什麼國家？

可是，我又有怎樣護衛她的辦法呢？我連自己似乎也護衛不了。唐琪比我大兩歲，顯然比我堅強，也比我有能力，我把一切期望擺在她身上。我想，至少我還能做一個忠於她，聽從她的戀人。

然而，我竟做了一件不聽從她的事！也許此生我只有這一次沒有聽從她的話；可是，只這一次，已足夠使她飲恨終身了。

是在陰曆年過了不久（這個年，我過得好淒涼啊），唐琪突然給我打來一個電話：

『醒亞，告訴你一個好消息，從現在起，我獲得自由了。』

『琪姊，你在那兒？』我緊握耳機，對著話筒說，『你怎麼知道我的電話號碼？』

『我查電話簿，查到你姑父的大名下面有電話。』她說，『我現在是在一家水菓店借電話。你家裏有別人在嗎？』

『眞巧，姑父母都出去拜年了，表哥去高家了，表姊也出去看同學了，只有我一個人，因爲我這幾天不太舒服，躺在家裏休息。』

『那，我馬上來看你。』

『不，我們在外面約個地方見面好不好？』我怕姑父大夥會很快地回家來。

『不行啊，我必須到你那兒來，因爲我還要幫你收拾東西，要你馬上跟我一起走！』

『走？』我驚訝地，『到那兒去？』

『我現在已經有了職業，是一家醫院的護士，我已經租了房子，你必須就住在那兒。你已經是大人了，你就要擔負起護衛一個女人的責任了！醒亞，告訴我，你高興嗎？』

『我，我，我高興……』事情來得過於突然，我回答得有些茫然。

『你如果不和我同住，高大爺和那個甚麼姓王的漢奸，會用武士刀把我搶去！』

『他們不敢！』

『是呀，有你護衛我，任何人都不敢再欺侮我了。我就來呀！你先把衣服箱子整理起來。我就來呀！我就來呀！』

我想再說話，對面電話已經掛斷。

我又驚，又喜！卻也又懼，又怕！我開始坐立不安，心臟劇烈地跳個不停，頭部一陣昏熱，手脚卻一陣冰冷……我一點也不知道如何答覆馬上就要到來的唐琪……

時間已不容我猶豫，唐琪推門進來。

『醒亞，你變瘦了！』她猛然擁抱住我，頭偎著我的頭，『醒亞，你看，倒是我比你還堅強些，這些日子我被軟禁，雖然非常難過，可是我有信心，所以仍能夠傻吃悶睡，結果，體重反而增加了。』

我注視一下她的面龐，比以前更圓潤，更好看了。

『我胖啦？是不是？』她一側頭，問我，『可不能再胖下去了，我眞怕我的腰會有一天變成水桶哩！』

我們一塊笑起來。

『喂，你的東西收拾好了沒有？』她掃射了一下我的房間。

『還，還，還沒有……』我有些口吃。

『怎麼還不動手？讓我馬上幫你收拾！』說著，她跳到小床去取那懸在牆上的我的爸媽照像，

『我知道，這是對您最重要的。醒亞，我們馬上可以把這照片掛在我們的新房間裏，旁邊應該再掛一張我們兩人的合影……』

『喂！你怎麼不講話？怎麼一動也不動呀？』她把照片取了下來，放在我面前。

我不敢擡頭看她一眼。剎那間，她似乎完全明白了：

『醒亞，你並不願意跟我走，是不是？』她那淸脆的聲音立刻陰闇下來，『你應該早一點誠實地告訴我，你根本沒有準備跟我一起去，是不是？』

『不，不是，』我拉住她的手，『琪姊，我只是想跟家裏的人商量一下，再走。』

『商量？你想，你的姑父、姑母會答應嗎？』

『也許會。』

『眞是做夢！』她甩開我的手，『他們的思想比高老太太進步了一世紀，可是比我們這一代仍落後一世紀，他們怎會同意你這樣做？』

『也有可能同意我這樣做，因爲我已經不小了，已經十八歲了，我應該開始獨立。』

『他們如果不同意，我看你未必有勇氣反抗。你旣然知道自己已經不小，知道應該獨立，就不用再跟別人商量，明天你可以回來告訴他們，或是現在留下一封信。』

『可是，我跟你去，不見得就是我獨立……』

『甚麼？你跟我在一起還不是獨立？跟誰在一起才算獨立？』她開始有點氣憤了，『我就是你，你就是我。我在醫院做護士，每月有收入；你如果能有一個工作，還不是每月也可以有收入？我們倆無論誰賺錢拿回來公用，也談不上誰養活誰，誰獨立不獨立呀！』

『可是，琪姊，我能做甚麼工作呢？』

『我已經想過了，你應該繼續上學。我好好地做事，等你一直讀完大學有了工作，我就辭去工作開始好好地管家……』

『琪姊，我們現在結婚是不是太早？』

『可恨！誰說現在要和你結婚咧？就是將來你不和我結婚也不要緊，我可以拿你當自己的弟弟待一輩子！』

『住在一起，不結婚？將來或者也不結婚？』我無法想像、理解這種生活；說實話，姑母的舊禮教思想已經在我頭腦上烙了印。

『你說，不結婚就不能生活在一起，是吧？我倒沒有想到有何不妥，只要有愛，只要我們相愛。』

『琪姊，請相信我，我是全心愛你，永遠愛你的！』

『我知道，』她氣憤的臉上重又呈現出無限溫情，『告訴你，我一切都設計得很好，很週到，只要你跟我同去，我們的生活一定無限幸福！這個幸福生活，得來非常不易，我們哪能再把它推開呢？我還沒有告訴你：今天我已經跑了一整上午，清早，我根據報紙的廣告跑到一家著名私人醫院去應徵護士工作，我要求那位院長當時告訴我考試的結果，因爲我既逃出來，就再不能回高家等信兒了。他起初不肯，後來經不住我再三懇求，考慮了一下，竟仁慈地宣佈我已經被正式錄取。接著我硬下頭皮向他預借三個月的薪金，我坦白地告訴他：我是一個孤兒，毫無積蓄，必須先有一筆錢租賃房屋。那個院長竟也慷慨應允。我這才租下了房屋，並且還買了一點簡單的家具……醒亞，你看，這都是爲了你，當然也是爲了我自己。讓我們就走吧，你不想早一會兒看看屬於我們的房子嗎？』

充滿新生希望與美麗幻想的光彩，在唐琪的臉上掠過，我實在無法抵制這種眞情摯愛的猛襲，我幾乎決定了立刻隨她而去，那怕是與她携手走進一座毀滅的火山，也在所不惜，何況那並不見得是一座毀滅的火山，如無其他的多慮、牽扯、與羈絆，那將是溫柔萬頃的愛情海洋中，一座最幽美、最溫馨、最誘人的小島……可是，姑母的話，姑父的話，還有賀蒙的話，一刻也不停地，清清楚楚地響在我耳邊，而那也正是我無法抗拒的一種威力……

我像一個渺小的金屬品，被兩極的磁力吸來，吸去，吸去，吸來，我跳不出這一座「磁場」，又不能憑著自己的意志停留在一方，實際上我已經不復存有自己的意志……

『你究竟怎麼樣？』唐琪臉上消失了適才的光輝，代替而來的是惶恐、失望，與陰暗，『還在考慮是不是？我是個女孩子，我考慮的應該比你多，可是我卻毅然決然地這麼做了，我相信你我的親友及社會遲早必能諒解我們的初衷，只要我們的愛情始終不渝。即使別人不諒解，又該如何？我們是爲自己活著，還是爲別人？』

我的眼淚流出來了，話可是說不出一句。

『醒亞！』突然間，唐琪變成了一頭憤怒的小獅子，『難道我是來，來，來，誘拐你嗎？』

『你究竟跟不跟我走？』她緊著追問，『你忍心看著我孤軍奮鬥得來的結果，毀於一旦？你忍心看著高老太太、高大爺、高大奶奶一夥人得意洋洋地，譏笑我的失敗？你忍心違背自己的誓言——你曾再三說過你要護衛你的琪；你卻捨不得姑母舒適的家，捨不得這個溫暖的小臥室，捨不得這個柔軟的小鋼絲床，捨不得丟下你那季府侄少爺的尊貴名銜！當然，我們倆開始過的生活一定很清苦；可是，你應該記得，我們是一對同命運的孤兒，我們自己刻苦謀生，比依賴他人享福，榮譽得多……』說著，說著，她那麼悲痛欲絕地哭了起來。

『琪姊，我怕——』我顫抖地發出似乎向她請求饒恕的聲音。

『你怕？』她暴跳如雷地吼了一聲，『你怕這個！你怕那個！你甚麼都怕，就是不怕刺傷我的心！就是不怕你自己的良心受責備！』

『琪姊，琪姊，』我撲向她，『我是愛你的，我是愛你的呀！』

萬萬沒想到，她把我一推，一記重重的耳光，狠狠地打在我的臉上：

『我光要你在嘴皮上愛我，有甚麼用？』

她立刻提起她帶來的那個小皮箱，奪門而出。

房門轟的一聲緊關之後，突然門軸一轉，門又開了，唐琪重新走了回來。

我想她也許會再給我第二記耳光。她沒有。她俯在我的肩頭，在方才她打過的右頰上深深親吻，她一面抽泣地說：

『也許不是你的錯，也許你確實還太小……我還是愛你的，當我不愛你的時候，就連打也不打你一下了……』

二十一

唐琪走了。臨走，她寫下她考取的那家醫院的電話號碼，鄭重地對我說：

『再想想看，究竟跟不跟我去開闢一個新的生活？明天早晨打電話到醫院，答覆我。』

我送她下樓，送她到大門口。她低垂著頭，疲憊地提著那隻小皮箱，再不像往日那麼愉快地和我握手，那麼活潑地向我搖臂，那麼清脆地喊著：『Bye Bye!』……在便道上，她走了兩步又轉過身來瞅了我一下，我清楚地看到她那兩隻大眼睛裏充滿了晶瑩的淚水，突然她伸出玲瓏的舌尖舐了一下自己的嘴角，然後她馬上掏出一方小手帕去拭擦——我立刻一陣心窩劇痛，我想到：當她嚐到那心酸的淚液時，她怎能不怨我恨我？

我輾轉反側，終宵失眠。

我沒有和姑父、姑母，以及賀蒙商討的勇氣。我和自己商討，又一輩子也不會得到結論。天剛亮，我就跑去叫醒表姊，把一切都告訴了她，請求她為我做一最後決定。我內心頗為期望表姊會同意唐琪要我隨她同去，表姊果能同意，我的勇氣必定大增，而立刻能按照唐琪的計劃行事。

可是，這最後的期望也歸幻滅。表姊對唐琪一如往昔地十分同情，她再三分析唐琪的處境、立場，與心理，認為唐琪今天要這樣做，是無可厚非的；然而，她卻反對我跟唐琪一路去，並且反對得很堅決。

『那樣做可不得了，別人會說你是「私奔」呀！』表姊半嚴肅半開玩笑地向我瞪著眼。

『「私奔」不都是用以形容女人的嗎？』我說。

『是呀，平常都是女人被男人帶著私奔；如果一個男人被一個女人帶著私奔，可就更要遭人非議啦！』

『實際上，唐琪並不是叫我跟她奔到天涯海角去躲起來呀！我還不是照舊可以時常回家來看望您大夥兒……』

『你想，那樣，爸媽還許你再進家門嗎？』表姊沉思了一小會兒，『小弟，說眞話，如果你再大兩歲，如果你已經有了事業基礎、養家能力，我倒贊成你主動地帶唐琪「私奔」，奔得遠遠地，那樣倒像個男人幹的事；現在，你只能被動地隨一個女人「私奔」，而且又「奔」得這麼近，連天津租界都沒有「奔」出去，還得天天和老家的親友們碰頭，這實在「奔」得不高明……』

吃早餐的時候，高大爺突然來了。他在客廳裏和姑父談話，那客廳和飯廳只一牆之隔，我和表姊輕放下碗筷，忍不住地站在飯廳門外，靜悄悄地聽。

高大爺的口氣倒還客氣，不過他一片胡亂猜疑，惹得姑父大爲不滿。高大爺首先詢問唐琪昨天是否住在姑父家？又問唐琪的出走，姑父是否事先知曉？在他認爲我和表姊無論如何事前必定早有預聞，甚而，他認爲我或表姊給唐琪出的主意或是共謀，也不無可能。在姑父一連串地：『沒有！沒有！』『不可能！不可能！』的回答後，高大爺似乎心猶未甘，他竟問到我是否也已同時出走了？如果我尚在家中，是否可請我出來和他見上一面？

『醒亞！慧亞！』姑父大聲叫我和表姊，『來，你們都來！叫他看看，好叫他放心！』

我和表姊一同走進客廳，我們似乎都不屑瞅高大爺一眼，我們站在姑父面前把後背擺向高大爺。

『怎麼樣？』姑父問高大爺，『閣下看清楚沒有？我活了五十歲從未撒過一句謊，也從未有一人懷疑過我的話；想不到出了你這麼一位貴親，三番兩次找我的麻煩，眞，眞，眞是豈有此理！』

姑父把煙蒂兒往痰盂裏猛地一甩，『對不起，我要去海關上班了！』

高大爺窘倒在沙發上，十分狼狽。姑父走到客廳門口，停下來對我和表姊說：

『唐琪小姐失蹤了，我知道這絕不干你倆的事。不過你倆可得記著：以後她如果有了下落，不許你們去找她；她要來找你們，不許見；在馬路上碰見，也得裝不認識！否則，高府上再有人到我家來找他們的表小姐，你張醒亞和季慧亞可得陪人家上法院打官司……』

姑父悻悻地走了。高大爺嘴一咧，可可巴巴地問了我和表姊一句：

『對，對，對不起你們，你們兩位這兩天都，都，都沒有見到唐琪一面嗎？』

我氣得講不出話。瞅著他那正在假笑的臉，我幾乎想照著他的下巴送上兩記「西洋拳」！

表姊大概忍耐不下，大聲諷刺了他兩句：

『怎麼？唐表姐還活著嗎？我以爲她早就被你們虐待死了好久啦！』

表姊拉我走出客廳。高大爺自討沒趣之後，聳了聳肩，走了。

表姊繼續回飯廳吃東西，我實在不想再吃什麼，急想回房倒在床上睡去。當我走到樓梯一半時，樓上甬道拐角處的電鈴響了。我直覺地意識到：一定是唐琪打來的。

我連忙走到電話機旁，取下耳機。

『喂，喂，你是醒亞？我已經聽出了你的聲音。』果然是唐琪在對我講話，『喂喂，我本來想等你打電話到醫院的；可是，我有些等不及，我希望能早點得到你的回音！』

『琪姊，琪姊……』

『喂，喂，你怎麼光叫我，不說話？你想了一夜想通了沒有？我昨天一個人住在新房子裏，好害怕哩！』

『琪姊，琪姊，我，我……』

『醒亞，你到底決定怎麼辦？』

『琪姊，我實在不，不能跟你去……』

『甚麼？不能？想了一夜還是「不能」！你，你混——』她立刻哭出聲音來。

『琪姊，我，我馬上到醫院來看你，我要向你解釋。』

『你不要來，我不願意再見到你，我恨你！』

『琪姊，琪姊！』我開始嗚咽地連連叫她。

可是，卡地一聲，她把電話掛斷。任我如何用力地喊叫，她再也聽不到了。

二十二

我眞不知道，也不敢回憶，如何捱過了那一段陰暗的，寂寞的，傷痛的日子，那丟失了唐琪的愛的日子。

我曾一連寄給唐琪十幾封信，俱都石沈大海。我也曾鼓足勇氣到醫院去找她一次；可是，我碰壁而返——一位護士小姐告訴我：

『唐小姐現在工作很忙；同時自她來上班的第一天就再三囑託了我們——任何人來訪，一律不見！』

我用一張小紙條寫下自己的名字，請求那位護士小姐送給唐琪。那位小姐回來說：

『對不起啊，唐小姐說她不認識您。』

立刻覺得整個的天都坍下來了，坍在我頭頂。我似乎被壓扁在地下，再也動彈不得。我無理由再逗留在那醫院裡，逗留在那位從不相識的護士小姐身旁，我掙扎地，困難地，試驗著邁步，我的怪異神情，大概引起了那位護士小姐的詫異和好奇，她問了我一句：

『您是唐小姐的——』

『親戚。』我答。

『眞奇怪，唐小姐怎麼六親不認呢？前天也有一位先生來拜訪她，一口咬定是她的親表哥，她也說不認識，您看，那位先生的名片還在這兒哩！』護士小姐遞給我一看，正是高大爺的。

『這人確是她的表哥，』我說，『不過，他對她一向很不好，她可以不認這門親的。我一向對她很好，她不該把我們「一視同仁」，這是極不公平的！』

『我也搞不清唐小姐的事，對不起，我要開始工作了！』那位護士拿著一大摺病歷表，跑到裡面去。

我發覺自己和一個陌生人叨叨絮絮地談唐琪，是一件多麼無意義而愚蠢的事呀！我已經說得太多了，我應該馬上離開這座醫院。

一路上，我又悲傷又氣憤，唐琪竟以同樣的態度對待我和高大爺，這如何能令人忍受？可是，當我想到，我和高大爺以不同的行爲刺傷了她的心，我又有何理由阻止她不給我和高大爺以「同等待遇」呢？

回到家中，我請求表姊，無論如何，要她瞞著姑父母，代我去看一下唐琪。

感謝表姊，她當眞去了。我多渴望她能帶回一些使我欣慰的消息啊！她帶回來的，卻是我寄給唐琪的那十幾封信。

『我見到唐琪了，』表姊說，『她眞給我面子呢，她的同事們直說我是唐小姐第一個破例接見的客人。她由一個小皮包中取出這些信，要我退還給你。她對我說：「這些信上的解釋與訴苦，都是多餘而絲毫於事無補的。醒亞有一大套理由不同意我的想法，他早已當面和我談過，這些信上所談的仍是反來覆去的那一老套，我實在不要再看，看了我心煩心痛。』

我接過那束信，手有些顫抖，猛然間，我把它們撕了個粉碎。

『喂，不要撕呀！』表姊連忙阻止我，可是已經來不及，『唉，這太可惜啦，這些信寫得可眞好！方才我坐在「膠皮」上看了一路，是一字一句地詳細拜讀，眞是纏綿悱惻，哀豔動人，想不出你倒很有文學天才，竟會寫出這麼出色的書信呢！』

『您，您，怎麼這時候還有心開我的玩笑？』我急得跳起脚來。

『我說的是眞話，小弟，』表姊拉住我的雙手，『先別急，我還可以告訴你一個好消息：依我看，唐琪的內心仍是愛你的；不過她太倔強，太任性了一點，臨走她曾告訴我：「千萬別叫醒亞再給我寫信或是來醫院找我，那樣我是絕不理睬的；他唯一的道路，是堅決勇敢地搬到我的住所去！」』

『我應該搬到她那兒去，』我小聲自語著，『她實在對我太好……』

『不行啊，』表姊馬上給我當頭一棒，『我已經告訴了唐表姐，無論如何你是不能搬去的。她當時很氣憤，很可能對我也不諒解；不過慢慢地，她或者會冷靜下來。她目前的心情非常激動，容易發怒，似乎不太正常；她又似乎在跟誰賭氣，我想大概是跟高家賭氣，跟一切反對她愛你的人賭氣，她要叫人家看看她能夠如何完全獲得到你；然而，她沒有達到理想……其實，你不跟她走並不等於拒絕她的愛，這話我也已經告訴了她，只是現在她想不通這個道理……』

兩天後，表哥動身赴平，他的學校已經開學了，行前，他由高家辭行回來，透露消息給我：

高大爺和那個新民會的王處長打聽出唐琪的服務醫院後，派人釘梢，已經把唐琪的住所找到了，他們曾連連往訪唐琪，好說歹說地要她搬回高家，或是答應嫁給王處長，因爲王已爲她買妥了一棟小洋房……

第三天，我要求表姊陪我一齊去唐琪的住所。根據表哥所告訴的地址，在晚飯後，我和表姊很方便地到達：可是，我們撲了空。房東說：唐琪今天中午搬到醫院去住了。

我在唐琪住了不滿一個月的小房間內，徘徊良久，不忍離去。這兒不就是唐琪費盡心機，嘔盡心血，爲她，也是爲我建設起來的那一個家嗎？一個溫馨的家，一個充滿了愛與無限美麗遠景的家啊！可是，現在一切都破碎了，正如遺落在牆角那兒破碎的鏡框玻璃的碎屑一樣……我想到那個鏡框也許是唐琪買來準備嵌放我和她的合照的吧？她不是曾經對我說過這回事嗎？我又在另一個牆角的舊紙堆中，發現了不少張扯得粉碎的信，我把它們攏攏來，上面顯然可見我的名字，「愛」字，更一再在許多碎破的小紙塊上出現……我斷定這是她寫給我的信，而且不僅是一封；可是由於她的倔強，她始終不肯寄出給我……

在房東與表姊的催促下，我茫然走出那間小屋。當我們走在街心，我仍不斷回首頻頻眺望：那一棟小樓中，每個房間都有燈光自窗口閃爍出來：只有唐琪住過的那個房間沒有一絲光亮，黑暗、陰冷、淒涼已完全將那個不幸的小房間吞噬下去了。

二十三

情緒的惡劣，使我的脾氣變得很壞。除掉不敢頂撞姑父以外，姑母、表姊、男女傭人，天天都要瞅我繃得長長的驢般的臉，聽我語無倫次不近人情的話。

尤其是賀蒙，他變成了我發洩怨氣的最大對象，每當他來看我，我便立刻神經病患者似地，抓緊他的雙肩：

『都是你，都是你，你咒我，你咒我失戀，當她愛得我好好的時候，你就咒我失戀，好，現在我當眞失戀啦！你要負責把她給我找回來！我沒有她，我不能活下去！我甚麼都可以不要，這個家、姑父、姑母、甚至你賀蒙……但是我得要唐琪！』

賀蒙不理我。我狠狠地照著他臂端凸出的肌肉硬塊處，打去兩拳：

『告訴我！告訴我！咱們什麼時候能到南方去？你唯一能夠做的好事，就是馬上帶我離開天津，離開北方，去參加抗戰，去做一名抗日軍人！告訴你，我現在想殺人！我有足夠的勇氣與膽量，用槍，用刺刀殺人的！我並不懦弱！我愛國家！我愛唐琪！可是唐琪說我懦弱，不，不，我要你在戰場上看看我到底是不是一個懦夫……』

賀蒙微笑一下：

『人在黑暗裡呆久了，乍一見陽光，竟會覺得陽光刺眼。你正是這樣。大家好容易把你從黑暗的深淵，救到光明大道上，你卻咒罵光明……』

『我願意留在深淵裡，那裡有幸福，有愛！誰要你們多事？誰要你們多事拉我上來？』連珠砲般地，我轟射著賀蒙，『光明？光明？光明又在那兒？唐琪愛不成，南方也去不成！你要負責呀，你要負責！』

『別撒賴，小伙子，』他把我緊緊一抱，他那粗壯的雙臂，似乎比我更爲有力，『醒亞，醒亞，冷靜點，我確實可以負責。第一、我絕對負責最近期間就和你一路去南方，只要賀力大哥回來或是有信寄回來；第二、我想我也可以負責你的唐琪在你參加抗戰，榮譽歸來之日，仍舊愛你如初，假如她果眞像你所說的那麼純情，那麼眞情，那麼懂得愛的話！咱們臨去南方的時候，我去和她講：她要眞心愛你，請她等上你三年五載，學學柳迎春，王寶釧……』

賀蒙的話多少也讓我獲致些許鎮靜。我想，無論如何，唐琪和我的緣分應該不致就此斷絕；除非我們過去相愛是虛僞的，是經不起考驗的。如果，我眞能在數年以後，自南方，夾在凱旋歸來的國軍行列之中，重新回到天津——那時，我已經完全是一個大人了，且是一位立過戰功的軍人了，我全身戎裝，帽上綴有青天白日徽，胸前佩有勛章，腰間掛著指揮刀，雙足穿著剔亮的大黑馬靴，走著那麼雄壯的步伐……啊！眞能那樣，唐琪怎麼會不愛我呢？如果我能那樣獲得到唐琪的愛，不是比我現在既不能按照她的意旨去做，又不願把她放棄，而只好向她寫信苦苦求恕求愛，更光榮，更有價值，也更像一個男子漢大丈夫嗎？

想到這兒，我的心境似乎開朗了許多。

我把希望擺在來日，擺在不久的來日，我彷彿覺得那個「來日」很快地就會降臨；實際上，是我不敢把那個「來日」想得太久遠，因爲在我和唐琪之間一個太久遠的分離，是我不能忍受的。

賀蒙對我體貼入微。他怕我過分憂傷，便天天跑來陪我談天；要不，就拉我出去聽場平劇，或是看場什樣雜耍、打場乒乓，或是撞場「地球」（在地板上滾動的一種大型球，比賽時看誰拋滾到室端撞倒的棒子多，當時流行在天津勸業、天祥等市場樓上）。引起我較多興趣的，則是他帶我到佟樓一帶去騎馬。我學騎馬，進步很快，當我漸漸能夠飛快地騎著那澳大利亞種的高頭大馬狂奔的時候，我似乎可以暫時忘卻一下苦惱……可是，有一次我竟從馬上翻滾下來——因爲我看見了一位少女的背影極像唐琪，我拚命打馬過去，猛一回頭，卻發現那人的正面根本是另外一位陌生人，剎那間神智一陣恍惚，千萬種往事一齊湧上心頭，不知怎麼，手一鬆韁，腿一離蹬，便從馬上滑跌下來。

幸好摔得不重；不過經海關醫師診斷，也得休養幾天，因爲腦部稍稍受了些震動，老是昏一陣痛一陣。休養期間，我萬分想念唐琪。我無法淡忘那次我和流氓毆鬥之後的夜晚，唐琪給予我的愛撫與溫存。我渴望唐琪能日夜在我身邊，我幾乎要寫信給她，請求她搬到我的房間來同住；可是，我馬上打斷了這個念頭，我是多麼自私與可恥，我怎能向她提出這種要求呢？當她需要我的時候，我不是那麼使她傷心地逃避掉了嗎！天哪，也許我一生再無顏面向她提出這種要求了……

想到這兒，我倒抽了一口冷氣，多日來好容易漸漸寧靜下來的心湖，重新被無邊無際的哀痛，泛濫成災……

越想，我越恐怖。似有一種不祥的預兆，迫使我不能安寢。

不幸的事情果然發生了。

這眞是做夢也想不到的一樁意外的，巨大的，殘酷的不幸。這樁不幸，直接受到傷害的是唐琪；然而，我間接受到的傷害一點不比唐琪小。

我跌馬休養的第四天，報紙上赫然以觸目驚心的大字標題刊登著一則駭人聽聞的社會新聞：

名醫師施用蒙藥

女護士無端受辱

一家聞名津沽的私人醫院院長，向一位在他醫院服務的年輕貌美的女護士求愛不遂，竟施用蒙藥使那女護士昏迷過去，然後施以非禮，女護士清醒後，不甘心無端受辱，跑到法院告狀，一場熱鬧官司就此開始……

劇烈心跳之後，週身起了一陣可怕的痙攣，我繼續把那段新聞讀下去：

那醫院院長就是一向在天津甚爲活躍的外科名醫常宏賢，被辱的女護士名喚唐琪，天生麗質，楚楚可人，係名門之後，唯父母早亡，孤女無依，於兩月前公開招考中，被宏賢醫院錄用……

一點不含糊地，那被辱的女護士正是唐琪，正是我的唐琪，正是我應該保護而無法保護的唐琪！

二十四

唐琪的新聞立刻轟動了天津。

大小報刊爭相登載著「唐琪訪問記」、「唐案法庭旁聽紀實」，和唐琪的照像……

沒有一種報刊不同情唐琪的遭遇，幾家日報不約而同地均用「受辱不屈的堅強靈魂」，來形容唐琪，他們如此報導：

醫師常宏賢在法庭上，起初意欲逃避罪責，狡猾撒賴，誣指唐琪曾對他施展誘惑，又說因該日飲酒過量，於神志不清中做出越軌行動……可是，在唐琪的義正詞嚴的辯白下，這位醫師似乎天良發現，當堂請求和解。他說：他實在很喜歡唐琪，他曾多次向唐琪表示好感，並未遭受冷落，最後他正式向唐琪求婚卻意外慘遭拒絕。他又坦白供認：他既已破壞了唐琪的童貞，他願意娶唐琪為妻，以贖前愆……他說得倒似誠懇；可是唐琪女士立即予以痛斥，她當堂大聲咒罵：『你常宏賢無恥！你用這種卑鄙齷齪的方法，欺侮一個女人，你還想要她當太太！苟有一絲骨氣與節操的女人，絕不會答應你這種惡毒的要求！』法官再三阻止唐琪不可「咆哮公堂」，唐琪方始漸漸平抑下憤怒。最後，她心平氣和地重敘一遍她的遭遇。她說：她一向對常醫師確實相當敬重，因為常醫師曾屢次幫助她解決困難，她很感激他那次在許多人投考中，將她優先錄取，救了她孤女無依，流浪失業之苦；也很感激常醫師在她到院上班前日慷慨地答應她預借三個月薪金的要求，使她能以在外面租到房子棲身；又很感激常醫師後來騰出一間醫院中的房屋，給她居住——因為她一人孤伶伶地住在外面有點害怕，又時常遭受到無聊親戚的吵鬧，便提出暫時搬進醫院來住的要求，醫院安裝鐵門，並且還有一位忠實厚道的老工友看門，當然以為那裡是最安全的所在。她也坦白承認：她曾數次答應常醫師隨他一起到餐館吃飯或看電影，並且還跳過一次舞，但是那全出自她對一位醫界前輩的敬重，不忍拂掉人家一片好意……現在她才恍然大悟，常醫師所以對她那麼特殊優厚，卻是一開始就別具用心……說到這兒，唐琪女士痛哭失聲，接著她又忍耐不住地在法庭高叫起來：『你常宏賢時常稱讚我長得漂亮，如果你僅是為了我面孔漂亮，而錄取我，而借給我錢，而供給住屋，那你把我看成了什麼東西？』

幾天過去，小部分報刊變換了論調，一改過去同情唐琪的觀點，轉把輕蔑、奚落，加諸她的頭上。一家晚報說她生性浪漫，行為不檢，曾被親戚驅逐，友朋不齒；一家三日刊指出她的父親當初官居要津時生活糜爛，有損陰德，如今女兒受禍，正是罪有應得；更可恨的是一家專登裸體大腿照片與桃色新聞的低級畫報，捕風捉影，誇大渲染地把兩年前有人跪在北平醫院裡向唐琪求愛的舊事，重新翻版刊出，誣說唐琪久已是一「招蜂引蝶，不安於室」的「老手」，又添油加醋地「細膩」描繪那個男人如何向唐琪求愛的種種動作，活像執筆人就在一旁親眼目睹著似地：接著，那篇文字又繼續寫出常宏賢平常如何親暱地寵慣唐琪，如何引起了其他護士們的非議與公憤；最後，變本加厲地寫出常宏賢如何用蒙藥撲在唐琪的鼻端，接著又如何如何如何……那些「細膩」的描寫也活像執筆人就在一旁親眼目睹著似地……

『這是個甚麼社會呀？這是些甚麼新聞記者呀？』我大聲地吼叫著，沒有人理我；我用更大的聲音繼續吼叫，『單單為了「供應讀者刺激」，為了「增加報刊銷路」，為了一己之利的「生意經」，就這樣輕易地，把一堆歪曲的，下流的，猥褻的描寫，大量販賣，對於社會人心將發生一種如何嚴重不良的後果，戴著「無冕之王」的「記者」們可曾想到嗎？對於一個被傷害過的女孩子，何以忍心再給她更多的更惡毒的傷害啊？』

我大概已經快接近瘋狂了。姑父已嚴令家人關我「禁閉」，怕我外出闖禍。是的，如果我能插翅飛出這座小樓，我想，我會立刻把那個卑鄙的醫生，與那幾個下流的「記者」與「作者」活活殺死。

姑母拜託好賀蒙搬來和我同住，負責將我「看守」。賀蒙與表姊對唐琪的遭遇相當同情；不過，他倆開始有了一個相同的新看法——唐琪儘管可愛，恐怕很不適宜做我的愛人或妻子，因為我太木訥，太老實，而她太活潑，太容易招惹事，他倆又說：超人的美麗對於一個女人是非常危險的，說不定唐琪的一生，將會演出更出人意外，更光怪陸離的悲劇。

表姊與賀蒙的意見，我不敢苟同。

造成唐琪這次的失足，我覺得險惡的社會應負責任，高家應負責任，而我，懦弱愚昧的張醒亞，也應該負責任。唐琪有何錯咎呢？一點也沒有。把一絲一毫過錯推到唐琪身上，都是不公平的。

可是，不公平的事情竟相繼出現：

表哥在週六，又準期自北平返家，「風雨無阻」地到未婚妻處「報到」。晚間，他由高家歸來，憤憤不平地向我敍述：

『我從來不批評高大哥和高伯母；可是，我實在不太贊成她們這次對唐琪的態度。高大爺不但不表示自己的表妹被人欺侮，應該代她伸冤；反而輕浮地當著許多男女客人說：「嘿，眞想不到我這位交際如此廣闊的表妹，還竟是一位黃花大閨女呢！可惜啦，好好一個處女便宜了那個鬼醫生！但是，有什麼辦法呢？咱們惹不起他，那小子勢力比咱們大……」你知道嗎？原來那個常宏賢是一個大「親日派」，他曾留日學醫多年，據說他的外科手術還很不壞，他一向喜歡結交日本軍人和日本商人，所以唐琪搬進他的醫院住後，那個新民會的處長也就乖乖地不再纏著高大哥去找唐琪了。自從唐琪出事，高府一下子成了新聞記者的採訪場所，這使高伯母感到極大的不快與「丟面子」，她連連大罵唐琪胡鬧透頂，她又說：「既然木已成舟，唐琪就應該嫁給那常醫生；再不然就神不知鬼不曉地吃個啞巴虧，萬萬不可聲張出去。唐琪放著這兩條正路不走，偏選擇了一條人人不肯輕易走的邪路——到法院告狀！簡直是硬把大糞往自己的臉上抹！」她越說越氣，最後便決定登報聲明和唐琪永遠斷絕親屬關係。唉，我覺得這麼做似乎太過分了些。』

第二天，醒目的高家大廣告在各報同時登出。當然，這種啓事對於唐琪至爲不利。可是，對於高府又有何益？只是白白給那些靠吃「造謠飯」的報刊多了一個口實，證明他們對於唐琪的報導——「行爲不檢，親友不齒」是十分「翔實」而已！

不公平的事情尚不止此。很快地，全市大小報紙都不再刊登這個新聞——不管是同情唐琪或是輕蔑唐琪的。法院對於這個案件遲遲不做宣判，企圖不了了之。常醫生犯的罪儘管他自己曾一度在法庭上公開供認，並且報紙上也曾一度公開刊載。這如何能讓人服氣呢？連高大爺也都十分不服——表哥又一次自高家回來說：

『高大哥已探聽出全部內幕：常宏賢有兩種法寶，一種是鈔票，一種是日本人的撐腰，他用這兩種法寶來束縛住淪陷區的「新聞記者」的手，來堵塞住「法官」的口，是並不費勁兒的。』

唉，法律！我已開始懂得：只有像唐琪這樣無依無靠的孤女才相信，才依賴法律。她從未想到：此時此地，金錢與敵僞的勢力比法律的威嚴大過了千百倍。

又過了兩天，姑父下班回來說：

『常宏賢靠著日本軍部和醫師公會日籍顧問撐腰，利用他那天津市醫師公會常務理事的頭銜與職權，竟以書面正式通知全市公私醫院，今後一律不得任用唐琪做護士，理由是說唐琪品行不端！連海關醫務室都已經接獲通知，我另外好幾位醫師朋友也都接獲到同樣的通知。』

二十五

我四周的人，似乎都在故意地避免和我談起唐琪。我想一方面是由於他們對我憐憫——怕提起唐琪，會觸發我的傷痛；另一方面可能是由於他們的錯覺，已經對唐琪產生了相當惡劣的印象，不屑於再把她掛在嘴邊。儘管唐琪的不幸遭遇應該博得同情，而非斥責。

我痛恨任何人加諸於唐琪身上的任何寡情的譏誚；可是，天啊，原諒我，我連自己竟也不能禁止偶然間產生一種不可思議的怪念頭——每當我想到唐琪被那鬼醫生侮辱的一剎那，立刻一陣劇烈的嘔心便湧上心頭，接著，我竟然對唐琪產生了厭惡……我抱怨她不該自投陷阱搬到醫院去住，又責怪她爲甚麼在受辱的時候不起來反抗？我似乎完全忘掉了她正是因爲我不去和她同住才搬到醫院的，也忘掉了她受辱的時候，那被施放的蒙藥正在發揮威力……人，眞是自私的！男人，也許更自私些！我儘管立刻理智地糾正過來自己這種自私荒謬的念頭，痛罵一頓自己對唐琪的無情無意，甚至跪倒下來求上天，求瑪利亞，求主耶穌寬恕（儘管我還不是任何宗教信徒）……可是，我卻一直無法把這種自私荒謬的念頭自腦子裡清除乾淨。

然而，千眞萬確，我還是愛唐琪的。

我希望我能找到唐琪。我希望我們能夠相擁在一起，甚麼也不講，只是盡情地，痛快地抱頭大哭一回！然後，把過去的一切統統忘掉，重再建立新的，永遠不分開的，相依爲命的生活。

只是，我實在沒有方法找到她，儘管我已經有了決心，有了爲她赴湯蹈火在所不辭的決心。眞不幸，我的決心遲來了一個多月。唉，禍福莫測的人間事故，在短短的一個多月，卻足夠變幻得令人驚奇，令人害怕，令人戰慄了！

變幻，變幻，變幻，變幻……我眞不知道唐琪將變幻成甚麼模樣？也不知道我自己將變幻成什麼模樣，更不知道我和唐琪的愛情變幻成甚麼模樣？我幻想發生奇蹟：突然會接到唐琪的來信，或是接到她打來的電話，或是在街頭巷尾和她碰個對面，或是表姊在外面遇見了她，把她拉回家來與我相會……然而，這些幻想除了偶爾在夢境出現，恐怕再沒有變成事實的可能了。

表姊在我的懇求下，到過高家和宏賢醫院，但她由高二嫂和高小姐，與宏賢醫院的女護士和看門工役的嘴中，都打聽不到唐琪的住址。我還親到法院查詢，得知唐琪訴狀上的住址是一家旅館，而那家旅館的人員說她已經搬走了好多天。我幾乎決定登一個尋人廣告；可是，那麼一來，我便不能再在姑母家呆下去了，因爲那樣做一定會惹姑父姑母大發雷霆的。同時，我又想到：即令我不顧一切登出那個廣告，唐琪也能看到那個廣告，她是否眞地肯來找我呢？由於她那倔強的性格，她是非常可能置之不理的。難道她不恨我嗎？難道她爲我吃的苦頭還不夠嗎？難道害她跌入陷阱中的一群人中，當眞沒有一個我嗎？我又想到：如果她看到了廣告，當眞跑來找我，我的「善後」方案是什麼呢？留她住在姑母家？不可能！帶她走？我沒有地方去？跟她走？她已經沒有房子，沒有職業了，也許她永遠找不到職業了，因爲任何一家醫院都不能再收她做護士。

我該怎麼辦呢？她該怎麼辦呢？我還有個姑母家棲身；她呢，她或許每天在外流浪，夜深後仍踟躕街頭，找不到一個住所，她或許已經踏上衣食無著的困境，她或許在悲憤哀痛之餘病倒下來，沒有醫藥費用，只有坐等病況一天比一天嚴重，她或許認爲一切均告絕望便自殺了事……不，她曾經對我說過：她是永遠不會自殺的。可是，或許在她受了過度刺激之後，精神恍惚不定，會在囂喧的馬路口被飛快駛來的汽車或電車輾倒……每當想到這兒，我便：『呀——』地尖叫一聲，不敢再想下去。

我唯一的辦法，是等。等，是的，除了等，我還能做甚麼呢？我相信「時間」會給我一個解答。於是，我恨不得地球旋轉的速度能夠變快千萬倍，一下子便過去了若干年。那樣，我便可以知道，我一生命運中究竟還有沒有和唐琪重逢相愛的日子？

……………

二十六

賀力大哥有信來了。他已輾轉到達武漢，他說不久即將動身入川，他又說希望我和賀蒙在北方讀完了高中再做南來之計。我接受了賀大哥的囑咐，決定暑假後和賀蒙一齊到北平去考高中。天津有的是好中學；可是，我實在想調換一個新環境，天津已經成了我的「傷心之所」，天津的一草一木都隨時隨地觸引起我想到唐琪。

我勉強地，逐漸地安下心來。我必須閉門家中加緊補習功課——我準備以同等學力投考高中二年級，而高中一的功課是我沒有學過的。

考期迫近了，我收拾行裝準備赴平。爲了購置一些汗衫、襪子、毛巾等日用品，我和賀蒙、表姊三人在法租界綠牌電車道附近繁華市區的商店裡，選購了半天之後，漫步路過北洋戲院，突然間，在那門口擺著的演員名牌上，我看到了兩個大字——一點不含糊地，上面清楚地寫著：

唐琪！

幾乎是同時，表姊和賀蒙也發現了，因爲她和他同時叫出來一聲驚愕的——『嗯？』

我們停在戲院門口。

我又看到了唐琪的名字上還有著「重金禮聘新劇明星」一排小字。

那時候正在北洋戲院長期上演的一個戲班，是「馨德社」，全部演員俱是女性，挑大樑的悲劇名旦張蘊馨、英俊小生劉又萱、勇猛武生蓋榮軒、秦腔皇后筱香水……都是紅遍津沽的名坤伶。這個戲班與衆不同：第一、演員沒有一個男人，第二、唱平劇，也唱梆子，而主要的大軸是演「文明戲」。所謂文明戲，是具有時裝話劇的形式，但是劇中人除了用國語對白以外，偶爾還唱兩段平劇，同時一到劇情緊張時，鼓鑼傢伙點兒照樣地敲上一陣。馨德社的「文明戲」，除了加入平劇唱做之外，遇有筱香水登場，還別開生面地來兩句梆子腔。

我曾經看過好幾次「馨德社」的戲，姑母和表姊對這個戲班似乎很有好感，每次來看大都由於她們兩位的提議。我不太喜歡「馨德社」每次演出的前面幾齣平劇，因爲那些脚色在平劇上的造詣，無論如何是趕不上那些科班出身專門唱平劇的人；她們的「文明戲」，倒確實演得不錯，我看過的「一元錢」、「空谷蘭」、「啼笑姻緣」、「蝴蝶夫人」、「碧海情天」一些戲，很出色，很感動人。那時候，話劇在天津還很少有人演出，「奎德社」文明戲班停演後，「馨德社」便一枝獨秀，挺立津沽。

儘管她們的戲演得好，受歡迎；可是她們從未被觀衆視爲戲劇工作者，視爲獻身給神聖的藝術；在一般人的心目中——連我自己也算在內——她們仍是一群「戲子」，一群「坤角」，一群被有錢有閒的「大爺」「二爺」們捧紅的「戲子」與「坤角」。

誰能想得到呢？在這群「戲子」與「坤角」的陣營中，竟加入了一個新「戲子」，新「坤角」——唐琪！

表姊看看那大塊名牌上唐琪的名字，再看看我。賀蒙也看看那大塊名牌上唐琪的名字，再看看我。我不知道自己臉上正呈現出何種表情？當然，一種意外的喜悅，應該在我的臉上閃出了光亮——因爲我終於又找到了唐琪的下落；可是，緊跟著，籠罩我額間的，卻一定是一層羞愧的暗影——因爲，無論如何，我覺得唐琪變爲「文明戲」的演員，是十分令我難堪，令我尷尬的一件事。我似乎發覺表姊和賀蒙的眼睛都在譏刺我：『瞧呀，你的愛人竟是一個女戲子！』我更感覺到街上所有的行人，也都用冷酷的目光瞅我：『瞧呀，這個傢伙的愛人竟是一個女戲子！』

『可能這是同姓同名的巧合吧？』我輕輕地說給表姊與賀蒙聽，『唐表姐不可能來演戲的。』

『我們進去問一下好不好？』表姊說。

我多麼渴望一下子就見到唐琪！我卻又缺乏立即衝進戲院的勇氣。我有些怕，我怕在這種場合和唐琪碰面，因爲我實在不知道在這種場合見到唐琪應該和她說些甚麼。

『不去問算啦，』賀蒙說，『不是唐琪，等於白問；如果是唐琪，問了又該怎麼樣？』他拍一下我的肩頭，『喂，小伙子，後天咱們都得去北平啦，你考你的高中，她演她的戲，誰也不用管誰，誰也管不了誰！』

戲院裡驀地響起了一陣緊張的鑼鼓，與熱烈的鼓掌和喊好聲，這些已往曾爲我喜愛、欣賞的聲音，一變爲異常刺耳。當我想到唐琪或許正在舞臺上滿面脂粉，搔首弄姿時，我煩躁氣忿地緊走了幾步，企圖立刻遠離這一角落。

可是，越走得距離戲院越遠時，我便越懊悔方才不該不馬上附合表姊的提議——進戲院去探聽一下究竟！我有甚麼理由不去見她呢？我不是已經下了決心要找到她嗎？

『我們晚上買票到北洋戲院看戲好嗎？』我向表姊說。

『怎麼？』表姊猛一回頭，瞅著我，『後悔剛才沒進去看唐琪啦？好，晚上陪你去！』

『不行呀，』賀蒙立刻阻止，『今天晚上咱們還得加油演算代數、三角、幾何哩！後天就要去北平，現在你應該是考學校第一，談戀愛第二！何況是一椿不該再繼續談的戀愛！』

晚上，表姊給我和賀蒙補習數學。我無心演算，所有的公式、定理，完全記得陰差陽錯。表姊知道我有心思，便要我停止「受罪」，暫時歇息一下。我推說去廁所，偷偷走下樓來，輕輕開啓大門，跑到街上。

小樓窗間，映現出表姊和賀蒙兩人伏首執筆演算不休的影子。我想到他們兩人可能倒是一對理想的好友或愛人，一個是我敬愛的表姊，一個是我敬愛的同學，他倆果眞能夠相愛，正是一件應該祝福的好事！可是，一種不正常的嫉妒竟使我忿憤地在心裡叫出來：

『哼，你們都可以在一起，你們都可以談戀愛，就是我和唐琪不能在一起，就是我和唐琪不能談戀愛！哼，表姊不像以前那麼熱心地幫助我和唐琪了，賀蒙更可恨，一直給我潑冷水，剛才還說我的戀愛是一椿不該再繼續談的戀愛！哼，爲什麼你們的戀愛應該繼續？我就不該繼續？』

我越想越氣，一面往北洋戲院奔去，一面不住地：

『哼，我非繼續我的戀愛不可，我今天就要找到唐琪，告訴她我的愛，告訴她任何人任何力量都不能再阻止我的愛！』

跑到北洋戲院，售票處的小窗關得緊緊地，我才猛然想起時間已經很晚，晚飯後我在家中起碼演算了三小時的數學才跑出來，看看錶，正指著十一點。

我無法購票入場。我突然又丟失了直奔後臺找尋唐琪的勇氣。我爲自己的氣餒覓到理由：我不能立刻闖到後臺，萬一這個唐琪並不是我的那個唐琪，那不是太魯莽，太冒失了嗎？

一個戲院茶房看見我在售票處前徘徊不去，便走過來說：

『您是要看戲嗎？今天的票早已不賣了。您要喜歡看的話，可以進去，隨便找個座位看一會兒，馬上就快散戲了。』

『謝謝你。』我隨他走到裡面。

觀衆坐得滿滿地，幾乎找不到一個空位，我只好做一名「站票」客人。順著邊沿，我慢慢地往前走動，一陣輕俏的小鑼聲中，一個時裝少女出現在舞臺，我一眼便認出來，那正是唐琪。一點沒有錯，是我的唐琪，不是另外一個同名同姓的唐琪。

我不再往前移動，深怕她會看到我；實際上，我的呼吸似已屏息，我的兩腿似已僵木，我想動，幾乎已不可能。

轉瞬間，舞臺上又出現了一個西裝整潔的翩翩少年。我不知道這正是一齣什麼戲，我根本無心注意戲院門口掛出的今夜戲碼，更懶得向任何一位觀衆借「戲單」一觀，因爲這並不是我所關心的。

我關心的只是唐琪。是的，只是唐琪！可是，天呀，瞧，唐琪正在那兒做些甚麼呀？她正在那麼熱情地和那個翩翩少年，緊握住手，談情說愛！她演得逼眞動人，臺下鬨地一聲起了個「滿堂彩」。似乎只有我一個人不喊好，也不鼓掌，辛酸與嫉恨漲滿了我的心胸，我明明知道她僅僅是在演一場假戲，又明明知道那舞臺上的翩翩少年也是由一位女性所扮飾；可是我仍不能夠泰然視之。

我闔上眼睛，依倒在牆邊。我感到無限疲倦與沮喪。

一陣掌聲把我自半睡狀態中喚醒，原來戲已終場，客人們正紛紛離座。

我有一點頭暈，便坐了下來。等客人快走光的時候，我猛然記起今夜來此的目的，並非在臺下見到唐琪一面就算了事，我必須找到她，拉住她，不但要她像剛才在舞臺上那麼熱情地對我表示愛，還得要她像以前在我的小房間裡一樣，緊緊地擁抱，吻我……

我三步當做兩步地，急急走向後臺，正是那個尙未卸裝的翩翩少年將我攔住：

『您找誰呀？』

『啊，對，對，對不起，我想找一下唐，唐琪小姐！』

『啊？她不是剛剛出去了嗎？她有應酬！好幾個人一起走的！您沒有碰見？喔，她們是由這個直通巷口的便門出去的，沒有走前臺！』

『好，謝謝您！』說罷，我飛似地從那後臺的太平門跑出來，用我當年在運動場上賽百米的速度奔向巷口大街。天哪！我當眞追到了唐琪；可是我只看到了她的背影，她在兩男三女的左拉右扯下，鑽進了一部流線型的「別而克」大轎車裡，在淸楚的一瞥中，我看到那兩個男人，一個是身著紡綢長衫「名士派」十足的小老頭，另一個是油頭紛面西裝革履的中年人，那三個女人則都是「馨德社」的二牌腳色：花豔琴、田潤舫，和另一個叫不出名字的旦角。她們這一夥兒的嘻笑聲，在一陣盛氣凌人的汽車喇叭的吼叫中，一下子便消失了。

我像中了雷殛！我當眞被雷電燒焦而死，倒還痛快；偏偏在一陣雷轟之後，還殘留了部分知覺……我想掙扎，四肢卻彷彿都被束縛得死緊死緊。我想喊叫，喉嚨卻發不出來聲音。自從我第一眼望到唐琪的背影時，我的喉嚨已被完全堵塞……

像一個醉漢，我東歪西倒地在街上晃悠。我眞不知道自己怎麼竟能平安地回到家中。表姊和賀蒙正在門口等我，一下子我猛抱住賀蒙，便流出淚來。我想告訴他：他說得對，我的戀愛是不應該再談，也不可能再談的了。唐琪已經和我生活在兩個極端不同的世界裡……可是，我始終沒說一句話，我不願意在任何人面前承認自己又一次承受的創傷。

我整整哭了半夜。賀蒙一直在咒咀：

『女人眞是禍水，把我們的醒亞害到這種地步……』

二十七

慶幸，我和賀蒙都被學校錄取；如果他金榜題名，而我名落孫山，在賀蒙和姑母一家人的心目中，唐琪的「罪過」便更大了。

我和賀蒙開始長居北平校中。每隔兩週週末，表哥來約我們同返天津，我幾乎每次都予以婉拒。我對姑父母和表姊確實相當想念；可是，我一旦離開天津，便大有永不再返的心情。賀蒙爲此和我吵了不少次，天津有他的母親，何況他又一定很惦念表姊，只是不好意思單獨到天津看望表姊。後來我乾脆告訴他：

『你可以和我表哥結伴回去，不必管我。』

賀蒙眞對我不錯，我不回去，他也發誓不回去。

『留你一個人在北平過禮拜天太殘忍了，』他說，『小伙子，咱們是有福同享，有禍同當，有寂寞同挨！』

我們每個禮拜六下午或禮拜天，便在學校運動場上或中南海的游泳池裡消磨，或是到北海划船，或是到朝陽門外騎驢，或是到隆福寺、白塔寺、花寺，趕廟會，吃花樣繁多的零食。偶而也去聽「富連成」或「戲曲學校」的青少年名角的平劇。我們很少看電影。賀蒙爲我想得很周到：

『醒亞，電影院裡盡是對對成雙，銀幕上盡是香豔鏡頭，不太適宜你閣下看，看了會觸痛你心裡的創疤！』

漸漸地，我已習慣於學校中的規律生活。功課念得不錯，運動會上也可以撈得一兩面錦標，許多同學和老師都對我很好，如果沒有一個痛苦的回憶，我已經是十分心滿意足的人兒了！唉，偏偏有那麼一個抹不掉的記憶鐫刻在心。我曾經一再試圖忘掉唐琪，我又把一切過錯都推在唐琪身上，盡量把她想像成為一個可恨可恥的女人，企圖用憎恨來沖淡對她的懷念，用卑視來化除對她的好感；可是，全歸無效。越當我把一些罪名硬往她頭頂上按裝時；她的率眞，她的坦誠，她的勇敢，她的美好，便越在我的心裡發光！

當理智與寬容壓倒了我的自私偏狹，我便完全領悟到：唐琪絲毫沒有錯咎！我和唐琪比較，可恥的是我，可恨的是我！我簡直連和她相提並論的資格都沒有。不是嗎？唐琪在走投無路的時候，還可以靠自己的能力演戲，而活下去！如果把她換成我，我不是連演戲都不會嗎？我一無所長，我唯一獨立謀生的方法，或許只有出賣勞力到車站揹行李，或租部車子拉「膠皮」……

我猛然想起那年在冰場裡，唐琪和我講起的一段話：

『任何正當職業對人類都有貢獻，一個不盡責的護士，不比一個認眞工作的伶人或影星更可愛。當然，一個仁慈熱心的護士，又比一個演技不佳而生活墮落的演員強得多……』

她的話何嘗說錯呢？當她被迫不能再做護士時，她有充分的理由與權利去做一個演員的，只要是如她所說的「認眞工作」。演戲難道不是正當職業嗎？為什麼社會上從沒有取締演戲的呼聲呢？只要演技好，生活不墮落，演戲不正是一種最高尙的職業嗎？唐琪的演技是好的，我已經當面看到；她的生活墮落嗎？我並沒有看到，我只看到她和兩、三個男女拉拉扯扯地坐進一部汽車離去，就斷定她生活墮落是多麼不公平啊……

我想給她寫一封長信，或是在一個週末回津，自自然然大大方方地到北洋戲院後臺看她。可是，每當我提起筆來，總是感到難以下筆，也許是要寫的話太多，簡直一時無法寫起；每當我決定邀賀蒙同車返津時，我總是臨時又動搖了初衷，變更了主意——我想到：這還不到我們相會的時日，我應該再長大一點，再長得有出息有力量一點，再去找她，那時候我可以支持一個家庭，開創一樁事業，她可以不必再演戲，因爲無論如何，演戲是一件辛苦的，並且不是一個家庭婦女適宜擔當的工作。

想到這兒，我便發憤讀書。我頗爲相信書念得好，將來便容易在社會上立足、做事。爲了唐琪，我應該好好讀書。

放寒假了，我不得不回天津和姑父母一家人團聚過年。姑父很滿意我名列前茅的成績，姑母很滿意我離家半載變得更爲健壯的身體，她並且頻頻撫著我的頭說：

『孩子，你長高了不少哇，可眞快成大人啦，姑媽該給你提門親事了。』

姑母的話當然又觸使我想到唐琪；我似乎已經學會了忍受，學會了把眼淚嚥到肚子裡，學會了在任何人面前不提唐琪，因爲我有一個希望——不久的將來，我會使所有的親友驚訝，我的愛情堅貞，叫每個人都知道：我愛的只有唐琪，我終於能獲得到唐琪。

表哥仍舊一如往昔，不斷地背起冰鞋，到高家約高小姐滑冰。我的冰刀已經生銹，便乾脆把它丟進姑母的小儲藏室。正好表姊不喜歡滑冰，我便和賀蒙經常陪她在家玩玩撲克，念念英文，或去逛逛娘娘宮、估衣街，或去打打乒乓，騎騎馬，或去聽場平劇與雜耍。馨德社由北洋戲院換到新新戲院上演了，由報紙廣告上可以看到唐琪仍在那兒演戲，不過唐琪並沒有大「紅」起來，僅是一直擔任著二三路的腳色；聽說馨德社的生意也大不如前，在敵僞加緊壓榨人民的歲月裡，大夥兒都爲衣食奔忙，似乎對「文明戲」的興趣無法不日淡一日。

正月十五甫過，我便催促賀蒙提前赴平。開學後的第二個月，一家平日喜歡多登影劇新聞的報紙登出「馨德社輟演解體」的消息。那上面說：「該社因近來上座日趨冷落，又因臺柱張馨蘊女士已覓得金龜佳婿，從此揮別菊壇，雖改由李桂雲女士重新挑班，但始終無法恢復舊日盛況，故自前日正式輟演解散。聞該社劉又萱、蓋榮軒諸名伶亦均將下嫁如意郎君云云……」

這個新聞給了我相當大的刺激：第一、唐琪勢必又告失業，第二、唐琪爲了生活，或許會步隨那些伶人的後塵，也嫁了人……

我寫信給表姊，求她就近打聽一下唐琪的消息。她回信說：她可以發誓，她絕對爲我跑了好幾個地方，結果毫無所得。

放春假的時候，我拉著賀蒙趕回天津，我再不能忍耐下去，再不能坐等下去，我一定要設法找到唐琪，找到失蹤月餘的唐琪。

可是，人海茫茫，往哪兒去找？

啊，天，是幸，還是不幸啊——我竟應了俗語所說的：踏破鐵鞋無覓處，得來全不費功夫。

在我遍覓唐琪不著的絕望之際，偶爾一個晚間路過法租界永安跳舞廳，懸在大門口的紅綠絢爛的霓虹管燈中，赫然閃爍著「唐琪」兩個大字！我睜大了眼睛用力地看了再看，上面還有著「美豔新星正式入場」一排小燈。

二十八

「好事不出門，醜事揚千里」這句老話，眞沒說錯，唐琪下海做了舞女的消息，不脛而走，所有我的親友立刻都知道了，並且都在爭相傳播，爭相評論。有人表示惋惜，有人表示憐憫，有人表示譏笑，有人表示鄙視，也有人表示咒恨，更有人表示「此乃勢所當然，活該應該」——理由是：天生的賤胚，早晚得走這條在風塵中打滾的路……

沒有人表示這是一個不屈不撓的孤女，在被冷酷的人情與險惡的社會打倒以後，重新掙扎起來，企圖繼續求生的表現！沒有人表示一個走投無路的孤女，儘管是靠著「貨腰」謀生，但仍比那些不能獨立，完全依靠別人供養，卻揮霍奢侈自命爲「高等貴婦」的女人，與那些滿嘴仁義道德儼然正人君子，卻靦顏事敵賣國求榮的漢奸男人，更高尙，更乾淨！

沒有一個人這麼表示！是的！連我自己也在內。在那個年代，在那個家庭環境出身的我，把「舞女」視爲「墮落」，視爲「醜惡」，視爲「毒蛇」，視爲「再也不可救藥」，原是不足爲奇的。我必須這麼想：否則，「墮落」、「醜惡」一類字眼便會罩在我的頭上。每當聽到有人有意無意地，提到唐琪下海伴舞的事，我的理性便全部崩潰。我感到唐琪給我帶來太大的傷害與羞辱，我雖然尙不會當即附和著別人把唐琪批判一番；但是，我卻會逃避到一個無人的角落，暴躁、憤怒、蠻橫、殘酷地咒罵唐琪一頓！

賀蒙指說我的神經已經不太正常，又天天跟在我背後老是囉嗦著一句話：

『別作踐自己，小伙子，堂堂一個中華男兒的命，比自甘墮落的一個舞女的命值錢！』

我怕別人笑我，我盡量練習鎮靜，練習忍耐，練習泰然自若，練習裝扮「沒事人兒」。

姑母對我說：

『孩子，俗話說得好：不聽老人言，後悔在眼前。你看對不對？當初你要不聽我的話，當真和唐琪「交」上朋友，那可怎麼辦？又上法院，又登報，又演文明戲，又當舞女……給你這麼個媳婦兒，看你後悔不後悔？』

我苦笑笑，把眼淚嚥到肚子裡。

姑母又說：

『孩子，你大概要交好運了。妳姑父前些天跟我說起你和唐琪的這一段兒，他說你這叫做，叫做一個甚麼姓塞的老頭子丟了馬換回來福呢？』

表姊在旁噗嗤一笑：

『媽，爸爸說的是「塞翁失馬焉知非福」，塞翁不是姓塞的老頭子，是指邊塞遠處的某一個老翁啊！』

『好，好，好，我不會說你們那一套「文話」，』姑母拉住我，對表姊說，『反正我知道你小弟要交好運，要來福氣了。也許最近，會有人給他說媒呢。我這兩年可也不斷地在給他注意張羅呀！』

我一聲不響，毫無表情。我似乎已學會了扮演「唐琪從此與我無涉」的功夫。

我忽然有了一個異想天開的念頭——譬如唐琪已經死掉算啦！這個念頭來得荒謬；但是，卻能爲我療傷止痛。這種念頭，很能滿足一個男人的自私與維持一個男人的自尊：「我的愛人早已死了，她死了，她死前是那麼聖潔，那麼高貴，她的愛情是那麼堅貞，那麼完整！現在的她已經是另外一個人了，她無論如何墮落，如何卑賤，一切都與我無關！」

在這種念頭裡打發日子，確實減少了許多痛苦。我似乎眞變得有點神經質了，我開始寫了好幾篇「悼念戀人」的文章——姑且算它們是文章吧，我在校中，一向對作文不感興趣，如今突然有一股積壓在心中的奇異的情感，需要借筆和紙發洩，因而我便這麼做了。我寫完，並不給任何人看，只爲了換取片刻心靈的解脫與寧靜。我又失魂落魄般地買了一塊黑紗，佩在自己的右臂衣袖上，用以表示哀悼我死去的戀人。

『活見鬼呀，醒亞！』賀蒙看到了，馬上抓住我的右臂吼叫，『你這是是甚麼意思？』

當我告訴他我的用意時，他氣得立刻把我那塊黑紗扯下來，扯成了碎布條：

『神經呀！長大了這麼大，從沒有看見你給自己逝去的爸媽帶孝，今天卻要給一個活著的舞女佩黑紗！你瘋了嗎？』

賀蒙狠命地抓住我的雙肩搖晃，活像把我當做了一個神志不清的人。

我並未昏迷。我開始嘲笑自己的愚昧，開始對自己用這種欺騙自己的念頭來麻醉自己，感到滑稽，也感到可恥。

我越清醒，我越發現：我懦弱，我虛僞，我蒙蔽自己，我壓制自己，我虐待自己，我束縛自己，我用盡了種種方法企圖盲從一般的「世俗」觀念；可是，我再也無法繼續這一場慘烈的內心戰鬥了，我聽到了自己的靈魂在被扼殺的掙扎中，嘶啞地叫了一聲：

『我，我仍是愛唐琪的！』

剎那間，我重新看到我的眞面目，我重新聽見我的眞聲音：

『我仍是愛唐琪的！』

『我仍是愛唐琪的！』

『我仍是愛唐琪的！』

『我仍是愛唐琪的！』

這聲音越來越大，像山崩，像海嘯！像無數星體一齊向地球上猛烈撞擊！

一陣天旋地轉之後，我終於平靜下來。我清楚地知道：我所以能獲有平靜，全由於我重新誠實地、懺悔地，承認了我仍舊愛著唐琪！

突然，我害怕唐琪眞會死掉。

唐琪是不能死的，隨便她願意幹甚麼職業吧！

唐琪是不能死的，隨便她怎麼活下去吧！

唐琪是不能死的，隨便她還愛不愛我吧！

唐琪是不能死的，隨便她繼續給我多大多深的傷痛吧！
因爲，我已經說過了，我還要再說一遍：
『我仍是愛唐琪的！』

二十九

我的愛對於做了舞女的唐琪，究竟有甚麼用呢？

我是這麼卑不足道，無關輕重。我發現：我把「恨」給唐琪，與把「愛」唐琪，同樣對於唐琪不發生絲毫影響！

然而，我還是寧願選擇愛。儘管這是一種無法表達，或許是永遠無法表達的愛了。儘管這是她無法知曉，或許是她終生無法知曉的愛了。我的良知逐漸逐漸地甦醒，它已使我逐漸逐漸地領悟出：愛別人，始能獲得平靜。

一天，表哥由高家回來，報告大家一件「新聞」說：

『高大爺跑到永安舞場去找唐琪，他相當客氣地對唐琪說：「表妹，大家都知道你是高家的表小姐，因而你幹甚麼都可以，快別再幹舞女好不好？你要一定幹舞女，能不能改個名換個姓？大家都有面子……」唐琪馬上把臉一拉：「誰是你的表妹？你們已經和我登報脫離了關係，我幹甚麼你們再也管不著！」接著，她又說：「我唐琪坐不改姓行不改名。你要買票請我跳舞，或叫我坐檯子，我都奉陪，因爲這是我的職業；否則，我可沒有閒空跟你多談！」高大爺這趟可氣得不輕，回到家來，一面跟高伯母大夥兒詳細學舌，還一面不住地大罵唐琪是小潑婦！』

『哼，唐琪所說的話並沒有錯，』姑父接著說，『高老大這叫做自討沒趣兒！』姑父的話，很出我意外。姑父雖然正直，但對於唐琪的同情，從未有如此露骨的表示。我似乎被鼓舞起無限勇氣，我瞅著姑父脫口衝出來：

『姑父，唐琪的遭遇實在是值得人同情、援助的！』

我滿希望姑父同意我的說法，甚而幫助我設想一種有效的，援助唐琪，解救唐琪的辦法。可是，姑父卻把面孔繃緊，嚴肅萬分地一瞪我：

『醒亞，我鄭重警告你：同情別人是可以的，但絕不可把自己拖到陷阱裡去。唐琪是你今天救不了的！你懂不懂？』

我張口結舌，不知如何答辯。姑母卻為我解圍：

『你別對孩子這份神氣呀！』她對姑父這麼說，『醒亞是最聽話的孩子，他對唐琪早就死了心啦，這兩天我正託咐當初給震亞保媒的陳二爺與劉三爺，趕緊給醒亞提親哩，他們說已經有了眉目……』

表姐跟著起鬨，輕聲對我講：

『別不高興啦，該請「吃糖」嘍！』

姑父和姑母走開後，我對表姊說：

『當初你是「擁唐派」，現在你竟也變成「中立派」了……』

『小弟，』表姊歉然地瞅瞅我，『我始終是同情唐琪的，可是爸爸的話也很有道理。同時，我也不希望你爲唐表姊懊喪一生！』

姑母的話，竟眞在兩天後兌現。她拿給我一張陌生少女的相片，並且說熱心的「保媒專家」陳二爺與劉三爺，已代爲約好後天準在新開幕的中國大戲院包廂裡，聽馬連良、張君秋、葉盛蘭的戲，同時進行男女兩造「相親」。

說眞的，那相片上的少女，相當俊美，眉清目秀，嘴邊還有一絲羞答答的微笑，姑母說她五官好，家教好，性情也一定好，大有不「相」也可「定」下之勢；可是，我實在無心應命。我也曾一度動搖；認爲唐琪既然可以跟捧「戲子」的男人交際，又可以任意被舞客摟抱起舞，難道我連另交一位女友的權利都沒有嗎？我是給誰守的這份「貞節」呀？我是要去中國大戲院的，我要叫唐琪和其他的人知道，除了唐琪，我照樣可以獲到女人或妻子！如果我能訂婚、結婚，我還要特別請唐琪來「觀禮」……然而，這種念頭立刻就被自己的良知打消了。我奇怪自己怎麼竟會產生出這種寡情的，愚昧的念頭？唐琪有甚麼値得我去報復的呢？她如果早已不再愛我，我的報復不是毫無意義嗎？她如果仍愛我如初，我的報復不是太卑鄙太殘酷嗎？

我請求姑母，等我讀完高中再談婚姻不遲。姑母卻堅持己見：

『大人不能騙小孩兒，當初你震亞大哥訂婚時，我就答應過盡快地給你提親的！』

「相」的前夜，我幾乎通宵未眠……天破曉時，我偷偷溜出家門，逕奔老龍頭火車站，搭最早一班快車到了北平。

我給姑母留下一封短信，請她饒恕我這次的違命。我沒有跟賀蒙留一個字，心中似乎憤憤不快地想著：

『你多在天津跟表姐談幾天戀愛吧！正好少要我這個「命不濟」的人「夾蘿蔔乾兒」，「沖」了你們的「運」！』

三十

誰不喜愛春天，讚頌春天呢？

然而，我的春天是這麼陰暗，這麼淒淸，這麼寂寞啊。

回天津度過的春假，眞如一場噩夢。更悲哀的是夢醒之後，擺在眼前的日子仍是一連串漫長的無止無休的辛酸歲月……

在這漫長的辛酸歲月裏，唯一給我安慰，令我振奮的，是連續不斷地發生在平津一帶的抗日除奸事件。華北漢奸頭子王克敏在北平金魚胡同被刺（雖然並未刺死，可也大快人心），僞華北準備銀行總經理程錫庚在天津蛺蝶電影院被打死，僞天津市商會會長王竹林在天津豐澤園飯莊被打死，日本憲兵在天津東馬路被打死，僞北平新民報編輯局長吳菊痴在評劇（嘣嘣戲）皇后白玉霜作陪的宴會後被打死，日本天皇派來的兩名御欽差在北平東皇城根被打死……

這一串驚人的愛國行動，給全華北淪陷區的人民帶來無限歡欣與信心！在興奮之餘，我極度感到愧疚：我也曾是一個那麼熱愛祖國，一心嚮往參加抗日工作的男兒；可是，我這兩年多來，對祖國對抗日有何絲毫貢獻呢？我已被愛情的困擾，擺佈到這種可憐的頹廢不振的田地！難道那些出生入死冒險犯難地幹著地下抗日工作的小伙子們，竟是鐵石人兒，毫不需要愛情嗎？如果他們天天在愛情的糾葛與煩惱中度日，怎會再有心思、時間、精力去和敵人拚命呢？我時常抱怨老天爺不公平，又抱怨自己命不濟，難道要他們去灑鮮血、擲頭顱，而我卻躲在一邊坐等勝利，公平嗎？難道一旦他們被捕就義，必須跟他們所愛的父、母、手足、女友、戀人或妻、兒，與世上一切永訣，只換得一個烈士頭銜，是比我的命更「濟」嗎？

我以企求贖罪的心情，渴望參加抗日工作；可是，我沒有「門路」。有兩次深夜，日本憲兵和漢奸特務跑進我們的學校宿舍，我前後親眼看到有三位同學被逮捕而去。那三位同學都是我平日相當熟悉的，只是一直不知道他們竟是抗日份子。我一面對他們肅然起敬，一面又責怪他們當初爲何不吸收我也加入工作！他們三人一去便永遠沒再回來，我一面深深哀悼，一面又羨慕他們能夠壯壯烈烈地死去，比我萎萎縮縮地活著痛快得多。我想獲致一個有意義的死，而不可得。

轉眼一年過去……

當我讀高三的時候——二十九年，一個天大的喜事意外地降臨——去四川以後一直渺無音信的賀力大哥，突然神秘地回來了。

我和賀蒙高興得手舞足蹈，爭相緊抱著賀力大哥，在他的額頭狂吻。我們又向他一遍再一遍地敬禮、鞠躬、拱揖，並且不住地把一切恭敬崇拜的名詞或形容詞都加在他的頭上：

『偉大！勇敢！愛國志士！抗日英雄！青年人的燈塔，淪陷區的太陽！』然後，我們乾脆把他高高地舉起來，狂呼不已。

賀力大哥不許我們給他太多的讚美。他說：兩年來，他親眼看到的前線與後方的忠勇軍民，才是應該接受讚美的人。隨後，他便講給我們一段又一段，似乎永遠也講不完的，那些軍民創造的可歌可泣的事蹟。他一講就是半夜，講得連連伸腰打哈欠，立刻就要睡著了，我和賀蒙仍不放鬆一個問題接一個問題發問。

我們又要求賀力大哥教給我們唱抗戰軍歌（這幾年來聽到的盡是令人厭惡的東洋調與靡靡之音呀）。賀力大哥眞了不起，他居然會唱又會教。很快地，我們便學會了好多首。

每逢我們三人碰面，若無他人在場，便立刻一起大唱起來：

『鎗，在我們肩膀，
血，在我們胸膛，
我們來捍衞祖國，
我們要齊赴沙場……』
『向前走，
別退後，
犧牲已到最後關頭……
亡國的條件，
我們絕不能接受，

中華的領土，

一寸也不能失守……』

『砲衣褪下，

刺刀擦亮，

衝鋒的號響，

衝，衝過山海關，

雪我國恥在瀋陽……』

賀大哥不能長居北平，因爲北平沒有租界，不如天津比較容易掩護秘密抗日工作。無疑地，賀大哥必有使命在身；可是，他卻對我和賀蒙守口如瓶，並且再三鄭重告誡我們：絕不可對任何人洩漏他重返平津的消息，連我姑母全家也包括在內。

我一變「舊習」，幾乎每週週末都回一次天津，和賀大哥見面、談話、唱歌已成爲我精神生活上不可缺少的課程。姑母見我回家回得很勤，非常高興，我推說因爲要請她寬恕我上次違命未去「相親」的罪疚，所以才每週回家向她問候請安，聊盡孝心以贖前愆。同時，我還順便稟告姑母，如果再給我「保媒」，我可又要被嚇跑掉，不敢回來了。

賀大哥行蹤神秘，有時我一連好幾個週末，都白跑了天津，見不到他的影兒。我似乎有些失望；不過賀大哥在他這次回來第一天，就告訴了我：他絕對負責在我和賀蒙高中畢業後，立刻帶我們到南方去。我全心相信賀大哥的諾言，我現在唯一期待的正是那一天的來臨。

日子在平靜與充滿希望的心境中，似比往常過得更快，一晃我就要畢業了。就在畢業的前一個月，賀大哥告訴我：

『我們南去的交通線——由津浦鐵路搭火車到徐州，轉隴海路到商邱，再經亳州、十字河、雙溝，到達中央軍的防地界首——斷了。因爲由那兒來往的地下工作者、青年和商人日益增多，敵僞的刁難檢查變本加厲，尤其發現學生身分的人，一律扣押，甚而殺害……』

賀大哥非常焦急，因爲要走的不只我和賀蒙兩個人，還有成百上千，甚至更多的愛國青年！賀大哥告訴我們：不管如何艱苦，他一定要克服種種困難，重新開闢一條新的交通線。

賀大哥到河南去了一個月。我們剛剛行了畢業典禮，他興高采烈地回來了。原來他隻身冒險深入僞皇協軍防地，以民族大義打動了僞軍頭目的心，他們答應借路，甚至護送經由他們防區投奔中央的人。

『由北平搭平漢路火車到河南彰德，』賀大哥頗爲得意地敍述他一手開闢出的新交通線，『再由彰德到水冶鎮，皇協軍可以護送我們越過他們的防區，然後穿過那一片「小刀會」、「大刀會」、「紅槍會」出沒的青黃不接的三不管地帶，就可以到達太行山邊，進入太行山中央軍的轄區了。』

這眞是天大的喜訊。我馬上就可以呼吸到祖國的自由空氣，又可以重新看到美麗的青天白日滿地紅的旗幟了，在那兒我將獲有朝氣蓬勃的新生命，我將開始奮發有爲的新生活……

我擔心姑父母阻撓我的行程，經過賀力大哥跟他兩位老人家懇談之後，姑父母竟一口答應下來。賀大哥回到北方半年，姑父母始終不知道；這次爲了帶我走，勢非他親自出面說服姑父母不可，他這張「王牌」倒是眞有分量，當他告訴我姑父母允諾我隨他南去的消息後，我越發感覺到他的神奇與偉大，當他站定在我的面前，他那充滿膽識與魄力的神采與那魁梧英挺的身材，在我充滿感激與崇敬的心目中，變得比中外歷代偉人的塑像更有光彩！

我們就要動身了。我再也不能把一樁心事繼續忍耐下去，我已經忍耐了太久，這是我絕對不能放過的最後一次機會了——我要通知唐琪，並且帶她一起走。

我爲甚麼不帶唐琪走呢？我，已經是一個二十歲的大男人了！我並不膽怯，我並不懦弱；也許以前我是；現在，我相信我有足夠的勇氣與足夠的理由帶唐琪到南方去！

當然，我必須先和賀大哥商量。我想，這準是他樂於幫忙的，因爲他是那麼開明，又那麼愛我。

天，他竟一口拒絕。他毫不留情地說：

『你一定要帶甚麼唐琪，我就一定不帶你！』

隨後，他又緊跟了一句：

『老弟，我這樣做，完全是爲了愛你！』

天，爲甚麼愛我的人都非要使我心碎才甘心哪?!

姑父知道了我要帶唐琪同走的事，大發雷霆，他叫我到面前，說得好沉痛：

『我所以答應賀家兄弟帶你到南方去，第一、因爲你早有壯志，多年以前你就曾經要求參加抗戰行列，現在你既然已經高中畢業，我不願再強迫你繼續留在淪陷區，遠走高飛或會給你帶來錦繡前程；第二、老實說，我看你這孩子有點癡情，似乎心中一直沒有淡忘唐琪，我願意你能在一個新天地裏發奮圖強，擺脫開舊日情感的束縛，重新追求正當的人生幸福，也正是我答應你離開北方的原因。如今，你要帶唐琪一路走，那你乾脆留在天津和她鬼混不是更近便，更容易嗎？』

賀力大哥又告訴我：

『如果這次我們仍是走以前那條經徐州、亳州到界首的路線，或許我還能同意帶唐琪走；可是太行山這條路，眞是艱苦萬分，險惡重重，別說一個女人，連你和蒙弟能否受得了，也不無問題。何況還要經過皇協軍防區，還要經過「小刀會」、「大刀會」、「紅槍會」出沒的靑黃不接的「三不管」地帶，說不定那些僞軍和那些慓悍的河南漢子們一時犯了脾氣，跟咱們開個玩笑，翻一下臉，咱們跑都跑不掉，怎能再帶一個女人？就算萬幸到了太行山，哦，你以爲太行山和天津北寧花園、中山公園裏的假山、土山，那麼矮，那麼好玩啦？你去爬爬看吧！我在太行山國軍游擊部隊待過許多日子，那艱險崎嶇的山路，普通行軍一天得走九十里，碰上有敵情，來個急行軍，一晝夜跑上兩百里也是常事，如果正式開了火，咱們都得拿著鎗打衝鋒；……你要眞愛一個女人，何必非要她跟你去受那種罪？』

我倒是長大了，任憑誰說得「天花亂墜」，都不容易動搖我帶唐琪同走的決心。我向賀力大哥仔細解說，坦誠剖白，百般哀求，只差沒給他跪下磕頭了。賀力大哥似乎受了我的眞情感動，居然有了承諾的跡象，不過他又肯定地說：

『唐琪不見得願意跟你走！』

『不，她一定會跟我走，』我立刻反駁，『如果她早有跟我一路到南方的機會，她根本不會演戲，伴舞。』

『可是，她已經演了戲，伴了舞，就再不會跟你去受苦啦！』賀力大哥猛地抓住我，『喔，我還忘了問你，唐琪已經答應了跟你同行嗎？』

這一下，他可擊中了我的要害！是啊，我還根本沒有去找唐琪呢！在賀大哥尚沒有答應她與我們同行，縱然能找到她，又有甚麼用呢？因此我決定先把賀大哥這一關打通，再去找唐琪。或許我應該沒有一口咬定「唐琪絕對會跟我走」的資格，因爲我已經和她斷絕往來這麼久了；可是，我有一種信心，一種強烈的信心，因爲我仍舊愛她，因爲我愛她的心一直未變。這愛，就是她必跟我同行的最有力的保證。

『只要您答應了，我馬上就去找唐琪！』我告訴賀大哥。

『好。但是，我相信她一定不會跟你走！』賀大哥仍不肯拋棄他的成見，『世界上的女人，肯拋棄大都市的舒適享受，跑到荒山窩裏去受罪，甚而不惜送命的，恐怕太少了！』

三十一

我一口氣衝了出來，渴望立刻能夠找到唐琪。

當我跑到繁華的法租界，電車、汽車的囂喧，使我的頭腦遭受震盪之後，反倒冷靜下來。我猛然想起，我來得太早了。天還大亮著，距離舞廳開門的時間，最少還有五小時。

折轉回來的路途上，我又想到：也許唐琪已經不在永安舞廳伴舞了？也許晚上我仍要白跑一次？果眞那樣可怎麼好？怎麼，我以前連想一下這個問題都沒有呢？這是很可能的事呀！越想，我越擔心，一些更壞的可能發生的聯想，使我變得惶恐、懼怕不已。

這似乎是一個不吉利的預感。可是，我確比以前堅強多了，我盡量把那些不幸的猜測排出腦外。我祈禱了好久，我不會背誦任何祈禱詞，但我相信「誠則靈」。

我又許願：晚間我能順利地找到唐琪，我一定開始請求變成一個虔誠的宗教信徒，無論甚麼教我都願終生信奉，天主教、基督教、佛教、道教、甚至永遠不許吃美味的猪肉的回教，都可以，只要眞神能幫助我找到唐琪。

天黑了，我的心裏，卻亮了起來，十分鐘後我將見到唐琪。

永安舞廳門口嵌懸著的氖氣管霓虹燈，仍如一年多以前一樣地，放射著紅紅綠綠的光輝，不過那裏面已沒有了唐琪的名字。心想唐琪已不是新舞星，不再擺放並不足爲奇。我滿具信心地，向裏面走去。

在前廳走廊內，我看到了懸滿壁端的舞星照像。我馬上掃視一週，然後再分別細觀，沒有唐琪，眞的沒有唐琪。我一陣心慌之後，又平靜下來。我想到了這些照片上的人該是正在發紅發紫的舞女，唐琪可能因爲並未發紅發紫，而沒有資格和她們在此並列！這不正是我所希望的嗎？是的，我是一直在暗中希望她千萬別變成一個交際廣濶行爲浪漫的紅舞女呀！

我想盡量裝成大人，並且裝成舞場常客的神態；可是，我實在沒有辦法裝得太好，因爲無論如何，這是我生平第一次到舞場來。當我踏進有舞池的正廳時，那相當幽闇的燈光，幾乎使我一陣目眩，與電影放映之後方才入場時的感覺頗爲相似。我警覺地提醒自己：可別滑摔一跤當衆出醜，並且應該模仿其他舞客的舉止。有一點，我很欣慰：我從若干客人與茶房的身邊走過時，我發覺我和他們一般高，或是竟高過他們半頭、一頭了。

茶房對我很客氣，毫不拿我做「阿木林」「土包子」。我叫了一瓶可口可樂。我還想要一包香烟，因爲我看到了每一個檯子上的客人都在那兒噴烟吐霧。我沒有那麼做，我警告了自己：

『別把這些壞毛病都學會吧，你這是第一次到這種場合，也應該是第末次啊！』

茶房已問了我兩回：『您要叫哪一位小姐？』我告訴他，我想先休息一下。我自認回答得很「體面」。我確實想先休息一下。不知爲甚麼我竟又有些緊張起來，我極想準備好一旦見到唐琪應該向她講的全部話語，免得窘迫或失態。

隨著一闋一闋的音樂，舞池裏一對一對地翩翩起舞了。我尋找不到唐琪的影子。每節音樂停止的時候，燈光便變亮許多，每個舞女和她的舞客的面龐，幾乎可以看得相當清楚，她們與他們走出舞池時都是那麼親暱地牽住手，甚而摟住腰，我實在看得很不習慣，很厭惡。我多矛盾呀，我不是希望把唐琪也從這一堆影子中間找出來嗎？找不到，我失望，一旦找到，看到她也正被人那麼輕浮地摟住腰肢搖晃出來時，難道我就不失望嗎？我突然不知怎麼好了，我幾乎想跑開。我左右兩邊的檯子上，正表演著肉痲鬧劇，幾個舞女摟住舞客的脖子，灌酒，打情罵俏……我後悔進來得莽撞，我應該在大門口等唐琪的。

看看錶，已經十點半。舞場已告客滿。唐琪要來一定早該到了。我再也坐不住，便鼓足勇氣叫茶房來：

『請問你，唐琪小姐有沒有來？』

『誰？唐琪？』他一搖頭，『我們這兒沒有這麼一位小姐呀！』

『嗯？一年多以前，你們門口不是還給她做了霓虹燈大廣告嗎？』

『啊，那我可不知道了，我來了快一年了，從我來的那一天好像就沒有聽說過唐琪小姐。』

他似乎已發現了我的焦急情況，接著說，『不要緊，我去請我們大班來。』

大班來了，他說他記得唐琪，不過唐琪在他這裏只幹了不到半年便不幹了，現在她在那兒？他不知道。我追問他唐琪爲何離開？他連連嘆息不止：

『可惜啦，她脾氣太壞，一點不肯迎合客人心理，碰到喜歡開玩笑或隨便一點的客人，她竟會跟人家吵架，當然我們不能再留她……她稍稍能夠再圓滑一點，早就紅遍了半個天啦！可惜，可惜……憑她的面貌長相，可眞令客人們傾倒哩！』

我正聽得發呆時，大班卻接著兒起生意來：

『我們這批新進場的愛玲、黎娟、林美玉、幾位小姐也很不錯呢，又年輕又漂亮，您要不要請她們哪一位……』

我綳起面孔搖搖頭。我幾乎要告訴他：我是來找唐琪要她一起去參加抗戰，不是來隨便找任何一個舞女開心的。我被人家視爲與一般舞客無異，感到不快。

我憎恨這個地方；卻又不甘心離去。我清楚知道：在這兒坐等上一輩子也不會再找到唐琪；然而，我卻繼續發呆不動，彷彿希望發生奇蹟。

『您要找唐琪小姐，他知道。』方才那個茶房的聲音，把我由半昏迷的夢境中驚醒，他正帶領了另一個年紀老的茶房走到了我的面前。

『她在哪兒？』我問，『快告訴我！』

『可能在聖安娜。』老茶房說。

『聖安娜是甚麼地方？』

『還不是舞場！在特別一區光陸電影院樓上。』

『你就帶我去找她好嗎？』

『不行，我得値班，您可以自己去，她多半在那兒，因爲上個禮拜我在馬路上碰到她，她親口告訴我的。』

『謝謝你，謝謝你。』我匆忙付帳，連連和兩個茶房熱情地握手告別，完全忘掉了剛才一心模仿一般老舞客對待茶房的高傲態度。

一口氣跑到聖安娜，進入大門廳內，立刻看到了霓虹燈製作的一排大字：「青春歌星唐琪駐唱」，下面是她的巨照。我幾乎叫出聲來：『琪姊！琪姊，千眞萬確，我終於找到你了。』

我快步走進去，老遠地就聽到一個女人在唱歌——會不會是唐琪在唱？那聲音那麼熟悉那麼動聽！舞池裏一對一對地正舞得興高采烈，音樂臺上流瀉下來的女高音獨唱「何日君再來」，更助長了歡樂的氣氛。

沿著舞池邊沿，我逕向音樂臺奔去。天哪！那正是唐琪，那正是唐琪！音樂臺前的小燈把她照得十分清楚：蓬起的飛機頭，銀色長耳環，沒有袖子的大花長旗袍，金色高根鞋，臉上顯然塗了不少化妝品，眼皮有發綠的油彩，雙頰搽滿胭脂，嘴上的唇膏抹得很濃很厚……雙手合攏擺在胸前，上身和腰微微有些晃動，唱得很起勁：

『好花不常開，
好景不常在。
……
今宵離別後，

何日君再來？
……
人生那得幾回醉，
不歡更何待……』

這是當時最流行的一首新歌，唐琪在熱烈掌聲中鞠躬結束。我沒有鼓掌，我似乎不喜歡她在這裏演唱給這麼多人聽。如果這裏只有她和我兩個人，我想我必會向她鼓掌，向她歡呼，然後猛跳過去，擁抱住她，告訴她，她的歌聲是如何美妙。

她還沒有看到我。我站的地方燈光很暗。我準備她一走下臺來，便去召喚住她。可是，她卻把身子扭轉向裏面。音樂又響了，原來她還要唱第二支歌。

我不知道這第二支歌的名字，可是，唱詞一字一句聽得十分清楚：

『……數不盡的哀怨無法向你傾吐，
只有在夢中，把眞情流露。
咫尺天涯，一別竟成陌路，
悠長歲月，教我相思苦……』

她唱得那麼辛酸，那麼委婉，那麼有感情。剎那間，整個的舞場寂靜無比，除了她的歌聲、伴奏，和舞池裏輕盈的脚步聲做了節拍外，再沒有了剛才的一切喧囂……剎那間，整個舞場在我眼前變幻成一座幽美的仲夏夜之花園，花園內只有唐琪和我兩個人，她不停地向我歌唱，向我伸臂，向我召喚：

『……多少次夢裏相逢，
我已模糊；
幾時你再到我身邊啊，
聽我細訴……』

掌聲延續到一、二分鐘之久，我也忘記疼痛地拚命拍掌。唐琪連連鞠躬向全場答謝，走下台來。

『琪姊，』我攔住了唐琪的去路。

『咦？你？你？』她猛然地雙目一闔，用力地搖晃了幾下頭，重新又張開了兩隻又大又亮的眼睛，『你？醒亞？』

『琪姊，是我！』我激動地拉住她的雙手，『是我啊，琪姊，我找了你好久了。』

『你，你找我做甚麼？』她突然換了一張冷冷的面孔。方才第一眼發現到我的時候，那一種驚異、喜悅的混合神情，已經不復存在。

『琪姊，我有許多許多重要的話，要對你說……』

『這裏亂糟糟的，你到對面琪士林咖啡廳等我，我就來。』

『不，琪姊，我等你一路去。』我再不肯離開她一步，我深怕會再失去她。

『傻孩子，都長這麼高了，還裝娃娃嗎？』她撫一下我的肩頭，『快去，我還有事要料理一下。』

『琪姊，你可不能騙我呀！』

『我甚麼時候騙過你？只有你騙我！』她把嘴凸得高高地，眼睛瞪著我。可是，我看得出，那不是眞生氣。

我乖乖地到了琪士林。擇一個靠窗的地方坐下，一面注視著自聖安娜走出來的人。一分鐘像一年那麼長。半點多鐘後，人潮由聖安娜門口流到街心，舞場打烊了。啊，唐琪夾在人羣中走出來，她向四週的男男女女打了招呼，然後三步當做兩步地跑進琪士林。

她立刻發現到我。別的座位幾乎已全沒有客人了。我站起來迎接她。

『倒是變大了，學得很懂禮節了哇！』她對我笑一下。我們同時坐下，她坐在我對面。

千頭萬緒不知從何說起，乾脆直截了當地說明來意：要她答應我一同到南方去！

她竟不表示驚訝，似乎無動於衷，也許是強作鎮靜，反正臉上沒有任何顯著的表情。半天，她淡淡地問了一句：

『醒亞，你是說說玩的？還是眞的？』

我把和她兩年多來的別後情形，簡要向她說明，然後比較詳細地告訴她這次南下的準備，最後，我說：

『琪姊，你一定要答應我，除非你還在恨我，除非你一直不肯原諒我的過失，除非你已經不再愛我，甚或根本並不眞地愛我。』

講著講著，我突然抑制不住地，哭了出來。我伏在小桌子上，把頭壓住雙手。

『不許哭啊，乖孩子，』她撫著我的頭，『那個德國老板娘（註）在笑你啦！』

我抬起頭來，她用手帕給我拭乾了淚。

『你答應了，是不是？琪姊！』我祈求地。

『我只能答應你——考慮一下。』

『你要考慮幾分鐘？』

『要考慮一夜。』

『那你不是太虐待我了嗎？』

『還記不記得，當初我要你陪我同去，你左考慮，右考慮，考慮了一夜，結果是回答我一個「不」！』

『琪姊，忘了那回事吧！你一定還在恨我，是嗎？』

『嗯，兩年來，每當想到你，就恨你；可是，你知道如果我不再愛你，也就不再恨你了。』

『那麼，你還在愛我，是沒有問題的了？』

註：琪士林爲德國人所開設。

『你看不出來嗎？』

『看得出，』我馬上說，『你如果不愛我，也就不會要我到這兒來等你啦，同時在聖安娜你也可以根本不理我。』

『你知道就好。可是，』她一側頭，『你的琪姊已不是以前的琪姊了，說好聽的，是甚麼歌星；還不是歌女，你居然還眞來邀她去參加神聖的抗戰？』

『你又在故意氣我，是不是？我從沒有一天輕視過你的職業，我只有輕視我自己已往的膽怯、懦弱，和沒有獨立求生的能力！』

『我做戲子，做舞女，做歌女，一方面爲了我要活下去，一方面也正爲了你，知道嗎？張醒亞！』她嚴肅得像老師點名，連名帶姓地叫著我，『如果不是爲了你，我這兩年內隨便嫁個有錢有勢的人的機會倒還多得很哩！』

『我知道，我完全知道。我知道你會永遠愛我，我從未懷疑、動搖過一次。』我緊握著她的雙手，『你不用再考慮了，立刻答應我同去南方，說不定三兩天內就得動身！』

『我要考慮。』她冷靜地，『以前你凡事都要考慮，因爲你太小；現在我凡事都要考慮，因爲我太大了。醒亞，你不覺得我老了嗎？我已經二十二歲啦！』

『二十二歲就算老了？八、九十歲的人該怎麼辦呢？』

『我的心情已經老啦；也許以後會變好，如果我們常在一起。』

『只有同去南方才能常在一起呀！你要不去，我今天就去跳海河（註）！』

『我沒有說不去，我只是要考慮一下，明天答覆你。』她指一下我的鼻尖，『你這孩子現在學壞了，學會拿死來嚇唬人啦！嘴皮上說說死，算得了甚麼？我還沒告訴你，我做舞女以前倒是眞自殺了一次！你知道我是相當堅強的一個人；可是馨德社關門以後，流浪街頭，忍饑挨餓的日子，我過了兩個多月，最後我病倒了，沒有錢醫治，幾個好心腸的窮女友，送我到醫院，我存起來醫生每次給我的安眠藥，結果一次吞服下去企求一死，想不到又被好心人救活。爲了還債，爲了生存，爲了期望有一天能重再愛你，我決定開始到舞廳上班……』說到這裏，她再也說不下去，她開始抽搐地低泣，我想，她一定回憶到自從伴舞以來遭受到的苦楚與欺凌……

琪士林早該打烊了，德國老板娘連打哈欠，一個茶房彬彬有禮地給我們鞠一百度的躬：

『先生，小姐，太晚了，明天請早點光臨好吧？』

我們只好起身。

唐琪已停止了啜泣。她挽著我的臂，默默地走。天空正有著下弦月。街邊的大洋槐樹，與我們的兩個影子——也可以說是一個影子，映現在英國中街，這條全天津最雅最靜的大道上，水墨畫般地清晰幽美。仲夏夜的微風，陣陣拂來，彷彿已經將我兩年多來忍受的寂寞、辛酸與痛苦，完全拂得一乾二淨。誰說時光不能倒流？此刻流過我的心靈，全是往昔我們兩人剛從愉快的溜冰場裏，又疲乏又輕鬆地走了出來一樣的感受……

註：天津人俗稱白河叫海河。

唐琪漸漸地把全身力量都依附在我的身上，她不看前面的路，只不住地仰轉頭來看我，我稍一低頭便可以吻到她的頭髮與前額。

『醒亞，告訴你一件奇怪的事情，』她神秘地翻一下大眼睛，『剛才我在聖安娜唱第二支歌時，突然有一種心靈感應，覺得你會聽得到……』

『是呀，』我又吻一下她的前額，『我是全都聽到了呀！我還拚命地鼓掌哩！那個歌眞好，它曲名叫甚麼？』

『歌名是「聽我細訴」，』她說，『我唱到一半時，你的影子由四面八方向我腦子裏翻跌，我以前每次唱這支歌，都有這種感受。這一次似乎更顯得有些特別，我根本沒有發現你在臺下；可是，竟覺得你就是遠在天涯海角，也一定會聽到我正在唱給你聽……』

『琪姊，琪姊，琪姊，』不停地叫著她，再也說不出別的話。

『緊著這麼傻叫我幹甚麼？』她問。

『我，我，我實在受感動太、太、太深了。琪姊！』我猛地停住，一下子把她整個兒扭轉過身來，緊緊地擁在自己懷中，『你對我這麼這麼好，我實在不知道說些甚麼，我只想不住地叫你，讓我這樣永遠叫下去好嗎？琪姊，琪姊，琪姊……』

在那靜寂的人行道上，我吻了她的雙手和雙頰。除我們之外，已沒有任何行人。她小說聲：

『對不起，可不能吻我的嘴呀，我塗了太多的唇膏！』

『琪姊，我不喜歡你塗用任何化妝品，你生來這麼漂亮，用不著塗那些東西的！』

『從明天起，我不再塗用，好嗎？』她撒嬌地靠近我的前胸，『可是，你不和我在一起，或是在一起而不聽我的話時，我可又要塗抹得更難看更像個女妖怪……』

『不，不，我永遠和你在一起，永遠永遠聽你的話，這一輩子如此，下一輩子仍舊如此。』

『哼，小傢伙，口才很有進步哇！』

『不，這是我最、最內心的話。』

我們繼續慢步前進。我堅決要送她到寓所；她原不肯，她說她的房間又小又亂，希望我明天再去「參觀」；可是我不肯，我一直送她到門口，並且送上樓去。

那是英租界小白樓一個白俄婦人出租的房子，唐琪和另一位舞女同住在樓上一個小房間內。我們推門進去，那位小姐正睡在床上，她發現有男人跟在唐琪身後，尖叫了一聲：

『白鴿子，快關電燈呀，讓我穿起長衣服來！』

『不要緊，是我的弟弟，一個小娃娃！』唐琪笑個不停，然後一拉我，『來，我給你介紹，叫方大姐！』

『方大姐！』我給她鞠了個躬。

『唉呀，可不敢當。』她一面跳到屏風後面穿旗袍，一面說，『白鴿子呀，你有這麼個好弟弟，以後誰也不敢再欺侮咱們了呀！』

『方大姐叫你白鴿子，是嗎？』我問唐琪。

『是呀！』方大姐換好衣服出來了，『誰不曉得小唐琪是鼎鼎大名的小白鴿子呀，面孔這麼漂亮，皮膚這麼白，我早說過幾萬遍啦，我要是個男人，還不知道怎麼迷上她呢？』

『討厭！』唐琪嗔了她一聲。

『唉呀，我的小白鴿子，多少男人都嫉妒我和你「同居」哩！』說著，說著，方小姐竟在唐琪臉上，響響地吻了一下。

『二十六點兒！』唐琪笑著罵她。

『醒亞，你懂嗎？二十六點就是加倍的十三點兒。』唐琪向我解釋，『你別瞧方大姐是加倍的十三點兒，她的心眼兒可眞又好、又輭、又慈悲、又慷慨，近一年來我多虧她細心愛護呢！有一次，一個醉漢舞客向我死纏，我實在無法脫逃，結果方大姐狠狠地給了那醉漢兩拳，並且向他叫：「快跑吧，你的太太來啦！」那個傢伙果然鼠竄而逃……又一次我病得要死，必須輸血，沒有錢買，結果方大姐剛好和我同一血型，一口氣就給我輸了三百多CC……從此，我決心停止伴舞，經過短期的苦學苦練，開始專門唱歌。』

方大姐確實不討厭，一副樂天而善良的面孔，高高的身材，一說話就指手劃脚，一口天津土腔很濃的國語，聽來滑稽而親切，看來要比唐琪大個五、六歲，眉眼與小動作的表情比唐琪還活潑……我差點脫口說出請她也和唐琪一路到南方參加抗戰；可是，我立刻想到唐琪還沒有給我肯定的答覆，怎麼又瞎拉別人呢！而且，賀大哥知道了，要罵我的，因爲我們的南下，究竟還應該是個秘密的行動呀！

唐琪給我冲了杯檸檬汁：

『吃完了就回去吧，我們也該睡了，明天下午我們想辦法見面。』

『明天一早，我就來你這兒。』我說。

『明早我沒空，』她湊到我耳邊，『如果眞要離開天津，更得忙著料理一些雜事，懂嗎？下午我到哪裏找你？你還住在姑姑家嗎？』

『最好，你到我的同學賀蒙家找我。我等你。』我寫下住址。

『你走吧，明天見！』唐琪向我擺擺手。

臨行，我瞪了方大姐一眼——若不是她在一旁，無論如何我是要和唐琪深深地接一個長吻，才肯分手的；方大姐不懂我瞪她的意思，還以為我向她行告辭注目禮，於是她也舉起手來向我搖個不停，並且還用英文高叫著：

『Good Night, Dear brother!』

三十二

一夜興奮未眠，剛剛天亮，我便跳下床，跑到賀大哥家。他劈頭對我說：

『趕緊準備行囊吧，已經決定後天動身南下。』

我馬上告訴他，我已找到唐琪，並且下午即可給我回音：

『百分之九十九點九，她會跟我們走。』

『我看靠不住，』賀大哥又給我澆冷水，『她要去，昨天爲甚麼不爽快地答應？』

我有點沉不住氣，不顧昨夜的約定，跑到了唐琪的寓所。

方大姐給我開門：

『唉呀，好早呀，』然後又立刻補了一句，『Good morning, Dear brother!』

『你們姐兒倆搗甚麼鬼呀？她一直翻過來翻過去地在床上烙鍋餅，整夜沒有睡，天一亮就跑出去，說有許多要緊事要辦。我看你們不是親姊弟吧？神氣不大對！』

『我姓張，我是她的表姊的未婚夫的表弟。』

她噗嗤一聲笑出來：

『別拐這麼多彎兒啦，哈哈，乾脆我看呀，你一定是小白鴿子的Sweet heart, Darling,

Lover!』

我不知怎麼回答好，只微微笑一下，大概笑得有點得意。

『好哇，』方大姐拍了一下我的肩，『全都默認！一會兒小白鴿子回來，我這老大姐可得要糖吃！』

『她甚麼時候回來？』我焦急地問。

『她沒有講呀。唉喲，對不起，我還得繼續睡，昨夜小白鴿子不睡，擾得我也睡不著，現在還有點頭昏哩。』說著，她把屏風往兩個小床的中間一擺，隔著屏風叫出來，『我可要好好睡一下了。不許吵我呀，你也可以在小白鴿子床上睡一覺。起這麼早，不睏嗎？』

我決心等候唐琪。每隔三、五分鐘，便跑到窗口去張望一下。昨夜，我通宵未曾闔眼，漸漸有些不支，便倒在一張沙發上，不知不覺地睡去。

醒來，已是中午，金燦燦的陽光灑滿了全室，唐琪正在用電爐燒飯，方大姐正在一座小梳妝臺前，認真地，細心地，描畫塗抹。

『看你睡得好甜，沒有叫你。』唐琪扭轉頭來對我說。

『小白鴿子呀，』方大姐指指我說，『你這個弟弟兼Sweet heart，可真是個了不起的君子Gentleman呀！我要他睡在你的床上，他卻寧願睡沙發！』

『這正是他可愛的地方呀，』唐琪說，『不過，也正是他可恨的地方。要愛，就痛痛快快地愛，畏畏縮縮地不像個男子漢！』

『唉喲喲，我馬上化妝好，立刻就開步走啦，正好有人請吃飯，我走後，你們痛痛快快地愛一愛吧！』

『缺德鬼，二十六點！』唐琪猛跑過去，用力揑了方大姐好幾把。

方大姐走後，我立刻告訴唐琪，賀大哥已經決定後天就動身，再不能考慮，再不能猶豫了。

她冷靜地對我講：

『我考慮了一整夜，我並不是不願意跟你走；可是，我想了又想，怕我會變成你的累贅，怕我跟你同行，對你並沒有甚麼好處……』

『不，不，琪姊，你絕不能這麼想，沒有你，我連活下去的勇氣都沒有了。』

『我在天津還有不少馬上結束不了的事情：譬如我向別人挪借的款子必須還清，別人欠我的債，也應該討還；譬如方大姐和我相依爲命地住在一起，我一走她還不知道會多麼傷心；譬如在天津我總算能暫時生活下去了，我正計劃專心學唱歌，以後再不伴舞，一旦到了南方，又失了業，豈不害你吃苦頭……』

『不，不，琪姊，這都是些不成問題的問題呀！只要你有決心走，這些問題算得了甚麼？』

『我眞恨日本人，若不是日本人幫助漢奸們害我，我照樣能在天津做護士。若不是日本人發動了這個戰爭，你根本也可以留在天津不走，我們照樣可以幸福地在一起……』

『琪姊，這回妳說對了，』我拉住她雙手說，『是日本害了我們，我們光恨他們是沒用的，我們得去參加抗戰打倒他們！琪姊，只要你認淸這一點，只要你愛我，你一定會有決心跟我走！』

『醒亞，我好愛你……』她猛地把我一抱，熱烈地偎著我的臉，『醒亞，我像以前一樣愛你，不，是比前更千倍萬倍地愛你。離開你，我一刻也不能再活下去。可是，我有一點怕……』突然間，她的眼淚簌簌地流了出來，流了我一臉一手，她抽搐地哭泣著，哭得我不知所措。

『琪姊，你怕甚麼？有我永遠在你身旁呀！』

『醒亞，你還是太小，等你再長大些，你會後悔把愛情獻給一個歌女！』

『琪姊，琪姊，』我拚命地抓緊她的肩頭，嘶喊著，『你怎麼把你的醒亞想得那麼卑鄙呀！我現在就跪在地上起誓，請上天做證，無論在任何情況之下，如果我會對你變心，叫雷打死我，叫炸彈炸死我，叫……』

『不要再說……』唐琪打斷了我的話。

這時，我正跪在唐琪的脚下，便把頭扎在她的膝蓋那兒，眼淚像小噴泉似地，把她的膝頭的衣服完全濕透了……

『乖孩子，起來，起來！』她捧住我的臉。

『你答應我，你答應和我一塊兒走？』

『我，我答應了。』她點點頭。

『眞的呀？琪姊！』我抬起頭來。

『當然眞的，我騙你不等於騙自己嗎？』

我站起來，我瘋狂地吻她，她的臉上沒有一點脂粉，她的嘴上沒有一點唇膏，她和三年前我第一次見她時一樣年輕，一樣美，不，是比三年前更美，更美，我像三年前一樣地熱情地叫一遍她的名字，吻一遍她的眼睛，她的嘴……

電爐上的飯發出來焦味，唐琪由我的臂環裏掙脫開來，跑去端下飯鍋，然後，她叫我安靜地坐在一邊，等她炒菜。

我們吃了一頓好愉快的午餐，一面吃一面談著我們的未來計劃：到了太行山，如果不能立刻去重慶，我便從軍做一名英勇的戰士，她便做一名服務戰地的護士，如果能前往重慶，我便上大學，她便到醫院工作，等我大學畢業，我們便結婚，那時候抗日戰爭很可能已經勝利結束，我們便旅行全國，在最美好的風景名勝區度蜜月……

飯後，我們一同出來，她要自己去辦理一些存放款的未了手續，和其他雜務，她要我明天再來，陪她去拜別一下她母親的墓。

我完全勝利了，我完全心滿意足了。我似乎快樂得已經不會正常地走路，我一步一跳地走回家去，若非街上站崗的巡捕與太多的行人，我準會在街心翻兩個跟頭。我想振臂高呼：『唐琪萬歲！』

我想告訴每一個認識與不認識的人：

『唐琪是這麼愛我呀，她已答應與我同行！』

回到家，我稟告了姑父母賀大哥定下的行期，姑父嘉勉我：

『你總算是有志者事竟成啦！到了南方好好地讀書，等晚上我下班回來告訴你我在四川的兩位好友，他們和你老太爺也是至交，或可給你一點照應！』

我沒有敢告訴姑母家任何一人唐琪與我同走的消息，姑父的話卻給了我莫大的快慰——『有志者事竟成。』對呀，不但去南方的志願成功了，帶唐琪同走的志願也正成功了哇！

姑母和表姊帶我上街買了許多四季應用的衣、襪、肥皂、牙膏、毛巾等日用物和旅行時可能用到的八卦丹、萬金油、十滴水一類的藥品。

晚上，我告訴了賀大哥唐琪決定同行，他竟仍半信半疑，他要我明天一早帶他去看唐琪，當面一談。我說：

『我本來已準備明天帶她來拜見您這位大恩人的！』

『這件事，千萬可別讓你姑父母知道，那樣他們會咒罵我一輩子，明天我和唐小姐談妥後，她可以在後天早晨直接去車站，如果碰到你姑母家的人便說是來送行……』賀大哥這麼囑咐著。

『好，好，』我忙說，『一切都聽憑您的導演！』

第二天清晨，我帶領賀大哥去看了唐琪。賀大哥似乎對唐琪的印象還不錯，對方大姐的觀感好像較差，雖然方大姐手忙腳亂地倒茶，端出水菓，拿出巧克力糖，大為招待了我們一番。

賀大哥把此番南去沿路的驚險，與大後方的艱苦生活，帶有試探性與威脅性地，詳細告訴了唐琪，相當露骨地暗示著：『你一定承受不了！』可是，感謝天，我的唐琪是這麼可愛，這麼聰明，她立刻回答：

『我絕對完全能承受，您將來會知道我比醒亞還堅強。醒亞敢去的地方，我沒有一點理由不敢去！』

緊接著，唐琪又向賀大哥說了許多眞誠感激的話。賀大哥閉口無言，沉默了片刻，終於點點頭：

『好，我們歡迎唐小姐同走。』

唐琪立刻熱烈地和賀大哥握手道謝。方大姐也跳過來向賀大哥把臂一伸，賀大哥皺了下眉頭和她握手，她不住地叫著：

『密斯脫賀，Thank you very much! Many thanks!』

賀大哥先走了。我和唐琪買了一大束鮮花，往佟樓墓園去拜謁唐琪母親的墓。擺好鮮花，我和唐琪手拉住手，給她的母親的墓行了最敬禮三鞠躬。然後，我們在墓前草坪上，坐了老半天。唐琪似乎很傷感，可是又似乎很欣慰。我想，我的心情正和她一樣——我也想到了自己的母親，我怎會不難受呢？當想到我們這一對深摯相愛的大孩子即將開始一個新的幸福生活時，我們在天上的媽媽也該會高興的，我又怎會不感到喜悅呢？

離開墓園，我陪唐琪買了一些預備帶走的零用東西。她比姑母給我買的少多了，因爲她把欠別人的債務全部一一還清，再沒有甚麼富裕錢了；可是，別人欠她的，無論如何在這一二天內討不齊全，她說她已不想再去討了，只要能還清了別人的賬再離開天津，便已心安理得。

晚飯，姑父母在登瀛樓盛宴歡送賀家兄弟和我。可惜，唐琪不能參加。不過，我再不羨慕別人、嫉妒別人了。我發覺我過去嫉妒賀蒙和表姊是多麼幼稚和不該。今天，他倆雖然能在同桌吃飯，然而，他倆怎能和我與唐琪相比呢？明天一早，他倆就必須分手了，這一別，誰知三年、五載能否重新聚首？而我呢，我將在明天開始和唐琪形影不離，一直到老，一直到死，一直到永生……我特別同情，甚至憐憫起賀蒙和表姊來，我一直不關心他們的感情發展，我從未爲他們効過一點勞，出過一點力，我也不知道他倆究竟是否已經陷入熱戀？我感覺非常對他們不起，尤其感覺對表姊抱愧，因爲最初，她曾好心好意地希望促成我和唐琪相愛。

飯後，我偷偷把賀蒙拉在一邊，問他：

『說實話，你和慧亞表姊是不是很要好？』

『怎麼？』他向我瞪著眼，『你看我們就要分手了，幸災樂禍是不是？誰有你那麼大豔福，抗戰還能帶上愛人去？』

『噓，小聲點，』我撫一下他的嘴，『我是眞心誠意地關心你和表姊。』

『我倆不能說沒有感情；可是，我們從來沒有表示過。我曾經決定在這次遠行前告訴她我很愛她，然而我覺得時機還不到，我應該等到抗戰結束勝利來臨以後，再告訴她……』

『我佩服你的理智。』

『我雖然沒談過戀愛，可是卻似乎瞭解一種道理——沒有享受過太多甜蜜的，也不致嘗受太大的痛苦。』他稍稍一停，接下去說，『對不起，這道理我還是從你閣下頭上體會出來的呀！忘了你前兩年那種痛不欲生的慘樣兒了嗎？』

『愛情要有恆心，你看我不正是渡過了無數險灘，今後便都是一帆風順了嗎！』

著：

『祝福你啊，小伙子！』

回到姑母家取行李，爲了明早行動方便，賀大哥要我今夜搬到他家睡。

姑母送我時，流淚了。她摟我入懷，像十多年前一樣地當我還是一個小娃娃，她不住地喃喃著：

『孩子，放心吧，我已燒香叩頭，求告了好幾天啦，無論你走到哪裏，老天爺都會保佑你……』

我緊緊地偎住她老人家，脫口叫了聲：

『媽——』

表姊在一邊立刻哭出來了。我也想哭；可是，我再一哭，這個場面就太悽慘了。我必須強作鎮定。我告訴她們，我這次遠行，大家應該歡歡喜喜，因爲說不定此去我會創立一番功業。

『對。』姑母拭乾了眼淚，『盼你功成名就回來，姑媽還要好好享你幾年老福哩！』

我已經坐上洋車了，姑母又一勁兒地囑咐我，穿衣、吃飯、睡覺、說話、做事……要處處小心的一大套話。姑父擺擺手：

『快走吧，你姑媽再說上一年也說不完。』

『小弟，明天我到火車站送你！』表姊在洋車後面喊著。

我這才把頭一垂，雙手把臉一撫，眼淚立刻像小水龍頭似地，流了出來。對於這善良的一家人，我是多麼感激而戀戀不捨啊……

把行李放在賀家，我立刻到唐琪那兒幫她收拾東西。

方大姐去聖安娜伴舞尚未歸來。唐琪說：

『方大姐爲我要走已經哭了好幾回了，別看她那麼樂天派！她曾經想請求你們帶她和我一塊走：可是她如果一走，她的老母和幾個弟弟妹妹便都得餓死在天津。她靠伴舞供給一個妹妹上中學，兩個弟弟上小學，眞不容易呀。本來她決定今天整晚留在家裏和我多待一會；然而，爲了賺那幾張鈔票，仍舊不得不到舞場被人家摟抱去了……』

我告訴唐琪：現在我才知道上帝對我倆多麼仁慈，多麼深愛，現在我才知道只有我倆是世界上最幸福，最値得自豪的人。我告訴唐琪：現在我才知道過去我爲失去她而悲痛，而哭泣，是多麼多餘，多麼愚蠢，多麼可笑！因爲我們的命運明明早就安排了今天和以後久遠的幸福歲月！我告訴唐琪：我要快樂得發瘋了！我再記不起以後又告訴了唐琪一些甚麼話？我大概已經發瘋了。只記得我們一面深深長吻，一面互相說了一大串瘋子的話……

方大姐回來了。她堅請我和唐琪外出吃了頓夜宵。臨別，方大姐兩隻手握住我兩隻手，那麼親切地：

『小白鴿今後算交給你啦！可得給我好好保護。』

我回到賀家，像醉漢似地那麼縱情地得意歡笑，並且唱了兩段久已「不動」的平劇。我沒有喝一滴酒；可是，唐琪的愛，已使我全身每一個細胞都浸在最甜、最美、最香的醇酒中。我是醉了。

已經深夜一時半了，賀大哥突然要出去。

我一點沒有在意，我想他一定是還有未交待完的事項，必須告訴他那留在天津繼續擔任秘密工作的同志。

他回來的時候，我已睡了一覺，朦朧中記得看了一下床頭的錶，已經三點鐘了。

我們是要搭第一班早車到北平，再換平漢線火車到河南。

早上八時欠十分，我們到達老龍頭東站。

表姊已經先到。我想，唐琪一定也會早到了，因爲女孩子一向心細，趕火車總比男人到得早。

我們越過天橋，登車，找好了座位，距離開車只有四分鐘了。賀大哥關心地對我說：

『你到所有車廂裏找一下唐琪吧，車一開，就叫她到我們這裏來坐在一塊。』

『唐表姊也要走嗎？』表姊叫出來。

『是的，』賀大哥說，『可是，別告訴令尊令堂呀！』

『小弟，』表姊一拉我，『讓我跟你一塊去找她，我好久沒碰到她了呀！』

我和表姊跑遍了所有車廂，奇怪，怎麼竟沒有唐琪呢？我們再從頭找一遍，仍舊沒有。我正一陣心慌的時候，火車的笛聲和站臺上的鈴聲一齊響起來！一點不含糊地，火車立刻就要開了，而唐琪還沒有來！

我不顧表姊，拚命往賀大哥那節車廂裏跑，企圖發現唐琪已經坐在那兒。

可是，那兒只有賀蒙，賀大哥也不見了。

『唐琪的朋友送信來了，』賀蒙告訴我。

『信在哪裏?』我焦急的問。

『在大哥身上，他下去送那位送信來的方大姐了!』

就在這一刹那，火車開動了。表姊在站臺上已趕到窗口和我與賀蒙招手連說再會!賀大哥則三步兩步跳上車門，我伸頭張望，果然方大姐的背影正姍姍地走向天橋……

一種不幸的預感，立刻使我的心臟劇烈地顫抖。我叫了一聲方大姐，想問個究竟:可是，她已經聽不到了。

賀大哥一臉沮喪的神情，走近來，把信送到我手裏:

『醒亞，堅強點，大丈夫要拿得起，放得下!』

我害怕我看不完這信，便會暈倒過去:可是，我竟能一口氣把信從頭到尾連看了三遍，也許那信上的話太短了:

醒亞，請原諒我。我再三再四考慮，終於決定不能隨你同行了。這不但爲我好，也正爲你好，我寧願這次對你失信，叫你恨我一個短時期，不願隨你同行連累你終生，而使你恨我一輩子。醒亞，果眞緣分未盡，我們必能後會有期……醒亞，堅強點!醒亞，珍重!努力，我爲你的遠大前程祝福!

唐琪

第四章

三十三

我到達了太行山。

這兒的一切對我陌生，又似熟悉——這兒的景色與人物，曾不斷在我過去的幻想或夢寐中出現。

這兒是一個險要的進入太行主脈的隘口，四面都被密匝匝的層巒疊嶂緊緊圍住：東面赫赫有名的嶺頭，逞露出嚇人的崢嶸姿態；南面屹立的柏尖山，直聳雲霄，由山巔吹下來的風沙，特別強烈，似在傾吐多年來藏在深山裏的奇異寒冷；西面與北面，綿延數省橫亙中原的太行山上，日夜不停地響著狼嗥，響著鷹唳，響著馬嘶，響著悲壯的軍號與抗日隊伍奮不顧身的衝殺高嘯……

在這兒，我看到了闊別三年的祖國官兵，看到了滿牆的抗日壁畫與標語，看到了老百姓愉快地咧著大嘴用帶有山西味的河南腔唱著的抗戰歌曲，聽到了老百姓一面挑著大拇指，一面如數家珍似地道出三年來抗日國軍的忠勇義烈可歌可泣的眞實故事……

在這兒，在這自由祖國的大地上，在這靑天白日滿地紅的旗幟下，我開始變爲一名保國衛民的抗日軍人。

我多麼狂熱地喜愛這個新的生活呀！雖然乍開始的頭些天，我曾過得很不習慣。在這兒，伙食一日僅有兩餐，且僅是小米飯和糊湯，沒有任何小菜，糊湯中除了一點黑黑的鹽巴，再沒有豬油、味精、醬油、和葱、薑……任何佐料，看起來與喝起來，跟黏東西的稀漿糊並無二致，只是多了一點鹹味而已。我一向飯量不小，如今才知道我那二十年來吃慣了美味的腸胃，對於粗劣的飯食竟如此不甘心承受。我怕別人笑我吃不了苦，盡量把小米飯往嘴裏塞嚥，可是無論如何也趕不上在平津時的食量，而結果，第二天到廁所時，排泄出來的全部竟都是整粒整粒的小米……睡的地方是墊了一點稻草的地鋪，睡了二十年西蒙斯軟床與小鋼絲床的骨頭，實在感到太多的委屈，同時，睡了一夜之後，跳蚤、虱子，便毫不留情地開始寄居在我的身上。對於每天清晨的長距離跑步，我也有些吃不消，想不到我這個相當不壞的運動員，一旦投身軍旅，和一個一個鐵打的丘八漢子們一比，竟如此相形見拙，我這才發覺當初那些被我視如珍寶得自運動會中錦標與銀杯，在是多麼不值一提！而我那痛下功夫練習的「起跑」、「接棒」、「越欄」等等優美的身段與姿式，在這山野戰場更全無用武之地。幸而，我的體格基礎不錯，一週下來，我似乎已能將全部困難克服，食量逐日增加，消化變爲正常。由於跑步、出操、揹鎗，尤其由於學習「正步走」必須練好「拔慢步」，而造成的臂酸腿痛，逐漸消失之後，特別感到全身輕快，有力有勁。賀大哥說我和賀蒙的臉上活像塗了胭脂般紅潤，壯實了不少。可惜沒有鏡子，給我們照一下。

我眞後悔怎麼不從天津帶一面鏡子來，而這裏，我們的所有伙伴與長官們竟都也是沒有鏡子的人。我多渴望想看一下自己的新面龐與新姿態呀！賀蒙時常對我說：

『喂，小伙子，全身戎裝，相當英俊呀！』

每天夜裏，睡在稻草上時，我都那麼小心翼翼地把軍帽放好，把軍裝摺好，把綁腿捲好，然後「脈脈含情」地注視著它們，撫摸著它們，甚而和它們親吻個不停。賀蒙多次警告我：

『小伙子，別把衣服上的虱子吃下去呀！』

對於虱子，我已發生好感。大家都管它叫抗戰蟲，既來抗戰不長幾個抗戰蟲似乎不太光榮。我也學會了在午飯後偷得一刻空閑，和老丘八們坐在一塊兒，晒晒太陽，打著赤膊，捉虱子，也學會了捏死一個，便跟著用河南土腔罵一句街：『他奶奶的！』。

好興奮，好興奮，我終於領有了一支中正式步鎗。我打靶的成績居然不壞，賀蒙比我更好，我們頗受長官的「青睞」與老兵的「重視」。

原本，每個由淪陷區逃來這兒的青年，經過一個短期的精神訓練後，便可以隨軍隊過黃河到後方去讀書或作事；可是，我們趕得不巧，因山西陵川、晉城的失陷，唯一的交通要道被切斷爲數截，我們現在駐紮的林縣，成了突出黃河北岸，孤懸太行山上的唯一據點。

我和賀蒙，一致決心請求正式加入部隊，我們寧願在太行山做兩名戰士，一直到抗戰勝利後再去讀大學。

獲有這樣新生活的我，已抖落了舊有的一切，和以前，我已判若兩人。

只是單單無法完全抖落掉唐琪的影子。

我多渴望把那個影子自我心中連根拔去；然而，我無能爲力。每天的勞累與緊張，應該無暇使我想到唐琪；但是隨時隨地由於偶然的刺激、聯想、與感觸，都會把我又帶到回憶裏去。當看到早霞時，我突然會想到唐琪的面頰，我立刻提醒自己：

『這是不能相比的呀！朝陽正要冉冉升起，散射出無比的溫暖；而唐琪呢，她帶給你陰冷，無限的陰冷……』

當我喜悅地摟抱著自己的鎗支時，我突然又會想起唐琪在我懷中的時光，我立刻咒罵自己：

『張醒亞！你怎麼竟把最神聖的與最卑劣的聯想在一起呀！這鎗將會在你手中光榮地英勇地殺敵；而唐琪呀，她卻狠心地，殘酷地，幾乎置你於死……』

我儘管這麼想，唐琪的影子卻依然不肯離我而去。我和她的愛情已經枯死，而她竟選擇了我的心深處充做堅固的墳墓。

三十四

每一憶起唐琪，我就咒罵自己，卑視自己：唐琪罵我懦弱，一點沒有錯，以前我不敢接受她的狂熱的愛情並不算懦弱，今天我不能做到「大丈夫拿得起放得下」，才正是眞的懦弱！我一再警告自己：堅強起來，堅強起來！在這兒，除掉我，我難信還有任何一位官兵一面握著鎗一面想到女人……不能忘掉唐琪，是我眞正懦弱的永恆標幟！

離開天津那天，我不是三番五次地要從開往北平的火車上跳下去，甚至已經搭上平漢線南行列車後，我還不肯放棄轉回平津向唐琪問個清楚的企圖嗎？終於沒有。我已經夠堅強了。

當我一再讀了唐琪的短信，我把那信扯了個粉碎，上牙緊咬住下唇，猛一下子竟咬出了鮮血，賀蒙慌忙給我用手帕抹擦，我竟失卻理性地把他的手甩開：

『不要理我，我要發瘋了！』

我是發瘋了！

淚流了滿臉，混身顫抖，兩拳揑得愈緊，全身愈抖得厲害……我又拚命地搥胸，拚命地抓頭髮，我發覺車廂裏前後左右的乘客們都把奇異的目光射到我的週邊。我管不了這些，我站起來，我旋轉，一面不住地咒罵：

『欺騙！撒謊！愛情劊子手！世界上居然有這種女人，該殺的該死的罪惡的卑鄙的女人！』

『罵她有甚麼用？』賀大哥按住我，用力把我按在座位上，『你罵她，她就會跟你一起走了嗎？她不走是爲你好，她比你強，比你明白，你這樣罵她是不公平的！』

我立刻像力量巨大的彈簧，猛地站起來：

『我不但罵她，我還要立刻去找她，找她算賬！』

賀家兄弟一人一邊把我拉住；否則，我想我有足夠的勇氣自飛快的車上跳下，碎屍斷骨在所不顧。

『冷靜點，醒亞，』賀大哥把我抱住，湊在我的耳邊低聲地，『想一想咱們此行的目的與安全，鬧出事來，你對得起誰？看到沒有？不遠的前座就有兩個日本軍人……』

我似乎清醒了一點。沒有好久，我又再度發作：車到廊房、豐臺，停留一兩分鐘的時刻，我都要搶著下車。賀蒙用「野蠻」的方法對付我，扭住我的雙腕不放，唾罵我是世界上最沒出息的男人！賀大哥用「文明」的方法對付我，一勁地叫我：

『好兄弟，好兄弟，你要折回天津，到北平再搭回頭車也不遲，就算你給我們送行吧，送到北平的交情都沒有嗎？』

像一隻遍體鱗傷的獸，我暫時蜷伏在一角，沉默不語。心中翻騰個不停的，仍然是唐琪，唐琪……我實在無法解答，無法明瞭，唐琪對我如此做法居心何在？她原本可以自始至終不答應與我同行，我沒有那一陣子狂歡，也就沒有如今的巨痛！究竟是甚麼阻止她與我同行呢？她信上所說的理由可眞正確嗎？「不願連累你」，「全是爲你好……」呸！一派陳腔爛調惡毒謊言！

她從未眞心願意與我同行；不過當我跪在她面前哭求時，偶爾動了憐憫心，騙騙我而已。想到這兒，更心痛欲裂。一個堂堂男子漢，竟會跪在一個女人膝前乞求憐憫？她爲何又扮演得那麼逼眞呢？她要我陪她去拜別了她母親的墓，她要我陪她買了準備到達南方以後日用的小東西，她的密友方小姐也跟她一鼻孔出氣地拜託我今後保護小「白鴿子」……這一切一切都不像做假，儘管唐琪會在舞臺上演戲。天哪，究竟是甚麼魔鬼跑到她的心裏，要她在最後的關頭做出這麼絕情的決定？

突然間，腦際一亮，我完全明白了：一點不會錯，她所以如此做，正是報復我兩年前不肯與她同行的舊恨！對，她報復得好，這眞是一個再好沒有的報復的機會！害她誤入陷阱，害她失足，害她淪落……她有理由抓緊這個難得的機會，狠狠地給我一次還擊……

車到北平，表哥準時在站臺迎接我們，是表姊特別拍一電報告訴他的，要他和我在遠行前，能有一次會晤。

表哥做東，請我和賀家兄弟吃了一頓豐富的餞別餐，在東安市場潤明樓，他誠懇地說：

『這原是我預備這個禮拜回天津請高小姐看平劇，吃餐飯的「專款」，你們要去抗戰了，我應該「挪用」一下，表示敬意。』

賀大哥告訴了表哥我爲唐琪意欲中止南下，表哥大加反對：

『小弟，別看我這麼無雄心，無大志，我卻是一向很欽佩你，尤其欽佩賀大哥，你跟他走，比留在唐琪身邊有價值，何況你縱不跟賀大哥走，唐琪是否肯留你在身邊也是疑問……』

六神無主地，我搭上了平漢南行車，表哥在窗口輕輕地給我「打氣」：

『勇敢地去吧！我唸完大學，如果爸媽允許，如果高小姐同意，我也要去找你們！』

這位「密斯脫風雨無阻」，時時刻刻不會忘記掉他高小姐！唉，看來看去，還是他幸福，如果有一天高小姐答應與他同行，是絕對不會臨時變卦或居心戲弄他一番的。

我突然懊悔當初爲其麼拒絕了姑母與陳二爺、劉三爺的好心保媒，如果我有一個馴良忠實的未婚妻，儘管沒有唐琪那種特殊出色的美麗，又有何妨？我開始懷疑「自由戀愛」，表哥的得意正是「父母之命，媒妁之言」的典型傑作……我，我眞不該表演那一手逃掉「相親」的一幕，而坐失掉一位善良的女人……

立刻，我發覺自己的荒誕。就算那次遵奉姑母之命「相定」一房媳婦，又該怎樣？難道就要妻、生子，不去抗戰嗎？我正在一步一步地靠近南方，靠近自由祖國，我或會戴上鋼盔，握起刺刀，去和敵人拚命……心中竟在一直盤算著唸叨著這個女人，那個女人，女人、女人！我忍不住唾罵自己一聲：『張醒亞，你可恥！』

不停地南行，我似乎逐漸平靜了些。可是，車到了河南彰德，我們經過了日兵與僞警的刁難檢查，住到一個又破又髒的小客棧過夜時，我又萌發了「開小差」的意圖。我淸楚知道，明早就要趕往僞皇協軍駐防區，轉往太行山，如不脫逃就再無機會了。一夜苦思，良知終於壓抑下我的「邪情」——啊，我第一次把自己和唐琪的感情叫做「邪情」，儘管上帝可做見證，我給唐琪的感情多純潔！

在僞皇協軍區停留的一天，與穿越青黃不接的「三不管地帶」的半日時光中，我發現到果眞帶一個女伴同行，確實有許多麻煩與不便。皇協軍的頭目們儘管表示身在曹營、心在漢，自當盡力「優待中央這面的人」；可是，我們也風聞他們中間也有紀律蕩然，每天以酗酒、賭博、吸食海洛英爲業的部分官兵，給我們一種路過「鬼域」的感受。那被派遣護送我們一程的兩名皇協軍士兵，在騾車上竟一路不住嘴地，眉飛色舞地，相互吹噓他們搶擄過女人，征服過女人的「紀錄」與「實況」……在大刀會、小刀會、紅槍會出沒的地區，我們兩度遇險，一次我們機警地躲在高粱地裏得以脫過，另一次正好碰到的一群「好漢」，很講幫會義氣，賀大哥一套熟練的江湖言語，把他們應付得服服貼貼，順利獲准過境。

最後在荒漠的山溝裏，急行了大半夜，方纔到達國軍的最前哨，安陽縣政府屬轄的一個小村落。自此，開始爬山，山勢陡峭，山路險惡，賀大哥在天津所描述的並不過火。第一天我們宿在嶺頭，第二天又繼續爬山到達林縣。顯然，第二天的路程更爲艱辛。

這三天的經歷，實在不是普通一個女人輕易能夠承受的。我似乎有些開始原諒唐琪。不！不能原諒！她自己講過呀：她比我堅強。

她更那麼動人地講過：我敢去的地方，她沒有其麼理由不敢去！呸！她卻只會在嘴皮上講！

不能原諒，永遠不能原諒。她如果決心南來，並不一定會在中途喪命。如今，還不是平平安安地和我生活在一起嗎？她果眞在中途遇難，那等於爲我殉情而死，那不比留在淪陷區做順民，伴舞賣歌更有價值嗎？我想得極為自私，殘酷，卻又認為並非全然無理……

太行山當兵的生活已過了三個月。

我渴望：我參加的這支部隊能早獲出擊的命令，因為一旦劇烈戰事爆發，我不相信，在槍林彈雨，血肉橫飛的火網中，我還有閒情逸致想到一個女人……

三十五

軍中歲月，我已完全習慣，並且日益感出樂趣。食量激增，睡眠香甜。儘管不停地跑步、出操、劈刺、爬山、打野外、騎馬……週身仍然充滿一股發洩不完的力量。體重顯然在增加，脖子和腰身都變粗了，軍服的「風紀扣」和馬褲的腰圍扣都扣不攏了。賀大哥並未和我們駐在一塊兒，他每隔一週便從前村來看望我和賀蒙，每次都帶給我們一些生鷄蛋、大花生、和柿餅。這是這兒唯一出產的珍品了。生鷄蛋打碎在熱騰騰的黃小米飯中，一拌，佐以花生、柿餅，變成了我們最喜愛也是富營養的盛饌。

一次，賀大哥帶我們到前村他的營房中「解饞」。說來可憐又可笑，照樣是糊湯、小米飯，只不過他們官長伙食的糊湯中加放了「葱花」而已。天，那葱花竟有那麼大的誘惑，可眞香得撲鼻呢。賀大哥說：

『我們不久或能奉命去收復陵川，那是太行山比較富庶的地方，一旦打下陵川，上面犒勞點豬肉吃是沒問題的！』

我和賀蒙幾乎同時流口水。

『陵川哪，還出產又甜又香的梨，又肥又大的核桃。』賀大哥接著說，『打了勝仗，管你們吃個夠。』

果然不久，我們奉到了進擊陵川的命令。

那是一次艱苦的戰鬥。論實力，我們無法和敵人硬拚；不過，敵人已開始叫囂「掃蕩太行」，我們必須即時展開「反掃蕩」，局面始有可爲；否則，只有坐以待斃。

由林縣到陵川普通行軍約需兩天半，我們第一天以較快速度趕到盤底，第二天開始慢下來，一方面要保持戰鬥力不能拚命地跑路，一方面漸入四周敵情不明的境地，必須謹愼地搜索前進。

頭一天路程中，大家的心情頗爲輕鬆。我看到了太行山上美好的景色——那可能是太行山上罕有的風景區：迤邐的山路兩邊，偶爾出現幾間玲瓏的茅草小屋，山澗裏水滾如沸，大石橋上站著崗哨，那掛著手榴彈在胸膛，背著步鎗在肩上的戰士，使那巨橋特別顯出雄偉，五里坡上的大山洞，遠望僅是短截黑線，我們穿過那黑黝黝的大山洞後，山景豁然開朗，雪白的大小瀑布由山嶺傾瀉下來，在青青的山石上濺出瀲灩的萬朵銀花，山澗裏一律是梯田般的激流，像無數道翻滾著的水閘，一片淙淙聲響，給人一種特殊的清涼感覺，山道逐漸低斜下去，重又到達山麓，狹谷間錯綜的小溪在繽紛的石塊叢中，曲折地暢流著，坡上炊烟飛起，將有一個可以「打尖」的村子……

從第二天起，這些景色再無處尋覓。在一望無際的嵯峨亂山中，瀑布沒有了，樹沒有了，溪流沒有了，村落沒有了……代替而來的，是漫無人烟的荒山，狂妄的風沙，忿怒的雷雨，恐怖的黑夜，是狼群的咆哮，蒼鷹的唳叫，戰馬的嘶鳴，是斷續的砲聲，是由山壁碰回來的鎗聲的迴音

『嘎——嘎——』，是子彈在空中穿行的『吱流——吱流』，是伕子疲乏不堪地把擔挑一丟倒在山坡上裝死，是零星戰鬥後，一個蓆捲一個蓆捲抬過來的忠勇弟兄們的屍體，有的露出枯乾了好久的脚，有的還在滴答滴答地往下淌著鮮血……是復仇的烈火燃燒不已，是瘋狂的前夕，渴望殺人，殺人，殺人……

以後，是更獰猙的山，更慘烈的廝殺……

在陵川週邊的山野，我們的隊伍已數度和敵人交手。我和賀蒙正好在一個排上，我們那大字不識幾個，但獲有「爲國流血紀念章」佩在胸前的排長，對我倆一向「另眼看待」，在戰場上，更時時給我們照顧與教導。我不願吹牛，說我一上戰場就儼然老兵一般輕鬆自若；不過在經過一個很短的階段，我的慌張與不安，在那位當兵十五年排長的指點與鼓舞下，確實全部消失。而另外一種奇異的力量，也給我憑添了無限的殺人勇氣——那是我渴望在劇烈戰鬥中忘下的唐琪，每到我有些畏縮地按鎗不動時，她的聲音：『你膽怯，你懦弱！』便突然跳到我的耳邊，立刻，我瞄準目標，射出子彈，當我有生以來第一次親眼看到一個活活的敵人在我的一聲鎗響之下，應聲倒地時，我感到一陣舒暢與驕傲，我幾乎爲自己喝彩！我的膽量，自此直線上昇。

楊寨一戰，奠定了我們克復陵川的基礎。儘管敵人猛烈地用山砲向我們轟擊，在煙硝、彈片、塵土、混凝成一隻巨蓋，壓降下來，使我們抬不起頭的情勢下，我們仍舊奮不顧身地，利用山地的特殊地形，進行夜襲。在敵人的照明彈與擲彈筒一個跟著一個地發射下，經過了白刃爭奪戰，終於打進了楊寨。一時士氣高亢，十小時以後，陵川城破，敵人往多河一帶潰竄。

陵川兩度失守，我們做了第二次光復的榮譽軍。老百姓熱烈歡迎我們，把成群的豬、雞，成筐的核桃、梨，送往我們的宿營地，小孩子們在街口歡呼跳躍，燃放炮竹，或張貼標語，每家商店都爭相掛出藏在家裏的國旗……受過敵人欺凌的商民，紛紛要求由他們親自拴著日兵俘虜遊街示衆……

一週後，敵人增援來犯，古樸美觀的陵川城牆，與城裏高大的牆壁，都烙上了無數的艱苦抵抗的光榮疤痕！我們用敵人留下的山砲痛予還擊，敵人還遺留下堅固的工事，我們就在那裏用完整的日本兵工廠出品的重機鎗，擊退了敵人最後的一次猛撲。

賀蒙希望將來做一名炮兵，我則對做一名機鎗手很感興趣。可是，我們的排長不能幫忙我們立即變換崗位，因爲我們實在並無操縱那兩種武器的能力。我們只有繼續對那些熟練的砲手與機鎗手表示羨慕，並且一得空閑便向他們認眞請敎。

我終於如願以償。在大槐樹嶺一役，由於我跟兩位弟兄在亂石與有利地形掩護下，隱藏著匍匐爬行得成功，我竟能跳到一個正在聚精會神地發射輕機鎗的敵兵的背面，一刺刀猛刺進他的後胸，他掙扎地企圖爬起，我機警地順手將鎗一橫，用鎗托往他頭額上猛擊，當他再度被打倒後，我馬上端起那支輕機鎗轉向右側，把一串接著一串的火舌，向敵人陣地噴射出去……

打下大槐樹嶺，我們獲得嘉獎；可是，我也獲得痛楚。

我無法忘記，在爭奪機鎗的一刹那，我完全失卻理性的暴戾舉動，與事後的深長惆悵。當那敵兵彈藥手被我們的弟兄擊斃，當敵兵機鎗手被我扎倒，當機鎗中的子彈被我打完以後，我聽到了扒臥在地上的那個日兵仍在微微的喘氣，儘管一片鮮紅的血泊正在他身下越流越大……驀地，我的耳邊又響起了唐琪譏笑我的聲音，我像一隻野獸似地跳起來，一面吼叫著：

『唐琪！唐琪！你可看見我張醒亞剛才的勇敢嗎？誰敢說我膽怯？誰敢說我懦弱！這可是膽怯懦弱的人做出來的嗎？』

說著，說著，連自己都不相信地，竟再向那低微呻吟的日兵，一連又刺下去兩刀！然後，深深舒了一口氣，並且又重複了一句：

『這可是膽怯懦弱的人做得出來的嗎？』

他再也不能動彈。

征服者的傲慢作祟，清理戰場時，我竟想剝光他的衣服脫下他的皮鞋，帶回充做「表功」「誇耀」的證物。我首先在他的衣角上發現到一條染了血的「千人縫」，跟著一個小皮夾，自他的上衣中滾掉出來，打開它，一堆日本軍用票和「神符」之外，一張俊美的日本少女的像片，立刻攝住了我的目光。像片背後，是幾行日文，受過兩年淪陷區教育的我，已能懂得那是一首熱戀的情詩，下面簽著贈送人的名字——春風春代子。

我覺得一陣暈眩，接著而來是一陣無比的內心的疚痛。那剛才被我連刺數刀的傢伙，有甚麼罪呢？他也許原是個善良安分的人，他也許並不願意遠渡重洋到中國來作戰，因為他有一個美麗的愛人春代子留在日本……他終於被日本軍閥逼騙到中國來了，他不想死，他怕死，他妄想「神符」與「千人縫」可以保佑他平安重返扶桑三島……他永遠再不能回去了，他更永遠不能再見到他的春代子了……而要他永遠不能再回去，永遠不能再見到他的春代子的人，一點不含糊地，正是我！

我做了這樣一件殘忍的事！我做了一件這樣殘忍的事！我有甚麼辦法呢？如果我不殺死他，他就要殺死我！這就是戰爭！這就是戰爭！

如果，當時我被他扎倒，那麼此刻該是他對著我的屍體憐憫了。他會憐憫我嗎？我是比他更值得憐憫的人呀，我的屍體上連一張愛人的照片也翻找不出來的呀！啊！唐琪，唐琪，親愛的唐琪，我為其麼要憎恨你？我為其麼要咒詛你？不，不，我再不能那樣做，差一點點，我和你就永遠永遠不能再見了。這多麼危險，這多麼恐怖！你的醒亞幾乎就在這荒山變成一具冰冷的死屍，花花綠綠的肚腸流了滿地，狼和蒼鷹爭相來吃他，然後他被遺棄在這兒腐爛，變為野草的肥料，最後變為灰塵，飛散，蒸發，不復存在……

想著，想著，我不再憎恨任何人。我變成世界上最寬容最富同情心的人。我原諒唐琪，我原諒侮辱她的醫生常宏賢，我原諒高大爺和高大奶奶，我原諒所有的日本兵……唯一我不能原諒的只剩下發動這次戰爭的日本軍閥！

我把那張春風春代子的照片，輕放在那日兵屍體的胸上，然後用土把他草草埋起。我這樣做，不敢告訴賀家兄弟，怕他們會指責我又想起了唐琪，和不該同情一個日兵。

上帝可以做見證：面對未來的戰事，我毫不畏縮。越是同情日兵，我越會產生更大的殺敵勇氣。我已清楚瞭解：日本老百姓被徵調來華，多非出自情願；離開侵略便不能生存的日本軍閥與政客，還有財閥，非逼騙他們來不可。他們來了，他們執行著日本軍閥制定的屠殺中國人的政策。我們不得不抵抗，不得不還手，我們所以不得不殺他們，是希望這場戰爭提早結束，是希望更多的善良的中國人和日本人能以避免遭受更悲慘的死難……

此後，我又在另外的幾個戰場上，由幾個日兵俘虜與日兵屍體衣袋裏，找到了一些日兵的小日記簿，上面記載著他們在中國燒、殺、姦、擄的得意記錄，並且有兩個日記本上清楚地寫著：他們把國軍被俘的士兵，活活用軍用犬咬死……無疑地，這又激起了我繼續殺人的決心。我怎能不去殺人？難道我願意被捉去充當軍用犬的飼料嗎？

唉，相愛的生生地被迫分離，無冤無仇的要如此互相虐殺！罪孽深重的日本軍閥政客財閥呀，爲滿足一己的私慾與野心，你們竟導演下這麼一場人類大悲劇……

第五章

三十六

第一次在太行山聽老百姓談起八路軍，是在陵川附近，他們說：中央軍一向用「馬拉犂」（指當時印有「馬拉著犂耕田」圖案的國幣鈔票）購糧，八路軍則每到一處都是「徵糧」，或是說成人民「志願獻糧」，有時八路軍也用「錢」購糧、購物；然而使用的「錢」，都是共產黨的「上黨銀號」（上黨是太行山區一地名）、「冀南銀行」、或「邊區銀行」印的鈔票，甚至還有油印的「流通券」，老百姓不願意收……另外，還要徵稅——救國捐、富戶捐、慰勞捐、特別捐……好說歹說，老百姓不敢怒不敢言，只有唯命是從，否則便被扣上「破壞統一抗日陣線」與「漢奸」的帽子。

第二次聽人談起八路軍，是河北省境內的部分國軍、游擊隊、民團，與河北省政府人員所告知：

他們多次與日軍激戰，好不容易在河北省許多縣份建立了根據地，日軍只佔領線，國軍與民團則控治面；但不幸一再遭「友軍」八路軍前後以重兵圍攻進襲，他們乃陷入三面作戰的困境（抵抗日軍、僞皇協軍、與八路軍）……中共卻向中央要求再擴軍，要求再增加糧餉、彈藥，要求河北省境內所有黨、政、軍均歸八路軍統一指揮，且到處遍貼「打倒托匪鹿鍾麟」標語，（鹿是河北省主席）更自行成立了「冀察晉邊區政府」與「冀南行政公署」，要求中央正式任命八路軍總指揮朱德為河北省主席……而今，鹿主席與少數省府人員倖能突圍退至太行山，中央改派駐守林縣的四十軍軍長龐炳勛接任河北省主席……

原在河北抗日的團隊弟兄，分別來自深縣、贊皇、邢台、沙河、磁武、隆平、堯山、束鹿、棗強……那是他們的家鄉，就在那些地方，他們與鄰近的八路軍約定共同防禦，共同出擊，然而八路軍一再不守諾言，反而槍口對內，他們講說白天八路軍還派人來表示親善，唱歌、演短劇、比賽籃球，晚上竟發動大規模偷襲；更有多次都是在他們與日軍作戰之後疲憊時刻，八路軍便乘機來襲；最讓他們痛心疾首的，則是：他們與日軍在路家莊激戰，敵酋福榮中將親自指揮，攻進村內，敵兵在佔領之民房屋頂懸上太陽旗，又狂敲鋼盔叫囂慶祝，福榮中將乘坐汽車直向村中駛來，未料到尚有埋伏在屋頂的中華健兒，以手榴彈集中投擲猛炸，車毀人亡，當時尚不知被炸斃者是誰，事後得知敵軍在束鹿縣城為福榮開追悼會，方知其詳。日軍士氣一度為之沮喪，曾有一班士兵，厭戰，集聚一室，以煤油自焚而死的事實……然而，這正是八路軍圍攻、解決與日軍作戰傷亡慘重，彈藥幾乎告罄，極待整補的友軍的最好時機，而能得逞，也正是八路軍所講的「敵進我退」，「敵退我追」、「敵駐我擾」、「敵疲我打」！他們又講起河北省許多縣長、縣府人員，有的被殺，有的被俘，有的被活埋……

賀大哥告訴我：『我們可得提高警覺了；可是中央電示：儘量忍耐，避免摩擦，萬勿動搖團結抗日的信念……』

然而，那九死一生從河北倖能逃脫來到太行山的官兵，他們思念家鄉，他們難忘流血殉難的同袍，確實無法平撫心頭哀傷。他們儘管一再說：『大丈夫流血，不流淚。』卻有不少人仍然痛哭流涕。一首改變了詞句的軍歌，自他們之間流傳出來——那歌詞原是：

『槍口對外，
齊步前進，
不打老百姓，
不打自己人，
我們是鐵的隊伍，
我們是鐵的心……』

改變後，成為：

『槍口對內，
齊步後退，
先打老百姓，
後打游擊隊，
我們是誰的隊伍，
我們是八路軍……』

這新歌在我們部隊中也流行起來。我們的官長勸我們不要唱，甚至說不准唱，因爲避免被「友軍」指爲破壞團結抗日。

我們沒有時間唱歌了，陰曆年前，我們數度與日軍發生零星接觸。在馬武寨、在孟良谷、在古潞安州，我們都連創敵軍，回到陵川北面的平城，開了一次「勝利慶功宴」。

平城的白乾酒是全太行山區出名的，平城的豬也特別肥、特別香，因爲那是用酒糟餵大的。我們曾多次聽老百姓吹噓平城白乾酒的光榮紀錄——任何一人不需一文盤費，由平城擔一挑酒往河南去賣，沿途邊賣邊加水，直賣到開封城中，照舊芳香撲鼻，在酒肆中仍爲一等好酒，立即賣光沒有問題！我們飽餐痛飲，士氣空前高昂。

陰曆年後，我們奉命出擊晉城。那必將是一場「硬仗」，我們人人都有獲勝的決心與信心。

當我們在一個月色渾黃的深夜，神速行軍穿過一片峽谷，不顧日軍與皇協軍的雙方兵力的壓迫，而英勇地衝上山腰，就要跨過晉博公路（山西晉城到河南博愛縣的公路）時，我們的後方和左右兩方同時響起了密連的機鎗聲。接著，『殺呀！殺呀！』的吼叫，響遍了山野！

中國人的喊殺聲，直覺地告訴我：

『糟啦！難道中了八路軍的埋伏？』

一點也沒有錯。聽啊，他們大聲地吆喝著：

『老鄉們，繳鎗不殺呀，我們是八路軍！』

日軍和皇協軍在我們的衝殺下，潰下山去。八路軍，就在這時候，自我們後上方與兩翼，像潮水般湧了過來。

我們的後頭部隊想必已經被切斷了。我們這支突出在前面的兵力，已陷入寡衆懸殊的不利境地。我們必須反撲，我們得衝破他們的包圍。

混亂中，我身邊的伙伴一個一個地倒下了。賀蒙和我失去了聯絡。

我們搶得一個山頭，準備自那兒突圍下山。子彈像亂箭穿來，我相當沈著地叨唸著：

『沒關係，子彈是有眼睛的……』

我的上身突然震顫了一下，接著右肩感到一陣酸麻：掛彩了？

立刻用左手一摸，果然，血已經由軍服的破口處湧流出來。我想馬上解開綁腿捆住傷口，憤怒使我顧不得那麼做，便困難地用左手使鎗，繼續戰鬥！

幾個人自我身後一面放槍一面向前匍匐前進。猛然間，竟是賀大哥的聲響在我耳邊出現：

『醒亞，怎麼你用左手打槍？是不是右膀子掛彩了？』

『是右肩頭，不要緊。』我的話剛說完，嗖嗖兩發子彈從我和賀大哥中間穿過，我們如果距離得再近十公分，兩顆頭顱起碼會有一個開了花，或是同時開出一對並蒂花！

『趕緊走開，這地方不行！』賀大哥馬上叫出來。

四、五個弟兄立刻向兩邊移動。賀大哥發現到一個天然掩體，指給我說：

『左前方那一小塊窪地，可以掩蔽，又可以發揮火力！』

一排槍彈又打從我們頭頂近近擦過！

『快，醒亞，你先爬過去，我好放心。』賀大哥催我。

那窪地前，有一小段暴露的空地，如果爬得快，喘上兩口大氣的時間，也可以到達：可是，當我鼓足力氣迅速爬進，剛剛喘了第一口大氣時，微微翹起的屁股上，一點不含糊地，嗖地中了一槍！

我趁勢滾向那塊窪地。

糟糕，由於我滾得過猛，竟一下子由窪地的左側，翻下山去。

『唉呀，賀大哥——』我叫了出來。可是，我連一聲賀大哥的回響再也聽不到了，我已翻下去很深……

那是一個相當高的山崖。僥倖，亂石、雜草、樹枝，都做了我救命的援手，我一面翻落，一面盲目地抓緊或抱緊它們，最後翻落在山溝，雖已遍體鱗傷，卻竟還沒有斷氣。

滿手都是血汚，衣服掛破的地方，也都有血溢了出來，屁股上和肩頭上的創口更同時往外流血不止……漸漸地，疼痛由創口向週身蔓延，像無數把刀子一齊在肉上割裂……

我緊咬著牙，用一種迂緩的動作，解下兩條綁腿，包紮起兩處傷口。我這才發覺，天已經露出朦朧曙色。

瞅瞅自己的槍支，也跟著一塊滾到山溝來了，心頭不覺一陣欣慰：

『總還算個軍人！不丟命是不能丟槍的！』

初春破曉前的山溝裡，陰森、寒冷而死寂。

槍聲已經停止。遙遠處有斷續的狗吠，迴音分外淒涼。奇怪，我的心境居然這麼平靜，實際上，我清楚知道：我就要死了。雖然，兩顆子彈都沒有打中要害，可是：我已經不能跑路，自己的部隊已不知去向，地理形勢一無所知，飢餓、寒冷、被俘，都將置我一死……

人們常常講：「人生若夢」、「人生短暫」，只有在臨死前的一剎那，最能體味這句話的眞諦了。二十一年的往事不直是一夢嗎？更奇異的是，二十一年來每一件大事小事都清清楚楚地，一一在我腦子裡重映了一遍，而所用的時間僅不過短暫的一兩分鐘。

在這一兩分鐘之內，太多太多人都一湧而來，爸、媽、姑母、姑父、表哥、表姊、高小姐、高老太太、高大爺、高大奶奶、高二奶奶、高大爺的孩子們，賀蒙、賀大哥、初高中的同學與老師、部隊上的官兵、日本兵、皇協軍、八路，甚至當年在天津被我擊倒的兩個小流氓……他們的影子走馬燈似地一律在我眼前旋轉個不停……當然，我也想到了唐琪。

以前，我曾想到過：或許會有一天，我戰死在山野，從此，再無法看見唐琪……可沒想到，這一天竟來得這麼快。我該歸去了？我殺過人。如今被人殺！可是，日本人的子彈打死我，才公平些，我曾親手毀滅掉一個日本青年的愛情與生命！然而，我卻是被中國人，被和我一模一樣的中國人打死，我的愛情與生命竟毀滅在自己同胞手裡……

對於生，我無限留戀。對於死，我並不恐怖。然而這樣死去，我不甘心。

太陽在籠罩著一層灰色霧的山谷裡，升了起來。

『醒——亞——醒——亞——』

是誰在高處遠遠地叫我？

我突然想到：實際上我已經死掉了，現在的我，只不過是脫離開肉體的靈魂，召喚我的聲音可能來自天國……是的，剛才我不是看到了來自天國的陽光了嗎？

『醒——亞——醒亞！』聲音更近了。奇怪，分明是賀大哥的聲音。

我掙扎了一下，神志完全清醒過來，使盡一生最後一口力氣似地喊出來：

『賀大哥——』

『醒亞，』賀大哥的影子在半山腰出現了。當他發現到我，他不顧連連跌跤，飛也似地連跑帶滾，撲到我的面前。

他猛地將我抱住，兩行熱淚立刻由他眼睛裡流出來，流了我一臉。這是我生平第一次看見他流淚，我想，也就是最後一次了，因爲我將死去……

『我一直在這一帶找你，我看見你翻下去的……』賀大哥目不轉睛地瞅住我說，『眞是謝天謝地，我居然能找到你……』

『賀大哥，我不行了……』我黯啞地低喊著。

『笑話！』賀大哥把頭一昂，『這點傷算甚麼？你一定能夠活下去！我們沿著這兒的一條小路走出去，也許可以找到老百姓家躲一躲。』

『咱們的隊伍呢？』我焦急地問。

『一部分垮啦，』賀大哥搖搖頭，『不過也有一部分由九龍口突圍出去，可能往沁陽一帶集結了……』

『八路呢？』

『八路也撤了！』

『那是怎麼回事呢？』

『避免跟日本兵接觸呀！天亮以後，日本兵會出動的！』

『那麼，八路唯一的用意，就是單單解決我們了？』

『誰說不是呀！』

我們同時長嘆口氣，然後同時憤恨地咬住牙齒。我猛想到，自己當眞不行了。我催賀大哥走：

『賀大哥，你快趕緊去追上部隊，不要爲我連累了你……』

『甚麼話？』賀大哥不由分說地，將我拉起，然後一背便背在他的背上，開始費力地，一步一步地走。

『賀蒙呢？』我在賀大哥背上一面呻吟著，一面有氣無力地問。

『失蹤了，也許陣亡了……』賀大哥悲痛地說，『可是，能找到你，我已心滿意足，喜出望外……你翻下山以後，我想這下子可完了，咱們弟兄再也見不著了……誰想到天一亮八路竟都撤了，否則我還沒有法子來找你哩……』

我準備說一句衷心感謝賀大哥的話：可是，創口一陣劇疼，神志一陣痲痺，似乎還想了一下：『這次是死定了。』接著，便失去了知覺。

三十七

醒來，發現自己躺在一個小房間的暖炕上。

賀大哥和兩個老百姓，正圍繞著炕頭，守護我。

『好啦，好啦，血也停住啦！』他們三人幾乎同時叫出來。

我這才發覺自己的創口敷滿了一大堆香爐灰，零星的破傷處也塗了一小片一小片的香爐灰。

賀大哥已換了老百姓衣服，這時，我也在他們三人扶扶架架下，困難地換上了便裝。

『這兒屬清化縣管，』賀大哥告訴我，『我們又回到敵區來了。你放心休養幾天吧，這家老百姓眞好，愛國家，講義氣，爽爽快快地答應了收容我們。』

我向那兩位好心腸的人敬禮致謝。

『這是俺們該做的事，不能上前線打仗就夠「鬆蛋包」了，連受傷的國軍都不敢留，可不太「孬種」了嗎？』那個年輕的這麼對我說，然後，一扭頭，瞅著那個年老的說，『爹，你說對不對？』

『對對對！』老頭兒連忙應著，又慈祥地拉一下我的被角，『老總，你放心在俺這養著吧，我還可以去請一位有名的專治「跌打損傷」的大夫來，實在不行，我送你到清化車站，坐上火車到新鄉，隨便南去開封，北去北平，都方便得很，聽說那些地方有的是大醫院……』

他的話，給了我意外的激動，我幾乎應聲叫出：

『就叫我走吧！叫我回到北平，回到天津去！』

我沒有叫出來，我知道那是賀大哥絕不會贊同的；而我，也必須再冷靜地想一下：果眞就此折返天津，何嘗是我完全甘心情願的事？

養傷期間，我一再幻想，如果唐琪能在我身邊守護，我一定會復元得極快；可是，每當我看到以全副精力扶侍我的賀大哥時，我就會責備自己不該再想到唐琪，彷彿想到她就等於忽視了賀大哥給予我的細心愛護。賀大哥每天廝守著我不離寸步，眞難爲他，生龍活虎般的一條漢子，囚在這個小房間裡，每天爲我端菜、送飯，還要拿尿盆、屎罐……他居然會這麼耐心而溫柔，我感激地，笑著告訴他：

『您眞是一個好褓姆，我就差沒吃您的奶了！』

儘管賀大哥身材魁梧，孔武有力；我還是一再想到：要他背著體重不輕的一個大男人，走出險惡的太行山，簡直不可思議。他自己也對我說：『回想那天，我眞難以明白從哪裡來的那麼大的力氣？背著你，我也曾兩次幾乎跌倒下去，我咬緊牙，也不住禱告上蒼，眞是有如神助啊，在那緊急關頭，人可能發揮出極限無限的力量……老實說，現在要我把你背起來，我相信背不動……』

我的傷勢好得很快。打在臀部的子彈，當時洞穿而出，兩處創口逐漸合縫長起新肉，打進肩頭的子彈，沒法取出，但已不感覺疼痛。房主爺兒倆爲我一次又一次地買來一大堆一大堆的「黨參」（產自太行山區的上黨），敎給賀大哥熬製「黨參膏」。那是和人參有同樣功效的大補劑，對於我的體力恢復，確實極有幫助。我一再向房主誠懇要求，萬勿再為我買這麼貴重的藥品，他們爺兒倆卻異口同聲地說：

『小意思，小意思，不算啥，不算啥，俺們這裡出黨參，一斤才賣兩毛，到你們外鄉，一錢就要賣兩塊錢了！』

約摸過了三星期，我已能行動自如，房主人烙餅、炒雞蛋，給我們送行。對於這誠樸仁慈的父子倆，我此生無法忘記他們的救助，也無法答報他們的恩惠。

在一個漆黑的無月無星的夜裡，那年輕的房主人充做嚮導，帶我們由險惡崎嶇的羊腸小道，偷越過晉博公路，到達國軍駐守的沁陽縣紫陵鎮。那夜趕路，足有一百里。

太行山已遠在我們背後。心情似飛脫出恐怖的牢籠一般愉快。像由一個噩夢醒來，又像自陰山背後重新走向人間。當我們直向黃河渡口鐵謝行進時，卻萬分戀戀不捨地，一再回顧身後連綿起伏的山影，那恐怖、陰森、血腥的太行，在這剎那呈現出一片淡淡的青紫色，分外美麗，分外安謐。

在紫陵睡了一個近年來最舒適的覺。賀大哥賣掉了常年戴在他手上的一枚戒指，我們有了「馬拉犂」，便決定痛快地大吃一頓。在黃河渡口，粽子、糖葫蘆、涼粉、老糟、雞蛋、棗粥、醬肉、香腸、花生、麵條，還有下鍋前仍在活蹦亂跳的黃河「尺鯉」（產自黃河一尺長的鯉魚最是美味）……我們不放掉一樣，遍吃一過。一個毗連一個的大小帳蓬支在河岸，充做了熱鬧的市場，老頭兒、老婆兒、小伙子、小媳婦、小孩子，一齊愉快地吆喝著兜攬生意，對於我們這些看荒山亂石看得麻木了的人，這一片景色好可親好可愛。我們一面大吃，一面大逛。

展現在我們面前的黃河，是那麼莊嚴、壯麗。奔騰豪放的水勢，洶湧澎湃的濤音，不由使人想到，中華民族的化身——他已高伸出了堅實的臂膀，同時發出了雄偉的吼聲！

對岸一片青山，其中透明得碧翠欲滴的一簇樹叢，是聞名的漢光武古塚，後面襯托出飄盪著朵朵白雲的藍天，好一幅迷人的風景畫啊。我凝望良久，不禁脫口叫出：

『我就要飛過來啊，白雲故鄉！』

實際上，我將一天比一天距離北國故鄉更遠；然而，我確似遊子重新投入故鄉懷抱的心情，渴望到達黃河南岸，到達自由祖國……

一艘雪白巨帆大船，正由河心衝破緊緊結在一起的千萬條滾動的銀鍊，駛來北岸，我們即將被它帶到南岸，然後，到達洛陽。

第六章

三十八

春暖花開季節，我享有一段愉快愜意的好時光。

我又重新穿上了軍裝，找到了我們的部隊。我們的部隊奉命在洛陽以西的張茅整編，準備不久重上前線殺敵——

不是回到太行山打八路軍；是到中條山打日本。

賀蒙已隨部隊衝下太行山，健壯如初地在軍中過活。對於我，這眞是一件天大的喜事。假如他果眞戰死，而我被賀大哥救活回來，我將一生不安。

另外值得高興的事情很多：每天有報紙看，有收音機聽，前方將士浴血抗戰，後方同胞全力支援的新聞供我看夠聽夠，再不像以前在淪陷區或太行山時，那麼消息閉塞；軍人應獲的優待榮譽，我開始享受，看戲、坐火車，一律免費，買東西，商家一律給打折扣，老百姓由衷地敬愛軍人，尤其是年輕的學生們所表現的熱情，更令人感動，回想當年自己曾經做過崇拜軍人的小學生，一晃幾年，自己也能變爲被小學生們崇拜的對象，怎麼也止不住一陣一陣歡喜。

逛名勝古蹟、吃當地特產，也是那一段日子中最令人開心的事。豫、陝、川一帶：綠珠墜樓的金谷園、趙王帶著藺相如和秦王會晤的澠池、楊貴妃的故鄉靈寶、老子騎牛過的函峪關、貴妃出浴的華清池、王寶釧苦守十八年的寒窯（當然這是傳說中的一個所在）、阿房宮故址、諸葛亮修過的棧道故址、萬山環抱的張良廟、唐明皇夜雨聞鈴斷腸的劍閣……我都一一遊覽或路過；河南的大鍋餅、瓦塊魚焙麵、陝西的牛肉泡饝、水盆兒羊肉、四川的紅油抄手、擔擔麵，我更是吃得津津有味。

對於河南戲、陝西梆子、與川戲，我都很感興趣，而最使我歡喜的則是河南戲。在洛陽時，我常和賀大哥去聽河南戲，河南大戲跟平劇一樣，氣魄大，場面大，例如「大戰宛城」，馬踏青苗，曹操的八員大將，表現得威風凜凜，絕不輸於平劇；我們也非常喜歡河南的「鄉下小戲」——那些樸實可愛的河南大漢扮演的各種角色，親切而生動，腔調別具風味，詞句、道白、分外幽默。我一直無法忘記我最愛聽的幾齣戲——「南陽關」、「陳州放糧」和「打潼關」。

「南陽關」中有這麼兩句：

『帥字旗呀嗨，

空中飄！

哦，上又上寫著（唸做昭）：

提兵調將的伍雲昭……』

「陳州放糧」裡的大宋皇帝一上場這麼唱：

『有爲王出朝來，
比官兒還大，
右思思，左想想，
俺是朝廷。
進一步，退一步，
等於不走，
白蘿蔔、紅蘿蔔，
都不是大葱！』

包拯功在國家，皇帝賜宴犒賞他時，這麼唱：

『正宮娘娘烙的餅啊，
孤王親自捲大葱……』

聽來好親切，好一個平民化的可愛的皇帝！

「打潼關」裡的秦瓊出來這麼唱：

『秦瓊跨下黃驃馬，
秦瓊手使鐧青銅，

有人問俺名和姓，
姓秦名瓊字秦瓊。』

接著，程咬金出來有這麼一段道白：

『拉馬來到潼關，
不知是何地方？
待俺下馬觀看，
啊，上寫三個大字：
潼關！』

上面這幾段滑稽的唱白，我和賀大哥立刻學會，並且變成了我倆平日問安道好的代用語，只要兩人一見面必先對唱幾句。一直到十數年後，我們還有這種「習慣」。

在洛陽我曾碰上一次日本飛機轟炸。洛陽很少防空洞，只靠散兵壕改的防空壕躲避。一天，我和賀大哥在城外散步，敵機來襲，我們分別躲在兩個小壕裡，敵機正好在我們頭頂上下起「蛋」來。彈尾風輪轉動的尖銳聲響，聽得非常清楚，一下子我眼前完全黑了，幾乎失去知覺，掙扎了一下，才覺出頭頂上和全身上都壓著一層厚土，心想：怎麼這麼快已經被炸死，又被人埋葬了？

突然，賀大哥的聲音響了：

『醒亞，醒亞，怎麼樣？』

我，用力由土堆中鑽了出來，看到賀大哥滿臉滿身是土，正向我咧嘴苦笑。原來敵機一連在我們附近投下幾個小炸彈，炸起來的土把我們給蓋了起來。

『又是一度再世爲人！』回城裡的路上，我跟賀大哥說。

他摟緊我的肩膀：

『咱們這才眞是生死患難弟兄。』

就這樣，在賀大哥的愛裡，我度過那一串難忘的好日子。

部隊整編期間，我們看到了由後方寄來的國立編輯館編印的中學國文教科書，書內有文章記述了兩年前跟隨我們部隊轉戰南北的四存中學學生，於河北衡水與日軍激戰，那些初生之犢不怕虎的青少年居然能夠單獨戰鬥，勇猛異常，上百同學與多位老師均壯烈戰死，因而獲國府明令褒揚，著將光榮事蹟宣付國史，且令地方於收復後建祠紀念。

我們讀到這冊教科書，在悼念爲國捐軀的青少年勇士之餘，也爲他們名垂青史感到安慰。然而，我們又得知：衡水戰役後不久，八路軍集結賀龍、劉伯承、呂正操三萬大軍將我們的部隊層層包圍於深縣北馬莊，血戰兩夜一晝，雙方死傷慘重，被俘之四存中學學生三百人之多，因有三民主義青年團員身分，竟全被槍殺……這一史實則未見載於教科書中……我們眞不禁要問：政府要「容忍」到幾時呢？

另一樁令我們悲憤的事發生了，隨軍電台的同志傳來「新四軍事件」：

近年來，駐防江蘇安徽地帶的新四軍（原是中共紅軍，七七戰起，接受政府正式改編，給予國軍番號），曾不斷襲擊敵後的國軍與民團，擴張武力與地盤，自行成立政府，企圖消滅苦撐在敵後的江蘇省政府……如今，則更違抗統帥部調動他們北上與日軍作戰之命令，反而圍攻中央軍第四十師於三溪……戰區司令長官顧祝同以事態太過嚴重，無法再忍，下令還擊……約兩週後，電台同志告訴大家：經過劇烈戰鬥，新四軍潰退，軍長葉挺被俘。

我並不為此高興慶賀，因為我清楚知道：無論如何這又是一場國人同胞自相殺戮的大悲劇。我心痛。我中彈的右肩已不再流血，我的心在淌血……

我們的部隊開拔赴中條山時，賀大哥堅決要我和賀蒙退伍。他要賀蒙去投軍校砲科（那正是賀蒙所渴望的），要我去大學讀政治系，而他要到中央述職，並且奉調到中央訓練團受訓，正好帶我們一路入川。

『你們年紀還很小，已經眞刀眞槍地跟敵人拚過命，對國家也交待得過去了，深造後，還有的是報國機會，』賀大哥一再勸阻我和賀蒙隨部隊開赴中條山，又勸阻我和賀蒙同入軍校，『你倆一個學軍事，一個學政治，將來軍政配合，好好給多難的祖國做點事！』

就這樣，我們離開了已和我們建立了深厚情感的部隊。在離開部隊前夕，我們又聽到了一件極不愉快的事——率領我們在太行山上與日軍苦爭惡鬥忠貞愛國的總指揮——張蔭梧將軍，在被八路軍指控為「摩擦專家」之後，接著竟被當時我們的戰區司令長官程潛上將不分青紅皀白給予「免職」處分。我們的部隊不禁一時嘩然。那位掛滿「為國流血紀念章」的老排長，氣得一面跳腳，一面咒罵：

『他娘的，逼人造反呀！要不是軍人講服從，我不去揪住程潛老傢伙的鼻子罵他一腦袋漿糊才怪哩！』

官兵們差不多是人人流著淚，開赴中條山的。唉，那眞是一支好部隊。

賀大哥帶我們經陝入川。賀蒙做了成都中央軍官學校的入伍生，我經賀大哥的協助，以戰區學生的身分被教育部保送到重慶沙坪壩一家國立大學，做了一年級生。那年，我二十一歲。

三十九

賀大哥在復興關受訓，每個星期日，不是他來沙坪壩看我，就是我去復興關看他。現在他是我在重慶唯一的親人了。我和成都的賀蒙約好每週必定通信一封，一開始尚能維持原議，日子一久，賀蒙的信便疏少了，他本來就不太愛寫信，每週準期來信時，也不過草草數語如電報一般；他是一個感情非常豐富，卻從不歡喜在嘴上或紙上宣洩的人。

我每週和賀大哥見面時，他總要請我吃點好菜，四川話叫「打牙祭」。我們的牙祭打得很小，一盤榨菜炒肉絲或麻婆豆腐，兩碗紅燒牛肉麵或雙料排骨麵（兩塊炸排骨），便很心滿意足了。我們發現若干館子門口掛著供應「飛機空運來的大蝦和海蟹」的紅條子，價目貴得驚人，據說每次運到便爭食一空；我們只有望「條」興嘆，並對那一批食客發生反感，並非嫉妒他們吃得太好，只是覺得他們何必在這苦難的時代，非要如此擺譜兒，顯示闊綽不可？

學校伙食很不好，兩盤蔬菜中，用顯微鏡看，可以發現兩片肉，米飯是名噪一時含有穀、稗、砂粒甚多的「八寶飯」，那實在還不如太行山上的黃小米飯好吃。不過，大家很少怨言，因爲那伙食是白吃不付錢的，那是吃的國家發給戰區學生們的貸金。比較有小辦法的同學，都自備一個小菜罐，裡面裝滿大頭菜、榨菜、辣醬，有大辦法的同學則把臘肉、香腸塞滿罐子裡，更有辦法的同學則乾脆不進大飯堂，頓頓逕自往福利社或沙坪壩街上吃館子。

我是屬於根本「沒有菜罐階層」的人，和我同樣的同學並不太少，有時他們故意吃得慢，為的等候女同學走後，可以把她們桌上剩下的一點菜悄悄地端過來，再吃兩碗飯。當過了丘八的我，不知怎麼變得比以前還要害羞，我始終不好意思吃那種菜，我寧願多乾塞一碗「八寶飯」。同桌的同學，曾頑皮地對我說：

『張醒亞，你怎麼不肯吃這菜呢？女同學嘴上筷子上的餘香猶存呢！』

住的地方，是大宿舍，上下床。我本來被分配在下舖，可是睡上舖的那位同學又瘦又矮，上來下去很感吃力，我便自動提出和他調換，他非常感激。床上臭蟲頗多，不過我那遍生過「抗戰蟲」的身體，已經習慣這些小生物的襲擊。重慶的蚊子很厲害，被叮上就會「打擺子」（嚴重的瘧疾），賀大哥已給我買了一個小蚊帳，同時還告訴我一件有趣的事：

『只有重慶城中心七星崗一帶從來沒有蚊子，傳說是因為當年趙雲守巴州的時候，下過命令不許蚊子進城，以免把守軍咬得不能作戰！』（後來我得以知道七星崗地勢高，蚊子很難飛上去）

我的衣物早在太行山上失落一光，現有的一切雖然簡到無可再簡，還都是賀大哥贈送的，我若如此長期做他經濟上的包袱，委實有些不安。可是，我又無其他方法賺錢，我總不能裸體上課。我只有盡量刻苦節儉。

賀大哥受訓期滿，仍舊奉命回平津工作。他改由湖南、江西、浙江，經上海再北去。行前，他帶我去看了他的兩位好友，殷切託咐他們給我照拂。他又陪我去看了當初姑父提過的兩位我的父親的舊友，那兩位老人家熱心地告知以後一定會給我幫助。

賀大哥給我留下五百塊錢，他說：

『看起來，這筆錢不算少；可是，想供你在大學用四年，是絕對不可能的。以後物價恐怕還要漲，也許兩年之後就不夠買一隻皮鞋了。然而，手邊總不能不留一文錢。希望一、二年內我能從平津回來……』

『也許一、二年內我們就勝利了！』我滿懷希望地。

『不可能，』他搖搖頭，『起碼還得四、五年。我並不是唱低調，我實在害怕一些人盲目地自我陶醉，誤以為勝利很容易很快可以到來，便完全擺脫開自己應該對國家擔負的職責，苟且偷安甚或花天酒地，坐等勝利。大家都如此，勝利則永無一日到來。我決心重返敵區，證明我並非對抗戰前途悲觀；而是要切切實實地奉獻出我的最後一滴汗，最後一滴血……』停了一下，他握緊我的雙手，接著說：

『我在天津曾暗自許願：我一定得把你帶到四川唸大學。因此在太行山上，我幾乎每天為你的安全擔心，每次戰役之後，我最大的快樂便是發現你仍然健在。最後一次，我不顧一切脫離開部隊去尋找你，也正為此。現在總算如願以償，這次回到天津，我也算是有顏面向你的姑父母交差了……只是我走後，你必須切記住三件事：第一、身體要繼續鍛鍊，保持住你已往良好的基礎。第二、功課要唸好，以後中國絕不再需要「不學無術」的政客，而是需要眞正有學問的政治家。第三、不要為外界某些黑暗面的現象，動搖了你對抗戰的信念——例如一些人藉抗戰發了國難財，他們的生活，你當然會看不慣；可是，那終歸是少數的敗類，絕大多數軍民正和你我同樣地在咬緊牙根勒緊肚皮努力奮鬥。凡是從前方或敵後來的軍民對某一部分人的奢侈享受無不痛心；痛心則可，灰心不必，他們那是自掘墳墓，終有一天會被這大時代淘汰淹沒。目前一般朋友、同志間正流行著幾句憤憤不平的口頭禪——「前方吃緊，後方緊吃！」、「前方吃苦，後方苦吃！」、「前方混身流汗，後方滿嘴流油！」、「前方冰天雪地，後方花天酒地！」……希望這些話不會影響你的情緒。』

我連連點頭稱是。

『你有沒有囑咐我的話？老弟！』賀大哥反問我。

『沒有甚麼，』我說，我的眼淚已經湧了出來，『只祝您千山萬水平安渡過，到天津，請代我問候我的姑媽、姑父、表姊、表哥、高小姐，還有，還有，還有——』

『怎麼嚥下去了？是不是還有唐琪？』

我儘管搖頭；內心卻已承認。

『你已經好久好久不提起唐琪了，』賀大哥說，『可是，我知道你一時不容易完全將她忘乾淨的。對了，我還有第四件事囑咐你，那就是：如果你能發現一位理想的可愛的女同學，也有很自然的接近機會時，我贊成你談戀愛。因爲你不重新獲有愛人便無法淡忘下唐琪。所以，我希望你，更祝福你，在這裡能遇到一個十全十美的女孩子……』

四十

賀大哥走了，我開始在重慶度過寂寞的秋天、冬天……

在學校中，我一天比一天認識了更多的人；可是，我實在仍是寂寞的，因爲在茫茫人海中，再尋覓到一位愛我如賀大哥的人，眞是難如登天了。

賀大哥抵達上海曾寄我一封航空信，那是他寄到香港友人處再轉寄給我的，他信上說動身去津在即，一旦他會到我的姑父母，便要他們也按照香港轉信的辦法和我通信。

當年冬天，日軍偷襲珍珠港，二次世界大戰正式啓幕，香港不久被日軍攻陷，我與姑父母通信的計劃成爲泡影，賀大哥的消息也自此中斷。

我遵照賀大哥臨行的囑告過日子：一心一意致力於讀書，和運動。我隨時都警惕自己：要冷靜，要緘默，要不多言，不多語，不惹人厭。我似乎變年長了許多。當這年冬天，我生平第一次在沙坪壩一家小理髮館裡刮剃鬍鬚時，我曾相當嚴肅地對自己說：

『張醒亞，你開始是個大男人了！今後一切得像個大男人樣兒！』

同學們的聯誼組織花樣百出：各省市同鄉會、中學時代同學會、壁報社、詩社、文學社、各種球隊、基督教團契、音樂研究社、美術研究社、平劇研究社、國術研究社、國際問題研究會……

應有盡有。我沒有參加任何一個團體。後來，由於我說的國語還相當標準，便被同鄉同學拉到「冀平津同鄉會」做了一名掛名會員。

我在學校中默默無聞地生活著。在許多大出風頭的同學中，我顯得那麼平凡。不過，我是個成績優良的好學生，冬季大考以後，學校通知我，自下學期起，我可以獲得「林森主席獎學金」。

重慶的冬天很冷。霧雖然很討厭，我卻天天盼望清晨有濃霧，有霧才會有太陽，有太陽氣候才會稍稍暖和。我用賀大哥留下的錢，買了厚棉絮、中英文字典、跑鞋，幾乎用掉五分之一，想買件大衣再也捨不得了。宿舍和教室裡都沒有炭火，陰雨的時候冷得難挨。狠狠心，再買了一條棉絮，夜間加蓋在身上。白天在教室，就沒辦法了，總不能披著棉絮聽課呀！一下課，我就奔往操場，跑兩個圈，身上熱烘烘的怪舒適。這是我白天唯一禦寒的辦法，也正爲此，我的徑賽成績能夠保持，並且日益進步。

在宿舍中，我的內務弄得特別整齊，倒是「有口皆碑」的。睡在我下舖的那位同學，因爲他身量很矮，大夥兒便贈了他一個綽號——「最低領袖」。他一向最不會整理內務，時常挨軍訓教官的罵，我便開始代他整理。他是一個忠厚的帶幾分憨氣的貴州人，每當我爲他服務時，他總是咧著嘴抱歉地說著感激的話。我告訴他：

『不要客氣。最高領袖和最低領袖，我們都應該擁護。』

體育課程和軍訓課程，我都得分最多，尤其是軍訓。軍訓教官對我非常親近，因爲他一眼便看出了我曾經當過丘八。一些同學對軍訓特別不予重視，完全抱著「吊兒郎當」的態度，操作不認眞，對教官嬉皮笑臉，這一現象著實使我這來自敵區與戰區的人吃驚不已。大後方的青年爲何竟會如此？我眞想不出任何理由。不過，當課程進行到實彈打靶時，全級同學似乎一致大感興趣。男同學們個個擦拳磨掌，希望多打中幾環，顯顯威風；女同學們扭扭捏捏，擠在一堆，又害怕放槍，又不甘心在男同學面前棄權。結果，男同學們儘管伸出脖子用盡眼力瞄準目標，成績和一律閉著雙眼縮回脖子盲目開槍的女同學，並無二致。吃鴨蛋的有一半以上；其他頂多三槍打中個十環八環。雖然有的同學知道我當過兵，但也從未重視過我這個兵。當我不慌不忙地臥倒、瞄準、開槍，紅白兩色小旗首次在遠遠的靶子後面同時舉起擺晃時，同學們嘩然一聲叫了起來：

『啊，十二環！』

『也許是瞎貓碰上了死耗子！』不知是誰在後面說。

沒有回頭置理，我繼續依照規定再打第二槍與第三槍！

兩次紅白旗再度相繼舉晃，兩槍都是正中紅心——十二環！

『好槍法，三十六環呀！』一些男同學歡呼地把我舉起來。女同學們也都熱烈地鼓掌，北方女同學們連說：『眞棒！眞棒！』四川女同學們連說：『硬是要得！硬是要得！』

這是我第一次在校中「出頭露面」。

接著在春季運動會中，我的四百公尺以五十三秒八、八百公尺以二分十一秒、四百公尺中欄以五十九秒九的成績，破了過去全校紀錄。自此，知道同學中有個「張醒亞」的人便更多了起來。

我一點也不敢驕傲，我一如往昔地沉默而謙遜。

由於春天到來，同學們個個精神奮發。嘉陵江畔和沙坪壩茶座裡，多得是活潑快樂的青年男女們。我仍是寂寞的，雖然有了許多見面打招呼、點頭、握手的熟同學；但是迄未有一個相知太深的知己。「最低領袖」和我比較要好，他是三民主義的虔誠信徒，每天抱住一大堆關於三民主義的書籍鑽研，他又能背誦整本的英文版三民主義，這頗使不少同學欽佩。他對於馬克斯、恩格斯、唯物論等學說也下功夫研究，他時常講：

『要明瞭這些共產主義的謬論所在，才能認識出三民主義的正確偉大！』

我受了他的感染，便經常一塊陪他讀這些書。可是，我一直沒有向他透露：我在太行山被共產黨的軍隊偷襲，幾乎送命的故事。那時候，國共合作統一戰線的口號仍在後方喊得起勁，共產黨印行的「新華日報」天天都大批地送到學校來，從無人干涉同學閱讀。「新華書店」出版的大力爲共產黨宣傳的書，也到處公開發售。我想，我最好還是安心讀書，休談「黨」事。

同學們每當看到我和最低領袖在一塊聚精會神地看書，便一擁而上：

『喂，春天不是讀書天呀！人人都在展開「春季攻勢」，唯有你們兩個按兵不動，眞洩男同學的氣！』

熟一點的同學，乾脆把我們手中的書籍一奪，向天上一抛。最低領袖連忙接住，並且往懷裡一摟：

『別開這麼大玩笑，這些國父遺著是我的聖經啊！』

拗不過大夥兒時，我倆便陪他們到女生宿舍附近轉幾個圈，有的同學輕悄悄地把預先用蠅頭小楷寫好的追求信，偷偷插進女同學信欄上，有的必恭必敬地轉託代交，有的勇氣十足地面交本人……然後，我們便到沙坪壩茶座「擺龍門陣」，「擺」的題目仍是「春季攻勢」。

我插不進嘴，也無話可插，在他們滔滔不絕的議論與評論中，我只能做一個旁聽者。我似乎對於他們把全副精神都花在女同學身上有點反感；可是，我又覺得他們應該談戀愛，這是每人都應該經過的人生旅途上一個重要的驛站，如果說這些大學生談愛談得過早，那麼，我自己豈不是比他們更早了好幾年嗎？我沒有理由非議他們。

他們首先興致勃勃地給一些女同學「打分數」。從不及格到最高的九十分，都被分配妥當；也有過於認眞的人，爲了一、二分之爭，辯論得面紅耳赤。

打完了分，他們便集思廣益地給一些女同學起「外號」。

經過一致決議，許多「外號」出了籠：

披衣大仙——一位女同學不管晴天雨天上課時永遠披著一件雨衣。

紅皮膏藥——一位女同學兩頰的臙脂塗得太厚，活像貼了兩張紅色膏藥。

跺腳美人——一位女同學身材生得非常好，看背影人人都讚美，可惜當她一回頭時，大家必爲之跺腳嘆息一聲，因爲她臉上有天花。

印度小白臉——一位女同學皮膚特別黑。

雙鞭毛藻——一位女同學梳了兩隻長辮子。

丈母娘——一位女同學脾氣特別好，對男同學們特別客氣，活像丈母娘疼姑爺的樣子。

保險刀——一位女同學專門給男同學釘子碰，川鄂一帶的話，管碰釘子叫做「刮鬍子」。

緊急警報——一位女同學長得奇醜，她一來大夥便跑躲開……

最後，他們又爲兩個女同學集體創作了兩首打油詩，當然那兩位女同學是被他們深深不喜的。一位女同學長得怪難看，卻特別喜歡扭擺腰肢，故作姿態，並且還放出空氣說十幾位男同學都追求她，實際上，大概從來沒有人追求過她。他們的詩便這樣說：

『面似窩瓜姿似梅，
一打零倆將奴追，
奴若將誰瞟一眼，
活像判官把命催！』

另一位女同學長了兩個大虎牙，年齡比較大了一點，可是喜歡裝小孩兒，他們也爲她作了詩，並且由一位戲迷同學仿照「鴻鸞禧」中金玉奴那一段『奴家正二八……』的道白，唸出來：

『奴家二十八，
人稱大象牙，
未笑先露齒，
西餐不用叉。』

直到夜深，大家始盡興返校。臨行，調皮的同學還鄭重其事對茶館的伙計說：

『么師，茶留到起，二天還要來吃！』

「春季攻勢」以後，再繼之「夏季攻勢」。有些同學如願以償，喜氣洋洋；有些同學毫無「斬獲」，垂頭喪氣，眞像個狼狽的敗兵。我和最低領袖逍遙「戰場」之外，雖無戰勝的歡快，也無戰敗的苦惱，倒也自由自在。最低領袖告訴我四年大學生活內他絕對不談戀愛，他也作了兩句打油詩：

『沒有愛的日子太寂寞，
有了愛的日子更難過。』

看樣子，以前他可能也嚐受過愛的痛苦。

『我宣誓追隨最低領袖到底，』我對他說，『四年內，我絕對跟你一樣不談戀愛！』

我竟未能實踐這一誓言。一年後，一位女同學闖進了我的世界。

她，是鄭美莊。

四十一

鄭美莊比我小兩歲，低一班，三十一年秋季始業，我升入大學二年級時，她進入校中做了一年級生。

她似乎很惹一般男同學注意，在「秋季攻勢」中成了不少人進攻的目標。

接二連三地，幾位男同學在她那兒被「刮了鬍子」；被「刮」者紛紛叫苦：

『來了一把更厲害的「保險刀」！』

另一批同學便笑嘻嘻地互相說：

『我們組織一個合股公司吧，集中智慧與力量向鄭美莊展開新攻勢，免得過去個人分別花的心血付諸流水……而且，像這麼一個標準理想的「金龜」，是絕不能不釣的喲！』

凡是外省男同學追求四川本省女同學，當時大家一律稱之謂「釣金龜」——因爲外省同學多來自戰區，都很窮苦，而本省同學則大半是出身「紳糧」、巨賈富商的家庭。

儘管釣得金龜，可以人財雙收；可是大部分外省男同學對於追求本省女同學的興趣，似乎並不太濃厚，一方面因爲有自知之明——本身「經濟基礎」太差，窮得連追求富家女孩子的勇氣都失去了；另一方面，因爲他們主觀地認爲某些四川小姐的身材不太好看——當時，頑皮的男同學們曾管她們叫做「地瓜」。

『眞是奇蹟呀！』一天，我們正在茶館裡擺龍門陣，一位綽號「維他命G」的同學首先叫出來，『鄭美莊原來也是一個「川娃兒」！』

其他的同學們跟著紛紛驚奇不已：

『是嗎？她個子雖不高，可是身腰多苗條多婀娜呀！』

『是呀！臉長得好甜喲，笑的時候，兩隻眼彎彎地瞇縫著，好嫵媚呢！』

『鄭美莊走路風度可不錯，兩隻高跟一條直線，不像一些女同學走起來活像隻鴨子！』

『看樣子，她是個特大號紳糧家的千金吧！全校女生恐怕頂數她穿著講究了！』

『大金龜呀！大家一齊釣啊！』

第二天，維他命G又有新發現告訴大家——鄭美莊的家庭比特特大號的紳量還富有千萬倍，原來她的父親正是一直在四川軍政界顯赫多年，綽號「不倒翁」的那位風雲人物，當過軍長、司令、總司令，如今官拜中將，甚爲當局所器重。

維他命G一向消息靈通，尤其對於女同學的消息更探訪得迅速而翔實。打聽女同學的新聞，已成了他一種嗜好，不過他只喜歡打聽和報導，自己卻不參加「追求」的行列。他在女同學圈中人緣頗好，因爲他談吐幽默，並且誠實不欺。他是男女宿舍的消息傳達者，却從來不揑造假新聞，他對每個女同學都服務週到，但對每個女同學都無野心。他在男同學面前有一句口頭禪：

『老兄，看你近來營養不太好，缺少Vitamin G呀！』

甚麼是Vitamin G呢？他馬上告訴你：

『是「Vitamin Girl」呀！男孩子一定需要Vitamin G，女孩子則需要Vitamin B, Vitamin Boy！』。

自此，維他命G之名大噪。

維他命G正好和我同一宿舍，幾乎每天熄燈前，我都能聽到他關於鄭美莊的動態報告：

『鄭美莊的皮鞋，最少有兩打，不但自己每天換，並且還借給或者乾脆送給不少女同學穿，披衣大仙、印度小白臉、丈母娘、緊急警報幾個妞兒這兩天都穿上了新鞋，那都是鄭美莊的呀！』

『鄭美莊每個星期六下午回重慶市區，都有一輛流線型汽車在校門口接，那比咱們校長大人的老爺車可漂亮多啦！』

『上星期鄭美莊請一些女同學進城吃飯，聽說吃的是海參、鮑魚席。』

『…………』

一般同學聽得津津有味，有人愁眉苦臉地說：『我的皮鞋已破了四個洞，可惜不能借鄭美莊的高跟來穿呢！』有人模仿京劇的道白說：『卑人學會了開汽車，給鄭美莊家做司機去者！』有人一本正經地說：『「合股公司」應該正式寫信給鄭美莊，要她請男同學們也吃一頓參鮑席……』

也有另一部分男同學，對於鄭美莊的觀感則甚為不佳，他們嗤之以鼻後，更咒罵出來：

『有甚麼不得了？軍閥的女兒！每隻高跟鞋上都有四川老百姓的血汗！』

立刻有人抗議：『別這麼大聲嚷呀，人家鄭總司令目前已經歸順中央，當軍閥的年代早過去了！』

『對，對，兵血喝飽了，人殺夠了，錢搞足了，地皮刮光了，最後來個歸順中央，照舊有官做，眞是天之驕子，時代寵兒……』

『父親是父親，女兒是女兒，鄭美莊並沒有做過軍閥呀！鄭美莊面孔漂亮，身材美好，風度高貴，儀態端莊，總之是旣「美」且「莊」！我們擁護鄭美莊，並不等於擁護鄭美莊的父親。如果要選校花，我們絕對先投鄭美莊一票……』

於是，同學中分成了兩派：一派擁鄭，一派反鄭。

我和最低領袖聽著兩派同學的爭論，不聲不響。熄燈號吹過，軍訓教官巡視一遭以後，大宿舍靜了下來。最低領袖輕輕問我：

『醒亞，你參加哪一派？擁鄭，還是反鄭？』

『旣不擁，也不反。』我笑笑說，『人家做人家的闊小姐，我們做我們的窮學生，有何相干？』

『對，你說得很對。看書時間都不夠，哪還有空閑去批判女人？不過，告訴你：我從內心裡厭惡軍閥，』最低領袖說，『這批傢伙混進三民主義的陣營來，早晚我們要吃大虧！因此，我對鄭美莊，便也先天地有幾分反感。』

……………

很快地，學期就要終了。大家準備期考，圖書館「生意」特別興旺，偷在飯廳開夜車，或在教室點蠟燭臨陣磨槍的人也不少。沒有人再提鄭美莊。

放了寒假，同學們相繼離校。少數在重慶沒有親屬的戰區同學，便成了幾個孤魂似地，在冷冽陰寒、空洞得可怕的大宿舍裡晃來晃去。去年是我第一次在這兒過這種淒慘的年，今年似乎已經習慣，又加上最低領袖路費不充裕，臨時決定不回貴州過年，我們便講好結伴同到重慶過除夕——吃點酒、看場話劇、或是電影。

維他命G離校前，鄭重宣告：

『鄭美莊已約好全體沒有家的女同學到她家裡過陰曆年，男同學願意去的，只要正式寫信向她「申請」，她也一律歡迎，已有十幾個男同學寫了信去，並且收到回信了，聽說，三十晚上，她還要舉行一個通宵舞會哩……』

我和最低領袖沒有興致給鄭美莊寫信，也沒有興致參加舞會。最低領袖說得好：

『日本飛機還是多來轟炸幾次吧，火藥味道也許把歌舞昇平的氣息沖淡一點！』

除夕夜，重慶街道上懸燈結彩，都郵街中央精神堡壘的四周，商店林立，大櫥窗裡擺滿以前由安南、香港或是最近由緬甸、印度運來的，各色各樣的奢侈品，每件東西的價格都高昂驚人。一些穿著粗布中山裝的公務員和窮學生們只能在櫥窗外瞟上幾眼，一些珠光寶氣的貴婦人則正在店鋪裡盡情地挑選……

『對於精神堡壘，這真是個諷刺。』我向最低領袖這麼說。

『哼，更諷刺的在這兒呀！』最低領袖用手指著街邊一家鞋店。

我看到櫥窗裡普通男皮鞋的定價已經漲到每雙二百元，一個月以前我也曾和最低領袖打從這兒過路，清楚地記得這種鞋子的價格只是一百二十元。

『你看到他們店門口的大紅紙上寫的對聯了嗎？』最低領袖繼續用手一指，『看哪，「自動平抑物價」「提高國民道德！」唉，讓我進去告訴他們老闆，他們應該改寫成「自動提高物價」「平抑國民道德」才對！』

若不是我趕忙拉一把，他當眞會憤憤地衝進去。

『算啦，最低領袖，他漲到一千塊一雙與我們何干？反正我們已下定決心把腳上這雙破皮鞋穿到大學畢業啦！』我拉住他往大小樑子一帶走去。

沿街仍舊都是繁華商店；一年多前的夏天在敵機日夜疲勞轟炸下，這一地段被炸得平平光光，這一帶的居民大多躲在附近同一個防空洞中，不幸那個大隧道發生窒息慘劇，一次竟死了一萬多人……那時，正是我和賀大哥初到重慶，幸而我們每次都是在牛滷沱躲警報，沒有被死神抓到。如今樓閣又從廢墟上建立起來；我一方面為「炸不倒的重慶」喝彩，一方面也為人類的善忘而悲哀——一些人早把國仇家恨忘卻腦後，在血腥未乾的所在，扮演著紙醉金迷歌舞昇平的醜劇……

想著想著，我倒抽了一口冷氣。最低領袖一聲不響，想他心情一定和我同樣沉重。

幸喜我們安排了一個看話劇的節目。那感人至深的四幕五場抗日劇本，與那優秀傑出的男女演員，令我們由衷的欽佩，我們心裡變得十分舒暢。

走出抗建堂，步行到七星崗，找到一家小酒店，以豆腐乾、花生米佐酒，我們吃了個痛快。

夜深三點從酒館出來，街上行人始終未斷，鞭炮聲仍在此起彼落，我們晃晃悠悠半醉半醒地走到上清寺，再走到李子壩、化龍橋、小龍坎，一直走到沙坪壩。中途口渴了，吃了兩次在路邊叫賣的「炒米糖開水」……進校門時，正好天亮。

兩人蒙頭痛睡，就這樣過了大年初一。

四十二

三十二年，春季始業後，因爲物價的壓迫，我必須半工半讀。

我開始擔任幫助系裡的助教整理繕寫講義的工作；另外，經大一時代的國文教授介紹，一家報館給了我一個特約記者的位置，按期寫些「沙坪風光」「大學動態」一類通訊寄去，可以換回一些稿費。

那位教授給我的鼓勵很大，他認爲我的國文基礎還相當不錯，幾次勸我轉到國文系。當時大家都一窩蜂地讀經濟、政治、化工、機械、外文等系；國文系成了大冷門，國文系的同學便少得出奇。我沒有轉系。不過我時常在課外寫一點短東西請那位教授給我修改，又時常在他指導下到圖書館借一些國學與近代文學的書籍閱讀。我寫的通訊刊出後，他又督促我練習寫一點較長的文章投出去，雖被退稿數次，也偶爾有刊出的時候。

一連兩次大的集會在沙坪壩舉行：一次是萬人大合唱，一次是民族掃墓節擴大追悼陣亡將士死難同胞大會。

我用心地寫了兩篇描述這兩回集會的報導，報館來信講我很有進步。自此，特約記者的「飯碗」鞏固下來，一直到我讀畢大學未遭辭退。

由於兼了整理繕寫講義與寫通訊稿這兩份差，我變得非常忙碌。稍有空閑，便和最低領袖跑到圖書館看書，最低領袖發奮立志背英文字典，硬拉上我做伴，事後我雖半途而廢，在最初兩個月，我倒也曾「奉陪」得很忠實。

因此，在這半年內，我既無談戀愛的「志趣」，更無談戀愛的空閑。甚至連聽維他命G報告女同學新聞的時間都沒有。我擔任特約記者的那家報紙，一向態度嚴肅，大學裡女同學花絮點滴一類文字，他們是從不刊登的；否則我倒要每天拉住維他命G找資料了。

一天，維他命G又在講述鄭美莊的近事，我因有事正忙著要走，他一把抓住我的肩頭：

『喂，別走，裡面還有你閣下哩！』

『鄙人？』我驚奇地。

『聽我講呀，』維他命G彷照說評書的神氣說下去，『話說自本年度春季攻勢展開以後，追求鄭美莊的同學紛紛相繼敗下陣來，只有兩位稍獲青睞的男同學尚可偶爾伴護鄭美莊在沙坪壩街上，或是在鄰近嘉陵江的那條「情人路」上談談，走走。那兩個小伙子，人蠻漂亮，西服畢挺，只是兩人都打赤腳、穿草鞋，地道的川省人標記！人家鄭小姐大概是「利權不外溢吧」？然而同鄉雖近，也不能共一位女友，因此就在昨天，那兩位四川同學爲了鄭美莊，醋海生波，大打出手，並且還約定在嘉陵江邊用手鎗決鬥……』

『說了半天，與我何干？我根本不認識那兩位同學，就連鄭美莊我也從未多看她幾眼！』我打斷了維他命G的講述，我說的俱是老實話。

『聽我講訝，』維他命G把頭一斜，接著說，『其中一位男同學知道你去年打靶三鎗擊中三十六環的光榮紀錄，他便對他那個情敵說：「哼，我才不怕你個龜兒，你又不是神槍手張醒亞！」』

『啊，原來這樣把我扯上的，』我說，『倒要謝謝他的嘉勉！』

『後來怎麼樣？誰把誰打死啦？』聽新聞的同學們等不及地追問。

『哼，』維他命G不慌不忙地，『後來啦。鄭美莊知道了，把他倆叫來痛罵了一頓，她說果眞決鬥，則被打死的活該，打死人的抵命，一律與她無涉，因爲兩個人她根本誰都不愛！許多女同學都看到鄭美莊「訓話」的神氣了，那一幕就在女生宿舍門口「舉行」的，他們說平常鄭美莊嬌里嬌氣的，綳起臉來倒是威風凜凜，大概在家中看慣了父親訓斥部下的姿態，便照樣學了來。最後才有趣哩：叫丈母娘的那位女同學動了惻隱之心，向鄭美莊講情，直說：「他們兩位都是爲了要跟妳好，別對人家這麼厲害吧！」於是，鄭美莊命令那兩個男同學握手講和，一面說：「爲愛情決鬥殺人的時代早已過去；你們應該在對女孩子的忠實、誠懇、服務上競爭，才是正途。你們誰更聽話，誰更馴良，我才會考慮跟誰更好……」兩位男士唯命是從，居然友好地互摟著肩膀走了。鄭美莊笑得半天直不起腰來，在披衣大仙、印度小白臉、丈母娘、一大堆女同學宮娥彩女般地前護後擁下，駕返宿舍，倒眞像個皇后……』

半年內，我僅聽到了上面這一段關於鄭美莊的新聞；除此之外，鄭美莊又做了些甚麼，我就一概不知了。我和她很少碰頭，碰頭時從未正面仔細端詳過，因而和她同學一年之後，我實在還不太清楚鄭美莊的眉、眼、嘴、鼻、究竟長得甚麼樣子？

這一次，我終於看清楚了——是三十二年度秋季始業時，我開始做了大三學生，鄭美莊做了大二學生，在一個選課的佈告牌前，我遇見了她。先前我只看到了她的背影——她的背影我倒是已經能夠識出來的，她正和一位女同學在那兒選課，突然她像自言自語又像給身旁那位女同學聽似地叫出來：

『「韓文」？中國可太慘了，受日本人的氣還不夠，怎麼連高麗國的韓文也要我們念呢？』

我噗嗤一下子笑出聲來。立刻我發覺笑得太響，頗爲失禮；可是已經無法收回。鄭美莊馬上扭過頭來：

『咦？你笑甚麼？』一張嚴重抗議的臉。

『沒有，沒有甚麼，』我支吾地，『不過偶爾想起了一件好玩的事。』

『騙鬼！』她把嘴一凸，眼睛一瞪，『要誠實些嘛，張醒亞同學！』

『咦，鄭小姐怎麼知道我的名字？』

『咦，那你怎麼知道我是鄭小姐？都是老同學啦，更不能哄人哪！』

『好，讓我告訴你，』我輕輕地說，『「韓文」是指的那位文起八代之衰的韓愈的文章，並不是韓國文。』

『喔——』立刻，她臉紅了，適才的慍怒也消失了。她很不好意思地笑了笑，笑的時候，兩隻眼睛彎彎地瞇縫在一起。我想起以前男同學們對於她的笑，曾留下過「特別甜美」的評語，倒有幾分眞實。我這才第一次注視她的面龐：她有一張瓜子臉，皮膚有一點黑，可是黑得有一層淡淡的潤澤的光彩，眉毛細細的很秀氣，眼睛亮晶晶的，嫌小一點，然而小得不難看，鼻子也有一點低，不過還很周正，並且給人一種玲瓏的感覺，嘴不大，薄薄的，應該是屬於會說話的「四川嘴」。奇怪，如果把她的眼睛、鼻子、嘴、單獨分開來看，無一特殊美麗；然而安排在一起，卻令人看了相當舒坦。尤其她眉宇間有著一種嬌貴的，安適的，樂天的，無憂無慮的神韻；在這多苦多難的時代，那一種從不知苦難爲何物的神韻，令人感到難得而珍貴。

『韓愈呀，我早知道的呀，』啞了半天的她，突然衝著我叫了出來，『他是唐宋八大家之一呀！』我還沒有答腔，她竟又連串背起八大家的姓名來了：

『喂，八大家是韓愈、柳宗元、歐陽修、蘇軾、蘇轍、蘇洵、曾鞏、王安石。你看我還能及格吧？』

顯然，她想用這點國學常識，在我面前挽回她誤把韓文當做韓國文的「聲譽」損失。

這時，我們已並肩走出一小段路。她身邊的那位女同學，留在選課的地方，沒有跟我們一塊走過來。我實在已經找不出話題來和她攀談，這眞是我的「不幸」——面對著女孩子，尤其是還不太熟的女孩子，我只有臉紅與木訥。

『喂，告訴你，我不但知道你大名，還知道你是神槍手，還知道你是運動健將，還知道你立誓決不在大學四年內交女朋友……』

她這麼一說，我只有更臉紅更木訥了。

『去年我一考進學校，便聽不少女同學談起你來，你在我們女生宿舍巒出風頭呀！』她接著說。

『出風頭？』我愕然地說，『我連一位女同學都不認識。今天是我入學兩年後第一次單獨和女同學談話。』

『唉喲，那我要道謝啦！你可曉得，已往你越不跟女同學談話，女同學便越對你有神秘感，與好感。這也是一般女孩子的通病，我也是這樣啊！』

我手足無措地，眞不知說甚麼好。

『聽說，你是跟最低領袖同時發誓不在大學內交女朋友，是嗎？』她問。

『是的。』

『你跟他不應該「併案辦理」，他又矮又瘦，誰會喜歡他？』

『不，他人很好，學問又好。』我馬上說。

『我倒沒有領教過他的學問，他和你同系？』

我點點頭。

『你們讀政治系的都是高材生；不像我，從小不肯讀書，長大了只好讀沒有人讀的國文系。我投考時所塡寫的第一志願也是政治系，第二志願是經濟系，第三志願才是國文系。結果，學校太「重視」我的「第三志願」了……』她說到這兒，我們同時笑了出來。

我沒有想錯，她確是很會講話。

『喂，我倒忘了問你，你和最低領袖爲甚麼不在大學裡交女朋友？女同學跟你們有仇哇？』

這可更把我窘住了，我無法回答這個問題，只有報之以苦笑。

上課號響了。她向我一點頭，半命令的口吻：

『有空到宿舍來看我，要跟你研究一下「韓文」呀。』

這樣，我和鄭美莊開始正式相識。

四十三

我並沒有遵照鄭美莊的囑告，到女生宿舍去找她。我從未「閒來無事找女同學談談玩玩」，何況，我又不「閒」。

一天晚上，我正和最低領袖在圖書館看書，突然四週的同學低叫出來：

『咦？眞是破天荒頭一遭，鄭美莊居然也進圖書館大門啦！』

我抬頭一看，原來眞是鄭美莊婀娜多姿地走來了。

大家似乎都把眼光集中在她身上，她那高跟鞋碰在地板上淸脆的響聲，使一直寂靜得鴉雀無聲的大圖書館，開始了小小的騷動。鄭美莊走到我的附近，跟我打招呼，我以爲她是從我身邊過路，到圖書管理員那裡去借書的；沒想到，她停下來，正停在我面前。

『好久沒見啊，你好不好？』她對我說。

『謝謝你，你好？』我答著。

她拉過一張凳子坐在我身邊，輕輕地說：

『我想請你幫忙我做一件事，肯答應嗎？』

我一時無法回答，我猜不出她突如其來會要我爲她做些甚麼？我可能面有難色了。

『沒得啥子了不起的事，何必郎個焦眉愁眼吶？』她有些不高興地把嘴一撇，可是又立刻笑了出來，『對不起呀，我一著急四川腔就全部出籠了。讓我用國語說啊：我只是想請你幫我寫兩篇東西：一篇是「中國之命運」的讀後心得，規定最少要三千字，我自己寫了好幾天了，寫來寫去無論如何寫不夠五百字；一篇是孔子、老子、墨子、孟子、荀子、韓非子，還有其他甚麼「子」甚麼「子」……隨便任何一個「子」的思想研究，規定最少五千字，這更要命，我們這些老祖宗眞會跟後人開玩笑哇，當初少發表些高見不好嗎，免得今天害我們費這麼多時間去研究他們的思想……』

她說的聲音很低，我身後的最低領袖卻已聽見，還沒等我答話，他倒先開腔了：

『醒亞，這種幫人作弊的事絕不能答應呀！』

『咦？干你甚麼事？』鄭美莊把臉一繃，那神色可不太好看，『我請張醒亞同學代寫，又沒有請你，這又不是考試作弊「遞小抄」「打Pass」，再說他寫了，我也並不是一字不改地照抄，只是和他在一起研究研究研究學問呀！』她說得振振有詞，倒把最低領袖說得笑起來：

『好，好，好厲害的嘴巴，算我沒理！』

我怕他倆再吵，連忙說：

『誰也別再講了，讓我給你們介紹一下。』

『還用介紹呀？我早知道這位大名鼎鼎的最低領袖啦！』鄭美莊用眼角瞟一下最低領袖。

『久仰久仰，我更久仰你鄭美莊小姐啊，不倒翁鄭總司令鄭中將的千金！』

『怎麼?我父親得罪你啦?』鄭美莊似乎聽出最低領袖口吻中含有諷刺的味道，剛剛輕鬆下來的臉，又凝重起來。

我怕這局面越弄越僵，趕忙接說:

『叫別的同學們聽到了，多不好意思!喂，喂，「暫停」好吧?』

最低領袖和鄭美莊不再爭論了;可是兩個人都氣得把嘴撇得好難看。我先向最低領袖說:

『最低領袖這麼愛生氣呀?宰相肚裡能撐船，當領袖肚裡能跑航空母艦才行呀!』

最低領袖笑了。

鄭美莊也笑了，緊接著，她目不轉睛地盯住我:

『那麼就請答應幫我寫吧，多謝多謝!眞是感激萬分，感激不盡……』

我尙未答話，她又繼續不停地說:

『感激萬分，感激不盡……』

似是無奈地，我點下頭:

『好吧，我試試寫寫看——』這話一出口，我當即感到答應得冒失，而有悔意;但已難收回。

「中國之命運」我已熟讀，事後抽出了三小時的時間便把鄭美莊所要的「讀後心得」寫完。

對於諸子百家，我只懂一點皮毛，不能立刻交卷，經過一個月之後，方始寫畢。我選擇了「墨子」，我甚爲敬仰墨子「兼愛」、「非攻」、「節用」的思想，這也許由於我自己的遭遇與處境所使然。我希望人類能夠相愛，因爲我領受過戰爭的殘酷，我希望大家能刻苦節儉，因爲我看不慣有些人在這苦難的時代過奢侈靡爛的生活。我在圖書館借了好幾種有關墨子的參考書，讀後自己也獲益良多。我想，鄭美莊如果能把我寫的一點淺見看幾遍，也會對她有益，墨子崇尙節儉的精神或許能對她的「貴族思想」有所影響。因此，我覺得自己當初答應代寫這一篇「墨子思想研究」，對人對己倒均不失爲一件有意義的事。

有時候我在圖書館寫這篇東西，鄭美莊便陪我在一邊看看畫報，或是小說。有時候鄭美莊說我寫得太累了，堅要請我到沙坪壩街上吃頓豐富的晚餐。我卻她不過，便去吃了一次。她叫了太多好吃的菜，卻還一勁兒地嫌廚子燒得沒味道。她把么師老實不客氣地申斥了一頓，罵他們這個菜擺了過多的鹽，那個菜擺了太少的糖，再不就是辣椒沒有放夠，肉片切得太厚……她不吃的東西很多，像芹菜、葱花、蒜、香菜……她一看到就生氣；然而，事前她並未關照么師一聲「免放」，結果菜端上來了，她一眼便發現到那些素來被她深深厭惡的東西，立刻忍不住地暴躁地叫起來。幸好，那些東西我一律能吃，並且愛吃，這樣，她對么師的火氣才稍稍減去。么師被她罵得莫名其妙；可是，都不敢回她一句，因爲他們的老板已經一再親自出場拱揖道歉——老板的肚裡一定有數：這位小姐是個「氣魄大」的好主顧，兩個人吃飯竟要了十個人也吃不完的菜。他們挨罵的代價頗高，臨行鄭美莊給他們五元小費，當我跨出飯館門口時，我才淸楚想起，她擲出的那張五元票是「關金票」，五元關金折合法幣是一百元。

回校途中鄭美莊直向我抱歉，她說今天沒吃好，要改天請我到重慶市區或是到她家裡嚐嚐幾道名菜。

「打牙祭」，我一向不反對，可是過火地大吃大喝，實在不爲我所喜。「前方吃苦，後方苦吃！」「前方吃緊，後方緊吃！」幾個觸目驚心的大字，方才已經向我的腦子裡頂撞。我直想告訴鄭美莊此時此地我們不要過於享受，才心安理得，可是，想到我們的友誼尙淺，只好婉轉地說了一句：『我們這兩天正加緊研究墨子，應該效法他的節用啊，否則，多對不起墨翟老夫子呢！』

『是呀，政府也在天天喊節約，不過，我是已經節到不能再節了，』鄭美莊一本正經地對我說，『自從香港和重慶不通飛機以後，我的衣、食、住、行四大人生需要，其中兩大需要便遭到嚴重阻礙：我平日最愛吃的大蝦、螃蟹、香蕉，從此再不能來了，我平日最愛穿的一些衣服料、襪子、皮鞋也從此再不能來了，想不節約也不行哪！好在住、行兩大需要尙未受到影響。啊，張同學，找一天到我家去耍，好嗎？看看我家的房子，很不小喲，防空洞尤其修得好，有警報時，可以在裡面開亮電燈打麻將、鬥紙牌、吃點心，眞安逸，我還可以帶你到南岸黃山我家的別墅玩，坐滑桿去，坐我家特備的那一種紅豆木做的「拱干干轎子」……』

她一向說話很快，這次還沒等我插話，她又接著說下去：

『忘了告訴你一件新聞，剛才我不是說香港重慶間的飛機不通了嗎？跑滇緬路的司機在時勢造英雄下可就都成了財主，不久以前我們一位女同學經人介紹，認識了一位少將和一個司機，她選擇了半天，結果決定嫁了司機。另一位女同學由於長輩熱心安排做媒，要她嫁給我們鄰校一位教授，你猜她怎麼回應？她說她實在十分敬仰那教授的學問，可是她已經回拒過兩個司機的求婚，這足以說明她目前尙無嫁人的意圖，否則怎會放過那兩次好機會？』

我噗哧一聲笑了出來。

『好笑吧？我也覺得她們太可笑了！』鄭美莊說，『一個女孩子嫁人絕不能為了貪圖人家的錢財呀！』

『對，我也一直這麼認為。』

『譬如我，』她猛一停，然後說，『我不想結婚；不過萬一要結婚時，我要選擇一位窮而可愛的人……』

我們又海闊天空地漫談了一陣子，最後她問了我的家世、志願與嗜好。她十分同情我自幼失掉父母的悲慘命運，她一連說了七、八遍：

『好可憐呀！好可憐呀！』接著，她又說：

『我簡直無法想像你是怎麼生活過來的？如果是我，一天沒有爸媽的日子也受不了呢！你不知道我爸媽多麼愛我，尤其是爸爸，他從沒有打過我一下，罵過我一回，或者拒絕過我一次要求，我向他發脾氣，他便向我賠禮，以前媽時常說全四川的人都怕爸爸，爸爸卻怕女兒……』

談到嗜好，她問我：

『跳舞？』

我搖頭。

『打牌？』

我搖頭。

『吃酒?抽煙?』

我搖頭。

『電影?戲劇?』

『比較愛好。』我第一次點點頭。

『看書?田徑賽?』

我再點點頭。

『還有打槍?』

『不，』我回答，『我並不喜愛打槍，因為我不喜歡戰爭。』

『怎麼?你反戰?』

『不是。我們這次對日抗戰一點也沒有錯，因為不抗日我們整個民族便無法生存;可是戰爭的本質太殘酷，我希望這次打退日本以後，中國和全世界都不要再發生戰爭，戰爭是人類所做出的最愚昧最野蠻的事……』

『唉喲喲，沒想到你還是個思想家?』

『謝謝你的加冕。我的志願就是終生做一個「和平鼓吹者」與「自由民主政治鼓吹者」，我讀了快三年政治學系，我已懂得一些道理，我衷心擁護民主政治，我認為老百姓可以用選票決定政府官員的去留，決定政黨的上臺下臺，可以用正當輿論左右國策與政府施政方針，是人間最新，最進步，最合理，也是唯一無二最美好的政治制度，更僅有在這種政治制度下，人類才能放棄戰爭……』

我想鄭美莊一定會對我這番話感到枯燥乏味，可是她卻連連地點著頭：

『我很少聽人向我講說這些事，你講得有學問，硬是要得！』

我一直伴送她回到女生宿舍。

四十四

同學間漸漸傳出來我和鄭美莊「要好」的新聞。維他命G歡蹦亂跳地叫個不停：

『這眞是出人意外的新聞，應該發行「號外」！鄭美莊如果當眞愛上張醒亞，倒是給咱們外省同學與貧寒同學出了口氣！』

最低領袖對於鄭美莊的印象惡劣如初，他每天在我床下叨叨著：

『同學四年之內不交女友的諾言，你可要背棄了；不過除了鄭美莊，你和誰「交朋友」我都不反對，單單是鄭美莊，唉，不倒翁總司令的女兒……』

我一方面向同學們否認我和鄭美莊有「不平凡的友誼」——這是事實；一方面自己確也曾思慮過一番：目前，我不需要戀愛；即使戀愛，也不需要一位鄭美莊這樣的嬌貴小姐。我一向相當尊重女性，對於捕風捉影地亂講某某小姐愛上某某男士的「馬路新聞」素來十分厭惡。我不願鄭美莊爲我受到任何流言的傷害，我決定在和她走向更深的感情的道路上，懸起止步的「紅燈」。

我再沒有到女生宿舍去找過她。「墨子思想研究」寫畢，交給她後，我辭拒了她邀我進城玩一天的建議。

『我從來沒有像這樣受過男同學的「方」！』她頗不開心地對我說。她不高興或發脾氣的時候便會順口溜出四川土話。「受過男同學的方」，這句話我能懂得，「方」的意思是指碰了釘子。

我一面道歉，一面推說最近實在太忙，希望放暑假後能有去她家拜訪的機會。

她把嘴一撇：

『那麼，這篇「墨子研究」我不能收啦；要收，你就得接受我的答謝——請你到我家吃飯，然後到南岸黃山玩，到南溫泉也可以，我跟爸說了好幾次了，他說可以派一個副官陪我們去，照料我們……』

『不，我若一定要你答謝才替你寫「墨子研究」，那豈不太無意義了嗎？』我這樣回答她，她無話可說，悻悻而去。

幾天以後，我們在課堂附近碰面，她笑瞇瞇地告訴我：

『「墨子研究」全部抄完了。』

『有沒有看不清的地方？我寫得夠亂吧？』

『完全看得清，你看抄得好不好？』

咦？她竟能寫得如此一手工整的毛筆小楷！我一面欣賞她的書法，一面暗喜她親自如此細心地抄寫一遍，我當初希望墨子思想能給她若干影響的心願，多少或會發生了作用。可是，她突然說了出來：

『小楷寫得很好吧？爸爸的一位劉秘書替我抄寫的！』

我幾乎打了個寒噤。我很懊喪。

我對鄭美莊開始失望。可是，我馬上自問，我爲甚麼要對她失望呢？對於一個自己從未深切關懷與期待的人，有何失望可言呢？

難道我關懷她嗎？難道我曾對她期待過甚麼嗎？

這眞是不可思議的事。我像失戀一般地走開，步子是那麼沉重，心情又那麼空虛。我並不曾和鄭美莊戀愛；然而，我一時無法排除那一種古怪的「失戀」的情緒。

自此，我很少和鄭美莊講話，碰面時淡淡地打個招呼，便迅速跑開。同學間的反應很銳敏，異口同聲地說：

『鄭美莊和張醒亞之間，確僅是普通同學關係而已。』

也有人說我釣金龜釣失敗了，或是諷刺我想扮演「花園贈金」裡的薛平貴，可惜遇到的卻不是王寶釧……維他命G又有消息：他看到鄭美莊在「Romance Road」上，挽住一位男同學漫步……

我全不在意聽到的這些話。冷靜想想：我實在並沒有愛過鄭美莊。

學期中間，學校舉辦運動會。去年因故運動會未能舉行，今年同學們便個個摩拳擦掌，苦苦鍛鍊，準備一顯身手。不少同學以我爲競爭的對象，他們揚言要以新的紀錄一雪兩年前敗在我手下的「國恥」！

最低領袖和維他命G因爲和我同班同系，便特別爲我加油打氣，維他命G更自告奮勇地出任「啦啦隊長」，當我一下場，他便領著我們系裡的同學大吼大叫：

『哧崩扒！

哧崩扒！

張醒亞，

Ra－Ra－Ra－』

我因爲兩年來從未中斷練習，四百公尺、八百公尺，和中欄三項仍舊得以保持了冠軍，成績較大一時代更稍有進步。在競爭最激烈的四百公尺中欄決賽獲勝下來時，我被維他命G爲首的一群同學包圍起來，這個和我握手，那個拉我膀子，有的模仿西洋禮俗抓起我手背就吻，有的歡快得瘋狂般地將我擁抱，或是用力地搥打我的肩頭和胸脯……突然維他命G叫起來：

『讓開讓開，國文系的女大使來送賀禮了，文法學院原不應該分家呀！應該如此敦睦邦交才對！』

原來是鄭美莊來了，兩名校役跟在她後面，抬著兩大筐黃澄澄肥實實的廣柑。

她向我握手道賀，連說：

『我和許多同學打賭，我說你一定能得第一，她們說不一定，於是她們說如果我賭輸了我便輸兩筐廣柑給她們吃，如果我賭贏了我便買兩筐廣柑請客，反正兩筐廣柑我是買定啦！可是，天曉得，我是一百二十個希望我賭贏呀！』

大家人手一個，早已紛紛剝開廣柑，興高采烈地大嚼特嚼。男女同學越聚越多，幾乎各院系都有人來了，鄭美莊宣佈：供大家吃個夠！她命令校役把福利社的廣柑存貨一齊拉光送來，然後，她輕輕地在我耳邊說：

『懂嗎？這是因爲你呀，因爲要慶祝你的勝利！』

『謝謝你，謝謝你。』我頗爲激動地低聲回答她。

『美莊，只請廣柑不行，要請吃糖！』一個女同學猛古丁地叫出來，我認識她，她就是那以脾氣好出名的「丈母娘」。

『對，丈母娘說得對！鄭美莊得請我們吃糖！莫緊「做過場」喲！』大夥兒爭先恐後地跟著嚷。

我被男同學們抬了起來，維他命G扮個鬼臉，用四川腔吆喝著：

『張醒亞，格老子好安逸喲！安得兒逸喲！』

自從這次在運動場旁，經過同學們的「起鬨」，我和鄭美莊在「空氣」中儼然成了「好友」；然而，實際上我已再度想過，我不能熄掉爲自己燃亮的那盞感情道路上的「紅燈」，儘管對於鄭美莊的一片好意，我衷心感激。

維他命G一天告訴我說：

『鄭美莊確實很喜歡你，前些日子據說因爲你對她不太親近，她便故意挽著一個她不並喜歡的男同學在「Romance Road」上蕩來蕩去，希望能刺激你一下，要你對那男同學嫉妒，然後你便會去對她表示好……』

『維他命G，你一向不造謠，剛才說的這一段，一聽就是杜撰的。你怎麼知道鄭美莊的這種心計呢？』我不信地反問他。

『句句實言，全是丈母娘告訴我的！鄭美莊那幾天對丈母娘說她那種企圖刺激你的方法未能生效，她很失望也很生氣；可是，她又說她只相信世界上會有太多的男孩子喜歡她而不爲她所喜，絕不相信會有任何一個男孩子爲她所喜而竟不喜歡她！看情形，她是下了決心啦，她非要捉住你不可！這次在運動場上擴大贈送廣柑的一幕，不就是她改變側面進擊，從事正面戰術的表現嗎？醒亞，你老實說一句，你到底喜歡不喜歡她？』

還沒等我回答，身邊的最低領袖替我做主說出來：

『維他命G，你趕快去告訴鄭美莊，張醒亞寧願意去愛「緊急警報」（夠醜的那位女同學），也不會去愛她。她有錢是吧？那都是他爸爸刮來的，他爸爸統治四川的時候，老百姓的田賦已經被迫交納到民國八十幾年啦，難道你們不知道嗎？』

『你這話，我可不能代你傳過去。我剛才忘了說啦，鄭美莊已經放出空氣，說最低領袖不知爲甚麼一開始就和她做對，並且有從中破壞她和張醒亞感情的嫌疑，又說她如果調查屬實，她要叫她爸爸派人打你黑槍哩！』維他命G對最低領袖這麼說。

『怎麼？光天化日之下，敢打黑槍！這已經不是他們軍閥割據的時代了！簡直是愚昧無知卑鄙可恥！』最低領袖憤怒地叫出來。

『最低領袖，』我說，『鄭美莊還不是說說好玩的，她眞的敢那麼做嗎？不要生眞氣嘛！』

『好呀，你倒替她辯護起來啦！』最低領袖不能體諒我的本意，竟和我幾乎翻臉，『好，你去愛她去，我怎麼管得著？我，我，不過因爲太愛護你，太敬重你，才認爲她不適宜做你的愛人！』

『一千個，一萬個不好，都是她那當軍閥的父親；與她自己何干呢？』我忍不住地，再辯駁一句。

『好，好，你認爲她好，儘管去向她求愛！求婚！頂好招贅！在四川做一輩子享福的姑老爺算啦……』最低領袖氣得滿臉紫紫的，活像個茄子。

我們不歡而散。

不過，我嚴肅地告訴了維他命G，剛才這一場爭吵，可千萬不能轉告鄭美莊，因爲白白增加鄭美莊和最低領袖之間的相互反感，那是毫無意義的事。

最低領袖一連好幾天不理我。我也上來「彆拗勁兒」，不跟我講話，我也裝啞巴。

就在這幾天，學校裡發生了一件嚴重的大事：

同學自治會醞釀著全校罷課。第一個原因是爲了一部分同學不滿意去年政府解散了新四軍，由於共產黨一直不停地宣傳指稱那是政府破壞「抗日民族統一戰線」，因而，共產黨向政府提出一連串條件——要政府恢復新四軍，政府一直不肯答應。共產黨又再要求：准許中共部隊擴編爲五個軍十六個師，要政府承認中共在陝甘寧邊區及華北、華中、華南自行成立的「抗日政府」及其各項措施，要政府改組爲「聯合政府」，政府也是不肯答應。這些條件竟爲一部分同學認爲要求得很對，他們要公開表示支持這些條件，進而要示威遊行請政府接受這些條件。第二個原因是支援遠在貴州的浙江大學兩個被開除的煽動學潮的學生。第三個原因是本校一部分同學反對軍訓教官，一年級同學並且已實行軍訓罷課，實際幕後導演的卻是三年級的一個集團，為首的是擔任同學自治會主席綽號「笑面外交」的那個同學。

「笑面外交」在一年級時，即以和軍訓教官為難出名，然而對於同學，他卻一向擺著一張「永遠微笑」的面孔。他又會講話，又會表情，時常給同學服個小務，表現得熱心、能幹，因而當選了自治會主席。也有一小部分人認為他對同學們的親切有點虛假，便批評「笑面外交」的背後是「冷面陰謀」；不過，他很懂得拉攏群眾的手腕，以致對他有好感的人，比反對他的多。他和最低領袖一向保持友善，不過他和另一批人——像甚麼「萌牙壁報社」、「青春詩社」、「時事座談會」的同學，也很接近，而那些同學用當時的流行語來說，是頗為「左傾」的。

我們的學校當局一向開明，從未干涉過同學閱讀共產黨的書刊報章，而受那些讀物不停的宣傳，難免產生影響，再經人從中煽動，一向平靜的沙坪壩，竟面臨到暴風雨前夕，學潮即將就此掀起。

在同學自治會召開大會會場，提議罷課的一些同學分別講述了一段煽動性的「台詞」之後，最低領袖挺身出來，躍上了講臺。我已和他好些天「斷絕邦交」，但這時也不禁為他在心中喝一聲采——在這種「一面倒」的情勢下，他居然有勇氣上臺發表「反調」。果然，他將方才幾位同學所說的話一一加以駁斥；可惜他的口才實在不太高明，一著急，更有些可可巴巴，人又長得矮小，聲音也不夠洪亮，最要命的是他大談其理論，他引經據典的批判馬克斯、恩格斯、唯物辯證法的錯誤所在，然後又不憚其詳地講解三民主義的哲學基礎與偉大……一些同學聽得不耐煩，反對者又藉機跺腳拍倒掌，或是噓噓地「開汽水」……這時，「笑面外交」以一副「溫柔小生」的姿態走上臺去，打斷了最低領袖的講述，指責最低領袖大談理論浪費寶貴時間，然後他開始顯明露骨地支持罷課的意見，並且，他更火上加油地再多給國民政府加上幾條罪名。

我和鄭美莊並坐在臺下最後一排，一直在靜靜地聽，靜靜地看。她不斷地問我：

『「笑面外交」一夥兒到底講得對不對？』

我表面上沉默，內心裡實在已經一步一步地激動得不能忍受。我突然咬緊下唇，揑緊拳頭，猛地站起，奔向臺去。鄭美莊誤會我要去打「笑面外交」，追了我幾步，連喊：

『不許動武呀！不干我們事，我們走吧！』

我推開鄭美莊，三步兩步跳到臺上。

同學們中間立刻起了一陣騷動，他們從未看到我在這種場合「拋頭露面」，他們深知我對開會、演講，談論黨派，一直毫無興趣，他們曾一致批評過我是政治系中最不「政治」的人。

『諸位同學，我要求大家給我一點時間，把我自己親眼看到的中國共產黨的眞實面孔，赤赤裸裸誠誠實實地報告出來！』我這樣做了開始。

我向無面對大庭廣眾演講的習慣與訓練，我知道我不會有豐富的辭藻與美妙的手式；可是我一字一句都說的是來自肺腑的老實話，我越說越激動，眼看著臺下的聽眾由懷疑變爲信任，由冷淡變爲熱烈。顯然，他們的心弦已經被我打動——不，應該說是被鐵的事實所打動。

從離開天津到太行山參加國軍說起，我道出八路軍在太行山上如何禁止人民售糧給國軍，如何強迫人民獻糧，如何設卡抽稅，如何強徵救國捐、富戶捐、慰勞捐、特別捐，如何自行印製「邊區銀行」鈔票強行購物，如何稍不順心便把「漢奸」的帽子和刺刀一齊加諸人民頭上，如何跟我們辦理藏了一肚皮刀子的「笑面外交」，如何在我們對日軍、皇協軍艱苦作戰時，自背後發動五倍於我們的兵力來消滅我們，最後，我沉痛地講出來，我如何被八路軍擊傷，如何翻下山坡，如何被救到老百姓家，如何脫險過黃河，又講出來迄今我的右肩上還有一顆未曾取出的八路軍發射的子彈……

『我今天不講理論，』我大聲地說，『剛才，主席已經將一位平日對理論最有研究的同學批評得不值一文，儘管那位同學講解得十分正確。我只要說一說鐵一般的事實。在河北大平原上，許多忠勇抗日的部隊連續遭到八路軍的圍攻，一本血腥的賬目，清楚地記在我心裡，我馬上可以背出來：自二十七年年底起，八路軍在新河攻打河北民軍得心應手以後，二十八年一開始，劉伯承、賀龍、呂正操便合率三萬大軍在北馬莊張蹇寺圍攻河北民軍和四存中學的學生，死傷慘重，單單被俘的學生三百多人，被俘者都被指為有三民主義青年團團員的身分，竟被一律槍決！然後八路便乘勝追擊潰集在平漢路西的河北民軍，造成「贊皇事件」；然後又在邢臺、沙河、磁武，劫擊抗日國軍；然後又在武安解決第一戰區第二十一支隊李光部隊；然後又在隆平、堯山、束鹿、棗強，解決抗日的保安團隊……共產黨動不動就說國軍不抗日，請問當年在東北的抗日英雄趙侗全國皆知，年前他帶兵北上準備出山海關到東北打游擊，行至河北省石家莊附近，竟被八路軍伏擊殺害，趙侗就是我們人人敬愛的游擊隊之母趙老太太的兒子，共產黨硬說他們母子倆也是不抗日的，你們可有誰相信這種漫天大謊？新四軍在蘇北的所作所爲——襲擊國軍，企圖消滅江蘇省政府，正完全是八路軍在華北的翻版！』講到這，臺下響起了一片掌聲，我想，我已獲得了一部分同學的信任。我繼續說下去：

『剛才幾位同學提到不滿現實，對，青年人不滿現實是應該的。我在太行山當兵的艱險情況和大後方一部分人的享樂情況比照之下，眞可以說是「前方出生入死，後方醉生夢死！」這當然令人痛心！然而，無論如何醉生夢死的人究竟是少數，大多數同胞仍都正在過著臥薪嚐膽含辛茹苦的戰時生活！不幸近來一些純潔的同學們，受了野心家的煽惑，竟反對軍訓教官，罷軍訓的課，進而要全校罷課。諸位也許沒有在淪陷區嚐受過亡國奴生活的滋味，亡國奴的痛苦與恥辱諸位該想像得出，亡國奴的生活就是沒有自己國家軍隊保護自己人民的生活，今天我們有機會在祖國接受軍事預備教育，就是要每一位青年都能肩負起永遠不使我們的子孫再淪爲亡國奴的神聖責任！然而，竟有人卑視軍訓，破壞軍訓，請問這與「醉生夢死」有何不同？這是最可怕的一種醉生夢死！八路軍和新四軍在華北和蘇北，專門槍口對內，政府在忍無可忍之下，才決定解除新四軍番號，事實上，新四軍如今仍然在蘇北盤據，繼續擴軍，只不過軍長葉挺換成了陳毅。政府處理新四軍是一樁單純的制裁軍隊不守軍紀的事件，並不是因爲新四軍是共產黨的部隊，韓復榘（註）是

註：韓復榘久任山東省主席，抗戰初期，中央命其率軍守山東，卻擅自撤退，欲保存實力，被政府槍決。

國民黨員，並沒有稱兵作亂襲擊友軍，僅由於未能執行抗日命令，被槍決正法，是否也有哪位同學要站起來爲韓復榘打抱不平而指責政府？

『我做過抗日軍人，但是我從未加入任何政黨。我已經讀了三年政治系，我從書本與老師的講授中，從未發現任何一個民主國家能允許用武力盤據一片地方，便自行成立特殊化的政府，要中央政府承認的政黨存在。我們今天有報紙可以發表批評政府的文章，我們今天有參政會可以發表指責政府的言論，批評指責得再嚴格再厲害一點，我也贊成，因爲那是一個民主國家的人民應該盡的責任與應該享的權利，也是一個民主國家的執政者應該接受的建言與鞭策。如果嫌這個執政黨不好，不久憲法正式公佈後，我們可以各憑意志良心自由投票，用選票把我們喜愛的政黨選上臺去；捨此正途不用，而以欺騙、蠱惑、恐怖等等手段脅迫人民流血叛國，我誓死反對！任何一位信仰民主政治熱愛國家民族的人也必誓死反對！』這樣，我結束了我的講述。臺下掌聲如雷。最低領袖和鄭美莊同時興奮地跑上臺來，一人挽住我一隻臂，三人一塊兒走下了臺。

在掌聲趨於零落的一剎那，「笑面外交」重又躍上臺去：

『諸位同學，我承認張醒亞同學講得很動聽，可是我實在不敢相信他所說的全是事實，譬如剛才他說他的右肩上還存有一顆八路軍打他的子彈，這怎麼可能？一粒子彈在肉體裡三年多竟沒有事？我要求張同學請醫生當眾開刀取彈，如果眞能取出彈來，我便承認他所說的一切，絕不追究那子彈究竟是日本人打進去的，還是他自己因爲失戀或失意自殺而打進去的！如果根本沒有子彈取出來，就證明他是一個地地道道的吹牛者、大騙子。』

我立刻在臺下站起來：

『我完全接受主席的決定；不過我可以預先告訴主席，您的軍事常識與醫學常識實在貧乏得可憐。難怪您，您不曾當過兵。許多老兵的身上都有十年八年不曾取出的子彈，他們照樣活得生龍活虎一般，照樣在前方打敵人！』

『好，不要爭辯了，』「笑面外交」的少數嘍囉叫囂著，『最好今天就請校醫給張醒亞同學開刀，讓大家看個心明眼亮。』

『你肩膀上眞有子彈啊？』鄭美莊一把拉住我。

『我從不說謊，』我回答她，『我如果也說謊，便永遠沒有反對共產黨說謊的資格了。』

『開刀痛不痛？』她關心地瞅著我。

『怕甚麼？當初挨中子彈時也沒有感覺怎麼樣。』我微笑了一下。

『要得，英雄！』她笑瞇瞇地瞅著我，眼睛笑成兩道彎，散溢著溫柔的愛慕的光輝，然後她把雙手挽住我的右臂，把臉斜靠在我的肩頭，我發覺鄭美莊從來沒有像今天，像現在一刹那這麼好看過。我內心對她充滿感激，因爲她呼叫我爲英雄！天哪！這也許是男孩子的弱點，當他被女孩子歌頌爲英雄時，他怎能不全心喜悅而感激呢？

同學們蜂擁住我，找到校醫。校醫因爲設備不夠，由他介紹我到重慶一家著名的私人外科醫院去開刀。

醫生先透視了我的右肩，然後爲我注射了局部痲醉的針劑。愛克斯光片淸楚地顯現了子彈的部位，「笑面外交」居然還表示半信半疑。在大家的請求下，「笑面外交」和一名他的親信，最低領袖和美莊，四個人獲得特准，能夠在手術室內親睹我開刀過程，其他同學則在手術室外走廊上聽消息。

鄭美莊扭轉頭去，不敢看那刀、鉗、剪，在皮、肉、血管、纖維上動來動去的一幕。最低領袖站在一邊，不住地給我拭汗。

『最低領袖，子彈開出來沒？』鄭美莊隔一分鐘問一回。

最低領袖一變往日不屑跟鄭美莊說話的態度：

『莫要著急嘛，放心，一下就好啦！』他說得好輕，好和藹。過一會兒，他高興地低叫著：

『好了，好了，子彈就要夾出來啦！』

噹的一聲，取出的子彈被醫生丟到器皿中。

鄭美莊立刻回頭一望，欣慰地向我眨一下眼，再把頭扭回去。就在這時，「笑面外交」和他那一名親信悄悄地溜出了手術室。接著，外面起了一陣騷動，夾雜著爭吵與歡呼。

『現在開始縫線了！鄭同學，全部手術就要完了！』最低領袖說。

『謝謝你，謝謝你呀，最低領袖！』鄭美莊充滿友善的聲音。

最低領袖和鄭美莊給我的真摯關懷與照料，很使我感動，尤其使我欣慰的，是這倆人由於同有愛護我的心，而消除了彼此間的隔閡與厭惡。

住院數日，這倆人每天進城看我。最低領袖常是把嘴一咧：

『多虧鄭同學有自用汽車帶我來；否則，我還沒有辦法天天來看你一次呢！』

維他命G、丈母娘、一大堆男女同學搭鄭美莊的小汽車探視了我兩次，軍訓總教官和幾位教授也相繼代表學校當局來慰問我。

拆線，出院，回到學校，學潮早已平伏。

同學們開始給我和鄭美莊、最低領袖三個人，起了一個集體綽號——「反共三角聯盟」。他們這麼說：

『最低領袖因理論而反共，張醒亞因事實而反共，鄭美莊因張醒亞反共而反共！』

四十五

寒假很快地降臨了。最低領袖去年沒回貴州老家，今年決定要回家一趟。這個冬天特別冷，鄭美莊的母親要到昆明「避寒」，他父親正好也要去參加與他有八拜之交的一位雲南軍界著名人物的五十壽誕慶祝會，於是鄭美莊便被她雙親帶往昆明。行前，鄭美莊曾邀我同行，並說她的爸媽一定會答應。

我考慮再三，不能接受這一盛意的邀請。鄭美莊的邀請已屬唐突，我如承諾則更屬冒失；何況我和她爸媽尙無一面之識，要我夾在他們中間，去昆明和一些陌生的達官顯要酬酢周旋，對我豈不是一種苦刑？同時，我正在進行寒假期間的臨時工作，希望能由自己的勞力換取一些補助生活的費用。正好我擔任特約記者的那家報館需要一名短期的助理編輯兼校對，我被優先獲准錄用，自此，我得以親自進入報館學習一部分內勤工作。

報館內白天睡覺夜晚做事的生活，對我新鮮而有趣，我愉快而忙碌地過了這個寒假。新年期間，我用自己在報館領的薪水買了一幅「川緞」被面。這是一件可紀念的大事——因爲從那天起，我不再僅僅蓋著白白的棉絮睡覺。

三十三年度春季始業了。最低領袖和鄭美莊前後來學校註冊。寒假裡，我確實有些想念他們，無論如何，這二人已是我同學中的好友。

最低領袖給我帶來兩小瓶貴州名酒——茅台。鄭美莊送給我一盒普洱茶還有一支鑲有一小粒藍寶石的派克鋼筆：

『最新型的自來水筆呀，是剛剛由印度航空運到昆明的一批貨，重慶街上還沒有賣的呢！』

我認爲這種禮物太貴重了，我只願收下那盒雲南出產的名茶。

『已經電刻上你的名字了，』鄭美莊說，『就算我父親送給你的好了，老人家送的東西總不能拒收呀！對了，我父親說過好幾回了，他很希望見見你。』

我收下了那枝筆；可是，我一直沒有去拜見她父親。我似乎有意不願去見他。爲此，鄭美莊好幾回都對我不大開心；不過她倒沒有生眞氣，只是把嘴一撇，說一聲：

『哼！我家裡有老虎呀？還是有獅子？會吃掉你嗎？』

已是初夏，一個禮拜日的早晨，鄭美莊家的小汽車，把我們接到了重慶。她請我在廣東大酒家吃早點。

『我們吃完了，再回家。』她說，『爸媽他們起床起得晏，同時家裡的早點也沒有這兒做得又好吃，花樣又多。』

經過多日來，鄭美莊再三再四誠摯的邀約，十時左右，我終於來到觀音岩附近一片巍峨華麗的大宅邸——鄭公館。

汽車高傲地連響了幾下喇叭，大鐵門開了，車子駛進去，兩名守衛的武裝士兵，給汽車裡的鄭美莊行扶槍禮。鐵門內是一片樹木茂盛花草蕤葳的大花園，地勢逐漸向下傾斜，汽車在一條迤邐曲折的道路上，緩慢溜下，汽車路旁還有兩條石級路，幾個花匠、勤務兵正在那兒拾級而上。

『從大門走到我們正廳，有一百多級呢，』鄭美莊告訴我，『沒有車，我可跑不動。下面就全是平地了，我們的房子一共有十一個天井，佔的地皮可眞不小哩，從後門出去，就是棗子嵐椏了。』

車停在一座古老風味的門座前，一個勤務兵必恭必敬地拉開車門，鄭美莊和我走下來。猛不防，那勤務兵突然用大嗓門喝了聲：

『敬禮！』

我幾乎被嚇了一跳。鄭美莊笑嘻嘻地對我說：

『好滑稽哟！我從小聽到衛兵勤務兵們見到爸爸就這麼叫一聲，覺得很好耍，便要他們見到我也照樣這麼叫。這十幾年來，他們都一直這麼向我大叫著敬禮。』

她說得很得意；我卻很不以爲然。凡是穿上軍服的，不管是官是兵，都是代表國家的神聖軍人，怎麼可以這樣把自己的尊嚴放在一邊，而去滿足一個小姐顯示「威風」的心理呢？

正廳裡，彫樑畫棟氣象萬千，使我猛然想到久別的北平建築。廳中間放著一張大理石圓桌，精工雕琢過的圓櫈圍在圓桌四周，廳兩旁各擺著一排茶几和座椅，都是紫檀木鑲大理石的。正面是一長條亮得出奇的黑光漆條案，上面供著金碧輝煌的幾個牌位，中間是「天地君親師」，前面是「祖先」，左右兩邊是「川主」和「福祿財神」。牆上遍懸名人字畫，各式各樣的古玩放滿在兩個特製的大玻璃櫃櫥裡。

『請吃茶。』勤務兵在我面前立正，雙手捧上一隻細瓷的扣碗。

『謝謝你。』我正要接過來，鄭美莊一拉我：

『走吧，到後面去耍一下！』

這樣，我跟著她逛了七、八個天井，看了花廳、書房、大飯廳、會議廳、舞廳、鄭美莊的臥室，和後花園。我們沒有進入她父母居住的那個天井，她說他們十二時左右才會起床。

每個天井都佈置得整潔美觀。有的天井擺放著兩圈石櫈子，櫈上的花盆內栽著仙人掌、龍舌蘭、芙蓉、玫瑰、芭蘭、月季，以及一些說不出名字的奇花異卉。有的天井內擺放著大大小小的金魚缸，各式各色的金魚在裡面悠閒地游泳不止。後花園有幾座假仙，山腳有噴水池，另外還有一個大荷花池，含苞待放的蓮花與荷葉，在清澈的漣漪中，紅綠相映，閃動著多彩的倒影。在玲瓏的矮矮的白色欄干圍繞中，草坪油綠綠的像一張絨氈，在燦爛的陽光照耀下，反射出一種金黃的光芒。龍眼樹、板栗樹、林檎樹、橘柑樹、桂花樹，和修剪得整整齊齊的竹子，各自佔據了一個適當的角落，後牆上爬滿了嬌媚鮮麗的薔薇……重慶的任何一座公園和這兒一比，都遜色得太多了。我一方面嘆賞這兒的幽美，一方面也不禁覺得私人花園比國家的公園更好，這實在是椿不合理的事。

逛完後花園，鄭美莊帶我回到她的臥室。室內佈置全部歐化，一張西蒙絲輭床放在正中央，一邊是一套最新型的舒適的彈簧沙發，和一座鑲有落地穿衣鏡的衣櫥，一邊是一座豪華的大梳妝檯，上面擺著琳瑯滿目的化妝品——包括了各種深淺顏色的口紅、各種牌子的香水、蔻丹、脂粉、冷霜、雪花膏，以及長短的畫眉筆、摘眉夾、頭刷、梳子，和整套的修指甲的小刀、小剪、小鋸、小銼……

『好累喲，』鄭美莊把自己往床上一拋，順腳就把兩隻高跟鞋一踢，踢到門口外面去，恰巧有一個女傭人端著兩碗東西，向室內走來，兩隻鞋子正落到她的肚子上。

『唉喲，』女傭人叫出來，『小姐，白木耳蓮子湯要給你踢翻啦！』

鄭美莊向我擠一下眼：

『好耍喲，我每次回屋都喜歡這麼脫鞋吶！』

女傭人放下兩隻碗，然後俯身拾起鄭美莊的兩隻鞋，拉開一個矮櫥，放進去，又拿出一雙繡花拖鞋放在鄭美莊的床前。在她一拉一關矮櫥的時候，我看到裡面的鞋子起碼有二十多雙。

『楊嫂，我不愛吃白木耳，告訴你好多回，郎個老是記不到？』鄭美莊申斥著垂手恭立一邊的女傭。

『我眞該死，又忘啦，我馬上去給小姐換燕窩羹來。』楊嫂慌忙地退去，到了門口，又一探頭問我：

『你先生喜歡吃白木耳蓮子嗎？』

『謝謝你，我甚麼都吃。』我回答她。

『你不要對下人這麼客氣呀，』鄭美莊在床上，一扭頭，對我說，『勤務兵倒茶你也謝謝，女僕人端湯你也謝謝，要不得喲，他們會笑你的！』

我有點不高興，可是我沒有表示，在人家家裡我總不能隨便發作。我在大穿衣鏡前，瞄了瞄自己，我發現我很窘。

『要不要聽留聲機？』鄭美莊問我，『我還可以教你跳舞！』

『不要吧，我不喜歡學跳舞。』我說。

『那麼，聽聽平劇唱盤可好？』她指了指牆角一個玻璃櫃，『唱機和唱盤都在那裡面。』

『這倒是我眞喜歡的，已經很久沒有聽從小就愛的平劇了。好想聽呀！』我翻找一下，居然有余叔岩、王又宸、譚富英、馬連良……大名家的唱盤。播放時，我情不自禁地跟著小聲唱了不少句。

『咦？』鄭美莊驚叫一聲，『我還不知道，你會唱平劇哩！你爲何不參加學校的平劇社呀？好幾個來自北平的同學都會唱，一位也是來自北平的教授胡琴拉得特別好呢！』

『我小時候也學過拉胡琴，可是實在拉得很不好。』

『我們家有胡琴，我可以拿來，你自拉自唱一段，好嗎？』

『萬萬不可獻醜！』我立刻回答。我知道我的「琴藝」太不及格，絕對不能應命。

『其實，我也喜歡平劇，只是從來沒告訴你而已。我們家請有平劇老師，爸爸跟他學，我也學，而且青衣、老生都學過，可惜沒有恆心……』說著，鄭美莊找出來一兩張青衣唱盤，她都能跟隨著唱。

『我唱得如何？』她滿懷期待地問我。

我順口溜出：『很不錯呀！』天哪，原諒我，這是小小謊言，她唱得實在不夠好。她高興地說：『多謝捧場，敬請指教。』

我告訴她：我的姑父一度也曾經請過一位老師到家來教戲，表哥、表姊與我三個小把戲還都曾下過功夫「集體鑽研」，算是不無心得。美莊聽得津津有味，直說：

『如果當初我能跟你們一起長大，天天談戲、看戲、唱戲，可該有多好！將來，你可要帶我認識你表哥、表姊啊，我一定會愛他們！』

楊嫂送燕窩羹來了，順便告訴鄭美莊：

『總司令和太太都起來了，剛才問起小姐啦！』

『你吃完了，我們就去看望一下兩位老人家好吧？』我禮貌地對鄭美莊說。

『好，』鄭美莊喝了兩口，便丟下來，『走吧，就要開午飯啦，吃不下。』

在佈置得古色古香的廳房內，我初次拜會了名震遐邇的四川風雲人物鄭總司令和他的元配夫人——鄭美莊的生母。

鄭總司令給我的印象實在不能算壞，和我理想中的那種飛揚跋扈滿臉橫肉的軍閥典型完全不同，他只有一個中等偏瘦的身材，穿著一襲絲質長衫，頭上帶著一頂壓髮帽，鬢角已現灰色，舉止很瀟脫，講話也很文雅，不過，他的眼睛可太厲害，任誰一看，都能斷定那是一個極端精明而有特殊辦法的人物。

可是，在剎那間，他所給我的相當不壞的印象，全部粉碎了——我突然嗅到一種奇異的香味，我用力嗅了兩下，天哪，一點不含糊地，那是來自鄰室的一股鴉片煙的氣味。

我險些叫了起來。眞想不到在這神聖莊嚴的抗戰司令塔下，居然還有特權人物在吸食這種玩意兒！我想，我實在已經變得庸俗不堪了——我不是應該馬上跳起腳來離去嗎？然而我竟一聲不響，我已學會了圓滑與應付。可是，我難過！我痛心！在這兒，我感到難忍的壓迫與陰冷。

勤務兵來報告午飯準備好了。

午餐當然是一桌特別豐美的酒席；我卻實在吃得沒有味道。鄭美莊的父親和他幾位舊屬一面讚美一面大量地飲著託人剛從印度帶來的名貴洋酒。我想起了最低領袖以前所說的話：『哼，他統治四川的時候，老百姓的田賦已交納到民國八十幾年啦……』我覺得面前的酒、菜，都有一種令人厭惡的氣味，我覺得這座巨宅的一草一木都在低訴著四川人民的悲苦……

飯後，按照鄭美莊的既定計劃，到黃山去玩。

『以前我跟你說過的那種「拱干干轎子」，今天你可以坐啦，』鄭美莊對我說，『四個轎夫，一小時以前已經由望龍門過江到龍門浩等我們了。』

「拱干干轎子」實在比任何一種滑杆都舒服。前轎干極短，後轎干極長，質料全用的紅豆木。那轎夫們的技術也實在太好，走得又穩又快。鄭美莊告訴我：

『這種轎子在全重慶已沒有幾個了，這幾名專家轎夫，也都已成了寶貝貨，他們當年每人都經過師傅的嚴格訓練，都有每天抬轎一百華里山路，而手端著一碗水不能潑掉一滴的本領！』

那幾個轎夫每人帶著一頂平劇「白水灘」十一郎戴的寬邊大帽，身上穿著一種沿有紅邊的轎夫制服，一邊走，一邊唱個不停。

遇到路滑，前面的轎夫就唱：『把緊！』後面立刻接唱：『站穩！』

遇到路上有水，前面就唱：『天上明晃晃！』後面接唱：『地上水蕩蕩！』

遇到路上有樹枝，前面就唱：『天上一根虹（音醬）！』後面接唱：『地下一條棒！』

遇到路上有牛糞，前唱：『天上鷂子飛！』後唱：『地上牛屎堆！』

遇到路上有溝，前唱：『左手一個缺！』後唱：『新官把印接！』

上坡時，前唱：『撐高！』後唱：『四川英雄數馬超！』。下坡時，前唱：『二流坡！』後唱：『帶到梭！』

有人擋路，前唱：『天上一朵雲！』後唱：『地下一個人！』

有女人擋路，前唱：『左手一朵花！』後唱：『右手莫挨她！』

有狗擋路，前唱：『有蹄有咬！』後唱：『喚老闆娘拿繩子拴好！』

有豬擋路，前唱：『前頭一個毛拱地！』後唱：『打個連環高掛起！』

這幾個轎夫唱的腔調很滑稽，聲音很大，惹得路人都把目光投向我和鄭美莊的頭上。我怪難為情，更覺得這麼「威風」地遊覽山景，實在過於招搖。

我們遊了南山、文風塔、黃桷椏，然後沿著一條平坦的馬路，到達黃山。

黃山風景很美，古樹參天，在蜿蜒的山道上，自兩邊伸來的繁茂枝葉，交織成一片厚厚密密的綠色網蓋，太陽幾乎全部被隔絕在半空，走在路上，週身像突然跳進游泳池那麼涼爽輕快。偶爾陽光穿過細小的空隙直瀉到地上，儼若條條晶亮的金質長針。

我們步行走上黃山，轎夫留在山腳下了，是我提議要他們在那兒休息休息。鄭家的別墅就在半山腰，是一棟純西洋式的樓房。

『我的三個哥哥當初都很愛打網球、游泳。』鄭美莊帶我進入別墅，指著院內的一個網球場和游泳池說。

『現在他們在哪兒？』我問。

『一個死掉了，一個在川北帶兵，一個在重慶替爸爸經營錢莊。』

『你沒有姊妹嗎？』

『有，』她說，『不過不是我母親生的，爸爸的兩個姨太太每人都生了一個女兒。我討厭她們！』

原來這棟別墅目前正由鄭總司令的兩位如夫人居住。

進入房內，鄭美莊儼然仍以主人的姿態與口氣，指揮著別墅裡的勤務兵與女傭燒咖啡、做點心。一位鄭太太親自下樓相當客氣地招拂我們，另一位鄭太太正在樓上打牌，我們上樓後，她也很客氣地連說沒有下樓迎接我們甚爲抱歉。她們又堅留我和鄭美莊吃過晚飯再走，還說兩個小女兒很想念大姐姐（指鄭美莊），不巧今天進城看電影了，晚飯前一定可以趕回來。

我們本未預定在黃山吃晚餐，玩到四時多便下山來。若不是鄭美莊替那位鄭太太打了兩圈麻將，我們會更早離去。

『要我等那兩個小鬼回來？我才不要呢！』走出別墅，鄭美莊對我說，『姨太太生的沒得好貨！』

『不可以這樣講，』我馬上阻止她，『小孩子有甚麼過錯？錯在大人呀！』

『咦？你這位思想家的思想硬是與眾不同。』她笑一下。

『眞的，如果你不生氣的話，我還想說一句，你那兩位姨媽也沒有甚麼大錯，算起總賬來，錯得最多的是令尊呀。那兩個做姨太太的女人，不是太弱的弱者嗎？』

『誰要她們肯給人做小？不要臉！』

『她們不肯，還不照樣有別人肯！令尊那麼有勢力，敢說聲不肯的，恐怕也太少了。』

『哼，你看她們剛才對我們好客氣，便同情她們啦！是不是？哼，她們那也是「笑面外交」呀！』鄭美莊氣憤地說，『她們倆是聯合陣線，專門對付我媽媽……自從她們住在黃山，媽便不到黃山避暑了。媽一生氣決定每年改去昆明，昆明四季如春，可比這又好多啦。去年冬天我不是去了嗎，那兒夏天和冬天氣候差不多，多安逸呀！今年暑假我一定帶你去好不好？』

『我可沒有那種福氣呀，暑假我還要照舊到報館去擔任短期工作的！』

『眞煞風景，』她把嘴一撇，『你常喜歡這樣，在人家高高興興的時候澆冷水！』

『你是不是不願意和我在一道玩？講眞話！』她又追問了我一句。

『並不是——』我回答著，我還想繼續很溫和地告訴她，我非常感謝她今天帶我整日遊玩的盛意，只是她父親的影子一直籠罩著我的腦際，使我的情緒奇異地惡劣。然而，我不知道這番話該如何說出來。

『美莊，你的老太爺是不是最近身體欠安？有甚麼不舒服嗎？』鼓鼓勇氣，我這麼說。

『沒有呀，他近來身體很好啊。』

『那，怎麼他吃鴉片呢？』

我想，她也許會替她父親否認；她沒有。她回答得很誠實：

『爸爸吃了很多年了，媽也吃！』

『政府不是早就禁煙了嗎？』

『禁別人禁不了爸爸呀！誰敢管他呢？別說爸爸；媽媽也沒人敢管呀！她每年從昆明回來，都要帶回來最好的「雲土」哩！她就裝在餅乾盒子或是小皮箱裡，飛機場裡的檢查員一見是我媽媽，立刻說：「鄭總司令夫人來了，免檢查！」……』鄭美莊說得十分得意。

我幾乎叫出來：

『鄭總司令的千金，我們實在難以做更好的朋友了，我憎恨你的家庭！』

我的臉色一定很難看。可是，鄭美莊居然沒有發覺到，她仍高高興興地拉住我的手，搖擺得高高地，在綠蔭遮掩的山道上，蹦蹦跳跳地走。

在黃山腳下，我們重新各自坐上一抬滑干。一路我沒有講一句話。鄭美莊問我：

『你疲乏啦？怎麼話都累得講不出來啦！』

是的，我疲乏了。對於和如此一位貴族小姐中間的友情，我確是感到了幾分無力支撐。

第七章

四十六

暑假前夕，校內各省同鄉會聯合舉辦了「歡送畢業同學盛大晚會」，校長與多位教授也來參加，節目精彩繁多：獨唱、合唱、小提琴、鋼琴、古箏、踢踏舞、口技、奉天大鼓、秦腔、川戲、平劇清唱……平劇大受歡迎，由於操琴的那位教授當眞拉得一手好弦兒，唱的兩位同學調門高，聲音洪亮，顯然大賣力氣，只是偶爾出現荒腔走板狀況，令「琴師」皺了兩次眉頭，唱者似有領悟，唱完時直向老師抱歉，教授笑稱：『票友唱戲，都會鬧笑話，你們唱得已誠屬難得了！』

這時，突然有人提議：

『北方佬都會唱平劇，請張醒亞同學唱一段！』

鄭美莊猛古丁地站起來喊：

『你們說對啦！在我家我聽過他唱小生！』

懂戲的教授與同學立刻說：

『小生，好哇！唱轅門射戟呂布，黃鶴樓周瑜！』

『美莊，』我一本正經地問她，『你什麼時候聽過我唱小生？』

『糟糕，我沒有說清楚，』美莊向大家宣佈，『我是說：張醒亞曾在我家隨著留聲機小聲唱，方才我說成了唱小聲……他會很多老生戲。今天他可以唱大聲，大聲唱啦！』

掌聲四起，面對熱烈的鼓舞，我不好意思太使人掃興，便恭請那位教授爲我拉了一段「李陵碑」，太久不唱，我居然還記得全部唱詞。台下大吼大叫：『再來一個！安可！』我深深鞠躬答謝，又唱了一段「洪羊洞」。教授居然誇獎我是標準譚派，掌聲再起，我謙虛地說：『或許是嗓子裡有痰的「痰派」吧？』

讚譽聲此起彼落。美莊捉住我的手：

『曉得你會唱，卻不知道你竟然唱得這麼好！你怕我學嗎？一直深藏不露，好自私呀！你還會些什麼？今天統統招出來。』

我還沒有答話，美莊湊近我耳邊：

『我眞沒想到在大庭廣眾之下，你唱得這麼受人讚揚！唉喲喲，射擊！田徑賽！寫文章！講演！又加上唱平劇，快從實招來，你還會什麼？』

『謝謝你的誇獎。』

『眞是十項全能呀！』她做了個鬼臉，輕聲說，『我看，我看哪，你唯一不會的，就是談情說愛……』說罷，她噗哧一聲笑出來。

我一時不知如何回應，未多加思索，說了一句：

『我可以慢慢學。』

『夠幽默！』她連連大笑三聲，惹得同學們異口同聲問我們發生了什麼可笑的事。

自那天起，鄭美莊與我之間，多了一個兩人都喜歡的話題——談平劇。美莊一向喜歡「請客」。『我請客！』幾乎已是她的口頭禪，對一般同學如此，對我更不例外。我並不喜歡大吃大喝，卻樂於接受她請客看戲，好幾次她請我去觀賞當時享有盛名的「厲家班」與來自山東的「實驗劇院」的演出。最令我看得、聽得過癮的，是「厲家班」厲慧良的武生戲「挑滑車」，與「實驗劇院」院長王泊生演的關公戲。

多日來，顯然看得出鄭美莊心情愉快。快樂是有傳染性的，常跟鄭美莊在一起的同學們，似乎都感染到喜悅，老實說，也包括我在內。維他命G一勁兒地說：『鄭美莊這陣子天天眉開眼笑的，變得比以前更好看了。』又說：「丈母娘」竟告訴他：她與一些女同學都眞誠地祝福我和美莊，認爲我們是天作之合理想佳偶。最低領袖則一連跟我說了幾回：『我對鄭美莊的印象可確實改觀啦！自從那次在醫院手術室，看到了她那一臉焦急關心，又看到她眼眶裡滾出來淚珠，我完全承認了她是本質很好的女孩子……』

是的，鄭美莊本質原很善良，只因爲特殊家庭環境的嬌縱，使她的習性、觀念與我之間有著一大段差距。我時常默想她的好處，也感念她的好心；然而冷靜下來時，又會越想越覺得她和我很難成爲理想的一對。許多理由如此提醒我，最大的理由，卻是另外一個女人的影子仍盤據我心，不肯讓出空隙。

當我和鄭美莊一起高興地觀賞平劇或談論平劇時，心中便斷續浮現當年我拉胡琴，唐琪唱麻姑獻壽的情景……我盡力想排除那段記憶。對鄭美莊，我覺得有一份歉疚。

我也曾如此想：果眞唐琪始終眞摯愛我如初，我該爲她「守身如玉」，果眞唐琪爲我殉情而死，我該爲她「守節終生」；可是，她已經背棄我，她已經不愛我，她不但未死，且正在紙醉金迷的歡樂場中過活……想到這，我恨她，恨她入骨；然而，我很快地感覺出來，我所以恨她，還是由於愛她的心未曾全部冰冷；否則，對於一個絲毫不愛的人，又何恨之有？

我抱怨命運，我抱怨爲何不要唐琪和我在此時此刻此地開始相遇相愛！

當鄭美莊在我身邊的時候，我竟幾次險些叫出來：

『爲什麼你不是唐琪？爲什麼你不是唐琪？』

接著，我又想到：如果唐琪有鄭美莊千萬分之一的財富，也不會淪爲舞女歌女了，如果唐琪能在沙坪壩讀大學，她定是個備受師長與同學喜歡的好學生，她的美貌不知道該如何使同學們吃驚！她比鄭美莊好看得太多了，同學們會給她破例地打上「五百分」！她很能吃苦，她會和我一起勤奮讀書，儉樸度日，我倆會被人稱羨爲一對十全十美的理想愛人……如果，她願意做護士，重慶這兒有的是醫院，沙坪壩上就有好幾家，那樣，我們也可以快樂地生活在一起，我還可以介紹最低領袖、維他命G、鄭美莊、一大堆男女同學跟她認識，她一定會熱烈地拿他們當好朋友看待，尤其我更要她特別對鄭美莊好，要她愛鄭美莊如同愛一位小妹妹……

唐琪、唐琪、唐琪……天哪！到何年何月何時，我才能忘下如此難忘的唐琪啊？

四十七

一天清晨，我接到了自賀大哥工作的機關寄給我的一封信，急忙閱讀一遍，原來是一位尙先生寫來的，信上說他最近自天津輾轉抵渝，在津曾與賀大哥和我姑父會晤，並且姑父託他給我轉撥來一筆款子，囑我立即到他那兒一敍。

萬萬沒有想到的，令人狂喜的好消息呀！我立刻請假去重慶找到了尙先生。

首先他將兩萬法幣交給我，對於我，這是相當大的一個數目，當時頗令我暗吃一驚。

『在天津，令姑丈託賀力兄轉託我替你撥款。兩千僞幣，按目前行市折合約爲一比十，所以我應該交給你兩萬塊錢，』尙先生接著說，『我曾和令姑丈見過一面，他要我告訴你：你的姑母很壯實，每天燒香磕頭求老天爺保佑你，聽到賀力兄回去說你已在四川讀大學，她高興極啦！你的表哥已經結婚，並且生了一個男孩，你的表姊也訂婚了，對方是一位在郵政界做事的。』

『賀力大哥呢？』我問尙先生，『他怎麼不跟您一路回重慶來？』

『唉，』尙先生嘆了口氣，『我本想不告訴你的。因爲他工作得太積極，他被捕了。』

當時，我覺得一陣暈眩，眼淚立刻滾跌出來。若非跟尙先生是初次見面，我想我會放聲一哭！

『用不著太難過，』尙先生勸我，『我們任何一個敵後工作者都早已把生死置之度外，賀力兄被捕的前半小時，我們還在一起，我若再晚離開他半小時，便會一塊兒被補了。我知道賀力兄非常愛你，你為了感念他，應該把悲憤化為力量。也正為此，我已寫信告訴他的弟弟賀蒙了，你們都要好好充實自己，儲備力量，給他復仇……』

『他已經遇難了嗎？』我問。

『我臨走那幾天，還沒有聽說，現在就不知道了。』

猛然間，我再也控制不住地，失聲痛哭。

尚先生握緊我的雙手：

『好兄弟，男兒有淚不輕彈，哭沒有用，我不是已經告訴了你嗎？你該把悲憤化為力量！』

『是的，』我嗚咽著，『我記住了！』

時間已到中午，我邀尚先生到兩路口社會服務處食堂吃飯。他堅持要做東，當然我不肯答應。我告訴他：他是我離開天津四年以來，第一次第一位邀請的客人；四年來我從無力請客，今天我有錢了，而那錢還正是他千里迢迢幫我帶來的。

吃飯中間，他繼續告訴我一些敵後的狀況。他說：自從太平洋戰爭爆發，天津的英、法租界當即被日人接收，英、美、法、同盟國僑民一律被關進了山東濰縣集中營，我們的地下抗日工作因為丟失了租界的掩護，比以前更為艱難險惡，可是那些愛國的中華兒女們卻比以前更勇敢，更堅強，更創下一連串轟轟烈烈可歌可泣的光榮事蹟！而賀大哥正是一部分重要工作同志的領導人。他又說：日本人在表面上雖然還勉強擺著一張「撐得住」的面孔，實際上，日本人已經撐不下去，並且就要臨近崩潰的邊沿了，而把日本人拖到泥淖裡越陷越深的正是中國，日本人目前普遍厭戰，可是日本軍閥和財閥們便更變本加厲地實行暴力侵略與經濟壓榨政策，全華北的老百姓都正在奴役與飢餓中過日子，物資缺乏達於極點，家家戶戶的鐵門、鐵窗、鐵器用具，以至於小銅佛、小香爐都在「獻鐵獻銅運動」下被日本人全部劫收去，充做製造槍砲的原料，大米、白麵普通人再也吃不到了，每天可以看到街頭排成一字長行，人們在那兒憑配給票領食「混合麵」與「麩子」……

說到這兒，倘先生突然把話題一轉：

『噢，受苦受難的是淪陷區的老百姓，那些日本人與漢奸中的顯要達官們，和一些毫無國家觀念，專靠投機倒把發了財的商人們，還不是照樣在花天酒地裡瘋狂地享樂！我臨離開天津的前幾天，天津正在選舉什麼「歌后舞后」，結果一名叫什麼唐琪的當選了！』

『什麼？唐琪？』我失聲叫出來。

『是呀！怎麼？你知道她呀？』倘先生問我。

『以前見過，』我說，『她和我還是拐彎的親戚呢！』

『噢？我在天津倒從沒有聽人說起過你還有這麼一位令親。她很有魔力呀！她灌製的留聲機唱盤，非常流行，報紙大捧她，叫她什麼「小白鴿」，一些登徒子和敵偽達官巨賈們都趨之若鶩……唉，眞是妖孽，眞是商女不知亡國恨，隔江猶唱後庭花……』

我第二次覺得一陣暈眩，和初聽到賀大哥被捕消息時，同樣地險些仰倒下去。我再吃不下一點飯。我竭力裝著鎮靜無事;可是尙先生已經看出了我的異樣。

『怎麼?又難過起來啦!』他關心地問我。

『我又想起了賀大哥。』我這麼答著。我並沒有全部撒謊;我只是撒了一半謊。賀大哥與唐琪的消息,前後帶給了我同樣的沉重的痛擊!

跟尙先生分手,我失魂落魄地獨自返校。我有錢了;可是,我失去了賀大哥與唐琪。

漸漸地,我發覺我把賀大哥與唐琪的消息相提並論是一件罪不可恕的事。賀大哥被捕了,甚至可能遇難了,我悲痛是應該的!他帶我到南方,他救過我的命,他幫助我入學,他愛我如手足!唐琪呢?儘管她也曾愛我,可是她終於背棄我,欺騙我,她情願留在敵區,如果她的自甘墮落和賀大哥的爲國犧牲竟使我同樣悲痛的話,那唐琪豈不是太侮辱了賀大哥!簡直也太侮辱了我!

唐琪呀唐琪!哼,你親口說要跟我同來南方,又說你要在這兒做護士,供我讀大學,你說得好甜蜜好動聽!結果呢,你曾親口告訴過我你已不再伴舞,只在舞廳駐歌能糊口就好了,爲何又重新伴舞,而且還當選什麼歌后和鬼舞后……唐琪呀唐琪,你眞是哄騙我的話說盡,傷害我的事做絕……

我變得堅強硬朗了。我不再思念唐琪。

我早就應該如此,我已經是二十三歲的大男人了。

四十八

我把一萬塊錢寄給賀蒙。他去年已在軍校畢業，目前，正在一個部隊中見習。他回信來了，他已知道了賀大哥被捕的事，他說他即將見習期滿，已經決定參加遠征軍到印緬殺敵，替賀大哥報仇。錢，他只留下兩千，八千元退還回來，他說他在軍中一切都由國家供給，而我還有一年大學要讀，所以錢還是留給我用。

我給賀蒙的信上，沒有提到表姊已經訂婚，我不願賀大哥的不幸音訊之外，再多給他增加惆悵——我想，他會對表姊一直念念不忘的。

不久，賀蒙便到了重慶。我們曾有一整天的歡聚。翌日，他便隨部隊開赴昆明，轉赴印緬。賀蒙出國遠征以後，我感到寂寞極了，空虛極了。在重慶，在四川，在整個的大後方，我再沒有一個比他更親的人了。

這時節，我覺出了最低領袖與鄭美莊給予我的友情，異常珍貴。

我用姑父給我劃撥來的錢，買了一些襯衣、背心、襪子，給自己用，另外買了兩套尺碼不同的中山服，兩雙皮鞋，和最低領袖分用，他雖然不是戰區學生，可是家境貧寒，一向和我的「生活水準」差不多。我也給鄭美莊買了禮品，她不需要衣物，我送給她的是許多本有價值的書籍。

我又自動地，拿出一部分錢借給幾個非常窘迫的戰區同學。

賀大哥被捕的事，一直使我精神沮喪，我時常想到：友誼至高無上，錢算得了什麼？在能力所及，我應該幫助一些清寒同學。

可是，沒想到，我這麼一點點心意，竟觸惹起陰謀家擬定了一個惡狠的攻擊我的計劃。

一開始，我只是聽到有人講我發了財，或是講鄭美莊送給了我一大堆錢，再不就是說學校當局與政府當局因爲我上次制壓學潮有功，按月送我一筆津貼……

三年來我一直窮慣了，突然換了新「行頭」，並且還替同學換了新「行頭」，甚而還向外「放賬」，難怪會有多事的人花費無聊的心思去猜想我的「經濟來源」了。我沒有興致去和這批人一一解說：『這是我姑父的血汗錢，千辛萬苦劃撥來的！』我不屑和這些人打交道，我知道自從上次學潮事件平息以後，同學中增加了許多對我友好的人，也增加了不少對我嫉恨的人。後一批人在大宿舍裡就曾經冷諷熱嘲地說過：

『喂，老兄，咱們可沒有資格談戀愛呀，咱們的肩膀裡開不出子彈來呀！』

『對呀，格老子泡女人我也沒得份呀，我的屁股是完整的呀，不像人家曾經被槍子兒穿過兩個洞呀！』

每次我都裝著沒聽見，我覺得我應該容忍下來。幾位喜歡打抱不平的同學，幾次爲此要和那批人動武；可是，我反而加以勸阻。我已再三想過，我總不能做一個自前線退伍下來，卻在後方把拳頭在自己同胞身上亂揮的人。

可是，陰謀家會把別人的容忍視爲怯弱。他們終於向我放射更毒的冷箭。學校裡，一連發生了許多竊案：同學們的鋼筆、字典、書籍、毛衣、西裝、手錶、手電、太陽鏡、皮鞋、被單……一再被偷。偷的人技術高超，做案累累，迄未被人查獲。突然一天午飯以後，軍訓教官宣佈要突擊檢查宿舍搜尋贓物，同學們都大表歡迎，於是各宿舍大門一律關閉，開始搜查。

我實在不能相信自己的眼睛，然而我卻看得很清楚：教官和幾個同學在我的床墊下搜出來一件毛衣，和兩張當票——一張當的手錶，一張當的西裝，而淸淸楚楚當票上還寫著「張醒亞」三個字！那毛衣、手錶、西裝都正是三個同學不久以前被竊的東西！

我當然立刻勃然大怒，痛斥這是一種最卑鄙、最無恥的栽贓與陷害！可是消息不脛而走，剎那間便傳遍了全校。一些人更乘機而起，大放謠言，說他們早就看到過我深夜攜物外出；又說因爲我一直被大家公認是好學生，所以最初還不大肯相信，如今人贓俱在，並且軍訓教官在一旁看得一淸二楚，當然誰也無話可講；更說怪不得我近來突然「致富」，原來內幕如此。

學校派人往那當鋪調查，當鋪老闆已不記得原典當人的面孔，只承認「張醒亞」三個字是他所寫，因爲他當時問過那個典當人尊姓大名，那個人便告訴了他，是「張醒亞」。

我理直氣壯地抗辯：

『果眞是我所爲，爲什麼當時不用一個化名？』

卻有人理直氣壯地反駁我：

『果眞是別人所爲，又何必非在上面寫張醒亞？好漢做事，好漢當呀！』

接著，有人提議：要全校每位失竊過的同學一律到訓導處登記失物及價値，追不回原物時，須由竊盜人照價賠償。

失竊單公佈了，總價是一萬二千元。

我憤恨極了。我幾乎再不能忍耐地想要殺人。可是，我沒有對象。並沒有一個人肯站出來指明我是竊犯，然而有一大堆人天天在暗中給我製造罪名。奇怪的是：「笑面外交」這一次始終沒有講過一句話。

最低領袖、維他命G一大批同學，仍然全心全力爲我闢謠辯護；他們被罵得更慘，他們被指稱爲：偷盜司令的軍師和副官！

鄭美莊來宿舍看我兩次。我痛苦極了，我不願跟她講話。她約我到江邊散散步散散心，它怕我這樣呆在宿舍裡連氣帶悶會害起病來。我不肯去，我變成一個暴躁乖僻的人。

眞是禍不單行，就在這緊要關頭，我突然病倒了。一開始是腹疼，校醫恰巧不在，一位藥劑生做主給了我兩包瀉鹽，呑服後不但不瀉，肚子反而更疼得劇烈，接著發高燒，嘔吐……最低領袖嚇壞了，他堅決主張找車子連夜送我到重慶的醫院。我希望熬過一夜，等天亮後請校醫再仔細診斷一下。我拗不過最低領袖，他和維他命G三更半夜跑去找到鄭美莊，然後他們又到沙坪壩電信局搖電話給鄭美莊家叫車子。天朦朧亮，車子來了，我被護送到重慶臨江門寬仁醫院。

醫生當時判定，我是急性盲腸炎。他直抱怨我不該誤呑瀉鹽，使病情加重，又抱怨我來得過遲，雖然可以馬上開刀，卻無法保證沒有危險，如果一旦盲腸已行潰爛，轉變爲腹膜炎則恐束手無策……

入院保證書上的幾行大字——病人施行手術後如發生任何不幸情況均與醫院無涉——在這刹那，特別令人觸目驚心。醫生要最低領袖或鄭美莊在上面簽字蓋章，鄭美莊突然哭出來了，她叫著：

『我不要，我不要，我要請你們醫生救治他，不要叫他發生任何危險！』

最低領袖比較冷靜，他蓋了個手印，嘴裡直唸叨著：

『這不過是應辦的手續，醒亞會獲救的！』

這時，突然有工役與護士自外面跑進來。

『格老子，掛球了！』工役叫著。護士也向醫生正式報告「防空警報球」高掛起來了。

醫生看看我，鎮定地說：

『沒關係，手術必須立刻進行，不能再耽誤。』

大家似無太多驚慌。在重慶，人人都是跑警報的老手。「掛球」，只是「預行警報」——告訴大家，敵機已自漢口或宜昌基地起飛，要大家預做躲避的準備；如果再偵察到敵機確是向西飛來，一俟迫近四川上空，就會掛出兩個球，同時拉放「空襲警報」催促大家進入防空洞；如果敵機迫近重慶上空，就會掛上三個球，同時拉放「緊急警報」。也有幾次，「預行警報」之後，判明敵機未向四川飛來，過了半小時或一小時後，便解除警報。

幾乎是同時，鄭美莊與最低領袖拍拍我肩頭：

『不要怕啊，鬼子飛機不一定來。我們都不走，我們在手術室外邊守候你。』

灌腸，週身汗毛統統刮掉，然後，我倒在一張「推車小床」上，被送進手術室。

我一直喃喃著：『不要怕，不要怕。』當進入手術室，我禁不住開始恐懼起來。我覺得好陰森。這與上次在另一家醫院開刀取子彈的氣氛，全然不同，那次是那麼輕鬆，好玩；這一回，在警報聲中開刀，怕的不單是敵機來投炸彈，更怕的是敵機縱然不來，也無補我因延遲就醫而盲腸已經潰爛的致命悲劇！

「局部麻醉」的藥劑注射進我的後脊椎骨時一陣劇疼，幾乎使我忍耐不住地叫出聲來。我又險些冒失地提出，要求醫生給我改爲「全身麻醉」，我寧願「不省人事」地接受「切割」。我說不出，而我知道醫生也不會接受我的無理請求。睜著眼睛，腦筋清醒，如果剖腹之後，醫生嘆說一聲：『唉呀，已轉爲腹膜炎……』——那即是宣判了我的死刑……我越想越怕。

我從沒有如此感到過懼怕死亡。我更不甘心落得如此一個死法！如果我這麼草率地死在重慶的醫院，何如當年死在太行山戰場？

眞要命，手術約摸剛剛進行了六、七分鐘，「空襲警報」突然吼了起來。那也本是往日聽慣了的；然而，不早不晚，在此時此刻，那尖銳的「兩短一長」的聲響，鑽進手術檯上不准動彈一下的病患者的耳朵與心臟，著實令人戰慄。手術室外起了一陣騷動，我聽到美莊在門外哭嚷：

『求求你們，快把他抬到防空洞去喲……』

又聽到最低領袖勸慰美莊：

『莫著急，莫著急，醫院一定有緊急措施，我們必須與醫院合作……』

醫生與護士們一起警告我：『千萬不能動啊，不要怕。』又告訴我：『已經切開了腹壁與筋膜，正要進行肌肉分開，割開腹膜……所以千萬不能動。』

顯然，他們不會棄我不顧而去。短暫驚慌之後，我居然鎮定下來。

我想到了「聽天由命」，想到了「生死有命」，又想到了中學時代偶爾聽牧師講道時常說的一句話：「人之路的盡頭，神之路的開始。」霎時間，似有光亮掠過腦際。我開始祈禱。人到在自己全然無能為力，山窮水盡處，纔會眞正謙卑下來仰望神。

天哪，「緊急警報」當眞叫了起來。那凌厲的聲響把我自「半睡眠」狀態中驚醒。近在我身邊的醫生嚴肅地宣稱：不要理睬，決定繼續工作，護士們欣然應諾。又聽見美莊與最低領袖，同時在喊：『醒亞，別著急，別怕啊！我們都在這裡守候你。我們決不去防空洞，等你手術完畢再一塊去……』

這些充滿愛心的話語，聽來，直如來自天使。

一點不含糊地，日本飛機頃刻即臨重慶上空。手術室內依然極度肅靜。

猛聽到醫生與護士們同時喘了口大氣，他們宣佈：取出的盲腸下半端已劇烈發炎，且已腫硬，再遲延開刀就會崩潰了，如今費力費時，終告脫險，眞是萬幸。

對仁慈的上帝，對勇敢的不顧自身危險來醫救我和陪伴我的好心人，我眞不知該如何道出感恩、感激與感動。

手術前後可能已進行了三十多分鐘，在「緊急警報」聲中，又過了約莫十分鐘，創口縫線完畢。我們這一堆人，才開始躲進防空洞，我是被抬進去的。

洞內，空氣很壞，人很多，好不容易擠出一個地方放置我的床位。不少病人正在呻吟不絕。鄭美莊與最低領袖一人握住我的一隻手。洞內氣溫很低，我卻感到燥熱並且開始流汗，她倆不停地爲我擦拭。

「警報」解除了。竄入重慶的敵機並未投彈。後來得知：敵機被我空軍健兒攔截發生空戰，一架敵機且被擊落，毀於重慶近郊彈子石。

我被推進病房。

那是三等病房，情形並不比防空洞好太多。住滿外科病人，有的喊痛呼救，有的已經安然入睡鼾聲如雷。我倒在床上，混身上下仍然淌汗不止，最低領袖和鄭美莊繼續爲我擦拭。護士怕我不能睡好，給了我一包安眠藥。朦朧中，只記得鄭美莊坐在一個小櫈上，伏在我的床頭，不住地安慰我：

『靜靜睡吧，我守住你……』

這眞是太難爲她了；一陣昏迷，我入了夢鄉。

翌晨醒來，太陽已照滿病室。鄭美莊仍安謐地伏睡在我的床頭。

『我還沒有叫她，』最低領袖說，『要她多睡一會兒吧。她長這麼大，恐怕從來沒受過這種坐著睡覺的洋罪！』

護士來爲我試溫度時，鄭美莊醒了。她和最低領袖同時離去，她要最低領袖回校代她請假，她自己則是回家去換換衣服，然後再來醫院。

下午，鄭美莊帶了許多罐頭、點心、水果、牛肉乾、陳皮梅給我，正好碰到醫生查病房，他笑嘻嘻地對鄭美莊說：

『小姐，你買這麼多東西給誰吃呀？』他用手一指我，『他二十四小時內只許喝開水，連稀飯都不能吃的！』

黃昏時分，最低領袖和維他命G來了。兩人氣憤憤地告訴我：自我深夜離校，那一批造謠份子認爲是天賜良機，便猛烈地宣傳指我「再不敢露面」，指我「躲藏起來」，指我「畏罪逃之夭夭」。雖然主持公道的人說我確實病在醫院裡；可是他們卻說我那是裝病，又說：『盲腸人人有，隨便什麼時候願意割就可以割，何必單在這時候去割呢？』他們不相信我患了急性盲腸炎。

我憤怒得由病床上猛坐起來，著實把最低領袖、維他命G嚇了一跳：『醒亞，你要幹什麼？』

『我要回學校殺他們！』他們把我一抱，緊拉住我雙臂，硬把我拉倒病床上，不停地勸說。我不能平靜，不顧醫生的囑告胡亂翻身，結果，開刀創口處的縫線突然崩開了！

一陣奇異的劇痛，使我脫口呼叫了出來。護士們馬上把我床頭圍住，迅速地，把我再度推送進手術室。

醫生重新把線縫好，一面鄭重地警告我：再不能動彈一下了，另外還要特別小心不要感冒，否則一咳嗽，線也會裂開。

由手術室出來，奇怪，他們不再送我回原來的病房，經過一個甬道，轉一個彎，我被推送到一個單人病房門口。

『鄭小姐剛才辦過手續了，她要你住頭等病房。』一位護士告訴我。

『我不要，我不要！』我叫著。姑父給我的錢已所剩不多。上次開刀取子彈是學校校醫室出的錢，這次當然得我自己出錢。我的錢如果不敷，而要鄭美莊拿錢出來，是我不願意的。我堅要護士們送我回原病房。

『醒亞，』鄭美莊剛好跑過來，『你不可以固執己見，你需要靜養，三等病房太亂，那個鋸掉腿的老頭子一直在沒命地喊叫，你怎能睡好呢？聽我話，哪怕是只聽這一次。』

『快把他推進病房！』衝著護士小姐，鄭美莊像命令她家的勤務兵似地；還好，她緊跟著連連說了：『千謝萬謝，千謝萬謝！』

我未再掙扎，擔心再把縫線崩開；美莊的誠懇堅持，也使我不好再固執。

病房舒適寧靜，我卻仍難入睡。

『乖乖地睡，乖乖地睡。』鄭美莊輕拍我，維他命G笑說不妨請鄭美莊低唱一首催眠曲。

入夜，我有點發燒。口乾舌燥得厲害。最低領袖和維他命G已經返校，鄭美莊守著我，不住地看著手錶：

『快到開刀後的二十四小時了，到時候我就餵你水吃，把廣柑擠一點汁子餵你也可以，我會。

我小時候生病，媽和楊嫂就那麼餵我的……』我平躺著，「輾轉反側」是醫生禁止的。背脊骨和腰一陣一陣地酸疼不止。安眠藥似乎也失去效力，心中盡是旋轉著校內那一批陰謀者的嘴臉。

『不許再想學校的事了，』鄭美莊那麼溫柔地湊在我耳根，『理他們那一幫瘋狗幹什麼？眞的假不了，假的眞不了，古書上不是說過一句什麼「流言止於智者」嗎？早晚眞相會大白的！你要答應我，什麼都不想，專心一意地在這裡休養。』

我點點頭。我在鄭美莊的臉上看到了一片慈和的母性的光輝。她幾乎變成了另外一個人。她往日所有的嬌縱、專橫、傲慢、與盛氣凌人的優越感，竟全部消失得無影無蹤。

下半夜三時許，護士開始准許我吃水。鄭美莊用小壺連餵我五、六壺，又吃了一小壺廣柑汁，心裡舒適了很多。在她的守護下，我安然睡去。

第三天，燒退了。一些同學稀稀落落地陸續來看我，比起上回開刀取子彈那次住院，來探視的人數可少得太多了。我敏感地想到，現在誰也不願意和一個竊盜嫌疑犯來往，這就是可怕的世態炎涼吧？

第五天下午，突然我的病房擁進來一大堆同學，幾乎比開刀取子彈那次來的還多了一倍。

他們一個個喜形於色，分別向我敍說，原來今天上午學校訓導處接到了一封附著有一萬二千元匯票的匿名信，原信上的詞句，他們也特別爲我抄錄了下來：

敬愛的訓導長與全體同學：我因一度和家庭絕裂，父母中止予我接濟，乃異想天開連在校內偷竊了同學許多衣物，典當時更一時荒唐，分別叫當舖老板在當票上塡具了幾個熟悉的同學姓名，後來不愼將兩張當票遺失，巧巧該項當票上係寫的張醒亞，因而竟被人藉機給張醒亞同學栽贓。我每次竊盜以後都有懊悔之感，尤其這次，因我使張醒亞同學橫受誣衊，更令我日夜坐臥難安，一個素爲大家所欽敬的同學平白遭此冤枉，實在是世界上最大的一件不平的事！最近我重與家中言歸於好，因此我願依照失竊同學所開列之失物清單所值，如數償還一萬二千元正，請各同學分別領取。恕我不具眞實姓名，一個人既知悔改，應給他一個重新做人的機會，一定要他在光天化日之下，向大眾招供，應無必要，祈能獲得同意。

最後，這些來探視我的同學一再聲明他們早就想來看我，又連說即使學校今天不把這封信公佈，他們也根本不相信我會是一個竊犯。

維他命G做個鬼臉，半諷刺半開玩笑地在一邊說：

『當然，你們諸位根本不會相信；否則，不就是不折不扣的眞正蠢蛋了嗎？』

有幾個同學咧嘴苦笑，我想或許他們今天上午以前，還可能是盲目地相信誹謗我的謠言的人。對於那位投書未署姓名的同學，我衷心感激並欽佩，雖然他是原始禍首，使我遭受如此一場不白之冤；他的勇於自新，確又是極爲難得的一種善舉。可惜我無法知道他究竟是誰？據說學校已經向郵局查過，他寫在匯票上與信封上的地址都是杜撰的。

直到黃昏，同學們才有說有笑地相繼散去。

我的心情一變爲輕鬆舒暢。晚上我開始被允許吃一點稀飯小菜，更覺生趣盎然。鄭美莊陪我到九時左右，連打哈欠不止，她已經幾夜沒睡好，決定自今天起回家去睡。她握握我的手準備離去時，我把她拉住，我覺得我從來沒有像這一刹那，那麼需要她，那麼不願意叫她離我而去：

『美莊，我不要你走……』我側轉過身來。

『明天，天一亮我馬上就來，給你帶好吃的菜和糖，好嗎？』

『美莊，美莊！』我喚著她，我熱情地溫存地喚著她。

『醒亞，』她的兩隻眼睛彎彎地瞇在一起，那麼嫵媚，那麼動人。

我輕輕攬她入懷，然後，吻著她那闔起來的眼睛和面頰。

『醒亞，』她睜開雙眼，愉快而帶一點狡黠地眨了兩下，『你愛我了嗎？我等了好久了！我好愛你喲，你曉不曉得？』

我點著頭。我感到最大幸福的時候，老是說不出話來。我覺得萬分對美莊不起，我曾經對她歧視，我曾經認爲她絕不是一位理想的愛人，我曾經把她和唐琪放在一起比，我曾經認爲唐琪比她好，我多糊塗，我多愚蠢！鄭美莊有什麼不如唐琪？沒有唐琪面孔漂亮？哼，靠一張漂亮面孔，勾引日本人，勾引漢奸，勾引一些荒淫無恥的傢伙們去選舉她做歌后、舞后！我竟拿這種女人和鄭美莊比！在這一刹，我對自己說：今後，我要全心全意愛美莊。她原是那麼善良，且是那麼深深愛我。

『醒亞，以前你時常對我愛理不理的樣子，你並不太喜歡我，是嗎？』美莊把臉偎在我的顎邊，『告訴你，最初，我喜歡接近你，完全是爲了好奇，我發現你與一般男同學不一樣，許多男同學追求我，你不追求，我幾次對你表示好，你卻反應冷淡；可是，你越冷淡，我便越有決心去捉住你。後來，我發覺我對你好，不再是由於「賭氣」了，而是漸漸地當眞地愛上了你……我知道我被嬌縱慣了，脾氣不好，書也唸得不好，又貪玩，在你眼裡也許都是很嚴重的缺點；不過，我可以改，你應該隨時告訴我，教給我怎麼改，你比我大，你有這種責任……』

我眞是感動極了。我撫著她的頭，她的臉，她是顯得那麼嬌小而天眞可愛。我發覺我以前故意對她疏遠是多麼荒謬，我早就應該愛她，她越是有缺點，我越應該愛她，越應該用我的愛去把她的一切缺點變爲烏有。世界上哪有十全十美的愛人？能以愛使自己的愛人日益接近完美，才是有價值的，不平凡的愛！

我再度攬住美莊，跟她連續親吻。

那麼戀戀不捨地，美莊離開了醫院。

一切都已被我忘記，只有美莊甜甜的，嬌嬌的笑，媚媚的，彎彎的眼睛，在我夢中不停地閃動。

四十九

在美莊的愛撫中，我在醫院度過了一週。縫線已經拆掉，偶爾也可以下床散散步。醫生說，再過一週，我可以出院。

出院的前三天，學校訓導長突然蒞臨病房，一進門他就向我連連道歉，弄得我好莫名其妙。

『張同學，』他老人家激動地拉住我的手，『你看看這封信，一切就明白了，這是昨天收到的，兩位同學署了眞實姓名寫來，我已經和他倆當面長談了好幾個小時，他倆所寫所說俱是事實，這一事件到此才眞正水落石出，眞相大白。眞是對不起你。』

我一字一句地讀那封信。原來那是署具眞實姓名，並且是我熟識的兩位同學，宣佈此次「竊盜事件」全部眞相的一封長信。他倆如此寫著：

我倆由於三年前，一時感情衝動誤信宣傳，經人介紹加入了中國共產黨組織。近兩年來時常接奉「組織」命令設法在校內製造學潮，打擊親政府的教授與同學，破壞中國國民黨和三民主義青年團在學校中的聲譽。由於冷靜地觀察，我倆逐漸發覺共產黨所說的一切與事實有著相當的距離，我們尤其不敢苟同共產黨對任何事情都採取爲達目的不擇手段的做法。自從上次學潮平息以後，共產黨便視張醒亞同學爲眼中釘，「組織」三令五申要設法給他嚴重的打擊！並一再告訴我倆說張醒亞是無黨無派，他在學校內宣傳反共比國民黨員與三青團員更有力量，所以必須先把他剷除，於是「組織」設計好一套偷竊辦法，監督我倆執行，因爲最近日本飛機並不常來空襲，我倆經手偷竊的衣物便奉命全部藏貯在校園後面一個防空洞中，只提出兩件由一人送到當舖典當，並且故意告訴當舖老板在當票上寫上張醒亞三字，另由一人偷將一件毛衣與當票藏在張同學的床墊下面，這樣便給張同學戴上了「竊盜司令」的帽子……我倆一開始就不同意用這種手法去陷害一位同學，我們覺得他即便是與我們思想信仰不同的敵人，也應該堂堂正正地與他戰鬥，不應該如此卑劣地用暗箭傷人；可是我們已經習慣於服從「組織」的命令，我們沒有勇氣反抗。前幾天敵機突然又來騷擾，我們直擔心會有同學躲警報進洞發現那些贓物；幸好無人發現，可是我們仍然提心吊膽坐臥不安。我們終究天良未滅，實在無法再忍受下去，前天看到一位匿名同學肯出一萬二千塊錢替張同學洗刷不白之冤，我們太受感動了，我們一方面覺得這種友情的可貴，一方面覺得張同學的信譽是我們無論如何打不倒的！因此，我們決心將此眞相告訴全校，甚至全國，我們願效法不久以前浙江大學兩位共產黨學生宣佈脫黨的勇敢舉動，堅決地宣佈從今天起，我們要重新做人，做個自由人，做個堂堂正正的人，我們將永遠擯棄共產黨，我們還要告訴中國的青年朋友再勿受騙做共產黨的工具！

『全部贓物一一從防空洞中搬了出來，證明了這位兩位同學所說的都是事實。』訓導長欣慰地告訴我，然後一聳肩膀，『只是上次那位無名氏同學寄來的一萬二千元又成了無頭公案！一萬二千元差不多已被失竊的同學分領一光；不過我有辦法，我總得設法把那筆錢收回來，還給那位無名氏。』

訓導長臨走和我親切地握手，囑咐我安靜地多住在醫院休養幾天，並且連連稱讚我堅強、正直、勇敢，永遠不會被險惡勢力打倒。他又和美莊親切地握手：

『鄭同學，你在這兒招拂醒亞同學，眞是好極了，我應該代表學校謝謝你的辛苦與好心。』

『好安逸喲！』訓導長走後，美莊笑嘻嘻地對我講，『長這麼大，我從來沒聽見過一位老師這樣地誇獎過我！難怪，我功課不行，又不聽話，沒辦法討他們喜歡；今天訓導長居然對我這麼好，這麼客氣，眞是好開心哪！醒亞，你高興嗎？』

『當然高興。』我說。

『我眞比你還高興，』她手舞足蹈地，『醒亞，我跟你在一起，別人便會說我好，便會說我有正義感，便會說我有思想，便會說我有前途……我要永遠跟你在一起……』說著說著，她撲倒在我懷中。

『訓導長方才說你堅強、正直、勇敢，是的，可是還沒有說完全，』美莊在我臂環裡，喜悅地微顫著說，『醒亞，你不但堅強、正直、勇敢，你還長得好漂亮啊！』

『男孩子有什麼漂亮不漂亮？』

『不，長得難看的男孩子我看都不要看一眼；你卻是長得那麼好，用中文說是英俊，用英文說是smart！對不對？你看，我的中英文都相當不賴吶！』

我倆一起格格地笑個不止。

『你不但漂亮，你更有思想，有見地，頭腦冷靜，忠勇，愛國，太多了，我簡直說不全，總之，你偉大，你是一位英雄！』美莊用雙臂勾住我的脖子，仰臉看我，一口氣說了這一大串。

天哪，世界上可會有任可一個男人，聽了一個女孩子的這一番話，而不動情？而不感激？而不刻骨銘心地牢記終生？而不對天起誓把最珍貴最眞摯最深厚的愛情全部奉獻？

我醉了！我醉了！世界上可會有任何一個男人，聽了一個女孩子的這番話，而不醉？

我如醉如痴地擁起美莊親吻，我如醉如痴地告訴她，我愛她比她愛我更超過千倍萬倍，告訴她我要做她的最聽話最忠實的愛人，告訴她我願意爲她而死……

五十

訓導長回到學校的翌日，我的病房整天都被潮水般湧來湧去的同學們所塞滿。他們紛紛向我慰問，向我祝賀，向我歡呼，告訴我同學們正在籌備一個盛大的同樂會歡迎我康復回校，又告訴我學校當局昨天下午鄭重宣佈了事實眞相，當夜，「笑面外交」便失蹤了，原來「笑面外交」正是那兩位同學在信上所指的「共產黨在校中的組織負責人」。(三個月後，「笑面外交」由西安給那兩位「脫黨」的同學寄來一信，信中把他倆謾罵一通，說他倆出賣組織，早晚會受到組織最嚴厲的制裁，最後他得意洋洋地說他即將前往延安，不再繼續在沒有自由的政府統治區遭受迫害了。天曉得，是誰迫害了他？還是他迫害了別人？天曉得，這樣地任憑他南來北往大張旗鼓地奔赴陝北，還說是沒有自由？)

關於那位好心的無名氏同學拿出的一萬二千元，同學們告訴我：訓導長已擬定了一個妥善的處理方法——要原寫信人親筆再寫一信，並且附有上次匯票存根和上次寄信到校的郵局存根，對明筆跡和兩種存根無訛後，一萬二千元照還不誤。失竊的同學都已表示絕對儘速將上次領到的「賠償金」如數交回訓導處，他們都已領回失物，當然絕不能再要一文錢。當初被典當的兩件東西——一個懷錶、一件西裝上衣，也由訓導處「贖」了回來，完璧歸趙。訓導長高興地告訴同學們：

『向當鋪老板「贖當」的錢與利息是學校唯一付出的「開支」，爲數不多；可是這回學校「收入」太大了，對整個國家都是一項極大的貢獻。』

『我倒想討到那「無名氏」的原信，模仿一下筆跡，冒領一萬兩千塊錢，解解窮哩，』好幾位同學開玩笑地說，『只是存根無法僞造，好可惜喲！』

出院的那天，會計處給我送來賬單，急診掛號費、診費、住院費、手術費、注射費、材料費、藥劑費、伙食費，名堂一大堆，總共是一萬四千元。憑心講，這家醫院辦理得很不錯，住了十多天頭等病房，這個數目並不算多；只是我太窮了，我的全部存款僅還有五千多元。搬到頭等病房原非我本意，美莊雖然已代我付過一次四千元，但是出院前我必須再付淸一萬元，因此拿出我的全部儲蓄，尙有五千元無著落。我知道美莊仍會代我繳付；可是我實在不願意先對她講。

奇怪，美莊似乎故意不提付款的事。我想，她總不至於特爲製造一個惡作劇來捉弄她的愛人吧？要我卑恭地向她正式請求貸款，該也不是對待自己愛人所必要的「程序」吧？那麼，她是在等甚麼呢？

快到中午的時候，我實在憋不住了。

『美莊，我還只有五千塊，先給醫院好嗎？』我說，『也許報社可以借給我一點錢，另外可以找學校借貸金，再還淸醫院。』

『那不行吧，』她一搖頭，『付不淸款，是不能出院的。怎麼辦？爸爸不肯給我錢，氣死啦，我們兩個留在醫院做小工好嗎？叫醫院按月扣工錢！』

顯然，她的話是說說好玩的，她一臉輕鬆調皮的表情已明白地做了註解。
『好，我每天給男病人端尿壺，你每天給女病人拿屎罐。』我假裝一本正經地說。
她格格地笑起來，然後，在我臉上響響地親了一下：
『別著急，馬上就有人給我們送錢來了，那是我的錢，我因爲有了這筆錢，昨天就沒有跟爸爸再要。告訴你，等下那人來送錢，你可別大驚小怪呀！』
『怎麼？我認識那個人嗎？』我問。
『不認識。』
『告訴我是誰？』
『先不告訴你。』
『爲甚麼不先告訴我？』
『要告訴你，早就告訴你了，已經憋在肚裏好多天，當然這最後五分鐘不能功虧一簣呀！』
『唉喲喲，』我叫著，『好一個功虧一簣，眞是出口成章呀！』
『當然！國文系的高材生嘛，當然得出口成章啦！』
我越要她說清楚，她越忸怩撒嬌地不肯。正在這時候，有人敲病房的門。
『噯，大概來啦，請進！』美莊喊著。
一位中山裝筆挺的中年人，應聲走進來。
『哈哈，說曹操，曹操就到了。郭叔叔，剛才我們正在說您哪！』美莊衝著來人叫。

那位郭先生非常客氣地向美莊叫了聲：『大小姐，』然後又轉向我：

『您就是張先生吧？久仰久仰了！』

我馬上起立，和他握手，請他坐。

『郭叔叔是我爸爸的機要秘書，』美莊說，『他眞好，人又好，文筆又好！』

『大小姐何必如此誇獎？』郭秘書坐下來，然後打開他帶來的一個公事皮包，取出來幾疊關金票和法幣，『一萬二千元已經領回來啦，我親自去的。那位訓導長很細心哪，驗明我的筆跡和兩張存根，又給我相了半天面，才把錢退給我。他一直追問我貴姓，又問我到底是哪個學生的家長？我當然都全不講，這是大小姐你再三吩咐過的呀！最後，訓導長幽默地說：「我們是認存根認筆跡不認人，不管您先生是誰，一萬二千元反正應該還給您！」』

天哪，我這才由悶葫蘆裏露出頭來，明白了一切。原來那位無名氏同學竟是鄭美莊！

『美莊，是你呀？』我忍不住地叫出來。

美莊把臉斜向肩頭，眼睛彎彎，瞇縫著向我盼顧，喜上眉梢，抿嘴微笑的神情，好飄逸，好熾熱。我跳了起來，正要跑去擁抱她親吻，突然想到身邊的郭先生還沒有走，方才停住脚步。

『大小姐，我回去啦，這樁事，能有這麼一個意外的好結局，眞是太令人喜出望外了。張先生，我眞欽佩你，再見，希望以後有機會向你請教！』郭秘書向美莊和我告辭。

我和美莊送他下樓，直送到醫院大門口。

一回到病室，我立刻擁住美莊，親吻，熱吻，長吻……

美莊在我臂環裏那麼高興地敍說著：

『醒亞，你知道我多麼不能忍心看你被人家誣衊後那種痛苦的樣子！我在你住院的第一夜，就開始考慮到，是不是可以拿出一萬二千塊錢，洗刷掉你被誣衊的罪名？可是我一時想不出完善的辦法。當你第二天氣憤得崩裂開傷口縫線後，我下了決心要做這件事。第三天清早我便跑回家去，請郭秘書代我寫了那封匿名信。多虧是他寫的，要我自己才想不出那麼恰當的詞句哩！他一向做事特別仔細，他的腦筋也實在太好，他代我寫的那封信，眞可以說是天衣無縫噢！居然，他還保留起那張匯票的存根和寄信的存根，要是我，早就隨手丟掉啦，那麼這一萬二千元就無法領回來啦！方才他說得對，這可眞是一件喜出望外的事，不想要的錢又白白拾回來啦，還破獲了一椿共產黨的陰謀案件……』

『你爲甚麼不早告訴我呢？美莊，你竟對我這麼好，這麼好！』我把美莊更抱緊一點，我似乎已完全恢復了病前的體力。

『如果那兩位同學不自首，也許我永遠不想告訴你；可是這個結局太令人想不到，太令人興奮，太令人高興了，所以我決定要郭秘書把錢領回來送到醫院，當面要你大大地驚奇一下！』

『美莊，你要我怎麼答報你？』

『不要答報，要你愛，要你永遠像現在這麼愛！』

『像現在這麼緊緊地抱在一起，是嗎？』我那麼快活地，激動地說，『那麼，我們等一下走出這個房間，也要抱在一起，走在大街上也要抱在一起，回到沙坪壩也要抱在一起，在學校上課也要抱在一起……』

『對，在街上也要抱著，在學校裏也要抱著，警察和學校都不會干涉我們，你猜爲甚麼？』

『爲甚麼？』

『爲了——』她瞇縫起眼睛，『爲了我們相愛。相愛的人就有權利隨心所欲做甚麼。』

『…………』

『…………』

我忘記以後我們又吻了多久，又說了多少夢囈。

那可能是我和美莊，此生此世所共同度過的最幸福的一刻時光。或許人在不認識自己，不認識對方的時候，才會盡量盡情無羈無慮地享受愛情。

五十一

暑假一開始，我就又到報社去擔任臨時工作。不，不應該再說是臨時工作，承報社社長和總編輯的厚愛，我等於正式開始了一個記者生涯：他們要我好好利用兩個多月的假期，一方面上夜班學習學習編輯、拼版、一些內勤工作；一方面可以在白天跟著幾位老記者在外面跑跑，學學採訪新聞，秋季再開學，我就是四年級生了，功課少，有較大的時間外出，或許報社可以決定把我的任命由特約記者改爲正式記者。

對於我，當然這是一個太好的大喜訊。也就是在那時候，我堅決地爲自己選擇了終身職業——做一名新聞記者。我發現新聞記者的工作對於實現我的畢生宏願——鼓吹民主政治，促進世界和平，將會大有幫助。

美莊的母親循往年慣例，又飛往昆明避暑了。美莊沒有去，也沒有提起要我陪她一同去。我知道，美莊是完全爲了我。她看到我對工作的勤奮，似乎很受感動；不過有時候，她也會半玩笑半認眞地嗔問我：

『醒亞，告訴我，你究竟愛新聞工作還是愛我？』

『都愛。』

『回答我愛誰更厲害些?』她不放鬆地追問。

『新聞工作也不是一個人，怎麼能跟你放在一起比?』

『那你為甚麼不痛快地說愛我第一，新聞工作第二?』

『我沒有你那麼會說話，我心裏想的也正跟你剛剛說的相同。』

這樣，她才稍稍稱意。

事實上，我是在深深地愛著她的。報社裝有電話，我和她固定每天要通話一二次，上午我多半在報社睡覺，有時中午她跑來找我一起出去吃飯，下午如果不去做「採訪實習」，我倆便一同去看場電影，或是，到最為我們所喜愛「心心」咖啡廳坐上半天，聽聽音樂，看看小說，談談有趣的事，再一部分時間，多用在陪她滑輪子鞋與陪她談平戲，看平劇。

我因為會滑冰，滑起輪子鞋來便很容易。我用報社的薪金在一家拍賣行買了兩雙全新的輪子鞋，一雙送給美莊，這是我第一次送給她的比較貴重而為她所喜的禮物。在她的住房那個小天井中，我教她滑，我們滑得十分高興。

談論平劇，美莊興致很高。她甚為謙虛地表示深願向我請教;我也就經常把自己知道的一些有關平劇的常識、趣事，盡量說給她聽。她回到家去，便和她的家庭平劇老師半開玩笑半認眞地比賽誰懂得戲更多?一次我告訴她，初中時代，我與表哥、表姊為比賽誰知道的戲名多，曾各自試行盡速說出十個用「一、二、三、四、五、六、七、八、九、十」做第一個字的戲名，結果完善的答案如下:

「一捧雪、二進宮、三擊掌、四進士、五花洞、六月雪、七星燈、八大錘、九更天、十道本。」

接著，我們又用「紅、黃、藍、白、黑」做戲名的首字，說出了：「紅拂傳、黃金臺、藍橋會、白水灘、黑風帕。」我們再用「大、小」、「上、下」，「單、雙」和「金、銀、銅、鐵」做戲名的首字，說出了，「大登殿、小放牛」、「上天臺、下河東」，「單刀會、雙官誥」，和「金榜樂、銀空山、銅網陣、鐵公鷄」。

她對此大感興趣。

兩天後，她告訴我，她的平劇老師無論如何答不完全由「一」到「十」與「紅黃藍白黑」的戲名，因而她調皮地也相當嚴肅地要那教師反拜她爲師，教師答應了，她才得意洋洋地把「一捧雪、二進宮、三擊掌……」「紅拂傳、黃金臺……」說上一遍。

一個週末，我第二次來美莊家，沒有會晤她的雙親，全是由于美莊的安排與她家的平劇老師見面。

那位老師雖非道地內行，爲人倒相當老成，非常客氣有禮，也會拉會唱不少段老生與青衣戲，而且嗓子有本錢，只是欠缺一些韻味，他可以自拉自唱，偶爾板、眼不夠準確，也有時尖、團字分別得不夠清楚。他連連謙虛地說：『從小喜歡拉胡琴，跟一位住過北平的叔叔學的。唱，就不行了，自己沒去過北平，上海也未去過，沒有得過名角親自傳授，只是「劉」老師的徒弟。』

『是劉鴻聲嗎？好老師呀！』我問。

『不是，不是，』他微笑回答，『是留聲機「留老師」。』

美莊唱了一段「鳳還巢」。一個多月前，在同學們籌辦的歡迎我康復返校的同樂會上，美莊也曾唱過「鳳還巢」，如今聽來，她顯然進步很多，她是夠聰明的。可是，她接著鬧了個笑話——她還要唱一段老生戲「洪羊洞」，老師準備馬上操起琴來，美莊突然嚴肅正經地說：

『請靜聽啊，第一句「爲國家，哪何曾半日閑空……」爲國家的「家」，是不能唱成「家」的。』

老師問：『要郎格唱呀？』

美莊一臉得意地唱了：『爲國雞和鴨呀……』

老師一臉錯愕。我笑了出來，原來是由於我曾跟美莊一再說過：『唱平劇，「王」要唱成「無骯」，「回」要唱成「胡A」、「嬌」要唱成「吉奧」，「家」要唱成「雞鴨」。洪羊洞楊六郎唱的「爲國家……」、李陵碑楊老令公唱的「嘆楊家……」家字都必須唱成「雞鴨」才對。』沒想到美莊竟唱成了「雞和鴨」。經我解說，老師也笑了，但是直說：『沒得關係，沒得關係，好耍好耍吶……』

難得美莊連聲抱歉：『可能是太緊張了，請勿見笑。』然後，美莊似是故意地提出一大串聽我說過的——平劇名伶的家世、派別、拿手戲、特殊唱法與規矩，哪些票友登台鬧過什麼笑話，以及一些有趣的梨園掌故，來「考問」，來「難」她的老師。

老師答不出來，便搔耳抓腮，窘迫得無以復加，然後只好對美莊一作揖，叫一聲：『大小姐，鄭老師！』才算完事。

他拉，我也唱了兩段西皮：「南陽關」和「空城計」。他連連稱讚，直說以後要稱呼我「張老師」。我答說絕對不敢，並且稱讚他胡琴拉得好——這倒是眞話，他比我的琴藝可好得太多了。

事後，我私下勸阻美莊以後不要再爲難那老師。她卻坦白地告訴我：看人發窘，很有味道，那是她從小就喜歡的事。

『你不曉得，』她說：『我爸爸就有這種「嗜好」。我八、九歲時，便記得爸爸時常把幾個賣「白糖獅子」的小販叫進家來，跟他們「擲骰子」，結果爸爸把那個最大的「糖獅子」贏過來時，那小販當然是窘態畢露，甚至痛哭流涕，這時候爸爸便在一陣大笑後，一聲開恩，再把那「白糖獅子」白白送還給小販。又有時候，爸爸找幾個大紳糧來鬥牌，紳糧雖然「肥」，總沒有爸爸賭起來那麼豪放，那麼資本雄厚，那麼氣勢逼人哪，因而，紳糧們輸了，輸了幾千石穀子，又輸了幾十批山（四川稱山林的單位叫「批」），嘿，紳糧的窘態一點不比賣「白糖獅子」的小販好看。結果，爸爸和我看夠了，便再將那些贏到手的產業還給紳糧們……』

這眞是一個可怕的惡作劇，這種「嗜好」，也許正是一般軍閥的殘忍性格成長過程中的第一站，繼續發展下來，便會有了以勒索、搜刮、掠殺、使人民吃盡苦頭，而自己方始稱心如意的「嗜好」！

我再度鄭重地勸告美莊，這可絕不是一件好的「嗜好」，儘管他父親這樣做，做爲一個女孩子的她，實無仿做的必要。她居然沒有跟我生氣，並且很誠心地表示絕對接受我的勸告。

『你還要我改掉一些甚麼毛病，隨時告訴我呀，我都會改的！』在那段日子，她時常講這兩句話。我看得出，她確在盡力地約束克制自己。由她的神情舉止中，我也看到了一種內斂的沉靜之美。有時，我覺得這未免過于難爲她，也未免對她要求得太苛刻了。爲此，我越發愛她。

她似乎曉得我對她的父親不太欣賞，因而，她不再叫我和她父親多碰面。如果我在她家吃飯，她便叫楊嫂把菜端到她的房間來。我很喜歡她家做的荷包蛋掛麵和豆花，幾乎每次我們都是開「獨席」吃這兩種簡單的美味。不要任何大菜，只是把「榨菜醬油」、「口蘑醬油」、「紅醬油」、「白醬油」、「茉莉醬油」、和另外幾小盤佐料擺滿一小桌，佐食掛麵或豆花。那眞是輕鬆愉快共同進餐的享受。

秋季開學後，我和美莊繼續過著甘美的日子。最難忘，每天晚飯以後，我倆携手或挽臂，信步走在嘉陵江畔，看對岸與遠方如畫的黃昏風景，看絢麗晚霞把江面波濤染成千萬條五彩緞帶，看月亮上升撒下一張無邊無際的銀色網，聽江水爲我們歡奏小夜曲，聽兩人相互傾述不止的信誓，聽兩人擁抱時心臟的喜悅跳躍，感受靈魂的欣慰顫抖……

許多教授和同學都說美莊這一學期以來，幾乎和以前判若兩人。是的，最該自豪的是我，我沒有想錯，用愛，我已顯著地影響了美莊的思想與生活。平民的氣質逐漸在她內心滋長，也逐漸在她的生活中出現。她開始在上課時穿平底鞋，穿布旗袍，並且用心聽講，認眞做功課。她又和我同在大飯廳包伙，我們每人置了一個菜罐，裝一點「私菜」，每頓都能吃得很飽。

悲慘的日子希望它盡速消逝，不可能；歡快的日子希望它常川留駐，不可能。也許這就是人生吧。我多盼望我和美莊共同建立的這個甘美而平民化的生活，永遠繼續下去；可是，我逐漸發覺這是一種奢想，一種幾乎無法實現的奢想。

十月間，桂林、柳州在日軍十五萬人的傾巢猛攻下，先後失陷。敵人繼續沿黔桂路北犯，形勢相當險惡。十一月杪，南丹陷落，獨山危急，貴陽震驚，陪都重慶的人心也難免有了些浮動；

不過，這時候盟軍在太平洋上的戰事已轉居優勢，我們的印緬遠征軍正在國外連連獲捷，國內則各處如火如荼地展開了「一寸河山一寸血，十萬青年十萬軍」的知識青年從軍運動，因此，中央對於收復黔桂失地具有決心。於是，一面嚴令國軍節節抵抗，一面加緊增援，並且用飛機將精銳部隊空運到黔桂前線。我服務的那家報社，要派一個記者到黔桂前線訪問，因爲臨時抽調不出人員，也因爲我比較多有一點戰地經驗，便徵詢我願否前往？

連半分鐘也沒有考慮，我表示絕對願往，只要在寒假以前允許我回來參加學校中的期末考試。拿到報社派令後，我馬上跑去告訴美莊這一個意外的喜訊；可是，連半分鐘也沒有考慮，美莊表示堅決反對。

當然，她反對我在此時此刻到前方的一大半原因，是不願意離開我，不願意我到危險的地帶去，原是一番關懷我的好意。不過另一小半原因，却是她又在跟我賭氣：

『你說你愛我第一，愛新聞工作第二，』她指著我的鼻尖說，『好，你自己說吧，我不要你去，你非去不可，你到底是更愛誰？』

『這是個很難得的機會，』我心平氣和地解說著：『報社因爲不久以前剛派出了一位記者到滇西、緬北採訪遠征軍新聞，最近又派出了一位記者到各地採訪知識青年從軍的新聞，以至於臨時派不出人員到黔桂前線去；我倖能獲得報社的重視，肯給我這個更大的實習的機會，怎麼也不能丟掉呀！何況我已答應了人家？』

『人家！人家！人家！人家的事你都答應！我的事你都不答應！』她越說越氣，越氣越說個不停，『好好，你去吧！你忍心叫我一個人在這裏天天擔驚害怕，還說愛我？簡直是太滑稽，太豈有此理！你愛國？難道我是漢奸？你又不是前敵總指揮，少了你黔桂戰場便不能打日本！你偏要去幹啥子？少了你一個採訪記者，我們就會吃敗仗嗎？不會吧！你要想慰勞前方將士，我可以叫爸馬上捐一筆錢給黔桂前線的官兵，用你的名義捐獻都行，那不照樣可以表示了你對將士的敬意嗎？根本用不著親自冒無謂的危險到最前線去，你在太行山挨了八路兩槍還沒挨夠是不是？非要再嚐嚐日本槍子兒的味道是不是？』

最後，總算由於我的好說歹勸，她勉強算是「准」了我的「假」；可是，我知道，我向她解說的一大片理由，是只能使她口服，而心不服的。

那是一個奇寒的冬天，貴州的氣候比四川更冷。大雪剛剛溶化，九盤山崎嶇險惡的山路，變成了一座巨大冰場，車輛在上面滑行，剎車幾乎一律失去效用，好幾部卡車翻在路邊或跌毀山谷。想起美莊對我的擔心，並非全無道理，我不但完全體諒了行前她對我的爭吵，而且對我自己行前未能用更體貼、更溫柔、更委婉的話勸慰她，感到愧咎。

我一再地想，返回重慶後，我一定要比以前更愛她。我相信，我的愛會把這次爭吵變爲我們一生共同生活中最後的一回爭吵。

五十二

我到達貴陽的當天，獨山失守。貴陽城內擁滿了由廣西撤退下來的難胞，那些不甘被奴役的男男女女老老少少們，白天擺上地攤拍賣他們最後的一批衣物，晚間睡在收容所的稻草上，或是乾脆就露宿在街頭；然而，他們都有信心，堅信國軍就會將他們失去的家園從敵人的鐵蹄下奪回來。遍訪難胞以後，我開始接洽到城外第一線採訪。

在最前線，我訪問了士氣高昂堅苦卓絕的國軍官兵，和統率他們與敵人奮戰的一位四川籍的優秀將領——孫元良將軍。

他們這支部隊的番號——二十九軍，引起我莫大的興趣與莫大的感觸。二十九軍原來是抗戰前宋哲元將軍麾下駐防平津的部隊番號，那支由樸實勇敢的北方漢子們組成而以「大刀隊」聞名中外的好隊伍，在蘆溝橋畔首先抵抗日軍，並且在華北戰場以最劣勢的裝備一再給予敵人痛擊，後來，由於犧牲慘重，整訓改編，「二十九軍」便成了歷史上的古老名詞；如今，那一光榮的番號從新配置在這一支驍勇善戰的部隊頭上，眞是最恰當，也最令人興奮了。因此，我像遇到了多年久別的老友般地，和他們歡聚在一起。我彷彿又回到了少年時代，當年在天津近郊韓柳墅我和賀蒙一大夥同學慰勞二十九軍的情景，歷歷如在目前，令我追念不已。

我沒有說錯，這支「新二十九軍」確實很硬，五天後，他們一舉克復獨山，繼以猛烈攻勢迫敵潰退至河池附近，黔桂戰局自此得以穩定。

我每天都把戰訊拍電報給重慶的報社，另外我還寫了不少篇特寫長稿。兩週後我返回重慶，我的工作倖能獲得報社的滿意，以至奠定了抗戰勝利以後被報社重用的基礎。

美莊見我回來，總算笑逐顏開；只是對我登在報紙上的特寫稿比寄給她的信箋整多了一半，而稍不開心。

我向她賠禮，連說下次不敢，以期使她稱心如意，而停止對我喋喋不休的嗔怨。我想，爲了使對方消氣，輕鬆地賠個不是，說聲『下次不敢，』原該是愛人中間常有的平淡的事。可是，美莊以後便時常以我這句話，作爲堅固的堡壘與有力的武器向我對抗，要我屈服。動不動，她就會說：

『你又不聽我的話，是不是？忘了上次你親自向我賠罪，並且親口說過「下次不敢」啦？』

如果是爲了一件小事情，我便再度擺出「無條件投降」的姿態，以滿足她的「自尊」。我想，我應該這樣做，我已經說過了，我決心要比以前更愛她。

有時候，美莊也知道她的話常會說得有些過火，便帶有歉意地用雙手鈎纏住我的脖子，兩隻脚抬離地面，像個小娃娃似地向我撒嬌撒賴，一面細聲細氣地說著：

『你比我大，當哥哥的總得讓給小妹妹一點才對！我從小脾氣不好，沒有人敢惹我，爸爸常說我是「不讓蒼蠅踢一脚」的人。自從遇到你，不是已經改好了很多嗎？你還不滿意呀？我還可以繼續改啊！』

我夠滿意了，只要她這麼一做一說，我無法再不滿意。

寒假期間，我們籌備訂婚。

訂婚「場面」的大小，我希望「國難期間一切從簡」；美莊希望做「適度」的鋪張。美莊的理由很動聽：

『爸媽要大鋪張，並不是我內心不贊成，是怕你不太贊成，所以我便爲你犧牲己見，改爲一個小鋪張。我家親友太多，鬧熱的場面是絕對不能缺少的，當初我兩個哥哥訂婚結婚，都擺了三天三夜的「流水席」，供應親友、鄰居，甚至不相識的人足吃，還唱了三天戲。按說我得比他們辦得更熱鬧才對，因爲我是爸媽的掌上明珠呀！你一向鼓吹「節約」，就「節」一點好了；不過，這是一個隆重、神聖、偉大的典禮，無論如何也總得辦得像個樣子！』

我完全同意了一切遵從她的意旨辦理。爲了愛，這不能算做縱容。我如過於堅持己見，會被別人恥笑爲「窮人的自卑感作祟」。何況，訂婚儀式原該在喜氣洋洋熱熱鬧鬧的氣氛中進行，如果「節約」會帶給我的未婚妻和她的一家人不快與不祥，確也是我不願意做的。

那是一個晴朗冬日，賀喜者紛紛說天老爺也爲我和美莊這一對佳偶的定親而開心！鄭家十一個天井與每個廳、房內，都擠滿了賀客；當然絕大部分都是「女家」的親友，裏面包括了過去和當今軍、政舞臺上最活躍最顯赫的人士，與銀行家、工商業鉅子、大紳糧，以及地方聞人。我也請了幾位客人：報社的部分朋友和上次給我撥款的尙先生；另外還有賀大哥的兩位朋友，與姑父爲我介紹過的爸爸的兩位老友——自從那年賀大哥離渝北上前，曾帶我分別拜候過他們，後來就一直沒再去看望人家，四川的規矩訂親一律不送禮，所以我便決定請他們幾位參加這個訂婚的宴會，而不必使人家有所破費。學校裏的訓導長、總教官、教官，還有許多位教授和同學也都來了，那是屬於我和美莊共同的嘉賓。

三位軍界耆宿，應美莊父親之請，分別擔任了我們的訂婚證明人和雙方介紹人。平心而論，我對這三位老先生的印象有點主觀地欠佳，因爲我知道他們在當年軍閥內戰史上，都曾是叱咤風雲的人物；他們今天却是對任何人都那麼和善而親切，尤其在致詞時，把美莊和我都說成那麼可愛與優秀，並且他們一再提到我逝世多年的父親，頌讚他是一代名將，又誇獎我是將門虎子，他們似乎已經忘記，當初我父親跟他們正是國民革命與封建割據的兩個敵對陣營中的生死搏鬥者。

最使我滿意，也最使大夥兒高興的，是來賓代表之一的維他命G的致詞。他一本往常詼諧的作風，講述了一些我和美莊的戀愛過程中的小插曲，他說他實在最有資格做介紹人，因爲他曾義務地將美莊和我的消息相互播送，並且每次都像舊日媒婆似地給雙方添加上一些美好的形容詞。他說他是我們愛情火爐中的木柴或煤炭，又說他是我們製造「愛情氧氣」時的觸媒劑——二氧化錳。最後，他說：

『今天我們吃了醒亞和美莊的訂婚喜酒還不過癮，我們得盡快地再要他倆請大家吃結婚酒，我願意先在此地預祝他倆一旦結婚，定可白頭到老，並且必然要每年請大家吃一次喜酒，一直連續請上六十年：結婚一年是「紙婚」紀念、要請酒，二年是「棉婚」紀念、要請酒，三年是「皮革婚」、四年是「亞蔴婚」、五年是「木婚」、六年是「鐵婚」、七年是「黃銅婚」、八年是「青銅婚」、九年是「陶瓷婚」、十年是「鋁婚」、十一年是「鋼婚」、十二年是「絲婚」、十三年是「花邊婚」、十四年是「象牙婚」、十五年是「水晶婚」、二十五年是「銀婚」、三十年是「珍珠婚」、三十五年是「玉婚」、四十年是「紅寶石婚」、五十年是「金婚」、五十五年是「翡翠婚」、六十年是「金鋼鑽婚」……他們一定可以請大家吃「金鋼鑽婚」紀念喜酒的，因爲他們的婚姻是一樁美滿的婚姻！』

他說得又快又流利，眞難爲他記得這麼熟悉，許多來賓對此大感興趣，大家紛紛交頭接耳相互詢問：

『賢伉儷今年是甚麼婚紀念呀？「銀婚」？「珍珠婚」？「象牙婚」？還是「金婚」？「金鋼鑽婚」？』

有的人更把致詞完畢的維他命G拉到一邊：

『老哥，對不起，請再說一遍，讓我抄在小日記本上。』

酒席散後，一部分客人陸續告辭；一部分客人——大多是我們的同學，擠在一起，說笑話、唱歌、唱平劇，鬧了半夜才呼嘯而散。我本想跟最低領袖、維他命G一堆人同時離去，獨自回報社睡覺，美莊却已叫勤務兵在郭秘書住房的側室給我安置好睡鋪，她說許多親友今天都在家中玩通宵，我如走開豈不太煞風景！

我不願意掃美莊的興，只好陪她到各個廳房的親友處繼續周旋。那些客人大多都在興高采烈地玩著「牌九」、「樸克」、「擲骰子」、「麻將」，或是四川的「亂出牌」。美莊又爲我特別介紹了許多位她家的近親好友，給我印象較深的是正在窮兇極惡地豪賭「樸克」的幾位中年軍人，美莊一律稱呼他們爲某某司令，某某司令，我不解何以會有這麼多的司令？美莊輕聲告訴了我：

『他們是爸爸舊日的部下，那時候爸爸當軍長，軍長下面還可以派司令，像剛才那幾個人，有的是江防司令，有的是一路司令，有的是二路司令……』

接著，美莊又給我介紹了一位兵工廠廠長，一位造幣廠廠長，和兩位「外交代表」。她解釋：

『他們也都是爸爸的舊屬，那時候，爸爸好神氣喲，自己有兵工廠，自己有造幣廠，中央根本管不著，那兩位「外交代表」就是代表爸爸和四川，專門跟中央辦「外交」的喲！喔，現在我們不行了，自從你們「中央派」來了以後……』

『你說甚麼？美莊？』我微微驚訝地，『你說我是「中央派」？』

『是呀！』她答著，『爸說的你是「中央派」！』

『哈哈，我這麼年紀輕輕的，哪裏來的甚麼「派別」呀？再說令尊大人不正是中央當今的紅人嗎？』

『是呀，』她也笑起來，『爸說過了，說他歸順了中央；「中央派」的你，又歸順了他的女兒……』

我倆談得儘管很輕鬆，可是我却更藉此多知道了當年軍閥在割據時代的氣焰與荒誕，以及今日仍然潛伏在他們內心中對於中央政府的芥蒂與隔閡。

夜半以後，美莊的父親精神百倍地出現了，想是剛剛吸足了鴉片。他走近每一個牌桌前，都愉快地叫著：

『我們今天可要「長期抗戰」呀！等下我來參加一脚，好讓你們大大地「獻金獻糧」……』

幾位客人讓我打牌，我實在不會，只好謝絕；他們又讓美莊參加，她一臉躍躍欲試的表情；可是，她看了我幾回，沒有發現到我的同意的眼色，便也推說：

『打得不好，沒得資格上場！』

吃夜宵的時間，美莊不住地跟我咕噥著：

『等一下讓我打一會兒牌，好嗎？今天是我們的好日子哇，該叫我玩得高興呀！』

我知道，我再想阻止她是很難了，尤其她這麼地說出來理由。我點了點頭，可是我希望一人早點去睡；她不肯，她一定要我坐在她身後，看她打牌。我說看不懂，她說那正好學一學。

這實在是要我受罪。四川的麻將花樣特別多，像甚麼「嵌心五」、「么九將」、「二八將」。「不求人」、「全求人」、「一般高」、「聯六」、「聯九」、「階階高」、「姊妹花」、「喜相逢」、「五門齊」、「雙龍抱柱」、「一條龍」……以前我從未聽人講過；美莊却是打得那麼熟練，每逢「胡」掉一次，快活地把牌一倒，便流利萬分地數出來一大串「名堂」和「翻」數，如果是「自摸雙」或「滿貫」時，她更會跳起來，扭轉回身，抓住我的雙手或雙肩，連連搖晃，一面叫著：

『好安逸，好安逸！「辣子」！「辣子」！（四川叫「滿貫」爲「辣子」）』

美莊的左右側是兩位太太，對面是一位三十歲上下的男士，那位男士給我的印象相當深刻，美莊爲我介紹時稱他是曹副官，可是美莊和那兩位太太直接召呼他時都是叫「團總」，他答應得非常痛快。那兩位太太一邊摸牌，一面拿「團總」開心，連說：

『今天這可是「三娘教子」啦，團總，還有啥子話說？』

『沒得話說，你們都是我的媽喲！』團總把雙肩一聳，脖子一縮，說得好乾脆。

三位女士一起滿意地笑起來。

『唉喲，對不起，大小姐，』團總忽然把頭一仰，直瞅著美莊，『您剛訂婚，還沒有結婚，沒得資格當媽，我只能叫你姑姑，今天這是「二娘一姑教子」！』

三位女士笑得更厲害了，前俯後仰地笑個不止，半天半天連牌都顧不得摸。

我對這位團總——曹副官，實在不太欣賞，這樣厚面皮的男人，以前在我的生活圈中確爲罕見。他把頭一側，竟衝著我開腔了。

『張先生，那麼您就是我的姑父咧！』

『托神！（四川話流氓的意思）』美莊唾罵著團總，『莫亂開荒腔！』

接著，美莊一邊打牌，一邊告訴我：

『你曉得這個曹副官爲甚麼叫團總嗎？以前有一個地方保安團隊的團總，牌玩得很好，時常陪大官和大官的太太們鬥牌，可是他每次都成心輸一點，以博取對方的歡心，只要他一胡牌，便立刻連聲道歉，直說：「唉，唉，手順，手順，沒得辦法，小胡，小胡，小胡！」實際上，不管是多大的胡，他也都一律稱是小胡……這個曹副官就專會這一手兒。所以爸、媽，和我們許多親戚，都愛跟他打牌，反正他輸幾個錢不在乎，爸爸特別喜歡他，平日當然短不了給他足夠的錢花用……因此我們就管他叫「團總」！』

『喂，喂，喂，大小姐！』團總叫著，『何必吶？你們再叫我團總，我可不客氣啦，我馬上就給你們胡一個「大胡」看看！』

說著，團總當眞神氣活現地把牌一推，儼然是一個「滿貫」的架勢，三位女士一陣緊張，可是，他淸淸脆脆地吐出兩個字：

『小——胡！』

這眞是一個好演員；可惜我不是一個知音的觀衆。

天亮時分，美莊連胡了三次「槍斃東條」（東條是當時的日本首相，以「東風」代表，另以「七餅」代表手鎗，因爲「七餅」形狀很像一枝盒子鎗，在四川打牌如有三個「七餅」、「三個東風」，或是三個「東風」、「七餅」做「將」，或是三個「七餅」、「東風」做「將」，均可稱爲「槍斃東條」，胡牌時以滿貫計算。），她那麼出奇快活地歡叫不止。牌散之後，我忍不住地對她說：

『靠你們這樣就能槍斃了東條，打倒了日本呀？眞是活見鬼！』

『唉喲，瞧你好兇呀，簡直活像個「棒客」！（四川話土匪的意思）』美莊一著急時，四川話就順嘴溜出來了，『好好，以後我再也不打牌了，怎麼樣？昨天要不是訂婚，請我打我還不打哩！』

我不再講甚麼，但願美莊的話，能夠兌現。

五十三

美莊的話，確實兌現了。這眞是一個好未婚妻，我心中這麼想。可是，沒有好久，陰曆除夕到了，美莊又有了藉口——過年怎能不打牌？一年只打這一次，並不算多呀！於是，她又打了個通宵。

在沙坪壩，在嘉陵江畔，我們共同度過的甘美而平民化的日子，越來越遠了，也許再無重返的可能。美莊爲了「過年」，大批地添置新衣物，隨心所欲地購買各種毫無用途的裝飾品，與名貴的化妝品，以及從加爾各答航運來歐美製造的大洋囡囡、小獅子狗等等兒童玩具，把它們掛滿在臥室床頭。對別人她也一向慷慨，她買了許多禮品分贈給我們的女同學，她又一再要給我買這個，買那個，做賀年禮物：我眞是要也不好，不要也不好，我深知她從未花過我一文錢；可是，我總希望她能逐漸體會到「錯誤的慷慨，是一種陋習」，我頗爲擔心她這種性格若再無羈地發展下去，會變成可怕的浪費與揮霍。我開始委婉地把一些世界偉人的格言說給她聽，像富蘭克林講過的「你老購買不必要的東西，不久你便須出賣必需要的東西。」像富蘭克林又講過的「你須留意那微小的花費，一個小小的漏洞是會使一隻船沉沒的。」像布魯耶爾講過的「一個人收入多於支出便是富有，支出超過收入便是貧窮。」像科爾頓講過的：「年輕時不揮霍無度，年老時不錙銖計較，才不會陷我們於錯誤。」

美莊對我的善意奉勸，倒還相當接受；不過，有時候她也會溫和地反駁我幾句：

『醒亞，你讀死書讀得太多了，那些世界偉人的話也不見得都是眞理呀！起碼放在我的生活天秤，就不對頭了。富蘭克林說：「老買不必要的東西，不久便須賣必需要的東西。」怎麼我這麼多年一直老買不必要的東西，從未賣過一件必要的東西呢？你也許會說時間還沒到吧？好吧，眞到了時候，叫爸爸賣一角田給我用好啦，那還不容易得很，爸究竟有多少田，他簡直自己都弄不清楚，當初曾有人做過文章罵爸爸「甲邸如雲，田連數縣」！怎麼樣？「田連數縣」干他何事？看著眼紅是不是？誰要他們不做總司令？』

又有一次，她突然興高采烈地抓住我：

『喂，我昨天看書也發現了一句世界名人的格言。柏頓說：「一個人聚積財富而不享用，無異一頭驢子馱著黃金吃青草！」這句話眞有理由！醒亞，你願意你的美莊做一名馱著黃金啃青草的驢子嗎？』

我實在有點說不過她。也許是我過分愛她，不願意和她唇槍舌劍地爭論到底；而她總在最後承認「節儉是一種美德」，也允許今後一定和我過簡樸的生活，只要我不是故意叫她受苦。

我常思慮到：一個人擁有太多的金錢與時間，多到簡直不知如何打發它們，將會和過於缺乏金錢與時間的人，同樣痛苦。美莊似乎已經近於第一種人，她本意或並不想奢侈、浪費、揮霍；可是財富與空閒使她自然而然地走上這條道路。我應該原諒她，我更應該繼續影響她——這是我的責任。當初她在希望獲得我的愛時，竟能一度變得那麼樸素節儉，當她完全將我俘擄後，她便又逐漸改變，「訂婚」給她的心靈作了一次「裝甲」——我的愛，在她心目中是更安全了，因此她日益故態復萌……如果，我的愛僅是忠實堅貞，而並不能影響她變化氣質，這愛的價值豈不令人懷疑嗎？可是，我又有甚麼辦法呢？我總不能用「不愛」來脅迫她聽我的話；上帝作見證吧，我已再度決心，用愛，用最眞摯的愛，使她更接近健全與美好。

六月間，我結束了大學四年生活。當然，這是我的人生一件大事，一件值得紀念而高興的大事。對那些令人敬愛的老師與同學，我有無限留戀，對國家四年來的免費教育，我有無限感激。在一羣畢業的同學中，我進入少數幸運兒的隊列——離開學校，立刻獲有一個理想的工作，實際上已是三年以前即獲有的一個有意義有趣味的工作。從此，我將以更充分的時間與心血致力於我的工作——做一名新聞記者。

國內外戰事捷報頻傳，我在報館裏可以每天提前收聽到一連串好消息：

『中美混合航空隊轟炸千島羣島！』

『中美混合航空隊轟炸幌筵島！』

『太平洋美海空軍大捷！』

『日本聯合艦隊司令官古賀陣亡！』

『聯軍佔領羅馬！』

『聯軍在法北登陸！』

『中美飛機轟炸佐世保！』

『中美飛機轟炸八幡！』

『美軍登陸塞班島！』

『中美飛機猛襲小笠原！』

『…………』

在國內，我們的英勇國軍已展開了大規模的猛烈反攻，福州、贛縣、柳州、桂林相繼收復，民心士氣呈現出空前的高昂。近半年來我國陸軍總部積極編練的全部最新機械化裝備的「阿爾發部隊」三十六個步兵師，也開始使用，七月初完成了有力佈署，八月初大軍推進至廣州附近，眼見一舉可下三羊城。

出乎意料地，八月十日，日本宣佈了願意無條件投降。報社的每一個人都立刻瘋狂了，我們馬上印行號外，號外響遍山城，大重慶的每一個人也都立刻瘋狂了。

我馬上跑到美莊家，我和她瘋狂地吼叫，擁抱，接吻，完全不顧勤務兵和楊嫂在一邊看到。他們也都瘋狂了，他們不會看到我們，正如我們不會看到任何人一樣。因為我們，他們，每一個中國人，這一時刻的眼前都完全被一層眼淚的帷幕罩住了視線，甚麼也看不見了，只有心靈的眼睛正看到一幅勝利復員還鄉的燦爛美景……

炮竹響了一夜，烟火放了一夜，龍燈、舞獅、耍了一夜，洋鼓洋號與中式鑼鼓吹打了一夜，遊行的羣衆，醉了似地唱歌、跳躍、吼叫了一夜……

一夜間，山城變成了海洋，洶湧澎湃的國旗的海，人羣的海，咆哮著歡笑的海……

美莊要我去跳舞，我半分鐘也未考慮，立刻說：

『絕對陪你去，今天你要玩甚麼，我都奉陪！』

美莊吩咐司機駕車載我們前往勝利大廈。

這是我生平第一次下舞池，我不會跳舞，可是我會擁抱，我會搖晃，我會旋轉，在柔美幽闇的燈光下，我和美莊擁抱著，盡情地搖晃，旋轉。我們的身體旋轉成一座溶岩噴溢的小火山，我發現其他的一對一對也都像一座一座爆發的小火山，在燃燒，在旋轉……

八月十五日，日本天皇頒佈勅令，正式宣告投降。重慶再被更巨大的沸騰著狂歡的浪潮，沒一次頂。

『八年啦，這可熬出來啦！』人人這麼舒暢地，喘口大氣！

『十四年啦，這可熬出來啦！』自「九一八」事變，失掉家鄉的東北同胞們，舒暢地喘口大氣。

『五十一年啦，這可熬出來啦！』自甲午一戰，失掉家鄉的臺灣同胞們，舒暢地喘口大氣。

『哼，上百年啦，一直受列強們的蠶食宰制，這可熬出來啦！』每一個黃帝子孫，都爲從此紛碎了一切帝國主義的枷鎖，舒暢地喘口大氣！

『醒亞，我可也熬出來啦！』美莊舒暢地喘口大氣，『我已經爲你苦了一年！』

五十四

美莊說爲我苦了一年，實際上她確實和我共過了半年儉樸生活；自我從貴州前線回來，她逐漸又回向貴族生活的邊沿；勝利的到來，再度爲她的心靈作了一次最有力的「裝甲」——從此完完全全地，重新返回舊日的奢侈生活。她必認爲她可以這樣做，應該這樣做，因爲她有充分理由：『抗戰勝利了！』

我已經一連陪美莊玩了好幾天，打牌、跳舞，一律奉陪。我無法拒絕她，因爲她把『抗戰勝利了！』掛在嘴邊。而我不能說：『抗戰還未勝利。』

報社工作比以前更繁忙了，我無法多和美莊聚首。在這一短時期，重要新聞紛至沓來：

先是八路軍總司令朱德向英國駐華大使薛穆、美國駐華大使赫爾利、蘇聯駐華大使彼得洛夫送上一件給他們三國政府的聲明，文內說：國民政府及其統帥部在接受日僞投降或締結受降協定時，不能代表中共解放區；中共解放區在延安總部指揮下，有權接受日僞軍隊的投降並收繳其武器資財；中共解放區有權派遣自己的代表參加同盟國受降及處理受降工作，並將自組代表團參加對日和約及聯合國會議。接著，朱德更以「延安總部」的命令，指使各地共軍向已經投降的日僞軍隊猛攻，並且瘋狂地破壞全國鐵路和其他交通設備，八路軍在全國人民的怨聲中一變爲「扒路軍」。再接著，朱德向國民政府蔣主席通電，完全將當年中共自己寫就的「共赴國難宣言」，和自己要求的將紅軍編爲八路軍在政府指揮下的抗日効忠信誓，丟在腦後，竟在通電中聲稱：『你的軍隊怎樣怎樣，我的軍隊怎樣怎樣！』那種蓄有數量可觀的私人軍隊的口氣，眞令所有以前的軍閥黯然失色！再接著，是政府的委曲求全，一連三電延安，敦促中共首領毛澤東駕臨重慶，共商和平建國大計。再接著，是毛澤東延不成行，美國駐華大使赫爾利親往延安相迎。終於毛澤東在八月底姍姍而來，並且在陪都各界的酬酢中，振臂高呼：『擁護蔣主席！蔣主席萬歲！』表演了一幕最精彩的「活報劇」。再接著，是毛澤東悄然北返；各地共軍依然故我，甚而變本加厲地擴大戰亂，使我們贏得了勝利，贏不到和平……

採訪，撰寫，我每天的記者生活十分緊張，心情萬分沉重……時間與心情，都不容許我再和美莊每天都過「八月十日夜、十五日夜」的那種狂歡生活。爲此，美莊頻頻向我抱怨：

『勝利前，你要我吃苦，勝利後，你又不陪我玩，你想送我去做修女，是不是？』

這期間，人人忙著還鄉。我當然也希望能夠迅速回到北方。儘管中共大言不慚地聲稱已派出了河北省主席和平津兩市市長；實際上國軍已經陸續空運到達平津。郵政恢復了，我立刻給天津的姑母一家寄了信去，並且迅速地接獲表哥及表姊的覆信。

他們的信上說：表嫂前年生了一個男孩，表姊去年春天結了婚，姑父仍在海關做事，姑母很壯實，她們全家每天都仰天看望國軍的飛機，渴望最近我能搭機飛回天津……表姊一向細心，她的信寫得很長，把天津市民如何得知日本投降，如何慶祝，如何歡迎盟軍在塘沽登陸，如何歡迎第一批國軍開入市區，寫得非常生動，我稍加整理，改成通訊稿的形式，交給報社發表，那是勝利後各報第一篇實況報導天津的「特寫」，引起了廣大讀者的注意。此前，各報僅有簡單的拍自天津的電訊新聞。

同時，一直生死不明，然而死的可能極大的賀大哥，也給我寄信來了，他已經在姑母家得知我的通訊處。感謝天哪！他竟還活著！他竟還活得好好地！我把他的信一會兒放在嘴邊狂吻，一會兒又把它熱烈地捧撫在胸前，貼近心房，更一面連連不斷叫著：

『賀大哥，賀大哥……』

賀大哥的信上充滿九死一生的慶幸與重睹天日的歡欣，信尾他令我不解地寫出：他被捕入獄後，完全是由於我的援助始免除一死，特先遙遠向我致謝，詳情容不久面晤細敘……

我實在想不出賀大哥為何指我救他出獄？我直懷疑他別是愉快得發狂？或是在日本獄下中受盡折磨而神經出了毛病？才會在信尾寫出這麼一段怪異的話！我馬上寄航空信給他，另外寄信給表姊、表哥。他們三人都又有回信來了，證明賀大哥不但精神正常，而且目前正緊張忙碌地擔任著平津地區的肅奸工作。賀大哥的信上只是三言兩語，他說實在沒有時間多寫：表哥和表姊的信上寫著：賀大哥被捕後，被送往北平審訊，由於我的營救——應該說是由於我的間接營救，賀大哥得免死刑，坐牢兩年，得重獲自由——究竟我是怎樣間接救援賀大哥的呢？他倆也未說明，只是表姊在尾上加寫了一句：「那一幕營救工作，曲折而令人感動……」。

賀蒙也有信來了，說他們遠征軍即將「班師回朝」，希望不久能在天津和我重逢。

緊接著，另一件更，更令人興奮的好消息降臨了——報紙分別派出特派員到京滬、東北、華中、廣州，和平津；而我，竟能和那許多位資歷很深的報社同事，獲得同樣的榮譽和重任，我被派往平津。

那時，國軍重兵均集結西南，趕赴各地受降所需的交通工具甚爲缺乏，飛機船隻已感不敷應用，再加上政府派出的各省市接收人員，亦須盡速趕往收復區展開宣撫和行政工作，所以老百姓們立即還鄉的願望無法實現。性急的人，竟僱木船，冒極大的危險，穿越三峽出川，可是部分人都願意珍惜這八年離亂後倖仍健在的生命，排班登記，候車候輪，平安回家。他們的焦急是可想而知的。誰要能夠提前走掉，便成了大家極爲羨慕的幸運兒。想不到，幸運兒中竟也有我的份兒。

這應該是我離家五年來，最大的一樁喜事；然而，却鑄成我和美莊之間最大的一次誤會。

我不能同時偕美莊飛津，因爲飛機沒有多餘的座位。那種機位，在當時是多少金錢也無法購到的。我對於自己先行，確也感到對美莊歉疚；我已一再勸慰美莊，要她耐心地度過這次小別，一旦機位稍形寬鬆，她可以立即搭飛機到天津去，如果她願意的話，我們可在天津結婚。

美莊堅決地反對我接受報社的任命，並且嚴厲地責斥我對愛情的負義！

『你親口說的，愛我第一，愛新聞工作第二！你親口說的，甚麼都聽我的！你親口說的：「下次不敢！」現在你又「敢」了？我可不要再聽你第三次、第四次向我說：「下次不敢」……』她向我滔滔地講個不停，『你天津有姑母、有姑父，有表姊，有表哥，還有一個甚麼賀大哥，你急於想去和他們相會，而置自己的未婚妻不顧，還好意思說愛我第一，我看哪，你的姑父母、表哥姊，賀大哥才是「第一」，每一個識與不識的天津人也都是「第一」，而我鄭美莊，不過是個「第末」！是「倒數第一」！』

我想用已往的方法──以沉默抵抗她的「連珠砲」，過去，她有時候自己喋喋不休說累了之後，會自動休止，或感覺出有些過分，也會轉向我致歉。可是，這次，我的沉默全然失靈了。她的話似乎永不中斷地說了下去：

『你要是政府派的天津市長，或是華北地區受降官，我絕對不能阻撓你前往，然而，你又是跟上次去貴陽一樣，去採訪新聞！四川今後難道就沒有新聞給你們採啦！我早就討厭新聞記者這一行道啦！你可以改行，這正是一個好機會，我昨天已經跟爸講好，只要你肯留在四川，他可以馬上發表你做他的總務處長，經理處長或是副官處長！這都是些重要而必須是由自己一家人出任的官位呀！』

『我不想做官。』我實在忍不住回答她一句。

『你不想做官？』她雙手把腰一叉，來勢洶洶地，『唱甚麼高調？你讀政治系幹啥子？讀政治系不想做官？眞是騙騙三歲娃兒的鬼話！你說你說，你讀了四年政治系而不做官從政，你對得起誰？你對得起國家供給你唸了四年政治學的貸金嗎？』

『美莊，我們應該心平氣和地談，你這樣不是強詞奪理嗎？』

『誰強詞奪理？』她繼續叉著腰，瞪著我說：『你曉不曉得我爲你所學非所用而著急，而失望，而感嘆？政治是甚麼？老實講，政治就是做官。當然你又會駁斥我說甚麼政治不是做官，說甚麼政是衆人之事，治是管理，管理衆人之事就是政治。這是國父的話。我承認國父沒說錯；可是，管理衆人之事還不正是做官嗎？一個人不出去做官，坐在家裏能管理誰？誰又肯讓他管理？你學的是管理衆人之事的知識，你偏不去擔任管理衆人之事的工作，硬要當甚麼鬼新聞記者，新聞記者能管理誰呀？』

『我不想擺上官架子去管理誰；我想以一個平民的身分以虔誠，以熱情，去影響誰！這正是新聞記者的工作特質。』我靠近她，把她叉住腰的雙手拉下來，耐心地、和顏悅色地對她說，『美莊，我老早就想要對你解說我的看法：我並不卑視做官的人，對於一位眞正効忠國家，爲民服務的好官員我照樣崇敬；我個人非常醉心民主政治，因此我願意先從事新聞工作，一方面可以多在報端鼓吹民主政治，一方面可以多在報端替老百姓說話，做人民的喉舌。這依舊可以算是政治工作，不過不是直接的管理，而是間接的影響。你也許懷疑「影響」這個字眼太微弱，太空洞，太虛無飄渺了；不，影響的力量，看似無形，却比有形的更大，更深，更廣……美莊，我們既是終身伴侶，希望你能多鼓勵我在這方面努力。』

我說得誠懇而熱情，滿以爲可以打動美莊的心；美莊卻把我拉住她的手一甩，立刻又恢復了叉腰的姿式：

『你的「膏藥」賣夠了沒得？這一手倒不愧是政治系高材生！我不要聽你的偉大理論！你今天替這個人說話，明天做那個人的喉舌，你怎麼不替我說話，不做我的喉舌？我不是老百姓？我不是人民哪？哪一條法律規定的當了人家未婚妻的女人就不是老百姓或人民啦？我告訴你，你要負擔起一個未婚夫的義務，我得享受一個未婚妻的權利。』

我痛苦地搖搖頭，實在無話可說。

『你大學唸完了，方帽子戴上了，好神氣呀！』她氣忿忿地坐在沙發上，『我還差一年才畢業，難道就應該半途而廢！永遠被人指爲大學沒讀完，永遠被人指爲不如你嗎？』

『美莊，你願意唸完大學，我十二萬分贊成。我以前答應你代你寫的畢業論文，在我走前也可以想法趕完交給你。那麼，放寒假的時候，你可以到天津找我，等再放了暑假，你也是一位方帽子大學士啦，那時候，我們便結婚！』

『不要！不要！不要！不要！』她幾乎一口氣連喊了十幾個「不要」，『我要你留在四川等我，我要你辭去新聞記者的工作，我要你跟爸爸做處長！』

我開始做啞巴。美莊一人說說歇歇，歇歇說說，又指手劃脚地把我痛斥了半天。最後，我離開她的房間時，她狠心地咒罵起來：

『好，你走！你走！從今天起，你永遠別進我鄭家的大門！你這個愛情的叛徒！愛情的劊子手！』

五十五

行期近了。

我已把代替美莊寫的畢業論文趕完，並且面交給她，希望藉此挽回上次幾乎絕裂的情勢。果然，她沒有拒絕。事先，我直擔心她會把厚厚一册的原稿當面撕碎。

『謝謝你，』她說著，臉孔却是冷冷的，『我應該收下你爲我寫的這些東西，因爲你應該替我寫，我不請你寫請誰寫呢？別人也不是我的愛人和未婚夫！不過，我今天要跟你說清楚：我收下這論文，絕不等於同意或默許你獨自先回平津。這是兩回事。我發覺我上次跟你發脾氣、吵罵也不太對，也並無效果；因而今天我倒想冷靜地跟你談判。如果你眞硬下心腸決定不留在四川等我，那麼就請便吧，這是你的自由。你這位醉心民主政治的先生，當然對於自由的重視是比一般人更強烈的，我不應該妨害你的自由，我不想做「法西斯」。可是，你要自由，我也得要自由，你回平津「自由」你的，我在這裏「自由」我的！從此各不相干！』

『你這是甚麼意思？最後通牒嗎？』我問。

『對，就是最後通牒！』她說。

『如果我一走，你準備怎樣自由法兒？』

『將來的事，現在不用談。』

『是否要跟我解除婚約？』

『這可是你講的！』她大叫著，『我可並沒有這麼說！你不必先給我按加罪名！』

我知道和她多談無益；便轉託最低領袖、維他命G、丈母娘等幾位老同學，向美莊進行說服。我又和美莊的父母做了一次禮貌的長談，說明我的苦衷與誠意。

鄭總司令夫婦並不十分反對我先行離川，不過一再說明歡迎我繼續留在四川，最後看我去意甚堅，便滿口答應代我勸說美莊，並且還爲美莊的脾氣不好向我致歉。一時，我頗覺得這兩位老人家很明事理，很富人情味，很親切。鄭總司令又特別爲我設宴歡送，席間對我大加鼓勵，並且和我談論天下大事，十分表現了他的忠誠擁護政府，堅決反對共黨的信念與決心。這當然又令我對他增加了不少好感。

這次宴會美莊託詞生病，未參加。美莊的母親一再跟我說：

『請多多包涵，這孩子從小就這樣，我們常說她是「不讓蒼蠅踢一脚」的人，別說跟你，跟我們老夫妻倆也常會嘔起氣來，整天不起床，整天不吃飯的！』

最低領袖幾位同學遊說的結果是：美莊承認依舊愛我如初，爲了愛，她有一百萬一千萬一萬萬個理由叫我留在她身邊，她反對我走，那是父母、同學和一切人的勸說都無效的；不過她一直懷有信心，她認爲到最後緊急關頭，我仍會放棄己見，甘心留在四川，因爲她知道我愛她。

這簡直是一場冷戰！如此冷戰在一對未婚夫妻之間是不必要的。我託最低領袖告訴美莊：我愛她是眞的，我要走也是眞的，任何人和任何方法都不能變更我的決定。

十月下旬的一個清早，我由白市驛機場搭機直飛北平。天還未亮，最低領袖、維他命G、丈母娘，還有另外四、五位男女同學便趕來報社看我，並且他們決定趕到美莊家中，拉上美莊一齊到飛機場給我送行，這樣一來，他們認爲我和美莊的感情也就很自然地恢復了。

我眞感謝這些同學們的細心與好意。飛機起飛前，美莊家的兩部汽車開進了機場。可是，一點不含糊地，美莊沒有來。

『美莊硬是不肯來，她一直堅信你會在飛機起飛前變卦，她要我們接你回去。』丈母娘對我說，『我們知道這是不可能的，因爲我們清楚你的性格。可是，美莊怎麼却不清楚你的性格呢？大概你一向在她面前表現得太溫柔太馴良了吧？』

『在女孩子面前溫柔馴良是應該的，你必須繼續這種美德，到了天津，別忘了馬上給美莊來信，』維他命G向我關切地說，『她跟你鬥氣，你可不能跟她學，你是男人！懂嗎？』

最低領袖更囑咐我，不但要常給美莊寫信，有機會飛回重慶來看望美莊一兩次也屬必要。他又說：

『還記得當初我反對你倆談戀愛吧？可是，你們已經談了戀愛，我就贊成永遠談下去，千萬不能中途破裂；否則，可太痛苦了。』接著，他還告訴我：他已決定創辦一個專門研究、闡揚三民主義和時事分析、政治評論的雜誌，希望我在平津能夠抽空常給他寫稿。我很高興聽到他的這一項計劃，我深信這一位虔誠的三民主義的信徒，一定會把這個刊物辦得出色。

螺旋槳轉動了，我和同學們一一握手道別登機。進入機艙前，我偷偷地，彷彿怕人看見似地往機場門口那兒眺望了好幾眼，我竟暗自盼望美莊會在這一刹那趕來。雖然她家的兩部車子都在機場；可是她果眞要來，向她家的親友借一部車子是極方便的。最低領袖說得對，中途決裂的戀愛必會是痛苦不堪的。我和美莊目前尙不算決裂，我已經有些忍受不住。

飛機起飛了。美莊不會來了。我失望極了。我想到，她該正在家中盼望我突然返回，而我却是越飛越離她遠了，她不也失望極了嗎？我們是不該分開的。我在一陣心酸之後，感到一陣歉疚，我覺得對不起美莊，我把她那一再給予我的無情咒駡，似乎完全忘記……我想起了她的許多好處……

對於重慶和那些送行的同學，我也有著強烈的惜別情愫。我不知道何時再能和這座堅強神聖偉大的山城，與那些純眞活潑熱誠的好友重逢？

當想到我即將重晤一別五年的故都，和一切北國故人時，方始漸漸逐散了心頭的惆悵。

飛機越飛近北平，喜悅也越增多。

……

『北平到了！北平到了！』機上每一位乘客都歡呼不止。

飛機低低地從北平城頭掠過，一時，碧綠的中南海、北海、晶亮的白塔、金碧輝煌的宮殿，盡入眼底。機翼一斜，我們安降在西苑機場。

第八章

五十六

我回來了！我回來了！我回到了濶別五年的北平。

汽車把我們這一批「重慶客」送到東單牌樓舒適的北京飯店，我不準備住宿，我準備做的第一件事情是給天津姑母家掛長途電話，第二件事情是儘快吃飯，第三件事情便是搭火車回天津。

五年了，居然我還能想起來姑父的電話號碼。當「特快長途電話」突然接通的一刹那，我發覺我喜悅地顫抖得講不出話來了！對方已經一連『喂、喂，』地叫了好幾聲，第一聲我就聽出來那是表姊的聲音；可是，我竟連姊姊兩個字都興奮得不會叫了。

『你到底是哪兒？我這兒是季宅！』表姊著急地問。

像啞巴突然變得會講話一般那麼高興地，我喊出來：

『姊姊，姊姊，我是醒亞！我是醒亞！我現在是在北平跟您講話！』

『呀——』表姊尖叫了一聲，『你是小弟呀！你到了北平啦？』

『是我，是我呀！姑奶奶，您今天正好回娘家呀！姑老爺來了沒有？』

『討厭，還沒見面就調皮呀！你幾點鐘火車回家？』

『下午四點的快車！姊姊！』

對方突然換了口音：『我不是姊姊，我是姑媽！』

原來是姑母接過電話去了。

『您好呀，媽，我馬上就可以回家了，媽。』

『哈哈，我不是媽，我是姑父！』對方又換了口音。

『姑父，您好呀！』

『我不是姑父，我是大哥！』對方又換成了表哥的口音。

『啊，密斯脫風雨無阻呀，我回來了！眞開心呀！』

『小弟，有人跟你講話，你猜是誰？』

電話裏傳來了女人的聲音。

『您是高姊姊！』我叫著，『不，不，我該叫您大嫂了，大嫂，您好呀！小寶寶好呀！叫他聽電話好嗎！』

『叫叔叔，叫叔叔！』表哥表嫂的低低聲音。

『嘟嘟！』孩子淸脆的聲音響了。

『我們來車站接你呀，小弟！』最後是表姊、表哥、表嫂，一大堆人同時喊出的聲音。

我終生難忘這一次和姑母全家通話的愉快。那眞是動人的一幕。有這一幕，五年來的任何艱險苦難，都變得極有代價，極有意義！我想，姑母一家人的感受，必也和我完全相同。

搭上平津快車，深深地，長長地舒了口大氣：

『多年夢想著回家，這可當眞實現了！』

列車隆隆的聲響和我心臟喜悅的跳躍，譜成一闋最輕快的雙重奏。窗外，每一片田野，每一簇樹叢，每一處村落，每一個車站，每一條鐵軌，每一架天橋，每一面洋旗，每一灣溪流，每一匹騾、馬，每一頭牛，每一隻羊，每一位農婦、農夫、或兒童，都對我那麼熟識而親切，都那麼美麗而動人地眞如一幅幅世界聞名的風景畫或人物畫。我突然想起多年以前往返平津道上，曾無聊地數沿路的電線桿子；如今，那一柱一柱的電線桿與一排一排的電線，在我心目中變得奇異地美妙：天空是一大張光淨透明的藍色紙，而那一條一條的電線正如五線譜一般畫出在藍色紙上，無數的小鳥做了音符，在上面跳來跳去，譜出了令人陶醉，令人癡迷的樂章！

車到楊村，月臺上響著一片『糕干！糕干！楊村糕干！』的販賣聲！我在北京飯店飽吃了一頓西餐，還未消化，可是卻那麼渴望一嚐這久別了的北國名產。我買了一大包，饕餮地嚼嚥著，我發覺五年前的楊村糕乾從沒有如此甘美。

黃昏時分，火車頭放開喉嚨，得意洋洋地鳴叫著，列車駛進了天津老龍頭（天津人管天津東車站叫「老龍頭」）。

站臺上，迎客的人們與脚行們（天津人管腳伕叫腳行）、小販們的天津大嗓門土腔，灌進了我的耳朵，是那麼親熱，是那麼動聽。

『小弟呀！』表哥和表姊同時發現到我，也用大嗓門喊叫著。

我猛地跳下車來，先和姑母來了一個熱烈的擁抱。

『孩子，你長得這麼高，這麼大啦，孩子，你可回來啦，你可當眞回來啦，謝謝老天爺的保佑，謝謝老天爺的慈悲……』姑母撫摸著我的頭，喃喃著，眼淚流了滿臉。我也哭了，可是我一面哭，一面又笑個不停。

『媽，別和小弟表演西洋禮節了，全站臺上的人都在看您娘兒倆哩！』表姊提醒緊緊擁抱在一起的姑母和我。

『管人家看不看，』我叫著，『我還得跟你們每一位都表演西洋禮節哩！』

接著，我和表哥、表嫂、表姊，都熱情的擁抱了一下，又在表嫂領著的小侄子的臉蛋兒上，響響地吻了兩吻。

簡單的一隻行李箱，交給了腳行代拿，表哥、表姊，和我三個人，手拉住手，活像十數年前一起由小學放學回家的姿態與神情，愉快地走上天橋。

五十七

步出車站，因爲接站的人多，我提議僱一部出賃汽車回家。

『對！小弟現在是「法幣階級」了，應該請我們坐坐汽車啦！』表姊高興地說著，一面挽攙著姑母進入一部汽車裏。

姑母告訴我：姑父下午有要公未能來車站，可是他老人家已在登瀛樓訂了座，今晚就爲我接風。表哥告訴我：賀大哥下午沒在辦公室，不過已給他留條，告訴他我返津的消息。表嫂說我口音變了，猛聽活像南蠻子學國語，又說我的神氣確實像個大人了，和八年前在他們家拉胡琴唱平劇的時候眞不可同日而語了。接著，姑母、表哥、表嫂又不停地告訴我其他的事……表姊一勁的催促著：

『你們跟小弟講完了沒有？我還有要緊的話要跟他講哇！』

『好，好，對不起，現在讓我洗耳恭聽姊姊的話！』我轉向表姊，注視著她的面孔。

『一下火車，我就要搶先告訴你；可是媽他們大夥兒一直緊著跟你說不完，叫我張開嘴的機會都沒有。』

『您快說呀，別「賣關子」啦，有甚麼好事要告訴我？』

一萬萬個沒有想到，表姊竟說出來：

『是關於唐琪的事！』

『唐琪？』我淡淡地。這名字，已在我記憶中冰封很久。

表姊並沒有體會出我淡淡的神情，她興致勃勃地說下去：

『是呀，就是你那心上的，日夜難忘的唐琪呀！她眞是一個可愛可敬的女性，我算佩服你的眼光了，當初你那麼小小年紀竟會跟她戀愛，眞是別具慧眼，難怪你今天功成名就衣錦還鄉啦！』

『姊，我是衣錦還鄉呀？您沒看見我這身粗呢中山裝呀！』我打斷了她的話。

『今天吃過晚飯，就叫你大哥陪你去做衣服吧，』姑母說，『聽說重慶來的人都在這兒大製行頭哩！對啦，您現在每月賺多少薪水？』

『三十幾萬法幣。』我答。

『唉喲，可不少啦，合起「準備票」（僞幣），有一百二十多萬呀！比你姑父掙的還多了一半呀！怪不得聽人說重慶客都認爲這兒的物價低！現在做一套西服，大概二十萬準備票兒足夠了。只合五萬法幣吧！』

『是呀，現在咱們打了勝仗，法幣值錢了；當初姑父給我兌錢時，是一塊僞幣兌十元法幣，現在是四塊僞幣兌一塊法幣，』我一面說，一面猛然想起，受了多年姑父母養育之恩的我，應該開始稍稍盡一點孝心了，便接著說，『我每月最少給您十萬法幣零用，買東西，或是存起來，好嗎？媽！』我往姑母懷裏一偎，她立刻又把我緊緊抱住：

『好孩子，好兒子，不用，不用，你現在做大事了，應酬多，開銷大，每月給我萬兒八千的足夠了！』

『唉喲，唉喲，』表姊酸溜溜地尖叫著，『您娘兒倆別這麼客氣得「肉麻」啦，好不好？我這兒緊著要給小弟報告唐表姊的重要消息，你們怎麼老打攪呀？』

『對，對，快讓她講，』表哥插嘴說，『要不，叫我講給小弟聽算啦！』

『不行，不行，當然應該由我講，』表姊說，『別忘了，當初我是「擁唐派」，你們都是「騎牆派」，說好聽點是「中立派」，所以今天我最有資格講給小弟聽。』

接著，表姊把我雙手一抓，正要正式開講，汽車喇叭連響兩聲，到家了。

『討厭，到得好快！好啦！咱們到家裏去講。』表姊嗔怨地鬆開我的手，攙扶姑母下車。

一進家門，就撞上了賀大哥。

我們猛撲在一起，我發現我長得竟已比他高出了半頭。

千言萬語要跟賀大哥講，簡直一時不知由何說起。賀大哥緊緊地摟住我，不住地叫：

『醒亞，醒亞，你長得這麼高，這麼壯實，太好啦，這麼壯實，這麼高，太好啦……』

淚珠滾跌出我的眼眶，賀大哥眼睛裏也裝滿了淚水，我們鬆開四隻臂，相互一對視，又立刻熱烈地擁抱在一起。

『唉喲喲！』表姊叫出來，『兩個大男人別這麼哭啼啼熱辣辣的嘍！小弟，你見了賀大哥都這麼親熱，等要見了唐琪表姊，還不知得怎麼表演呢？好了，好了，快點鬆抱吧，二位，我要趕快跟小弟談唐表姊的事呀！』

表姊拆開我和賀大哥，扯著我的雙手：

『小弟恭喜你喲，唐琪等得你好苦，你這次回來快設法找到她，來個閃電結婚吧！爸媽再不會反對啦！』表姊一扭頭，衝向姑母，『媽，是不是？您再不反對小弟跟唐表姊結婚了吧？』

『當然不，當然不，』姑母笑眯眯地說，『醒亞已經這麼大，又這麼有出息了，願意跟誰結婚，我都不管，我都贊成！』

『要結婚，當然跟唐琪結婚，』表姊像孩子般跳叫著，『唐琪多麼愛小弟呀！』

唐琪！唐琪！唐琪！唐琪！表姊的聲音像在高山深谷中喊出來，四面八方一起發出了迴響，那迴響向我連續撞擊，一起始，聲音低微，漸漸地，那聲音越來越大，越來越猛……

我彷彿是一個失去記憶的腦病患者，唐琪對我已經陌生了；表姊的聲音劇烈地震盪著我的頭腦與心臟，唐琪的影子開始在我眼前旋轉，那影子微小，朦朧，可是越旋轉越大，越清晰……

我大概發了一會怔。表姊打了我一下肩膀：

『喂，人家講你的唐琪，你怎麼心不在焉哪？』

『先別講唐琪好不好？醒亞一定太累了，叫他先休息——』賀大哥對表姊說。可是他的話還沒有說完，就馬上被表姊打斷了。

『不行，不行，賀大哥，你講完了，我還得親自補充唐表姊如何營救你出獄的細節哩，我講也講不清楚。』

『甚麼?您說甚麼?』我彷彿由夢境中,清醒了一下,驚訝地問表姊,『您是說唐琪營救了賀大哥出獄?』

『是呀,賀大哥在信上不是告訴過你,說你救他出獄,你弄不明白,還寫信來問我們原因何在嗎?我不是又告訴了你,是你間接救他出獄的嗎?怎麼你這麼聰明,竟一直沒有想到直接營救賀大哥的正是你的唐琪呀?』

『是嗎?賀大哥!』我幾乎完全不信地問。

『是。』賀大哥深深地點點頭。

『小弟,要不是賀大哥一定不要我們先在信上說清楚,我早就會寫信告訴你一切了。』表姊興致勃勃地說,『我知道,賀大哥是故意要大家都晚點告訴你,等你回來當面跟你說個明白,好叫你意外地驚喜!』

『不,我不是那個意思。』賀大哥頗爲嚴肅地一搖頭,『剛剛勝利,我第一次給醒亞寫信時,本想把唐琪如何營救我的經過一五一十地告訴醒亞;可是實在因爲工作太忙,沒有時間長篇大論地描寫那一段事實,所以才簡單地寫了一句由於醒亞的援助我始免除一死,特先向他致謝,詳情容面晤細敍……後來醒亞不解,寫信來問我,我便再寫信簡述一下唐琪救我出獄的前後眞相,付郵前,正巧接到我弟弟賀蒙由雲南寄給我的信,他信上說醒亞已經和一位鄭小姐訂婚,我一再思慮,我極爲矛盾。決定暫不把那封長信寄給醒亞,而改寫了一封短信推說工作太忙,無暇多寫,同時我又囑咐震亞和慧亞,如果醒亞來信問這回事,最好也暫先別提。既然醒亞已經訂婚……』

『小弟，你訂了婚怎麼來信也不說一句？』表哥、表嫂、表姊同時問出來！

接著，姑媽嗔怪我：

『是呀，孩子，怎麼不早點告訴我？叫我也跟著高興呀！』

『本來想寫信告訴您們大夥兒，因爲有點害羞，所以沒有寫。』我說的倒是實在話。當時在重慶，我曾想到了應該早點把自己訂婚的消息告訴家裏，還想到最好能把美莊描寫一番；可是，不知道怎麼上來一股羞澀勁，幾次提筆都沒有好意思寫出來。

『又不是大姑娘，害的那一門子羞呀？』姑母笑容滿面地講，『那個鄭小姐多大啦？長的甚麼模樣兒？哪一省人？相片帶來沒有？快給我看看！』

『媽，唐表姊太可憐啦，等了小弟五、六年，等出來了個甚麼鄭小姐……』表姊突然哭了一聲，撫著頭，啜泣著跑出房去。

『姊姊，姊姊，』我追了她幾步，我知道是我傷害了她。她頭也不回地直奔上樓梯。

『傻慧子呀！你替別人傷的那一門子的心呢？』姑母吆喝著，『姻緣都是前生定，誰也扭不過命！剛才媽不是說過嗎，醒亞跟誰結婚，媽都贊成，媽都高興！』

表姊在樓上喊：『小小年紀，無情無義！』砰地一聲，關上了房門。

一陣電鈴聲，姑父回來了。

『醒亞到家沒有？』姑父一進大門，就大聲地喊。

我趕忙走出客廳來迎接。他老人家健步如飛地，衝到我的面前：

『來，好孩子，跟姑父握握手！』

有生以來，這是我第一次看到嚴肅拘謹的姑父如此活潑，如此喜形於色。

『就去登瀛樓吃飯吧！已經六點多啦！我還特別邀了兩位最要好的海關同事，給醒亞做陪客哩！』姑父招呼著大夥兒。接著，姑父發現了全家都在客廳裏，單單缺少個表姊：

『慧亞呢？』

『上樓了，我去喊她。』姑母回答。

『我去喊姊姊！』我搶著要去。

『讓我陪你一塊去，』姑母拉住我，『剛才光顧說話，也忘了要你上樓去洗洗臉，看看你的新房間啦！』

我攙扶著姑母上樓梯，姑父、賀大哥、表哥、表嫂、一大串都也跟著上樓梯，他們紛紛地講：

『醒亞到那兒，咱們都跟著！』

姑母快活地扭回頭來對大家說：

『醒亞現在可是「香餑餑」嘍！』

我以爲姑母把我以前住的那個小房間重新佈置了一番，沒想到卻是把以前表姊住的那個較大的臥室分配給我了：

『慧子出嫁了，不常回娘家，所以從日本人投降那天起，我就把她這個房間騰出來，留給你用，你以前住的那個小房間換給慧子偶爾回家時住。』

『姊夫呢？這麼大半天都忘了問。』我問姑母。

『忘了告訴你，你姊夫那個人可眞不錯，又忠厚又老成，』姑母說，『是我一手替慧子做主訂的這門親，他本來在天津官銀號郵局做事，前些日子高升了，調到唐山總郵局去當甚麼組長。』

『我快去勸勸姊姊吧，』我說，『她也許還在哭哩！』

『誰像你那麼從小就愛哭？我才沒有那麼多眼淚緊替你哭哩！』表姊的聲音由盥洗室裏傳出來，原來她已經破涕爲笑地在化妝了。

姑母陪我推門進入表姊的房間——也就是我以前一直居住的那個房間。裏面的佈置擺設已經與五年前完全不同；可是，我依然清楚地記得哪個角落放過我的小書桌，哪個角落放過我的小鋼絲床，哪面牆壁掛過月份牌、胡琴、和衣架，哪面牆壁掛過我雙親的遺像……這個小房間蘊藏著我的童年，也蘊藏著我的初戀。我逃避似地，急忙轉身走出這個房間，我似乎不敢再多逗留一霎，我怕想起那夢般的月夜，我怕想起唐琪……

我連連在心中自言自語：

『那不是初戀，我和美莊在沙坪壩上的日子才是初戀，我愛的只是美莊，只是美莊……』

可是，我儘管這麼想，唐琪的影子卻仍舊不能立刻遠離我的腦際。唐琪究竟在這些年做了些甚麼？她究竟如何又爲何苦苦等我？她究竟怎麼營救賀大哥？她究竟由於甚麼緣故獲得表姊如此欽敬與同情？這一串問題我直想馬上向表姊問個明白。然而，當著姑父母一大堆人，亂鬨鬨地，我實難開口。

在登瀛樓，大家吃得盡興，談得痛快。賀大哥喝得醉醺醺地，一定要我跟他合唱河南戲助興。

『周文王來至在渭水河上，
叫一聲姜太公細聽端詳，
我好比堯舜禹湯人一個，
你好比諸葛孔明二位先生，
只要你保著我得了天和下，
那時候你作朝來我坐廷。』

一段「渭水訪賢」唱完，全體捧腹大笑。

在喜氣洋洋的宴席上，我被推讓在首座，我的嘴除了不停地吃酒吃菜，還要解答每一位提出的有關這些年來後方抗戰實況，與今後國內外形勢一大堆問題。沒有人再提唐琪。

飯後，大家散坐開喝茶。表哥自告奮勇地唱了一段馬連良味道十足的「甘露寺」，又命令他那剛會說話的幼子唱了一段童謠，表示爲我接風。

我正好和表姊坐在一個大沙發上。我鼓了鼓勇氣，決心探問一下有關唐琪的事。

『姊，』一個姊字剛出口，室外突然一陣小騷動，緊跟著飯店茶房一聲高吼：

『客人到！』

門簾啓處，現出一個張牙舞爪急奔而來的人物。

一定神，原來是表嫂的長兄高大爺！

大家禮貌地起立相迎，還沒等我站直，高大爺一把拉住我的手：

『唉呀，可久違了，老弟！老弟！自老弟南下，愚兄簡直無日無時無刻不記掛老弟，平常和親友見面更從無一次不對老弟南下獻身偉大抗戰備加讚揚！前些天聽舍妹（指表嫂）說老弟可能最近凱旋還鄉，我三天兩頭打電話到季公館詢問尊駕北上的準確日期，以便恭迎，又千囑咐萬囑咐舍妹，一旦大駕蒞津，務必立刻打電話通知我，第一頓接風宴，愚兄我是非請不可的！』說到這兒，他怒向表嫂一望，『你這個傻妹子！怎麼今天竟不通知我呢？眞該打！』

『醒亞一到家，大家樂得團團轉，我一下子就把您囑咐的話忘記啦，眞對不起！』表嫂連忙向高大爺道歉。

『不要緊，季老伯，』高大爺向姑父一拱揖，『今天這頓酒席，由我小姻侄做東，誰要不答應，就是瞧不起我高某人……』

『別，別，』姑父說，『今天是我給醒亞洗塵，你隨便再訂一天，我們都來作陪！』

『那麼就是明天，地點聚合成，保險菜比登瀛樓還好！』高大爺立刻接著說。

『討厭，』表姊湊到我的耳根小聲說，『這塊料還是那副討厭相！聚合成菜好，難道爸爸今天叫的菜不好嗎？』

『那麼老弟，今天晚上是否我有幸陪你逛一逛？聽平劇，咱們上中國大戲院，李少春的「戰太平」；想跳舞，咱們去新開的哥倫比亞，是袁世凱的公館樓廳改建的大舞場；想玩別的，還有的是花樣，我得給你這位重慶飛來客做做忠實嚮導……』高大爺又一把將我拉住，滔滔地說個不停。

『醒亞今天又坐飛機又坐火車的，一定太累了，非早點睡覺不行，』姑母著急地阻攔，恐怕我眞會跟高大爺走，『高大哥要請他吃請他玩，統統在明天算了。』

這樣，才算解除了高大爺的「熱情攻勢」。臨行，高大爺還一面摟住我的肩膀，一面說：

『老弟，明天咱們先洗澡，後吃聚合成。天津最講究的澡堂，是張莊大橋的元興池，擦背、捏脚、刮脚、搥腿，都是一流好手。華清池、龍泉、天香池都不行，咱們明兒個元興池……』

五十八

晚上在家裏洗了個痛快的熱水澡，預備就寢；可是，大夥兒又都陸續聚到我的新臥室來。我重新穿上衣服跟大家開始談個不休。

除了姑父與賀大哥，全家都在這兒。賀大哥因要參加一項夜間還要舉行的重要會議先行離去，姑父每天十時以前一定入寢，這是他數十年來固定不變的習慣。

姑母一面嚴囑大家的談話必須馬上停止，以便叫我即刻睡下，否則她會擔心我將累出病來；她老人家自己卻又一面毫不放鬆地向我繼續問東問西，並且不厭其詳地向我敍述五年來發生在天津的大事小事，與她五年來日日夜夜懸念我的各種心情。難得她的記憶力那麼好，她一連串說出來某年、某月、某日、某時，她做過如何如何與我相會的夢。她說：有時候夢到我很結實、很快活，醒來很安慰；有時候夢到我有病有災甚或流血死亡，醒來不覺心驚肉跳一身冷汗；於是她馬上向老天爺禱告，並且她一直深信「夢境與事實是相反的」，所以漸漸地她又會平靜下來，反以爲是一種吉兆；當她做好夢的時候，她就說，她相信那夢不會相反……

表哥和表姊一再向姑母提出抗議：

『您不讓我們跟小弟多說話，怕他累，您倒一個人緊跟小弟嘮叨個沒完沒散。』

『好，好，今天咱們就談到這兒爲止，』姑母宣佈命令，『誰也不許再向醒亞問一句話了，明天一早吃早點時再開始談……不過醒亞你還得告訴我一件事，我才能睡得著——你賀大哥在日本投降後才告訴我你在太行山上打日本很勇敢，不幸被八路軍圍攻受了傷，並且有一顆子彈一直沒取出來，你賀大哥一勁兒地說不要緊。那怎麼行？子彈要在肉裏生了銹，肉會爛的吧？你快說說看，到底是怎麼回事？』

把我如何作戰負傷，如何被賀大哥救起，如何在重慶開刀取出子彈，報告完畢，整好十二點了。

我的聽衆對於賀力大哥極表欽敬，因爲他只講過我曾負傷，從未提過就是他本人救了我。另外，我的聽衆對於八路軍極表憤慨，連姑母都咬牙切齒地說：

『這種喪良心的隊伍，不打日本打自己！聽說現在他們還到處扒鐵路，殺人放火……』

大家都走了。我連連打哈欠，顯然，已經很瞌睡了；可是，在舒適的輭床上，在溫暖的被窩裏，竟輾轉反側，遲遲不能入夢。

我又穿衣下床，開亮電燈，在臥室裏踱來踱去……

走到室外，在甬道上看見各個臥室的燈光都已熄滅，我猶豫了一下，結果，還是輕輕地敲了敲表姊的小房間的門。

表姊立刻出聲答應，她一定是醒著。

『怎麼回事？小弟，還沒有睡呀！』說著，表姊燃亮電燈，開開門。

『我想問您一點事。』我走了進來。

表姊加披一襲絲絨長睡衣，問我：

『問唐琪的事？』

我點頭。她說：

『我一直睡不著，正是心中老想著唐琪的事。我想，你也應該跟我一樣，或者比我想得更厲害些。否則，你不是太沒心沒肝了嗎？唉喲，恕我心直口快，我又忘了你已經跟鄭小姐訂婚了，糟糕糟糕，算我沒有說！』表姊稍一停頓，『不過，賀大哥的想法也對，不管唐琪多好多偉大，你既然訂了婚，就別再──』

『我懂得。我只是要問一下唐琪的情況，並不是想跟她重再相愛。』

『可是，她一定仍在癡心地等待你哩！唉，我也矛盾起來了，滿心希望你倆這次重逢可以永遠幸福地在一起，不意你又在重慶訂了婚，所以白天在樓下一聽到你講的話，氣得我一時衝動就哭著跑上樓來，後來我又想到哭也沒有用，既然已經如此，只有改變初衷，希望你和鄭小姐白頭偕老……』

『姊姊，您別起承轉合地做文章了，』我說，『唐琪現在在天津嗎？』

『不，聽說在東北；勝利後，一直沒有來信。賀大哥原本比誰都著急，他還準備親自去一趟東北尋找唐琪哩！他說他一定得設法找到唐琪才對得住你。看來，賀大哥現在或者不會再去找她了。』

『唐琪這些年到底怎麼樣?』我追問。

『講起來，眞像一部動人的小說，或是一部精彩的影片……唉——』表姊長嘆一聲，一口氣說了下去，『那年，你跟賀家弟兄同行南下後，唐琪好像就不再伴舞了，也不再唱歌;一家畫報說她態度消極，心情冷漠，恐將永遠脫離歌臺舞榭生涯;可是，不久，唐琪突然大變，不但重新活躍舞場，並且很快地竄紅起來。後來我們才知道:起初她是因為你的遠行而悲傷，而懊喪，後來由於她打聽出由香港可以搭飛機去重慶，她便決定設法籌錢，因為這筆飛機票款為數甚鉅。她又有甚麼好辦法弄錢呢?她唯一的辦法是變成紅舞女。你也許責備她從此開始墮落;然而，你應該知道，她如此做完全是為的能夠去重慶，去重慶完全是為能夠找到你……

『過了一段時期，她一切準備妥當了，臨行前夕她還特別請我跟大嫂吃了一餐飯，她再三詢問你在後方的住址。我告訴她你只從太行山麓的林縣寄過一次信回家，以後全無消息。她簡直不肯相信，誤會我們不願意你倆見面。她哭得很傷心，幾次抓住我和大嫂的手，顫抖地說:「我唐琪究竟犯了甚麼滔天大罪啊?連唯一同情我的兩位姊妹也對我歧視，對我隱瞞……」我們一再對她發誓，她才逐漸相信我們不是對她故意欺哄。最後，她堅決地說:「無論如何，重慶我是去定啦，不管醒亞在不在重慶，我想我有辦法找到他，他不是唸書就是從軍，我要到每一家大學裏去找他，我要到每一支部隊裏去找他，我要在每一張報紙上登尋人廣告找他……我已經儲蓄夠了一筆款項，足夠負擔由天津到香港，由香港到重慶，再由重慶轉幾個省分的費用。」我和大嫂眞誠地為她祝福，盼望她早日順利地跟你晤面，又拜託她好好照拂你的生活……第二天，她果眞搭太古輪去了香港。不想，天有不測風雲，不早不晚，日本人偏偏在這時候繼續偷襲珍珠港的手法，一舉攻陷了香港……唐琪不但沒有趕上最後一班離港去重慶的飛機，並且由於人生地疏，財物被當地流氓和日本兵一刼再刼，最後落得流浪街頭餐宿無著，結果無奈就在香港暫作舞女……不久，她重返天津，她的悲痛是可想而知的。剛巧這期間賀大哥已由上海回來，並且到家裏來告訴了你已平安抵達重慶的好消息。唐琪爲你有了確實下落，簡直歡喜得快瘋狂了，似乎把上次在香港遭遇的一切不幸也全都忘記了，當然這是因爲一線新的希望重在她心裏出現——她認爲香港重慶間的航線雖然中斷，賀大哥卻一定會帶她由內陸交通線同往重慶。她求我帶她去見賀大哥，賀大哥感於她對你的感情如此堅貞，居然一口答應，並且說唐琪眞是運氣好——這回不必攀登太行山，而是由津浦鐵路、隴海鐵路轉經皖北可進入河南，一路皆是大平原。賀大哥做事細心，他交待：不久同行，沿路若遇盤查，就說唐琪是賀伯母的乾女兒，要唐琪先有這心理準備便於應對。唐琪去拜見了賀伯母，她由賀家回來，簡直高興得手舞足蹈，告訴我和大嫂：「我太、太、太感激賀先生，不知該如何答報，見了他母親大人，再忍不住地跪下磕了頭，直說我就是她的眞的乾女兒啦，又說我母親早已過世，今後她老人家就是我母親，我就是她女兒……那老人家眞跟我有緣，看得出她非常喜歡我。」

『賀大哥叫唐琪一切守秘，安心收拾行囊等他就好，他要離開天津幾天，一回來便可以起程。沒有人知道他去了哪裏？十天後他才回來，再五天後被捕。賀蒙以前在天津時，我只去過一次賀家見過賀伯母，我們全家除我之外，無人與賀伯母相識，我們不敢去探候她，怕漢奸與鬼子們的鷹犬會守在她家門口。唐琪跟我們不同，她敢去安慰賀伯母，說她一定會設法救賀大哥。我們都懂，惟有賀大哥不死，她去重慶找你的盼望才不致破滅……

『眞想不出唐琪有何本領救賀大哥？卻聽人說見到她和富商、漢奸、日本人混在一起，日後得知她居然找到大力相助的人，她又必須把大量的金錢弄到手上，再大量去行賄，不僅漢奸，日本人也照樣貪財。唐琪經過冒險犯難千辛萬苦，終於把賀大哥的死刑變爲有期徒刑，再變爲提前假釋……這營救的兩年間，唐琪被人指稱漢奸，賀大哥出獄了，唐琪還是被人唾罵爲漢奸。只有賀大哥、賀伯母知道唐琪是何等可敬而近於偉大的人。

『賀大哥獲釋，已近抗戰末期，日軍在太平洋海戰連連潰敗，大陸上的軍事也連連失利，經濟尤其瀕臨崩潰邊緣，民間遭受不斷壓榨，困貧慘像一再出現，繁華的天津市也冷落不堪了，家家戶戶忙於領混合麵充飢，又忙於防空，市面極不景氣。天津已無唐琪淘金環境，她便跟隨敎她唱歌的白俄女老師遠去東北哈爾濱……

『不久，日本突然宣佈投降，賀大哥這才到家裏來跟我們原原本本地講述了唐琪。我們太受感動，簡直聽得驚呆住了，連爸爸也直讚嘆說唐琪是個亂世中的奇女子，媽也對唐琪的印象轉了個大彎，你猜媽怎麼說？媽說：「早知如此，不該阻攔醒亞跟唐琪要好，眞盼望醒亞快從重慶回來，唐琪從東北回來吧，我得做一回主婚人兼大媒哩！」可是，如今你回來了，唐琪卻仍無消息。唉，沒有消息也好，她如果也回到了天津，不更是一幕悲劇嗎？』

我正聽得入神，表姊戛然停止了她的敍述。

『唐琪怎麼不跟那位尙先生去重慶呢？』我突然想到了那位代我劃款的尙先生。

『尙先生根本不認識唐琪呀，』表姊說，『尙先生在天津行動非常保密，除了爸爸經賀大哥介紹和他見過一面，我們任何人都不曾見過他。本來爸爸是託賀大哥給你劃款的，因爲賀大哥預定的行期比尙先生的行期要遲個把月，爲使你提早收到那筆款，賀大哥才建議請尙先生先行劃撥。虧得是按賀大哥的意思辦的，否則款不交付尙先生，賀大哥一被捕，你就再不能收到那筆錢了。』

『姊，尙先生雖不認識唐琪，卻知道唐琪當選舞后歌后的新聞，並且無意中告訴了我，給了我慘痛的打擊……』

『對啦，我還曾偷偷找到唐琪，告訴她最近可能有一位賀大哥的朋友尙先生南去，如果她願意搭伴同行，我可以試著要賀伯母出面商請尙先生同意；可是，唐琪馬上拒絕了我這個建議。她說她絕不能在賀大哥剛剛被捕後，一走了之，因爲賀大哥已經仁慈地答應了偕她同去重慶，她一定要設法救賀大哥出來，然後再一同去找你！』

我無力地垂下頭，心如絞似割，不由地雙手緊撫胸口，期能稍減痛楚……

『好，好，不能再講了，不能再講了……』表姊站起來，伸了個懶腰，『天太晚了，你去睡吧，說不定媽半夜裏要起來到你房間，怕你著涼，給你拉拉被角呀，加放個毛氈呀，她要發現你不在，可要嚇一大跳哩！』

走出表姊的臥室，我重又回頭向它投下無限留戀無限淒然的一瞥。天！就是在這個小房間裏，我和唐琪山盟海誓永遠相愛！天，背誓的是我！負情的是我！我一直堅信自己是最忠於愛情的人，我從未發現我是如此一個背誓負情的人。

倒在床上，心亂如麻，毫無睡意。

我突然懊悔不該回天津來。剎那間，天津彷彿對我全然失卻了價值。

強忍地，我由激動中冷靜下來。我再三再四地思慮，唐琪給予我的愛，為我吃的苦，我當然感激；可是造成今天這種局面的原始根由，卻仍是五年前她先背棄了與我同行南下的諾言！如果那次她毅然決然地跟我南下，我和美莊之事根本不會發生！太行山的生活雖然艱險，然而也不一定送命無疑，賀大哥、賀蒙、我，還有許多戰友不都是活得好好的嗎？唐琪如果一直跟我們在一起，一定也會活得好好的！她那次的背信，給了我太大太大的傷害！她為甚麼要有那一次的背信？我仍然無法不痛恨她那次的背信！想到這兒，我似乎獲得到寬恕與平安，也惟有往這兒想，惟有把過錯推到別人身上，我始能獲得寬恕與平安。

天，已經朦朧亮了。徹夜未眠的我，週身疲乏已極；可是，隨著晨曦的來臨，頭腦卻越來越清醒——起碼我自以為是清醒；我不能再以唐琪的事來苦惱自己，來束縛自己，我們確曾彼此真摯相愛，然而從今以後那愛是無法繼續，也不該繼續的了。要繼續只好在心深處隱密地繼續，但是最好也不必了，因為那只有空空招惹永久的辛酸……在愛情上，我必須全心忠於美莊，她是個單純嬌貴的女孩子，我不能對她變心，因為她不比唐琪，唐琪堅強，她脆弱，她若在愛情上遭受打擊，那痛苦將比唐琪所感受到的更要大出千倍萬倍……在事業上，我必須全心忠於新聞工作，報社委我以如此重任，我怎能不小心翼翼兢兢業業地，奉獻出全部心力！我再沒有時間在纏綿悱惻的愛情漩渦裏打滾，我必須勤奮辛勞覓求立足社會，實踐自己的理想與抱負……

陽光開始照進窗子，我似獲得解脫，跳下床來，準備給美莊寫一封信，並且給報紙拍出第一張電報。

五十九

表姊給表姊丈打了個長途電話，他在我抵家翌日下午便趕來天津。他給我的印象很好，穩重、沉靜，雖不擅於詞令，然而樸實誠懇。我深爲表姊的幸福安定的婚姻慶幸；可是，我卻也一再想到遙遠的賀蒙……賀蒙必會對表姊仍念念不忘吧？如果表姊能嫁給賀蒙不是更好嗎？起碼那是我曾經希望的。我眞想把這一番心裏的話告訴表姊；話到舌尖終又吞嚥下去。想一想，我不該無端地觸惹表姊煩惱，我只應虔敬地祝福表姊伉儷。

表姊丈是特別趕來爲我接風的。不過，這一天的晚宴已早一日被高大爺搶先邀定。高大爺一連幾個電話約我到元興池洗澡，我因在家中可以洗得很舒服，便謝辭了。爲了禮貌起見，我提議在赴高大爺的晚宴前，先去看望一下高老太太。

『對，對，醒亞可眞是有出息，做大事的人，想得多週到！』姑母雙手拍掌，誇獎我，『你們都還沒有想到哇！』

『高伯母是長輩，又是密斯脫風雨無阻的岳母老大人，當然應該先去拜看一下，』我說，『高二嫂當初對我也很不錯，高大奶奶雖然有點厲害，可是這麼多年不見了，不良的印象也該沖淡了，何況我這次回來高大爺特別表示得客氣親熱，還有他那幾位小把戲恐怕也都長大啦……』

我們一行——表哥、表嫂、表姊、表姊丈，和我，浩浩蕩蕩來到高府。高老太太對我親切異常，高大奶奶則把一切誇獎讚美的詞句加在我的頭上，使我一再感到無法承受，高二奶奶不多言不多語地靜聽著大家的談笑，我卻看得出仍是她對人誠摯。孩子們上學未歸，高老太太告訴我：

『小傢伙們已經都是中學生啦，簡直是一轉眼的功夫哇！當初孩子們吵嘈著跟小張叔叔去滑冰，活像就在昨天似地。好，現在小張叔叔都功成名就啦，孩子們將來還得要請小張叔叔多提拔哩……』

冰！冰！冰！

顧不得跟高老太太客套，剎那間腦子裏湧現的全是冰，冰，冰……，那洋溢著歡樂與熱情的冰場，那跑在冰上興高采烈的中國人、外國人、男、女、老、幼，那各種不同顏色的鮮豔服裝，那各種不同樣式的晶亮冰刀，那大喇叭裏流瀉出來的俏皮輕鬆的音樂，那歡呼與掌聲中，唐琪表演著種種絕技，刀光冰影閃鑠不停地圍著她的身子旋轉，直如一條斑鱗璀璨銀輝四射的小飛龍……她拉著我倒滑，大眼睛閃閃地瞅著我，使我如置身於一葉輕舟隨風飄行，她又挽著我的臂前進，身子那麼近近地，疲乏地，嬌慵地偎依著我，頭垂靠在我的肩上……

命令自己不許再想，我拚命把腦子變爲眞空。

可是，高二奶奶好心地請我們到樓上她的房間小坐片刻時，又一次觸痛了我的心的傷疤。

『張弟弟，』高二奶奶小聲地問我，『我還忘了問你哩，唐表妹有消息沒有？有情人該成眷屬了吧？』

淒然地，我搖了搖頭。彷彿聽到表姊低聲告訴了高二奶奶：『醒亞在重慶跟一位鄭小姐訂婚了！』又彷彿聽到高二奶奶向我說了兩聲：『恭喜恭喜！』在那一霎間，我似乎由於一陣劇烈的心酸與輕微的昏厥，暫時失去了聽覺與視覺，當前的一切聲音與形象都不復存在；定一定神，朦朦朧朧地，似乎眼睛復明——我看到了唐琪病倒在高二奶奶的床上，看到她拉我過去親自為我圍好圍巾，看到自己在大雪紛飛的街上，躲進洋車裏，把那圍巾放在嘴邊吻了又吻……

高大爺回來了，眞感謝他這時候回來，用他那哇啦哇啦的大嗓門把我由夢幻中喚醒。於是，大家一起打道聚合成。

高大爺「氣魄」眞不小，爲我竟請了三桌酒席。季、高兩府全體幾乎已佔了一席半，高大爺又邀了另外許多親友作陪，不少人是我當年在高府見過的二大媽、三大姨、四大妗子、五大嬸，男客人多半是高大爺的現任同僚，其中還有兩位是新從重慶來的接收官員。高大爺在交際上，不能不算一把好手。

酒過三巡，高大爺霍然起立，發表演說：

『諸位至親好友，今天我爲張特派員醒亞老弟洗塵，眞是感到萬分榮幸，並且也感到萬分欣慰和驕傲！因爲張特派員醒亞老弟有今日的榮歸故里，本人敢說不無微功；當初我早就斷定抗日戰爭一定勝利，所以一再跟醒亞老弟講：「沒問題，沒問題，日本小鬼想跟咱們打，簡直是等於鷄蛋碰鐵球嘛！」』

一陣鬨堂大笑，大家紛紛舉杯向高大爺致意，並且異口同聲地對於他這個「鷄蛋碰鐵球」的比喻，表示欽佩。高大爺得意地繼續說下去：

『所以，平津失守以後，我一而再，再而三地鼓勵勸說醒亞老弟到南方去參加抗戰！果然，醒亞當眞不顧一切艱難，跟隨今天在座的地下抗日英雄賀力賀先生同往重慶，如今醒亞老弟官拜特派員，眞是我們全體親友的光榮，更是全天津市二百七十萬市民的光榮！諸位都知道，「特派員」是目前最重要最有權勢最吃得開的頭銜，財政部在這兒有特派員，經濟部在這兒有特派員，交通部在這兒有特派員，教育部在這兒有特派員，軍事委員會在這兒有特派員，資源委員會在這兒有特派員……可是，其中最大的一位特派員卻是我們這位張醒亞張特派員——因爲他雖然不是各部會的特派員，可是他是報社的特派員，俗語說得好：「新聞記者見官大三級！」做官的誰敢不買新聞記者的賬？』

又是一陣鬨堂大笑，夾雜著掌聲與讚揚高大爺口才出衆的評語。

賀力大哥跟我偷偷使了個眼色，撇了下嘴，我知道他對高大爺的演講已感到太大的厭惡。在座的人，沒有比賀大哥更淸楚高大爺當年如何「鼓勵勸說」我南下抗戰的了。高大爺在七七事變剛發生時，確曾說過：『日本人打中國，等於鷄蛋碰鐵球！』平津一淪陷，立即高叫：『抗戰絕對沒有前途，中國夢想打日本人才是鷄蛋碰鐵球呀！』也正是這位仁兄。

高大爺結束演講巡行宣佈：『現在請張特派員致詞！』我站起，道謝敬酒，請求免除「講話」。

高大爺馬上也站起來，大聲說：

『機會難得，一定請特派員講講解，分分析當前天下大勢！』

一陣掌聲不停，我難再推拖，便簡單地說了一下日本投降後的國內形勢。我特別提出來：到處攻城掠地的中國共產黨，和強據東北堅不撤兵的蘇俄，又爲我們製造了一個新的內憂外患，今後大家的努力課題也就是如何消除此一新的內憂外患，並且建立一個眞正自由民主的現代國家。

高大爺立刻振臂高呼：

『沒問題，沒問題，共產黨不過一堆土包子，一羣流寇！能成甚麼大事？諸位放心，共產黨想打國民政府嗎？簡直是鷄蛋碰鐵球哇！』

高大爺話說得多，酒也喝得多，席散時已經半醉了。客人紛紛道謝散去，他拉住我不放，非要帶我去逛逛夜天津不可。他又不住地說：

『老弟，我告訴你啊，不，特派員，我報告你：現在接收大員們都在搞「五子登科」，老弟如有興趣，愚兄我絕對可以効勞辦到！這五子登科呀，乃是佔房子、搶車子、叫條子、買金子、玩戲子……人生也就是這麼點享受，何況你們都苦了八年……』

我實在不敢繼續領教，強掙脫開高大爺的拉扯，跟尚未散去的客人們搖手告辭。高大爺仍在搖搖晃晃地叫著：

『慢走，慢走，你這位老弟未免太老古板了，五子登科不來全，起碼來個二子三子登科也好哇，包在愚兄身上……』

六十

第三天，表姊丈在義順合請我吃西餐。第四天，表哥請我吃正陽春烤鴨子。第五天，賀大哥請我吃同和居涮羊肉。以後一連幾天，都有姑父海關的同事、表姊丈郵局的同事、表哥銀行的同事，以及左鄰右舍與初中時代的校長老師們，分別請我吃飯。

雖然酬酢頻繁，我並沒有鬆懈工作。一週內我已經寫了兩篇特寫與通訊，電訊每天拍發一、二次，從無間斷，表姊回唐山以前還一連三日開夜工，幫我把新聞稿譯成電碼。

半月後，應酬逐漸減少；工作更形加重。要拍發的新聞很多，得報社同意聘用了一位專任譯電員做爲我的助手。

北平方面似乎比天津的新聞更多，我開始經常往返平津道上，在北平住幾天，再回天津來幾天。

這期間，華北各地的日僑和解除了武裝的日本官兵陸續集中在天津，由我政府照料，遣送他們返國。對投降後的日本盡量寬容，是國家的政策；然而，飽受了多年蹂躪與殘殺的中國老百姓，實在一時忍不下這一口氣，於是，偶爾仍有毆打日本人的情事發生。

一天下午，人羣擁擠在天津的黎棧大街，交通幾乎堵塞了，我以爲是發生了車禍，要不就是化裝遊行，再不就是國軍演劇隊上演街頭戲；結果，擠進去一看，只見男女老幼市民們擺了一條長龍，領甚麼配給品嗎？不，原來竟是依照排隊的前後次序，每人可以在兩個日本人的臉上打兩記耳光。

排隊的人們，不住地叫著：

『前面請快點打喲，我們排在後面的好心急呀……』

『好多天在馬路上，碰不見日本人的面，這一回，可讓二大爺逮住，出出氣了……』

圍觀的人們，則不停地鼓掌、喊好。

有人說：被打的兩名日人中間的一個，被認出來過去是憲兵軍曹，有人指說他曾經毒害過不少中國商民和抗日志士，因而他挨的耳光較多較重；另外一個大概只是一個普通僑民，大家數道不出他的具體罪名，然而在羣情激憤下，他也無法脫逃。他們兩人被打得鼻青臉腫，鼻孔流血不止，十分狼狽，那個當過憲兵軍曹的人連連拱揖、鞠躬，乞求大家罷手；長龍內立刻爆發出怒號：

『不行，不行，當初這小子收拾咱們中國人的時候，灌涼水，上大掛，抽皮鞭，坐老虎櫈，一樣也少不了；今天只賞他兩個「鍋貼」，已經太便宜，太寬大了！』

兩、三名警察在一旁勸阻；可是，顯然無能爲力。

我突然覺得，我也應該參加勸阻的工作。

『各位父老兄弟，日本人已經正式投降了，如果這兩個人過去的行爲已構成「戰犯」案件，自有政府法辦，他們是跑不掉的，我們老百姓可以不必再這樣對待他們，因爲——』我剛剛說到這兒，便遭到了制止、抗議，與噓噓的嗤聲：

『嘿，誰要你來多管閒事？不開眼！』

『嘿，你是「親日派」吧？日本投降了，知道不知道？你還想宣傳中日親善呀！神經病！』

『嘿，你別是日本人冒充中國人吧？膽子可眞不小哇！』

我忍受下這些謾罵，理智地答話：

『諸位的愛國心，我很欽敬；但是，我們如果眞愛自己的國家，我們必須把眼光放遠放大，正如我們國家元首所說的，要以德報怨，因爲不如此就不能解除中日兩國百年來的世仇。如果，我們繼續跟日本爲敵，或者將來再掀起一場中日戰爭，那豈是我們國家之福——』

『不聽，不聽！』大家打斷了我的話，接著有人說：

『日本人強姦了多少中國婦女，我們打了勝仗，並沒有去強姦一個日本娘兒們，只想打兩巴掌也不應該嗎？』

又有人哭叫著說：日本人殺了他的父母，或是殺了他的子女，誰要再阻止他們今天打日本人，他們就連誰一起打……

這時，一個小伙子，跳到我的眼前：

『對，誰再多管閒事，我姓龐的眼睛認人，拳頭可不認人！』

後面的人有的喊他小龐，有的喊他龐老弟，有的喊他龐二哥，異口同聲地給他「加油」，喝彩。警察攔阻了他；否則，我或許已被他扭住。

我再沒有辦法說服這些人，連外圍的圍觀者也大多對我起了反感；只有少數人表示同意我的看法：

『這位先生說得也不算錯，日本已經投降，已經解除武裝了……』

『你們這幾塊料，少廢話！我的親哥哥就是被日本鬼子打死的！你們到今天還想當漢奸哪！』

那個姓龐的小伙子跳起脚來叫。

大家跟著一齊吼：

『「親日派」快開路，要不就乖乖地排隊到後邊加入我們「抗日」的行列……』

這時，馳來了幾輛警備車，警、憲紛紛跳下車來，兩名日人終於被「搶救」走了，咆哮的羣衆逐漸散去。

我默默地走開，步子沉重，心更沉重。

一連幾天，有兩家廣播電臺找我，去播講我所知道的抗戰期間戰地與後方軍民的生活；又有兩家當地的報紙，也以同樣題目邀我寫了兩篇報導。每次，我都在結尾加述上一段：

中國抗戰的眞正價值，在於以戰止戰，建立亞洲與全世界的永久和平。因此，在日本投降以後，我們應該跟他們的人民友好；實際上，日本人民確是無辜的，禍首罪魁僅只是少數的日本軍閥、政客、財閥，他們被打倒以後，中日兩國的老百姓應該如兄如弟，誠懇合作，共同爲人類謀幸福，才是中華民族與大和民族的眞正的福氣……

我擔心，我這話會被人聽不進去，或被人譏爲「八股」；可是，那兩家電臺和報社的友人告訴我：他們收到了不少聽衆與讀者的來信，反應相當良好。而最使我感到安慰的，是那次幾乎要把我當漢奸「嚴辦」的龐姓青年，一變而爲我的知音。

在一次民衆集會的公開演講中，我應邀講述了我們抗戰的艱苦與犧牲的慘重，最後少不得又講述了從此中日兩國應該眞正親善……當我走下講臺時，一個小伙子跑到我的跟前：

『張先生，您還記得我嗎？我是，我是那次——』

猛然間，我想起他來：

『你貴姓是龐，對吧？』

他點點頭。

『又要向我提抗議，是嗎？』我問。

『不，』他誠懇地，並且一臉愧色，『我要特別請您原諒我那天的魯莽，我要向您道歉……前幾天，我在電臺和報紙上聽了讀了您所講的話，越想，您講得越有理；今天在這兒方才知道您就是張先生……我很難過，我不知道您曾經是一位抗日軍人，這也怪您那天在黎棧大街爲甚麼不告訴我，不告訴大家夥兒您的身分……』

我連忙勸慰他，告訴他我十分高興今天在這兒重跟他相遇，眞是緣分。

『我的胞兄是國軍一名連長，抗戰時陣亡了，』他接著說，『所以，我一直恨日本人；自從聽了您的廣播，看了您的文章，我已經慢慢明白了，日本老百姓也很可憐，他們並不喜歡到中國來打仗。昨天我的鄰居——一家子日本人，老老小小哭得死去活來，原來她們接到了正式通知：老太太的兩個兒子統統在日本投降前戰死了，全家目前只剩下一個老婆婆，兩個年輕的寡婦，四個孤兒……您剛才說得對：人與人之間應該和平相處，民族與民族之間應該和平相處，國家與國家之間更應該和平相處……』

臨行，他留給我一個地址，他說他會開汽車，希望有機會給我服務。

後來，他果然做了我的司機。

六十一

在忙碌緊張的採訪生活中，我無暇念及唐琪。能以不斷的工作彌補心之創傷，原正是我所企求的。

可是，新的煩惱開始向我襲擊：

我多麼渴望和平，全國同胞也多麼渴望和平；然而，在平津地區以外，共產黨的軍隊卻不停地攻城掠地，破壞交通，拉伕徵糧，清算鬥爭……人民苦不堪言，每天都有難民逃到平津……平津市區，物價開始上漲。人民對一些政府官員的作風開始抱怨，由於若干接收大員，對收復區的人民擺出唯我獨尊的姿態，作威作福，盡力搜刮，「五子登科」也確有其事，使得方慶重睹天日的老百姓們感到失望、痛心……

我剛回到天津時，市民們那種敬愛「重慶客」的表現，少女們爭相嫁給軍人的風氣，都煙消雲散了。一些官員的貪污無能與一部分軍人的軍紀廢弛，造成了這種不幸的後果。再加上共產黨從中離間煽動，人民與政府之間的鴻溝便日深一日。

北平的一些大學生由於政府官員昏庸與共產黨的誘惑，開始走上歧途——一位政府大員到北平召集學生訓話時，竟糊塗到開口你們偽學生，閉口你們偽學生！天下只有偽政權，何來偽百姓、僞學生？於是，共產黨便在北平西山開設「招賢館」，號召青年到他們懷抱中去，並且派人到城內各大學張貼標語，上面寫著：

『此處不養爺，
自有養爺處，
處處不養爺，
爺去投八路！』

果然有些受了刺激，或滿懷幻想的大學生、青年人相偕出城西去。

…………

我如果每天都拍回重慶這些令人失望的新聞，我的讀者該是如何傷感啊！可是，怎麼辦呢？一個新聞記者是不能僞造任何新聞的，我總不能把平津人民的創痛撰寫成快樂！

感謝天，這種嚴重的情形，中央終於曉得了，並且派出督察團北來接受人民控告，嚴懲不肖官吏，同時把軍紀欠佳的天津駐軍他調，改以軍紀嚴明的「老廣部隊」（註）接防。

首批駐津的部隊，在抗戰期間也曾建有戰功；勝利後的驕奢，使這支部隊逐漸癱瘓，他們奉調離津到平漢線上與共軍作戰，結果竟垮得七零八落。他們已無心打仗，因爲連長以上的人員幾

註：該部隊官兵多爲廣東人，天津人乃呼之「老廣部隊」。

乎都在天津佔有一座小洋樓擁有一位漂亮的太太。新來的「老廣部隊」一律住在大營房裡，連軍長師長都不例外，他們不但負責衛戍天津，並且經常派出一部兵力到冀東掃蕩共軍，挽回了國軍的聲譽。

更令人欣慰的是革命元老張繼先生到天津宣撫來了。他在銀行公會大樓裡，邀請了天津市各階層的代表數百人做了一次懇切長談。一些代表陳述了人民的創痛，張老先生聲淚俱下地一面向全體人士鞠躬，一面說著：

『是中央對不起人民！是政府對不起老百姓！是政府無力保護國土和人民生命財產，才丟掉錦繡河山，才使老百姓淪入敵僞魔掌。老百姓沒有一點錯！聽說政府接收人員中一、二昏庸份子竟指同胞為僞人民，竟指青年爲僞學生，這簡直是喪心病狂不知所云，政府絕對予以嚴懲；又聽說若干官員「五子登科」貪污腐化，這簡直是目無法紀敗壞道德達於極點，政府絕對予以嚴辦！我先在這兒替中央向人民賠罪，我先在這兒替政府向老百姓道歉！』

在場的全體人士幾乎都被張老先生的誠摯感動得啜泣不止。大家一面拭淚，一面說著：

『從沒有想到過，更沒有見到過，這麼民主開明、愛心深厚的偉大政治家！』

我親眼目睹這一動人場面，並且連夜趕出一篇通訊，描敍當時的情景。一面寫，我也一面流淚了，那是喜悅的淚，我們有張繼老先生這樣的民主鬥士做楷模，爲表率，我看到了國家實施民主政治的美好遠景。

六十二

我給美莊寫了三封信後，她的回信來了：

『接到你第一封信，本想回信；可是，想到你竟拋下我一人飛往平津的狠心，我便也想狠一下心，不給你寫一個字。後來，最低領袖、維他命G、丈母娘，一些同學老來勸我跟你通信，又加上你一連三信表現得差強人意，所以我決定暫時和你恢復邦交，以觀後效……』

美莊盛怒已消，我總算鬆了口氣。

最低領袖創辦的刊物已行問世，維他命G在善後救濟總署獲得一個職務，在給我的來信上，他們兩人對自己的工作都表示滿意。

我的工作重心有逐漸移往北平的趨勢。起初是為了便於採訪有關東北的消息。自從蘇俄不費吹灰之力佔領了東北，便違背約定，將史大林一再聲明的「日本投降三週內，蘇即開始撤兵，最多三個月內蘇軍全部撤盡」，竟完全置之不理，到處燒殺搶掠姦淫，使我東北同胞遭受到比偽滿時代更殘酷的血腥塗炭。政府派往東北接收的人員被阻在北平，國軍因為運輸困難和不願與「盟友」身分的蘇軍發生衝突，遲遲不能出關；中共則驅使大量的徒手壯丁分由海路（自煙臺乘大帆船）、陸路（自蘇北跑步到熱河）趕往東北接收日軍武器，並且製造輿論要求政府必須嚴懲解散一切偽軍，絕對不能稍有寬容；然而中共卻幾乎把整個僞滿軍隊收容改編，變成了以後戰力最強的「林彪部隊」。除此，中共更乾脆向政府提出改組東北接收機構、承認東北「地方抗日」武力、承認東北地方政權、限制國軍開入東北四大要求，他們的理由是：「必如此做，才能使東北人民相信國民政府不會再犯親日仇蘇與反民主的錯誤……」。

三十五年元旦甫過，大新聞接踵而來。在全國人民渴望和平的期待中，馬歇爾將軍主持的「軍事調處執行部」正式在北平成立了。自此，我更須常留北平採訪。

「軍調部」的開張，的確帶給了久經戰亂，渴望和平的善良中國人民一線曙光。可是，他們想得太天眞了；當然，想得更天眞的是馬歇爾元帥。馬帥的戰功、聲望，與那種不辭辛勞萬里跋涉，促使和平實現的偉大理想，是我，是許多中國人所共同欽佩的；然而，在認識中國共產黨的本質上，我想，這位舉世聞名的白髮老將，絕對還不及我這個年輕的新聞記者，和其他千千萬萬平凡的中國人民。和中共商談以求獲致和平，這是一個永遠無法實現的奢夢。勝利之初，由於英國工黨的上臺，我也曾天眞地夢想——日本投降以後，中共應該不必再繼續持有龐大的私人武力——這是任何民主國家所不容許的；因爲他們儘可以用政綱、政策、以及爲國爲民謀求福祉的眞心與事實，來爭取選民，而競得政權，無一兵一卒的英國工黨可以取領導抗敵、功在國家的保守黨而代之，正是一個最好的榜樣。可是，很快地，我就發覺我這個醉心民主政治的人的想法是過於天眞了。我並非由於自己挨過中共軍隊的子彈而判斷他們難以捨得放下武器，我實更由於深知在先天與後天上，中共根本不同於英國工黨，最大的分野乃是英國工黨效忠的對象是自己的大不列顛王國，而中共卻唯蘇俄之命是從。

儘管我不敢對軍調部的前途樂觀；但是，由於記者職務所繫，我仍舊經常在那座巍峨壯麗的綠瓦大廈中進進出出，並且我盼望出現奇蹟——採訪到調處成功的消息。

一月十日軍調部發出了第一道停火令。命令中說明一切戰鬥立即停止，全國鐵路交通立即恢復。除國民政府軍隊爲恢復中國主權而開入東北九省不受約束外，其他各地軍事調動亦一律停止。同日國民政府蔣主席也頒佈命令，電飭中國陸軍總司令部、各戰區司令部、各綏靖公署、各省主席、以及各軍長，必須切切實實遵照政府命令立即停止一切戰鬥。

停戰的第一天，國軍失地千里。

在山東的韓莊、棗莊、臨城、滋陽、聊城、博山，在河南的衛輝、安陽、修武、經扶、郭家河、灣店，在江蘇的泰縣、新安，在河北的泊頭、東光、連鎭、石家莊、元氏，在山西的榆次、武鄉、汾陽、中陽、交城、曲沃，在熱河的赤峰，在綏遠的集寧……共軍利用這停戰的第一天，發動了空前猛烈的襲擊。

軍調部告訴往訪的記者們說：馬帥已發表談話，認爲共軍這種行動乃是「調處最初階段暫時不合理的現象」。

一月十五日，軍調部發佈了和字第一號公報：「今晨派遣三人和平小組攜停火令飛往熱河赤峰區，事先更以美國飛機一架往投大量傳單通知雙方停止衝突，並請求共軍佔領區準備和平小組的飛機降落地點。」結果呢，共軍除了僞稱「飛機跑道損壞，無法降落飛機」，更迅速展開對國軍的攻擊，那和平小組的飛機只好僅僅在火藥氣味濃重的赤峰上空兜了幾圈，悵然返回北平。

接著，軍調部奉到馬帥指示：繼續加強調處工作，嚴格執行停戰命令。於是，軍調部同時派出了赤峰、張垣、濟南、大同、集寧、徐州、光山、廣州等八個小組。在若干地區確曾制止了共軍的攻擊，並成立協議發佈公報。這可以說是軍調部唯一得到收穫的十天。

一月二十五日和平小組到山東兗州與共軍新四軍軍長陳毅商妥停戰；和平小組的飛機剛剛飛抵兗州時，新四軍便開始了大規模的進攻。軍調部的「蜜月」就此宣告結束。

軍調部和平執行小組的數目，由八個變爲十個、二十個、三十個，各地戰亂也跟著正比例地增加不已。

一個震驚全國的新聞爆發了——政府派往東北接收撫順煤礦的工程師張莘夫，遭受到蘇軍的阻撓後，在李石寨火車站被中共部隊劫擄下車，用刺刀慘殺了！

全國各個角落，都掀起來憤怒的浪潮！尤其純正愛國的青年學生們再也不能忍耐！重慶、上海、北平的大學生們自動集合起正義的行列，擴大遊行示威，他們要求「國家主權土地完整」，要求「政府採取強硬外交」。他們高呼：

『誓死反對雅爾達秘密協定！』

『政府絕不能接受變相的二十一條！』

『打倒出賣祖國殘害同胞的共產黨！』

『爲張莘夫烈士復仇！』

我把北平各大中學生這次愛國遊行示威的情景，拍了電報，並撰寫了特寫寄往已經遷往南京的報社。我在軍調部裡還曾獲得「馬帥對於這次中國學生的示威運動感到厭煩，感到有損中蘇邦交，有損軍調部工作前途」的消息。我照實把這個消息拍往報社；可是，未見刊登——社長和總編輯特別寄給我一封信，說明苦衷：為了避免影響中美兩國之間的情誼，他們忍痛犧牲了這條新聞。

實際上，當時美國白宮的主人，已經有意無意地不珍視中美之間的情誼了。杜魯門總統承繼了羅斯福簽訂雅爾達密約出賣中國討好蘇俄的作風，擬定了一個壓迫國民政府容納中共，讓中共坐大的對華政策，還美其名曰這樣做是為了促成中國自由民主，並且以停止所有經援、軍援為要脅，使國民政府就範……擬定這套政策的美國人從未想到如果他們國內的政黨也蓄有私人軍隊，到處燒殺，製造恐怖，他們的人民可能忍受？

天真而堅決忠於美國當時對華政策的馬歇爾老將，就在這個戰火瘋狂燃燒著的春天，親自率領著「戰地和平視察團」，浩浩蕩蕩地抵達北平。

馬帥蒞平翌日，在軍調部舉行記者招待會。再次日，軍調部在北京飯店舉行盛大雞尾酒會歡迎馬帥。馬帥充滿信心地向與會人士宣稱：他們此行任務絕對不會失敗。可是，在場的新聞記者們，除掉中共報紙、通訊社的人員外，無不面面相覷，互報苦笑。

我和十數位北平同業事先已向軍調部登記獲准，跟隨馬帥的視察團採訪新聞。三月一日起，我們由北平出發。

在巡視、訪問張垣、集寧、濟南、太原、歸綏之後，三月四日我們一行飛抵延安。

毛澤東親率中共黨要在機場恭迎如儀，然後，大家被送到中共中央的窰洞辦公廳中休息。晚間在一個盛大的宴席上，毛澤東親自扮演了精彩的活報劇——他使馬帥相信了：爲了促進和平，美國必須立即停止對國民政府一切援助。他又使馬帥相信了：中共是百分之百的愛國的農民革命者，和徹頭徹尾的土地改革者。他更拿出在重慶高呼「蔣主席萬歲」的姿態，手舞足蹈地領導高呼：「中美合作萬歲！」「國共合作萬歲！」飯後，接著舉行「延安各界歡迎馬歇爾上將大會」表演了秧歌、「兄妹開荒」等節目後，毛澤東親自撰寫的「歡迎馬歇爾歌」開始演唱，歌詞的最後幾句，是：『馬歇爾將軍，讓我們歌頌，歌頌你的偉大……讓我們共產黨擁護你，讓紅色的隊伍向你致最崇高的敬禮！』

我發現馬帥已經聽得掉下受了感動的眼淚來；而我，打了個寒噤之後，週身起了一陣可怕的痙攣。我的猜想毫無錯誤——當我們的記者專機返回北平，馬帥的專機返回重慶，延安的歌聲猶在耳際，毛澤東竟飛往莫斯科朝謁史大林，並且在中共報紙上出現了「美國帝國主義爲了奴役全球人民，正企圖建立世界統治權」以及「請老馬滾回家去！」等等誣衊的字樣！

…………

拖著一身疲乏，我回到天津。

我這才知道，由於我這次的延安之行，錯過了和三人在天津會晤的機會——一是高家二哥，一是賀蒙，另一是唐琪。

六十三

高家二哥（表嫂的二胞兄），在英國讀書、做事、居留多年之後，回到了天津。他是研究自然科學的，聽說很有成就，他因爲答應了他的英籍老師的約請，重返英倫一家大學教書，所以未能在天津久留，便匆匆攜眷再度出國。表哥告訴我：高二哥伉儷曾親來向姑父一家人辭行，並且還特別問到我，向我致意。我已經記不清高二哥的面孔，我只跟他見過一次面——是表哥表嫂他們季高兩府在中原公司劇院包廂裡「相親」的那回，他曾到場，算來那已經是十一年以前的「史話」了；由於高二嫂一直對我很好、很關心，這次失去和他們夫婦遠行前夕晤談的機會，使我感到相當的遺憾。我虔誠地祝福他們。

賀大哥告訴我，賀蒙已經回到了天津，可是僅住了一夜，便趕返駐防山海關外的部隊。我又得知：賀蒙由於在印緬戰場屢次建功已經升爲中校副營長，他們那支部隊原來預定在大連、營口登陸接收東北，因爲被蘇軍無理拒絕，只好改在秦皇島登陸，完成沿北寧路出山海關，逐步向瀋陽推進的計劃。前方軍情緊急，所以賀蒙無法等待和我會晤一面，便急返防地。國軍收復東北，是軍調部中、美、共，三方面一致同意，並簽署在第一道停戰令上的；然而出關的國軍卻是寸步難行，無處不遭遇共軍的截擊，尤其進駐營口的國軍全營官兵竟在蘇共聯合作戰的猛撲下，全部殉國無一生還……目前戰事膠著在錦州、遼陽之間。我為駐防錦州的賀蒙和他的戰友們祈福，祝他們早日取遼陽，下瀋陽。

唐琪由東北逃進關內的消息，是表嫂告訴我的。

『醒亞，大前天，唐琪突然回到天津來了。我想，我應該照實告訴你。』在表嫂的房間裡，她慢斯條理地開始向我講，『一勝利，她就想從長春趕回天津。蘇俄紅軍把東北擾了個天翻地覆，燒殺搶劫還不算，最慘無人道的是公開瘋狂地姦淫，所有日本和中國少女——不僅是少女，中年婦人，與老年婦人，甚至幼女，幾乎都不能倖免。唐琪一再咬牙切齒地說：東北已成了禽獸世界。她又告訴我：她的一位多年好友方大姊，雖然把頭髮剪成男人的模樣，仍逃不過俄國毛子兵的魔掌，竟公然在火車上被輪姦死掉……』

『啊——』倒抽了一口冷氣，我立刻記憶起來那位方大姊的率真、樂天、活潑的神態，與她那滑稽、親切、豪爽的天津腔調，還有她用洋涇濱英文招呼我『Dear Brother』時的表情……不自覺地，我喊出來：

『可憐的方大姊！』

『你認識她呀？』表嫂問我。

『以前曾經見到過，』我慘然地點一下頭，『她一直是照拂、幫助唐琪最多的一個人。』

『對的，唐琪也這麼說。』表嫂接著往下講，『唐琪費盡心機歷經艱險，總算由長春跑到了瀋陽；可是瀋陽照舊是老毛子的世界，又經過千辛萬苦，才逃到了錦州；國軍收復錦州後，她的性命方始有了保障。她也把頭髮剪掉了，大前天來找我時，猛一見，我還以爲是一個男士哩！』

說到這兒，表嫂突然停止了講述。

我催請表嫂繼續往下說。

『唉，我簡直不知道該再如何講，可是一開頭我就說過我應該照實告訴你了，所以，我想我還是都說出來才對。』表嫂的臉上堆滿憂鬱與不安，她似乎稍稍鎮定了一會兒，接著說出來，『當然，唐琪是抱著十二萬分的熱望來找你的，當她一再地向我問到你時，我答不出一句話，結果竟哭了出來，這可把她嚇壞，她頓時臉色蒼白，雙手顫抖，抓住我的肩頭問我：「醒亞死啦？」我搖搖頭，她這才鬆了口氣，一面唸叨著：「只要他還活著，只要他還活得好好地，其他一切變故，我都能承受得住……」稍一沈思，她冰冷冷地問我：「醒亞結婚啦，是吧？」我吞吞吐吐地答覆她，說他尚未結婚，不過已經在重慶和一位鄭小姐訂婚。說完這話，我倆猛地摟抱在一起哭了起來。我發現我從沒有像這一天這麼同情過我的表妹，我發現我過去竟會那麼愚蠢地從不知道你們之間的感情如此之深，我發現我以前和現在，以及將來，都不能對你們的感情有任何幫助，眞是愧疚萬分，我發現我這位表妹竟哭得淚如泉湧，手臉冰冷，週身抽搐，一個人瘋狂前刻的表情與動作也不會比這樣更可怕了……我發現她剛才害怕你在南方死掉的神態尚不及聽說你已訂婚的消息更來得恐怖……可是，唐琪究竟是唐琪，不多久，她便堅強地恢復了平靜，她反倒勸說我忘掉剛才這一幕。我告訴她慧亞也曾爲她哭過了，她囑咐我千萬轉告慧亞再不要爲她難過。她還說：「請你們都放心，我絕不咒恨醒亞，更不咒恨他的未婚妻。我自己可以活下去，不會自殺，也不會去當修女。我如果眞愛醒亞，我應該祝福他跟那位鄭小姐早日結婚，早日建立一個美滿的家庭，並且更盼望醒亞早日成就一番偉大的事業……」後來，她又說：「茶花女都知道為愛人的家庭、聲譽、事業，犧牲自己；難道我竟沒有勇氣與毅力那麼做嗎？我總不能連茶花女都不如……』」

我聽得呆成一座木偶。

『醒亞，醒亞，』表嫂搖晃了兩下我的肩膀，『眞對不起，原諒我，我不能不把實情告訴你。也許你會怪我過於同情唐琪，而漠視了鄭小姐；可是，你知道，無論如何，唐琪是我的親表妹，鄭小姐儘管多麼美好，我們還始終沒有見過面，再說唐琪和鄭小姐比，當然唐琪的遭遇會叫人同情……不過，同情唐琪是一回事，祝福你和鄭小姐又是一回事，這是不衝突的。我相信有一天鄭小姐嫁到咱們家來，我會跟她處得很好。』

『唐琪現在住在哪兒？』我問。

『她不肯告訴我，』表嫂說，『她不要你去看她。我也曾問到她今後的生活與工作，她也搖頭不答；不過她說了一句她要去看望一下賀大哥，我想她也許要跟隨賀大哥做事。』

『大嫂，我一直想知道，唐琪她究竟怎麼能救成賀大哥？』我忍不住追問。

『我們當然不知其詳。』表嫂說，『我只知道，賀大哥勝利後告訴我們說：唐琪勇敢、機警、有智慧，她認識姓辛的一位大學教授，留學日本的經濟學博士，對她很好，甚至向她求婚，唐琪居然大膽地，極誠懇地告訴他，她已訂婚，未婚夫在南方求學，她不能悔婚，她說她敬愛他是一位學者，請求他發慈心善心，她必永遠敬愛他如兄長，如家長，那位教授居然受了感動，認唐琪爲義妹，且兩人對天發誓永爲兄妹……後來那辛教授突然去北平出任華北政府經濟局局長，且娶了一個日本太太，聽說華北頭號漢奸王蔭泰十分賞識他的才學，非拖他下水做有力的助手不可。唐琪因爲她的義兄當了重要的漢奸，當然非常失望，可是就因他的關係，再發展其他關係，才能救出賀大哥。』

『那人難道也是政府的地下工作人嗎？』我好奇地問。

『賀大哥說他與重慶應無關係，說他是漢奸，不過是天良未全泯滅的漢奸。』表嫂繼續說，『賀大哥說他後來得知：那個辛局長從中學時代就喜歡演話劇，喜歡唱平劇，喜歡唱歌，所以他對唐琪這方面的才華深爲讚賞，鼓勵她多向這方面發展，早日離開歌臺舞榭。一些無聊的人把唐琪「選」爲歌后舞后之後，她竟然一度洗盡鉛華，拜一位白俄女聲樂家爲師，專心學唱中外藝術歌曲，報紙改口「捧」她爲「歌唱家」、「名媛」。她還與那辛局長同台演了一場「慈善賑災」的話劇。那辛局長，還有日本人，都要推荐唐琪去「滿州國滿映公司」當電影明星，唐琪說她從小就有當明星的夢想，可是她不要去。後來，她曾告訴賀大哥她若去了滿映，少不得要拍「日滿華親善」電影，而進了那個圈子想跳出來還她自由身可就難了。最主要的，還是她要等待，賀大哥萬一能夠活著出來，好尋覓機會，能一起逃往南方找你……賀大哥出獄後，一段時間仍然被暗中監視，稍有動靜，會有再被捕的可能。由於唐琪巧妙「掩護」，且靠著唐琪的金錢資助，賀大哥仍能保密暗中領導一部分工作，一些同志與一心響應「一寸河山一寸血，十萬青年十萬軍」的青年，因唐琪的關係竟能得到經濟局發的通行證南去，據說經濟局在許多縣市有經濟站，常派人前往，他們的通行證是很「吃得開」的。勝利消息傳來，萬衆歡騰，趁著國軍尚未到達，就在日本宣佈正式投降的第二天，日本憲兵突然把那經濟局長逮捕，特別押解到蘆溝橋上，用軍刀砍了他的頭……』

我徹夜失眠。

翌日大清早，我就跑到賀大哥家。

我告訴賀大哥，自表姊、表嫂處我已獲知若干關於唐琪的事，我請求他親自更詳爲講述。

賀大哥竟一再搖頭。我再懇求。他欲言又止，終於啓口：

『早該原原本本告訴你；可是又一再覺得多講於事無益，無補。你已訂婚，我不會也無權無意逼勸你解除婚約，唐琪也不會……

『好，就讓我從頭說起。其實一句話就可以說清楚——我的命是唐琪救的，也是你救的，她因爲太愛你，才救我。

『上次在重慶與你分手，我回到北方，策劃爆破工作，燒毀日軍倉庫成功之後，全心全力投入策反河南水冶一帶皇協軍的工作。當年是我與幾位同志開闢的那條經過他們防地進入太行山的交通線，數次從那裡過路，與他們的軍頭有了「交情」。爲有助於出入敵區，我曾在重慶參加幫會，我的師父是早年帶領騎兵的一位極端愛國的老將軍，他老人家是「大」字輩，我是「通」字輩，盤起道來那個軍頭是比我晚一代的「悟」字輩，這當眞增進了我和他的情義。幾番遊說，曉以大義；又剛好不多天前，發生了轟動當地的「軍用犬事件」——四名皇協軍去彰德城酒館喝得幾乎全醉，與鄰座也喝得半醉的「老百姓」酒客們口角對罵而互毆，被打傷的「老百姓」中不料有敵僞衙門的「狗腿子」，更不料有一個穿著中國服裝會講中國話的日本人，多半是個日本特務，日本兵趕來，把四名皇協軍繳了械帶回駐地，毒打一頓，更再叫「軍用犬」直撲胸膛活活咬死，還任民衆圍觀。事後，軍頭被逼迫攜大批禮物與給受傷日人的一筆醫療費，親往日軍那裡賠罪，狠狠被訓罵，受盡侮辱……四個死者兩個是軍頭的親信，兩個是軍頭的內弟，我當然火上加油……軍頭就此下了決心，拉走人馬投效鄰近安陽的國軍，被編入國軍游擊隊一個支隊。

『我與一同完成這任務的同志大喜一場，悄悄地北返，未想到一路被暗中「釘梢」——凡是那幾天由彰德搭火車北上南下的人，都被跟踪，嚴格檢查、盤問。我們雖然化裝成跑單幫的商人，且上火車後也不坐在一起，但仍被分別視爲可疑份子。可能我倆都身材高大惹人注目。他們不馬上動手，卻一直「釘」到天津。只因被暗中窺見那同志跟我同在一家小餐館吃過飯，第二天，兩人分別被捕。我倆早有誓約：不管是誰萬一被捕，絕不承認有「組織上」的關係，只是偶爾會碰面的同是「跑單幫」的買賣人，當然死也不會彼此出賣。幸好在我家，沒搜出什麼，但不幸，藏在那同志家中的收發報機被搜出來，他受盡酷刑，就是堅不承認去蠱惑過皇協軍叛變，更不肯供出一個「同黨」。日本人騙我說你的夥伴已經供出你來，我說請他當面對質，兩天都不見他來，後來聽說敵兵防衛周全怕他自殺，結果他用吃飯的筷子猛扎自己內耳而死。日本人又對我說他們俘擄有幾名反叛皇軍的皇協軍可證明我的「罪行」，感謝老天爺，竟然也沒有一個「俘虜」站出來指證，我知道他們都已一齊由安陽上了太行山……我只承認我曾兩次花「買路」錢經過那皇協軍防地，爲的是跑單幫做藥材生意。

『我也備受各種酷刑，儘管堅不吐實，卻仍然被判死刑。心想鬼子們常會「錯殺一百，也不放過一個」，我只有認命。可是鬼子又聲稱：如果我吐實，反可減爲有期徒刑，我不爲所動。沒想到數月之後，我仍然活著。更沒有想到，一天我母親竟能來「探監」，我難免吃驚，以爲執行死刑前，鬼子們讓母子見最後一面；更令我吃驚的是母親頻頻安慰我不要焦慮，連連說：「放心，放心，你絕對是冤枉的。」見到獄卒未在眼前，母親又輕說了一句：「有貴人相助——乾女兒。」母親走後我才猛然想起「乾女兒」是誰？又過了幾個月，我被改判八年有期徒刑。

『坐滿兩年，我竟被釋放。母親告訴我，她曾被唐琪帶去北平一個什麼經濟局長家陳情哭述喊冤，以後就不知唐琪如何進行營救？我重見天日，唐琪逢人便說這是天大的冤案，終於還了我清白。私下，她則告訴了我：她原本也成了驚弓之鳥，後來遇到她早年讀德國護士學校的一位女老師，對她眞好，帶她進教會，要她信基督，她這兩年來不住地禱告，只要我在獄中未死，能挺下來，她一定要想盡辦法營救。她連說感謝主，我居然能由滔天大罪蠱惑皇協軍反叛嫌犯，改爲販賣貨物走私資敵嫌犯，而改輕判八年，最後找不到任何直接罪證，囚滿兩年，便被放出。但不准離開天津，隨時由地方警局「看管行踪」。

『這時，我方始知道近兩年來，唐琪已變成小富婆，她也已卸下歌舞衣衫，灌的唱盤收入好，又自己開了一家生意鼎盛的新型時麾仕女服裝公司。義兄之外，她竟又認識了當年與他父親八拜之交同是北洋政客，如今當了大漢奸的父執輩，那老傢伙居然認她這位「賢世姪女」……在這樣的「保護傘」下，唐琪更自信可能贏得這一場「豪賭」——她使彼輩相信如果她知道賀某是抗日份子，一個女子那裏會有這樣的膽量去求情？那不是拿自己的性命做「賭注」嗎？事跡萬一敗露，兩人必是同死呀！她請託有力人士，與向下面的漢奸、日本人大量行賄，雙管齊下，唐琪是幾乎傾其所有傾家蕩產來幹的。我出獄後發現她又快變成了窮人。她便跟她的聲樂女老師遠去哈爾濱，竟能設法籌到款子接濟我們的工作經費。至於她的義兄，自始至終，盡心盡力相助，但沒有拿過她一文錢。』

『那個義兄是不是地下抗日人員？』我把問過表嫂的話，又問一遍。

賀大哥搖搖頭。我再問：

『他會不會是政府派來潛伏敵人陣營中的「反間諜」，或是「死間」？』

賀大哥再搖搖頭：

『兄弟，你大概看多了間諜小說或間諜電影。他沒有那麼偉大。他做過不少幫助日本人榨壓加害老百姓的事。他是一名漢奸；後來心態有若干轉變，唐琪告訴過我：我出獄後，抗戰快到了末期，日軍敗象已露，他曾語帶玄機地吐露：「賀某人若真是完全無辜單純的商人，日本人說這裡是「王道樂土」，那咱們就應該幫助這順民老百姓重獲自由。何況後來我已探詢出來，那年河南水冶皇協軍叛逃，是「軍用犬事件」逼出來的，不是什麼重慶份子幹得出的。不過，萬一賀某人眞是重慶份子，則請別把我放在被刺的名單中吧……」正好那一陣子，幾個不小的漢奸僞官被愛國志士暗殺了。唐琪說她立刻起誓指我絕對只是一介商人，一名順民，那義兄連笑三聲說：「好妹子，天知、地知、你知、我不知……叫賀先生特別珍重、保重吧……」當時我聽唐琪憶述這一幕，我直嘆服這「兄妹」二人眞是好演員。

『看來，日本鬼子很可能由義兄身上察覺出甚麼，他的日本太太也可能會「告密」，尤其，快勝利那年，經濟局發出了許多通行證，得使我們的同志、愛國青年們南下；因而日本一投降，竟把他綁到蘆溝橋上砍了頭……』

稍一停頓，賀大哥把話題一轉，直視看我：

『唐琪由東北回來，得知她的義兄落個如此下場，很難過；可是，她更千倍萬倍難過的，是空等了你多年，夢一場……』

我聽得啞口無言。過度的心悸、心酸，竟然連眼淚也流不出。我臉上表情可能被賀大哥看來已太不正常，他走近我，和顏悅色地拍拍我肩：

『兄弟，唐琪來看過我了。她仍然夠堅強、冷靜。她對處理和你之間愛情的態度、胸襟，令我肅然起敬。我邀請她正式參加我們團體的工作，她不肯答應，她說經過大風大浪，她太疲乏了，需要好好休息，我建議她去醫院做護士，或到普通機關做公務員，我可以負責推荐，她也拒絕。後來我說：我一定要報請政府頒發給她「對抗戰有功的褒揚狀」。她說她接受，因爲可以不再叫她背「當漢奸」的黑鍋；不過她又指說那項榮譽對她整個生命而言，還不是最最重要的……』

我向賀大哥告辭時，再三要求他告訴我唐琪現在的住址。他卻說：

『看情形，唐琪急於要重返東北，或是遠去上海，因爲她不願意留在天津，不管她多堅強，多冷靜，天津終究是她傷心之地……她對於東北的戰局比誰都關心，她恨不得國軍立刻能夠收復瀋陽、長春、哈爾濱，她說她很喜歡哈爾濱。』

唐琪現在究竟住在哪兒？賀大哥發誓說唐琪不肯講，因爲唐琪不要我去看她。

六十四

唐琪的決定，和我回到天津第一夜所做的決定，是相同的。

可是，我依然盼望能在街頭或其他公共場合遇到唐琪。我願意見她一面，甚至偷偷看到她一眼不被她發覺。我們分別已將六年，這比我們相識、相聚、相愛的時間長得太多了，也許以後更悠長的幾十個年頭，都不再有重逢的機緣，直到了結此生……想到這兒，心酸陣陣，我不敢再想，唯恐再想下去，便會變更了自己的理智的決定。

一個深夜，我又失眠了。披衣起床，坐在寫字檯前，一股奇異的情感驅使我在黎明時分寫完了一篇散文——我殷切然而含蓄地，寫出來我對一位少年時代的伴侶的懷念與祝福，我沒有寫出那個女孩子的名字，當然我指的是我少年時代唯一的伴侶唐琪。脫稿後，我覺得感情似乎獲致些許解脫，心靈似乎獲致些許寧靜。

我把那篇散文送往天津當地一家報紙副刊發表。以後，我再沒有寫過一篇紀念唐琪的文章。一方面我不擅於抒情文字，另一方面為報社大量拍發新聞與撰寫通訊的工作幾乎已佔去我整日整夜的時間。又加上報社準備在天津成立分社，籌備職務落在我的頭上，更使我忙上加忙。

報社總社長在三月中旬，到平津旅行，他看出來關係全國軍政大局的所在，正是北方，所以決心在北方辦報，因爲北平舊有與新創辦的報紙已嫌過多，他便決定把分社成立在天津。

我們向敵僞產業處理局洽購了過去一家規模相當大的日商印刷株式會社的財產：一棟辦公的樓房，一個設備完善、足夠印刷日報條件的工廠，兩棟員工宿舍，另外還有一部道濟牌座軍、兩部卡車，和十部三輪摩托送貨車。

在我奉命積極籌備創刊的期間，東北戰局的豁然開朗，使我倍加興奮。果然如我所望，那支抗日時代遠征印緬的國軍，在三月底一舉攻克了遼陽與鞍山。賀蒙專函向我報捷，根據他親自參與這次戰役的描述，我完成了一篇特寫寄往南京。緊接著，國軍收復了營口、海城、大石橋，和瀋陽。可惜，我們分社趕不上跟這些好消息的來臨同時創刊！我想，收復長春一定也爲期很近，於是我加緊籌備，希望收復長春之前，分社可以出報，並且希望能把收復長春的消息印發號外。

四月初，分社正式成立，出報。總社社長因爲我熟悉天津環境，又爲了獎勵我到達平津後的工作勞績，重用我擔任分社社長。這是我一生事業上的新紀元，我必須更勤懇地全力以赴。

我曾邀請最低領袖和維他命G到天津報社來共同工作，我想最低領袖在撰寫社論、專論，維他命G在擔任資料或採訪上，均能勝任愉快。他們一位也沒有來。最低領袖在南京集中精力辦他的刊物，無法分身；維他命G在善後救濟總署上海分署工作，已獲升遷，不願另就他職，同時他在信上坦誠地告訴我，他正和一位上海小姐戀愛，實在難以分開。

我盼望我們的報紙一創刊，就能盡速登出收復長春的消息。我竟當眞盼到了：四月十四日，蘇軍突然自長春全面撤退。

然而，劇烈的戰事就在十四日當夜爆發。蘇軍是撤走了，長春四郊的共軍便立即向剛剛空運到長春市內的四千名國軍開始猛烈襲擊！由於兵力過於懸殊，寡不敵衆的國軍被迫放棄了機場和郊區據點，困守市區核心陣地，最後經過慘烈巷戰，國軍彈空援絕，死亡殆盡，長春卒於十八日陷落。

蘇軍接著於二十五日表演「哈爾濱撤退」，共軍當日即將哈市全部佔領。

情緒一變爲低落而惡劣，我甚至詛咒自己和許多同仁以心血勞力印行的這份報紙，彷彿它是專爲刊登國軍失利、共軍得勢的新聞而出版的！

政府似乎再也不能忍耐了，五月初，所有集結東北的國軍奉命一齊向共軍展開總攻擊！本溪大戰，太子河畔大戰，四平街大戰，公主嶺大戰，相繼而起。

賀蒙在激戰的前線仍有信來，他令我吃驚地提到：他可能在最近變爲神經錯亂的瘋子。他的信上這麼說：

> 共軍現在的第一線上，完全換成了被勒迫集結的農夫、工人和難民，這些爲數達十餘萬的無辜男女老幼們，哭號震天地高喊著他們是老百姓，是中國人……我們的火力無法不停熄下來；可是共軍的炮火便利用這個空隙向我們猛烈轟擊，並且由那些赤身露體的老百姓組成的「肉體坦克車」群，也跟著衝進我們的陣地。我們再不還擊，只有等死，這時候，夾在雙方炮火中的「肉體坦克衝鋒隊」又在慘叫個不停：「好心的叔叔大爺們啊，別放槍呀，俺們

都是老百姓……」我們的弟兄們又都心軟了，這些老百姓的哀號落在弟兄們的心房，比子彈穿過胸膛更令他們劇痛……醒亞，槍林彈雨，血肉橫飛，肝腦塗地，並不可怕；房舍倒坍，火煙漫天，死屍盈野，並不恐怖；然而，這「肉體坦克」太可怕，太恐怖了……醒亞，我眞怕我最近就會精神錯亂地變成瘋子，我痛苦到極點時，竟想到自殺；可是我不甘心，我得向共產黨討回血債，這血債不是我個人的，而是全東北人民，全中國同胞的……

五月下旬，國軍收復西豐。共軍補給線被切斷了，從此開始總潰退，於是四平街、公主嶺相繼被國軍收復。

二十三日上午國軍攻克長春！我督促報社趕印的號外，被天津市民們爭相搶購一光。接著，我們每天都要趕印號外，因爲國軍乘勝追擊，吉林、小豐滿、德惠、農安均入國軍手中，並且先頭部隊已經抵達松花江岸。

國軍在東北的勝利自此到達巓峯。

就在這幾天，唐琪重回東北。賀大哥和表嫂分別告訴了我：唐琪臨走，曾以電話向他和她辭行。

六十五

正當全國慶幸東北行將全部光復的時候，馬歇爾將軍迫使國民政府頒佈第二道停火令！六月六日發出的第二道停火令，解救了共軍的緊急危難。

蔣主席在停火令上說：『余刻已對東北全部國軍下令，自六月七日正午起停止追擊前進及攻擊，期限爲十五日，此舉在使中共再獲得一機會，使其能確實履行其以前簽訂之協定。』

共軍該多麼感激這道停火令的頒佈呀！他們獲得喘息的機會，獲得整補的機會，獲得接受蘇俄裝備完成了機械兵團的機會，獲得重新有力部署的機會，獲得再向國軍猛烈反撲轉敗爲勝的機會！

半個月過去了。國軍在這期間未放一槍一彈；山東的德縣、張店、棗莊，被共軍攻陷，青島、濟南，以及河北的元氏、永年、長辛店，山西的中陽，同時遭到猛烈的晝夜不停的圍攻。軍調部晏城小組的政府代表雷奮強，和新鄉小組的政府代表郭子琪先後被共軍活活殺死……

這些殘酷的事實，卻使馬歇爾將軍在停火令期限屆滿時，又逼迫國民政府作一次公開宣佈，將停戰限期再加以延長。蔣主席下令說：『爲予中共更大機會，對於停止軍事衝突，恢復交通，整編軍隊，及軍隊駐防問題，期得完滿解決，余刻已命令前方指揮官，對停止前進攻擊的前項命令，其有效時期延長到六月三十日中午。』

六月三十日到了。衝突停止了嗎？交通恢復了嗎？

鐵路被扒得滿目瘡痍。平漢、平綏、津浦、膠濟、隴海、同蒲，各線沒有一線不天天遭受拆毀、破壞、爆炸，共產黨在恢復交通的諾言下，所做的唯一「建設」工作，是驅逐、監禁或殺害掉原有的鐵路員工之後，自行成立了「鐵路管理局」。

迷亂、困惑、焦慮、失望、充滿了所有酷愛和平、渴望和平的人們心中。看來，馬帥的調處勢將勞而無功，和談必會宣告破滅。

低氣壓窒息著全國，窒息著北方，窒息著天津，窒息著我……

感謝美莊，在這窒息苦悶的溽暑，她由重慶飛抵北平，當日即來天津，來到我的身邊。

美莊畢業了，領了文憑，戴了方帽，獲得文學士學位。我看得出，她是懷著萬分喜悅來找我的。

她比一年前好像又瘦了一點，皮膚更黑了一點。她告訴我：近來對於游泳大感興趣，所以晒得很黑，至於瘦了一點的原因，她附在我的耳邊，低低地，甜甜地說：

『是想念你，想瘦的……』

她說這話的時候，兩隻眼睛又彎彎地瞇縫在一起，我已經快一年沒有看到她這一副嬌貴嫵媚惹人愛憐的面龐了，我立刻擁抱住她親吻，一面向她傾訴著相思。

她，不休不止地向我撒嬌，嗔怨：

『醒亞，你好狠心喲，把我一個人丟在重慶，看我還不是照樣一個人千里迢迢地找到你，抓到你嗎？醒亞，你的信老是那麼短，又那麼疏；可是卻天天給報社那麼多那麼長的電報和通訊！我嫉妒死你們的報社啦，好在你們的老闆不是個女人；否則我一定要跟她拚命的！醒亞，我過去甚麼都聽了你的話，今後你可得一切聽從我的話啦，人人都說怕太太的男人才有好運氣，你不願意將來有好運氣嗎？你有了好運氣，我不是可以多享點福嗎？……』

她再繼續喋喋不休地叨叨下去，我也不會厭煩的，因爲我已經好久好久不聽到她那淸脆的夾雜著四川腔的國語了。何況，我更懂得她嗔怪我越厲害，越顯示了她對我愛戀的深厚。

美莊初到天津，我們的日子確實是快活的。她住在我的大臥室中，我則遷回表姊的小臥室。在家裡，她倍受重視，姑母、姑父、表哥、表嫂，無不對美莊殷切招待，視爲上賓，連女傭、司機都對美莊特別細心侍奉。表姊和表姊夫特別由唐山趕來看望美莊，並邀美莊往唐山或北戴河海濱小住。美莊本來就很聰慧，口才又好，對這些好心人的熱誠歡迎，她都恰當地表示出愉快和感謝。我看得出，她在姑母全家人心目中，一開始都留下了美好的印象。

親友們爲美莊接風，是少不了的一項節目。姑父姑母、表哥表嫂、表姊表姊夫、客氣地分爲三次歡宴之後，賀大哥、報社同事、新聞界同業，其他友人都相繼做了東道；當然，高大爺是不會「失禮」地忘記請這次客的。

每一次宴會，我都十分快樂；唯有對高大爺的宴會，我興趣索然，我實在不願意再聽一遍他自吹自擂地宣傳當年他如何鼓舞並堅勸我南下抗戰的「實況」，以及他曾一再斷定日本人打國民政府，是「雞蛋碰鐵球」的「名言」。然而，他這番話，是一定要在歡宴美莊的時候大講特講的。果然，我沒有想錯。

高大爺這次擺的場面，比去年歡迎我那次更爲盛大，天津市軍、政、工、商、各界人物，他請的都有，當他向大家講述完了和我「特殊親密」的關係後，便正式開始發表歌頌美莊和美莊的父親的長篇演說。

眞是慚愧，對於美莊的優點，做爲美莊未婚夫的我，竟沒有跟美莊剛剛見過兩次面的高大爺發現的那麼衆多。一切形容女人美好的詞句，都被高大爺搜羅乾淨地加諸美莊頭上，尤其使我驚奇的，他把從無一面之識的美莊的父親，讚爲抗日名將、國家干城，甚至於軍界聖賢、民衆救星……反正，他怎麼說，也沒有人會站起來說聲：

『不是！』

美莊聽得眉飛色舞。高大奶奶給美莊斟酒夾菜的慇懃，親善表情的生動，使這些天以來姑母全家對於美莊的招待，大爲遜色。

如果，當夜回家，我就把高大爺的爲人，剖析給美莊聽，以勸阻美莊少跟他來往，也許會發生若干效果；然而，我沒有那樣做。我竟認爲，在剛剛接受了人家一頓盛饌歡宴之後，立刻揭開人家的面具，似乎有點苛刻；同時，我也想到了，假如我在美莊剛剛被歌頌得幾乎陶醉的時刻，向她冷水澆頭地指出那些阿諛言詞的不當，很可能招惹起美莊的不快，我似乎沒有理由反對任何人對我的未婚妻，以及我的未婚妻的封翁加以讚揚。

可是，當美莊漸漸地變成了高府上長期嘉賓，變成了高大奶奶的知心密友以後，我對美莊的勸阻，再也不能發生任何影響；相反地，卻越發激起她對那一對夫婦的好感與信賴。

在這種情勢逐漸形成之前，我和美莊的生活仍是相當愉快的，我倆由姑母陪著，到北平遊覽，逛名勝，參觀故宮，吃各種大小餐館的名菜，購置土產，聽第一流名角的平劇……都使美莊大感興趣。

由北平返津，表姊專誠接我和美莊到唐山住了兩天，然後又陪我們到北戴河海濱玩了兩天。再回到天津，雖然不能繼續花整日的時間陪伴美莊，由於報社裡的許多工作待我處理；可是，我也盡量地抽出空閒，和美莊一起聽聽平劇，看看電影，聽看什樣雜耍，一起到青龍潭、佟樓、北寧花園，划划船，一起到中原公司、勸業商場，天祥市場，逛逛店鋪，買買東西，一起到義順合、琪士琳，吃吃咖啡，喝喝冷飲，一起到回力球舞廳、賽馬場鄉村俱樂部、美星餐舞廳，跳跳舞，聽聽音樂……在這期間，我和美莊爲了答謝所有親友的招待，還特別在利順德大飯店舉行了一次雞尾酒會。

勝利之後，平津舞風甚熾。表哥、表嫂、表姊、表姊丈這幾位老實人也都學會了跳舞，自我去年回到天津，跟他們大夥兒也跳過三兩次，另外在新聞界聯誼晚會上也偶爾下過幾次場。和不熟悉的女人共舞，我會有一種窘迫的感覺，我倒是寧願和表嫂、表姊跳，因爲我跳得和音樂脫了節，或是踩到她們脚上時，都不致於被她們取笑或生氣。因此，我的舞技進步很慢；相反地，美莊在重慶這一年，卻已變成了舞蹈專家。過去，我只懂得個慢三步、快三步、慢四步、快四步；

現在經美莊一指點，我才又知道了些甚麼「倫巴」「吉力巴」「森巴」等等新花樣。平心而論，我對這些怪里怪氣的新舞不太感覺興趣，所以常跟美莊開玩笑地說：

『那些舞的名字應該譯為「輪爬」、「極力爬」、「猻爬」！』

美莊的「探戈」確實跳得令我心折，一些內行朋友也都異口同聲地稱讚她舞姿的美妙。可惜我不能跟她一起表演。在那次利順德酒會中，美莊當然大出風頭，許多朋友都以爭相請她共舞為榮，當她被邀請和海關一位英籍友人——姑父的同事，表演「探戈」時，更博得雷動掌聲。大家開始給美莊一個頭銜：「跳舞學校校長」，並且紛紛請求報名註冊做她的學生！

偶爾陪美莊跳跳舞，我是願意的；三天兩頭跳，甚或白天跳了茶舞，晚上再跳夜舞，我委實有點吃不消。並不是怕天氣熱，或怕身體累，主要的是我抽不出這麼多的空暇。晚上，是每家報社的緊要關頭，白天則要被社務會議、編輯會議、會客、同業間的應酬，佔去大部分時間。我的工作雖然已由採訪轉變到報社行政，但由創刊那天起，我仍從無間斷地每週寫一兩篇社論、專論、或特寫，一面為的提高同仁們的工作情緒，一面也為的別讓自己這支本不銳利的筆生銹擱置。自美莊到津，我已一個月又半未寫隻字，每當見到報社主筆、編輯，以及排字工人時，我都覺得有一種彷彿向他們食言的歉疚。我把這情形告訴美莊，美莊大不以為然：

『當記者時天天絞腦汁寫稿，當特派員時嘔心血寫稿，現在當了社長還要受這份罪過？我早就說過了新聞記者不是人幹的事！』

我看美莊來勢不善，不願惹她發更大的脾氣，只好自動取消向她每天多請幾小時假的要求。

她想去哪兒，我一律奉陪。

陪美莊逛街，看百貨公司櫥窗，無止無休地選購金飾、衣料、鞋和化妝品，倶是我深以爲苦的差事。我頗感覺對不住自己的司機小龐，自美莊來津，他的工作時間大爲增加，那是一個很樸實的青年人，沒有一般司機的惡習，不「喝油」，不多言，不多語，頭腦相當聰明，這些日子，我和美莊一上車，不用我們講話，他便會逕自開往梨棧大街的物華、天寶金店、舊英國中街的惠羅公司、藍牌電車道上的華竹綢緞莊和綠牌電車道上的謙祥益綢緞莊，勃海大樓旁的盛錫福帽店，小白樓的拔佳皮鞋店——這些地方幾乎是美莊每天都要去一趟的。

我無法阻擋美莊大量地購買百貨，第一她不需要我付帳，第二她並不單是給自己買，姑母全家，賀大哥、高老太太全家，以及僅僅數面之識的那些二大媽、三大姨、四大妗子、五大嬸們，都是她一而再，再而三的餽贈對象。

『這不是單給我做面子，給你的光彩更大喲！』美莊每次把大包小包裝滿一車時，便指指我的鼻尖，或捏捏我的手說，『你當然不願意自己的未婚妻被人家說是小氣鬼的！』

『你這麼慷慨地不停，我可要被人家說是小氣鬼了。』我投向美莊一個苦笑。

『笑話！我的還不就是你的！』

我無話可說，我早已承認美莊的口才比我強過百倍。

又一週下來，我實在苦不堪言了。我轉託姑母、表嫂，陪伴美莊上街；爲此，美莊大不高興：

『跳舞難道比你當初在運動場上參加田徑比賽更累嗎？買買東西難道比你關在小屋裡寫甚麼

社論、專論更費腦筋嗎？要上街，就跟你一道去，我跟別人去做啥子？我又不準備嫁給別人！』

可是，美莊終於找到比我更理想更滿意的上街時的伴侶了——那是高大奶奶。

高大奶奶不但做了美莊上街買東西的良伴，沒出幾天，美莊的一切時間與行止都聽從了高大奶奶的安排。她做了高大爺夫婦的俘虜。

六十六

我和美莊也曾一再提起結婚之事。姑母和我都表示最好就在當年秋天舉行婚禮。美莊居然有些羞答答地說：

『太快了吧？明年春天更好啊！』理由呢？

她鄭重地說：『婚禮，是何等天大的事！總得要好好好地籌備、籌劃呀！要隆重，要盛大，要氣派，要與衆不同，要觀禮者、賀喜者，人人驚訝、讚美……再有，婚禮舉行的地點太重要了——重慶是最理想的地方。』

她接著告訴我：重慶雖然趕不上天津繁華，可是勝利一年來，也日新月異地十分洋化了，漂亮汽車越來越多，天津買得到的東西，重慶幾乎也有得賣，勝利大廈被共諜縱火燒毀以後，又已翻修一新，做爲結婚禮堂是一流的……而最重要的，是她的爸、媽、兄長，和親友們，可以參加婚禮。

『我們在天津結婚，也是要請兩位老人家來參加的。』我說。

『儘管爸媽能來；可是，哥哥和那麼多爸爸的部下，還有那麼多四川的名人、要人，以及我的女同學們都不能到天津來呀，那實在太煞風景啦。』

『我的姑母全家和所有在天津的朋友怎麼辦呢?他們當然盼望我們在天津舉行婚禮呀!』

『你又不聽我的話,是吧?』美莊開始鼓起嘴巴,『我並不太堅持非把你押解到重慶跟我結婚,我又不是要你招贅,何必跟我這麼針鋒相對地開辯論會呀?您憑良心想想看,我一嫁了你,你無論到哪兒去,東南西北,天涯海角,我都得永遠跟隨你在一起,那聽命你支配的年月該有多長呀!我只要求婚禮一二小時間的選擇地點,你都不肯答應,未免獨裁,也未免太不符合閣下一向鼓吹的自由民主了吧?』

『我,我,我說你不過,』我有點口吃了,『反正,婚是要結的,先別爲婚禮的地點傷腦筋好不好?』

接著,美莊又提出了一項必須在婚禮前解決的問題:

『結婚前,我必須去整容醫院,把鼻子整高起來,眼睛最好也能開刀開大一點,割雙眼皮;貼睫毛倒比較容易。』

『美莊,你犯甚麼孩子脾氣呀,』我叫了出來,『你已經夠漂亮啦,整容不是太多餘嗎?』

『不,我多少年來,就恨自己的鼻子不夠高,眼睛不夠大,最近越看外國電影,越覺得人家女明星們的高鼻子、大眼睛、長睫毛好看,越覺得自己的「尊容」不太高明。』

『亂講,』我拉她過來,要她依偎在我的面前,『中國人要那麼高的西洋鼻子幹甚麼?你不知道,我多麼喜歡你現在的模樣!聽說許多人整容整出了毛病,一陰天鼻子就難受得要命,你何必自找苦吃呢?』

『那是醫生手術不好的緣故。要能到美國去整容，我相信那是絕不會整出毛病來的。天津雖大，連個整容醫院都還沒有，聽說上海、香港和日本都有。醒亞，結婚前，你可一定要答應陪我走一趟呀！』

『我恐怕沒有時間去上海、香港、或日本，再說，也沒有甚麼必要。』

『誰說沒必要？』美莊有些耐不住了，掙脫開我的臂環，把頭一扭，『到結婚那天，成千的賀客都要品頭論足地批評新娘子一番，難道我甘心叫人家議論我甚麼都好，單單鼻子有點低嗎？我絕不肯！』

『你是我的新娘子，又不是別人的新娘子，管別人的批評議論做甚麼？只要在我心目中，你永遠是一位下凡的天女，不已經足夠了嗎？何況，見過你的親友，都誇獎你漂亮，將來吃咱們喜酒的，左右不過仍是這一些親友，那你又何必為他們整一次容呢？』

『正是為了他們已熟識了我的面孔，我才更要整一次容，好叫他們在我們舉行婚禮時大吃一驚哩！你不願意聽賀客們交頭接耳地說著：「唉喲，怎麼新娘子比以前更漂亮啦，彷彿甚麼地方改了樣兒呢？」我可是要聽這些話的。』

我長嘆一聲。看來，整容比婚禮的地點，對於美莊更為重要，更為勢在必行。

姑母比誰都盼望我和美莊早日完婚，一再託人查看黃曆，她告訴我們：

『用不著等到秋涼也可以，夏天裡也有不少好日子。』

當姑母看到美莊大量採辦衣物時，高興萬分地以為我們正在做結婚的準備，後來又看到那些東西一一分散給別人，才知道沒有猜對。她也逐漸發現美莊過於貪玩，不喜歡安靜地待在家裡，又看到我每天被綁架一般痛苦地陪美莊上街，或跳舞，對我的心情和健康倍為關懷。一天，我必須連夜趕完一篇社論，姑母心疼地直說：

『可別累著呀。這麼白天夜裡地累個不停，也不是好玩的，所以還是聽我的主張早點和鄭小姐結婚的好，女孩子家在婚前難免貪玩，結了婚做了主婦，就可以專心管家了。』

姑母說這話的態度與用心，都是極好的。可是，在一旁的美莊，卻立刻表現了不大開心：

『唉喲，季伯母，您可別這麼說，結婚以後，醒亞更得聽我的啦，我才不想管家呢，我看醒亞倒很適宜管家！』

姑母笑了笑：

『我是老古板，不懂你們現在摩登的規矩，說得不對，鄭小姐可別見怪。』

這是姑母和美莊之間完整感情第一次發生裂隙。姑母也許並未介意，在美莊心中，我看得出，她原對姑母那份好感，就此開始宣告破產。

『醒亞，我們結婚以後，可再不能住在季家！好容易運氣不錯，沒有親婆婆管，難道我還要請個姑婆婆來管嗎？』美莊幾次這麼氣忿忿地跟我講，接著她又抱怨我不該不早點搞一棟房子：

『那天高大哥還對我說呢：「接收大員們簡直沒有一人沒有接收房子的，只有你的醒亞老實得急氣人，死氣人，竟然一直住在姑母家！」還有，你們報社不也有一棟很漂亮的住宅樓房嗎？你當社長不留著自己住，反叫四、五家人搬去做甚麼員工宿舍，搞得那麼亂，那麼髒，眞是好滑稽，好沒得道理！』

『一旦決定了婚期，租一棟房子或頂一棟房子的力量，我想，我還能夠辦得到。』我心平氣和地跟她說，『我不會難爲你的，美莊。』

『那麼現在就去找房子好啦，我再不想住在季家了。要不，從明天起，我搬到利順德大飯店去！』

經過我一番好說歹勸，總算又留住了美莊繼續住在家中。可是，我卻又擔心她天天跟姑母碰面，會不會再鬧出更大的不愉快。我這倒是想得多餘了；以後的日子裡，美莊幾乎和姑母難得有見面的機會，實際上，和我相聚的時間也少得幾乎沒有了——她的全部時間開始消磨在高大奶奶的身邊，雖然名義上她仍然是住在季家。

一開始，是美莊被請到高府打麻將，我不但未加阻止，反而認爲有人陪美莊玩玩牌也好，免得一天到晚拖住我，不能做事。可是，想不到，美莊竟會對高府的牌局一下子就那麼入了迷。

有時候，已經下半夜兩三點了，美莊打電話回來，叫車子去高府接她，回來後，她少不得要洗個澡，還要興致勃勃地把我叫醒，向我描述一遍這一天的「戰況」，才肯回房去睡。我硬著頭皮，忍著瞌睡，聽她講述竹戰經過，尙能勉爲其難，只是對於她高跟鞋卡卡地大聲上樓，以及由浴室傳出來的嘩嘩地大聲放水，深深感到不安——因爲那將把姑母一家人，全由夢中驚醒。

我勸她應該早點回來，她乾脆在高家連打幾個通宵。

我開始感覺事態嚴重。美莊卻輕鬆異常。

『我又不是想贏他們的錢，』她說，『只不過是好玩罷了！』

『我知道，你打牌不是為贏錢；那何必這麼一上桌就不下來呢？看你，這兩天又變瘦了些，聽我話，不要再打啦！』

『是呀，我並不想贏那些二大嬸、三大姨；可是她們輸了錢，那種焦急、難受、窘迫的各種表情，是我最想看的呀！我以前不是跟你講過我父親打牌贏得那些四川大紳糧們醜態畢露，然後又把贏到手的錢還給他們的故事嗎？這回，在你們貴天津，我可也照樣地大表其演了：當我欣賞夠了那些太太們的窘迫相後，宣佈無條件地退還她們的本錢時，我好開心喲，我彷彿覺得跟父親一樣地偉大了……』

我搖搖頭，慘然一笑。

『可不見得場場都是我贏呀，』她繼續得意地講下去，『有時候，我輸了，我並不痛惜錢；可是，我不能落個「戰敗」的醜名，我忍不下那口氣，所以我要求四圈跟著四圈地加，直打到我轉敗為勝為止。有幾次天已大亮，我仍然大敗，便約好一律在高家睡到中午，再起來接著決一死戰……』

在美莊迷醉於高府的竹戰期間，另一件促使我和美莊發生爭執的事情發生了。

美莊答應了負全責代高大爺向賀大哥索取一張證明書，那證明書上要說高大爺在抗日期間曾擔任過地下工作。

美莊一跟我提出這件事，我立刻告訴她，這是絕對辦不通的。因為在美莊到津以前，高大爺也曾向我鄭重拜託過，要我轉請賀大哥幫忙這件事。我無法向賀大哥開口，我比賀大哥更淸楚高大爺在「抗日工作」上的貢獻，而耿介如賀大哥者，不問可知他絕無接受這種無理請求的可能。

『高大哥說過，社座不肯幫他忙，如果社座肯幫助他弄到手那麼一張證明書，他早就會升任處長或是副局長了。』美莊這麼說，『看人家開口叫你社座閉口叫你社座，你就答應了人家算啦！』

『我答應有甚麼用？證明書是要賀大哥出的。』我回答，『再說根本誰也不能答應！你要知道，高大爺曾是一個很活躍的親日份子，從來沒有做過一天地下抗日工作。若非政府寬容，他這號人物也該坐幾天牢的。』

『是呀，我知道，他要是當眞做過抗日工作，還希罕賀大哥的證明書幹啥子？可是，人家當初鼓勵你到南方抗戰是千眞萬確的呀！你能到南方，又能遇到我，不都是高大哥的好處嗎？』

『我的天老爺！我今天可要正式告訴你，美莊，當初最反對我去南方的，不是別人，就正是這一位高仁兄！』

『好啦，好啦，我看你跟他有點成見；不過，我說的話不能不算數，我相信我親自去找一趟賀大哥，他絕不會刮我的鬍子！』

我勸美莊不必去，因爲任何人去也定要挨「刮」無疑。

美莊不信；結果，羞惱成怒地回來了：

『哼，有啥子了不起？不就是一張破紙寫幾個字嗎？我鄭美莊生來沒有這麼低頭地求過人，他賀力竟這麼不識抬舉！不寫算啦，我馬上寫信回重慶，叫我爸爸給高大哥寫個證明！』

『甚麼？』我失聲笑了出來，『令尊大人甚麼證明書都可以出呀！』

『怎麼樣，』她把腰一叉，『堂堂陸軍中將的證明書不比賀力的證明書値錢呀？以前爸爸派了許多「外交代表」出川，就給高大爺來個駐天津的代表派令，一切都解決啦！』

『抗戰的時候，你們老太爺派的那一門子駐天津代表？難道要跟日本人辦外交呀？』

『好，好，不派他當代表，就派他擔任抗日地下工作又有甚麼不可以？』美莊把眼瞪得兇兇地，我已經整整一年沒有看到她這種蠻橫無理的架式了，我簡直氣忿得無以復加，終於忍耐不住地，吼出來：

『美莊，你清醒點好不好？四川軍閥竟可以派天津的地下工作人員？』

也許我的話說得過重了，美莊立刻跳起脚來罵我：

『你說誰是軍閥？你說誰是軍閥？好，你說我父親是軍閥，我看你才是軍閥！你沒有一兵一卒就這麼厲害，你要是有我父親那麼多的軍隊，還得了？還了得？我看不但要做軍閥，恐怕要做殺人魔王啦！』

這一吵，把姑母、表嫂、表哥都吵來了。姑母不解詳情，看見美莊流淚，氣得直抖，便連連責怪我不對，理由是說我比美莊大了兩歲，而美莊又是老遠到天津來做客。表嫂弄清楚了眞相以後，一面勸美莊不必過於太熱心幫高大爺辦這件事，一面抱怨她的胞兄：

『都是我這個哥哥不好，惹得你們吵嘴，他已經是電信局三朝元老，也已經從科長升成副處長了，運氣很不錯啦，還犯甚麼官迷？氣死人！』然後，表嫂又分別向我跟美莊拱揖，要我們熄火。

最後，連姑父都來加入勸解：

『鄭小姐，今天晚上我請客，吃剛上市的一種美味，你一定喜歡吃，因爲在四川恐怕不常吃得到。』

『是不是大對蝦？季老伯！』美莊對姑父的面子還算十足，當即破涕爲笑地答話，『已經吃過幾次了。』

『不，是剛剛上市的肥螃蟹！』

大家一陣歡呼，對於吃螃蟹，沒有一人不感興趣！在舊法國菜市對面的「郇酒香」，我們痛吃一頓。那是天津最有名的一家專門賣螃蟹的館子，除了螃蟹和酒，沒有第三樣食品供應。

飯後，表哥提議去美星跳舞，當然目的仍是爲了討美莊的高興。結果姑母也陪我們去了。在舞池中，美莊和我言歸於好，我們互相道歉，又互相約定今後不再爲別人的事情發生爭吵。美莊在我懷裡，舞得很高興，她的頭一直緊緊地偎貼著我的臉。

姑母似乎看到了我和美莊的「貼面舞」，音樂停止時，我們回到檯子那兒休息，姑母輕輕地欣慰地，對我說：

『兩人已經講和了吧？看你們跳得怪親熱……』

有人說過：愛人之間，發生一次爭吵，增加一次情感。但願如此，我祈禱著。

六十七

一連幾天，美莊都很早回家，我爲她毅然停止了到高府打牌，感到欣喜，也感到自豪——究竟我的愛情力量大過那一堆牌桌上的女人。

可是，我想錯了。是另一個力量把美莊牽走了——美莊的興趣由牌桌移到了股票市場。而牽她移轉陣地的，仍是以高大奶奶爲首的那個太太集團。

當我發現美莊，每天被那些太太們前護後擁地圍在證券行打發日子，我不禁吃驚地勸阻她。

『這有啥子了不起？又不熬夜，又不會傷朋友和氣，輸贏又比麻將大得多，冒冒險費費心思，值得呀！』美莊告訴我她何以喜歡買賣股票的一大堆理由，『還有，你大概也不會忘記，上個月慧亞表姐帶我們在唐山參觀啓新洋灰公司、和開灤煤礦時，你一再稱讚他們在實業上的貢獻；那麼，我現在買點啓新和灤礦的股票，不也就是有意義的投資建設工作嗎？』

『美莊，』我說，『你要是眞心投資，拿出錢來創辦個新工廠，我倒贊成；你要想存股票，買下「實貨」來等著分股息，我也不反對，因爲那等於儲蓄。可是，你們現在做的是每天結賬的賭博，買空賣空的投機呀！股票市場風險很大，不少人因爲做股票破產、打官司，或自殺……』

『沒問題，我相信我的智力、思考，再加上高大嫂老馬識途的指點，絕對有勝無敗。這一連幾天，已經證明了我們的戰略正確與運道亨通，我們買進甚麼，甚麼就大漲，我們賣出甚麼，甚麼就直線下降……』美莊說得眉飛色舞，並且一再約我每日也能陪伴她，同往她們每天必到的那家開設在威爾遜路一座大廈上的證券公司。

卻不過美莊的堅邀，總算陪她去了一次證券公司；以後，我再無時間和興致前往。美莊已做了我那部汽車的首席主人，她每天都要接送那些合夥做股票的太太們，股票做得得意，少不了要請那些娘子軍吃飯、聽戲，或採辦百貨贈送，以酬報貢獻戰略的功勞。於是，弄得我好幾天見不到汽車的面。美莊倒也表示了一次歉意：

『對不起呀，醒亞，害你坐三輪車；不過你是一直主張刻苦節約的，大概不會感覺甚麼不便吧？』

不知是美莊自己還是她的智囊們出的鬼主意，她們突然開始自證券公司撤退，改往馬家口股票市場「作戰」！

證券公司的環境，還佈置得高尙幽雅，雖然報行情的電話偶爾會帶給人們小小的騷動，但是大家尙能坐在沙發上，吸吸煙，吃吃茶，談談天，或是安靜地運用思考，準備下注；股票市場就完全不可同日而語了，在兩個大房間裡，買賣雙方、市場職員、雙手各執一隻電話聽筒的行情報告員、各證券公司的跑街、代客買賣的「布洛克」，混亂地擠做一團，天津人的特殊大嗓門，在這兒盡情地展放，每個人的神態都不正常，彷彿他們的神經馬上就會爆裂，不斷地有著比鳴放爆竹還清脆的巴掌響聲迸發——那是代客買賣的「布洛克」們爲了加強熱烈的氣氛，爲了表示代客人爭取一秒鐘內行情漲落所造成的利潤，而故作的緊急措施：

『買五百！買八百！買兩千（註）！』唯恐對方聽不清，便一面吼叫，一面向賣方的後腦、脖頸或是膀臂上送過來三巴掌。

『好，賣五百！賣八百！賣兩千！』相同地，三巴掌還了回來，交易就此精確完成！

市場內沒有一個女人，許多漢子打著赤膊，汗流浹背地在那兒衝鋒陷陣般地拚命跳叫。這地方，美莊怎麼能來呢？虧她們想得出主意：

把汽車停在市場門口，美莊和高大奶奶一夥兒坐在車裡，市場內部的情況乃可一覽無遺——那市場大門是根本不關的，由市場的大玻璃窗看進去，更是形形色色盡入眼底；兩個「布洛克」看來已是專門伺候美莊這幾位好客戶的了，只見他倆輪流跑進跑出，一會兒衝進市場振臂高吼，一會兒鑽出人群，奔向車廂，探進頭去，報告戰果，聽候美莊發號施令……

我躲在一邊，看得清清楚楚。

蹲在邊道上喝酸梅湯的龐司機突然覺察到我的出現，立刻跑過來：

『您要用車呀？』

我向他搖搖頭：

『我先回去吃午飯了，告訴鄭小姐，說我來過了，說我請她早點回去！』

註：此處五百、八百、兩千，係指股票每股的單位。

我知道，我說了等於白說，美莊絕不會回家吃午飯的。可是，眞出人意外，她竟然回來了。

『背時!背時!背時!』連說了十幾個「背時」，美莊撲在我的肩頭哭了出來，『啓新瘋狂地下跌不停，做「空」的人都大賺其錢，偏偏我們做「長」，越跌我越買進，我不相信打不垮那些短命鬼做「空」的散戶……可是後來情勢不對了，聽說幾家大戶竟以我做目標，跟我鬥法，聯合起來大量拋出，這時候龐司機報告我說你來過了，更使我心裡亂上加亂，平時的冷靜、理智，都不翼而飛，我仍舊堅持到底，買進買進買進……』她氣喘喘地，像個負傷的小獸，最後把我緊緊地抱住，嗚咽出來：

『醒亞，我垮啦!我垮啦!』

『我早就告訴過你，做股票風險太大:你不但不聽，反而親自到市場去做，那地方你怎麼能去呢?』

『高大嫂她們說在證券行裡坐聽行情，不如親到市場消息靈通，頭兩天到市場確有斬獲:可是，今天垮了，垮得好慘喲……』

『賠了多少錢?』

『一億三千萬!』

『什麼?一億三?』

『是呀，不過我沒有結賬，我想聽你的話，買進「實貨」。』

『那得需要多少現款呀!』

『最少十個億！』

『是不是和高大奶奶她們平均負擔？』

『唉喲，她們那幾位太太好可憐喲！已往大家賺錢是平分的，這次如果賠的少，當然她們也會拿出來；可是賠的太多啦，她們簡直都嚇得魂不附體了，一個個面孔蒼白，雙手冰冷，都抓住我不放，差點兒就在汽車上給我跪下磕頭了。高大嫂還比較沉住一點兒氣，直勸大家別著急，慢慢想辦法。我實在不忍心看下去，便一口承擔賠的統統歸我負責！』

『甚麼？美莊！』我叫出來，『大方也不能大方到這種份兒上呀！這不是等於合夥吃你一個人嗎？』

『她們吃到我甚麼啦？她們跟我同舟一命，是你們天津幾個做股票的大戶合夥吃我！我非跟他們較量一下不成！』

『可惜你的雄心壯志都花在這上面……』

『別作文章啦，醒亞，快幫我想辦法，買進「實貨」！啓新就會再漲上去的，有「實貨」在手，早晚能翻本甚而還撈幾文！如果不買進「實貨」，今天就得白白給人家一億三千萬！』

『我有甚麼地方去弄十個億？』

『唉呀，不是向你要，只是借用幾天。』美莊不再哭了，向我擺出了冷靜談判的姿態，『我已經打電報給父親，也給兩個哥哥分別求援了，他們日內就會把款子調過來，尤其我三哥開錢莊，幾個億在他那兒不算一回事。』

我答應替美莊湊一部分。結果，把姑母、表嫂的積蓄，搜刮一光，另外又向幾個比較寬裕的朋友挪借，再加上我向報社預支了半年的薪金，也僅僅湊足三億。

『你只負責三個億，』美莊大失所望地，『簡直是「小兒科」！』

『已經是最高限度，再沒有辦法了。』

『怎麼不向報館借？』

『已經破例地透支了六個月的薪水！』

『傻瓜！誰要你借薪水？六十個月的薪水也無濟於事呀！我是說你怎麼不下個條子挪用幾個億？你可以下條子的，你是一社之長！』

『美莊，我怎麼能做那種事？再說報社裡也沒有這麼多現金，就是有，也不能爲自己的未婚妻買股票用。』

『用過要還！不是搶劫跑掉！聽懂了沒有？「小兒科」！』美莊把嘴撇成個小瓢，接著，突然衝口而出：

『醒亞，掏出良心來！忘了共產黨在學校害你，我偷偷地拿出錢來救你嗎？忘了你在醫院割盲腸，沒錢出院，我拿出錢來救你嗎？現在，到了你們天津，你竟對我見死不救，我們之間還講得上甚麼愛、愛、愛？簡直是屁、屁、屁！』

美莊的話，像一條條鞭子抽撻著我的頭腦與心臟，我壓制住自己的自尊遭受嚴重傷害後企圖反抗的忿憤，我忍耐地，理智地，並且相當親切地拉住美莊的雙手：

『我永遠不會忘記，你每一件對我的好處。可是，你應該明白，當初你用錢救我的目的，是爲了愛我，如今你要我挪用公款，變相地貪汚舞弊，不但不是愛我，而且是害我。同時，我爲了愛你，我必須規勸你不要再做股票了。而且，我如果不問不聞，甚至於慫恿你繼續做股票，也就是害了你……』

『不要聽，不要聽，簡直是一篇枯燥無味的社論！』美莊甩開我的雙手，開始在地板上暴躁地走來走去，『你害我，我害你，我們就互相害，害，害吧！當了社長還這麼「小兒科」，當了市長、省長、大總統，也還是個「小兒科」！』

『美莊，我並不是如你所說的那麼小氣、寒酸、吝嗇。這樣好啦：一億三千萬，不要你出一塊錢，全部由我付，今天就跟人家結清賬，只要你肯答應我，以後絕對洗手不幹，再不跟高大奶奶一夥兒做股票。』

她背過身去，顯然是在思慮我的建議，我滿心盼望她同意這麼做。可是，她迅速一扭身：

『謝謝你的盛情好意，鄭大小姐忍不下這口氣，我非跟這次做「空」的大戶鬬鬬法不成，要是在當年的四川，我非叫爸爸的馬弁們把這些龜兒子抓起來！』

我再無話可說，只好聽任美莊自行處理。

晚上，美莊擺著一張得意驕傲的面孔，回來了：

『還差七個億，有甚麼了不起？高大哥找人借了五億，另外兩億證券公司替墊上了，都按天由我付利息！人家都相信我不會逃回四川！』

不出一週，美莊收到四川兌來的錢，在這一週內啓新似乎已經微有上揚的趨勢，美莊有了十億現款，沒有立即還債，又全部買進「實貨」，她這一手確也相當厲害，啓新的行情果竟一漲再漲，收盤時創出新高價！

『醒亞，你不是打過仗嗎？我這叫做「奇兵制勝」！』美莊把前幾天對我的不悅，完全拋往九霄雲外，拉住我在房間裡不停地歡呼旋轉，『大家都講我是將門虎女，巾幗英雄！好開心，好開心，好安逸，好安逸！』

三億，一文不少地，退還給我了，美莊一定還要照付利息，當然我不肯接受，她笑瞇瞇地說：

『倒還漂亮，從今不再叫你「小兒科」，親愛的！』

六十八

美莊在股票市場爭氣露臉以後，日子過得十分歡快。看來，她已深深愛上天津，眞是「樂不思蜀」了。

我知道我極爲矛盾。我願意我們能夠早點結婚，我幻想無論如何，結婚對於一個由小姐變了妻子的女人必會發生相當的影響，起碼，她不會比婚前更心浮更貪玩；相反地，家庭的溫暖可能使她逐漸靜下心來，樂於和自己的丈夫共享一份新鮮的安謐的生活。我又想到，如果，我們有了一個孩子，美莊將更會珍視自己的家庭，熱愛自己的家庭，時光一晃，我們也就老了，難道當我和美莊變成了老頭子和老太婆以後，還會嘔氣吵嘴嗎？一定不會了，我們將有一串相敬如賓相親相愛甜甜蜜蜜的老年夫婦的好日子，正如在重慶訂婚時維他命G所祝賀我們的，我們將舉行「金鋼鑽婚紀念」，宴請賓客……我越想，越樂觀，越堅信只有立即結婚才不致於使這個幻夢落空。可是，我稍稍再多想一下，就不禁萬念俱灰了，萬一美莊婚後仍舊依然故我，我將如何打發那悲慘的未來的悠長的歲月呢？她要我無條件地馴順服從，她要我不擇手段地弄錢，滿足她那漫無止境的奢侈享受，她可以要我那樣做，因爲她會認爲她有理由和權利要我那樣做了——她已經是我的妻子……我越想越恐懼，越堅信只有此生永遠不和美莊結婚，才能躲避開這個可怕的噩運。

我想到了和美莊解除婚約。可是，當這個念頭剛一發生時，我便感受到無比的痛楚與悲哀。那樣做，我覺得我就是個太無用也太狠心的男人了。一個男人不能使自己的未婚妻對他一直保持初戀熱戀時的傾心愛慕，不是太無用嗎？一個男人無法用愛，用眞誠，用寬容，去影響自己的未婚妻，反而孟浪地提出拆擋分手，不是太狠心嗎？美莊不再愛我了嗎？不是，起碼她還沒有先向我提出解除婚約的話。在她還一心一意愛我的時候，我竟提出這個要求，我不是太懦弱，太卑劣嗎？我想起了許多美莊過去的好處……

我也想到，如果跟美莊退了婚，我就跟唐琪結婚。可是，馬上跟著這個念頭而來的，是更大的惶惑與不安。唐琪已經到東北去了，她也許由於心靈受到創傷太重，永遠不再回到天津，永遠不想再跟我見面了。我傷害了一個唐琪還不夠，還要傷害一個鄭美莊嗎？天下有多少女人讓我如此傷害下去呀？我感到自己愚昧，感到自己醜惡，感到自己殘酷……

仁慈、信賴、寬容，仁慈、信賴、寬容……是的，我應該保有一顆充滿仁慈、信賴、寬容的心，去對待美莊，去愛美莊。這是我唯一可走的路。我終於決定走這條路。

可是，美莊對我，卻太不仁慈，太不信賴，太不寬容了。做夢也想不到，空前的大風暴竟在我們中間降臨：

一個下午，她由高家回來，一上樓，就怒髮衝冠地跳進我的小臥室：

『張醒亞！』

我正在趕寫一篇有關最近「蘇北共黨決堤淹沒了三百平方里地區」的評論，看見美莊來勢洶洶，又連姓帶名地喊我，知道事態極爲嚴重。

『張醒亞，還寫甚麼東西？』她一手搶走我的文稿，看了幾眼，猛把它撕碎，『天天寫，天天寫，寫夠了情書，寫社論啦！你這麼慈悲地同情蘇北三百平方里以內的人民慘遭滅頂，你怎麼對自己的未婚妻卻這麼殘酷，一心想把她欺侮死呀？』

『你說了一大片甚麼？我簡直不懂！』

『別裝傻，你時常關住房門說給報社寫文章，是不是給那個妖精寫情書？你時常不願意陪我上街，說是這裡開會，那裡開會，是不是跟那個蕩婦去幽會？』

『美莊，你瘋啦，你究竟說的誰？』

『誰？唐琪！』

像一顆砲彈，轟地一聲，正好在我頭頂上命中。我覺得眼前一陣昏黑。可是，很快地，我便恢復了正常。我無愧於心。我在認識美莊以後，從未和唐琪通過一次信，更從未跟唐琪會過一次面。美莊這突如其來的發作，簡直不知從何而起。

『好厲害呀，你張醒亞，你要瞞住我到多久？怪不得你一直反對我跟高大哥高大嫂來往，原來你是怕人家洩露你的秘密呀！好，高大嫂都跟我講啦，想不到你張醒亞還有這麼一手沾花惹草的本事！』

『高大奶奶說了些甚麼？』

『怎麼，你要去殺死她滅口呀？可惜晚了一步，你爲甚麼不在今天以前把她殺死呢？』

『我爲甚麼要平白無故地殺人?我問你，她到底在你面前搬弄了甚麼是非?』

『搬弄是非?』她開始雙手叉腰了，『我問你，你認不認識唐琪這個女人?』

『認識。』

『你跟她是甚麼關係?』

『她是我表嫂的表妹。』

『我知道，我是要問你和她兩人之間的特殊關係。』

『你應該分開問我:是以前的關係?還是現在的關係?我去重慶以前跟她很熟:自去重慶，到目前爲止，六年多根本再沒有見過她一面，可以說是毫無關係!』

『鬼信你的話!哼，怪不得一勝利，你急得命都不要地趕回天津來，』她冷笑了兩聲，『哼，我原以爲你是眞想和姑媽、姑父、表哥、表嫂、表姊，還有賀大哥一幫人早點見面:沒想到還有個唐琪爛汚女人勾你的魂哩!』

『美莊，我們心平氣和地談，好不好?你這麼罵罵咧咧地，叫姑媽她們聽到多不好!』

『我罵唐琪，你心疼啦，是不是?我就要罵!就要罵!就要罵!爛汚貨!演文明戲的!交際花!舞女!歌女!蕩婦!妖精!這都是高大嫂加給唐琪的形容詞，你心疼，我可以陪你去找高大嫂算賬!』

『高大奶奶眞是莫名其妙，你來了這麼久，她怎麼突然心血來潮地跟你講唐琪的事?』

『人家可不是成心跟你過不去，人家只不過是覺得我鄭美莊太好了，不留心地說出唐琪來。

高大嫂今天包餃子請我吃，一面吃，一面對我說：「鄭大妹子呀，你這麼聰慧伶俐，漂亮活潑，又這麼慷慨仁慈，熱情義氣，我們那醒亞老弟可是幾輩子修來的這種好福氣呢？自從醒亞老弟跟你訂婚，就步步高升，先當特派員，緊跟著當社長，這還不都是你帶來的鴻運！要是醒亞碰不到你，仍舊跟我們一個親戚唐琪表妹，攪在一起呀，還不一定得倒多大的霉運！那個狐狸精把醒亞迷得好厲害喲！」我一聽，立刻再也吃不下一個餃子，原來我以身相許的張先生竟還瞞著我跟別人搞桃色事件，我氣死啦！高大嫂還勸了我半天，又怪了半天她自己嘴快多說了話，可是人家全是一片對我的好心，並不是在我們中間挑撥是非！』

『美莊，她既然向你提到了唐琪，你就該向她問個清清楚楚！她可曾說我這次勝利回家跟唐琪見過面，通過信？』

『她沒有講，』美莊怒視我，『還用人家講呀？唐琪由東北想盡方法到天津來，爲的甚麼？高大哥又告訴我唐琪一直住在皇后飯店當交際花，難道你會不三天兩日去？』

『唐琪住在皇后飯店當交際花，我倒還是第一次聽見人說。你不防親自去皇后飯店，調查調查！』

『我去找她？她配？我是你張醒亞正正式式的未婚妻，她是甚麼東西？她憑甚麼資格跟我講話？』

『歇歇火吧，美莊，』我似乎已經被吵得疲乏了，我盡量把語調放得緩和，希望慢慢地把唐琪的實況告訴美莊，『唐琪早已經又回東北了，根本不在天津。』

『好哇！這才眞是不打自招！你剛才還說回到天津始終沒跟唐琪見過面，那你怎麼知道她的行踪這麼淸楚？知道我要來了，先把她打發走，好手腕！不愧是學政治的！我告訴你，有我沒有她，有她就沒有我，你休想兩頭都不放！』

『她去東北，是表嫂告訴我的，並且她還特別轉託表嫂祝福你和我的婚姻美滿！不信你去問表嫂！』

『用不著她要這套假仁假義喲！我也用不著問任何人。我只要問你，你爲甚麼對我這麼不忠實？你爲甚麼愛了我又愛唐琪？』

我長吁了一口氣：

『美莊，我並不是愛你以後才又愛唐琪的，這怎麼算我對你不忠實？』

『那你承認是先愛的唐琪啦！』她猛然跳到我面前，兩隻拳頭拚命地往我胸上亂搥，『你好狠心哪，你好狠心哪！你第一個愛人並不是我，我不要別人愛過的男人，愛情是獨佔，我不要做第二，我不要做候補，我不要，我不要，我不要……』

一面搥我，美莊一面歇斯底里地放聲哭起來。

我意識到她或許正是由於過分愛我，才這樣激動。我想，我應該諒解她，並且勸慰她：

『美莊，你年紀還小，再過幾年，你就知道同情這個悲慘社會裡，像唐琪這樣遭遇可憐的女人了……』

拍！一個耳光落在我的頰上，美莊簡直變成了我從不相識的一個毫無理性的，兇悍的陌路人：

『我小！我小！我知道你嫌我小！你喜歡唐琪，唐琪比我大，比你也大！你們兩個大的合夥來欺侮我這個小的好啦！她可憐，我不可憐？孟美女萬里尋夫，還找到了忠於她的丈夫的骨頭，我老遠由四川跑來，找你這個沒心肝的行屍走肉幹啥子喲！』

說著，說著，她嚎啕大哭。猛不防地，她竟開始把我房內的茶具、寫字桌上的玻璃板、小花瓶、檯燈，亂砸一氣，又一面嘶喊著：

『去，去找你的唐琪去！我立刻回重慶！』

門一開，表嫂、表哥，和姑母都湧了起來。我想，她們必是已經早在外面聽見了這一場鬧劇。表嫂和姑母用力地往外拉美莊，勸她先回房休息。

『美莊，你問姑媽、大哥、大嫂好啦，我自重慶回來可跟唐琪有過一點關係？』

『我偏不問，我偏不問！你們是一家子，我爸爸媽媽哥哥嫂子都不在，你們儘管聯合一氣對付我好啦！我不在乎！我馬上買飛機票回重慶！我恨透天津啦！我死也不再到天津來！』

『好，好，你最好立刻走！』我再也忍耐不住了，我高聲地吼叫著，『天津沒有人挽留你！天津沒有鄭中將的公館，請你回到重慶再作威作福地發你大小姐脾氣！』

美莊當天沒有走，因爲沒有班機由天津起飛。第二天一早，她買了去北平的火車票，果眞走了。姑母和表嫂一再苦苦勸說，也留她不住。我不肯向她道歉，因爲我並沒有錯。我縱使向她道歉，她也不會留下來；只有讓她任性地回到重慶，把事理想通以後，她方會息怒，那時候她或會又自動地重來天津和我破鏡重圓。

她臨走跟表嫂說預備由北平搭空中霸王號去上海，玩夠了再回重慶。她上汽車前又給了女傭和龐司機鉅額的賞金，使這兩個老實人一時爲之目瞪口呆。

我送她到火車站，一路上，她不肯跟我說一句話。

在姑母全家一連兩日的力促後，我趕赴北平勸阻美莊，當我到達中國航空公司查詢訂票客人名單時，我獲到答案：

『鄭美莊小姐已搭今晨八時半飛機飛往上海！』

第九章

六十九

美莊已經走了半年。

一開始，我不知道她在上海的通訊處，我曾寫信給維他命G託他留心美莊在上海的行踪；他沒能找到。一個月後，我直接給美莊寫信寄往重慶。石沉大海，渺無回音。我又連接發出兩封航空雙掛號，淸楚蓋著「鄭公舘傳達室收發章」的郵局回單都寄還回來了，顯然，美莊已經如數地收到了我的信；只是，她仍舊不肯給我隻字答覆。

我頗爲懊悔，不該任美莊負氣而去，儘管我實在沒有甚麼過錯。可是，每當我想到，她過去對我的溫存和愛，想到她隻身離家來天津我和相會的眞情，尤其再想到「有愛情才有嫉妒」的道理，一切過錯，我都願意毫無怨尤地承當下來。

儘管我把過錯完全攬放在自己頭上，卻照舊不能獲得美莊的諒解。半年過去了，她仍不曾給我一次回音。

我由痛苦、絕望，漸漸變爲淡然、冷漠。我似乎對愛情開始畏懼，甚而厭惡——因爲它帶給我太多的煩惱與創痛。美莊的愛情如此，唐琪的愛情也不例外。幸而，我對於自己所獻身的工作有強烈的志趣。如果，我僅失去了愛情，並未同時把建樹事業的理想與抱負失去，我想，我還能堅強地在人間支撐下去。

報社業務蒸蒸日上。當我被姑母全家、賀大哥、報社同仁，以及其他好友的鼓舞，也是出於自己的心願，決心參加天津市第一屆參議員競選時，我開始覺得這正是我人生新紀元的起端。多年來我醉心民主政治，如果能夠走進議會，爲鄉梓服務，爲市民講話，將是多麼嚴肅，多麼有意義，多麼榮譽的一件事。在積極拓展報社業務，也同時積極籌劃競選的過程中，我把美莊和唐琪都暫忘一邊。有人說愛情是女人一生的全部，卻是男人一生的一部分；我即便想把愛情變成自己一生的全部，也不可能了。在愛情上一再遭遇的挫折又算得了甚麼？我如果不能獲得足夠的市民的選票，那才是我眞正的失敗哩！

在美莊逗留天津的兩個多月內，軍調部尙未壽終正寢。年邁的馬帥，不辭辛勞地一連八上廬山，和蔣主席磋商無法停止但又期望發生奇蹟能以停止的軍事衝突。在馬帥每次獲有信心，欣慰下山時，共軍必定以破壞協定、擴大戰亂，做爲獻給這位和平老人的贈禮：馬帥第一次下山，共軍在津浦路南段發動激烈攻勢；馬帥第二次下山，共軍加緊圍攻大同；馬帥第三次下山，共軍猛撲娘子關；馬帥第四次下山，共軍在隴海路展開總攻擊；馬帥第五次下山，大同危在旦夕；馬帥第六次下山，共軍在同蒲線上連掠數城；馬帥第七次下山，共軍爲攻大同拿出不顧人道的最後法寶——施放毒氣；馬帥第八次下山，共軍逼近了河北省會保定……馬帥從此不再上山了，八上八下的辛勞，換來九月卅日中共正式通知國民政府的最後通牒——和談宣告破裂。

這段期間，中共還曾製造了一件驚動中外的「安平事件」——共軍在平津公路的安平鎮上，突擊正爲軍調部輸送給養兼爲聯合國救濟總署輸送供應品的美國海軍陸戰隊，結果美官兵四名死亡，十二名負傷。如此嚴重的事態，在共產黨歪曲事實，誣說美軍先行開火的答覆下，馬歇爾老人，和另一位被派來協助他調處工作的另一位和平老人——司徒雷登大使，雙雙忍受了這難以忍受的野蠻的挑釁。

這一連串驚心動魄的消息，也正是促成我不能置若罔聞地專陪美莊優哉遊哉盡興玩樂的一大原因。

美莊離津以後，每天報紙上的戰亂消息依然有增無減……馬帥和司徒雷登大使在極端失望之餘仍作了一次最後的奮鬥——逼請蔣主席頒發了第三道停火命令。同時政府宣佈：原本訂於五月五日召開的制憲國民大會，由於中共阻撓未能舉行，現在決定要在十一月十二日如期開會，希望中共盡速提出國大代表名單，參加大會，制定憲法，改組政府。

爲了等待中共的名單，又把國大揭幕式的舉行移後了三天；結果，中共推翻了自己在「政治協商會議」上的諾言，仍舊堅決拒絕參加。

在無黨派人士，和青年黨、民社黨、國民黨四方面的代表集議下，花費了他們寶貴的心血與智慧，通過了一部中華民國憲法。

我熟讀這部憲法，感覺它雖然不能算是盡善盡美；但它所代表的民主精神卻是十全十足的。在這期間，最低領袖曾把他的刊物寄給我，在那刊物和他的附信上，他一再指出這部憲法由於國民黨過於遷就其他各黨各派的意見，結果弄得不再是五權憲法的模樣，他認爲如果依據這部憲法建設眞正三民主義的新中國，是難免阻碍的。我則回信告訴他：有憲法，絕對比沒有憲法好，何況這部憲法的基本國策一章，完全符合三民主義的精神；同時中外人士對這部憲法也紛加讚揚，就連對政府多少存有成見的馬歇爾先生也一再聲稱他極爲欣慰中國這部民主憲法的產生，因爲它完全符合「政協」所規定的原則。我又告訴最低領袖：以後行憲時期的國民大會有權修改憲法，如果試行的結果，確實發現了這部憲法的漏洞與不妥，仍然可以進行修憲。但在修憲以前，我們每一人民都必須維護這部憲法。我更告訴他：這次制憲，國民黨給了人民良好印象，因爲由政府直接遴選的七百名代表中，國民黨只佔二百二十席，無黨派七十席，青年黨一百席而共產黨卻佔有一百九十席，跟著共產黨跑的民主同盟又佔了一百二十席，並且開會期間政府一再聲明絕對保留共產黨和民盟的三百一十名席位，靜候他們參加，開會以後，國民黨又處處採納接受其他黨派的意見，才制定了這部憲法，這種風度，連我這無黨無派的人，也覺得執政多年的國民黨能有這種氣概與胸襟，中華民國的自由民主應可樂觀！

制憲國大閉幕以後，共軍頭子朱德到了莫斯科，延安修築了大飛機場，蘇俄將大連交給了中共，中共把佳木斯闢成了軍事根據地，同時，毛澤東在延安毫不保留情面地狂叫：

『馬歇爾是一條美國老狗！』

在談談打打，打打談談——共軍處於劣勢時就要求談，共軍處於優勢時就發動打——的調處中，討盡便宜養足精力的共軍，從此再不需要馬歇爾將軍解圍、護航、搭救了。

從此更再聽不到『共產黨擁護你，紅色隊伍向你致崇高敬禮……』的「馬欺爾歌」了……這位顯赫一時的五星上將，在卅六年一月八日由南京搭機飛返華盛頓。我沒有親眼看到馬帥登機賦歸時的鏡頭，新聞報導說：「馬帥行前黯然神傷，承認一百二十天的調處全歸失敗……」，我不禁回憶到，他喜悅地，充滿信心地，出現在北京飯店和延安的一幕一幕。我想像得出這位老人離華時刻的心情該是如何沉重和淒涼。

一而再，再而三，三而四地，連連中了共軍緩兵計的馬歇爾將軍，我幾乎不忍心指責他是「共產黨的救星，國民政府的尅星」；然而事實卻是如此，儘管這種事實的造成並非出於他的原意。

二月六日，美國宣佈軍調部正式結束。

軍調部從此不再存在於北平；可是軍調部為中共打開了大門，使各地區的大量共產黨員和特工（實際上幾乎每一個中共黨員均為中共特工），打著擔任調處工作的招牌，日夜不息地流湧進北平，再散溢到各個重要的城市和縣分，馬歇爾走了，這些中共份子可不再走了，他們在北平，在華北每一個角落、每一個階層中，滲透、蔓延、潛伏、侵蝕，或是蠱惑中共尾巴們假冒自由民主人士之名，公開明目張膽地誣衊、誹謗、打擊政府，表面上這些地方是政府所管轄，實際上，中共份子已逐漸解除了這些地方的精神武裝——在軍、政、工、商、經濟、金融各機構中。都混進了共諜，更嚴重的，新聞界、出版界、文藝界、和教育界，因政府一味迷信武力、忽視文化工作，都成了共諜的溫床，尤其「華北學聯」在共諜一手扶養中，長大起來。變成了日後北平、華北、甚至全國的一個最大的毒瘤。

在東北，國軍大量地慷慨地流血，依舊無法自蘇俄手中收回大連和中長鐵路，政府一再派員交涉，蘇俄都裝聾作啞，繼續幹著加緊充實裝備共軍的勾當。

這就是三十六年暮春初夏時候，國內外的形勢。

在這個險惡的形勢下，我全心致力於報社業務的開展，與參議員競選的準備。

七十

爲了開展報社業務，我必須加強充實報紙本身的內容。我們的報原就有一特色：堅決反共，堅決主張自由民主。軍事調處期間，爲了表示衷心渴望和平實現，我們盡量抑制感情，無論在社論、新聞，以至副刊，都在在避免使讀者嗅到火藥氣息，對共軍在各地的破壞協定，大舉進攻，也萬分忍耐地不以大標題或巨大篇幅的報導來刺激讀者，惟恐有損於調處，唯恐不利於和平。因爲，我們知道得太清楚了：全國軍民在八年艱苦抗戰之後，已經筋疲力竭，苟有一線希望，誰不願意獲得休養生息安居樂業的機會？政府爲了恢復國力更是委曲求全，不惜妥協退讓，誠心誠意謀求消弭內亂。可惜，這一片苦心，換來的卻是更瘋狂的暴行。自此，我們的報紙不得不恢復到軍事調處以前依據事實嚴厲批判中共的態度，由於喚起人民認識中共眞實面孔的迫切需要，我們反共的態度，比以前更爲堅決。一般讀者對於我們報紙的態度甚爲認同；可是，我們卻另外遭遇到一個困難——有些人認爲我們既然堅決反共，似乎可以不必堅決主張民主自由。這是一個可怕的錯覺。我們用了許多篇幅反覆詳盡地申訴：軍事力量能撲滅共產黨於一時，唯民主政治自由思想始能使共產黨絕跡。

漸漸地，我們的言論獲得到廣大讀者的支持。大家明白了共產黨嘴邊上掛著的自由民主都是假的、騙人的，因爲共產黨的本質是最反自由反民主怕自由怕民主的；大家也明白了我們絕不能由於共產黨竊取了自由民主做幌子，就厭惡自由民主，因爲眞正自由民主正是致共產黨死命的利器；大家更明白了當全國每一人民都能享受自由民主，都能有權參政，有權立法，有權管理政府時，反共就不再僅是政府官員的事，而是每一位人民由內心堅決要做的事，那反共的力量該是多麼空前的有力，空前的巨大！

此一思想，也正是促進我鼓起勇氣參加參議員競選的最大動力。

我深知我無羣衆。年齡、資歷、聲望、經驗、財富、組織力量，我一切都不如人。可是，我願意誠誠實實地競選，勝利是我要追求的，光明磊落的失敗我也樂於接受。

賀大哥、姑父全家、報社同仁、初中時代的老師與同學，都做了我的助選團。表姊伉儷也特別回來一次，代我向郵政有關的人士拉票。姑父在海關的同事中，也找妥了相當數目的基本票。不過計算下來，和人家坐在屋裏不動，即可穩操勝算的候選人一比，我的票數仍差得太多。

我所謂的那些穩操勝算的人士是這樣的：他們有的是商會、工會、農會、婦女會的領袖，有的是紗廠、麵粉廠的老闆，或者是學校校長或教授，或者是同業公會的理事長，有的是幫會首腦，有的是國民黨、青年黨、民社黨的黨委，有的是富豪巨紳，有的是保甲長的莫逆至交……

這些人都有基本羣衆，或特殊辦法。例如紗廠的老闆，根本不出廠門，全部工人和眷屬的選票，便足夠選出一個半參議員來。學生和家長的選票投在校長或教授身上，幫會中的選票投在他們的兄弟或師父身上，各黨黨員的選票投在他們的黨委身上，人民團體的選票投在他們的領導人身上，也都是必然可以當選的保證。地方上的散票，最有操縱力量的是保甲長，如果能和保甲長發生密切深厚關係，一些不懂選舉眞實意義，只懂聽從保甲長命令的愚夫愚婦們，將會一骨腦兒把選票投在保甲長指定的候選人身上。(也有幾位負有衆望而廉潔公正的保甲長，如果他們本身參加參議員競選很可能當選；可是他們放棄登記做候選人，也不干預民衆自由選舉的意志。) 財富也是當選的一種力量，正當利用金錢者可以搞出許多花樣，先在宣傳上造成聲勢奪人的局面，不正當利用金錢者便暗中散發米麵布疋等實物，甚或乾脆散發鈔票，誘使無知人民盲目投票。

上面這些「優越」條件，我一種也不具備。因而若干友人也曾好意地勸我不必參加這一次競選，理由是：無財無勢的老百姓實在難以當選，何況我們這個國家的民主政治剛在學步階段，笑話流弊必定層出不窮，當選不光榮，落選更難看，總而言之，染這一水，毫無意義。

我的想法不盡相同。我把實行民主政治譬喻爲游泳，我們如果想變成一個會游泳的人，只站在岸上伸伸胳臂蹺蹺腿，而不下水，或是弄個小洗臉盆濕濕脖子泡泡頭，是永遠不能學會的；我們必須親自跳進游泳池或溪流裏實地練習，也許會有人負傷，甚或淹死，但如果接受正當指導，循規蹈矩，按部就班，正正當當地學習，一定能夠慢慢地熟練起來，既不會出毛病，更不會慘遭滅頂。因此要想實行民主政治，必須人人下水。競選的人越多越好，投票的人越多越好。尤其知識份子更應該負起倡導風氣的責任；如果知識份子和正人君子都不屑於參加競選，參加投票，那麼企圖非法競選與非法投票的莠民們豈不更多了一個滿足私慾的好機會？

又有一些友人向我發表高論，他們認爲，任何一個國家要想治理得好，不外兩途：一是眞獨裁，一是眞民主。他們又舉例證明：希特勒獨裁時德國很強盛，史達林獨裁得更徹底，所以虎視眈眈大有吞噬半個地球的可能，英國民主，美國民主，民主的結果國家也很富強；中國不獨裁，也不民主，因而老抬不起頭來。他們最後的結論是：中國要想抬頭，非眞獨裁或眞民主不可；但是由於目前中國文盲尙多，知識不普及，思想落後，人民無能力亦無資格談民主，所以還是走眞獨裁的路才有希望。

我對此說，立加反駁。我告訴他們：他們的見解，只對了一半——我們只有，唯有，僅有一條路可走，那條路就是眞民主。眞獨裁與一點點獨裁都是要不得的。我又告訴他們：希特拉獨裁帶給了德意志最後慘敗的結局；史達林獨裁，外表看來蘇俄相當壯大，可是鐵幕以內，血腥一片，廣大人民仍然遭受著奴役被迫害被壓榨的痛苦。最後我告訴他們：世人稱羨的民主國家美國在立國不久的當初，各種選舉也曾是一場糊塗，就連林肯競選總統時，仍遭遇到流氓包庇選舉，惡勢力破壞選舉，混亂情況較諸目前我國有過之無不及；可是，漸漸地，由於美國人民的艱苦奮鬥、認眞改進，終於披荆斬棘，走上民主法治的康莊大道。我們爲什麼不這麼做呢？

我的決心，任何人也不能動搖了。可是，我得策劃我獨特的戰略。想來想去，我只有以最正當的方式進行；別人如果不用這種正常方式進行，於是我乃顯得獨特。

第一、我在自己的報紙上與朋友辦的報章雜誌上寫文章說明競選的動機，與當選後的抱負。第二、我到公共場所利用休息時間發表競選演說。第三、我挨門挨戶拜訪知識份子，請求他們勿抱「投票有辱淸高」的觀念，而要踴躍倡導選舉，無論選誰都好，千萬別放棄這神聖的權利。第四，我挨門挨戶地拜訪勞苦大衆與知識水準不高的老百姓，我不憚其煩地解說民主政治的眞諦與選舉參議員的意義，使他們都懂得了這是他們自己開始做主人，官吏開始做公僕的一個重要關口，因此他們必須本諸良心、智慧，審愼仔細地挑選忠實於他們的代言人，萬不可以相信謊話，接受餽贈，隨便投票，那不但害了別人，也正害了自己。

這些方式，在最初，確實顯得笨拙、緩慢，而費力。可是，日積月累下來，我發覺被我以眞誠說服的市民，已經逐漸增多，尤其越是貧困的人，越向我堅強表示：他們的選票，絕不會被別人用金錢或是棒子麵、陰丹士林布、膠皮鞋等等收買去。有些目不識丁的老太太和中年婦人們更坦白地告訴我：

『保甲長來過了，一定要我們投×××的票，說是誰不投×××，誰將來就再不能領平價米平價布了。這簡直是騙三歲娃娃的鬼話嘛！我們都告訴保甲長了，這跟平價布平價米根本不是一碼事，這是選參議員，替咱們老百姓講話，我們已經決定了，選張醒亞！』

又有些老實人跑了來，跟我說：某某流氓頭再三警告威脅他們不能投任何人的票，要選就只能選那個流氓頭的盟兄弟；否則「黑旗隊」（出沒天津一帶的流氓組織）將要給他們來個「白刀子進，紅刀子出」……我勸慰他們不必害怕，因爲這是無記名投票，任何人也不能知道誰究竟選舉了誰。他們安心歸去，臨行紛紛地講：

『越嚇唬咱，越欺侮咱，越不選他個山藥豆子；咱爺們選定了張醒亞！』

投票那天，果然各種花樣一齊出籠：有的用數十輛小汽車不停地接送選民，有的乾脆用大卡車連連載運羣衆，如果有人指出這種行爲違法，車上助選人員則答說這是選民們自動集資合僱的汽車，誰也不能干涉。又有保甲長率領著一條長龍，行列中的每人手中都持有一張寫好名字的紙條，進入投票所後便向管理員手中一塞：『選的就是他！』如果有人指出這種舉動違法，他們就辯說：這些紙條並不是競選人散發的；而是他們的哥們弟兄或是二大爺三大舅替他們寫的，因爲他們不識字記不住。更有人投票之後，大呼上當，因爲他或她們並沒有領到平價米、平價布。更有人偷偷地在投票所附近的街頭巷尾，用現款拉選民，被其他助選團或警察發覺時，立刻便發生一場爭吵、糾紛……

當天晚上，漏夜開票。候選人和市民都可以前往參觀。一個個票匱當衆打開，一張張選票由監票人清點，記票人統計。我跟賀大哥、表哥，幾位報社同事，安靜地，其實是焦急地在臺下坐等。幾位參觀的老先生們紛紛議論：

『倒是進步啦，民國初年選省議員、國會議員時，從票匱裏取出來的票，都是百十張一捆、百十張一摺，連捆票的繩子都沒有解開，就裝進去啦！現在這倒是一張一張零星投進去的！』

聽的人都不禁捧腹大笑。

突然有幾個彪形大漢闖了進來，直奔臺上要砸票匱，一面高叫這次選舉必須無效！大家一陣虛驚騷動，結果警察紛紛趕至，帶走暴徒，繼續開票。後來得知這是自知當選無望的某位大亨，命令他的保鏢們扮演的惡作劇。

破曉時分，選舉結果揭曉了。

感謝天，我當選了！雖然我獲得的票數跟別人比起來，顯得很少。

我被擁上汽車，第一個向我道喜的是在車上睡了一夜的龐司機。

回到家中，立刻倒下大睡。矇矓中聽見姑母不住地唸叨著：

『多謝老天爺保佑，醒亞考上啦，考上啦！』

又聽見姑父直在一邊改正：

『不是「考」上啦，是「選」上啦！醒亞這不是考學校，是選參議員。懂了沒有？』

七十一

三十六年九月，天津市第一屆市參議會正式揭幕。

在參議員當選名單公佈之後，當選人即行著手組成了一個聯誼會，爲的大家提早互相認識，並交換將來選舉正副議長的意見；幾乎和這個聯誼會同時成立了另一個有趣的團體，那是「落選參議員聯誼會」。候選人既然已經落選，還組織聯誼會幹甚麼呢？這些花樣倒是民主時代，人民獲有集會結社自由的一種現象。這些人士競選期間都很自信有獲勝把握，一旦落選，失望之餘，便對選舉事務所，或某幾位當選者發生懷疑，再加上一兩家報紙以「名士多落孫山」爲題報導市參議員當選新聞，也給落選者一大鼓勵，認定輿論界在支持他們這一批原本應該當選的名士。於是，他們舉行記者招待會，散發傳單，登廣告，控告兼任選舉事務所所長的市長有失職嫌疑，控告某幾位當選人有違法嫌疑，最後要求宣告這次選舉無效，另定日期再行投票。

這些落選人確有不少知名之士，他們落選的原因，乃是：他們在知識份子圈內很受推崇，在廣大民衆心目中卻仍然顯得陌生，而知識份子的投票率仍不夠高，所以他們吃了虧；有幾位確是年高德劭的耆宿，可是他們似乎太過於相信自己在市民心目中的威望，認爲不必打甚麼招呼，選票也會自動地跑到他們頭上來，結果不是那回事；還有幾位曾在軍政界顯赫一時的寓公，當初似也頗爲自信，可是由於他們的籍貫多非本市，或是由於老百姓不喜歡選做過大官兒的做代言人，因而他們均告失敗；再有就是少數的商業鉅子，據說他們因爲沒有足夠的基本票，在爭取市面上的散票時，誤信了一二位保甲長和自吹「吃得開」的人物的獻策，「投資」購「票」，結果所得票數大打折扣，當然無法和背信的「選票經紀人」打官司，也只好到「落選參議員聯誼會」中，發發牢騷出出氣。

有幾家報紙對「名士多落孫山」的報導，發表反對意見。他們認爲：沒有誰一生下來就是名士，也沒有誰當了名士能保證永遠當下去，如果名士脫離了羣衆，不能當選民意代表是很公平的事。更有一位澡堂業當選人，被「落選參議員」譏笑「捏脚搥腿擦背的傢伙居然也當民意代表」之後，向幾家報紙投書，聲述他所從事的乃是政府核准的正當行業，何賤之有？既便是賤，有「賤民」擁護當選，比只有自己一人擁護自己的「貴人」落選，仍屬光榮！此一投書倒也能引起當時不少讀者的同情。

我因爲自己當選了，對於這些言論，關照我們的報紙不必多登，免被人說「當選人幫當選人打架」。可是我請我們的兩位主筆相繼寫了兩篇專論發表，強調一切應該訴諸法律，民主與法治是一體兩面，如果司法機關依法判定何人當選無效，市民可以依法補行投票。

果眞有人告進法院。選舉官司打了一個多月，被告都被宣判無罪，原告繳納了訴訟費後，「落選參議員聯誼會」就此風流雲散。

當選的參議員們，首次踏進市議會大厦時，我想，每個人的心情都是興奮而嚴肅的。儘管這些人並非全是一時菁英，市民表率；但是他們想認眞負責地擔當起市民囑託交付的使命與任務，是毫無疑問的，倘若他們還希望在兩年後的選舉中能夠連選連任，他們則必須締造一些成績向選民交卷。

靜聽市政各項報告以後，展開熱烈質詢，接下來是廣泛檢討市政，最後是針對事實，擬定多種提案和計劃，經過分組研究，審查成立，再於大會上反覆辯論正式通過。那些提案包括了改善公營事業、教育文化、社會救濟，物價評議、衛生建設、地方法規、財政經濟、自治保安、工商輔導、農工福利……另外，我們依據憲法所規定的監察院監察委員由各省市參議會選舉的條文，選舉出兩位監察委員。

會期結束後，大家情緒很高，有人提議爲了慶祝天津市第一屆參議會的誕生，由全體參議員粉墨登場義演一臺戲，全部票款充做冬令救濟金，捐贈給貧寒市民和四鄉不堪共軍壓迫逃來津市的難胞。此一提議，立刻得到大多數參議員的贊同。有人說：『「犧牲色相」一次，倒還有足夠的勇氣；只是怕當衆出醜，太不好意思。』結果議決：平劇、話劇以外，口技、國術、相聲、雙簧、評書、大鼓、魔術……都可以表演，也可以接受臨時訓練，學學在平劇裏跑龍套，打旗，或是搬桌椅、打門簾、提小水壺飲場……大家看在救助貧民難胞的意義上，都認頭上台。

我少不了被派個角色。在一齣「二進宮」中，我被派飾演楊波。那原是一齣「高難度」戲，幸好有一位參議員早是銅錘名票，演千歲爺徐延昭，自能勝任；我則臨陣磨槍，「惡補」一番，斗膽上場，居然博得一些掌聲；那位男扮女裝飾演皇太后的參議員得到更多的喝彩。

第一會期的參議會，在輕鬆愉快的尾聲中閉幕。在這一時期——三十六年秋天，國軍捷報頻傳，在山東一連串收復了萊陽、黃縣、蓬萊、福山、烟臺、威海衛，在遼北收復了昌圖，在河南收復了商城、汝南、新蔡……

當年冬天，全國舉行普選。第一屆行憲國民大會代表與立法委員，相繼產生。天津市國大和立委的選舉，情況極為熱烈，市民由於有了一回參議員選舉的經驗，在這一次更為重要的選舉中顯示出長足的進步。他們已經逐漸認識了選舉的意義，因而在投票率與投票秩序上都有良好的表現。

同年冬天裏，皖西的國軍克復立煌、太湖，海南、楡林外圍國軍大捷，隴海路碭山、商邱間國軍會師，津浦路濟南、浦口間開始通車……尤其使天津市民興奮的，是剿共名將傅作義被任命為「華北剿總」總司令的消息傳來，大家一致認為有了傅老總，平津地區將固若金湯，整個華北也即可變為不再見到共軍踪影的自由樂土。

可惜，三十六年消逝得太快了。苦難的三十七年開始降臨人間……

七十二

三十七年春天，市參議會再度集會，大家的情緒照去年相比，顯然低落甚多。因爲，國軍有逐漸走下坡的趨向，更重要的，乃是物價波動，政府苦無妥善對策，共黨無孔不入無計不施地煽動、宣傳，而一部分政府官員的政績確實也使人民傷胃寒心。

三十七年夏天，北平市參議會被東北流亡學生砸毀，那就是聞名國內，由共諜一手包辦的「七五事件」。上萬的流亡學生——實際上混進去的共諜與逃避兵役的壯丁爲數極夥——每天在北平招搖過市，攔路募捐，或佔住商店，強求救濟，因而衝突時起，秩序大亂。平市當局已經設法代他們解決了衣、食、住，甚至零用錢等問題，眞正想讀書的善良青年們原本相當滿意，決心靜待分發學校就讀；然而，共諜是不願意放棄這一空前良機的，於是從旁加緊地造謠生事，挑撥離間，蠱惑煽動，使許多純潔的青年也跟著盲目浮動起來。政府一向不擅做宣傳工作，共產黨卻是靠宣傳起家，因此政府供應了大量的大米、白麵、制服，卻抵不過共諜利用的左傾文人們寫出的一些小說、散文、詩歌、活報劇。終於，七五案爆發了。

導火線是由於北平市參議會通過了一項妥善安置管理流亡學生的提案。提案中要求盡速由政府辦理甄審工作，把確有學籍及程度良好的青年分發學校就讀，其學籍有問題或程度不當者由華北剿總設立訓練班，施以訓練後留部隊服務。這原不失爲一項解決迫切問題的提案；然而卻被共諜份子斷章取義地宣傳成「政府將強迫全體東北流亡學生做砲灰打內戰」。部分流亡學生理性全失地搗毀了參議會，又包圍了東交民巷參議會議長住宅，駐防平郊的青年軍二〇八師奉命協助軍警趕來維持治安時，隱躲在流亡學生羣中的共諜竟先行開槍殺死一名青年軍軍官和一名警察，青年軍被迫還擊，七、八名學生負傷後始一鬨而散。

天津市參議會接到詳細報導後，我首先提出臨時動議：『拍電慰問我們的同行——北平市參議會。』恐怕在參議會同仁中，沒有誰比我更清楚共產黨製造學潮的陰謀詭計了——我不由地想起了沙坪壩，想起了導演學潮的「笑面外交」……可是，我的動議，竟有人表示反對。一聽理由方才知道反對者認爲東北流亡學生到天津來的爲數也不少，別給天津市參議會也招來挨砸的麻煩。結果，由於多數人明白議會的尊嚴是暴民砸不光的，在眞理之前，我們須有不怕挨「砸」的勇氣支持正義的言行；因此我的提案通過了。

在當時的天津，由東北湧來的傷兵，可說與北平的流亡學生相「媲美」。他們一來時，市民曾熱烈接待，然而不久，像變魔術似地，他們簡直變成了另一批人，他們不守紀律，白吃白喝白嫖白看戲，進而包庇賭臺歌場，到處滋擾毆鬥（後來由於事實證明，這裏面也混進了大批共諜，而一部分被俘國軍經過共特洗腦以後，被故意放回關內從事增加政府累贅，破壞國軍聲譽工作者，也大有人在）。於是，有幾位參議員提出切實安頓榮軍管理榮軍的提案。膽小的同仁又立加阻止：『流亡學生不來砸咱們，叫榮軍來砸，更厲害！』

結果，這項議案經過辯論，也獲通過。

從此，參議會中輕鬆愉快的氣氛越來越稀薄了。時局的日益惡化，使我們的心情日益憂鬱、緊張而沉重。

這情勢，到了三十七年秋天，市參議會集會時，更形嚴重。

整個局面的惡化，是自東北開始。東北國軍在三十五年夏天連創輝煌戰果，若非馬歇爾一再受共黨欺騙愚弄，強阻國軍前進，使國軍坐失撲滅東北共軍主力的良機，當然就不會產生日後國軍轉勝爲敗的悲慘局面；然而我們在馬歇爾返美以後，原佔優勢的東北國軍，竟節節敗下陣來，這罪咎是再不能全往馬歇爾老人身上推了。不斷的調處，使部分國軍喪失了堅強的鬥志，局部的勝利使另一部分國軍增加了輕敵的驕傲，軍紀日益廢弛，最大的致命傷，卻是一些高階層軍官們生活腐化，吃空額喝兵血的貪汚風氣日益擴張，自從衛立煌出任東北剿總總司令後，這種令人憂慮的情形簡直無法收拾……於是，瀋陽被圍，遼陽陷落，鞍山易手……

這段日子裏，唯一給人安慰的，是國民大會空前隆重地在南京開幕。可是，當全國人民熱烈慶祝第一任民選的國家元首和民選的政府產生之際，唯恐中國走上民主道路的共產黨，是再也遏止不住發狂般憤怒了。共軍在這些日子裏拚命地發動軍事攻擊，受中共津貼利用的報章雜誌在這些日子裏拚命地謾罵，對國民大會作惡毒的譭謗。

東北籍的國民大會代表們，唯恐政府把被牽掣在東北的國軍主動後撤，因爲他們已聽到了政府施政報告時，說出當前國家全部費用的三分之一，都正消耗在空投補給被困在長春與保衛東北其他地區的事實。東北代表的大聲疾呼東北必須確保，政府的承諾東北一定堅守，在當時是無可厚非的；雖然於整個戰略不是上策，因爲我們果能機動地撤出若干已失去戰略價值的點線，另在有利地帶建立堅強陣地，東北和華北或許均不致相繼被零星呑掉。

東北軍事在繼續不利中。衛立煌麾下的幾員大將經常神秘地飛來天津，終於，他們的行徑被發覺了——原來他們把中央頒發的軍餉，自南京運抵東北後，根本不給士兵，竟原箱不動地運到天津購買物資，這樣一來，受害的不僅是關外的那些浴血抗敵拿不到分文的可憐士兵，而無辜的天津市民也跟著大遭其殃——因爲這一批一批的巨量軍餉，投在天津市場，使物價暴漲不已……

當一些參議員獲得到這個確實的消息後，眞是悲憤交集；可是，大家都很顧忌揭開這個醜惡的內幕——由於衛立煌正以一副「忠貞面孔」在東北剿共，打擊他會給人一種破壞反共軍事，損傷政府威信的錯覺。我不這麼想。我無法不痛恨那反共陣營中的害羣之馬，因爲他們實在是正幹著削弱自己、幫助敵人的可怕勾當。我們倘若不先把自己內部健壯起來，妄想打倒敵人，眞是千難萬難了。不幸，在南方也有著跟衛立煌具有「同好」的將領，將巨金投諸上海市場……津滬兩地的奸商們似乎逮到理了：許你州官放火不許我百姓點燈嗎？於是他們也爭相搶購物資、囤集居奇、鬨抬價錢……津滬物價一跳，全國物價便跟著一齊跳……我再也忍不住地在議會中提出來：「請政府嚴查東北剿總官兵薪餉被非法移來天津，充做投機生意的資本，刺激物價上漲的眞相，並迅速飭令再勿發生類似情事」的提案。

這個提案使好心的同仁替我捏一把汗，使膽小的同仁連忙發言勸阻。經過激辯之後，原案終獲通過。

物價的飛躍上升，促使政府在這個秋天變更幣制，以一元金元券折合法幣三百萬元，並且嚴格禁止私人買賣金鈔，持有者一律須向國家銀行兌換金元券。這一政策，一開始，很得到善良老百姓們的支持。在天津，由早到晚都有幾條長龍排在銀行內外，忠實地掏出他們多年來儲存的金鈔，換回薄薄的幾摺金元券。可是，巨商富戶們卻繼續珍藏著金鈔裏足不前。漸漸地，物價又告跳動，奸商們再度表演搶購、拒售、囤積、鬨抬……再加上共產黨無所不用其極地破壞新幣的信用，同時共軍以人海戰術攻陷了濟南，更造成民心的虛輭惶恐，與新的通貨膨脹……

軍事失利，士氣沮喪，民心煥散；民心煥散，士氣沮喪，軍事失利……交互循環不已。

由於共黨在四鄉封鎖食糧，天津市在這個多難的秋天開始鬧起嚴重的糧荒。

這是天津市參議員們最艱苦，最出力，也是最後一次的集會了。大家上午開會，下午開會，晚上開會，有正式會，有緊急會，有臨時會，有秘密會（聽取官員據實報告糧荒危機眞相）；然而，除了大聲疾呼：嚴禁食糧倒流回共區，鼓勵四鄉農民運糧入市銷售，澈底查辦少數關卡刁難農民運糧入市之不法人員，市民食糧調配處配售麵粉必須按期辦理不得延誤，將政府控制之紗布設法換糧，急電行政院請核減配糧價格……此外，參議員們也再無良策了，因爲大家無法憑空製造出糧食來。另外一個迫不及待的問題，是天津城防工事必須搶趕修築。國軍已自瀋陽撤離，營口也告淪陷，共軍驅兵入關必然爲期不遠。政府修建城防的經費不夠，要靠老百姓繳納自衛特捐。參議員對於任何加重人民負擔的稅捐都是反對的；可是，修城防是爲了保護人民生命財產，頑固地反對似乎也會遭受人民責怪。於是，大家遭遇到從未遭遇的難題——不能不反對，又不能反對。反對，無法向市民交待；不反對也無法向市民交待。

經過一波三折，又推派代表到北平請剿總撥款協助，總算在市民少出錢，政府多出錢的比例下，開始修築城防。

我的健康在逐日減退中。每天睡眠過少，精神透支過多。報社和參議會的工作，使我心力交瘁……醫生囑我休養，我無法辦到。我開始長期戴著一副「健腦器」，在汽車行駛時，仰靠著座墊打盹，變成了我每天唯一較爲安適的休息時間。

十一月中旬，由賀大哥那兒，得到最壞的一個消息——賀蒙在瀋陽保衛戰中陣亡了。

七十三

賀蒙死訊傳來剛剛兩日，表姊和表姊丈雙雙蒞津，原來表姊丈奉調青島郵局工作，他們在天津住了三天，即搭客輪赴青。我和姑母全家還有賀大哥都往碼頭送行，我一直沒有告訴表姊賀蒙的消息。我又再三囑告賀大哥千萬也別跟表姊提這樁事。賀大哥似乎不知多年前賀蒙和表姊之間那一段淡淡的然而至爲珍貴的純潔感情，當我說給賀大哥聽以後，他不禁傷感地嘆息不止。賀蒙死了！在賀蒙最後一剎那的思維中，我知道，他會想到賀大哥、我、他的老母，還有表姊……

賀蒙死了，爲國家，爲人民，他流盡了最後一滴血。他已無痛苦，上帝必會欣然開啓天堂之門，接納這純眞、勇敢、勤奮，堅守自己在人間崗位到最後一秒鐘的好男兒的靈魂。可是，晚死的人，卻遭受難以忍受的哀痛……如墜地獄。

就在賀蒙陣亡的那幾天，也是低級軍官和士兵們以血肉保衛一寸一寸祖國土地的那幾天，東北剿共統帥衛立煌擅自搭上飛機棄職潛逃了。政府這才發覺這位上將的眞面目，於是下令通緝；可是，他比通緝令跑得快，比他本人跑得更快的，是他的萬貫家財。

我病倒了。

姑母在我病中，萬分焦急，又萬分細心地照護我。有一夜我發燒不退，姑母在我床頭坐守到天亮。在姑母面前，我簡直覺得自己是一個罪人——在改革幣制的時候，她聽信了我的勸告，把積蓄的金飾統統依法兌成了金元券，沒有好久，金元券又變成了老法幣，她不肯講一句埋怨我的話……看到她那慈祥地渴望我立即痊癒的神色，我幾乎哭叫出來：

『媽，還是叫我死掉的好，省得我再害您失掉全部積蓄……』

病中，賀大哥時常來看我，最低領袖也有信來。可是，他倆的話帶給我更多的焦慮。

『國事日非，溯本求源尋找失敗的根由，乃是我們這個由三民主義信仰者所建立的政權雖於推翻專制、完成北伐、抗日勝利獲得成功；然而，卻從不曾認眞地嚴格地實行過三民主義……』最低領袖這位虔誠的三民主義信徒，在信上，沉痛地，這麼對我說，『我們實行民族主義尙有成就；卻一直忽略民權主義的倡導，尤其對於民生主義幾乎完全拋諸腦後。殊不知三民主義的最終目的，正是實現民生主義。我以前還相當原諒我們的政府爲了抗日剿共的迫切需要，暫時無暇顧及民權主義與民生主義的積極推行；可是，自我住居南京以後，我逐漸發覺我的想法未免過於寬厚，因爲一些顯要們無暇實行三民主義，但卻有暇專門從事「反三民主義」的勾當，殊令人失望、憤恨，例如京滬間官僚資本興風作浪，南京市內地皮均被高級官員收購一空，而這些人卻天天高呼節制資本、平均地權……』末後，最低領袖說：『東北軍事、徐蚌會戰相繼失利之後，南京人心浮動，平津當更危急，不知你有意南來否？我多夢想我們能夠重聚，並且携手同往任何一邊遠省分，從事三民主義思想播種，及眞正實踐三民主義的工作……』

賀大哥告訴我的，是他對於目前若干官員們的行徑，發出的憤慨：

『唉，眞想不到，幾位過去很好的同志，現在竟變得這麼墮落。他們在抗日期間，有的立過功，有的坐過獄，有的被敵偽判處了死刑，日內即要執行卻趕上了勝利，出獄時一面狂喜，又一面宣誓：今後半生這條意外撿來的性命，可一定要拿出比入獄前更大無畏的精神盡忠報國……可是，曾幾何時，這些同志們都把自己的話淡忘了。勝利後的歌舞昇平，痲痺了他們的良知，一些高層官員的豪華奢侈，先使他們不平傷心，後使他們模仿效法，享受安樂對於任何人都有太大的誘惑力，經不起考驗的他們，便開始走上歧路。你還記得當初高大爺託鄭小姐找我出證明書的事吧？我當然不肯做那違背良心的事；可是，你猜怎麼樣？後來他居然拐彎抹角地找到我們另外一位同事，終於把那種證明書拿到了手，事後，又經奔走鑽營，當眞升任了處長；我曾和那個「偽造文書」的同事大吵，我告訴他：他這麼隨便亂發證明書給親日份子，何以對那些九泉之下眞正爲抗日地下工作而犧牲的同志們？我們的上級知道了這回事，我們二人竟受到同樣的指責，拋開是非不問，卻指我倆是「派系意見作祟」！實際上，我有甚麼派系？當初平津淪陷，像我們這樣純潔的青年小夥子，一個個奮不顧身地在敵後出生入死，或到游擊區跟日、偽、共三重敵人拚命；一些大人先生們卻在遙遠的大後方爭權奪利搞派系，勝利了，他們飛來接收，一個個住進巨宅大院威風凜凜，而若干死難的同志，想把靈骨搬進忠烈祠都不可能……結果，還忍心大打官腔指斡部同志鬧派系糾紛！自從軍事調處以來，大批共諜混進政府陣營，保定綏靖公署的作戰科長竟然是一老牌共特，幸經發覺，但他已連續把國軍作戰計劃兵力佈置獻給共軍，所以造成了國軍一連串的失敗，女共特更組成了「捨身隊」爭相偽裝嫁給國軍軍官，也一再造成誘拐國軍官兵棄明投暗的事件，大批共幹更假藉「奔向自由」美名，紛紛由四鄉流入都市，把毒汁流向我們的心臟地帶……面對這些可怕的現象，我們負責情報工作的官員該多麼特別提高警覺，集中精力，偵察破獲敵人的間諜工作呢？可是，有些個官員不作此想，一方面他們驕悍輕敵，認為共產黨一羣土包子懂得甚麼？一方面他們又利慾薰心，對於普通共諜案件一律不感興趣，唯對有關經濟物資的共諜案件特別熱衷承辦。不久以前在北平負責情報工作的一位首長，因為貪污，並暗中將軍火賣給四郊的共軍，被中央查覺，已經解到南京槍斃了，天津治安機關的前後兩任的處長，因為貪污，都被押解到南京去了，足見最高當局尚能嚴正執法；不過，現在局勢急轉直下地往壞處變，中央對這裏似乎也鞭長莫及，於是少數沒出息的人把心一橫，抓共諜的工作讓別人幹，藉機搜括財物的工作由他們承當。昨天我一位上司吃醉了酒，跟我吐露眞言：「賀同志，別再賣命當傻瓜啦！咱們等共產黨來了要殺死，跟著政府去流亡要餓死，所以今天咱們不能再不撈一票了，不撈將來也是白白送給共產黨」……』

我看到，我們的政府千瘡百孔，也在淌血了。我雖不曾一日從政，可是我關心、愛護這個政府，因為它是民選的政府，它又是反共力量的象徵。我多渴望它健壯起來啊！然而，我繼續看到的，卻是它更衰敗更悲慘的不幸命運。

七十四

十一月下旬，我勉強支撐著，到報社和參議會工作。我臥病一週，似乎並未痊癒；不過，要我繼續與外界隔離地倒在家裏休養，我的病會更加重。

天津市面並無蕭條現象。繁華地帶每天依舊車水馬龍，娛樂場所、飯店、舞廳，每天依舊人擠如潮。有錢人拚命地揮霍，彷彿世界末日當眞即將來臨，唯恐失掉最後一次盡情享受。

另一批特別把自己的財物和生命看重的人，開始領導逃難。他們並不反共，過去一直是消耗政府元氣的包袱和累贅，然而他們都知道共產黨來了絕不會再有以前那種安逸歲月，所以他們拿出昔日搶購金鈔、物資的敏捷手法，搶購飛機票、船票。

眞正反共、眞正忠貞的清苦公務員與市民們，想免除淪入鐵幕之苦奔向自由，卻不可能。他們的良知不允許自己丟棄責任一走了之，他們的財力無法辦到拋井離鄉到世外桃源去做寓公寓婆。

應該走的不能走，要坐等共產黨的迫害與殺戮；不該走的都正在走，要走到已形支離破碎的國家結構中繼續從事損耗與腐蝕的蠹蟲工作。這眞是一個時代大悲劇。

報社中幾位原籍江南的同事請求借支薪金，做眷屬返回故鄉的盤費，我一律答應。他們本人不肯驟然離開崗位已屬難得，當然無理由阻止他們的家人離去。參議員，也有幾位已經悄悄地開溜。一些政府高級官員的眷屬，更爭先恐後地離津南下，也有少數官員藉出差或出席會議爲名，滯留京滬遲遲不歸。所有航空公司的機票，和全部輪船公司的船票，都已定購到翌年三月。黑市票開始在市面上出現。臨時成立的許多航空服務社，包好飛機，湊夠人數便起飛，當然比平常票價要昂貴好多倍。

表姊由青島來信，希望姑父姑母表哥表嫂到青島去，同時也問起我是否願意同行？她說青島的房地產一日三漲，因爲每天都有平津客來，所以要來青島，越早越可以省錢。她又說青島有海軍，無論如何比平津安全，極盼家中早做去青島的準備。

姑父不肯走，他說要表姊丈一人在青島負擔全家生活費用是不合理的。姑母不願意走，她捨不得居住了數十寒暑的天津衞，更捨不得多年辛辛苦苦勤勤勞勞幫助姑父建立的這個家。表哥不想走，他目前在銀行的工作安閒而稱心，他又一向不過問政治，因此，他說他犯不著先把自己好好的職業丟掉，到妹丈家做食客，即使共產黨來了，想也不至於有殺頭的罪過。當然，姑父母不能舉家南遷的最大原因，還是沒有足夠的經濟力量。

眞慚愧，身受姑父母養育之恩的我，多應該負起全責把姑父母全家——起碼是兩位老人家，送往安全地區，然後由我奉養；可是，我無法如願。兩鬢斑白的姑父堅稱自己未老，一定還要自食其力地工作下去。我如果強把姑父母拖離開天津，我怕我的能力難使老人家繼續過他們多年來在天津所過的日子——那日子雖不濶綽，但還安適；勝利後，也許我被一般人認爲已經是「飛黃騰達」了；然而，我一直沒有私蓄。賀大哥倒是常安慰我：

『老弟呀，你這幾年羣衆基礎建立得不錯，經濟基礎卻建立得太差；不過要知道，這正是一個眞理——凡是用盡心思搜括，經濟基礎大定的人，必就是羣衆基礎極爲脆弱的人。』

然而，有經濟基礎的人，今天才有資格遠走高飛。

姑母全家都主張我走。賀大哥也主張我走。我告訴他們，我已決定，絕對不走。

爲此，我和賀大哥一再發生爭執。

『你究竟打算怎麼辦？甘心等著共產黨來了殺頭？那種死法毫無價値！你必須立刻做走的準備。』賀大哥焦急地逼我。

『我如果現在一走，對國家不忠，對姑父母不孝，對報社同事不仁，對天津市的選民不義，您不要逼我做這不忠不孝不仁不義的事！』我這麼回答。

『我不要聽你作文章！』賀大哥立刻接著說，『你又不是現役軍人或公務員，國家需要你到自由區域繼續辦報鼓吹反共，你卻要白白在這兒送死，你這算得甚麼忠？你反共已經反出了名，留在天津不走，白白連累你的姑父母全家，你這算得甚麼孝？共產黨攻陷了天津，你的報紙再不能出版，你再不能替你的選民講任何一句話，你應該跑出去增加一份自由區的反共力量，早點回來解救你的事業和選民才是正理，你不做此想，反被老掉牙的「要死大家死在一塊兒」的觀念束縛住，這又算得甚麼仁？甚麼義？』

『任您怎麼說，我這次是鐵了心啦，』我說得堅決，『我絕對在天津淪陷前不走！』

『忘了當初日本佔領了平津，你死去活來的要求我帶你去南方嗎？那時候你還很年輕，腦筋倒清楚，現在怎麼越活越糊塗啦？』

『那時候，我是個中學生，沒有任何職務在身；現在我雖然沒有接奉任何人的命令必須與天津共存亡，可是，在道義上，我有太多的負荷。前兩天還有好幾位當初熱烈支持我的選民來問我究竟天津危不危險？又問我究竟準備不準備走？我告訴他們我絕對不會離開他們偷偷跑掉，又告訴他們天津城防即將竣工，自衛隊也即將編組完成，駐守天津的國軍，又是大家信任的勇敢善戰的「老廣部隊」，所以天津不會被敵人攻陷，尤其傅作義總司令指揮若定，必要時準會調遣大軍增援平津……他們都欣慰地和我握手告辭，並且表示一旦保衛戰開始，絕對負責發動慰勞國軍與自衛隊的工作。您看，讓我離開這些純樸的老百姓，讓我欺騙這些善良的老實人，我，我怎麼向自己的良心交待？』

『怪事，想不到你和高大爺的論調竟會一樣！』

『怎麼？你拿我跟他比？』

『是呀，』賀大哥哼了一聲，繼續說：『昨天在馬路上碰見了高大爺，我不想跟他多囉嗦，他卻拉住我猛談天下大勢，他居然對戰事格外樂觀，他說：「冀東就是共產黨的墳墓，別看我們撤退了好幾個地方，那是傅老總的戰略戰術，想打人者必先縮回一下拳頭，再揮出去才更有力，所以共產黨就要狠狠地挨傅老總的鐵拳了！」最後他還拍了拍我的肩膀說：「老兄，共產黨想打國軍呀，簡直是鷄蛋碰鐵球嘛！」……』

『難得高大爺有這麼堅強的反共意識。』

『你等著瞧吧，萬一天津換了主人，第一批打歡迎旗的行列中，少不了這位高仁兄！在嘴皮上反共太容易啦，現在咱們政府要員中，上自中央下至地方，也很不缺乏這種專靠嘴皮反共的人物，他們耗費的是唾沫星子，他們要求別人耗費的卻是鮮血頭顱……這批人在現政權沒有垮臺以前永遠會靠吹、拍、騙，做政府的寵兒，一旦危難到來，保險一個個都向敵人賣身投靠……』

『您說得很對，所以這次我想用眞實的行動表示我的反共，必要時，我準備重新回到戰場當兵，我又不是沒有跟八路打過仗。』最後，我用這幾句話堵塞住賀大哥的口。

十二月初，冀東重要縣城相繼淪陷。報紙生意卻意外發達，一方面是人人關心戰局，爭相看報，一方面廣告業務畸形繁忙──賣房產、賣汽車、賣傢俱的廣告大批大批送上了門。

姑父忽然提議要賣房子，他說如果我決心離津，他願意變賣房產，一半留作家用，一半交我帶走，和表姊平分。顯然，姑母捨不得賣掉這幢已和她發生深厚感情的小樓；可是，爲了她的侄子和雖然出嫁但並不富有的女兒，她同意了姑父的計劃。

我反對這樁計劃。我央告姑父千萬別這麼做，這麼做將使我終生愧疚、痛苦。我又告訴姑父母，我一人逃難的盤費還不至於籌措不出，只是，我仍然沒有變更不走的初衷。

賀大哥在一個深夜，又來催勸我早做離津準備，我們辯論了幾句，他突然說出來：

『唐琪來找過我兩次了，她希望你早點走掉，她要我轉告你。』

『唐琪？』我簡直像已經幾十年沒有聽到這個名字，我驚訝地，然而淡然地問，『她又回到天津啦？她居然還有閒情逸致關心我離不離開天津！』

『看你的口氣，似乎對唐琪很有誤會？』

『大家已然分手，各奔前程，也談不到甚麼誤會不誤會了；不過她有足夠的聰明才智，何必在勝利後還要過那種糜爛的生活……』

『你怎麼知道她的生活糜爛？』

『她第一次由東北回來，有人說她在天津做高級交際花，是嗎？』

賀大哥點點頭。

『她由天津重返東北以後，我想也不會改變生活方式？』

賀大哥再點點頭：

『她都坦誠地對我講了，她從不撒謊。這是唐琪的美德。』

『請您轉告她，謝謝她對我的關懷。我決定不走，是您賀大哥和我姑父全家以及許多親友的勸說，都沒有動搖過的，當然，也不會由於一個女人的勸說而變卦。其實唐琪倒應該走，上海、廣州、香港一些地方很適宜她的存在。』

『醒亞，唐琪勸你走，是一番好意；我不願意看到你這種譏諷唐琪的態度，這與你已往的性格很不相似……』

猛然間，我幾乎哭了出來。我一把抓住賀大哥，伏在他的肩頭：

『原諒我，原諒我，您不知道我多希望她能努力向上，我們儘管不能再相愛……』

『醒亞，你要她做甚麼？你要她嫁人，她不肯跟沒有愛情的人結合，事實上她自從失掉唯一的愛人，茫茫人海中再沒有可以做她第二個愛人的人了。你要她刻苦謀生，她爲期待與自己的愛人重逢，不但受盡了苦，冒盡了險，任何人不能忍受的，她都忍受過了，結果，她的期待變成一場夢，沒有誰還有權利要求她再繼續受苦犧牲，她應該可以隨心所欲地選擇一種她願意過的生活方式，因爲只有那種生活方式不但可以使她免去貧窮，更可以使她麻醉，使她忘記痛苦……』

賀大哥的這片話很使我驚奇，我從來沒有聽他自這個角度論斷過唐琪。我忍不住立卽問他：

『您對唐琪的看法與以前大有變化，是嗎？』

『我以前不太認識唐琪，』他似無限遺憾地說，『我曾把她看做普通的舞女、歌女，這眞是我最大的過失。我感激她救我的命，而更令我敬重的是她救我的原因是爲了愛你……』

『當初您並不贊成我跟唐琪談戀愛，還鼓勵我在大學裏交女友好忘下唐琪……』

『別，別再說，別再說了，我求求你，』賀大哥的臉上堆滿了痛苦，『唐琪的話我是給你帶到了，隨便你聽不聽吧！再會！』

我拉住意欲告辭的賀大哥，詢問他唐琪的住址。他搖搖頭，他說唐琪不肯告訴他，他又說唐琪的目的僅是催促我離開天津這座危城，並不想與我會晤。

七十五

十二月中旬，唐山突然撤守。平津鐵路被切成數截，兩地交通從此斷絕。天津開始了空前的緊張，重要街道都趕修好碉堡，沙口袋更排滿每條巷口，娛樂場所驟形冷落，恐怖陰森的空氣，一小時比一小時更濃厚地瀰漫在每個角落。張貴莊飛機場和海河輪船碼頭，行李堆積如山，人羣麕集，萬頭攢動，變成了死寂的大天津中僅有的兩處鬧市。

好心的報社總社社長已經給我數次函電，囑我必要時務必設法離津，沒有爲印刷機殉死的必要。我回信告訴他，我絕對負責把報出版到共軍進城的那一天爲止。

參議員們整整走掉了一半。正式會由於人數不足，一再流會。到會的人也不再談論糧荒，雖然糧荒仍在日益嚴重惡化中；大家談話的焦點集中到如何鼓舞振奮士氣軍心上。人們沒有比這時候更清楚軍隊的價值了。二百七十萬市民的生命財產，目前唯一可以保全的方法，就是要這支軍隊流血禦敵……我們組成了一個參議會慰勞團，代表市民到每一個城防口向那些忠勇的國軍戰士與自衛隊員呈獻上最高敬意。

表嫂告訴我，唐琪給她打過一次電話，詢問我有無準備離津的動向，另外唐琪還約她吃過一次飯，請她轉告我務必提早南去。

我幾乎無暇理睬這一次表嫂的敍述。一方面，我正忙於在參議會中擬具給行政院和華北剿總的電文，請求中央在天津被圍時，派遣空軍按日空投食糧與武器，另外請求剿總抽調部隊馳援天津；一方面，我又忙於處理報社內部的不幸事件——一部分員工吵鬧著加薪加發實物，我簡直不敢相信，如果沒有歹徒從中煽動，這些平素和我有著深厚感情的員工們會在這緊要關頭，擲給我如此一個難題與要挾；果然，我沒有想錯，接著，一天報紙的大標題裏把「反共到底」幾個大字印成了「友共到底」！共諜已經混進了我們這家最反共的民間報社。我感到自己的無能，我感到羞愧與忿怒，若非市政當局深知我的爲人，我會被「請」到警備司令部裏去。

十八日，最後一艘由津駛滬的輪船——元培號，開出了招商局碼頭。十九日，最後一架民航機飛出了張貴莊機場。二十日塘沽失陷，距離市郊二十里的張貴莊機場也被共軍佔領。

中共林彪的精銳部隊，排山倒海而來，重重把天津圍住。

新年到了。沒有人燃放炮竹。沒有人拜年。沒有人懸燈結彩。沒有歌，沒有舞，沒有歡笑。只有共軍的大砲彈每天在市區上空呼嘯穿梭，幾處大建築都被轟坍了樓尖，或者被轟成了一片瓦礫。

郵政已完全停擺，因爲再沒有一條船可以出入，再沒有一架飛機可以起落。報社總社社長連拍來兩次電報催我離津，我回電說，目前想走也毫無辦法了。

三十八年元月初旬，在大雪紛飛中，津郊展開了主力戰鬥。國軍和自衛隊一連擊退了共軍十數次猛攻。

小型飛機場在舊英租界賽馬場裏搶修起來了。立刻，航空服務社的生意又抽瘋似地興隆了一陣。一個富商包了一架專機，全部裝運豬鬃，僅搭了兩個活人，飛往上海。這一豬鬃比人值錢的消息給了天津市民莫大刺激。可是，很快地，大家便不談論它，因爲市郊戰況的慘烈使市民無心無暇再管其他的事。

賀大哥急躁地跳著脚，勸我迅速搭機飛走，他幾乎要跟我翻臉：

『我一個弟弟已經戰死，我不願意另一個弟弟白白在在這兒送命！你懂不懂？你是不是成心跟我過不去？』

『您現在要我走，我怎麼忍心走？』我大聲喊叫著，『剛才我還到城防前線去看過，我們那些國軍與自衛隊的弟兄們的屍首和血液凝固在冰雪上，一層紅、一層白，一層白，一層紅，簡直成了一大塊一大塊的肴肉凍……他們憑甚麼就得那麼死，我們憑甚麼就得快點逃呀？』

『你把自己做成肴肉凍，也扭不轉這座危城的噩運了……』賀大哥陰冷悽愴地說，『沒有代價的犧牲是一種愚蠢。』

『您怎麼不去做聰明人？您怎麼一直不肯走？』

『我要是你，我一定走；你要是我，我一定不要你走！我走是棄職潛逃，政府抓住我要槍斃，我寧願死在跟共產黨拚命的戰場，當然不願意挨自己政府的子彈！』

『賀大哥，我要跟您一齊重回戰場，我要跟您在一塊兒，我要跟您永不分手……』

說著說著，兩個大男人抱頭嗚咽起來。

賀大哥答應了我，如果天津一旦發生巷戰，我倆便參加部隊作戰或突圍。

小型飛機場成了共軍砲轟的目標，跑道被炸毀了，一架飛機的翅膀被擊碎了。一連幾天無飛機起落。機場搶修工作仍在砲火威脅下進行。登記飛機的乘客尙有一千五百多人，黑市機票已經高達每張十多條黃金。

大風雪捲帶著火藥烟霧、彈片、血腥臭，在天津市日夜飛舞。

一度衝破城防口的共軍，像一股怒潮湧進市區，但在守軍奮不顧身的抵抗與反擊下，終被全部肅清。雙方死亡慘重。敵人增援部隊正源源而來，市郊楊柳青已設立了共軍司令部。市民對國軍的孤立無援，由欽敬變爲失望，由失望變爲惶恐，他們發覺中央和剿總都不再管這一座危城了，而這支寡難敵衆的守軍，在糧絕彈盡之後勢將無法再衛護他們；於是，謠言四起，有人說蔣總統卽將下野，由李宗仁代主中樞，有人說南京已亂成一團，主戰派與主和派正大打出手，有人說長江爲界的「南北朝」局面卽將出現，有人說傅作義諱莫如深，可能搞「局部和平」變相地向敵人投降……

天津市內糧荒之後，煤荒、水荒、電荒相繼紛至沓來。天津在癱瘓中。天津在奄奄一息中。

元月十二日，幾位參議員爲了保全天津市民的生命財產，倡議要組織「和平代表團」到楊柳青會晤林彪，洽商休戰。他們的用心良苦；但是，我堅決反對。我告訴大家想與共產黨談和直如癡人說夢，國軍強大的時候，共黨還不肯談和，今天他們大軍兵臨城下，會跟我們談和，豈非想都不用多想一下？可是，這幾位求和心切的民意代表確也是出於一片至誠，紛紛聲淚俱下地說出來：這是他們最後一次爲天津市老百姓說話、跑腿了，明知希望絕少，但不願放棄死亡邊沿上掙扎的機會……

我退出會場，聲明出城與共產黨談和的事，我誓不參與。

回到家中，我難過極了，空虛極了。我並不恐懼。我擺弄了一會兒賀大哥日前贈給我的那支「鎗牌」勃朗寧自衛手鎗，我想我還有勇氣用這支槍殺敵，並且用最後一粒子彈自殺。可是，空虛比恐懼可怕得多。空虛使我難挨，難忍。

突然，表嫂拿著一封信，闖進我的臥室：

『唐琪有信給你。』

我接信過來展讀：

醒亞：原諒我的信來得唐突與冒昧，我本不準備寫信給你，打攪你的精神與時間，我深知在目前這危難險惡的局勢中，你的時間與精神是多麼寶貴。可是，我發現，我幾次拜託別人轉達請你早日離開天津的口信，沒有發生絲毫效果，因此，我不得不再親筆給你寫信，要求你考慮接受我的勸告。

我在東北頗久，蘇俄與中共的所做所爲我知之極深，他們最痛恨的對象之一就是與他們從事思想鬪爭的文化新聞工作人。也許你早已聽說，瀋陽淪陷後，好幾位報社主筆和記者被共軍殘暴殺害。他們對拿筆桿反對他們的人比拿槍桿反對他們的人，更恨之入骨。我清楚知道：你既用過槍桿反對他們，又用過筆桿反對他們。如果天津落在他們手裏，你將是他們最得意的一件戰利品。

我曉得，你勇敢，不怕死；可是，死有輕如鴻毛，有重於泰山，我想不出你如此白白落在他們手中死去，有何重大意義？當然，你捨不得天津，這兒有你的事業與羣衆。醒亞，恕我一直尚未向你致賀，賀你三年來重大的成就，醒亞，你想像不出，這三年來，我對你由於勤奮努力獲致的成就，有多麼高興，有多麼欣慰，也許我的喜悅比你自己的喜悅更大更多。可是，馬上你就不能再保全你的事業，也無法再爲你的羣衆服務，或接受你的羣衆的愛戴了。

如果，你眞的勇敢，你應該忍痛拋下舊事業到別處創造更大的新事業！如果，你眞的有抱負，你應該忍痛離開不得不拋下的舊羣衆，到別處獲得更多的新羣衆！

醒亞，八年分別，未通隻字，我多盼望你能重視我這封短信！小飛機每天仍有砲彈落在附近，說不定一兩天內又會命中跑道，無法起落飛機。所以，我請求你即日即刻搭機飛去。我本擬赴滬；可是，私下裏決定，要等你先走後，我再安心地走。這不是花言巧語，相信能獲得你的信任。千言萬語，一時無法傾述，切望迅速起程。祝福！

唐琪　十二日中午

把信看完，我雙手捧信，緊撫著自己的胸口。

『唐琪這信，我看過了，』表嫂說，『是她附在給我的信中的。』

『她自己送來的？』我問。

『不，』表嫂回答說，『她先打了個電話給我，問你在不在家？我告訴她你在參議會開會，她說正好要趁你不在的時候，派人給我送封信來。她給我的信很短，只是囑咐我把附給你的信妥爲轉到，另外她還附了一張她最近的像片。』

『給我的？』

『不，上面寫了我的名字。』表嫂稍一沉思，『也許她是想要你看一看的，可是她不肯寫明贈給你。我想像得出，她一直在嚴厲地管束著自己——絕不做一件影響你和鄭小姐的事。』

我向表嫂索過那張六寸大的唐琪近照。我雙手微顫地捧住它凝視，天，我又看到了那張奇異美麗的臉……除了頭髮的型式，一切都和八年前一樣，她還是那麼明艷逼人，她一點沒有變老，也沒有變瘦……在一層濕霧迷了我的視線後，那張照片卻變得更爲淸晰，我看到她的頭髮微微拂動，我看到她的眼睛閃鑠出來亮麗的光輝，我看到她的笑渦，我看到她的嘴張開，似在低喚我的名字……

『啊，琪姊，』我失聲叫出，被我抓住的，卻是表嫂的雙手。

我驚醒過來，我把那照片還給表嫂。

『你可以把它留起來，反正鄭小姐也不在天津，』表嫂這麼說，『唉呀，我眞糊塗死啦，現在不是照片的問題啦，這宗事太小。你到底走不走？這是要立刻決定的大事！爸媽剛才也提到你的事了，他們直抱怨你，說你不該阻止他們賣房子的計劃，兩個月前，這棟房子可賣二十幾條，足夠你買飛機票用的了；現在一條也賣不上，眼巴巴地瞅著，不能幫你一點忙……』

我沉默無語，良久良久。

我突然想起無論如何也該問出唐琪的住址。

『不知道呀，』表嫂向我拋出無可奈何的一瞥，『我還特別跑到樓下親自等那個送信的人，再三問他唐琪的住址，他說他不知道，因爲是一位在他們那兒吃飯的女客人臨時託他送來的，他是天祥市場後門鴨子樓的茶房。』

停了一下，表嫂接著問我：

『你是不是已經決定走啦？走前要跟唐琪會一次面？』

『不是，』我搖搖頭，『如果我能看到她，我要向她致謝，並且勸她走；我沒有辦法走，我也不想走。』

元月十三日，參議會和平代表團——實際上只是一個三人小組，由城外回來了。出城前他們曾獲得守軍部隊長的諒解和默許，但曾一再囑告他們，無條件投降這支國軍是誓死不能接受的，雙方暫時休戰，靜候整個大局變化，是唯一可行的方案。他們極爲沮喪地回來了，他們似乎不願多報告究竟受了多少侮辱與對方究竟提了多少苛刻的停戰條件。反正那些條件不是守城國軍和全市市民所能接受的。

元月十四日，毛澤東發表聲明，關閉了全國和平之門。在那個狂妄的聲明中，他提出來談和的條件，包括有：懲處戰犯，取消憲法，廢除法統……賀大哥在晚上到家來找我，指著刊登這條電訊的報紙，對我說：

『這些條件誰能接受？和平是絕對無望了，我們今後的反共戰爭勢必要比抗日戰爭更艱苦更長久……也許我們能夠活著看到赤禍消滅，也許我們活不到那一天就死掉了。可是，共產黨遲早要失敗的，只要反共的陣營健全，堅強。我們今天的悲慘命運，正是咎由自取，不是共產黨行，是我們自己太不行了……也許這血淋淋的教訓，能使我們覺悟，能使我們奮發、振作，能使我們革面洗心，能使我們再慢慢培育起新的力量，那我們一定還有轉敗爲勝的一天……』

我倆弄了一點小菜和酒，一邊對酌，一邊感觸萬端地談論天下事。彷彿我們已經置身天津這座危城以外。

突然，龐司機敲門進來：

『剛剛送到的一封信。』

我一眼便看出信封上唐琪的字跡。

『送信人呢？』我問。

『走啦，』龐司機回答，『我告訴他我是您的司機後，收條也不要他就走了。』

我拆開信。賀大哥跑過來，跟我擠在一塊看下去。

七十六

唐琪的信，這麼寫著：

醒亞，親愛的醒亞，不管你還愛我不愛，我現在再也忍不住地要這樣喊叫你一次，也許這是我今生最後的一次……

醒亞，你居然還沒有走！你知道，你不肯走，帶給我的焦急悲傷痛苦，有多深多大嗎？你應該走的理由，上次信中，我已說得清清楚楚；只是有一點我不曾說明，今天我再也不能埋在心頭了，我必須告訴你——只要你活著，活得好好地，你不必愛我，我早已不那麼奢想，只要我能躲在一邊看，看見你幸福、平安，就足夠了。這正是三年來，唯一支持我活下去的力量。

所以我要你走，要你脫離危險，不但是爲了你，也正是爲了我自己。

醒亞，三年來，我幾度想到自殺。我難免被人指爲墮落；可是我相信我的靈魂還潔白得能夠被上帝允許踏進天堂。人間我已厭倦，我多渴望到永恒平靜的天國安憩；然而，我不肯立卽自殺，乃是又想到現在的天國裏還沒有一個你，爲此，我還得掙扎地活下去……

醒亞，原諒我向你傾吐了這麼多眞情的話；當我開始提筆寫這封信前，我曾再三警告自己千萬不可以這麼做；可是，我無法遏止。多年來，我已磨練出抑制的能力與忍受的習慣。所以，還是讓我理智地冷靜地跟你說出下面的話：

你必須離開天津。你有遠大的前程，殉國需要人，復國更需要人，復國是你眞正的責任！

我盼望你早日和那位鄭小姐完婚，建立一個美滿的家庭。只有我確知你是快樂的，我才有一點快樂。聽說鄭小姐在重慶，你應該到重慶去找她，重慶也許將成爲我們第二次抵抗強暴收復國土的基地，我虔誠祝福你倆在那神聖的基地，愉快地生活，愉快地工作。你不要懸念我，我會處理我自己，只要我默默地想到你，我的心已經在充滿暴風雨的人間覓到了避風港，我願已足，再無他求……

三年前那篇登在天津一家日報文藝週刊上紀念我們往事的作品，我早已讀到，你害我哭乾了眼淚不要緊，要緊的是怕會影響到你和鄭小姐的愛情。以後，你不可再寫這類文章，爲我，影響到你倆，是我此生絕對不要做的。

醒亞，我的話你都聽清楚了沒有？醒亞，我的話你都答應了沒有？

醒亞，我知道，你現在想走已經買不到飛機票。搶搭飛機竟變成財富的角力，這眞是一個時代悲劇。隨函附上明晨九時起飛的機票一張，你可以使用，因爲這種黑市票上並無乘客姓名與性別。這是一個富商爲我購的票，我已答應他同機飛往上海訂婚。我必須把這實情告訴你。如果你明晨在飛機場碰到一個大腹便便腦滿肥腸的人物，失態地喊叫出我的名字，而爲我遲遲不來機場焦急暴跳時，你千萬要靜坐一邊不理不睬。你不必同情他，這種人賺了也花了太多的造孽錢，他以十多條黃金換來的那張黑市機票，意外地能使一個國家有用的人免掉陷身鐵幕，也許是他一生絕無僅有的一次義舉。

醒亞，恕我不能到機場送行。據我確知這架飛機飛走以後，再沒有飛機來往了，因爲三家航空服務社的老闆也都決定搭這架最後的飛機到上海去！

醒亞，珍重、祝福！

唐琪　十四日夜

唐琪的信箋上，滴滿了我的淚，也滴滿了賀大哥的淚。賀大哥拭乾淚痕斑斑的臉，抓住我的雙手，嘴巴一張再張，卻說不出話，嗚咽堵塞了他的聲帶。

『醒，醒，醒，醒亞……』痛苦得令人害怕的聲音，自賀大哥喉嚨裏迸裂出來，『醒亞，走也在你，不走也在你，有一件事，我必須現在告訴你，我再不能藏在心裏，我已經藏了太久，再不講出來，我的胸腔，我的心臟，我的頭腦都要爆炸了，醒亞，我必須告訴你，我必須告訴你……』

『您慢慢說啊，別這麼激動，』我勸賀大哥，我猜不出他將告訴我一樁甚麼久埋在他心中的秘密。

『醒亞，我對不起你，我對不起唐琪……』賀大哥睜大著兩隻求恕的眼睛。

『沒有，沒有，』我趕快說，『這是沒有的事。』

『你不知道，我得告訴你，』賀大哥的手劇烈地打抖，嘴唇也劇烈地打抖，『八年前，唐琪答應與你同去南方，是我在動身前夕跑到她那兒，堅決阻止了她的——』

『甚麼？八年前，是您？』

『是，是我。那天晚上的深夜一點半鐘，我跑去找她。她央求了我半天要跟我們一同走，我不肯答應；最後，我調轉頭來央求她，她答應了——』

『她答應了甚麼？』

『她答應不走，答應按照我已經想好的詞句，給你寫一封信，她答應第二天準時請那位方小姐把信送到火車站，她所答應的，她都做到了！』

『是您，是您？』

『是我，是我，我答應她的，甚麼也沒有兌現，我答應將來負全責讓她跟你見面，結果到今天，她還沒有見過你一面……是我，是我，都是我！我知道我這個過錯犯得有多大，儘管我的本意是爲你設想，是爲了你好！我知道這些年來，你唯一不能原諒唐琪，唯一憎恨唐琪的，就是她那一次的背信，然而那一次背信，卻是我逼迫她做出來的……』

賀大哥的話，像一陣猛烈的霹靂，擊中我的頭頂，我的神志全失，舊的我已不復在，新的我變成了一頭猙獰的獸，我向賀大哥身前急撲過去，然後，瘋狂似地抓住他的脖頸：

『你這狠心的人！你害了我！你害了唐琪！你跟我們有甚麼寃仇？要把我們害到這種悲慘的田地！你，你……』

賀大哥毫不抵抗，像一隻豺狼嘴下的羔羊，像一隻蒼鷹爪下的雛鳥。他闇啞地，低微地喃喃著：

『是我的過錯，是我的罪，隨便你今天怎麼處置我，只要你不再誤解唐琪，只要你明白唐琪是怎樣一個女人……』

當我的雙手狠命地抓緊賀大哥的一刹那，他慘叫了一聲，我才像由一個噩夢中驚醒，我立刻把手鬆開，並且跪撲在他的膝前：

『原諒我，原諒我，賀大哥，賀大哥，原諒我剛才的衝動……』

賀大哥撫摩著我的頭，一面飲泣，一面叫著我：

『好兄弟，好兄弟，快起來，快起來……』

我簡直無法重新抬起頭來看賀大哥一眼。這個人，在太行山，救過我的命！這個人，在我一生奮鬪向上的過程中，給了我最大的指引、援助與力量！這個人，愛我，護佑我，體貼我，無微不至！這個人給我的恩情，無法計算！我剛才卻竟會那麼對待他！我剛才卻竟會那麼仇視他！

電話鈴，在這時候，響了起來。

我站起身，拋下賀大哥，開門走向甬道。我知道這是找我的電話——這兩天深更半夜報社都要給我打電話來的。

我拿起話筒，剛剛喂了一聲，意外地，對方立刻傳過來一個那麼生疏又那麼熟悉的女人聲音：

『醒亞嗎？我是——』

『你是琪姊，你是琪姊，』我悲喜交集地喊出來。

『你收到我的信嗎？』

『收到了。你現在是在哪兒？我要去看你！』

『不，不，你不要來，你要聽我的話，明天一早飛上海！』

『琪姊，琪姊——』

『別光叫我，告訴我，你答應了我明天去上海嗎？』

『琪姊，我要馬上跟你見面，我有太多的話要跟你說，我要跟你在一起，我要永遠跟你在一起，再不分手，再不離開……』

『醒亞，醒亞，醒亞——』

『別光叫我，快告訴我你的住址，我一定要見到你，才肯走，並且要你跟我一塊兒走！』

『那不可能，飛機票只有那麼一張！』

『那，我不要走，我要留在天津，守住你，要死要活我們都在一起！』

『醒亞，快別再說下去，我不能要你那樣做，一個眞愛你的人永遠不會要你那樣做！』

『琪姊，我對不起你，原諒我，饒恕我，你爲我吃的苦，受的折磨，我都知道！還有，八年前，你答應跟我同去南方，結果由於賀大哥的阻攔，你才給我留下那封信，賀大哥也已經告訴我了……』

『別再提那回事，別怪賀先生，他全是爲了你好，怕我連累你，也是爲了我好，怕我過不了戰地生活，他是正人君子……這次，他老早就主張你走，凡是愛你的人都主張你走，醒亞，你到底明天走不走？』

『你先答應我現在去看你，我才答應明天走！』

『我們見了面，你就更不肯走了！別說你，就是我，我也會感情衝動地拉住你不放你走，我是一個人，一個女人，一個愛你的女人，我會那樣做，所以我們絕對不能見面！』

『我不要走，我要跟你在一起！』

『醒亞，理智點，你要走，你要到重慶去，去和鄭小姐──』

『快別再提她，我們已經一年多不通信，我要跟她解除婚約，我要你答應嫁給我──』

『醒亞，我不許你講這些話，我不能破壞別人的婚姻，我要那麼做，我早在三年前就可以做了，我絕不能在三年後的今天還做那種事！醒亞，我不要再聽你講任何話，我只要你答應我明天走！』

『琪姊，琪姊……』

『醒亞，醒亞……』

半天，半天，電話筒裏沉默無聲，只有兩個人遙遙對泣的迴音，在淒慘地波動……

『醒亞，別再哭了，你再哭，我也許就會答應你來看我了；可是，我不能那樣做，那樣會毀了你，也毀了我。你聽，我已經不哭了，醒亞，你快答應我明天一定走……』

『琪姊，我，我走，我，我，我明天走就是……』說完，我突然放聲嚎啕起來。我這才發覺姑母、表嫂、表哥、賀大哥，都正圍在我的背後。我忍住悲慟，重新拿起聽筒。

『醒亞，不許騙我，明天一定走，一路平安啊……』

『琪姊，琪姊，』我全然不顧身後有姑母一大堆人，連連衝著話筒呼喊不止，可是，對方已經把電話掛斷。

沉寂了半夜的砲聲，又開始隆隆地吼叫，機鎗聲越來越密，越來越聽得淸楚……

七十七

姑母、表嫂，幫我整理好隨身帶的小小行囊。姑父也披衣下床跟我話別，他交給我五百塊美金，告訴我：

『這數目很少，你帶去用，不必分給慧亞了，天津如還能多支持幾天，我還可以想辦法籌措一點給慧亞電滙過去……明天我不送你了，保重！』

姑父眼裏含著淚，我活了快三十年，這是第一次看到他老人家傷感欲泣。

我到報社做無言的告別。編輯部和工廠的同仁仍在埋頭工作。我沒有勇氣跟他們說話，我覺得自己羞恥，我將做一名「逃兵」……我一直在報社待到天亮，看他們編，看他們排，看他們校對，看他們拼版，同仁們似乎發現到我的異樣；可是大家幾乎通宵無語。全部報紙印齊，開始發售以後，我默默地，拖著千斤重的脚步，走出報社大門。我多麼想再回頭多望一眼；然而我的頭頸也如千斤重擔壓在上面，失去了靈活轉動的能力……

我吩咐龐司機開車，漫無目標地在市區內行駛。

砲彈仍在紛紛落下。車身像走在地震的土地上。我全然不顧，讓車子幾乎走遍了半個市區，除非是若干街心的大火濃烟阻擋了車子的去路。龐司機一點都不明白，我要在這時候，在這些地方兜轉是爲了甚麼?我也不明白我要在這時候在這些地方兜轉是爲了甚麼?也許我是要再多看一眼天津的街道與市民?也許我已經精神失常?也許我已經昏迷痴呆?

『油馬上要光了,』龐司機回轉頭來,大聲地告訴我,『您也該回去休息啦!』

我看了下手錶,已經是清晨八點鐘。

車加滿了油,回到家,姑母、賀大哥、表哥、表嫂都在門口焦急地等我。表哥把姑母爲我整理好的那隻皮箱遞給我,表嫂把那張唐琪的照片遞給我,賀大哥把唐琪的那封附有飛機票的信遞給我。

我要上樓拜別姑父,姑母告訴我:

『你姑父剛才跟我們一塊在門口等了你半天,現在已經去海關上班了。』

賀大哥送我去機場,在車上他強做個苦笑,對我說:

『我要負責把你「押解出境」,好對唐琪交代!』

龐司機猛一回頭,衝著我哭喪著臉:

『您,您,您眞地就要走啦?』

我點點頭。他的嘴角一咧,轉回頭去,然後連用衣袖擦拭臉部,顯然是在擦拭眼淚。

八時半到達小機場。乘客們似乎都早已到齊,大家正極度不安地紛紛談論爲何跑道上不見飛機踪影?經過機場人員解釋:『機場根本不能停留飛機過夜,因爲共軍大砲一直沒有間斷往這兒射擊,今晨一架飛機已自青島飛出,九時前大約可以飛抵此間。』大家方始稍稍安靜下來。

我悄悄地環視一下旅伴，企圖發現唐琪所說的那個富商。可是，在這一堆人中，大腹便便、腦滿腸肥的人物正不在少數。只有這種人物才有資格在此時此刻飛上青天；我看看自己，夾在這一羣中，不覺有點尷尬。

飛機到了。大家爭先恐後地進入機艙。我和賀大哥握手，和龐司機也握握手，同時塞給他一厚疊鈔票。這時，有一個胖子現了原形——他急得跺脚頓足，跑來跑去，並且大叫：

『飛機千萬不能起飛呀，我的未婚妻還沒有趕到！』

有人埋怨他，和夫婚妻一路走，爲何今早不把她一起接來機場？他一面跳一面拿著一張信紙吆喝：

『我早晨去接她，她給我留下了一封信，說她已經直接來機場了！到現在還不見她的影子，出了意外可不得了！我再去給她打個電話，馬上就回來，螺旋槳千萬先別轉動呀！』

他滿頭大汗地跑回來，一臉奇異慘白：『她不來，我也不走，我絕不走！』一面大叫著，卻一面踏進機艙。他坐定之後，還繼續高喊：

『我不能走，我不能走，我的小白鴿子答應我一同去上海，我的小白鴿子……』

胖子的狂叫，顯然引起了所有乘客的厭惡與反感。當查票人員清查乘客人數，發現並無空位時，立刻勃然大怒，痛斥那胖子犯精神病：

『全部機票和乘客都在這兒，你還有甚麼未婚妻，甚麼白鴿子要來搭飛機？』

一顆砲彈落在約摸四百公尺以外的跑道上。沒有比這個更爲有效地催請飛機迅速起飛。

艙門尚未關妥，機身已像直昇機般地昇起。剛剛昇起一百多公尺的時候，又是一聲砲轟，眼見砲彈由機身旁側擦過，再稍稍靠近一點，一切都完啦！

我猛然想起，我不會這麼死掉，因爲唐琪這時一定正在爲我祈禱。

機身平安地在高空飛行了。我扭頭看到，那個胖子安坐在一邊連打哈欠，就要睡著了。他並沒有爲唐琪留在天津不走而繼續焦急。

中午飛抵上海。我找到維他命G，在他的宿舍裏昏昏沉沉地痛睡到第二天——十六日，天亮。

我失魂落魄地走在上海的清晨街道上，猛然想起該給天津家中和賀大哥拍回一紙報告平安抵滬的電報。

天！我沒有聽錯吧？電信局的人員再三拒絕我的請求，他告訴我：

『從昨夜起，天津電報斷啦，看情形，天津恐怕已經淪陷……』

天津確實淪陷了。十七日的上海各報一律刊出下面的消息：

「天津在十五日深夜開始激烈巷戰，十六日清晨全市淪入共軍之手……」

第十章

七十八

到上海的第三天，我搭夜車前往南京。

到南京的第二天，外交部通知各國使節移往廣州。又過了兩天，蔣總統引退，副總統李宗仁代行總統職權。再過了兩天，北平淪陷。

一連串的壞消息，使這個春天比隆冬更爲陰冷。

難民像浪潮般，每天由江北湧進南京。南京的市民和公務員又都像潮水般，每天由下關車站湧向上海。有錢的人們早已飛走，若干政府官員也早已溜往上海觀望「行情」。人心與幣值可怕地降落，謠言與物價可怕地飛揚。街頭巷尾多了兩種生意：一是準備逃難的人拍賣衣服傢私，一是金元券信用喪失後，大家爭相買賣銀圓。人民對共產黨的憎恨、厭惡達於極點，但對若干政府官員的無能與國軍的節節後退，也顯示出最大憤懣與失望。

南京的市民和公務員們獲有四個月的時間做離去的準備，當然，這四個月對於他們仍是一段危難悲痛交織的苦日子；不過比起不能從容撤退的平津兩地的市民與公務員來，卻又屬幸運。南京是四月廿三日撤守的。撤守前三天，我始前往上海。就在那一天，英國撤僑的軍艦「紫水晶」號遭受共軍砲轟，艦上人員死傷甚重，被迫在南京下游擱淺。共產黨已經瘋狂啦，他們這種難以令人置信的驕橫無理的暴行，使國際間大爲驚訝；可是更令世人驚訝的，是痛挨砲轟的大英帝國在不多日後率先承認了中共政權！

我在南京一直住了三個月。在這冷酷陰闇的三個月中，我也獲致一些溫暖：報社總社長堅留我在總社擔任主筆，使我免去失業之苦；最低領袖幾乎和我朝夕相處，他給我的深摯友情，使我感到快慰；美莊突然有了音訊，最低領袖交給我一封信，那是美莊寫給他的：

最低領袖：久不寫信問候你，歉甚。現在我要懇託你一件事——就是請你告訴我醒亞的消息；如果，你也不清楚，務必請你多方打聽。

也許你還不知道，我曾往天津小住，與醒亞同遊平津名勝，至爲愉快；不幸最後兩人吵翻了臉，我便賭氣跑到上海，遊覽了蘇州、杭州以後，便隻身返渝。

返渝後，我曾前後接獲醒亞三封信；可是我一時犯了娃兒脾氣，立志一定要接到醒亞十封信，才肯給他回信，才肯恢復邦交。我有這種自信，我堅信醒亞必會一連給我寫信來。然而我沒有想對，醒亞的信竟然再也不來了。我的自尊心受了傷害；但是我仍然盼望醒亞的信來，因爲無論如何我還是愛他的，所以我把當初自己立的志，打了個對折——只要醒亞給我寫五封信來，我就立刻跟他通信。難道他已經寫了三封，就不肯再繼續寫兩封嗎？絕對不會的，因爲我知道他一定也還在愛我，並且我知道他會永遠愛我。他實在是一個忠實於愛情，忠實於我的人。我曾寃了他，說他不愛我，愛別人，後來我已經想通了，他並非如此，只是他不太懂我所以向他撒賴撒嬌的原因與目的。醒亞稍稍缺乏一點風趣，有時候有些不解風情，這也許是他的唯一的缺點……我愛他如初，我每天都在等候他的來信。我有點恐慌，也有點氣忿了，我又最後一次「立志」：只要醒亞再僅來一封信，哪怕只有三五個字，我就宣佈解嚴令，立刻跟他通信，甚至答應他回到天津結婚。醒亞也太狠心了，他居然再多一封信也不寫來了。我覺得我受了太多的欺侮與傷害，從小父母說我是「不許蒼蠅踢一脚的人」，如今我竟活像被獸蹄踢得遍體鱗傷……我絕不能再破壞自己最後的也是最低的誓言——他不寫第四封信來，我死也不寫信給他。我不能這麼委屈自己，向他無條件投降。自從認識醒亞，我爲他設想、向他讓步的地方已經夠多了，我擔心我這麼做慣了，一旦結婚以後，他會要求我處處做更大的讓步……由報紙上我看到了他當選天津市參議員的消息，我曾想給他拍個官樣文章的賀電去，看他反應如何？可是我終又阻止了自己這麼做，我怕他誤會我向他諂媚，我並不把參議員看成了不起，我本希望醒亞從政做官，而他偏偏又幹起專門跟做官的找麻煩的民意代表來，簡直是故意氣我。我恨他做參議員。我想像得到，參議員繁忙的生活，會使他無暇多想到我，甚而淡忘了我。

我嘔這口氣，想不到一嘔竟嘔了一年多！日前看報，突然觸目驚心地看到天津淪陷的大標題，我簡直嚇呆了。最近一年來，不怕你罵，我一直很少看報，看報也是專門看看電影廣告及其他娛樂新聞，國家大事我一向不感興趣，雖然偶爾聽父親講起國軍剿共戰事越來越轉向不利的消息，但始終沒引起我太大的注意。一萬個想不到天津竟這麼快就失陷了。我這才發覺我曾經立過的那個志，起過的那個誓，是多麼荒謬而毫無意義！如果醒亞淪入鐵幕，呀，我不敢再想下去，我要哭了……

書歸正傳，你是我們的老同學，又是我們的「領袖」，不能不管我們的事。所以我猶豫了好多天，終於決定給你寫信，請你設法打聽醒亞的消息。我多盼望他已事先或事後逃出天津，那麼他一定會到南京去的，因爲南京有他的報社總社，說到這裏，我又忍不住傷心發牢騷了，他一直愛報社甚於愛我，我知道他如果逃出天津，他必去南京找他的報社，而不來重慶找他的未婚妻……

最低領袖，請快告訴我醒亞的消息！快，快，快，用航空快信雙掛號告訴我，或是加急電報告訴我！我向你敬禮！

美莊

最低領袖給美莊拍了加急電報。我全然相信，也感念美莊對我眞切的關懷，我還在思考如何也寫一封長信寄給美莊時，美莊迅速地先寄信給我了。那信，充滿嗔怨與責怪，也充滿熱情與恩愛。

最低領袖已經聽我把美莊上次在天津與我爭吵的原原本本，以及我與唐琪相識的始末詳敘一遍，他表示非常欽佩唐琪，同時他也爲美莊辯護，認爲美莊態度雖然不好，但仍係出於一片癡愛我的心理。最低領袖從未見過唐琪一面，與美莊卻有三年同學之誼，他似乎有點偏袒美莊，這是極自然的。

我和美莊開始通信，信中雙方都絕口不談唐琪；可是，我不敢擔保唐琪的影子已全部在美莊心中消逝，而我，我簡直無法使自己片刻不想到唐琪。唐琪本來是可以到上海的，爲了我，她寧願把自己關進鐵幕，今天我能和美莊自由地通信，都是唐琪所賜予。儘管唐琪一再要我跟美莊相愛，跟美莊結婚；然而我卻感覺我果眞那麼做，便越發對唐琪不起。然而，我不那麼做，除了白白傷害美莊外，又有甚麼特別對得起唐琪呢？

我不再愛美莊也救不出來唐琪了。我不再愛美莊也不能補好唐琪心靈上受過的太多太大的創傷了。而唐琪口口聲聲要我去愛美莊，並非花言巧語，她不是口是心非的人，她的處處爲我設想，爲我犧牲，都是來自無比的眞誠。漸漸地，我覺得，我不能再做一件違背唐琪的意志的事。漸漸地，我覺得，爲了聽從唐琪的話，我也得繼續愛美莊。

美莊來信約我去重慶，最低領袖催促我去重慶，連在靑島的表姊和我通信時也贊成我去重慶。我不能馬上去重慶，因爲我剛剛擔任報社主筆工作，文章還沒有寫幾篇，就要請假，甚至借薪離京入川，實在對不起報社和厚愛我的總社長；緊接著，報社準備遷往廣州出版，我被指派兼任一部分照料工作，更不好推卸責任一走了之。

最低領袖在四月初把他的雜誌社遷往上海。我跟報社最後一批撤退的員工，在行車時間已形大亂的下關車站等了三天三夜，始於四月二十日搶搭上一列火車。車行半途，一部分乘客被趕下來，改載軍隊，我們慶幸被留在車上，得以安抵上海。

在我離開南京的前幾天，心情惡劣異常；可是卻有一樁喜訊到來——賀大哥自青島來信，原來他經過數月的東躲西藏，終於冒險化裝逃出，沿津浦線到濟南，轉膠濟路，抵達青島，並且找到了表姊和表姊丈。在信中他報導了許多天津淪陷後的新聞，共產黨不外仍是那一套清算、鬪爭、殺人、洗腦、血腥恐怖統治。另外他特別告訴我四件事：我們的報社已被封閉刼收；唐琪沒有消息，聽說去了北平；我的姑父全家平安，不過已被趕出那棟小樓，共產黨認爲姑父一家人沒有必要與資格再住那麼「大」的洋房；高大爺在各種歡迎共產黨的場合很活躍，由於帶領共產黨接收電信器材有功，仍舊官居電信局處長職位。

我到上海的第二天南京淪陷，第三天太原淪陷，太原城破前夕，忠貞反共的公務員和眷屬五百人集體自殺。

到上海的第四天，上海保衛戰正式開始。上海保衛戰足足打了一個月，國軍捷報頻傳，共軍傷亡慘重，一時人心大爲振奮；然而那卻是整個大陸關進鐵幕之前，國軍打的最後一次硬仗了，防守上海的國軍有唯一自東北強行撤退下來的一支精銳部隊，當保衛臺灣的重大使命必須靠它承擔時，它只好在數度達到殲敵任務之後，向大上海揮手告別。

五月二十七日國軍撤離上海，一週前我和一些報社同事搭輪前往廣州。

最低領袖的雜誌已不能維持，顯然，他很悲觀，他痛恨一些政府官員的不肯眞正實行三民主義，與痛恨共產黨在中國大地瘋狂地推行馬列主義的程度，幾乎已達到同一水平。因此，在他極端失望之下，他幾乎決定不再跟隨政府到處流亡。他痛心疾首地對我說：

『若說我本人不赤誠擁護政府，恐怕無人相信；可是你看看，咱們這些官員們到今天還不肯大徹大悟：貪汚，低能，怠惰，搞派系，互相傾軋，逃亡變節……這樣下去，如何得了？他們居然還開口三民主義閉口三民主義，簡直是三民主義的最大叛徒！跟這些人混在一起，我喘不出氣來……』

我告訴他：如果我們的政府在遭受過血淋淋的現實教訓後，能夠減少甚而根除他所指出的這些病症，那仍是値得我們竭誠愛護的政府。我又告訴他：他和我，還有許多朋友，都必須負起這種善意批判政府、誠懇促進政府覺悟改革的責任，因此，他必須跟著政府走！

最低領袖終於跟我一塊兒到達廣州，他的雜誌已無力量出版，經我推薦，他到我們廣州的報社擔任撰述委員。五個月後，廣州淪陷，最低領袖沒有出來，我無法再強帶最低領袖離開廣州，因爲那時候我正在遙遠的重慶。

七十九

我是十月初到重慶的。

去重慶以前，我本決定前往臺灣。賀大哥和表姊、表姊丈都在六月間青島撤退時，隨國軍登艦，到達臺灣。表姊丈已在臺北郵局工作，賀大哥在臺北一家中學裏謀到一個教師職務，他們來信要我即去臺灣，並一再描述臺灣風景幽美，民風淳樸，大米特別便宜，生活容易維持，他們又建議我到臺灣來做體育教師，或是寫寫文章賣賣稿子，都可以過得安適。

當我決定赴臺，同時也決定了要最低領袖和美莊與我同去。這是我在大陸自由區域裏，最親的兩個人了。一個是老同學，一個是老同學又是未婚妻。最低領袖表示願意跟我同走；可是，在我一連寄出好幾封催促美莊速來廣州然後偕同赴臺的信後，美莊仍舊猶豫不決。她渴盼我去重慶。她信上說：重慶即將恢復到抗戰時期的衝要地位，重慶人都正在紛紛議論一旦廣州不守，國都勢將再度遷來重慶；她又說：臺灣彈丸之地，怎能與四川天府之國相比？當初打日本靠四川，今天打共產黨少不得還是要靠四川，所以她有一百萬個理由要我到重慶去。我再連續發出數信，告訴美莊：今日重慶萬難再與抗日時代的陪都相提並論，由於國軍精銳多毀於東北、徐蚌兩大戰場，並且民心渙散，精神崩潰，想靠西南一隅扭轉乾坤，實在希望渺茫；此後一切必須從頭切實做起，所以復國的基地應是臺灣無疑。可惜，我這些信，並不能獲得美莊的同意。

我開始爲難了。去重慶？還是去臺灣？最後我決定了：去臺灣，然而去臺灣之前，先到重慶把美莊說服，帶她一塊回到廣州，再同去臺灣。

我的決定，最低領袖完全贊成。表姊、賀大哥來信也表示十分贊成，表姊還爲我湊了一部分錢充做往來的旅費。

在飛往重慶的旅途上，我感慨萬千。整整十年前，我由太行山下來，渡黃河，經豫陝入川，一路千辛萬苦，可是精神極爲奮發極爲愉快；如今安坐在地球上最快速、最舒適、最神氣的交通工具上，二度入川，卻是無限憂傷無限辛酸。只有想到將和一別兩年的美莊會晤，心頭方始泛起陣陣喜悅。

在旅途中，我也想到了唐琪。我不知道現在她在哪兒？反正，我是離她越來越遠了。我正在天空自由飛行；而她，卻身陷鐵幕。『去重慶找美莊！』唐琪曾這麼囑咐我。唐琪愛我，她不忍心我淪入鐵幕，所以千方百計救我出走；美莊是我的未婚妻，我如忍心任她淪入鐵幕，那，我和唐琪一比，豈不是太卑劣，太可恥了嗎？何況，唐琪是犧牲了自己的自由甚或生命來換取我的出走，而我並不需要犧牲甚麼，便可以換取美莊的出走……

美莊到珊瑚壩機場接我。她快活地，熱情地，歡迎我的來臨，彷彿兩年前，在我們之間從未發生過那次可怕的爭吵。

可是，當我提出要她早日與我同去廣州時，我們又不能避免爭吵了；不過，一開始那是很小的，並不嚴重的爭吵。

沒想到廣州的噩運來得那麼快，十月十三日廣州淪陷了——我剛剛到重慶一個星期。

在這一週內，美莊大盡地主之誼，招待我吃最好的館子，喝最陳的茅台和大麴，到最豪華的舞廳跳舞，逛南北溫泉，還特別到沙坪壩校園和嘉陵江畔追覓我們的舊夢。美莊已學會了駕駛汽車，她自己擁有一部一九四九年「克萊斯勒」座車，她得意萬分對我講：

『我這部「克萊斯勒」比你大參議員在天津的那座「道濟」還名貴一等喲，不過比起父親現在坐的那部「林肯」牌，就又遜色了！你知道吧？世界上最好的汽車就是「林肯」、「卡德拉克」，二等的是「別而克」、「克萊斯勒」，再等而下之，是「龐帝艾克」，「派克」、「道濟」、「普黎茂斯」、「第索透」、「福特」、「雪佛蘭」、「納喜」、「斯杜培克」……看我已經成了汽車專家啦！』

日子在甘美安適中度過；可是我的心緒一直不寧，我恨不得早日偕美莊飛離這座當年曾被我讚頌、熱愛的山城。

抵渝後，我曾連接最低領袖兩次電報，催我速偕美莊返回，好一同赴臺，我也連覆兩電說即日去穗，想不到廣州卻竟這麼快就丟了。我盼望最低領袖能夠事先逃出，到香港，到海南，到臺灣，到哪兒都可以，只要別陷身鐵幕；又過了一週，他杳無信息。

我有點埋怨美莊，她若立即隨我去穗，最低領袖絕對不會和我們失去聯繫；然而，我並沒有把這抱怨的話說給美莊，因爲說了又有何用？而我知道，最低領袖如果淪入鐵幕，也絕非美莊所樂意造成的事。

重慶比抗戰時期更繁榮了。都郵街、林森路、陝西街上，林立著巨大的百貨公司，與聳入雲霄的銀行大廈，使我恍惚感覺仍置身天津或上海。歐美洋貨充斥市場，沒有人再穿抗戰時的粗呢、蔴布或陰丹士林布，娛樂場所日日夜夜滿坑滿谷，流線型汽車風馳電掣地在街上穿梭往來，望龍門的纜車早已修竣，人們上坡下坡不需要跑路或乘滑竿……重慶在進步中；然而我看到了它的陰影。

儘管四面八方的人都一骨腦兒奔來重慶，把命運交託給重慶；可是重慶，在披上了繁華的多彩外衫以後，當年那種堅苦卓絕的精神已無處可尋了，雖然當年也有少數人在這兒唯我獨尊地享受豪華，我還清楚記得我曾和最低領袖憤慨萬狀地咒詛過那批發國難財享國難福的傢伙們，和今日一比，那批傢伙的生活卻又是小巫見大巫了。重慶正走向痲痺，糜爛。

重慶已有人滿之患。由歌樂山、新橋、新開寺、林園、山洞、小龍坎、化龍橋、一直到市區上清寺，大小別墅式的房屋，在山林間，在公路邊，毗連地趕修起來。戰事稍形穩住一點，大家便把這兒視爲固若金湯的堡壘或是世外桃源，房地價、銀元券（金元券已經不用）便一起漲，忽有前線不利消息傳來，大家又把這兒視爲朝不保夕的危城，於是有錢的人爭相飛往香港、菲律賓、馬來亞、日本，甚至美國……房地價落了，銀元券也跌了，美鈔、黃金猛漲，謠言滿天飛揚……人心苦悶，需要刺激：將要離開重慶的人以「臨別紀念」的心情，大玩特玩；決心不走卻又知道共產黨來了一切都得光的人，抱定「早光也是光，晚光也是光，不如痛快地現在光」的心態，也大玩特玩……因而，重慶更痲痺，更糜爛了。

美莊的父親對大局卻很抱樂觀。他一再告訴我：四川是寶地，是福地，要我放心大膽地住下去。雖然，他並沒有直言反對美莊跟我去臺灣；可是，我看得出他是不會贊成的，因爲他本身不想離開重慶，同時又多次勸我留在重慶。

美莊似乎也不明瞭他父親不肯出川的原因何在？舉家去臺灣，去香港，繼續在那邊過舒服的生活，他都有足夠的力量；否則共產黨來了，要講清算鬪爭，鄭總司令不是數一、也是數二的對象。軍閥之外，「地主」、「富豪」、「反動」，任何一條罪名，都會使他「掃地出門」甚而不能保存生命。然而，他不肯走。

美莊希望她母親跟我們同走，我立刻高興地同意。美莊的母親，我也有奉養的義務。可是鄭夫人自己不肯走。她的理由很單純：『總司令走，我就走；單叫我走，我絕不肯白白便宜了黃山上那兩個不要臉的爛女人，她們倒早就想把我請走喲！』

美莊顯然陷在困惑中。不過我看得出：她跟隨我走的意念正在逐日增加。可是，一天，她又突然告訴我：

『我看，我們還是一起留在四川吧！最近大家都講臺灣危險，連父親都講果眞大局再形惡轉，臺灣絕對要比重慶被共產黨更早先佔領。我們留在四川還可以往西康、雲南退，康滇的省主席和將領們都是父親的莫逆好友，到他們那兒跟在自己家一樣；如果我們跑到臺灣，一旦共軍登陸，我們上天無路，入地無門，豈非只有跳海一途……』

我當然對美莊的論調表示異議。感謝天，事實爲我的辯論做了最有力的佐證：

十月下旬，在臺灣的門戶金門古寧頭登陸的共軍，全部覆沒，死亡萬餘，被俘七千！緊接著十一月初，在舟山羣島登步島登陸的大批共軍，遭遇到同樣命運！國軍在金門、登步兩次大捷，使臺灣突然放射出萬丈光芒！

『算你這次沒有替臺灣瞎吹牛。』美莊笑嘻嘻地對我說，『不過，你如果能夠耐心地等在四川，看我們四川隊伍打共產黨的好戲，保險比臺灣的中央軍打共產黨更出色喲！這幾天，我看父親特別興奮，特別忙，散駐在四川各地的將領，都紛紛趕來重慶跟父親密商大計，連我那在川北帶兵的大哥昨天也回來了。看情形，父親這次要在保鄉衞民反共救國大業上，大大地表現一下了。父親雖然不是現任川軍統帥，可是那些四川將領大多數都是他的舊部下，他如發號施令，保險三軍會個個當先……』

十一月十日，一條意外的壞消息刊於報端：中國航空公司與中央航空公司的總經理劉敬宜、陳卓林率領該二公司全部留在香港的飛機，飛往北平投共！這兩個叛徒所造成的損失，並不僅是那些架値錢的飛機，而是使自由區域的空中交通驟形停擺，迫使巨大數目的忠貞人士與寶貴物資無法飛往臺灣。

重慶頓時呈現出恐慌。必要時上天飛走的最後一計，勢成泡影。民航空運隊的飛機成了唯一的空中寵兒與人間救星；可是，他們的飛機數量太少了。用各種方法搶搭飛機的花樣，開始在重慶上演，那白熱化的鏡頭，比我在天津看到聽到的更爲唬人。

湖北、貴州的戰事在失利中，共軍已以鉗形攻勢自鄂黔兩省伸向重慶。

如果鄭總司令肯出面，美莊和我二人的飛機票，拿到手是無問題的。可是，他不肯管這件事。飛機票已越過了鉅額金錢可以自黑市獲得的階段，非依賴權勢無法解決了。這也難怪，在這最後關頭，政府控制的飛機當然要盡先載運重要官員與顯赫人物。靠我自己，亂世中的一個新聞記者，實在無法獲得兩個機位。

我想，也許重慶還能支撐幾個月；我只好靜心地等候下去。可是，進入川境的共軍，看來根本未曾遇見任何抵抗，沒有幾天功夫，就逼進了重慶外圍。

鄭總司令確如美莊所說的，仍在忙於和一些將領們密商大計；可是我終於驚愕萬分地發現並證實了：他們並非密商如何抵抗共軍，而是密商如何靠攏「立功」！

十一月廿八日的下午，整個重慶的市街陷入混亂，到處塞滿搬運東西的卡車、小汽車，和行人。我跑到若干機關打聽消息，每處都是人去樓空，只有一、二人員在那兒焚燒文件檔案。顯然政府正在緊急撤退。南岸來人談起：共軍先頭部隊已迫近南溫泉。我不能再等，我要美莊卽刻與我起程前往成都。

『我正要跟你講，父親今天中午鄭重告訴我：不要我，也不要你走了，』美莊這麼對我說，『父親在「解放」後的四川將出山擔任要職！』

『甚麼？甚麼？』我簡直無法相信自己的耳朵，我暴跳如雷，大聲吼叫，可是我立刻冷靜地鎮定下來，我知道我發天大的怒火，絲毫與事無補，反會對自己和美莊的出走有害。

『父親還特別跟我講，說你是「中央派」，又是激烈反共份子，如果你一定堅持要去臺灣，他希望你今天晚上就動身走，不過他又說，假如你不走，他可以負責保證你的安全，並且還要借重你，協助他未來的事業！』美莊說著說著，淚水湧上眼眶，『醒亞，你到底準備怎麼樣？你能不能答應不走？我不能放你走……』

我極端痛苦，極端悽慘地，搖搖頭。

『我知道，你不會留下來的，』美莊拉住我的雙手，她的手異常冰冷，『臺灣有你的表姊，有你的賀大哥，也許，也許還有你的唐……』說著，說著，美莊伏著在我的肩頭痛哭起來。我從未看到過她如此悲傷，如此辛酸，又如此馴良地哭泣不止。我擁她入懷，告訴她唐琪根本在天津沒有出來，然後，哀求她必須跟我一路到臺灣去。

鄭總司令這一夜，一直沒有回家，後來我得知他是和幾個將領躲在市郊，草擬他們的投靠宣言。我幾乎費了一整夜的口舌，總算把美莊說服，天朦朧亮的時候，美莊和我悄悄地，搭乘屬於美莊的那一部「克萊斯勒」座車，駛進渝蓉道上數達四、五千輛卡車、座車的長流中，往成都進發。

八十

由重慶到成都，四百五十公里的路程，小座車一日半卽可到達；可是，我們一走，走了整整五天。

我們沿途還越過了不少車輛，然而整個公路多處都被塞得水洩不通，一部車子拋錨，一大串車子都得跟著熄火，軍車、商車，糾紛時起，我們想找一個空隙超車，非常不易。有的人不願久候修理拋錨的座車，便把自己的座車推翻到公路兩邊的田野或溪流裏，改搭別人的車子前進，並爲後面的車隊讓路。好在美莊的「克萊斯勒」機件良好，那位司機的技術也異常熟練，五日路程，一直沒有發生故障。

離開重慶的第二天——十一月卅日，重慶已告淪陷的消息，傳到了公路上。如果共軍立卽沿成渝公路北上，我們這一長串笨拙緩進的車隊，勢將全部被俘。最令人提心吊膽的，是在內江等船運汽車過江，因爲車子太多一等竟等了兩天，前有大江，後有追兵的滋味，我們這批人，可說嚐了個夠。

十二月三日，我和美莊安抵成都。五天以來，我們一直在車上閤衣而臥。美莊高叫著：『頭昏、腰酸、腿疼，百病齊發！』我和司機兩位男士也大有同感。我們本想在城內洗個熱水澡，舒適地睡一夜；可是，看到成都的混亂情形正不亞於重慶淪陷前夕，我們飽吃了一頓「毛肚開堂」後，便直駛八十里外的新津機場。

一千以上的人正在新津機場等候飛機。

飛機不曉得甚麼時候來，也不曉得甚麼時候走。不過每天都來，每天都走。想搭機赴臺的人，一分一秒都不能離開機場。只有天黑以後，始敢各自散去，找地方過夜。

機場內房屋極少，辦公室內又不能睡覺，這上千的人便把機場周圍的旅社、小店、與民房統統住滿。

第一天，我們就趕上了傾盆大雨。

以後，小雨不停，一直下了六天六夜。

每天只有少數的人，在大家羨慕、妬嫉的目光中，搭機離去；卻有成百成百的人繼續自城內湧來機場。未出三日，候機人超出了兩千。晚來者，沒有房子可住，夜裏只好就睡在機場空地上任憑風吹雨打。搭乘自用小座車來的，也有好多位，他們在僥倖獲得機位後，便將車子拍賣，最高價可賣到銀元五十元，後走的人買到手中可以暫且充做數日躲避風雨的「旅店」。

美莊幸好在第一天就找到了一間「高等」住宿的地方——那是一家茶棚主人的茅草房，美莊和茶棚的老板娘同居一室，我和老板、司機三人，睡汽車。茶棚下面，每晚也都睡滿了人。這家老板心地相當厚道，他的茶水與大餅，一直沒有漲價。

在茶棚的難友中，不乏知名之士與流亡的高級官員。最慘的是一位學問道德久爲國人共仰的國民大會代表，他每晚睡在茶棚的右端一個角落，沒有鋪蓋，身上是大衣，身下是稻草，一條黃狗整天到晚向他不帶善意地吠叫，難友們感慨地說是虎落平陽被犬欺；後來經老板娘說明，大夥方才知道：那個角落的稻草堆原本是那條黃狗每天睡覺的地方，如今被人佔去，難怪牠要抗議地吠叫不止了……大家一時啼笑皆非，那位代表先生只好幽默地拉過那條狗來，溫存地撫了半天牠的頭，並且抱歉地說：

『對不起呀，朋友……』

到達新津的第五天，美莊先行搭機飛臺。

在這五天內，我們兩人發揮了人類忍耐、抑制的最高極限。美莊吃了從未吃過的苦，發了從未發過的怒，也表現了從未表現過的愛。她時而破口大罵詛咒我要她跑到成都受這種「死不了活不成」的罪，又時而歉疚地請我寬恕她的暴躁，後悔不該不早日由重慶隨我同去廣州轉往臺灣。她時而指責自己父親投靠的不義，又時而抱怨自己離家的不智。她時而恨我入骨，又時而愛我如命。她時而想返轉重慶或回成都城內坐等「解放」，又時而對共產黨感到極端的恐怖，一再對我喊叫她絕對不能忍受「鐵幕」的統治。我知道，她矛盾極了，也痛苦極了！我一再警告自己，無論如何，我不能再有一點刺激美莊，我不能跟美莊再發生一點爭吵，我對她的拋棄雙親隨我出走，心中充滿了感激，我對她給予我的愛與信賴，沒有任何途徑答報，唯有負起全責把她護送到臺灣，使她在那兒自由愉快地生活下去。於是，當我們的機位一再拖延不能解決時，我決定了：如果先有一個機位，或到最後一架班機也僅只能獲有一個機座時，我應該要美莊走。

我這一提議，一開始當然美莊不肯接納，「要死死在一塊兒」的心理，對於任何一個女人都不例外，其實對於任何一個男人，又何嘗能夠例外？在美莊哭得死去活來之後，我暫時答應了放棄要她先走的計劃。可是，當我用了九牛二虎之力向一位仁慈的飛機駕駛員交涉出一個機位時，我立卽堅決地要求美莊登機離去。

『你一下飛機就去找慧亞表姊，她會好好地接待你，我頂多三、五天也就會趕到臺北，萬一搭不上飛機，我可以跟隨國軍退往西康，或是投入正在成都招兵買馬的游擊隊之母趙老太太（趙侗將軍的母親）與準備在四川打游擊的國大代表唐式遵將軍麾下，等待機會離開大陸，轉往臺灣找你……如果，你不先走，而我先走，你就很難逃出鐵幕了，那我們此生也就再無相會的機緣了……我是你的未婚夫，我是個男人，把你先送往平安地區這是我天經地義應該做的事；否則，我的罪過就太大了。答應我，美莊，答應我，好美莊……』我連拉帶推地勸慰著美莊，強把她拖到了機艙門口。

美莊終於答應先走。不顧機場內那麼多隻眼睛的集中注視，她抓緊我的肩頭，一面低泣，一面說個不停：

『醒亞，我眞不知如何感激你，你對我這麼好，這麼愛，我多後悔已往對你的猜疑，我多後悔過去對你的爭吵，我簡直覺得沒有一天好好地愛過你，你要快點到臺灣來，讓我們在臺灣結婚，開始過幸福的生活，過一輩子幸福的生活……』

美莊進入機艙以後，又跳下來，拉我到一邊，要把帶在她手提包裏的三十條黃金分給我一半。

我堅決要她全部帶走。我沒有勇氣告訴她：我如陷身鐵幕或死在鐵幕，腰纏黃金又有何用？她應該全數帶走，萬一我不能逃出，她在臺灣不是更需要一筆生活費嗎？我不敢想下去。我把美莊推回機艙。

美莊走後，我像自心頭卸下了千斤重擔，又像完成了一樁悠長歲月的宿願。我感到心安與寧靜。我更有一個虔誠教徒的心情，感到自己必可獲救飛往臺灣，因爲我做了一件上帝希望世人做的事，上帝會賜福給我。

果然，美莊走後的第二天——十二月十日，也就是我到達新津的第七天，我意外地發現到一架搭了許多新聞記者的飛機即將起飛，在機艙門口，我驚喜地遇見兩位抗戰期間與我同在重慶跑新聞的同業友人，經過了一波三折的交涉，我終於被加進了那個小小集團的名單，在當日下午兩點鐘，像夢幻般地，我被帶上了天空，與危在旦夕的成都賦別。

氣候惡劣，整個天空一片昏暗，愁雲慘霧淒風苦雨一直緊緊包圍著我們這架飛機。黃昏時分，突然看到了夕陽的餘暉，天放晴了嗎？啊，不，原來我們飛到了南中國海上空。大陸已被拋離得無影無踪。

興奮使我們這些過於疲乏的人們，無意入睡。就在這時候，機身突然一連串的急遽地升降，與一連串引擎失常的聲響，使每一乘客都敏感地意識到飛機可能發生了故障。一陣惶恐急掠過每個人的面龐；接著是一陣不大不小的騷動。駕駛員和服務員要大家鎮靜，他們告訴大家：就要到海南島了，飛機的毛病不大，必要時將在海南島降落，絕對不會把我們丟在海裏。

許多人垂頭闔眼唸唸有詞，顯然在祈求天佑，我也以最虔誠的心情開始禱告。禱告了沒有好久，不知不覺間我竟睡熟了。

突然，似夢非夢地，我感到足以粉碎頭腦的震動，劇烈的耳鼓疼，與奇異的噁心，同時聽到極爲混亂的哀號，我似乎剛剛企圖睜開眼睛分辨一下究竟發生了甚麼事？可是，已經來不及了，我完全失去了知覺。

…………

天！當我醒來時，世界對我已經變了樣：

沒有一點飛機引擎的聲響，沒有機艙，沒有旅伴，我以爲自己仍在夢中，可是我淸楚地感到自己的左膀在劇烈地疼痛，我用右手撫摸了半天自己的身體，我發現我的左腿已完全痲木，接著，我聽到周圍一片絕望的嘶喊與淒厲的呻吟，再接著，我看到了我左右兩邊僵直在血泊中的屍體……

一點不含糊地，馱我們奔向自由的那架飛機，已經在強迫降落時跌毀在海南島。

我聽到了活人講話——居然還有幾位輕傷的幸運旅伴。當他們檢視全場之後，我得知由於機艙裏裝有笨重的器材，翻跌時，因爲各人在機艙中佔有的位置不同，半數以上身負重創，二十名以上的旅伴被壓砸死亡，而其中竟包括那兩位在新津機場爲我奔跑機位的記者朋友。生死之間的距離竟如此短暫，生死之間的隔牆竟如此單薄，脆弱呀！淚如泉湧地，流向我的耳根，流向這塊毀滅了我的旅伴，然而拯救我了我的生命的土地……

我被拖出了屍首堆；可是，我又立刻跌倒下去。

我的腿已失去支撐站立的能力。
我被送往海口醫院。

八十一

我和二十幾位「大難不死」的難友，在醫院一共住了十天。那是一家教會醫院，院長是一位猶太人，醫生和護士都是廣東人。設備還不錯，不過不能動大手術。我們每人的臉部和週身都是一片血污，經過一再洗滌、消毒之後，表皮上齷齪的紫紅色總算消失了，可是，大家又都變成了黑種人，原來每人週身的每一支微血管都已震破受傷。刼後餘生的一羣，每天互相指叫著：

『黑張飛！』『黑李逵！』

住進醫院的第二天，我託醫院給表姊、美莊、賀大哥拍了電報：「平安抵瓊，日內卽行飛臺」我沒敢告訴他們飛機失事的實況，我怕她們，尤其怕美莊會過於焦急。

我的左腿一直在疼痛中。我想臺灣會有更好的醫院爲我診治。我渴望早日飛往臺灣。

十二月二十日，我飛抵臺北。

美莊、表姊、賀大哥都來接我。我多希望一下子跳下機艙，和他們一一擁抱；可是，我不能夠。我被擔架抬下扶梯。美莊首先衝到我跟前，驚訝地叫出來：

『怎麼？你生病了？病得這麼厲害？』

表姊和賀大哥也趕忙跑到我面前，一齊喊著：

『怎麼回事，怎麼回事？』

『不要緊，摔了一下腿，已經快好啦！』我這麼說。

『在哪裏摔的？』美莊問我，『你這位體育家，摔兩下從沒有在乎過呀！』

『好傢伙！』與我同機而來的一位旅伴，吐了下舌頭說：『他這回是從飛機上摔下來的呀！小姐。』

美莊跟表姊尖叫了一聲，並且相互地說：

『怎麼樣？醒亞果然在那架海南島失事的飛機裏！』然後，她們告訴我：她們已由報端看到一架飛機自成都飛出，摔落海南島金牛嶺亂葬崗的新聞，她們深恐我會搭在裏面，害得她們幾乎一夜沒有睡覺，第二天接到我的電報才放了心：想不到，我竟然還是坐的那架飛機。

離開松山機場，一路上，我飽覽臺北風光。我看到了晴朗的冬日陽光，我看到了油綠如春的田野，我看到了安謐整潔的馬路，我看到了玲瓏美觀的建築物，我看到了棕櫚、大王椰子，我看到了多家院落裏伸出竹籬牆外的艷麗的花樹，我看到了自由翺翔的飛鳥，我看到了安詳地邁著輕快步子的行人……我多麼喜歡這個城市。可是，我無福多欣賞這個城市。到達臺北的第二天，我便住進醫院，一關，就關了五個月。

我絕對想不到自己會住這麼久的醫院；然而，更多更多我想不到的事情，也都一連在我住院的期間發生。

一開始，美莊幾乎每天到病房來，給我送報紙、雜誌、書、罐頭、點心、牛奶、肉鬆、糖菓、整隻的煨雞，還加上一束鮮花。表姊、賀大哥，以及醫院的醫士，無不對美莊備加讚許，認爲她具有無限溫柔、體貼、耐心的美德。

美莊顯然對臺灣甚具好感。她已由表姊大夥兒陪同，遊過了草山、北投、烏來、碧潭。她一再對我說：一俟我痊癒出院，就跟我結婚，然後到日月潭，阿里山度蜜月，她有比我更多的多彩幻夢。

我委實感覺對美莊不起，在重慶學生時代，我住在醫院裏要她守護，今天到了臺灣，我又住在醫院裏要她守護……美莊越對我細心溫存，我越覺得愧疚不安。幾乎有好多次，我要勸她不必每天來看望我，還想告訴她，她應該自己多有一點時間逛逛街、買買東西，或是看看電影、聽聽平劇。可是，我一直沒有說出來。也許我太自私了——我仍願意美莊終日留在我的病榻旁邊。

一天，美莊告訴我，表姊一連陪她看了兩次自上海來台的「顧正秋國劇團」：

『台北的戲院，比不上平津那麼考究；可是角色還不錯吶，尤其顧正秋的「鎖麟囊」與「昭君出塞」演唱得實在太好……醒亞，你快點好起來吧，我要你早日出院陪我去看平劇呀……我好想聽你唱兩段，我也直想唱一唱啊，快好起來，快好起呀！』

我多渴望快好起來。令人焦慮的，卻是一直沒有起色。由於震盪過劇，肝臟、脾臟都出了毛病，發燒、頭疼、貧血，併發症也一齊發作，而最要命的是那隻左腿，經過一再透視與診察，由於大腿骨揷進了盤骨，並且一部分小骨頭碎了，必須綁裹好厚厚的石膏，不能動彈一下。醫生習慣地不肯告訴病人的病症眞相，他只要我安靜休養，恢復體力，每天給我注射大量的防止發炎的盤尼西林，和各種補血、健身，以及增加營養的針劑。他也時常拉拉我的手：

『放心，絕對沒有生命危險！』

我問他我會不會變爲殘廢？他搖搖頭：

『大概不會，要看裏面的骨頭是否能夠慢慢地長好？所以，你必須多休息。』

在我住院約摸一個月之後，美莊由表姊家搬到新公園內中航招待所去住。我和表姊都曾表示反對，可是美莊堅決要去，她也有不少理由：

『表姊家房子根本就不大，只有一間六疊榻榻米的臥室，和一間八疊榻榻米的客室，另外就只剩下個四疊的小飯廳，我一直住在那個客室裏，害得姐夫也不能會客了，晚上大家睡覺只隔著一層紙門，你說是不是挺不方便？表姐又不肯僱下女，每天自己買菜、燒飯、擦榻榻米，我也幫不上忙，我長這麼大也從沒有做過這些事……我想我們自己應該買一幢房子，不過，你又一時不能出院，我一人去住要害怕的，同時現在的房價很高，我已經看了不少幢，稍稍像樣子的都得十多條黃金，住進房子過日子的錢就不寬裕了。我還有兩個鑽戒，可是捨不得賣，據說臺灣賣不上價，最好將來能託人帶到香港去賣。所以現在我只有搬到旅館去。中航招待所環境很幽雅很高尙，空出一個房間來好不容易，我決不能放棄這個搬進去的機會……』

我無法阻攔她，也不想再阻攔她，一切都怪我不好，我不能把她的生活安排得妥當，我應該多尊重一點她的意見。何況她又一再告訴我：

『住在中航招待所，當然是暫時的，你一出院，不管怎樣，我們就先買房子……』

『也許，我能找到一個工作，由公家配給一棟宿舍……』我這麼說給美莊聽，實際上是說給我自己聽，以期求得一種自慰——我總不至於完全淪爲依靠自己的妻子生存的男人。

『好哇，聽說臺灣快實行地方自治了，你這位醉心民主政治的人，如果能當選爲臺灣民選的市長或省主席，那我們就不愁沒有官邸了……』美莊半玩笑半認眞地對我說，然後她欣然離去。

美莊搬進中航招待所後，仍舊不斷地來看我，偶爾不來時，必會叫招待所的僕歐給我送來點心或煨好的雞汁。

賀大哥代美莊進行好了一個國文教師的位置；可是，美莊不願意就。我不好勉強她非去不可，我覺得美莊已經受了夠多的委屈。

美莊也常以寂寞，不知如何打發日子爲苦。她更著急的，是不能使自己的財富再形增加。她幾度跟我商議，要把她那三十條黃金換成西藥、或是福州杉木，又要投資跟一位四川同鄉的太太合夥做跑香港的生意，我對於理財太不擅長，毫無意見貢獻。表姊建議美莊辦一所幼稚園，賀大哥建議美莊創辦一個雜誌，將來由我負責經營，美莊都沒有採納；最後，她把黃金統統換爲新臺幣，存到一家貿易行裏，她非常得意這個決定：

『放高利貸，是目前全臺灣利潤最高的一宗生意！』

大陸上，大規模的戰事已經沒有了。除了驍勇善戰的國軍李彌部隊在滇西緬甸邊區艱苦地建立了堅強基地，和各省零星的游擊據點以外，整個大陸全被關進了鐵幕。海南島由於補給的困難，棄守也成爲遲早間的事。因此，神經過敏的人們感覺到臺灣不是理想的高枕無憂的安樂窩了。不知是誰首先影響到美莊，美莊開始懷疑臺灣的防務，甚至整個反共的前途。每次來看我，她都愁眉不展地：

『醒亞，怎麼辦呢？我們總不能再蹲在臺灣，表演第二次成都撤退！香港、日本、菲律賓、星加坡、美國，任何一個地方都行，只要能早點離開臺灣，當然是越遠越好。我多嚮往美國呀！我們這一生如果不能到美國去一趟，豈不是白活啦？』接著，她告訴我，她必須加緊做生意，賺出到美國後的費用來。

我很清楚，今後在臺灣，人人必須過克難勤儉、臥薪嘗膽的苦日子，才有辦法，才有希望重回大陸。可是，我也不想多給美莊潑冷水，我給她的太少了，雖然她說的可能都是些無法實現的夢幻，我不能再把她自由幻想的權利也一骨腦地剝奪。

不過，我開始擔心，她會在商業上遇到風險。我回憶起她在天津做股票的情景，那時候遭遇到多大的失敗，都還有父母撐腰做後臺；如今在臺灣，她甚麼都沒有了，有的只是我的愛情，而愛情在緊要關頭是變不出一文錢的。

看情形，美莊的生意還順利。她添置了不少件新行頭，大部分都是香港貨，她還給我拿來幾件衣料，要我出院後裁製西服。她的髮型、服裝、鞋、襪，以及耳環、手提包，已經是全臺北、全臺灣最新式最出色的了，表姊和賀大哥，甚至連一些護士小姐們都曾這麼對我說。

漸漸地，美莊到醫院來的時間變少了，她很誠實地告訴我：爲了商業，她忙於酬酢，爲了排除寂寞，她又看了幾次電影、平劇，並且打了幾次麻將，還跳了幾次舞。

她有了一個新嗜好：嚼口香糖。她每次來，都那麼津津有味地銜著我，嚼個不歇，還一面向我搖著肩膀說個不停：

『吃著口香糖，跳舞，眞安逸！』

她似乎看得出我並不欣賞她的表情，便俯下身來吻我：

『你討厭我吃口香糖啊？吃得滿嘴芬芳，你不喜歡嗎？』

我無話可講。

『你快點好起來呀，』美莊繼續嚼著口香糖，『我要跟你跳舞呀！現在請我跳舞的，都是些四、五十歲可以做我叔叔伯伯的商人們，我並不喜歡跟他們跳呀！』

三月下旬，美莊在一個深夜跑來醫院，我一眼就看出她臉上的神色，與四年前在天津做股票失敗的那次歸來，一模一樣：

『醒亞，醒亞，糟透了！快想辦法！快想辦法！那家貿易行倒閉了！放有我全部存款的那家貿易行倒閉了！明天他們就宣告破產！聽說債權人連一成本錢都取不回來了……』

八十二

躺在病床上的我，對於美莊吃了地下錢莊的倒賬，又有甚麼辦法可想呢？我只有勸解美莊，並且聽任美莊向我發洩怨忿與怒火：

『你從來不提醒我一聲長期放賬有危險！好好的三十條黃金，都換成新臺幣，這一下子，一兩一錢都沒有了！在成都機場我要分給你一半，你要拿去不就好啦嗎？那今天最多只能倒掉十五條，你當時為甚麼不拿呀？』

『美莊，我就是拿去，來到臺灣還不是要交給你嗎？』

『你不會不交給我嗎？』

『那怎麼行？金子是你的，你要做生意或放賬時，會找我要的！』

『甚麼金子是我的？我們兩人還分這麼清楚呀？我的就是你的，你的就是我的！我儘管找你要，你也可以不給我呀？我糊塗，你不能糊塗呀，你是個男人！』

我不再說話。我怕惹起美莊更大的不快。

眞是禍不單行，美莊吃了倒賬的第三天，焦急得駭人地跑來找我：

『醒亞，這次可眞是糟透了！背時透了！我跟人家合夥的一批價值二十萬新臺幣的西藥，因爲漏稅，完全被基隆海關和保安司令部聯檢處查扣沒收啦！裏面有我的一半，有我十萬塊錢的東西，你得趕快想辦法，想辦法救救我！這是我託人在香港賣掉了兩隻鑽戒，又加上我兩個多月來千辛萬苦賺的錢，換來的一批西藥，這是我僅有的全部財產啦，絕對不能查扣，絕對不能沒收！』

說罷，美莊伏在我的胸前，痛哭起來。我沒有哭出聲音，我把眼淚都吞到肚子裏去。我極爲痛心美莊從事這種走私漏稅的非法生意，又極爲同情憐憫美莊今日的遭遇。事先，我不能勸阻美莊，事後，我又不能爲美莊一伸援手……我沒有講一句責備美莊的話，我把一切過錯都推在自己頭上。

『你緊著罵自己有甚麼用？這實在又不是你的錯！』美莊說，『你可以幫我忙，跟我合夥的那個商人告訴我，保安司令部的聯檢處長是你的老鄉，同時曾在你們天津做過甚麼警備總部的副處長，他說只要你出面說一句話，事情就可以迎刄而解了！醒亞，你快給我寫信，我去見那位處長！』

我搖搖頭。

『怎麼？你是天津市的參議員，那位處長會買你的面子！』

我再搖搖頭。

『怎麼？你連封信都不肯給我寫呀？你要成心叫我破產，你要成心叫我落魄流浪在臺灣現眼現世呀！你要——』

『美莊，』我打斷了她的話，『我求求你，你別逼我做這種事好不好？我和那位處長過去在天津也算是熟朋友，他一直是一位正直不苟的好軍人，何況今天臺灣厲行法治，任何人任何機關也不能通融或放任非法走私……』

『我們將本圖利，把醫人活命的西藥運來，有甚麼非法？』

『偷稅就是非法啊。』

『不偷稅，賺誰的錢？』美莊理直氣壯地叫著，『這都是你們臺灣幹的好事：老百姓放倒了賬，政府沒有辦法代爲追回；老百姓做個小生意，左也是稅，右也是稅，動不動就要沒收充公！還開口自由中國，閉口自由中國，我怎麼在這兒一點自由也沒有？保障不了人民的存款，就是無能；沒收了人民的商品，就是貪汚。怪不得以前老有人批評這個政府貪汚無能，眞是一點也沒有說錯！』

『美莊，你先別衝動好不好？你這樣批評政府是顚倒是非，強詞奪理呀！這兒是醫院，叫別人聽到不太好……』

『怎麼樣？我才不怕哩！我父親靠攏了共產黨，我並沒有靠攏共產黨；我萬里迢迢來到臺灣，是道道地地一名反共忠貞人士，我靠攏的是張醒亞，我靠攏的是中央政府；可是你們給我的是甚麼？是害我破產，是見死不救……』

我痛苦地閉上眼，面對著盛怒的美莊，我沒有再看下去的勇氣。

『醒亞，你說話呀，你在天津時就奉公守法，結果還不是把大好河山都「奉」給了共產黨，奉公守法有甚麼用？你還不覺悟呀！』美莊用力地搖晃著我的肩膀。

『美莊，美莊，』我拉住她的雙手，沉痛地，誠懇地跟她說，『我們過去就是因爲不奉公守法的人太多，才失去民心，才丟了大陸；今天到了臺灣，如果再有不奉公守法的人，我們可眞要死無葬身之地了……』

『膏藥！膏藥！一貼俗不可耐的膏藥！』美莊猛甩開我，『我眞糊塗！我眞背時！我怎麼竟會愛上一個專門賣膏藥的人！』

護士們跑了進來，她們弄不清我和美莊爲甚麼爭吵，只有勸我倆都不要再多說一句。美莊被勸到護士長室小坐。我託一位護士小姐派人給表姊、賀大哥各送一信，請她們卽來醫院。

表姊和賀大哥趕來時，美莊已經離去。

賀大哥答應盡全力設法代美莊多討回一點倒賬，關於走私的西藥只有聽任充公。表姊答應負責勸慰美莊，並以最大的誠意邀請美莊回家同住。

賀大哥多日跑腿的結果，總算替美莊索回來五千新臺幣。美莊在表姊的一再懇邀下，遷出開支浩大的中航招待所，搬回表姊家去。表姊特爲美莊大興土木，把臥室和客室中間的紙門改造爲整面的牆壁，爲的使美莊住在客室裏不再感到不便。表姊又把客室地面全部改爲地板，她說美莊不喜歡住榻榻米；另外，表姊又在客室的落地窗外加種了許多美莊喜愛的花，表示歡迎的熱忱。

一週下來，表姊告訴我，美莊的情緒已逐漸好轉：

『最初兩天，美莊像隻受傷的小獸，躲在一角，不思飮食也不講一句話，有時還獨自哭泣。我想盡方法逗她高興，陪她談笑，她慢慢地開始說話了，不過都是些牢騷話。她還一度要返回大陸，她說她父親在共產黨那兒依然官高爵顯，她要回去繼續享大小姐的淸福。賀大哥那天勸了美莊一夜，把共產黨利用投靠份子的陰謀詳加分析，才稍稍使美莊回心轉意。最近兩天，美莊有說有笑了，只是還跟你賭氣不肯到醫院來。我看，你寫個條子我給你帶回去，寫上幾句親密的道歉話也就算了，雖然我知道你並沒有錯誤！』

美莊在表姊的陪同下，重來醫院。我發覺她瘦了不少，我難過極了，我委實感到愧對美莊。她沉默地依在表姊背後；我寧願再多挨她一頓聲色俱厲的責罵，不忍看到她這種沮喪、悲戚、憂鬱的可憐樣兒。

以後，每隔三、兩天，美莊便單獨來看我一趟。

『現在，我只好空手來看你了，』美莊常這麼對我說，『我即將一貧如洗……』

我告訴她只要她人來，我已心滿意足。

『我不敢多來，來多了，多惹你生氣！』美莊翹起嘴巴衝著我說。

『不會的，好美莊，』我熱情地拉住她，我已經很多天沒有這麼熱情地跟她說話了，『只要你來，你隨便怎樣向我發脾氣，我都樂於接受！』

四月初旬，醫生斷定我的左腿必須鋸掉，不過動手術的日子要再等一個月，因爲怕我目前的體力，支持不住流血過多的損耗。

我要求醫生和護士先別告訴美莊，我怕她會受不了這個刺激與打擊。

可是，美莊就在這幾天，開始以一個新的行動，來刺激，來打擊我了。

一天清晨，美莊突然帶領一位男士前來看我。我一眼便識出那是多年前我和美莊訂婚之夜，在美莊家中見過的那個「團總」曹副官。

團總穿著筆挺的西裝，襯衣硬領前打了一個艷麗的領花，滿臉笑容地把他帶來的大批食品放在桌上，趕忙和我握手問好，一面說著：

『張先生，眞想不到我們大家又能在臺灣見面，要不是昨天我在西門町碰到大小姐，還不知道您在這兒哩！以後我可得時常來向您請教，您和大小姐有甚麼事，只管吩咐一句，我在外邊還能兜得轉，兜得開！』

我儘管對此人從無好感：可是人家好心好意地來探視我，我總得客氣幾句：

『謝謝你呀，曹副官。』

『怎麼亂叫人？』美莊馬上糾正我，『人家現在早不是副官了，也不能再叫他團總了——』還沒等美莊說完，曹副官立卽掏出一張名片，笑嘻嘻地遞向我來，上面印著他的頭銜：一家進出口貿易公司的董事長兼總經理。

『對不起呀，董事長！』我向他舉一下手致歉。

『不敢，不敢，大家老朋友，老同志，有啥子關係？』他對我連做「老朋友老同志狀」，幾乎令我叫出來：『吃不消。』

接著，他告訴我：他在三十八年夏天奉美莊父親的命令，出差到廣州辦事，廣州陷落前夕，美莊的父親急電召他返渝：可是，他觀察大局情勢，認爲四川也難保住，所以便溜往香港，開始經商。

『總司令投共，太可惜了，我要在他身邊，絕不能要他投共，可惜我沒有在重慶！』臨走，他又擺了半天「忠貞反共」的面孔。

我似有一種預感：這個人撞進我和美莊的生活，我倆將同受到晦氣與不幸。

八十三

團總變成了美莊的好友，美莊對我並不掩飾。一次，美莊來醫院誠實地對我說：

『想不到團總這個人，這麼慷慨，這麼熱誠，他一連幾次到表姊家問候你的病，要我帶他來看望你，我發現你對他並不太感興趣，所以沒再帶他來；可是你不知道，他實在是一個好人，聰明、風趣、有禮貌、有見解。他還請表姊夫婦跟我吃過兩次飯，這幾天我煩悶得不得了，多虧他跑來，陪我聊聊天，吃吃咖啡，看看電影……我很感謝他，我想你也應該感謝他。』

漸漸地，我由美莊口中得以知道她和團總的「友誼」又有了進展：

『團總非請我去跳舞，我並不太想去，不過他跳得還不錯……』

『團總帶我到一位朋友家賭樸克，我贏了不少……』

『團總又陪我去賭樸克，結果我大輸特輸；可是，一文錢也沒有付，都由團總代我付清了。我怪不好意思。團總直說：該由他付，當年他用過總司令不少的錢呀。我這才覺得用他點錢也很心安理得……』

『團總陪我去「做」頭髮、修指甲，他好有耐心，一直坐在一邊等了三個半鐘頭……』

『團總最近跟香港做了一筆大生意，他說賺了錢，送給我們一部新汽車……』

我想，我的修養功夫已有進步，對於美莊喜形於色地向我敍說的上面這些話，我以最大的忍耐與抑制，表示毫無反感。我深恐，我稍稍流露一點不悅，反會促使美莊更對團總袒護，傾慕。表姊在一個晚上跑來對我說：她實在看不慣團總那份神氣，希望我勸勸美莊還是少和那種人來往才好。

當我婉轉地把表姊的話告訴美莊時，美莊勃然大怒了：

『唉喲喲！你還一直說你這位表姊仁慈、和藹、富有同情心，哼，原來也是個長舌婦！』

『美莊，表姊是爲了我們好。』

『爲我們好？』美莊尖銳地叫著，『爲我們好，爲甚麼要造謠破壞我跟你的感情？我和團總是光明正大地出出入入，誰敢批評我不對？要她多管閒事！我搬出來住好啦，她已經懷了幾個月的孕，聽說凡是懷孕的人，性情都不正常，我可不是受氣包，她有氣請往別處發罷！』

『美莊，表姊並沒有跟我說甚麼，她所說的你跟團總的情形還沒有你親自告訴我的多。她是一番好意。你應該看得出，表姊這個人嫻靜、謙和、安份守己、心地善良、生活恬淡、規律、簡樸、與世無爭、與人無爭……』

『好啦，好啦，你還預備用多少形容詞描寫你的表姊呀？她這麼好，當初你怎麼不追求她？不向她求婚？你追求我幹甚麼？』

如果美莊繼續單獨罵我自己，我想我還能泰然處之；可是，她把無辜的表姊拉扯進來一齊唾罵，我實在忍不下去了。我脫口而出：

『你不要胡說亂講好不好？當年在重慶，最初可是我追你嗎？』

這句話觸到了美莊的致命傷，她在病房內跳起脚來：

『好，那你是說我追求你啦！好神氣！好了不起！好一個道學先生！那你怎麼不跑快點？別讓我追到呀！』

『…………』

『我用手槍逼你跟我訂婚的嗎？我這次不想來臺灣，是那個男人哭哭啼啼地非拉著我來的呀？』

『…………』

『我告訴你，我從沒有追求過你，我從認識你那天起，我只是憐憫你！』

『那你現在再繼續「憐憫」下去好不好？美莊，你看我今天的境遇多值得你憐憫啊……』

『哼，本大小姐現在不想再憐憫人啦！反正這年月，好心總沒得好報！』美莊扭開病房的門，一摔而去。

我被遺棄在孤寂的病房中，直如置身於一座陰森的墳墓。我突然想到死並不可怕，我這樣地活著豈不比死去更難受！我咒恨命運，我如果這次摔死在海南島，倒比現在幸福多了——在我彌留人間的最後一刻，美莊給我的印象仍是美好的，我們的愛仍是完整的；現在呢，眼見我們的愛蒙了恐怖的陰影，我如現在死去，死不瞑目，我如現在不死，則有生之日俱是痛苦……

美莊倒是繼續到醫院來。可是，每次，我們都不能避免爭吵。

表姊和賀大哥都主張美莊最好還是找一個工作做，時間可以打發，精神可以寄託。表姊丈建議美莊去投考郵務佐，賀大哥仍贊成美莊暑假後和他同校教教書，目前他可以先爲美莊找到一個家庭教師的位置。當我跟美莊提到這個問題時，她把頭一搖，把嚼著口香糖的嘴一撇：

『女人要做甚麼事？笑話！女人不是靠父親，就是靠丈夫！在家就是做小姐，出嫁就是做太太！』

『美莊，你應該學習著獨立。』

『要我獨立？我如果獨立起來，還要你幹啥子？』

『你是個大學畢業生，在社會上做做事不也很好嗎？』

『要我做甚麼事？郵務佐？教員？小公務員？乾脆你們叫我去做女車掌，去擦皮鞋，去賣獎券，去當下女算啦！』

『這些工作並不卑賤，任何一個自食其力的職業，都很神聖！』

『好，好，好，人家都神聖，卑賤的是我鄭美莊！對啦，我還忘了幾宗更神聖的職業哩：當舞女，當歌女，當交際花，演文明戲，哪天我幹了這一行，你就會更愛我了！』

『你不要再說下去！』

『噢，說到你的唐琪幹的幾宗「神聖」職業，你就不願意聽啦！我偏要說，偏要說！我跟團總才玩了這麼幾天，你們就對我羣起而攻之，你跟唐琪談了那麼久的戀愛，怎麼沒有人幫我說句公道話呀！』

唉，想不到美莊把話一轉，竟轉到久已不再提起的唐琪身上。一提到唐琪，美莊似乎更控制不住自己的理智了：

『請問你，我連一個普通男友都不能交，你卻可以跟別的女人談情說愛！你還天天講自由民主，我看你是最獨裁，最法西斯，最大的暴君！』

『你拿我跟唐琪，與你跟團總在一起比，是完全不對的！』我說，『唐琪認識我在先。我不是跟你相愛、跟你訂婚以後，才認識唐琪的！』

『我在十歲左右就認識了團總呀！』

『可是，他是你父親的副官，並非你童年好友！』

『你很明白呀！這一點倒是與你跟唐琪的情形不同。我眞是慚愧極了，我在愛你以前，竟從未愛過任何異性；而你卻早已不忠實地愛過了別的女人。你本事大，你比我高明，比我厲害，比我兇，比我經驗豐富！』

…………

有時，我們兩人吵來吵去，吵不出結果，便不再吵。我看我的書，她嚼她的口香糖。

有時，我們冷靜地對坐半天，不交談一句話，只在見面和分別時握握手，活像一對生疏的新朋友。

有時，我們相對啜泣，然後把頭偎在一起親吻。

可是，美莊又找到了一個新的折磨我的方法，每當我吻她的時候，她就問我：

『誠實地告訴我，你吻過唐琪沒有？』

我無法回答這個問題。她卻不放鬆地追問：

『告訴我呀，你吻過她的手？眼睛？還是嘴？』

『你爲甚麼要問我這個？』我痛苦地瞅著她說，『我不說眞話，你生氣；我說眞話，你更生氣……』

『那你承認吻過她啦！你爲甚麼要吻她？你欺侮我！你爲甚麼要吻別人？你答應別人吻我嗎？你肯讓別人吻我嗎？』

美莊的話，使我不寒而慄。也許我不該這麼卑劣地猜想；可是我無法阻止這個念頭往我腦子裏鑽撞——美莊被別的男人吻過了？她要我供認吻過別的女人，以減輕她內心不安，與對我的歉疚？

在夢中，我夢到團總跟美莊親熱地跳舞，夢到美莊斜著頭瞇縫著眼睛，嚼著口香糖，告訴團總她的嘴充滿芬芳，然後團總便抱住美莊狂吻……我驚醒過來，出了一身冷汗，恍惚中我以爲自己是在太行山上，立刻翻動枕頭企圖由下面取出槍枝，準備去跟團總決鬥；可是一陣劇烈的腿痛，告訴我，我是在醫院裏，又告訴我，我不能跟任何人決鬥了，我即將變爲一隻腿的殘廢……

想到這兒，我原諒了美莊，也原諒了團總。我還在一直瞞著美莊，我沒有再瞞著她的必要了，如果我早點告訴她，也許會促成她早日離開我，我如果眞正愛她，應該不再使她這樣痛苦不堪地，如受酷刑地陪伴著一個病人，一個即將被鋸掉一條腿的病人了……

我覺得我還有足夠的勇氣告訴美莊；可是，當我見到美莊時，我完全變成一個自私的懦夫。我不甘心她被別人奪去，我對她付出過太多的感情。我仍然盼望我倆相愛，我太寂寞了，我太需要愛了。她來罵我也好，她來騙我也好，只要她叫我看得到，抓得到，吻得到……我要聽她告訴我，她仍然全心全意愛我，絕不離我而去，哪怕那是一個謊，我也寧願相信。我要活著，我需要愛，她的愛已成了我生活中不可或缺的……甚至，我渴望發生奇蹟——醫生突然宣佈我的左腿不必鋸掉了，我將很快地痊癒出院，我將恢復到以前的健壯，我可以如昔日一樣地在田徑場上創造新的紀錄，我將在美莊心裏，重新建立一個牢不可破的愛的偶像……

八十四

五月到了。鋸腿的日子越來越近了。

一天清晨看報，突然發現一條香港短訊——我們報社的那位總社長在香港創辦了一份週刊。我眞慶幸他並未陷身鐵幕。我馬上寫信問候他，並探詢最低領袖的消息。

總社長和最低領袖的信，同一天到達了我的面前，我高興極了，這是我在臺北住進醫院以後第一樁特殊快樂的事。原來總社長在廣州撤退的前幾天，已經前往香港，報社的同仁遣散的遣散，辭職的辭職，大部分也都離開了廣州，在最危急中，最低領袖奉命代理總編輯職務，他是勇於負責的人，同時又爲了等待我和美莊由渝返穗，所以他決心留守到最後撤退，當他不能再留守下去的時候，他卻無法走掉，只好淪陷在廣州……總社長把這情形告訴了我，並且一再讚揚我向他推薦的這位朋友忠誠可敬。最低領袖在信上告訴我，總社長現在已聘請他擔任那個週刊的總編輯兼總主筆，他一定全心全力兢兢業業地工作，以答報知遇。他又簡單地描述了一下廣州陷落後的恐怖，與他由深圳逃往九龍，一路上的驚險。最後他特別問到美莊，他說他由報紙上看到美莊的父親賣身投靠的新聞，極爲寒心，並也爲我捏了把冷汗，因爲他擔心我會被那個「不倒翁」扣留在重慶。

最低領袖給我來第二封信時，說他已請求總社長允許他到臺灣來一趟，最好是能派他長期駐臺，或在臺灣辦報，因為他聽說臺灣將要實行「三七五減租」「耕者有其田」等政策，他對此大感興趣：

『我們的政府果眞要實行民生主義，這可眞是天大的喜事！我們如果早已實行，大陸何致淪陷？我一定要到臺灣去，我多嚮往一個眞正實行三民主義的地方！那地方不怕小，星星之火可以燎原，當初國父革命的根據地比臺灣還小得多。所以今天只要大家眞心實行三民主義，收復大陸是可預期的！』

最低領袖又在信上大為誇獎美莊，他由我的信中知道美莊已來臺北，他說

『「不倒翁」竟有一個倒向正義眞理的女兒，請代我向這位巾幗英雄致最敬禮！』

我曾把最低領袖的信給美莊看。美莊似乎無動於衷：

『最低領袖不失為一名老實好人，可是這年月太老實沒有用，我倒想寫封信勸勸他，不必到臺灣來，海南、舟山恐怕就會放棄，臺灣實在不大保險……』

海南、舟山果然放棄了。是主動的撤退，國軍全部登艦，未傷一兵一卒。民衆們一連幾天都人山人海地擠在基隆碼頭歡迎這些來臺的國軍，賀大哥也帶著他的學生去參加歡迎的行列。當第三批由舟山撤來的國軍在基隆登岸後，出我意外地，賀大哥自被歡迎的戰士中帶來了一位天津熟人，到醫院看我。

那是為我開了兩年多車子的龎司機。

在我過度的驚喜之下，我拉他近坐我的床頭，一直談到夜深，還不想放他走開。他必須嚴守軍紀回營住宿；否則，我會留他細談通宵。

龐司機告訴了我：他是去年跟隨一位寧波籍的朋友，由天津跑到上海謀生，由於天津他實在蹲不下去了，因爲他的罪名是「戰犯的司機」；他跑到上海以後，看看也是一模一樣的鬼世界，所以便和那位好友偷搭小船逃往舟山參加部隊，目前已經升任駕駛班長。

他也告訴了我：我的姑母一家大小均尙平安，不過日子比以前苦多了，年邁的姑父每天要走路或擠電車去上班，表哥在銀行由大職員變成了小職員，賺的錢餓不死也吃不飽。他又告訴了我：天津一下子湧現了大批盛氣凌人的俄國人，共產黨卻一再叫喊：「一面倒—倒向蘇聯老大哥！」他更告訴了我：有哪些人已被捕、被殺，其中有好幾位市參議員……他還特別強調地說：

『天津人倒是有「眞格」的，共產黨報紙上公開地承認天津人不好對付，統計的結果，「反革命份子」被捕被殺的人數以天津最多！就說這回淪陷吧，市長杜建時、警備司令陳長捷、部隊長林偉儔、冀北師管區司令李兆鍈、國民黨市黨部主委梁子青、警察局長李漢元，沒一人事前逃走，全部被俘，生死不明，這在全國可算是頭一份！頭兩年徐蚌會戰，自殺殉國的黃百韜將軍也是咱們天津人！所以我在舟山投軍以後，大家看我是天津人，官長兄弟們都向我挑大拇指！』

經他這麼一說，我也想起了一條天津好漢，我告訴他：

『還有呢，去年金門大捷，國軍官兵人人英勇奮戰，其中有一位團長楊書田，在古寧頭戰場建立奇功，聽人說起他也是天津人（註）！』

『好樣兒的！』小龐立刻挑直大拇指。

我倆談得很開心。最後，他提出：如有可能，他仍然希望給我在臺灣開車。

『龐班長，』我充滿敬意地招呼他，『你不能離開部隊，何況我現在也沒有汽車。你要知道，擔任軍中的駕駛比給任何一個私人開車，有意義有價值得多了！』

臨走，他想起來問候美莊：

『鄭小姐也在臺灣吧？您們還沒有結婚嗎？』我點點頭。他離去時，一再對我說：『請您代我向鄭小姐問好，鄭小姐待人可眞不錯！』

龐司機的到來，是最低領袖有了下落以後，最令我欣慰的一樁事。我把龐司機問候美莊的話，告訴美莊，她聳了聳肩，怪里怪氣地嗯哼了一下，說：

『天下眞有這麼多不到黃河不死心的人……』

我不願跟美莊爭辯，更不願跟她吵嘴，所以無論她說甚麼，我都一律聽進耳朵，不加反駁。我知道反駁無益，徒使感情的裂痕越裂越大。

美莊已由表姊家遷往圓山大飯店，聽說那個大飯店比中航招待所更講究更濶綽。顯然，美莊的「經濟情況」在好轉中。

註：楊書田將軍當時是第十八軍（軍長高魁元將軍）一一八師（師長李樹蘭將軍）三五三團團長。三十八年十月二十六日午夜一時，該團首先攻破共軍盤據之古寧頭核心陣地。

表姊告訴我：美莊搬家前夕，在狀元樓盛宴答謝表姊夫婦的借用房屋和賀大哥的熱心照拂，並且還送給表姊大批奶粉與毛線、衣料，指明是給表姊未來的小寶寶的禮品。

『美莊變得這麼客氣做甚麼？又不是外人！』表姊不解地問我。

『美莊並沒有跟我提這回事，』我說，『她倒是一向非常大方！』

『對啦，我還忘了告訴你，』表姊繼續說，『美莊那天請客，那個團總並沒有被請，最近那個傢伙也很少到家來找美莊，也許她們已經不怎麼來往了！』

『但願如此。』

『可是，賀大哥跟我的意見相反，他說一開始美莊跟團總來往，倒是無所謂的，所以美莊並不避諱人，後來由於團總死皮賴臉地像牛皮糖似地硬往美莊身上貼，美莊很可能上他花言巧語的當，如今他們的行動如果由公開走入秘密，卻正是危險的信號，因爲那是由普通關係變爲深厚關係的跡象……』

『那也只有聽任美莊的自由意志了……』我嘆息了一聲。表姊接著說：

『我看絕對不會。賀大哥半輩子沒談過戀愛，對於觀察愛情該不是一把好手，我那天當時就給賀大哥來了個小小警告，我說他從前曾經阻止唐琪與醒亞同行南下，結果他一生都覺得對不起唐琪，如今他可不能再輕易影響美莊和醒亞了。我又告訴他：我是出名的「擁唐派」；可是現在爲了醒亞的幸福，我已經變爲「擁鄭派」！賀大哥頗以爲然，承認他的判斷會是錯誤。』

一連幾次，美莊前來看我，都不再跟我嘔氣。我們無形中有了一個「君子協定」：她不談唐琪，我不談團總。我們中間似有距離，但我們相處得平靜，並且喜悅也在逐漸增加。

五月底，醫生決定爲我鋸腿。

好好的兩條腿硬被鋸掉一條，這實在是令人悲哀，令人傷痛，且令人恐怖的事。當年在重慶寬仁醫院，我曾親自聽到過一個鋸了腿的老人的通宵哀號，每當想到我就要面臨和他相同的命運時，便不禁擔心自己會不會也要跟他一樣地痛苦難挨得喊叫幾夜？我想我還不至於那麼輭弱——他是那麼年老，我還正當壯年，我應該撐得住，忍得下。可是，又想到自己竟在壯年便成了一條腿的殘廢，這顯然要比那位不幸的老者更爲不幸了……

醫生們已盡了最大的努力，數月來，他們對我實施的是醫學上所謂的「姑息療法」——明知希望甚微，但仍然姑息地給予各種醫療，以期萬一能夠不必把腿鋸掉；最後，他們認爲無法再繼續「姑息」，我也決定請他們不再「姑息」。

賀大哥和表姊每次來看我，都一再給我勸慰，給我勇氣。

『醒亞，少掉一條腿，實在沒有甚麼了不起。世界上許多驚天動地的大人物，都是殘而不廢的。貝多芬是個聾子，照樣創作了那麼多不朽的樂曲；另一個綽號「音樂界奇人」的鄧勃里頓，不但能夠作曲，且彈得一手好琴，他卻是個瞎子；還有，著名的美國物理學者彭漢教授也是個瞎子……』賀大哥這麼對我說。

『小弟，昨天你姊夫告訴我：聞名世界的美國彫刻家凱勒，從小又聾又瞎，如今卻成了美國藝術界的領袖人物；另一位世界偉人海倫凱莉，誕生下來就雙目失明，並且還是個聾子兼啞巴，她努力奮鬪的結果竟獲得哈佛大學的博士學位，成爲舉世欽敬的教育家、著作家。還有自幼便是盲人的芬妮柯蘿絲貝，一位舉世欽敬的基督徒音樂家，一生竟創作了八千首聖詩，全球遍唱，她自己健康喜樂地活了九十多歲。這兩人都是女性，你還是個男子漢大丈夫……』表姊這麼對我說。

有時，我越聽他們的話，越難過，便哭喪著臉，告訴他們：

『我寧願變成瞎子、聾子、啞巴；卻要保留住這條腿……』

於是，他們更溫良，更耐心地像哄、勸一個孩子似地，哄、勸我。是的，在賀大哥跟表姊面前，也許我永遠是個孩子。

當他們由世界新聞中找出來幾個斷了腿的人物時，他們眞是高興透啦。一天，表姊告訴我：

『喂，告訴你，小弟，舞蹈家倍斯，只有一條腿喲，每天仍然能夠狂跳不停，並且一跳可以跳到五英尺高，他不但天天在舞臺上表演，還不斷地到軍中與傷兵醫院裏獻技，作精彩的勞軍表演……你要有志向，也一定能夠變成「一條腿的舞蹈家」，如果你有這種志向，心情必然會又愉快又輕鬆！』

賀大哥未敢「落後」，接著告訴我：

『醒亞，一條腿不但可以做舞蹈家，還可以做「爬山專家」。世界聞名的爬山家顧林先生就是一條腿！還有一位在第一次歐戰中失去一條腿的空軍英雄西維斯凱，一直到今天從未中斷飛行練習，目前已成爲航空界的權威人物……』

難爲他們成天爲我尋找來這麼多有關的珍貴資料，日復一日，我確實被勸說得平靜、心安、堅強了許多。

我開始用一句話安慰自己：

『做一個殘而不廢的人，比做一個廢而不殘的行屍走肉，有價值。』

鋸腿的前兩天，國軍大批機羣飛往大陸空投食米，救濟難胞，另外我們的海軍在萬山羣島獲致大捷，報端披露的這兩宗新聞，使我的精神體力大爲增強。

更使我愉快安慰的，是動手術的前夕，美莊來了。一來，我就發覺有些異樣，她變得那麼溫柔，那麼馴良，說話細聲細氣，嘴裏沒有口香糖，她給我倒開水，餵我吃東西，坐在我的床頭，撫著我的手，我的髮……我簡直不知對她說些甚麼好，我彷彿回到了大學生時代，我彷彿是在重慶寬仁醫院裏享受著美莊的殷切的守護。

『明天要動手術，是吧？』快到半夜時候，美莊驀地說了出來。

我驚訝了一下，然後點點頭。

『醫生已經在十天前告訴我了。』美莊說。

『我關照過醫生跟護士不必告訴你。』

『我早晚要知道的。我向醫生打聽的次數也許太多了，他可能已經不耐煩再爲你守密，所以終於告訴了我。』美莊說著說著，眼睛裏有了淚珠打轉，『醒亞，我實在對不起你，無論如何，你這條腿是爲了我而斷的。』

天，有這句話，我在美莊那兒遭受過的一切傷害都有了補償！我多欣慰，我多快樂，我多感激美莊！

『醒亞，你不要再生我的氣，更不要再恨我，我已經冷靜地想過好久，我很清楚，你愛我，你時常讓著我。我的脾氣不太好，可是我也曾全心全意地愛過你……』

我擁住美莊，我的眼淚流了美莊一臉，我說不出一句話。

『醒亞，告訴我，你能不能原諒我？能不能不恨我？』

『美莊，快別說這些，快別說這些，你不知道我有多愛你，多麼喜歡你……』

『不，我要你說，你能原諒我，你肯答應不恨我……』

我點點頭。她在我的前額上吻了一下。

『醫生對我說過了，鋸腿沒有甚麼可怕。你一向很勇敢，應該坦然處之。也許我不能看著你鋸腿……』美莊伏在我的胸前，低泣著。

『美莊，你不要來看我鋸腿，你會害怕，你會難受。我要你來接我出院！』

『…………』

『聽到嗎？美莊，明天你不要來！』

她仰起臉來，向我點一下頭。

我在那張淒苦然而美麗的臉上，吻了好久好久，才放美莊離去。

美莊走出病室，關好房門以後，又推開它，伸進頭來，兩隻眼睛彎彎地瞇縫著：

『好好睡吧，再會！』

我當眞睡得很好。一覺醒來，陽光已灑遍全室。賀大哥、表姊、表姊丈都來探視，並等候我動手術。我高興地告訴她們，美莊昨夜對我的深情表現，和美莊今天不到醫院來，是由於我再三的攔阻。

手術在「全身麻醉」中進行，全無痛苦、知覺。當我甦醒，當我睜大眼睛看見自己的左腿僅剩下一點點大腿根時，我並沒有感到太大的空虛與悲悼，因爲美莊的愛充滿了我的心房。

可是，天，一點不含糊地，第二天美莊仍沒有來。第三天依然沒有來。

圓山大飯店的僕歐給我送來一封信，他說：

『鄭小姐在前天已跟曹先生同機飛往香港，鄭小姐臨走交代我兩天以後把這封信送交張先生。』

我幾乎沒有拆開那封信的力氣與勇氣；可是，我終於在劇烈的抖顫中，讀完了它。

美莊說：她終生感激我爲她斷了一條腿；然而，她不能終生和我守在一起了，因爲那樣她會痛苦，我也會痛苦……

她說：我倆的性情、志趣，越來越背道而馳，做一對戀人，也許還很幸福；可是，她不能永遠戀愛而不結婚，常常一位可愛的戀人不是一位可愛的丈夫或妻子，戀愛是買旅行臥鋪，結婚是造久住的房屋，因此，她必須選擇一所堅固的房子……

她說：我已經答應了原諒她，不恨她，她感激我的寬容，她稍稍感到了平安與平靜。

她說：她的良心與感情委實令她不忍離我而去，所以那天晚上在醫院她哭了，並且哭得很傷心；可是，她仍然硬下心腸走掉，因爲她的理智告訴她，再不離開我，將來會使她也使我哭一輩子……

她說：臺灣終非安居之所，希望我能提早設法也到港九或更遠的海外，她不願意我固執地留在沒有防禦力量的地方坐等淪入鐵幕，她不願意再在臺灣表演一次「成都撤退」，她這次毅然走掉也正是不願意再做我逃難時的累贅……

最後，她說：她要求我，如果我以後還繼續寫作生活時，萬勿把我和她的愛情寫進去，因爲她將結婚，她的丈夫看了會不高興。她又加了一句註解：『嫉妬是人性與本能，你不能要求我的外子不嫉妬，你也曾嫉妬過，我也未曾例外！』

第十一章

八十五

我出院了。我已能走路，不過我必須使用兩支架杖。

我住到賀大哥擔任訓導主任的學校宿舍裏。每天看看書，聽聽收音機，黃昏時分由賀大哥陪伴著在操場散散步，跟那些天眞活潑朝氣蓬勃的中學生們談談話。他們的校長請我在兩次週會上，講述了「我所認識的共黨眞面目」，與「爲何反共？如何反共？」我受到了全體學生的熱烈歡迎。

我的心緒漸入平靜，我練習著忘記美莊。我確已原諒了她，不再恨她，每當我瞅見放在自己床頭的兩支架杖時，我更感覺美莊應該離我而去，我不禁爲她祈福，希望她婚姻美滿，希望她在「堅固的房子」裏安享一生。

最低領袖有信來，說他在香港碰到了美莊，他正詫異爲何我不曾寫信告訴他時，他發現美莊的身邊還有一位男士，經過介紹他這才大吃一驚地知道美莊原來竟已嫁了她身邊那個盛氣凌人的姓曹的董事長……他勸我不必過於傷心，他說：

『王爾德講過的：「男女因誤會而結合，因瞭解而分開」，雖非眞理，但頗適用於你和美莊身上。最初我曾反對你們戀愛，後來我發現美莊尙爲善良，並且爲她熱烈地愛你，深受感動，所以我又贊成你們戀愛。現在想來，我和你都犯了錯誤，受了欺騙，這錯誤與受騙似乎很可以與我們的政府好心地容納「不倒翁」一類軍閥相提並論，你想把美莊變成一個樸實勤儉的好妻子，正如我們的政府想把「不倒翁」這類軍閥改變成開明民主的愛國志士一樣地困難，她和他們會有一個時期表現良好，可是大風暴來時，她和他們就經不起考驗……「不倒翁」和美莊目前雖均得意洋洋，實際上卻日益走向毀滅的邊沿……』

最低領袖沒有說錯，未出兩個月，他又有信給我，說他即將來臺籌辦報紙，另外他告訴了我有關美莊的近況：

『想不到這麼快，美莊已和那個姓曹的分手，姓曹的愛上了一個富孀，丟棄了美莊。美莊似乎並不太傷心，前天她還請我去吃「下午茶」，坦誠地對我說：她上了姓曹的當，姓曹的並非眞心眞意地愛她，她發覺那個男人所以拚命地把她追求到手，乃是爲了補償過去自尊心的喪失——那個男人一直是「不倒翁」的侍從副官，他奴顏婢膝地獻出的諂媚太多了，他感到極度的自卑，於是，他想報復，他想恢復一點人的尊嚴……寫到這兒，我不禁連帶地悟出來一個現實政治上的「哲理」——任何一位政府領袖，萬萬不可接受部屬過多的阿諛與諂媚，今天接受阿諛與諂媚，就必須準備在明天接受反叛，接受的阿諛、諂媚越多，那反叛也必來的越大……書歸正傳，還是讓我接著談關於美莊的事，美莊前些日子告訴我：她曾一再想返回臺灣。她說：她思前想後，她實在眞正愛的只有你；可是，她又誠實地告訴我，她過不了窮日子。她正和一位四十多歲的富商進行嫁娶事宜，那個男人答應帶她去美國，她認爲她還有足夠的本錢吸引供她過後半生安適日子的男人……我擔心她會遇人不淑，我怕她會沉淪下去……』

我盼望美莊離開我以後，能有快樂的好日子過，完全出於眞心，不帶一絲虛僞。最低領袖的信，帶給我莫大的惆悵與傷感。

一週來，我心緒不寧。突然在一個中午，冀平津旅臺同鄉會的一位秘書，拿著一封信來找我。那是一位熱心的同鄉，在我臥病醫院時，他曾數度代表同鄉會來慰問我。當他把那封來自香港的信箋，送到我的手中，我立刻驚愕地叫了一聲——我一眼就認出來，那是唐琪的筆跡。

原來唐琪已逃出鐵幕到達香港。她說她急於想打聽我的消息，猜想我或會住在臺灣，所以便試向同鄉會探詢，因爲她聽到幾位經常跑臺港兩地的天津籍的船員說起，有這麼一個同鄉會在臺北。她請求同鄉會給她覆信。

『我看，就請您直接回信吧。』那位秘書告辭離去。

我簡直呆住了。我幾乎忘了向這位好心的送信人道謝。

當我想到這實在是上帝的仁慈的神奇的安排時，我立刻用那隻完整的右腿跪下來感恩！只有上帝才能如此安排人間的悲歡離合！是上帝的力量把美莊指引走了，更是上帝的力量把唐琪引來了！美莊走得眞好，唐琪來得眞好，我的命運眞好，我感謝上帝，我感謝唐琪，我感謝美莊，甚至我連團總也要感謝，這裏面缺少了任何一人，都不能夠落到如此美好的一個結局。

我實在最愛的仍是唐琪。

千眞萬確我最愛的仍是唐琪。

我最、最、最盼望的仍是與唐琪的團聚。

這眞是上帝的意旨，要祂的兒女受到慘痛的分別與嚴厲的考驗以後，卒能回到一起，與上帝同在，與幸福同在，與快樂同在……

我立刻給唐琪寫信。告訴她我在臺北，告訴她賀大哥和表姊夫婦也在臺北，告訴她我渴望、期待、請求她立刻飛來臺北！我不知道再寫甚麼好，我這才知道原來極度的快樂與悲哀都同樣地會使人心亂……我不想多寫，我不想多躭誤一分一秒，我要火速把這封信寄達唐琪跟前。她在給同鄉會的信尾，曾寫了兩個地址，一個是香港的，一個是曼谷的，她並且說明：如果同鄉會馬上能給她答覆，信件請寄香港，如果要十天八天以後才能給她答覆，信件就寄曼谷。我不知道她去曼谷做甚麼？我怕她已經離開香港去了曼谷，所以我必須爭取時間！

賀大哥怎麼還不回來？我急得再不能等待。我決定親自把信送往郵局。

我又立刻想到航空快信仍不夠快，我必須再拍給唐琪一個電報！

過度的興奮使我完全忘了自己身體的殘缺，我以爲我還能飛快地跑路，當我猛然間企圖邁步時，我立刻跌倒在地下。

突然，一陣天旋地轉……頭腦經過刹那間的昏迷之後，卻變得異常清醒——我聽到自己心深處發出來的聲音：

『不能這麼做，不能這麼做……』

我不甘心，我仍要掙扎。我費力地摸到了那兩隻架杖，費力地站了起來。來自心底的聲音卻越來越大，越來越響：

『不能這麼做，不能這麼做……』

一場劇烈的內心戰鬥之後，終於，我完全被懾服地，把架杖一丟，摔倒在床上，痛哭起來。

過了很久，賀大哥回來了，我仍在傷心地低泣。賀大哥焦急地問我發生了甚麼不幸？半天半天，我答不出話。他突然發現到桌子上唐琪寄給同鄉會的信，他大叫了一聲，跳了足有兩尺高，那種愉快的神情，幾乎比我剛剛得到唐琪的信息的一剎那更爲興奮。他雙手抓緊我的雙肩，眼睛睜得又大又圓，逼視著我，然後，乾脆抱住了我：

『醒亞，恭喜你，原來你是快樂得哭起來了！這眞是天大的喜事，這眞是值得大哭特哭的一樁意想不到的喜事！別再哭啦，該笑啦，讓我陪你笑，讓我先大笑幾聲……』

賀大哥狂歡地大笑之後，似乎發現到我竟全然沒有一點感應。他開始驚訝地問我：

『醒亞，究竟是怎麼回事？』

我從口袋裏，掏出方才寫就的準備寄給唐琪的信。賀大哥看完，連說：

『對，寫得對，我馬上就給你送到郵局去！』賀大哥轉身就走。

我喊住他。

我要回來那封信。

我把那封信扯碎。

『醒亞，你怎麼啦？』賀大哥抓住我的肩膀，『快告訴我，快告訴我，你究竟要怎麼樣？』

我指指自己的腿，再看看賀大哥……

『喔，好兄弟，』賀大哥叫著，『你不要這麼想，唐琪她那麼愛你，她怎麼會在乎你斷了一條腿？』

『……………』

『好兄弟，別難過，讓我來給唐琪寫信！』

『…………』

『唐琪一定會來臺灣的，唐琪一定會細心地守護你，一定會比以前更愛你！』

『…………』

賀大哥當眞拿出紙、筆，來寫信。

『求求您，』我拉住賀大哥的雙手，『求求您，您眞地不能這麼做，唐琪已經爲我犧牲得太多了，我再不能要她爲我犧牲更多……』

經過一場爭辯之後，賀大哥要我冷靜地睡下來，要我冷靜地思考一夜。他說他期待我可能在明天清晨，告訴他我同意了他的想法。

天，當我越冷靜，當我越多思考時，我越發堅定了自己的信念。和唐琪比，我已往是多麼自私，多麼懦弱，多麼羞愧，多麼罪過！我怎能再加重自己的自私，加重自己的懦弱，加重自己的羞愧，加重自己的罪過？如果我眞愛唐琪，如果我眞心願意勇敢地在唐琪面前懺悔，如果我眞心盼望她今後能夠獲有一個幸福美滿的生活，我怎能要她終生廝守著一個殘廢？如果我眞敬畏上帝，如果我眞心對上帝感恩，如果我眞願意獲得上帝的賜福，我怎能繼續地仍舊做一個自私懦夫，不為上帝所喜悅的兒女？

我鋸掉了一條腿，不要緊；如果，我的自私、懦弱，卻沒有跟著一齊鋸掉，那才是我今生最大的悲哀。

想到這兒，我爬坐起來重新給唐琪寫信——這時，已是黎明時分。我給她的信很短，我告訴她我在臺灣過得很好，同時祝福她在曼谷必也過得很好、很幸福。

賀大哥拗不過我，答應給我發掉這封信。當他跨出門口時，我突然感到了奇異的悲傷與懊悔，我險些喊他回來——讓我重寫一封渴盼唐琪立刻到台灣，到我身邊的信，再去投郵。感謝天，我沒有。

我想，我做得對。由窗口，我看到賀大哥的背影消失在奔向校門的道路上，我感覺，我這才是做了一件眞正成年人應該做的事。我不再是一個孩子。

八十六

表姊知道了唐琪的消息，一千個一萬個不贊成我的想法；她也要給唐琪寫信，告訴唐琪我的眞實情況，並且要唐琪火速到臺灣來。我對表姊說：

『姊，唐琪的信上說得很明白，她即將前往曼谷。曼谷是一個好地方，她也許已經在那兒找好了一個非常舒適的工作，她也許已經跟一位泰國華僑戀愛，將在那兒開始享受非常美滿的家庭生活……想想唐琪以前怎麼對我和鄭美莊吧！我怎能再給她一絲一毫苦惱與困擾？』

我說的是眞話。我已經不止千百次爲唐琪祈禱。

唐琪的回信來了。

她還是那麼熱情，她說接到我的信的那一天，眞是她歷經艱險逃脫鐵幕之後最美好的一個「快樂日」；她說我的信雖然只有短短幾行，卻帶給了她無上的歡欣與安慰。接著，她說她很抱歉不能把我姑母一家人的近況告訴我，因爲她一無所知——雖近在咫尺，親友間也沒有互通信息的自由，這正是鐵幕的一大特色……再往下讀她的信，我不禁驚呆住了——她告訴我：她已答應了國軍滇緬邊區總部，到那裏擔任醫護工作，她說她即將前往曼谷，轉赴滇緬邊區，又說我必會爲她重新從事醫護工作，而高興，而歡舞！

天，這眞是怎麼也想不到的事，唐琪去曼谷，原來竟是要經過那裏，進入滇緬邊區！一陣驚呆之後，我不禁像對待歷史上一位女英雄似地，對唐琪肅然起敬，一陣悲痛與辛酸卻也接踵而至——我如果像往昔一樣，有兩條健壯的腿，我必定立刻搭機飛往香港，跟唐琪一同前往滇緬邊區；可是，現在……

當天，賀大哥跟表姊相繼看到了唐琪的信。

『小弟，你看，你還猜想唐琪會是到曼谷嫁人、納福、當寓婆；她原來是要到荒蠻的滇緬邊區去做戰地護士！你還不馬上寫信，要她到臺灣來？快聽姊姊話，小弟，馬上就給她寫信，甚至打電報！一個女人跑到游擊區去，多危險！多可怕！難道你不惦記她嗎？難道你不需要她嗎？』表姊急得團團轉地，對我講。

『姊，』我慢吞吞地回答表姊，『我已經想過了。當我知道了她這個出人意外的消息時，我簡直更沒有勇氣，也更沒有理由要求她到臺灣來了！』

『醒亞，醒亞，』賀大哥連叫了我兩聲說，『慧亞的話沒有錯。你不但需要唐琪，臺灣也需要唐琪——難道臺灣不需要醫護人員？難道臺灣不需要一位剛剛逃脫鐵幕，爲自由而戰的反共女志士？她在臺灣照樣可以貢獻智慧、心血、與勞力！她實在不必跑到遙遠的滇西去！』

『…………』我說不出甚麼，我只是搖頭再搖頭。我深深感到唐琪的偉大與自己的渺小，我不願也不敢再向唐琪表示甚麼，更不願也不敢勸阻唐琪任何她所決定要做的事。

表姊快要生產了，卻不辭辛苦地一連多日，每天上午、下午，都跑來看我一次，當她跟賀大哥見面時，總要神秘地問一句：『怎麼樣？有甚麼消息？』

我意識到表姊跟賀大哥一定瞞著我做了一件甚麼事。果然，當我追問時，賀大哥說出來：

『醒亞，我們應該告訴你，沒有獲得你的同意，一週前，我已經跟慧亞聯名寄給了唐琪一封航空快信——』

『甚麼？』沒等賀大哥說完，我插嘴進來，『您們，您們寫信，叫唐琪來臺灣？』

『是的，』表姊說，『並且告訴了唐琪，鄭美莊已嫁人遠去……』

『還告訴她我斷了一條腿？』我痛苦地問。

『是的，』賀大哥接著說，『我們應該對唐琪誠實，因爲唐琪誠實。醒亞，好兄弟，你不要責怪我，我那麼迫切懇求唐琪來臺灣，不只是爲了你，也是爲了我——爲了減除一點我自己的罪疚，當初是我一手造成了你們倆的殘酷離別，如今我一定要在促成你們倆的團聚上，盡所有的心力，必要時，我要去香港或曼谷接她來……』

這時，我發現表姊已經流滿了一臉眼淚，她走近我：

『你看看我跟賀大哥寫給唐琪的信的底稿好嗎？你看看，我們說得究竟對不對？』

我讀完了那封信的底稿。是一封那麼誠懇，那麼眞摯，那麼委婉，那麼有力，那麼殷切，那麼感人的信！

表姊是多麼愛我，賀大哥是多麼愛我，而唐琪，更是多麼愛我，相愛的人們多麼應該生活在一起，相愛的人們多麼應該生活在一起……

剛好就在這兩天，兩樁喜訊到來：表姊夫由於工作勤奮，被調升郵局支局長；賀大哥由於受到教育界友好敬重，被聘轉往一家著名中學擔任校長。我眞爲他們慶賀不已；表姊與賀大哥異口同聲地對我說：

『我們即將由公家配給較大的房舍，唐琪來了，足夠你們二人住的了……那時，你們便成了「香餑餑」，被我們搶來搶去……』

幾天以來，經過千辛萬苦在心深處築起的那一道理智的閘，如今，幾乎要全部崩潰了，我一手拉緊了表姊，另一隻臂擁抱住賀大哥，不住地說：『謝謝姊姊，謝謝姊夫，謝謝賀大哥……』接著，我險些衝動地問一句：

『唐琪眞地會來嗎？唐琪眞地會來嗎？』然而，我激動得說不出來……

表姊和賀大哥似乎了解到我此刻的心境，他們連連地說著：

『唐琪一定會來的，唐琪一定會來的……』

我點了點頭，又不禁搖了搖頭……我倒在床上，想獲得片刻的寧靜。我雙手合攏，放在胸前，祈禱——祈禱。

就在當晚，唐琪的信來了。

信封上的暹羅郵票，告訴我，她已到達曼谷。我急忙拆開，屏止了呼吸，讀下去：

親愛的醒亞：由港動身前夕，我接到了賀先生和慧亞的長信。我整整哭了一夜，一夜內我不止千百次地動搖了前往滇緬邊區的決定。可是，醒亞，請轉告訴賀先生和慧亞，這兩位我一直敬愛的好心人，請他們原諒我，我終於在朝陽冉冉上升的時刻，硬下心腸，搭機前往曼谷。

醒亞，爲甚麼你不告訴我你的不幸遭遇與眞實的現況？我知道，你是怕我難過，怕我惦記你，甚至怕我回到你的身邊對我會是一種犧牲……醒亞，你是這麼好，你是這麼體貼我，你是這麼爲我著想，你是這麼愛我！我眞恨不得立刻投進你的懷抱！我應該那麼做，我知道你有多麼需要我，儘管你不肯講；可是你越不講，我越知道你的愛是多麼深，多麼眞……

如果你當眞如你日前信上所寫的生活過得快樂，我想，我實在不必前往臺灣；偏偏你並非那樣。賀先生和慧亞已經告訴了我一切，因此，我幾乎完全決定下來，我必須立刻到你那裏去，當你在寂寞苦難中不能享有我的愛，我的愛還有甚麼價值？

可是，醒亞，請容我告訴你：我一定要回到你的身邊；只是，不是現在，是將來，而且那日子絕對不會很遠。

醒亞，我這次逃脫鐵幕，是由一位雲南人，和一位德國人的全力協助，始告實現。那位德國人是我當初在北平護士學校的老師，是一位著名的醫生，同時是一位熱誠的傳教士，她是東德人，可是她痛恨蘇俄在她的祖國製造的傀儡政權，她清楚東德人民在共產黨統治下所過的地獄般的苦日子，當她看到中共統治大陸的眞象後，她越發聯想到自己祖國土地上的血腥、悲慘……她渴求逃出鐵幕，奔向西德或其他任何一個積極反共的地方。經過那位雲南朋友的建議，她決定前往滇緬邊區。她久住中國，已與中國人發生深厚的情感，所以她認爲到艱苦荒蠻的滇緬邊區爲中國國軍戰士工作，比到西德或其他地區都更有意義。醒亞，你想想，當我和我這位外國老師搭伴同行來到香港，如果我變卦改往臺灣，讓她一位六十多歲的老婦人，一位外國老婦人，單獨去滇緬邊區，這實在是一件我不該做的事。

醒亞，我一到香港那天，便和滇緬邊區總部的駐港負責人見了面，我滿口答應了絕對到他們的基地協助我的老師擔任醫護工作，同時，我們已經在調景嶺忠貞難胞中考選了三十名青年女護士，她們也將進入邊區擔任我的助手；我若突然反悔，不只是向邊區總部駐港負責人失信，不只是向三十位滿腔熱血的女孩子們失信，也是向滇緬邊區五萬方里山野叢林內全體戰士失信，這又是我無論如何做不出來的事。

醒亞，除此之外，我還必須告訴你：我皈依了主。我已經是一個基督徒。這些年來，每逢遇到危難，全是靠我的信心，靠我的禱告，靠主的引領，靠主的恩惠，而平安度過。當我在鐵幕內，我曾祈求主幫助我投奔自由，又曾祈求在自由區能夠聽到你的平安信息；我所祈求的，主已完全答應。我蒙恩太多，虧欠神也太多。因此，我應許跟隨我的老師到邊區工作，是爲了醫護戰士，也爲了榮耀神，報答主！如今要我向神，向主失信，更是我萬萬不能做的事！

醒亞，難道我不知道臺灣比滇西好？我清楚知道，臺灣四季如春，風景如畫，有自由舒適的生活環境，還有你的愛！而滇西，有的只是原始森林，只是高山深谷，只是風雨瘴癘的侵襲，只是虎狼蛇蟒等等野獸的出沒，只是比這些野獸更狠毒的共軍與緬人的夾擊……可是，醒亞，你立刻可以衡量出：在這兩個反共基地，然而環境卻是天壤之別的所在，究竟何處更需要一個醫護人員？何處更需要注入一滴新的反共血液？

醒亞，我答應了前往滇西，我相信我吃得下那份苦。山區中已有不少軍眷、擺夷婦女，和由雲南逃出的愛國女青年，難道我就不能跟她們共患難同甘苦？難道我就得過一輩子罪惡的大都市紙醉金迷燈紅酒綠的糜爛生活？

醒亞，我已拋棄了護士工作太久，我眞高興能重新回到這個崗位。我已答應擔任他們的護士長職務，這一職務使我昂然抬起了頭，使我覺得可以洗刷掉我過去一切遭受過的侮蔑與卑視。

醒亞，你應該鼓勵我這個新生活新生命的開始。你會那麼做，我知道。

醒亞，我就會回來，我就會隨著凱旋的號角回到你的身邊，回到天津，回到北平，我們將在那兒建立幸福美滿的生活，我一生都要守護著你，愛你。失掉了一條腿，這有甚麼要緊？只要你愛我的心完整如初，我一點都不會感覺你失掉了一星一點一絲一毫！

醒亞，珍重，努力你的事業，我就要起程由泰國進入山區了。我會日日夜夜爲你祈禱，祝福！

問候慧亞和賀先生，我不單獨給他們覆信了，我永遠記得他們對我多年來的好意。

你的琪

第十二章

八十七

有人說戀愛可以使人年輕；然而，我的兩次戀愛使我變得頹廢、蒼老……

剛剛生了一個男孩兒的表姊，尙未出院，她要表姊丈一再來勸慰我，這位平日不多言不多語的老實人連連誠懇地對我說：

『醒亞，你得振作起來。爲了早日跟你的唐琪重聚，你必須在這場爭自由反奴役的戰鬥中，貢獻你最大最多的力量。不但你要如此，我、慧亞、賀大哥、所有的朋友，凡是同情和愛護你和唐琪的人，也都要如此。我們現在唯一能幫助你和唐琪團聚，並永遠幸福生活在一起的方法，也正是也只有付出我們每個人的一切，奉獻給復國的戰鬥……』

賀大哥做了我的「精神療養院」的院長。他有時溫和地安慰我，有時則狠狠地照著我的肩頭連打幾拳：

『老弟，堅強起來，我不是已經再三地跟你說過了嗎？鄭美莊和唐琪走的路，是她們自己選擇的路；你有你的路，你得昂頭挺胸走你自己的路！』

我咧嘴苦笑一下：

『我已經不能走路了，我短了一條腿……』

賀大哥抓緊我的手，眼睛充滿了熱，聲音充滿了力：

『老弟，你丟了腿，你並沒有丟掉手，你必須用你的手開始寫作，繼續寫作，永遠寫作下去。需要你寫的東西太多了：你認識共產黨的眞面目，你應該寫！你醉心民主政治，你應該寫！你嚮往自由、和平，你應該寫！這寫作雖是一樁艱鉅嚴肅的事業，但是沒有腿的人照樣可以完成它；只要你有頭腦，有手！』

最低領袖到了臺灣。當他原原本本把唐琪的事知道了以後，他嚴肅地對我說：

『這位唐小姐眞不愧是南丁格爾的眞正信徒！醒亞，你知道吧，一百多年以前，白衣天使始祖南丁格爾勇敢地率領破天荒第一批女護士前往克里米亞戰場，也正是爲了抵抗暴俄的侵略！如今，唐琪到滇西戰場眞是完完全全承繼了南丁格爾的精神，她必定工作得很好；我們可絕對不能落伍，我們必須加緊工作，尤其是你。』

我已經漸漸地振作，堅強起來了。

我已經按照表姊、表姊夫、賀大哥，與最低領袖的話，在做，在日益努力地做。

我發覺自己肩頭的任務、負荷，一天比一天沉重；然而，卻發現我變得一天比一天年輕。

我相信，我和唐琪的團聚，爲期不會太遠。我還相信我們會比以前更爲相愛——她已經說過了：只要我愛她的心完整，失掉一條腿又算得了甚麼？

——一九五四年秋脫稿於臺北中和鄉曦園

附錄

有動乎中，又是一番歌哭

——三讀《藍與黑》

王鼎鈞

王藍先生的長篇小說《藍與黑》是在一九五八年由紅藍出版社出版的，那時我曾有幸參與校對工作。一九七七年，因紅藍出版社結束，《藍與黑》的版權轉入純文學出版社，我將新版本再讀一遍，並作讀書報告。一九九八年，又由於「純文學」結束，《藍與黑》有了「九歌」版，我擔任最後一校，有機會把這本風行了四十年的書再溫一遍。

回想起來，我初讀《藍與黑》時還是個文藝青年，而今三讀，已成皤然一翁。四十年耳目所及，《藍與黑》不斷有人提起，不斷有人評介，不斷有人引用，也不斷有人研究討論。甚至，在九龍有了「藍與黑服飾店」，在台北有了「藍與黑餐廳」、「藍與黑理髮館」和「藍與黑精品店」。

這本書已經兩次精編為電視劇（台視），一次改編為電視連續劇（華視），兩次改編為廣播連續劇（中廣），三次改編為話劇（吳若，黃玉珊，還有一部由孫維新、陳丕燊合編）。本書又由邵氏公司拍成電影，在國產片中聲譽很高。

本書在國際文壇也很著名，韓文有李聖愛的譯本和權熙哲的譯文，日文有山口和子的譯本，英文有施鐵民的譯本，德文有W. Bahnson的譯文。

五十年代的台灣，還是個著作權沒有保障的地方，《藍與黑》的暢銷，引發了坊間大量的盜印。王藍先生發現當時的「中華民國著作權法」十分落伍，使所有的著作人都暴露在盜印商的啃噬掠奪之下，於是起來奔走呼號，喚醒著作人團結，督促內政部修法，並結合新聞輿論，鼓勵立法機構和司法機構伸張正義，這才有了盜印犯服刑的案例。這事影響深遠，是《藍與黑》的另一不可磨滅的貢獻。

當初「紅藍版」印書，還是鉛字排版，紙型上機，有手工的「特色」。如今「九歌版」是電腦作業，《藍與黑》面目光潔，裝扮入時，大有「浴火重生」的模樣。我曾說，電腦作業是文學書的一「劫」，許多長篇小說，許多散文單行本，許多詩集，都隨著手工排字的結束而失去蹤影，它們未能「轉型」到「彼岸」。這是出版人、編輯人隨著科技革新而作的一次大揀選。很好，《藍與黑》依然在我們眼前。

一九三七年七月七日到一九四五年八月十五日，中國為了抵抗日軍侵入，打了八年一個月又零九天的抗日戰爭。這八年，「抗戰文學」的字數如恆河沙數，無可計量。但一聲「勝利」，如風掃葉，文山字海竟無影無蹤。「文學生涯原是夢」？實在令人驚惶焦急。

這一次，我校對「九歌」重新打字排版的《藍與黑》，忽然有一個想法，在「蜀老猶存」但「聽歌不似少年聲」的這個時代，「抗戰文學」必須同時能滿足老年人的回憶和年輕人的幻想。

例如某一部小說，寫抗戰，是好書，我愛看。然而小說家以「伐毛洗髓」的手段，把抗戰中所有的現實剔除乾淨，被批評家稱為奇特的「童話」。它滿足年輕人的幻想，但也只能滿足年輕人的幻想。

再如另一部小說，也寫抗戰，也是好書，我也愛看。小說家以建立檔案的手法，立志重現已逝的史實。當年身歷其境的人，今日一卷在手，無不擊節歎賞。毫無問題，它滿足了老年人的回憶，但是也只能滿足老年人的回憶。

而《藍與黑》確實兼顧了這二者。這部在一九五八年出版的小說，先已連載了三年，開始連載之前一年或兩年，應該已開始醞釀。最初，社會應該還沒有出現兩代經驗的斷層，即使初露端倪，也應該不易覺察。而小說家匠心之所運，自然嫁接歷史與童話，鑄現實與浪漫，老少咸宜，皆大歡喜。正因為如此，《藍與黑》這才縱貫三世，聽老年人不斷在談論，看青年人不斷在閱讀，等中年人不斷在研究。

回顧五十年代，那些歷經八年抗戰、三年內戰、倉皇渡海的作家，都「老」了。那麼多的辛苦艱難和挫折傷害，人焉得不老，那麼大的大崩潰大幻滅大否定，人焉得不老，甚矣吾衰矣，怎麼還能溫柔纏綿壯懷激烈。很可能，只有果老（王藍先生號果之）「未老」，他尚有創作必需的那點詩心，那點童心，那點靈氣，那點熱情。所以，他能塑造出張醒亞那樣的「人間孩童」。可是，果老到底是和那些「老」者同舟共濟的過來人，他的血管和那些人的血管相連，他無可避免的，也義不容辭的反映了那不可解也不甘接受的滄桑。所以，他能為張醒亞布置符合那一代人共同經驗的背景。真是佳構難得，天地成全！

關於《藍與黑》的技巧，我想起馬致遠的那首〈天淨沙〉：枯藤、老樹、昏鴉，小橋、流水、人家，古道、西風、瘦馬，還有夕陽西下，全是布景，而「斷腸人在天涯」是角色出場。

角色是動的，布景是靜的；角色是立體的，布景是平面的；角色是賡續的，布景是片段的。我現在不反對《藍與黑》裡面有「許多瑣碎的記載」，第一、沒有那些記載，人物無從完成；第二、長篇小說，至少中國的小說，自來允許這般寫法。

小說畢竟是小說，在筆墨比例上，人物互動佔百分之八十的篇幅。在背景襯托下，

《藍》書裡面的三個人物奪人瞳神。唐琪和鄭美莊都愛張醒亞，而兩人性格不同，用概念化的說法，唐琪為人「我中無我」，鄭美莊為人「我中無人」。

鄭美莊這人非常「可愛」，據我統計，她說話使用「我」字的次數比唐琪多五倍。「我們相愛，相愛的人有權力隨心所欲」，這話今天聽來多麼熟悉？不就是「只要我喜歡，有甚麼不可以」的另一版本嗎？我們的小說家，在五十年代，已經為八十年代、九十年代的新人類展示了樣品。難怪《藍》書的讀本中出現了「擁鄭派」！

唐琪就不然了，為了愛，許多想做能做的事，她一律沒做；為了愛，許多不喜歡做不應該做的事，反而都做了。不管時代怎樣日新又新，道德境界仍然是人類的「集體潛意識」，儘管有人在名利場中殺伐的時候可以無父無君，一旦遺失了錢包，還是希望有誰能拾金不昧。而且，拋開實用觀點，道德境界也足以產生美感。難怪《藍》書中也出現了「擁唐派」！

小說最後，醒亞因飛機失事而鋸去一腿，「有我」的鄭美莊斷然捨他而去，而「無我」的唐琪也在猶豫徬徨之後，獨自往瘴癘逐客之地任護士長。美莊走得有理，她必須從已成殘障的張醒亞那裡將「我」取回，而唐琪不來也事出有因，她已經沒有「我」可以交給醒亞。

美莊可愛，唐琪可敬；美莊可賞，唐琪可法。唐琪宜患難，美莊宜安樂；唐琪宜前瞻，美莊宜回味。這兩人如唐詩李杜，三國瑜亮，紅樓林薛，相輝相映，相輔相成，實在不能缺少任何一個。如果必須二者選一，我算是個「擁唐派」。

我們的小說家呢，他自己「更」喜歡那一個？這當然不能從他本人那裡得到答案，只能看他的妙筆點染窺探消息。他寫這兩個人都用全力，但文字風格不同。他寫鄭如話家常，寫唐如訴衷腸；寫鄭如攝影，寫唐如作畫；寫鄭處一明二白，寫唐處一唱三歎；鄭令人粲然欲笑，唐令人泫然欲泣。看來小說作者對這兩個人物也有分別心。不錯，「手心也是肉，手背也是肉」，對於手心，人總要特別顧惜的罷。

《藍與黑》寫人生的縱剖面，也就是「由根到梢」的寫法，也就是現在所稱的「大河小說」。

「大河小說」不僅篇幅長，故事由開始到結尾所需的歲月也長。《藍》書由張醒亞的童年寫到中年，歷經三十年代的華北政局，四十年代的抗戰和內戰，以及五十年代初期的台灣生活。人物活動的空間也很廣，有華北的城市，山區的游擊隊根據地，重慶的上流社會，然後穿梭於四川、天津、京滬大三角，依歸於海上寶島，餘波及於滇緬。這幾乎是以全中國為舞台，而以平津京滬一線為強區。手面大，眼界寬，一氣呵成，表現了過人的才力。可以說，在地理上，四川、平津、京滬是一個「大三角」，在人物的互動上，張醒亞，唐琪，鄭美莊是一個「小三角」。電影和電視努力凸出「小三角」，顛倒眾生，行有餘力，那是媒體的特性使然，它只好將人生簡化。惟有在原著裡，大三角納入讀者的視野，這才有氣勢，這才是大河之所以為大河。

關於大三角與小三角的相生互依，張秀亞教授有精到的說明。她在《藍與黑》英文版的序言裡說：「這部由頭至尾迴蕩著真摯感情的小說，本質上是抒情的，浪漫的，充滿理想主義色彩，然而，它又寫實的、理想的紀錄了那個大時代。」又說：「《藍與黑》是一部中國近代史的縮影……，有翔實的記載，正面的敘述，側面的描寫，更有自事件裡面的透視。」而同時，「感情的激流，流溢貫穿於本書每篇每頁。字裡行間，溶漾著大我的愛與小我的愛。」……「他以分析的手法，兼顧到心理上的繁複駁雜，以及事物微妙的關連。」

張秀亞女士身為虔敬的天主教徒，銳敏的注意到《藍》書的道德影響。她在序文中指出，「這是一部從中國倫理出發的愛的哲學。」……「它深刻的解剖人性，寫盡人間善與惡、向上與墮落、自私與公義的爭戰」，而小說作者的信念則是「精神最後必勝」。她更說：「本書之可貴，在它具備了一種永恆的特質，表現出努力向上掙扎，百折不撓的意志。因之，它能鼓舞當代，昭示來者。」

當年我初讀紅藍版的《藍與黑》，曾稱道此書「江河萬里，挾泥沙以俱下」。那浩浩蕩蕩的力量，使我心驚神馳。現在的我，比起從前，總算見過世面，經過滄桑，看破幾分，放下不少，再校九歌版的《藍》書，想不到有動乎中，又是一番歌哭。若要寫成文章，附於書後，真是萬念生滅，書不盡言，只好就此打住。

講故事的人走了

——念朋友王藍

曉　風

1

如果我跟你說一個名字：「王藍」，你會困惑的對我搖頭嗎？

如果我跟你說有一本小說叫《藍與黑》，你會益發困惑嗎？

如果我說，有一個詞，叫「愛國」，你會發笑嗎？

（而且，你會問我，「國」？什麼「國」？曾經有個「中華民國」，但據一位每年花掉納稅人上億金錢——那些錢，每一張都印著「中華民國」呢——的老番顛說，中華民國根本不存在。至於「台灣共和國」，卻從來還沒有生出來過，叫我去愛什麼「國」？）

如果我說另外還有一個詞，叫「犧牲奉獻」，你會認為我是金光黨嗎？

2

我的朋友王藍謝世了，我並不為他難過，他擺脫了那個必須洗腎才能活得下去的身體，去到他所嚮往的天家，於他自己，用他所信仰的基督教的話來說，是得到釋放了。

其實我悲傷的是我們的世代，哲人其萎，而我們年輕一代卻看不懂他所留下的典型，整個社會被刻意訓練成「失憶症」，任由別人來鴉塗我們的族譜。

3

想起王藍，我想起的是一整串迢遙的故事：包括他的長篇小說、短篇小說，他的水彩畫，他的平劇清唱，他的談笑風生的口才，他對後輩作家的提攜，他為善不令人知的慷慨……

而少年時期的王藍，為了愛自己的國家，曾走出校園，從事危險的抗日工作。境況和他類似的朋友有紀剛（寫《滾滾遼河》的那一位，後來，他成為一位醫生）和史惟亮（他是一位艱苦卓絕的音樂家，卻英年早逝）。那一代的故事聽在我這種後生耳裏，簡直如神話如天書。

有一次，王藍講了個故事，他講的時候幾度哽咽，而我聽著也冷到骨髓裏去了。

「我們有個年輕的女同學給日本人抓去了，她不肯供出任何名單，日本人最後把她鋸死。他們用一根粗繩索，從她的下體部位拉來拉去，活活鋸死了她……」

啊！這樣的故事，身為女子，我聽到以後真是心裂髮指，在女孩那樣聖潔而敏銳的部位下這樣的毒手，如此恥辱，如此冤血，怎令少年王藍不忽忽如狂。

4

說故事的人如今或老了或走了，但整個民族不該忘記的情節理應要傳述下去。而所謂「愛」，所謂「犧牲」，所謂「奉獻」，在其成為「謊言」的同義詞之前，讓我們找到用血肉之軀來詮釋的版本。

講故事的人走了，願故事留下。

二〇〇三年十二月二十八日

二元對立，見證大時代

陳雨航

在我們成長的那個時代，與現在比起來，一切都相對貧乏。對我而言，看書（大部分是小說）是最容易到手的娛樂。讀中學的時候，我用自己和同學的借書證，向學校圖書館大量借書，能借到什麼就看什麼。其中不乏一些名作，讀的時候不知道，多半要好幾年甚至多年以後才知道。

王藍先生的《藍與黑》就是在那時候看的（還有《長夜》和《櫻子姑娘》），大約就是初一吧，距離它最初的出版不到五年。讀《藍與黑》的時候到是已經知道這本書相當有名氣，想來是同學間的口碑。這部長篇小說與我稍前看過的另一部長篇《星星月亮太陽》經常被相提並論。

《藍與黑》以男主角張醒亞第一人稱的角度，描寫他和兩位女性的愛情傳奇。時代背景則從抗戰前夕開始，歷經抗戰、國共戰爭到國府撤退來台為止。這大時代裡的愛情與青春，波瀾壯闊，直可以用可歌可泣來形容。

小說裡描寫得最成功的是人物。作者採取二元對立的方法來處理他筆下的人物，個個善惡分明，而且具典型化。

人物中最大的對比就是兩位女主角了。一位是受歧視卻堅強，敢為別人不敢為的孤女唐琪，為了愛情與正義，犧牲自己在所不惜，可以說是亂世奇女子了，男主角一生中幾個轉捩點都與之息息相關。另一位則是軍閥的掌中千金鄭美莊，可愛刁蠻，卻有著相當強烈的現實性，兩者的「利他」和「利己」的愛情觀，形成了強烈的對比，也就是作者形塑的「藍」與「黑」對立的最重要的模特兒。

次要的角色裡，最令人印象深刻的是男主角醒亞表嫂家的大哥高大爺，作為一個反面人物，他為了自己的利益反覆，固然可以理解，但他那麼理直氣壯就真是成功地讓讀者切齒痛恨了。賀力和賀蒙兄弟，大概是百分之百的正面人物了，他們創造出為國家為朋友一往直前不怕犧牲生命的理想典型。

多年以後的重讀，生命的歷程使然吧，我才覺得作者描寫得最成功最突出的人物，其實是做為反面人物的鄭美莊，她的性格的養成和她為愛情的意圖改變，以及未能改變的部分所造成的矛盾與抉擇，其實都要比其他正面角色複雜多了。

大背景的國共對立比抗戰著墨似乎更多更重，這是作者形塑藍、黑對立的另一組，而且用力甚深。初讀後這麼多年，記憶奇妙地將情節都濃縮成男女主角的愛情故事（可稱之為「愛情集中版」），及至重讀，才像海綿一般將豐富的大背景吸收了回來。

愛情與國是的衝突與對立，這也就有了見證大時代史詩般的條件。加上正面人物給予讀者的認同感，國仇家恨和同時代的歷程與氣氛也引發了許多人的共鳴，都造成了這部小說的成功和極大的影響力。

看過《藍與黑》的讀者大抵都不會忘記它的第一章，我當然也是。幾十年前的暌違之後，當這部小說的新版又來到我的書桌上，翻開第一章時，還是有著特別的心情。心裡說，我記得，就是這個——果然，它還在那兒。（當然！它怎麼會不在哪裡呢？）

九歌文庫1191

藍與黑

著者	王　藍
創辦人	蔡文甫
發行人	蔡澤玉
出版發行	九歌出版社有限公司 臺北市八德路3段12巷57弄40號 電話／02-25776564・傳真／02-25789205 郵政劃撥／0112295-1
九歌文學網	www.chiuko.com.tw
印刷	晨捷印製股份有限公司
法律顧問	龍躍天律師・蕭雄淋律師・董安丹律師
重排初版	1998年1月10日
增訂新版	2015年5月
新版 2 印	2017年3月
定價	499元

書號	F1191
ISBN	978-957-444-997-2

（缺頁、破損或裝訂錯誤，請寄回本公司更換）

國家圖書館出版品預行編目(CIP)資料

藍與黑 / 王藍著. -- 增訂新版. -- 臺北市 :
九歌, 民104.05
面 ;　公分. -- (九歌文庫 ; 1191)

ISBN 978-957-444-997-2(平裝)

857.7　　104005414